W0413587

LOS GRANDES MUSICALES

EN LA LITERATURA

CLUB INTERNACIONAL DEL LIBRO

Prólogo, diseño y maquetación:
Equipo Editorial CIL

© Club Internacional del Libro, Marketing Directo, S.L.
Avda. de Manoteras, 50
28050 Madrid

ISBN: 978-84-407-2767-1 (O.C.)
ISBN: 978-84-407-2768-8
Depósito legal: M-3811-2017

Impreso en España por: Rol-Press, S.L. Barcelona

Cualquier forma de reproducción, distribución, comunicación pública o transformación de esta obra solo puede ser realizada con la autorización de sus titulares, salvo excepción prevista por la ley. Diríjase a CEDRO (Centro Español de Derechos Reprográficos, www.cedro.org) si necesita fotocopiar o escanear algún fragmento de esta obra.

León Tolstói

Anna Karenina I

León Tolstói

Prólogo

Estamos ante una novela dominada por la Pasión, con mayúsculas. Considerada una de las obras cumbres del realismo, va más allá de ser una simple «historia de amor». Es un compendio de sentimientos y relaciones humanas ambientadas en la alta sociedad rusa de la época final del Imperio, frente a la que el autor nos deja vislumbrar otro escenario mucho más humilde, situado en el campo, donde empieza a germinar la semilla que dará al traste con el decadente zarismo ruso. Esta confrontación entre el lujo y la sencillez, la ciudad y el campo, la etiqueta y la espontaneidad responde en parte a la propia experiencia vital del autor, quien se debatió en vida entre esta dicotomía.

Y es precisamente en el marco de la opulencia y de la riqueza, donde se desarrollan la mayor parte de las escenas de la novela, que ha sido adaptada en numerosas ocasiones tanto al cine, como al teatro o al musical, que es lo que ahora nos ocupa. En este género destacó el musical dirigido por el importante productor teatral de Broadway Theodore Mann, basado en el texto de Peter Kellogg y con música de Daniel Levine, que se estrenó el 26 de agosto de 1992 en Broadway.

A pesar de que las adaptaciones han encandilado al público, la lectura de la novela aporta matices difíciles de apreciar en una representación escénica. La profundidad del autor nos recrea un ambiente dominado por la inflexibilidad de las normas y la superficialidad de las formas que la frescura de Anna se encargará de dinamitar, aunque, al final, ella acabe siendo la principal damnificada de esa osadía.

Junto a los protagonistas de la obra, con la bella y seductora Anna a la cabeza, se dan cita un nutrido grupo de personajes, de los que el autor realiza un profundo análisis psicológico, en el que no faltan multitud de simbolismos. Entre los símbolos de la novela destaca poderosamente la figura del tren –destacada ya en los primeros capítulos–, que ocupa un lugar relevante en la obra y desempeñará una función clave en su culminación.

El autor

Lev Nikoláievich, más conocido como León Tolstói, nació en 1828 en Yásnaia Poliana (una finca localizada 12 kilómetros al suroeste de Tula). Allí residió el autor intermitentemente, aunque al final de su vida se convirtió en su residencia habitual y en el lugar donde además llevó a cabo una innovadora experiencia académica de la que daremos cuenta más adelante. También allí fue enterrado y actualmente alberga un museo sobre la figura del escritor. Pero centrándonos en su biografía, hay que señalar que Tolstói nació en el seno de una aristocrática familia que gozaba de una acomodada posición económica y social. Su padre era el conde Nikolái Ilich Tolstói y su madre la acaudalada princesa María Volkónskaya. La mala fortuna quiso que muy pronto el escritor se quedara huérfano primero de madre (a los dos años) y, cuando tenía 9 años, de padre. Dos tías se encargaron de él y de sus hermanos, aunque su educación estuvo tutelada por dos preceptores masculinos acordes a su rango aristocrático.

No fue buen estudiante: primero se matriculó en la Facultad de Lenguas Orientales de la Universidad de Kazán (1843), pero pronto abandonó la carrera y empezó a estudiar Derecho, sin haber obtenido resultados brillantes. Pasó su juventud aprovechándose de su aventajada posición social, incluso a nivel académico. Derrochó su tiempo y su dinero en todo tipo de placeres que se ponían a su alcance (alcohol, juego, mujeres…) e hizo gala de una absoluta carencia de valores morales y/o religiosos.

Tras esta juventud urbana, teñida de todo tipo de excesos, se marchó al campo en 1847 y allí entró en contacto con otra realidad muy diferente a la conocida hasta entonces. La miseria de los campesinos y la opresión que les atenazaba despertó en él una conciencia social, que se reafirma en San Petersburgo, donde se establece en 1847 y donde tiene contacto con el proletariado urbano.

Esta lucha interna entre lo que es por nacimiento (un aristócrata acostumbrado al lujo) y a lo que aspira por convicción, marcará toda su vida y pudo influir en su decisión de combatir en algunas campañas de la guerra de Crimea junto a su hermano Nicolás, a pesar de no haber ingresado en el ejército. Su valerosa actuación hizo que fuera nombrado suboficial de artillería tras examinarse en Tiflis. Siguió combatiendo y demostrando su valentía, pero a la vez dejó constancia de esa conciencia social que había despertado en su etapa campestre. De hecho, criticaba abiertamente algunas conductas de la alta jerarquía militar y alababa el heroísmo de los soldados. La masacre que se produjo en el sitio de Sebastopol le hizo retirarse de la carrera militar y retomar la frivolidad de la vida urbana, de la que pronto vuelve a escapar estableciéndose en el campo, donde encontrará la calma necesaria que le permitirá escribir.

Antes de su retiro rural, Tolstói viajó por Europa y, a su regreso, trató de poner en práctica algunas de las ideas revolucionarias que allí conoció. En esta línea abrió una escuela cerca de su propia casa totalmente gratuita y fundó un periódico, llamado *Yásnaia Poliana*. Sus ideas lo llevarán a enfrentarse con el gobierno –que acabó cerrando su escuela–, con el ejército y con la Iglesia ortodoxa.

La muerte de su hermano Nicolás, el 20 de septiembre de 1860, le causó una gran conmoción y, al año siguiente, decidió establecerse definitivamente en Yásnaia Poliana con su esposa, Sofía Behrs, con quien se casó en septiembre de 1862 tras una semana de noviazgo. Ella era hija de un médico de la corte imperial y tuvo con el escritor una extensa prole (13 hijos de los que solo sobrevivieron 8). A pesar de la diferencia de edad (ella tenía 18 y él 34 cuando se casaron), la pareja se complementó muy bien durante casi 50 años, al combinar el idealismo del escritor con el sentido práctico de la joven, hasta que León decidió abandonarla (con 81 años) para alejarse del estilo de vida anclado en el lujo y el bienestar, que tanta repulsión le llegó a causar al escritor. A los diez días de su marcha, Tolstói murió en la estación de tren Astápovo.

Su obra

Su primer escrito data de su época militar y tiene carácter autobiográfico. Se llamaba *Infancia* y fue publicado en 1852 en la revista *El Contemporáneo*. Después vieron la luz *Adolescencia* (1854) y *Juventud* (1856), a los que siguieron otros como *Felicidad conyugal* y *Relatos de Sebastopol*.

En 1863 edita la novela corta *Cosacos* y dos años después verá la luz la que ha sido considerada –junto a la novela que nos ocupa– su obra cumbre, *Guerra y Paz*.

Tras ella verán la luz títulos como *La muerte de Iván Ilich*, *Sonata a Kreutzer*, *Amo y Criado* y *Resurrección*. También escribió cuentos, relatos cortos, ensayos, artículos de prensa, cartas y diarios personales. Sus ideas más importantes se exponen en todos ellos, aunque se reflejan con más claridad en *El reino de Dios está en vosotros*, que influyó profundamente en Gandhi y en Martin Luther King.

Anna Karenina

La novela empezó a gestarse en 1873 y es considerada su primera novela como tal. Apareció primero publicada por entregas en la revista *El mensajero ruso (Ruskii Véstnik)*, que no obtuvo los derechos para editar el final por el desacuerdo entre el escritor y el editor de la publicación, Mijaíl Katkov. Tras interrumpir la publicación por capítulos, el autor decidió editarla como libro completo en 1877.

La novela va más allá de ser un drama amoroso y reconocidos escritores, como Dostoyevski o Nabókob, la consideraron magistral.

Según la mayoría de las apreciaciones, parece ser que para recrear el personaje de la protagonista, el autor se inspiró en Maria Hartung, primogénita del poeta Aleksandr Pushkin, a quien Tolstói conoció en una cena. Anna derrocha sensualidad y es un personaje que fascina por su fuerza intensa y cautivadora.

Junto a la historia de entrega absoluta de la protagonista, destaca el recorrido espiritual del personaje de Levin, que recuerda la ambigüedad existencial del propio escritor, que se debatía entre el lujo/lo tradicional y la sencillez/lo revolucionario.

Un gran drama en el que se desarrolla toda una crítica contra la aristocracia rusa, que vive anclada en un pasado cargado de prejuicios limitadores y falsas apariencias convencionales que tratan de ocultar las emociones.

Primera parte

CAPÍTULO I

Todas las familias felices se parecen, pero cada familia desdichada tiene un motivo especial para sentirse desgraciada.

En casa de los Oblonsky todo estaba patas arriba. La esposa acababa de enterarse de que su marido mantenía relaciones con la institutriz francesa y se había apresurado a declararle que no podía seguir viviendo con él. Esta situación duraba ya tres días y era tan dolorosa para los esposos como para los demás miembros de la familia. Todos, incluso los criados, sentían la sensación de que aquella vida en común ya no tenía sentido y que, incluso en una posada, se encuentran más unidos los huéspedes de lo que ahora se sentían ellos entre sí. La mujer no salía de sus habitaciones, el marido no comía en casa desde hacía tres días y los niños corrían libremente de un lado para otro sin que nadie les molestara. La institutriz inglesa había discutido con el ama de llaves y escribió a una amiga suya pidiéndole que le buscase otro empleo, el cocinero se había ido dos días antes, precisamente a la hora de comer, y el cochero y la ayudante de cocina manifestaron que no querían continuar prestando sus servicios allí y que solo esperaban que les liquidaran sus honorarios para irse.

Tres días después de la discusión que tuvo con su mujer, el príncipe Stepán Arkadievich Oblonsky –Stiva, como le llamaban en sociedad–, al despertar a su hora acostumbrada, es decir, a las ocho de la mañana, se halló no en el dormitorio conyugal, sino en su despacho, tendido sobre un sofá de cuero. Volvió su cuerpo, lleno y bien cuidado, sobre los flexibles muelles del sofá, como si se dispusiera a dormir de nuevo, a la vez que abrazando el almohadón apoyaba en él la mejilla. De repente se incorporó, se sentó sobre el sofá y abrió los ojos.

«¿Qué pasaba –pensó, recordando su sueño–. ¡A ver, a ver! Alabin daba una comida en Darmstadt... Sonaba una música americana... El caso es que no era Darmstadt sino América... ¡Eso es! Alabin daba un banquete, servido en mesas de cristal... Y las mesas cantaban: *Il mio tesoro*..., no, no ese pasaje, era otro aún más bonito, y había también unos frascos, que luego resultaron ser mujeres…».

Los ojos de Stepán Arkadievich brillaron alegremente al recordar aquel sueño. Luego quedó pensativo y sonrió. «¡Qué bien estaba todo!» Había aún muchas otras cosas magníficas que, una vez despierto, no sabía expresar ni con palabras ni con pensamientos. Observó que un hilo de luz se filtraba por las rendijas de la persiana, alargó los pies, alcanzó sus zapatillas de tafilete bordado en oro, que su mujer le había regalado el año anterior con ocasión de su cumpleaños, y, como desde hacía nueve años tenía por costumbre, extendió la mano hacia el lugar donde, en el dormitorio conyugal, acostumbraba tener colocada la bata. Solo entonces se acordó de repente de cómo y por qué se encontraba en su despacho y no en la alcoba con su mujer. Entonces la sonrisa desapareció de su rostro y arrugó el entrecejo.

—¡Ay, ay, ay! –se lamentó, acordándose de lo que había sucedido.

Y de nuevo se representaron en su imaginación los detalles de la escena terrible y pensó en la violenta situación en que se encontraba y sobre todo pensó en su propia culpa, que ahora se le aparecía con claridad.

—No, no me perdonará. ¡Y lo malo es que yo tengo la culpa de todo. La culpa es mía, y, sin embargo, no soy culpable. Eso es lo terrible del caso! ¡Ay, ay, ay! –se repitió con desesperación, evocando de nuevo la escena en todos sus detalles.

Lo peor había sido aquel primer momento, cuando al regreso del teatro, alegre y satisfecho con una manzana en las manos para su mujer, no la había hallado en el salón. Asustado, la había buscado en su despacho, para encontrarla al fin en su dormitorio examinando aquella malhadada carta que lo había descubierto todo.

Dolly, aquella Dolly, eternamente ocupada, siempre llena de preocupaciones, tan poco inteligente, según opinaba él, se hallaba sentada con el papel en la mano, mirándole con una expresión de horror, de desesperación y de ira.

—¿Qué es esto? ¿Qué me dices de esto? –preguntó, señalando la carta.

Y ahora, al recordarlo, lo que más contrariaba a Stepán Arkadievich de aquel asunto no era el hecho en sí, sino la manera como había contestado entonces a su esposa.

Le había sucedido lo que a cualquier persona sorprendida en una situación demasiado vergonzosa: no supo adaptar su aspecto a la situación en que se encontraba. Así, en vez de ofenderse, negar, disculparse, pedir perdón o incluso permanecer indiferente –cualquiera de aquellas actitudes habría sido preferible–, hizo una cosa ajena a su voluntad («reflejos cerebrales», juzgó Stepán Arkadievich, que se interesaba mucho por la fisiología): sonreír, sonreír con su sonrisa habitual, benévola y en aquel caso necia. Aquella necia sonrisa era imperdonable. Al verla, Dolly se había estremecido como bajo el efecto de un dolor físico, y, según su costumbre, anonadó a Stiva bajo un torrente de palabras duras y apenas hubo terminado, huyó a refugiarse en su habitación.

Desde aquel momento, se había negado a ver a su marido.

«¡Todo por aquella necia sonrisa! –pensaba Stepán Arkadievich. Y se repetía, desesperado, sin hallar respuesta a su pregunta–: «¿Qué hacer, qué hacer?».

CAPÍTULO II

Stepán Arkadievich era sincero consigo mismo. No podía, pues, engañarse asegurándose que estaba arrepentido de lo que había hecho. No, imposible arrepentirse de lo que hiciera un hombre como él, de treinta y cuatro años, apuesto y aficionado a las damas; ni de no estar ya enamorado de su mujer, madre de siete hijos, cinco de los cuales vivían, y que tenía solo un año menos que él. De lo que se arrepentía era de no haber sabido ocultar mejor el caso a su esposa. Con todo, comprendía la gravedad de la situación y compadecía a Dolly, a los niños y a sí mismo. Tal vez habría tomado más precauciones para ocultar el hecho mejor si hubiese imaginado que aquello iba a causar en Dolly tanto efecto. Aunque no solía pensar seriamente en el caso, venía suponiendo desde tiempo atrás que su esposa sospechaba que no le era fiel, pero quitando importancia al asunto. Creía, además, que una mujer agotada, envejecida, ya nada hermosa, sin atractivo particular alguno, buena madre de familia y nada más, debía ser indulgente con él, hasta por equidad.

¡Y he aquí que resultaba todo lo contrario!

«¡Es terrible, terrible! –se repetía Stepán Arkadievich, sin hallar solución.– ¡Con lo bien que iba todo, con lo a gusto que vivíamos! Ella era feliz rodeada de los niños, yo no la estorbaba en nada, la dejaba en entera libertad para que se ocupase de la casa y de los pequeños. Claro que no estaba bien que ella fuese precisamente la institutriz de la casa. ¡Verdaderamente, hay algo feo, vulgar, en hacer la corte a la institutriz de nuestros propios hijos!... ¡Pero, qué institutriz! (Oblonsky recordó con deleite los negros y ardientes ojos de *mademoiselle* Roland y su encantadora sonrisa). ¡Pero mientras estuvo en casa no me tomé libertad alguna! Y lo peor del caso es que… ¡Todo eso parece hecho adrede! ¡Ay, ay! ¿Qué voy a hacer? ¿Qué voy a hacer?».

Tal pregunta no tenía otra respuesta que la que la vida da a todas las preguntas irresolubles: vivir al día y procurar olvidar. Pero hasta la noche siguiente Stepán Arkadievich no podría refugiarse en el sueño, en las alegres visiones de los frascos convertidos en mujeres. Era preciso, pues, buscar el olvido en el sueño de la vida. «Ya veremos», se dijo, mientras se ponía la bata gris con forro de seda azul celeste y se anudaba el cordón a la cintura. Luego aspiró el aire a pleno pulmón, llenando su amplio pecho, y, con el habitual paso decidido de sus piernas ligeramente torcidas sobre las que tan hábilmente se movía su corpulenta figura, se acercó a la ventana, descorrió los visillos y tocó el timbre.

El viejo Matvéi, su ayuda de cámara y casi su amigo, apareció inmediatamente llevándole el traje, los zapatos y un telegrama.

Detrás de Matvéi entró el barbero, con los útiles de afeitar.

—¿Han traído unos papeles de la oficina? –preguntó el Príncipe, tomando el telegrama y sentándose ante el espejo.

—Están sobre la mesa –contestó Matvéi, mirando con aire inquisitivo y lleno de simpatía a su señor.

Y, tras un breve silencio, añadió, con astuta sonrisa:

—Han venido de parte del dueño de la cochera…

Stepán Arkadievich, sin contestar, miró a Matvéi en el espejo. Sus miradas se cruzaron en el cristal: se notaba que se comprendían. La mirada de Stepán parecía preguntar: «¿Por qué me lo dices? ¿No sabes a qué vienen?».

Matvéi metió las manos en los bolsillos, abrió las piernas, miró a su señor sonriendo de un modo casi imperceptible y añadió con sinceridad:

—Les he dicho que pasen el domingo, y que, hasta esa fecha, no molesten al señor ni se molesten.

Era una frase que llevaba evidentemente preparada.

Stepán Arkadievich comprendió que el criado bromeaba y no quería sino que se le prestase atención. Abrió el telegrama, lo leyó, procurando subsanar las habituales equivocaciones en las palabras, y su rostro se iluminó.

—Mi hermana Anna Arkadievna llega mañana, Matvéi –dijo, deteniendo un instante la mano del barbero, que ya trazaba un camino rosado entre las largas y rizadas patillas.

—¡Loado sea Dios! –exclamó Matvéi, dando a entender con esta exclamación que, como a su dueño, no se le escapaba la importancia de aquella visita en el sentido de que Anna Arkadievna, la hermana queridísima, había de contribuir a la reconciliación de los dos esposos.

—¿La señora viene sola o con su marido? –preguntó Matvéi.

Stepán Arkadievich no podía contestar, porque en aquel momento el barbero le afeitaba el labio superior, pero hizo un ademán significativo levantando un dedo. Matvéi aprobó con un movimiento de cabeza ante el espejo.

—Sola, ¿eh? ¿Preparo la habitación de arriba?

—Consulta a Darya Alexandrevna y haz lo que te diga.

—¿A Darya Alexandrevna? –preguntó, indeciso, el ayuda de cámara.

—Sí. Y llévale el telegrama. Ya me dirás lo que te ordena.

Matvéi comprendió que Stepán quería hacer una prueba y se limitó a decir:

—Bien, señor

Ya el barbero se había marchado y Stepán Arkadievich, afeitado, peinado y lavado, empezaba a vestirse, cuando, lento sobre sus botas crujientes y llevando el telegrama en la mano, entró Matvéi en la habitación.

—Me ha pedido que os diga que se va. «Que haga lo que le parezca», me ha dicho.

El buen criado miraba a su señor, riendo con los ojos, con las manos en los bolsillos y la cabeza ligeramente inclinada.

Stepán Arkadievich callaba. Después, una bondadosa y triste sonrisa iluminó su hermoso semblante.

—Y bien, Matvéi, ¿qué te parece? –dijo moviendo la cabeza.

—Todo se arreglará, señor –opinó optimista el ayuda de cámara.

—¿Lo crees así?

—Sí, señor.

—¿Por qué te lo figuras? ¿Quién está ahí? –agregó el Príncipe al sentir detrás de la puerta el roce de una falda.

—Yo, señor –repuso una voz firme y agradable.

Y en la puerta apareció el rostro picado de viruelas del aya, Matriona Filimónovna.

—¿Qué pasa, Matriona? –preguntó Stepán Arkadievich, saliendo a la puerta.

Aunque pasase por muy culpable a los ojos de su mujer y a los suyos propios, casi todos los de la casa, incluso Matriona, la más íntima de Darya Alexandrevna, estaban de su parte.

—¿Qué hay? –repitió el Príncipe, con tristeza.

—Vaya usted a verla, señor, pídale perdón otra vez… ¡Acaso Dios se apiade de nosotros! Ella sufre mucho y da pena mirarla, y luego, toda la casa anda revuelta. Debe usted tener compasión de los niños. Pídale perdón, señor.. ¡Qué quiere usted! Al fin y al cabo no haría mas que pagar sus culpas. Vaya a verla...

—No me recibirá...

—Pero usted habrá hecho lo que debe. ¡Dios es misericordioso! Ruegue a Dios, señor, ruegue a Dios...

—En fin, iré... –dijo Stepán Arkadievich, poniéndose colorado. Y, quitándose la bata, indicó a Matvéi–: Ayúdame a vestirme.

Matvéi, que tenía ya en sus manos la camisa de su señor, sopló en ella como limpiándola de un polvo invisible y la ajustó al cuerpo bien cuidado de Stepán Arkadievich con evidente satisfacción.

CAPÍTULO III

Stepán Arkadievich, ya vestido, se perfumó con un pulverizador, se ajustó los puños de la camisa y, con su ademán habitual, guardó en los bolsillos los cigarros, la cartera, el reloj de doble cadena... Se sacudió ligeramente con el pañuelo y, sintiéndose limpio, perfumado, sano y en buena forma física a pesar de su disgusto, salió con pasos saltarines y se dirigió al comedor, donde le aguardaban el café y, al lado, unas cartas y los expedientes de la oficina.

Leyó las cartas. Una era muy desagradable, porque procedía del comerciante que compraba la madera de las propiedades de su mujer y, como sin reconciliarse con ella no era posible realizar la operación, parecía que se mezclase un interés material con su deseo de restablecer la armonía en su casa. La posibilidad de que se pensase que el interés de aquella venta le inducía a buscar la reconciliación le disgustaba.

Leído el correo, Stepán Arkadievich cogió los documentos de la oficina, hojeó con rapidez un par de expedientes, hizo unas observaciones en los márgenes con un enorme lápiz, y luego comenzó a tomarse el café, a la vez que leía el periódico de la mañana, húmeda aún la tinta de imprenta.

Recibía a diario un periódico liberal no extremista, sino partidario de las orientaciones de la mayoría. Aunque no le interesaban el arte, la política ni la ciencia, Stepán Arkadievich profesaba firmemente las opiniones sustentadas por la mayoría y por su periódico. Solo cambiaba de ideas cuando estos variaban o, dicho con más exactitud, no las cambiaba nunca, sino que se modificaban por sí solas en él sin que ni él mismo se diese cuenta.

No escogía, pues, orientaciones ni modos de pensar, antes dejaba que las orientaciones y modos de pensar viniesen a su encuentro, del mismo modo que no elegía el corte de sus sombreros o levitas, sino que se limitaba a aceptar la moda corriente. Como vivía en sociedad y se hallaba en esa edad en que ya se necesita tener opiniones, acogía las ajenas que le convenían. Si optó por el liberalismo y no por el conservadurismo, que también tenía muchos partidarios entre la gente, no fue por convicción íntima, sino porque el liberalismo cuadraba mejor con su género de vida. El partido liberal aseguraba que todo iba mal en Rusia y en efecto, Stepán Arkadievich tenía muchas deudas y sufría siempre de una grave penuria de dinero. Agregaban los liberales que el matrimonio era una institución caduca, necesitada de urgente reforma, y Stepán Arkadievich encontraba, en efecto, escaso interés en la vida familiar, por lo que tenía que fingir contrariando fuertemente sus inclinaciones. Finalmente, el partido liberal sostenía o daba a entender que la religión no es más que un freno para la parte inculta de la población, y Stepán Arkadievich estaba de acuerdo, ya que no podía asistir al más breve oficio religioso sin que le dolieran las piernas. Tampoco comprendía por qué se inquietaba a los fieles con tantas palabras terribles y solemnes relativas al otro mundo cuando en este se podía vivir tan bien y tan a gusto. A esto debe añadirse que Stepán Arkadievich no desaprovechaba nunca la ocasión de una buena broma y se divertía con gusto escandalizando a las gentes tranquilas, sosteniendo que ya que querían envanecerse de su origen, era preciso no detenerse en Riurik y renegar del mono, que era el antepasado más antiguo. En suma, el liberalismo se convirtió para Stepán Arkadievich en una costumbre; y le gustaba el periódico, como el cigarro después de las comidas, por la ligera bruma con que envolvía su cerebro. Leyó el artículo de fondo, que afirmaba que es absurdo que en nuestros tiempos se levante el grito aseverando que el radicalismo amenaza con devorar todo lo tradicional y que urge adoptar medidas para aplastar la hidra revolucionaria, ya que, «muy al contrario, nuestra opinión es que el mal no está en esta supuesta hidra revolucionaria, sino en el terco tradicionalismo que retarda el progreso...» . Leyó también otro artículo sobre finanzas, en el que se citaba a Bentham y a Mill, y se atacaba de una manera velada al Ministerio. Gracias a la claridad de su juicio, comprendía enseguida todas las alusiones, de dónde partían y contra quién iban dirigidas, y el comprobarlo le producía cierta satisfacción. Pero hoy estas satisfacciones se agriaron por el recuerdo de los consejos de Matriona Filimonovna y por la idea del desorden que reinaba en su casa. Leyó después que, según se decía, el conde Beust había partido para Wiesbaden, que ya no habría nunca más canas, que se vendía un carruaje ligero y que una joven ofrecía sus servicios. Pero semejantes noticias no le causaban hoy la tranquila satisfacción y ligeramente irónica de otras veces.

Terminado el periódico, la segunda taza de café y el kalach con mantequilla, Stepán Arkadievich se levantó, se limpió las migas que le cayeran en el chaleco y, sacando mucho el pecho, sonrió jovialmente, no como reflejo de su estado de espíritu, sino con el optimismo de una buena digestión.

Pero aquella sonrisa alegre le recordó de pronto su situación y se puso serio y reflexionó.

Tras la puerta se oyeron dos voces infantiles, en las que reconoció las de Grisha, su hijo menor, y la de Tania, su hija de más edad. Los niños acababan de dejar caer alguna cosa.

—¡Ya te dije que los pasajeros no pueden ir en el techo! –gritaba la niña en inglés–. ¿Ves? Ahora tienes que levantarlos.

«Todo anda revuelto –pensó Stepán Arkadievich–. Los niños juegan donde quieren, sin que nadie cuide de ellos».

Se acercó a la puerta y les llamó. Los chiquillos, dejando una caja con la que simulaban un tren, entraron en el comedor.

Tania, la predilecta del Príncipe, corrió atrevidamente hacia él y se colgó a su cuello, feliz de poder respirar el característico perfume de sus patillas. Después de haber besado el rostro de su padre, que la ternura y la posición inclinada en que estaba habían enrojecido, Tania se disponía a salir, pero él la retuvo.

—¿Qué hace mamá? –preguntó, acariciando el terso y suave cuello de su hija–. ¡Hola! –añadió, sonriendo, dirigiéndose al niño, que le había saludado.

Reconocía que quería menos a su hijo y procuraba disimularlo y mostrarse igualmente amable con los dos, pero el pequeño se daba cuenta y no correspondió con ninguna sonrisa a la sonrisa fría de su padre.

—Mamá ya está levantada –contestó la niña.

Stepán Arkadievich suspiró.

«Eso quiere decir que ha pasado la noche en vela», pensó.

—¿Y está contenta?

La pequeña sabía que entre sus padres había sucedido algo, que mamá no estaba contenta y que papá lo sabía y no debía de fingir ignorarlo preguntando con aquel tono indiferente. Se ruborizó, pues, por la mentira de su padre. Él, a su vez, adivinó los sentimientos de Tania y se sonrojó también.

—No sé –repuso la pequeña–: mamá nos dijo que no estudiásemos hoy, que fuésemos con miss Hull a ver a la abuelita.

—Muy bien. Ve, pues, donde te ha dicho la mamá, Tania. Pero no, espera un momento –dijo, reteniéndola y acariciando la manita suave y delicada de su hija.

Cogió de la chimenea una caja de bombones que dejara allí el día antes y ofreció dos a Tania, eligiendo uno de chocolate y otro de azúcar, que sabía que eran los que más le gustaban.

—Uno es para Grisha, ¿no, papá? –preguntó la pequeña, señalando el de chocolate.

—Sí, sí...

Volvió a acariciarla en los hombros, le besó la nuca y la dejó marchar.

—El coche está listo, señor –dijo Matvéi–. Y le está esperando un visitante que quiere pedirle no sé qué...

—¿Hace rato que está ahí?

—Una media hora.

—¿Cuántas veces te he dicho que anuncies las visitas enseguida?

—¡Lo menos que puedo hacer es dejarle tomar tranquilo su café, señor –replicó el criado con aquel tono entre amistoso y grosero que no admitía réplica.

—Bueno, pues que entre –dijo Oblonsky, con un gesto de desagrado.

La solicitante, la esposa del teniente Kalinin, pedía una cosa estúpida e imposible. Pero Stepán Arkadievich, según su costumbre, la hizo entrar, la escuchó con atención y, sin interrumpirla, le dijo a quién debía dirigirse para obtener lo que deseaba y hasta escribió, con su letra grande, hermosa y clara, una carta de presentación para aquel personaje.

Despachada la mujer del oficial, Oblonsky cogió el sombrero y se detuvo un momento, haciendo memoria para recordar si olvidaba algo. Pero nada había olvidado, sino lo que quería olvidar: a su mujer.

«Eso es. ¡Ah, sí! –se dijo, y sus hermosas facciones se ensombrecieron–. ¿Debo ir o no?», se preguntó. En su interior una voz le decía que no, que nada podía resultar sino fingimientos, ya que era imposible volver a convertir a su esposa en una mujer atractiva, capaz de enamorarle, como era imposible convertirle a él en un viejo incapaz de sentirse atraído por las mujeres hermosas. Nada, pues, podía resultar sino disimulo y mentira, dos cosas que repugnaban a su carácter.

«No obstante, algo hay que hacer. No podemos seguir así», se dijo, tratando de animarse. Ensanchó el pecho, sacó un cigarrillo, lo encendió, le dio dos caladas, lo tiró en el cenicero de nácar y luego, con paso rápido, se dirigió al salón y abrió la puerta que comunicaba con el dormitorio de su mujer.

CAPÍTULO IV

Darya Alexandrevna, vestida con una sencilla bata y rodeada de prendas y objetos esparcidos por todas partes, estaba de pie ante un armario abierto del que iba sacando algunas cosas. Se había anudado con prisas sus cabellos, ahora escasos, pero un día espesos y hermosos, sobre la nuca, y sus ojos, agrandados por la delgadez de su rostro, tenían una expresión asustada.

Al oír los pasos de su marido, interrumpió lo que estaba haciendo y se volvió hacia la puerta, intentando en vano ocultar bajo una expresión severa y de desprecio, la turbación que le causaba aquella entrevista.

Por lo menos diez veces en aquellos tres días había comenzado la tarea de separar sus cosas y las de sus niños para llevarlas a casa de su madre, donde pensaba irse. Y nunca conseguía llevarlo a cabo.

Como todos los días, se decía a sí misma que no era posible continuar así, que había que resolver algo, castigar a su marido, afrentarle, devolverle, aunque solo fuese en parte, el dolor que él le había causado. Pero mientras se decía que tenía que marcharse, reconocía en su interior que no era posible, porque no podía dejar de considerarlo como su esposo, no podía, sobre todo, dejar de amarlo.

Comprendía, además, que si aquí, en su propia casa, no había podido atender a sus cinco hijos, peor lo habría de conseguir en otra. Ya el más pequeño había experimentado las consecuencias del desorden que reinaba en la casa y había enfermado por tomar el día anterior una sopa poco saludable, y poco faltó para que los otros se quedaran el día antes sin cenar. Sabía, pues, que era imposible marcharse, pero se engañaba a sí misma fingiendo que preparaba las cosas para hacerlo.

Al ver a su marido, hundió las manos en un cajón, como si buscara algo, y no se volvió para mirarle hasta que lo tuvo a su lado. Su cara, que quería ofrecer un aspecto severo y resuelto, denotaba solo sufrimiento e indecisión.

—¡Dolly! –murmuró él, con voz tímida.

Y bajó la cabeza, encogiéndose y procurando adoptar una actitud sumisa y dolorida, pero, a pesar de todo, se le veía rebosante de salud y lozanía. Ella lo miró de la cabeza a los pies con una rápida mirada.

«Es feliz y está contento –se dijo–. ¡Y en cambio yo! ¡Ah, esa odiosa bondad suya que tanto le alaban todos! ¡Yo le aborrezco más por ella!».

Contrajo los labios y un músculo de su mejilla derecha tembló ligeramente.

—¿Qué quiere usted? –preguntó con voz rápida y profunda, que no era la suya.

—Dolly –repitió él con voz insegura–. Anna llega hoy.

—¿Y a mí qué me importa? No pienso recibirla –exclamó su mujer.

—Es necesario que la recibas, Dolly.

—¡Váyase de aquí, váyase! –le gritó ella, como si aquellas exclamaciones le fuesen arrancadas por un dolor físico.

Oblonsky pudo haber estado tranquilo mientras pensaba en su mujer, imaginando que todo se arreglaría, según le dijera Matvéi, en tanto que leía el periódico y tomaba el café, pero al contemplar el rostro de Dolly, cansado y dolorido, al oír su resignado y desesperado acento, se le cortó la respiración, se le oprimió la garganta y las lágrimas afluyeron a sus ojos.

—¡Oh, Dios mío, Dolly, qué he hecho! –murmuró. No pudo decir más, ahogada la voz por un sollozo.

Ella cerró el armario y le miró.

—¿Qué te puedo decir, Dolly? Solo una cosa: que me perdones... ¿No crees que los nueve años que llevamos juntos merecen que olvidemos los momentos de...

Dolly bajó la cabeza y escuchó lo que él iba a decirle, como si ella misma le implorara que la convenciese.

—¿... los momentos de locura? –siguió él.

E iba a continuar, pero al oír aquella expresión, los labios de su mujer volvieron a contraerse, como bajo el efecto de un dolor físico, y de nuevo tembló el músculo de su mejilla.

—¡Váyase, váyase de aquí –gritó con voz todavía más estridente– y no hable de sus locuras ni de sus villanías!

Y trató ella misma de salir, pero hubo de apoyarse, desfalleciente, en el respaldo de una silla. El rostro de su marido parecía haberse dilatado. Tenía los labios hinchados y los ojos llenos de lágrimas.

—¡Dolly! –murmuraba, dando rienda suelta a su llanto–. Piensa en los niños... ¿Qué culpa tienen ellos? Yo sí soy culpable y estoy dispuesto a aceptar el castigo que merezca. No encuentro palabras con qué expresar lo mal que me he portado. ¡Perdóname, Dolly!

Ella se sentó. Oblonsky oía su respiración, fatigosa y pesada y se sintió invadido de una infinita compasión por su mujer. Dolly quiso varias veces empezar a hablar, pero no pudo. Él esperaba.

—Tú te acuerdas de los niños solo para valerte de ellos, pero yo sé bien que ya están perdidos –dijo ella, al fin, repitiendo una frase que, seguramente, se había dicho a sí misma más de una vez en aquellos tres días.

Le había tratado de tú. Oblonsky la miró agradecido y se adelantó para cogerle la mano, pero ella se apartó de su esposo con repugnancia.

—Pienso en los niños, haría todo lo posible para salvarles, pero no sé cómo. ¿Quitándoles a su padre o dejándoles cerca de un padre depravado, sí, depravado? Ahora, después de lo pasado –continuó, levantando la voz–, dígame: ¿cómo es posible que sigamos viviendo juntos? ¿Cómo puedo vivir con un hombre, el padre de mis hijos, que tiene relaciones amorosas con la institutriz de sus hijos?

—¿Y qué quieres que hagamos ahora? ¿Qué cabe hacer? –repuso él, casi sin saber lo que decía, humillando cada vez más la cabeza.

—Me da usted asco, me repugna usted –gritó Dolly, cada vez más agitada–. ¡Sus lágrimas son agua pura! ¡Jamás me ha amado usted! ¡No sabe lo que es nobleza ni sentimiento!... Le veo a usted como a un extraño, sí, como a un extraño –dijo, repitiendo con cólera aquella palabra para ella tan terrible: un extraño.

Oblonsky la miró, asustado y asombrado de la ira que se retrataba en su rostro. No comprendía que lo que provocaba la ira de su mujer era la lástima que le manifestaba. Ella solo veía en él compasión, pero no amor.

«Me aborrece, me odia y no me perdonará», pensó Oblonsky.

—¡Es terrible, terrible! –exclamó.

Se oyó en aquel momento gritar a un niño, que se había, seguramente, caído en alguna de las habitaciones. Darya Alexandrevna prestó oído y su rostro se dulcificó repentinamente. Permaneció un instante indecisa como si no supiera qué hacer y, al fin, se dirigió con rapidez hacia la puerta.

«Quiere a mi hijo», pensó el Príncipe. «Basta ver cómo ha cambiado de expresión al oírle gritar. Y si quiere a mi hijo, ¿cómo no ha de quererme a mí?».

—Espera, Dolly: una palabra más –dijo, siguiéndola.

—Si me sigue, llamaré a la gente, a mis hijos, para que todos sepan que es un villano. Yo me voy ahora mismo de casa. Continúe usted viviendo aquí con su amante. ¡Yo me voy ahora mismo de casa!

Y salió, dando un portazo.

Stepán Arkadievich suspiró, se secó el rostro y lentamente se dirigió hacia la puerta.

«Matvéi dice que todo se arreglará», reflexionaba, «pero no sé cómo. No veo la manera ¡Y qué modo de gritar! ¡Qué términos! Villano, amante... –se dijo, recordando las palabras de su mujer–. ¡Con tal de que no la hayan oído las criadas! ¡Es terrible!», se repitió. Permaneció en pie unos segundos, se enjugó las lágrimas, suspiró y, levantando el pecho, salió de la habitación.

Era viernes. En el comedor, el relojero alemán estaba dando cuerda a los relojes. Stepán Arkadievich recordó su broma acostumbrada, cuando, hablando de aquel alemán calvo, tan puntual, decía que se le había dado cuerda a él para toda la vida a fin de que él pudiera darla a su vez a los relojes, y sonrió. A Stepán Arkadievich le gustaban las bromas divertidas. «¡Tal vez», volvió a pensar, «se arregle todo! ¡Qué hermosa palabra arreglar!», se dijo. «Habrá que contar también ese chiste».

Llamó a Matvéi:

—Matvéi, prepara la habitación para Anna Arkadievna. Di a Marie que te ayude.

—Está bien, señor.

Stepán Arkadievich se puso la pelliza y se encaminó hacia la escalera.

—¿No come el señor en casa? –preguntó Matvéi, que iba a su lado.

—No sé, ya veremos. Toma, para los gastos –dijo Oblonsky, sacando diez rublos de la cartera–. ¿Te bastará?

—Baste o no, nos tendremos que arreglar con esto–dijo Matvéi, cerrando la portezuela del coche y subiendo la escalera.

Entre tanto, calmado el niño y comprendiendo por el ruido del carruaje que su esposo se iba, Darya Alexandrevna volvió a su dormitorio. Aquel era su único lugar de refugio contra las preocupaciones domésticas que la rodeaban apenas salía de allí. Incluso en aquel breve momento que pasara en el cuarto de los niños, la inglesa y Matriona le habían preguntado acerca de varias cosas urgentes que había que hacer y a las que solo ella podía contestar. «¿Qué tenían que ponerse los niños para ir de paseo?» «¿Les daban leche?» «¿Se buscaba otro cocinero o no?».

—¡Déjenme en paz! –había contestado Dolly, y, volviéndose a su dormitorio, se sentó en el mismo sitio donde antes había hablado con su marido, se retorció las manos, cargadas de sortijas que se deslizaban de sus dedos huesudos, y comenzó a recordar la conversación que había tenido con él.

«Ya se ha ido –pensaba– ¿Cómo acabará el asunto de la institutriz? ¿Seguirá viéndola? Debí habérselo preguntado. No, no es posible reconciliarse... Aun si seguimos viviendo en la misma casa, hemos de vivir como extraños el uno para el otro. ¡Extraños para siempre! –repitió, recalcando aquellas terribles palabras–. ¡Y cómo lo quería! ¡Cómo lo quería, Dios mío! ¡Cómo lo he querido! Y ahora mismo: ¿no lo quiero, y acaso más que antes? Lo horrible es que...».

No pudo concluir su pensamiento porque Matriona Filimonovna se presentó en la puerta.

—Si me lo permite, mandaré a buscar a mi hermano, señora –dijo–. Si no, tendré que preparar yo la comida, no sea que los niños se queden sin comer hasta las seis de la tarde, como ayer.

—Ahora salgo y miraré lo que se haya de hacer. ¿Habéis enviado por leche fresca?

Y Darya Alexandrevna, sumiéndose en las preocupaciones cotidianas, ahogó en ellas momentáneamente su dolor.

CAPÍTULO V

Aunque nada tonto, Stepán Arkadievich era perezoso y travieso, por lo que salió del colegio figurando entre los últimos.

Con todo, pese a su vida de disipación, a su modesto grado y a su poca edad, ocupaba el cargo de presidente de un Tribunal público de Moscú. Había obtenido aquel empleo gracias a la influencia del marido de su hermana Anna, Aleksey Aleksandrovich Karenin, que ocupaba un alto cargo en el Ministerio del que dependía su oficina.

Pero aunque Karenin no le hubiera colocado en aquel puesto, Stepán Arkadievich, por mediación de un centenar de personas, hermanos o hermanas, primos o tíos, habría conseguido igualmente aquel cargo u otro parecido que le permitiese ganar los seis mil rublos anuales que le eran precisos, dada la mala situación de sus negocios, aun contando con los bienes que poseía su mujer.

La mitad de la gente de posición de Moscú y San Petersburgo eran amigos o parientes de Stepán Arkadievich. Nació en el ambiente de los poderosos de este mundo. Una tercera parte de los altos funcionarios, los antiguos, habían sido amigos de su padre y le conocían a él desde la cuna. Con otra tercera parte se tuteaba y la parte restante estaba compuesta de conocidos con los que mantenía cordiales relaciones.

De modo que los distribuidores de los bienes terrenales –como cargos, arrendamientos, concesiones, etcétera– eran amigos o parientes y no habían de dejar en la indigencia a uno de los suyos.

Así, para obtener un buen puesto, Oblonsky no necesitó esforzarse mucho. Le bastó no contradecir, no envidiar, no disputar, no enojarse, todo lo cual le era fácil gracias a la bondad innata de su carácter. Le habría parecido increíble no encontrar un cargo con la retribución que necesitaba, sobre todo no ambicionando apenas nada: solo lo que habían obtenido otros amigos de su edad y que estuviera al alcance de sus aptitudes.

Los que le conocían, no solo apreciaban su carácter jovial y bondadoso y su indiscutible honradez, sino que se sentían inclinados hacia él incluso por su arrogante presencia, sus brillantes ojos, sus negras cejas y su rostro blanco y sonrosado. Cuando alguno le encontraba exteriorizaba enseguida su contento: «¡Aquí esta Stiva Oblonsky!», exclamaba al verle aparecer, casi siempre sonriendo con jovialidad.

Y, si bien después de una conversación con él no se producía ninguna especial satisfacción, las gentes, un día y otro, cuando le veían, volvían a acogerle con idéntico regocijo.

En los tres años que llevaba ejerciendo su cargo en Moscú, Stepán Arkadievich había conseguido, no solo atraerse el afecto, sino el respeto de compañeros, subordinados, jefes y de cuantos le trataban. Las principales cualidades que le hacían ser respetado en su oficina eran, ante todo, su indulgencia con los demás –basada en el reconocimiento de sus propios defectos– y, después, su sincero liberalismo. No aquel liberalismo del que hablaban los periódicos, sino un liberalismo que llevaba en la sangre y que le hacía tratar siempre del mismo modo a todos, sin distinción de posiciones y jerarquías, y finalmente –y era esta la cualidad principal– la perfecta indiferencia que le inspiraba su cargo, lo que le permitía no entusiasmarse demasiado con él ni cometer errores.

Entrando en su oficina, Oblonsky pasó a su pequeño gabinete particular, seguido del respetuoso conserje, que le llevaba la cartera. Se vistió allí de uniforme y entró en el despacho.

Los escribientes y oficiales se pusieron en pie, saludándole con jovialidad y respeto. Como de costumbre, Stepán Arkadievich estrechó las manos a los miembros del Tribunal y se sentó en su puesto. Bromeó y charló un rato, no más de lo conveniente, y comenzó a trabajar.

Nadie mejor que él sabía deslindar los límites de la llaneza oportuna y la seriedad precisa para hacer agradable y eficaz el trabajo.

El secretario se acercó con los documentos del día y le habló con el tono de familiaridad que introdujera en la oficina el propio Stepán Arkadievich.

—Al fin hemos recibido los datos que necesitábamos de la administración provincial de Penza. Aquí están. Con su permiso...

—¿Así es que ya se han recibido? –preguntó Stepán Arkadievich, poniendo la mano sobre ellos–. ¡Bueno, señores!

Y la oficina en pleno comenzó a trabajar.

«¡Si ellos supieran –pensaba, mientras, con aire grave, escuchaba el informe– qué aspecto de chiquillo travieso cogido en falta tenía media hora antes su "presidente del Tribunal"!»

Y sus ojos reían mientras escuchaba la lectura del expediente.

El trabajo duraba hasta las dos, en que se hacía un receso para el almuerzo.

Poco antes de aquella hora, las grandes puertas de la sala se abrieron de improviso y alguien entró en ella. Los miembros del tribunal, sentados bajo el retrato del Emperador y los colocados bajo el *zertsalo*[1], miraron hacia la puerta, satisfechos de aquella diversión inesperada. Pero el ujier hizo salir enseguida al recién llegado y cerró tras él la puerta vidriera.

Una vez examinado el expediente, Oblonsky se levantó, se desperezó y, rindiendo tributo al liberalismo de los tiempos que corrían, encendió un cigarrillo en plena sala del consejo y se dirigió a su despacho.

Sus dos amigos, el veterano empleado Nikitin y el gentilhombre de cámara Grinevich, le siguieron.

—Después de comer tendremos tiempo de terminar el asunto –dijo Stepán Arkadievich.

—Naturalmente –afirmó Nikitin.

—¡Ese Fomin debe de ser un pillo redomado! –dijo Grinevich refiriéndose a uno de los que estaban complicados en el expediente que tenían en estudio.

Oblonsky hizo una mueca, como para dar a entender a Grinevich que no era conveniente establecer juicios anticipados, y no contestó.

—¿Quién era el que entró mientras trabajábamos? –preguntó al ujier.

—Uno que lo hizo sin permiso, Excelencia, aprovechando un descuido mío. Preguntó por usted. Le dije que hasta que no salieran los miembros del Tribunal…

—¿Dónde está?

—Debe de haberse ido a la antesala. No lo podía sacar de aquí. ¡Ah, es ese! –dijo el ujier, señalando a un individuo de buena figura, ancho de espaldas, con la barba rizada, el cual, sin quitarse el gorro de piel de carnero, subía a toda prisa la desgastada escalinata de piedra.

Un funcionario enjuto, que descendía con una cartera bajo el brazo, miró con severidad las piernas de aquel hombre y dirigió a Oblonsky una inquisitiva mirada.

---

(1) Especie de espejo de forma piramidal, coronado de un águila y con varios edictos de Pedro el Grande. Era uno de los atributos indispensable en cualquier despacho de la administración.

Stepán Arkadievich estaba en lo alto de la escalera. Su rostro, resplandeciente sobre el cuello bordado del uniforme, resplandeció más al reconocer al recién llegado.

—Es él, me lo figuraba. Es Levin –dijo con sonrisa amistosa y algo burlona–. ¿Cómo te dignas venir a visitarme en esta «covachuela»? –dijo abrazando a su amigo, no contento con estrechar su mano–. ¿Hace mucho que llegaste?

—Ahora mismo. Tenía muchos deseos de verte –contestó Levin con timidez y mirando a la vez en torno suyo con inquietud y disgusto.

—Bien, vamos a mi gabinete –dijo Oblonsky, que conocía la timidez y el excesivo amor propio de su amigo.

Y, sujetando su brazo, le arrastró tras de sí, como si le abriera camino a través de graves peligros.

Stepán Arkadievich tuteaba a casi todos sus conocidos: ancianos de sesenta años y muchachos de veinte, artistas y ministros, comerciantes y generales. De modo que muchos de los que tuteaba se hallaban en extremos opuestos de la escala social y habrían quedado muy sorprendidos de saber que, a través de Oblonsky, tenían algo de común entre sí.

Se tuteaba con todos con cuantos bebía champaña una vez, y como lo bebía con todo el mundo, cuando en presencia de sus subordinados se encontraba con uno de aquellos «tús», como solía llamar en broma a tales amigos, de los que tuviera que avergonzarse, sabía eludir, gracias a su tacto natural, lo que aquello pudiese tener de despreciable para sus subordinados.

Levin no era un «tú» del que pudiera avergonzarse, pero Oblonsky comprendía que su amigo pensaba que él tendría tal vez recelos en demostrarle su intimidad en presencia de sus subalternos y por eso le arrastró a su despacho.

Levin era de la misma edad que Oblonsky. Su tuteo no se debía solo a haber bebido champaña juntos, sino a haber sido amigos y compañeros en su primera juventud. No obstante la diferencia de sus inclinaciones y caracteres, se querían como suelen quererse dos amigos de la adolescencia. Pero, como pasa a menudo entre personas que eligen diversas profesiones, cada uno, aun aprobando y comprendiendo la elección del otro, la despreciaba en el fondo de su alma.

Le parecía a cada uno de los dos que la vida que él llevaba era la única real y la del amigo una ficción. Por eso Oblonsky no había podido reprimir una sonrisa burlona al ver a Levin. Varias veces le había visto en Moscú, llegado del pueblo, donde se ocupaba de cosas que Stepán Arkadievich no alcanzaba nunca a comprender bien, y que, por otra parte, no le interesaban.

Levin llegaba siempre a Moscú precipitadamente, agitado, cohibido a irritado contra sí mismo por su torpeza y expresando generalmente puntos de vista desconcertantes a inesperados respecto a todo.

Stepán Arkadievich encontraba aquello muy divertido. Levin, en el fondo, despreciaba también la vida ciudadana de Oblonsky y su trabajo, que le parecían sin valor. La diferencia estribaba en que Oblonsky, haciendo lo que todos los demás, al reírse de su amigo, lo hacía seguro de sí y con buen humor, mientras que Levin carecía de serenidad y a veces se irritaba.

—Hace mucho que te esperaba –dijo Oblonsky, entrando en el despacho y soltando el brazo de su amigo, como para indicar que habían concluido los riesgos–. Estoy muy contento de verte –continuó–. ¿Cuándo has llegado?

Levin callaba, mirando a los dos desconocidos amigos de Stepán Arkadievich y fijándose, sobre todo, en la blanca mano del elegante Grinevich, una mano de afilados y blancos dedos y de largas uñas curvadas en su extremidad. Aquellas manos surgiendo de los puños de una camisa adornados de brillantes y enormes gemelos atraían toda la atención de Levin y coartaban la libertad de sus pensamientos.

Oblonsky se dio cuenta y sonrió.

—Permitidme presentaros –dijo–. Aquí, mis amigos Filipp Ivanovich Nikitin y Mijail Stanislavovich Grinevich. Y aquí –añadió volviéndose a Levin–: una personalidad de los estados provinciales, un miembro de los *zemstvo*,(1) un gran deportista, que levanta con una sola mano ochenta kilos, un rico ganadero, formidable cazador y amigo mío, Konstantín Dmitrievich Levin, hermano de Serguéi Ivanovich Kosnichev.

—Mucho gusto en conocerle –dijo el anciano.

—Tengo el honor de conocer a su hermano Serguéi Ivanovich –aseguró Grinevich, tendiéndole su fina mano de largas uñas.

Levin arrugó el entrecejo, le estrechó la mano con frialdad y se volvió hacia Oblonsky. Aunque apreciaba mucho a su hermano de madre, célebre escritor, le resultaba intolerable que no le consideraran a él como Konstantín Levin, sino como hermano del ilustre Koznichev.

—No, yo ya no me ocupo de los zemstvos –dijo, dirigiéndose a Oblonsky–. He discutido con todos los miembros y ya no asisto a sus reuniones.

---

(1) Instituciones autónomas que, como resultado de las reformas introducidas bajo Alejandro II en la organización municipal, se crearon en Rusia en tiempo de aquel zar.

—¡Caramba, qué pronto te has cansado! ¿Como ha sido eso? –preguntó su amigo, sonriendo.

—Es una historia larga. Otro día te la contaré –replicó Levin.

Pero a continuación comenzó a relatarla:

—En una palabra: tengo la certeza de que no se hace ni se podrá hacer nada de provecho con los *zemstvos* –profirió como si contestase a una injuria–. Por un lado, se juega al parlamento, y yo no soy ni bastante viejo ni bastante joven para divertirme jugando. Por otra parte –Levin hizo una pausa– ...es una manera que ha hallado la *coterie*(1) rural de sacar el jugo a las provincias. Antes había juicios y tutelas y ahora zemstvos, no en forma de gratificaciones, sino de sueldos inmerecidos –concluyó con mucho calor, como si alguno de los presentes le hubiese rebatido las opiniones.

—Por lo que veo, atraviesas una fase nueva, y esta vez conservadora –dijo Oblonsky–. Pero ya hablaremos de eso después.

—Sí, después... Pero antes quería hablarte de cierto asunto... –repuso Levin mirando con aversión la mano de Grinevich.

Stepán Arkadievich sonrió levemente.

—¿No me decías que no te pondrías jamás vestidos europeos? –preguntó a Levin, mirando el traje que este vestía, seguramente cortado por un sastre francés–. ¡Cuando digo que atraviesas una nueva fase!

Levin se sonrojó, pero no como los adultos, que se ponen encarnados casi sin darse cuenta, sino como los niños, que al ruborizarse comprenden lo ridículo de su timidez, lo que excita más aún su rubor, casi hasta las lágrimas.

Hacía un efecto tan extraño ver aquella expresión pueril en el rostro varonil e inteligente de su amigo que Oblonsky desvió la mirada.

—¿Dónde nos podemos ver? –preguntó Levin–. Necesito hablarte.

Oblonsky reflexionó.

—Vamos a almorzar al restaurante Gurin –dijo– y allí hablaremos. Estoy libre hasta las tres.

—No –dijo Levin, después de pensarlo un momento–. Antes tengo que ir a otro sitio.

—Entonces cenaremos juntos por la noche.

—Pero, ¿para qué cenar? Al fin y al cabo no tengo nada especial que decirte. Solo decirte un par de cosas, preguntarte algo y después charlar un rato.

—Pues dime ahora esas dos cosas y ya charlaremos después de comer.

---

(1) Pandilla, camarilla.

—Se trata de... –empezó Levin– Bueno, de todos modos, no es nada de particular.

En su rostro se retrató una viva irritación provocada por los esfuerzos que hacía para dominar su timidez.

—¿Qué sabes de los Scherbatsky? ¿Siguen sin novedad? –preguntó, por fin.

Stepán Arkadievich, sabía desde hacía mucho tiempo que Levin estaba enamorado de su cuñada Kitty, por eso sonrió imperceptiblemente y sus ojos brillaron de satisfacción.

—Ya me has dicho el par de palabras, pero ahora no puedo responderte porque... Perdóname un instante.

El secretario –con respetuosa familiaridad y con la modesta consciencia de la superioridad que todos los secretarios creen tener sobre sus jefes en el conocimiento de todos los asuntos– entró y se dirigió a Oblonsky llevando unos documentos y, en forma de pregunta, comenzó a explicarle una dificultad. Stepán Arkadievich, sin terminar de escucharle, puso la mano sobre la manga del secretario.

—No, hágalo, de todos modos, como le he dicho –indicó, suavizando la orden con una sonrisa. Y tras explicarle la idea que él tenía sobre la solución del asunto, concluyó, separando los documentos–: Le ruego que lo haga así, Zajar Nikitich.

El secretario salió un poco confundido. Levin, entre tanto, se había recobrado completamente de su turbación, y en aquel momento se hallaba con las manos apoyadas en el respaldo de una silla, escuchando con burlona atención.

—No lo comprendo, no... –dijo.

—¿El qué no comprendes? –repuso Oblonsky sonriendo y sacando un cigarrillo. Esperaba alguna extravagancia de parte de Levin.

—Lo que hacéis aquí –repuso Levin, encogiéndose de hombros–. ¿Es posible que puedas tomarlo en serio?

—¿Por qué no?

—Porque aquí no hay nada que hacer.

—Eso te figuras tú. Estamos abrumados de trabajo.

—Sí, sobre el papel... Verdaderamente, tienes aptitudes para estas cosas –añadió Levin.

—¿Qué quieres decir?

—Nada –replicó Levin–. De todos modos, admiro tu grandeza y me siento orgulloso de tener un amigo tan importante... Pero no has contestado aún a mi pregunta –terminó, mirando a Oblonsky a los ojos, con un esfuerzo desesperado.

—Pues bien, espera un poco y también tú acabarás aquí, aunque poseas tres mil hectáreas de tierras en el distrito de Karasinsky y tengas tus músculos y la lozanía y agilidad de una muchacha de doce años. ¡A pesar de todo ello acabarás por pasarte a nuestras filas! Y respecto a lo que me has preguntado, no hay novedad. Pero es una lástima que no hayas venido por aquí en tanto tiempo.

—¿Pues qué pasa? –preguntó, con inquietud, Levin.

—Nada, nada –dijo Oblonsky–. Ya charlaremos. Y en concreto, ¿qué es lo que te ha traído aquí?

—De eso será mejor hablar también después –respondió Levin, sonrojándose hasta las orejas.

—Bien, ya me hago cargo –dijo Stepán Arkadievich–. Si quieres verlas, las encontrarás hoy en el Parque Zoológico, de cuatro a cinco. Kitty estará patinando. Ve a verlas. Yo me reuniré allí contigo y luego iremos a cualquier sitio.

—Muy bien. Hasta luego entonces.

—¡No te olvides de la cita! Te conozco bien. Eres capaz de olvidarla o de marcharte al pueblo –exclamó, riendo, Oblonsky.

—No, no…

Y salió del despacho, sin acordarse de que no había saludado a los amigos de Oblonsky hasta que estuvo en la puerta.

—Parece un hombre de carácter –dijo Grinevich cuando Levin hubo salido.

—Sí, querido –asintió Stepán Arkadievich, inclinando la cabeza–. ¡Es un mozo con suerte! ¡Tres mil hectáreas en Karasinsky, joven y fuerte y con un hermoso porvenir…! ¡No es como nosotros!

—¿De qué se queja usted?

—¡De que todo me va mal! –respondió Oblonsky, suspirando profundamente.

Capítulo VI

Cuando Oblonsky preguntó a Levin por el motivo de su viaje a Moscú, Levin se sonrojó y se indignó consigo mismo por haberse sonrojado y por no haber sabido decirle: «He venido para pedir la mano de tu cuñada», pues solo por este motivo se encontraba en Moscú.

Los Levin y los Scherbatsky, antiguas familias nobles de Moscú, habían mantenido siempre entre sí cordiales relaciones y su amistad se había afirmado más aún durante los años en que Levin fue estudiante. Este se preparó e ingresó en la Universidad a la vez que el joven príncipe Scherbatsky, el hermano de Dolly y Kitty. Levin frecuentaba entonces la casa de los Scherbatsky y se encariñó con la familia. Por extraño que pueda parecer, con lo que Levin estaba encariñado era precisamente con la casa, con la familia y, sobre todo, con la parte femenina de la familia. Levin no recordaba a su madre. Tenía solo una hermana, y esta era mayor que él. Así, pues, en casa de los Scherbatsky se encontró por primera vez en aquel ambiente de hogar aristocrático a intelectual del que él no había podido gozar nunca por la muerte de sus padres.

Todo, en los Scherbatsky, sobre todo en las mujeres, se presentaba ante él envuelto como en un velo misterioso, poético. Y no solo no veía en ellos defecto alguno, sino que suponía que bajo aquel velo poético que envolvía sus vidas se ocultaban los sentimientos más elevados y las más altas perfecciones.

Que aquellas señoritas hubiesen de hablar un día en francés y otro en inglés; que tocasen por turno el piano, cuyas melodías se oían desde el cuarto de trabajo de su hermano, donde los estudiantes preparaban sus lecciones; que tuviesen profesores de literatura francesa, de música, de dibujo, de baile; que las tres, acompañadas de *mademoiselle* Linon, fuesen por las tardes a horas fijas al boulevard Tverskoy, vestidas con sus abrigos invernales de satén –Dolly de largo, Natalia de medio largo y Kitty completamente de corto, de modo que se podían distinguir bajo el abriguito sus piernas cubiertas de tersas medias encarnadas–; que hubiesen de pasear por el boulevard Tverskoy acompañadas por un lacayo con una escarapela dorada en el sombrero; todo aquello y mucho más que se hacía en aquel mundo misterioso en el que ellos se movían, Levin no podía comprenderlo, pero estaba seguro de que todo lo que se hacía allí era hermoso y perfecto y, precisamente por el misterio en que para él se desenvolvía, se sentía enamorado de ello.

Durante su época de estudiante, casi se enamoró de la hija mayor, Dolly, pero esta se casó poco después con Oblonsky. Entonces comenzó a enamorarse de la segunda, como si le fuera necesario estar enamorado de una a otra de las hermanas. Pero Natalia, apenas presentada en sociedad, se casó con el diplomático Lvov. Kitty era todavía una niña cuando Levin salió de la Universidad. El joven Scherbatsky, que había ingresado en la Marina, pereció en el Báltico y desde entonces las relaciones de Levin con la familia, a pesar de su amistad con Oblonsky, se hicieron cada vez menos estrechas.

Pero cuando aquel año, a principios de invierno, Levin volvió a Moscú después de un año de ausencia y visitó a los Scherbatsky, comprendió de quién estaba destinado en realidad a enamorarse. Al parecer, nada más sencillo –conociendo a los Scherbatsky, siendo de buena familia, más bien rico que pobre, y contando treinta y dos años de edad– que pedir la mano de la princesita Kitty. Seguramente le habrían considerado un buen partido. Pero, como Levin estaba enamorado, Kitty le parecía tan perfecta, un ser tan por encima de todo lo de la tierra, y él se consideraba un hombre tan bajo y vulgar, que casi no podía imaginarse que ni Kitty ni los demás le encontraran digno de ella.

Pasó dos meses en Moscú como en un sueño, coincidiendo casi a diario con Kitty en la alta sociedad, que comenzó a frecuentar para verla más a menudo, y, de repente, le pareció que no tenía esperanza alguna de lograr a su amada y se marchó al pueblo.

La opinión de Levin se basaba en que a los ojos de los padres de Kitty él no podía ser un buen partido, y que tampoco la deliciosa muchacha podía amarle.

Ante sus padres no podía alegar una ocupación determinada, ninguna posición social, siendo así que a su misma edad, treinta y dos años, otros compañeros suyos eran: uno general ayudante, otro director de un banco y de una compañía ferroviaria, otro profesor, y el cuarto presidente de un tribunal de justicia, como Oblonsky...

Él, en cambio, sabía bien cómo debían de juzgarle los demás: un propietario rural, un ganadero, un hombre sin capacidad, que no hacía, a ojos de las gentes, sino lo que hacen los que no sirven para nada: ocuparse del ganado, de cazar, de vigilar sus campos y sus dependencias.

La hermosa Kitty no podía, pues, amar a un ser tan feo como Levin se consideraba y, sobre todo, tan inútil y tan vulgar. Por otra parte, debido a su amistad con el hermano de ella ya difunto, sus relaciones con Kitty habían sido las de un hombre maduro con una niña, lo cual le parecía un obstáculo más. Opinaba que a un joven feo y bondadoso, como él creía ser, se le puede amar como a un amigo, pero no con la pasión que él profesaba a Kitty. Para eso había que ser un hombre gallardo y, más que nada, un hombre destacado.

Es verdad que había oído decir que las mujeres aman a veces a hombres feos y vulgares, pero él no lo podía creer y juzgaba a los demás por sí mismo, que solo era capaz de amar a mujeres bonitas, misteriosas y originales.

No obstante, después de haber pasado dos meses en la soledad de su pueblo, comprendió que el sentimiento que le absorbía ahora no se parecía en nada a los entusiasmos de su primera juventud, pues no le dejaba momento de reposo, y vio claro que no podría vivir sin saber si Kitty podría o no llegar a ser su mujer. Comprendió, además, que sus temores eran hijos de su imaginación y que no tenía ningún serio motivo para pensar que hubiera de ser rechazado. Y fue así como se decidió a volver a Moscú, resuelto a pedir la mano de Kitty y casarse con ella, si le aceptaban... Y si no... Pero no quiso ni pensar en lo que sucedería si era rechazada su proposición.

CAPÍTULO VII

Llegó a Moscú en el tren de la mañana y enseguida se dirigió a casa de Koznichev, su hermano mayor por parte de madre. Después de mudarse de ropa, entró en el despacho de su hermano dispuesto a exponerle los motivos de su viaje y pedirle consejo, pero Koznichev no se encontraba solo. Le acompañaba un profesor de filosofía muy renombrado que había venido de Jarkov con el exclusivo objeto de discutir con él un tema filosófico sobre el que ambos mantenían diferentes puntos de vista. El profesor sostenía una ardiente polémica con los materialistas, y Koznichev, que la seguía con interés, después de leer el último artículo del profesor, le escribió una carta exponiéndole sus objeciones y censurándole las excesivas concesiones que hacía al materialismo. El polemista se puso enseguida en camino para discutir la cuestión. El punto debatido estaba entonces muy en boga y se reducía a aclarar si existía un límite de separación entre las facultades psíquicas y fisiológicas del hombre y dónde se hallaba tal límite, de existir.

Serguéi Ivanovich acogió a su hermano con la misma sonrisa fría con que acogía a todo el mundo y, después de presentarle al profesor, reanudó la charla.

El profesor, un hombre bajito, con lentes, de frente estrecha, interrumpió un momento la conversación para saludar y luego volvió a continuarla, sin ocuparse de Levin. Este se sentó, esperando que el filósofo se marchase, pero acabó interesándose por la discusión.

Había visto en los periódicos los artículos de que se hablaba y los había leído, tomando por ellos el interés general que un antiguo alumno de la facultad de ciencias puede tomar por el desarrollo de las ciencias; pero, por su parte, jamás asociaba estas profundas cuestiones referentes a la procedencia del hombre como animal, a la acción refleja, la biología, la sociología, y a aquella que, entre todas, le preocupaba cada vez más: la significación de la vida y la muerte.

En cambio, su hermano y el profesor, en el curso de su discusión, mezclaban las cuestiones científicas con las referentes al alma y, cuando parecía que iban a tocar el tema principal, se desviaban enseguida y se hundían de nuevo en la esfera de las sutiles distinciones, las reservas, las citas, las alusiones, las referencias a opiniones autorizadas, con lo que Levin apenas podía entender de lo que trataban.

—No me es posible admitir –dijo Serguéi Ivanovich, con la claridad y precisión, con la pureza de dicción que le eran connaturales– la tesis sustentada por Keiss. Es decir que toda concepción del mundo exterior nos es transmitida mediante sensaciones. La idea de que existimos la percibimos nosotros directamente, no a través de una sensación, puesto que no se conocen órganos especiales capaces de recibirla.

—Pero Wurst, Knaust y Pripasov le contestarían que la idea de que existimos brota del conjunto de todas las sensaciones y es consecuencia de ellas. Wurst afirma incluso que sin sensaciones no se experimenta la idea de existir.

—Voy a demostrar lo contrario... –comenzó Serguéi Ivanovich.

Levin, advirtiendo que los interlocutores, tras aproximarse al punto esencial del problema, iban a desviarse de nuevo de él, preguntó al profesor:

—Entonces, cuando mis sensaciones se aniquilen y mi cuerpo muera, ¿no habrá ya para mí existencia posible?

El profesor, contrariado como si aquella interrupción le produjese casi un dolor físico, miró al que le interrogaba y que más parecía un palurdo que un filósofo y luego volvió los ojos a Serguéi Ivanovich, como preguntándole: ¿qué queréis que le diga?

Pero Serguéi Ivanovich, que hablaba con menos afectación e intransigencia que el profesor y comprendía tanto las objeciones de este como el natural y simple punto de vista que acababa de ser sometido a examen, sonrió y dijo:

—Aún no estamos en condiciones de contestar adecuadamente a esa pregunta.

—Cierto, no poseemos bastantes datos –afirmó el profesor. Y continuó exponiendo sus argumentos–. No –dijo–. Yo sostengo que si, como afirma Pripasov, la sensación tiene su fundamento en la impresión, hemos de establecer entre estas dos nociones una distinción rigurosa.

Levin no quiso escuchar más y siguió esperando con impaciencia que el profesor se marchase.

Capítulo VIII

Cuando el profesor se hubo ido, Serguéi le dijo a su hermano:

—Celebro que hayas venido. ¿Por mucho tiempo? ¿Y cómo van las tierras?

Levin sabía que a su hermano le interesaban poco las tierras y que si le preguntaba por ellas lo hacía por condescendencia. Le contestó, pues, limitándose a hablarle de la venta del trigo y del dinero cobrado.

Habría querido hablar a su hermano de sus proyectos de matrimonio, pedirle consejo. Pero, escuchando su conversación con el profesor y oyendo luego el tono de protección con que le preguntaba por las tierras (las propiedades de su madre las poseían los dos hermanos en común, aunque era Levin quien las administraba), tuvo la sensación de que no habría ya manera de explicarse bien, de que no podía empezar a hablarle a su hermano de su decisión, y de que este seguramente no vería las cosas como él deseaba que las viera.

—Bueno, ¿y qué dices del zemstvo? –preguntó Serguéi, que daba mucha importancia a aquella institución.

—A decir verdad, no lo sé.

—¿Cómo? ¿No perteneces a él?

—No. He presentado la dimisión –contestó Levin– y no asisto a las reuniones.

—¡Es una lástima! –dijo Serguéi Ivanovich arrugando el entrecejo.

Levin, para disculparse, comenzó a relatarle lo que sucedía en las reuniones.

—Ya se sabe que siempre pasa así –le interrumpió su hermano–. Los rusos somos de ese modo. Tal vez la facultad de ver los defectos propios sea un hermoso rasgo de nuestro carácter. Pero los exageramos y nos consolamos de ellos con la ironía que tenemos siempre en los labios. Una cosa te diré, si otro pueblo cualquiera de Europa hubiese tenido una institución análoga a la de los zemstvos –por ejemplo, los alemanes o los ingleses–, la habrían aprovechado para conseguir su libertad política. En cambio nosotros solo sabemos reírnos de ella.

—¿Qué querías que hiciera? –replicó Levin, excusándose–. Era mi última prueba y puse en ella toda mi alma… Pero no puedo, no tengo aptitudes.

—No es que no tengas, es que no enfocas bien el asunto –dijo Serguéi Ivanovich.

—Tal vez tengas razón –concedió Levin abatido.

—¿Sabes que nuestro hermano Nikolái está otra vez en Moscú?

Nikolái, hermano de Konstantín y de Serguéi, por parte de madre, y mayor que los dos, era un calavera. Había disipado su fortuna, andaba siempre con gente de dudosa reputación y estaba reñido con ambos hermanos.

—¿Es posible? –preguntó Levin con inquietud–. ¿Cómo lo sabes?

—Prokofi lo ha visto en la calle.

—¿En Moscú? ¿Sabes dónde vive?

Levin se levantó, como disponiéndose a marcharse enseguida.

—Siento habértelo dicho –dijo Serguéi Ivanovich, meneando la cabeza al ver la emoción de su hermano–. Envié a informarme de su domicilio y le remití la letra de cambio a nombre de Trubin, después de pagarla. Mira lo que me contesta...

Y Serguéi Ivanovich alargó a su hermano una nota que tenía bajo el pisapapeles. Levin leyó la nota, escrita con la letra irregular de Nicolái, tan semejante a la suya:

> «Os ruego encarecidamente que me dejéis en paz. Es lo único que deseo de mis queridos hermanitos.
>
> »Nikolái Levin».

Después de leerla, Konstantín permaneció en pie ante su hermano, con la cabeza baja y el papel entre las manos.

En su interior luchaba con el deseo de olvidar a su desgraciado hermano y la convicción de que obrar de aquel modo sería una mala acción.

—Al parecer, se propone ofenderme, pero no lo conseguirá –seguía diciendo Serguéi– . Yo estaba dispuesto a ayudarle con todo mi corazón, pero ya ves que es imposible.

—Sí, sí... –repuso Levin–. Comprendo y apruebo tu actitud... Pero yo quiero verle.

—Ve si lo deseas, mas no te lo aconsejo –dijo Serguéi Ivanovich–. No es que yo le tema con respecto a las relaciones entre tú y yo, porque no conseguirá hacernos reñir, pero creo que es mejor que no vayas, y así te lo aconsejo. Es imposible ayudarle. Sin embargo, haz lo que te parezca mejor.

—Quizá sea imposible ayudarle, pero no me quedaría tranquilo, sobre todo ahora, si...

—No te comprendo bien –repuso Serguéi Ivanovich–, lo único que comprendo es la lección de humildad. Desde que Nikolái comenzó a ser como es, yo comencé a considerar eso que llaman una «bajeza», con menos severidad. ¡Ya sabes lo que hizo!

—¡Es terrible, terrible! –repetía Levin.

Después de obtener del lacayo de su hermano las señas de Nicolái, Levin decidió visitarle enseguida, pero luego, reflexionándolo mejor, aplazó la visita hasta la tarde.

Ante todo, para tranquilizar su espíritu, necesitaba resolver el asunto que le traía a Moscú. Para ello se dirigió, pues, a la oficina de Oblonsky y, después de haber conseguido las informaciones que necesitaba sobre los Scherbatsky, tomó un coche y se dirigió al lugar donde le habían dicho que podía encontrar a Kitty.

CAPÍTULO IX

A las cuatro de la tarde, Levin, con el corazón palpitante, dejó el coche de alquiler cerca del Parque Zoológico y se encaminó por un sendero a la pista de patinar, seguro de encontrar a Kitty, ya que había visto a la puerta el carruaje de los Scherbatsky.

El día era frío, despejado. Ante el Parque Zoológico estaban alineados trineos, carruajes particulares y coches de alquiler. Aquí y allá se veían algunos gendarmes. El público, con sus sombreros que relucían bajo el sol, se agolpaba en la entrada y en los paseos ya limpios de nieve, entre filas de casetas de madera de estilo ruso, con adornos esculpidos. Los viejos y frondosos abedules, inclinados bajo el peso de la nieve que cubría sus ramas, parecían ostentar flamantes vestiduras de fiesta.

Levin, mientras seguía el sendero que conducía a la pista, se decía: «Hay que estar tranquilo. Es preciso no emocionarse. ¿Qué te pasa, corazón? ¿Qué quieres? ¡Calla, estúpido!». Así hablaba a su corazón, pero cuanto más se esforzaba en calmarse, más emocionado se sentía.

Se encontró con un conocido que le saludó, pero Levin no recordó siquiera quién podía ser. Se acercó a las montañas de nieve, en las que, entre el estrépito de las cadenas que hacían subir los trineos, sonaban voces alegres. Unos pasos más allá se encontró ante la pista y entre los que patinaban reconoció inmediatamente a Kitty.

La alegría y el temor inundaron su corazón. Kitty se hallaba en el extremo de la pista, hablando en aquel momento con una señora. Aunque nada había de extraordinario en su actitud ni en su vestido, para Levin resaltaba entre todos, como una rosa entre las ortigas. Todo en torno de ella parecía iluminado. Era como una sonrisa que hiciera resplandecer las cosas a su alrededor. «¿Es posible que pueda acercarme adonde está?», se preguntó Levin.

Hasta el lugar donde ella se hallaba le parecía un santuario inaccesible, y tal era su zozobra que hubo un momento en que incluso decidió marcharse. Tuvo que hacer un esfuerzo sobre sí mismo para decirse que al lado de Kitty había otras muchas personas y que él podía muy bien haber ido allí para patinar. Entró en la pista, procurando no mirar a Kitty sino a largos intervalos, como hacen los que temen mirar al sol de frente. Pero como el sol, la presencia de la joven se sentía aún sin mirarla.

Aquel día y a aquella hora acudían a la pista personas de una misma posición, todas ellas conocidas entre sí. Allí estaban los maestros del arte de patinar luciendo su arte; los que aprendían sujetándose a sillones que empujaban delante de ellos, deslizándose por el hielo con movimientos tímidos y torpes; había también niños, y viejos que patinaban por motivos de salud.

Todos le parecían a Levin seres dichosos porque podían estar cerca de «ella». Sin embargo, los patinadores cruzaban al lado de Kitty, la alcanzaban, le hablaban, se separaban otra vez y todo con indiferente naturalidad, divirtiéndose sin que ella entrase para nada en su alegría, gozando del buen tiempo y de la excelente pista.

Nikolái Scherbatsky, primo de Kitty, vestido con una chaqueta corta y pantalones ceñidos, descansaba en un banco con los patines puestos. Al ver a Levin, le gritó:

—¡Hola, primer patinador de todas las Rusias! ¿Desde cuándo está usted aquí? El hielo está excelente. Ande, póngase los patines.

—No traigo patines –repuso Levin, asombrado de la libertad de maneras de Scherbatsky delante de «ella» y sin perderla de vista ni un momento, aunque tenía puesta en otro sitio la mirada.

Sintió que el sol se aproximaba a él. Deslizándose sobre el hielo con sus piececitos calzados de altas botas, Kitty, algo asustada al parecer, se acercaba a Levin. Tras ella, haciendo gestos desesperados a inclinándose hacia el hielo, iba un muchacho vestido con el traje nacional ruso que la perseguía. Kitty patinaba con poca seguridad y sacando las manos del manguito sujeto al cuello por un cordón, las extendía como para cogerse a algo ante el temor de una caída. Vio a Levin, a quien reconoció enseguida, y sonrió tanto para él como para disimular su temor.

Al llegar a la curva, Kitty, con un impulso de sus piececitos nerviosos, se acercó a Scherbatsky, se agarró a su brazo sonriendo y saludó a Levin con la cabeza.

Estaba más hermosa aún de lo que él la imaginara. Cuando pensaba en ella, recordaba su cabecita rubia, con su expresión deliciosa de bondad y candor infantiles, tan admirablemente colocada sobre sus hombros graciosos. Aquella mezcla de gracia de niña y de belleza de mujer ofrecían un conjunto encantador que impresionaba a Levin profundamente.

Pero lo que más le impresionaba de ella, como una cosa siempre nueva, eran sus ojos tímidos, serenos y francos, y su sonrisa, aquella sonrisa que le transportaba a un mundo encantado, donde se sentía satisfecho, contento, con una felicidad plena como solo recordaba haberla experimentado durante los primeros días de su infancia.

—¿Cuándo ha venido? –le preguntó Kitty, dándole la mano.

El pañuelo se le cayó del manguito. Levin lo recogió y ella dijo:

—Muchas gracias.

—Llegué hace poco: ayer... quiero decir, hoy... –repuso Levin, a quien la emoción había impedido entender bien la pregunta–. Me proponía ir a su casa...

Y recordando de pronto el motivo por el que la buscaba, se turbó y se puso encarnado.

—No sabía que usted patinara. Y patina muy bien –añadió.

Ella le miró atentamente, como tratando de adivinar la causa de su turbación.

—Estimo en mucho su elogio, ya que se le considera a usted como el mejor patinador –dijo al fin, sacudiendo con su manita enfundada en guantes negros la escarcha que se formaba sobre su manguito.

—Sí, antes, cuando patinaba con pasión aspiraba a llegar a ser un perfecto patinador.

—Parece que usted se apasiona por todo –dijo la joven, sonriendo–. Me gustaría verle patinar. Ande, póngase los patines y demos una vuelta juntos.

«¿Es posible? ¡Patinar juntos!», pensaba Levin, mirándola.

—Enseguida me los pongo –dijo en voz alta.

Y se alejó a buscarlos.

—Hace tiempo que no venía usted por aquí, señor –le dijo el empleado, cogiendo el pie de Levin para sujetarle los patines–. Desde entonces no viene nadie que patine como usted. ¿Queda bien así? –concluyó, ajustándole la correa.

—Bien, bien. Acabe pronto, por favor –replicaba Levin, conteniendo apenas la sonrisa de dicha que pugnaba por aparecer en su rostro. «¡Esto es vida! ¡Esto es felicidad! ¡Juntos, patinaremos juntos!, me ha dicho. ¿Y si se lo dijera ahora? Pero tengo miedo, porque ahora me siento feliz, feliz aunque sea solo por la esperanza… ¡Pero es preciso decidirse! ¡Hay que acabar con esta incertidumbre! ¡Y ahora mismo!».

Se puso en pie, se quitó el abrigo y, tras recorrer el hielo desigual inmediato a la caseta, salvó el hielo liso de la pista, deslizándose sin esfuerzo, como si le bastase la voluntad para animar su carrera. Se acercó a Kitty con timidez, sintiéndose calmado al ver la sonrisa con que le acogía.

Ella le dio la mano y los dos se precipitaron juntos, aumentando cada vez más la velocidad, y cuanto más deprisa iban, tanto más fuertemente oprimía ella la mano de Levin.

—Con usted aprendería muy pronto, porque, no sé a qué se deberá, pero me siento completamente segura cuando patino con usted –le dijo.

—Y yo también me siento más seguro cuando usted se apoya en mi brazo –repuso Levin. Y enseguida enrojeció, asustado de lo que acababa de decir. Y, en efecto, apenas hubo pronunciado estas palabras, cuando, del mismo modo como el sol se oculta entre las nubes, del rostro de Kitty desapareció toda la suavidad, y Levin comprendió por la expresión de su semblante que la joven se concentraba para reflexionar.

Una leve arruguita se marcó en la tersa frente de la muchacha.

—¿Le sucede algo? Perdone, no tengo derecho a… –rectificó Levin.

—¿Por qué no? No me pasa nada –repuso ella fríamente. Y añadió–: ¿No ha visto aún a *mademoiselle* Linon?

—Todavía no.

—Vaya a saludarla. Le aprecia mucho.

«¡Oh, Dios mío, la he enojado!», pensó Levin, mientras se dirigía hacia la vieja francesa de grises cabellos rizados sentada en el banco.

Ella le acogió como a un viejo amigo, enseñando al reír su dentadura postiza.

—¡Cómo crecemos, ¿eh? –le dijo, indicándole a Kitty– ¡cómo nos hacemos viejos! ¡*Tinny bear* es ya mayor! –continuó, riendo, y recordando los apelativos que antiguamente daba Levin a cada una de las tres hermanas, equiparándolas a los tres oseznos de un cuento popular inglés–. ¿Se acuerda de que la llamaba así?

Él no lo recordaba ya, pero la francesa llevaba diez años riéndose de aquello.

—Vaya, vaya a patinar. ¿Verdad que nuestra Kitty lo hace muy bien ahora?

Cuando Levin se acercó a Kitty de nuevo, la severidad había desaparecido del semblante de la joven. Sus ojos le miraban, como antes, francos y llenos de suavidad, pero a él le pareció que en la serenidad de su mirada había algo de fingido y se entristeció.

Kitty, tras hablar de su anciana institutriz y de sus rarezas, preguntó a Levin qué era de su vida.

—¿No se aburre usted viviendo en el pueblo durante el invierno? –le preguntó.

—No, no me aburro. Como siempre estoy ocupado... –dijo él, consciente de que Kitty le arrastraba a la esfera de aquel tono tranquilo que había resuelto mantener y de la cual, como había sucedido a principios de invierno, no podía ya escapar.

—¿Viene para mucho tiempo? –preguntó Kitty.

—No sé –repuso Levin, casi sin darse cuenta.

Pensó que si se dejaba ganar por aquel tono de tranquila amistad, se marcharía otra vez sin haber resuelto nada y decidió rebelarse.

—¿Cómo que no lo sabe?

—No, no sé... Depende de usted.

Y en el acto se sintió aterrado de sus palabras.

Pero ella no las oyó o no quiso oírlas. Como si tropezara, dio dos o tres leves talonazos y se alejó de él rápidamente. Se acercó a la institutriz, le dijo algunas palabras y se dirigió a la caseta para quitarse los patines.

«¡Oh, Dios, ayúdame, ilumíname! ¿Qué he hecho?», se decía Levin, orando mentalmente. Pero, como sintiera a la vez una viva necesidad de moverse, se lanzó en una carrera veloz sobre el hielo, trazando con furor amplios círculos.

En aquel momento, uno de los mejores patinadores que había allí salió del café con un cigarrillo en los labios, descendió a saltos las escaleras con los patines puestos, creando un gran estrépito y, sin ni siquiera variar la descuidada postura de los brazos, tocó el hielo y se deslizó sobre él.

—¡Ah, un nuevo truco! –exclamó Levin.

Y corrió hacia la escalera para realizarlo.

—¡Va usted a matarse! –le gritó Nikolái Scherbatsky–. ¡Hay que tener mucha práctica para hacer eso!

Levin subió hasta el último peldaño y, una vez allí, se lanzó hacia abajo con todo el impulso, procurando mantener el equilibrio con los brazos. Tropezó en el último peldaño, pero tocando ligeramente el hielo con la mano hizo un esfuerzo rápido y violento, se levantó y, riendo, continuó su carrera.

«¡Qué muchacho tan simpático!», pensaba Kitty, que salía de la caseta con *mademoiselle* Linon, mientras seguía a Levin con mirada dulce y acariciante, como si contemplase a un hermano querido. «¿Acaso soy culpable? ¿He hecho algo que no esté bien? A eso llaman coquetería. Ya sé que no es a él a quien quiero, pero a su lado estoy contenta. ¡Es tan simpático! Pero ¿por qué me diría lo que me dijo?».

Viendo que Kitty iba a reunirse con su madre en la escalera, Levin, con el rostro encendido por la violencia del ejercicio, se detuvo y quedó pensativo. Luego se quitó los patines y logró alcanzar a madre a hija cerca de la puerta del parque.

—Me alegro mucho de verle –dijo la Princesa–. Recibimos los jueves, como siempre.

—¿Entonces, hoy?

—Nos satisfará su visita –repuso la Princesa, secamente.

Su frialdad disgustó a Kitty de tal modo que no pudo contener el deseo de suavizar la sequedad de su madre y, volviendo la cabeza, dijo sonriendo:

—Hasta luego.

En aquel momento, Stepán Arkadievich, con el sombrero ladeado, brillantes los ojos, con aire triunfador, entraba en el jardín. Al acercarse, sin embargo, a su suegra adoptó un aire contrito, contestándole con voz doliente cuando le preguntó por la salud de Dolly.

Tras hablar con ella en voz baja y humildemente, Oblonsky se enderezó, sacando el pecho y cogió el brazo de Levin.

—¿Qué? ¿Vamos? –preguntó–. Me he acordado mucho de ti y estoy satisfechísimo de que hayas venido –dijo, mirándole significativamente a los ojos.

—Vamos –contestó Levin, en cuyos oídos sonaban aún dulcemente el eco de aquellas palabras: «Hasta luego», y de cuya mente no se apartaba la sonrisa con que Kitty las quiso acompañar.

—¿Al *Inglaterra* o al *Ermitage*?

—Me da lo mismo.

—Entonces vamos al *Inglaterra* —dijo Stepán Arkadievich decidiéndose por este restaurante, porque debía en él más dinero que en el otro y consideraba que no estaba bien dejar de frecuentarlo.

—¿Tienes algún coche alquilado? –añadió–. ¿Sí? Magnífico… Yo había despedido el mío…

Hicieron el camino en silencio. Levin pensaba en lo que podía significar aquel cambio de expresión en el rostro de Kitty, y ya se sentía animado en sus esperanzas, ya se sentía hundido en la desesperación, y considerando que sus ilusiones eran insensatas. No obstante, tenía la sensación de ser otro hombre, de no parecerse en nada a aquel a quien ella había sonreído y a quien había dicho: «Hasta luego».

Stepán Arkadievich, entre tanto, iba componiendo el menú por el camino.

—¿Te gusta el rodaballo? –preguntó a Levin, cuando llegaban.

—¿Qué?

—El rodaballo.

—¡Oh! Sí, sí, me gusta con locura.

CAPÍTULO X

Levin, al entrar en el restaurante con su amigo, no dejó de observar en él una expresión particular, una especie de alegría radiante y contenida que se manifestaba en el rostro y en toda la figura de Stepán Arkadievich.

Oblonsky se quitó el abrigo y, con el sombrero ladeado, pasó al comedor, dando órdenes a los camareros tártaros que, vestidos de frac y con las servilletas bajo el brazo, le rodearon, pegándose materialmente a sus faldones.

Saludando alegremente a derecha a izquierda a los conocidos, que aquí como en todas partes le acogían alegremente, Stepán Arkadievich se dirigió al mostrador y tomó un vasito de vodka acompañándolo con un pescado en conserva, y dijo a la cajera francesa, toda cintas y puntillas, algunas frases que la hicieron reír a carcajadas. En cuanto a Levin, la vista de aquella francesa, que parecía hecha toda ella de cabellos postizos y de *poudre de riz* y *vinaigre de toilette* le producía náuseas. Se alejó de allí como pudiera hacerlo de un estercolero. Su alma estaba llena del recuerdo de Kitty y en sus ojos brillaba una sonrisa de triunfo y de felicidad.

—Por aquí, Excelencia, tenga la bondad. Aquí no importunará nadie a Su Excelencia –decía el camarero tártaro que con más ahínco seguía a Oblonsky y que era un hombre grueso, viejo ya, con los faldones del frac flotantes bajo la ancha cintura–. Haga el favor, Excelencia –decía asimismo a Levin, honrándolo también como invitado de Stepán Arkadievich.

Colocó rápidamente un mantel limpio sobre la mesa redonda, ya cubierta con otro y colocada bajo una lámpara de bronce. Luego acercó dos sillas tapizadas y se paró ante Oblonsky con la servilleta y la carta en la mano, aguardando órdenes.

—Si Su Excelencia desea el reservado, podrá disponer de él dentro de poco. Ahora lo ocupa el príncipe Galitzin con una dama... Hemos recibido ostras francesas.

—¡Caramba, ostras!

Stepán Arkadievich reflexionó.

—¿Cambiamos el plan, Levin? –preguntó, poniendo el dedo sobre la carta.

Y su rostro expresaba verdadera perplejidad.

—¿Sabes si son buenas las ostras? –interrogó.

—De Flensburg, Excelencia. De Ostende no tenemos hoy.

—Pasemos porque sean de Flensburg, pero ¿son frescas?

—Las hemos recibido ayer.

—¿Entonces empezamos por las ostras y cambiamos el plan?

—Me es indiferente. A mí lo que más me gustaría sería el *schi* y la *kacha*(1), pero aquí no deben de tener de eso.

—¿El señor desea *kacha à la russe*? –preguntó el tártaro, inclinándose hacia Levin como un aya hacia un niño.

—Bromas aparte, estoy conforme con lo que escojas –dijo Levin a Oblonsky–. He patinado mucho y tengo apetito. –Y añadió, observando una expresión de descontento en el rostro de Stepán Arkadievich–: No creas que no sé apreciar tu elección. Estoy seguro de que comeré muy a gusto.

—¡No faltaba más! Digas lo que quieras, el comer bien es uno de los placeres de la vida –repuso Stepán Arkadievich–. Bueno, amigo: tráenos primero las ostras. Dos..., no, eso sería poco, tres docenas... Luego, sopa juliana...

—*Printanière*, ¿no? –corrigió el tártaro.

Pero Oblonsky no quería darle la satisfacción de mencionar los platos en francés.

—Sopa juliana, juliana, ¿entiendes? Luego rodaballo, con la salsa muy espesa; luego... rosbif, pero que sea bueno, ¿eh? Después, pollo y algo de conservas.

El tártaro, recordando la costumbre de Oblonsky de no nombrar los manjares con los nombres de la cocina francesa, no quiso insistir, pero se tomó el desquite, repitiendo todo lo encargado tal como estaba escrito en la carta.

---

(1) Platos nacionales rusos. El *schi* es una sopa de coles y la *kacha* un puré espeso de cereales.

—*Soupe printanière, turbot à la Beaumarchais, poularde à l'estragon, macédoine de fruits...*

Y enseguida después, como movido por un resorte, cambió la carta que tenía en las manos por la de los vinos y se la presentó a Oblonsky.

—¿Qué bebemos?

—Lo que quieras. Tal vez un poco de... champaña –indicó Levin.

—¿Champaña para empezar? Pero bueno, como tú quieras. ¿Cómo te gusta? ¿Carta blanca?

—*Cachet blanc* –dijo el tártaro.

—Sí, esto con las ostras. Luego, ya veremos.

—Bien, Excelencia. ¿De vinos de mesa?

—Tal vez Nuits... O mejor aún, el clásico Chablis.

—Bien. ¿Desea que le traiga queso del *suyo*?

—Sí: parmesano. ¿O prefieres otro?

—A mí me da lo mismo –dijo Levin, sin poder reprimir una sonrisa.

El tártaro se alejó corriendo, con los faldones de su frac flotándole hacia atrás, y cinco minutos más tarde volvió con una bandeja llena de ostras ya abiertas en sus conchas de nácar y con una botella entre los dedos.

Stepán Arkadievich arrugó la servilleta almidonada, colocó la punta en la abertura del chaleco y, apoyando los brazos sobre la mesa, comenzó a comer las ostras.

—No están mal –dijo, mientras separaba las ostras de las conchas con un tenedorcito de plata y las engullía una tras otra–. No están mal –repitió, mirando con sus brillantes ojos, ora a Levin, ora al tártaro.

Levin comió ostras también, aunque habría preferido queso y pan blanco, pero no podía menos de admirar a Oblonsky.

Hasta el mismo tártaro, después de haber descorchado la botella y escanciado el vino espumoso en las finas copas de cristal, contempló con visible placer a Stepán Arkadievich, mientras se arreglaba su corbata blanca.

—¿No te gustan las ostras? –preguntó este a Levin–. ¿O es que estás preocupado por algo?

Deseaba que Levin se sintiese alegre. Levin no estaba triste, se sentía solo a disgusto en el ambiente del restaurante, que contrastaba tanto con su estado de ánimo en aquel momento. No, no se encontraba bien en aquel establecimiento con sus reservados donde se llevaba a comer a las damas; con sus bronces, sus espejos y sus tártaros. Sentía la impresión de que aquello había de mancillar los delicados sentimientos que albergaba su corazón.

—¿Yo? Sí, estoy preocupado… Además, a un pueblerino como yo no puedes figurarte la impresión que le causan estas cosas. Es, por ejemplo, como las uñas de aquel señor que me presentaste en tu oficina.

—Ya vi que las uñas del pobre Grinevich te impresionaron mucho –dijo Oblonsky, riendo.

—¡Son cosas insoportables para mí! –repuso Levin–. Ponte en mi lugar, en el de un hombre que vive en el campo. Allí procuramos tener las manos de modo que nos permitan trabajar más cómodamente; por eso nos cortamos las uñas y a veces nos remangamos la mangas… En cambio, aquí la gente se deja crecer las uñas todo lo que pueden dar de sí y se pone unos gemelos como platos para acabar de dejar las manos en estado de no poder servir para nada.

Stepán Arkadievich sonrió jovialmente.

—Señal de que no es preciso un trabajo rudo, que se trabaja con el cerebro… –alegó.

—Quizá. Pero de todos modos a mí eso me causa una extraña impresión. Como me la causa el que nosotros los del pueblo procuremos comer deprisa para ponernos enseguida a trabajar otra vez, mientras que aquí procuráis no saciaros demasiado aprisa y por eso empezáis por comer ostras.

—Naturalmente –repuso su amigo–. El fin de la civilización consiste en convertir todas las cosas en un placer.

—Pues si ese es el fin de la civilización, prefiero ser un salvaje.

—Eres un salvaje sin necesidad de eso. Todos los Levin lo sois.

Levin suspiró. Recordó a su hermano Nikolái y se sintió avergonzado y dolorido.

Arrugó el entrecejo. Pero ya Oblonsky le hablaba de otra cosa que distrajo su atención.

—¿Visitarás esta noche a los Scherbatsky? ¿Quiero decir a…? –agregó, separando las conchas vacías y acercando el queso, mientras sus ojos brillaban de manera significativa.

—No dejaré de ir –repuso Levin–, aunque creo que la Princesa me invitó de mala gana.

—¡No digas tonterías! Es su modo de ser. Sírvanos la sopa, amigo –dijo Oblonsky al camarero–. Es su manera de *grande dame*. Yo también pasaré por allí, pero antes he de estar en casa de la condesa Banina. Hay allí un coro, que… Como te decía, eres un salvaje… ¿Cómo se explica tu desaparición repentina de Moscú? Los Scherbatsky no hacían más que preguntarme por ti, como si yo pudiera saber… Y solo sé una cosa: que haces siempre lo contrario que los demás.

—Tienes razón: soy un salvaje –concedió Levin, hablando lentamente, pero con agitación–, pero si lo soy no es por haberme ido entonces, sino por haber vuelto ahora.

—¡Qué feliz eres! –interrumpió su amigo, mirándole a los ojos.

—¿Por qué?

—Conozco los buenos caballos por el pelo y a los jóvenes enamorados por los ojos –declaró Stepán Arkadievich–. El mundo es tuyo... El porvenir se abre ante ti...

—¿Acaso tú no tienes ya nada ante ti?

—Sí, pero el porvenir es tuyo. Yo tengo solo el presente y este presente no es precisamente de color de rosa.

—¿Y eso?

—No marchan bien las cosas... Pero no quiero hablar de mí, y además no todo se puede explicar –dijo Stepán Arkadievich–. Cambia los platos –dijo al camarero. Y prosiguió–: Bien, ¿a qué has venido a Moscú?

—¿No lo adivinas? –contestó Levin, mirando fijamente a su amigo, sin apartar de él un instante sus ojos profundos.

—Lo adivino, pero no soy el llamado a iniciar la conversación sobre ello... Juzga por mis palabras si lo adivino o no –dijo Stepán Arkadievich con leve sonrisa.

—Y entonces, ¿qué me dices? –preguntó Levin con voz trémula, sintiendo que todos los músculos de su rostro se estremecían–. ¿Qué te parece el asunto?

Oblonsky vació lentamente su copa de Chablis sin quitar los ojos de Levin.

—Por mi parte –dijo– no desearía otra cosa. Creo que es lo mejor que podría suceder.

—¿No te equivocas? ¿Sabes a lo que te refieres? –repuso su amigo, clavando los ojos en él–. ¿Lo crees posible?

—Lo creo. ¿Por qué no?

—¿Supones sinceramente que es posible? Dime todo lo que piensas. ¿No me espera una negativa? Casi estoy seguro...

—¿Por qué piensas así? –dijo Stepán Arkadievich, observando la emoción de Levin.

—A veces lo creo, y sería terrible para mí y para ella.

—No creo que para ella haya nada terrible en esto. Toda muchacha se enorgullece cuando piden su mano.

—Todas sí, pero ella no es como todas.

Stepán Arkadievich sonrió. Conocía los sentimientos de su amigo y sabía que para él todas las jóvenes del mundo estaban divididas en dos clases: una compuesta por la generalidad de las mujeres, sujetas a todas las flaquezas, y otra compuesta solo por «ella», que no tenía defecto alguno y estaba muy por encima del género humano.

—¿Qué haces? ¡Toma un poco de salsa! –dijo, deteniendo la mano de Levin, que separaba la fuente.

Levin, obediente, se sirvió salsa, pero impedía, con sus preguntas, que Stepán Arkadievich comiera tranquilo.

—Espera, espera –dijo–. Comprende que esto para mí es cuestión de vida o muerte. A nadie he hablado de ello. Con nadie puedo hablar, excepto contigo. Aunque seamos diferentes en todo, sé que me aprecias y yo te aprecio mucho también. Pero, ¡por Dios!, sé sincero conmigo.

—Yo te digo lo que pienso –respondió Oblonsky con una sonrisa–. Te diré más aún: mi esposa, que es una mujer extraordinaria... –suspiró, recordando el estado de sus relaciones con ella y, tras un breve silencio, continuó–: tiene el don de prever los sucesos. Adivina el carácter de la gente y profetiza los acontecimientos... sobre todo si se trata de matrimonios... Por ejemplo, predijo que la Schajóvskaia se casaría con Brenteln. Nadie quería creerlo. Pero resultó. Pues bien, está de tu parte.

—¿Es decir, que...?

—Que no solo simpatiza contigo, sino que asegura que Kitty será indudablemente tu esposa.

Al oír aquellas palabras, el rostro de Levin se iluminó con una de esas sonrisas tras de las que parecen próximas a brotar lágrimas de ternura.

—¡Conque dice eso! –exclamó–. Siempre he opinado que tu esposa era una mujer admirable. Bien, basta. No hablemos más de eso –añadió, levantándose.

—Bueno, pero siéntate.

Levin no podía sentarse. Dio un par de vueltas con sus firmes pasos por la pequeña habitación, pestañeando con fuerza para dominar sus lágrimas, y solo entonces volvió a instalarse en su silla.

—Comprende –dijo– que esto no es un amor vulgar. Yo he estado enamorado, pero no como ahora. No es ya un sentimiento, sino una fuerza superior a mí que me lleva a Kitty. Me fui de Moscú porque pensé que eso no podría ser, como no puede ser que exista felicidad en la tierra. Luego he luchado conmigo mismo y he comprendido que sin ella la vida me será imposible. Es preciso que tome una decisión.

—¿Por qué te fuiste?

—¡Ah, espera, espera! ¡Se me ocurren tantas cosas para preguntarte! No sabes el efecto que me han causado tus palabras. La felicidad me ha convertido casi en un ser indigno. Hoy me he enterado de que mi hermano Nikolái está aquí, ¡y hasta de él me había olvidado, como si creyera que también él era feliz! ¡Es una especie de locura! Pero hay una cosa terrible. A ti puedo decírtela, eres casado y conoces estos sentimientos... Lo terrible es que nosotros, hombres ya viejos y con un pasado... y no un pasado de amor, sino de pecado... nos acercamos a un ser puro, a un ser inocente. ¡No me digas que no es repugnante! Por eso uno no puede dejar de sentirse indigno.

—Y no obstante a ti de pocos pecados puede culpársete.

—Y sin embargo, cuando considero mi vida, siento asco, me estremezco y me maldigo y me quejo amargamente... Sí.

—Pero ¡qué quieres! El mundo es así –dijo Stepán Arkadievich.

—Solo un consuelo nos queda, y es el de aquella oración tan bella de la que siempre me acuerdo: «Perdónanos, Señor, no según nuestros merecimientos, sino según tu misericordia». Solo así me puede perdonar.

CAPÍTULO XI

Levin bebió el vino de su copa. Ambos callaron.

—Tengo algo más que decirte –indicó, al fin, Stepán Arkadievich–. ¿Conoces a Vronsky?

—No. ¿Por qué?

—Trae otra botella –dijo Oblonsky al tártaro, que acudía siempre para llenar las copas en el momento en que más podía estorbar. Y añadió:

—Porque es uno de tus rivales.

—¿Quien es ese Vronsky? –preguntó Levin.

Y el entusiasmo infantil que inundaba su rostro cedió el lugar a una expresión aviesa y desagradable.

—Es hijo del conde Cirilo Ivanovich Vronsky y uno de los más bellos representantes de la juventud dorada de San Petersburgo. Le conocí en Tver cuando serví allí. Él iba a la oficina para asuntos de reclutamiento. Es apuesto, inmensamente rico, tiene muy buenas relaciones y es edecán de Estado Mayor y, además, se trata de un muchacho muy bueno y muy simpático. Luego le he tratado aquí y resulta que es hasta inteligente e instruido. ¡Un joven que promete mucho!

Levin, frunciendo las cejas, guardó silencio.

—Llegó poco después de irte tú y se ve que está enamorado de Kitty hasta la locura. Y, ¿comprendes?, la madre...

—Perdona, pero no comprendo nada —dijo Levin, malhumorado.

Y, acordándose de su hermano, pensó en lo mal que estaba portándose con él.

—Calma, hombre, calma –dijo Stepán Arkadievich, sonriendo y dándole un golpecito en la mano–. Te he dicho lo que sé. Pero creo que en un caso tan delicado como este, la ventaja está a tu favor.

Levin, muy pálido, se recostó en la silla.

—Yo te aconsejaría terminar el asunto lo antes posible –dijo Oblonsky, llenando la copa de Levin.

—–Gracias, pero no puedo beber más –repuso Levin, separando su copa–. Me emborracharía. Bueno, ¿y cómo van tus cosas? –continuó, tratando de cambiar de conversación.

—Espera, otra palabra –insistió Stepán Arkadievich–. Arregla el asunto lo antes posible, pero no hoy. Vete mañana por la mañana, haz una petición de mano en toda regla y que Dios te ayude.

—Recuerdo que querías siempre cazar en mis tierras –dijo Levin–. ¿Por qué no vienes esta primavera?

Ahora lamentaba profundamente haber iniciado aquella conversación con Oblonsky, pues se sentía igualmente herido en sus más íntimos sentimientos tanto por lo que acababa de saber sobre las pretensiones rivales de un oficial de San Petersburgo, como por los consejos y suposiciones de Stepán Arkadievich.

Oblonsky, comprendiendo lo que pasaba en el alma de Levin, sonrió.

—Iré, iré... –dijo–. Pues sí, hombre: las mujeres son el eje alrededor del cual gira todo. Mis cosas van mal, muy mal. Y también por culpa de ellas. Vamos, dame un consejo de amigo –añadió, sacando un cigarro y sosteniendo la copa con una mano.

—¿De qué se trata?

—De lo siguiente: supongamos que estás casado, que amas a tu mujer y que te seduce otra...

—Dispensa, pero me es imposible comprender eso. Sería como si, después de comer aquí a gusto, pasáramos ante una panadería y robásemos un pan.

Los ojos de Stepán Arkadievich brillaban más que nunca.

—¿Por qué no? Hay veces en que el pan huele tan bien que no puede uno contenerse:

Himmlisch ist's, wenn itch bezwungen
Meine irdische Begier;
Aber doch wenn's nicht gelungen
Hatt' ich auch recht hübsch Plaisir!
(Divinamente hermoso es dominar / la terrena pasión, / pero, si no se puede sofocar, / arde también de gozo el corazón.)

Y, después de recitar estos versos, Stepán Arkadievich sonrió maliciosamente. Levin no pudo reprimir a su vez una sonrisa.

—Hablo en serio –siguió diciendo Oblonsky–. Piensa en una mujer encantadora, modesta y afectuosa, sola en el mundo, sin dinero y que lo ha sacrificado todo por ti. Una vez que el mal está hecho, ¿entiendes lo que te digo? ¿cómo voy a dejarla? Suponiendo que nos separemos por consideración a la familia, ¿cómo no voy a tener compasión de ella, cómo no ayudarla, cómo no suavizar el mal que le he causado?

—Dispensa. Ya sabes que para mí las mujeres se dividen en dos clases... Es decir... no... Bueno, hay mujeres y hay... En fin, nunca he visto esos hermosos y débiles seres caídos, ni los veré nunca, pero de los que son como esa francesa pintada de ahí fuera, con sus postizos, huyo como de la peste. ¡Y todas las mujeres caídas, para mí, son como esa!

—¿Y qué me dices de la del Evangelio?

—¡Calla, calla! Nunca habría Cristo pronunciado aquellas palabras si llega a saber el mal uso que había de hacerse de ellas. De todo el Evangelio, nadie recuerda más que esas palabras. De todos modos, no digo lo que pienso, sino lo que siento. Aborrezco a las mujeres perdidas. A ti te repugnan las arañas; a mí, esta especie de mujeres. Seguramente no has estudiado la vida de las arañas, ¿verdad? Pues yo tampoco la de...

—Hablar así es muy fácil. Eres como aquel personaje de Dickens que con la mano izquierda tira detrás del hombro derecho los asuntos difíciles de resolver. Pero negar un hecho no es contestar una pregunta. Dime, ¿qué debo hacer en este caso? Tu mujer ha envejecido y tú te sientes pletórico de vida. Casi sin darte cuenta, te encuentras con que no puedes amar a tu esposa con verdadero amor, por más respeto que te inspire. ¡Si entonces aparece el amor ante ti, estás perdido! ¡Estás perdido! –repitió Stepán Arkadievich con desesperación y tristeza.

Levin sonrió.

—¡Sí, estás perdido! –repitió Oblonsky–. Y entonces, ¿qué hacer?

—No robar el pan tierno.

Stepán Arkadievich se puso a reír.

—¡Oh, moralista! Pero el caso es este: hay dos mujeres. Una de ellas no se apoya más que en sus derechos, en nombre de los cuales te exige un amor que no le puedes conceder. La otra lo sacrifica todo por ti y no te pide nada a cambio. ¿Qué hacer, cómo proceder? ¡Es un drama terrible!

—Mi opinión sincera es que no hay tal drama. Y voy a explicarte por qué. En mi opinión, el amor... los dos amores que, como recordarás, Platón define en *El Banquete*, constituyen la piedra de toque de los hombres. Unos comprenden el uno, otros el otro. Y los que profesan el amor no platónico no tienen por qué hablar de dramas. Es un amor que no deja lugar a lo dramático. Todo el drama consiste en unas palabras: «Gracias por las satisfacciones que me has proporcionado, y adiós». En el amor platónico no puede haber tampoco drama, porque en él todo es puro y claro, y porque... –En ese momento Levin se acordó de sus propios pecados y las luchas internas que tuvo que soportar, y añadió inesperadamente:– Al fin y al cabo, tal vez tengas razón... Bien puede ser. Pero no sé, decididamente no sé...

—Mira –dijo Stepán Arkadievich–, tu gran defecto y tu gran cualidad es que eres un hombre de una pieza. Como es este tu carácter, quisieras que la vida se basara en los mismos principios, pero no sucede así. Tú, por ejemplo, desprecias la actividad social y el trabajo oficial porque quisieras que todo esfuerzo estuviera en relación con su fin, y eso no sucede en la vida. Desearías que la tarea de un hombre tuviera una finalidad, que el amor y la vida matrimonial fueran una misma cosa, y tampoco ocurre así. Toda la diversidad, la hermosura, el encanto de la vida, se componen de luces y sombras.

Levin suspiró, pero nada dijo. Pensaba en sus asuntos y no escuchaba a Oblonsky.

Y de pronto los dos comprendieron que, aunque eran amigos, aunque habían comido y bebido juntos –lo que debía haberlos aproximado más–, cada uno pensaba en sus cosas exclusivamente y no se preocupaba para nada del otro. Oblonsky había experimentado más de una vez esa impresión de alejamiento después de una comida destinada a aumentar la cordialidad y sabía lo que hay que hacer en tales ocasiones.

—¡La cuenta! –gritó, saliendo a la sala inmediata.

Encontró allí a un edecán de regimiento y entabló con él una charla sobre cierta artista y su protector. Halló así alivio y descanso de su conversación con Levin, el cual le arrastraba siempre a una tensión espiritual y cerebral excesivas.

Cuando el tártaro apareció con la cuenta de veintiséis rublos y algunos copecks, más un suplemento por vodkas, Levin –que en otro momento, como hombre del campo, se habría horrorizado de aquella enormidad, de la que le correspondía pagar catorce rublos–, no prestó al hecho atención alguna.

Pagó, pues, aquella cantidad y se dirigió a su casa para cambiarse de traje a ir a la de los Scherbatsky, donde había de decidirse su destino.

CAPÍTULO XII

La princesita Kitty Scherbatsky tenía dieciocho años. Aquella era la primera temporada en que la habían presentado en sociedad, donde obtenía más éxitos que los que lograran sus hermanas mayores y hasta más de los que su misma madre osara esperar.

No solo todos los jóvenes que frecuentaban los bailes aristocráticos de Moscú estaban enamorados de Kitty, sino que en aquel invierno surgieron dos proposiciones serias: la de Levin y, enseguida después de su partida, la del conde Vronsky.

La aparición de Levin a principios de la temporada, sus frecuentes visitas y sus evidentes muestras de amor hacia Kitty motivaron las primeras conversaciones formales entre sus padres a propósito del porvenir de la joven, y hasta dieron lugar a discusiones.

El Príncipe era partidario de Levin y decía que no deseaba nada mejor para Kitty. Pero, con la característica costumbre de las mujeres de desviar las cuestiones, la Princesa respondía que Kitty era demasiado joven, que nada probaba que Levin llevara intenciones serias, que Kitty no sentía inclinación hacia Levin y otros argumentos análogos. Se callaba lo principal: que esperaba un partido mejor para su hija, que Levin no le era simpático y que no comprendía su modo de ser.

Así, cuando Levin se marchó inesperadamente, la Princesa se alegró y dijo, con aire de triunfo, a su marido:

—¿Ves como yo tenía razón?

Cuando Vronsky hizo su aparición, se alegró más aún, y se afirmó en su opinión de que Kitty debía hacer, no ya un matrimonio bueno, sino brillante.

Para la madre, no existía punto de comparación entre Levin y Vronsky. No le agradaba Levin por sus opiniones violentas y raras, por su torpeza para desenvolverse en sociedad, motivada, a juicio de ella, por el orgullo.

Le disgustaba la vida salvaje, según ella, que el joven llevaba en el pueblo, donde no trataba más que con animales y campesinos.

La contrariaba, sobre todo, que, enamorado de su hija, hubiese estado un mes y medio frecuentando la casa, con el aspecto de un hombre que vacilara, observara y se preguntara si, declarándose, el honor que les haría no sería demasiado grande. ¿No comprendía, acaso, que, puesto que visitaba a una familia donde había una joven casadera, era preciso aclarar las cosas? Y, luego, aquella marcha repentina, sin explicaciones... «Menos mal –comentaba la madre– que es muy poco atractivo y Kitty –¡claro!– no se enamoró de él».

Vronsky, en cambio, poseía cuanto pudiera desear la Princesa: era muy rico, inteligente, noble, con la posibilidad de hacer una brillante carrera militar y cortesana. Y además era un hombre delicioso. No, no podía desear nada mejor.

Vronsky, en los bailes, hacía la corte francamente a Kitty, bailaba con ella, visitaba la casa... No era posible, pues, dudar de la formalidad de sus intenciones. No obstante, la Princesa pasó todo el invierno llena de anhelo y zozobra.

Ella misma se había casado, treinta años atrás, gracias a una boda arreglada por una tía suya. El novio, de quien todo se sabía de antemano, llegó, conoció a la novia y le conocieron a él. La tía casamentera informó a ambas partes del efecto que se habían producido mutuamente, y como era favorable, a los pocos días y en una fecha señalada, se formuló y aceptó la petición de mano.

Todo fue muy sencillo y sin complicaciones, o así al menos le pareció a la Princesa.

Pero, al casar a sus hijas, vio por experiencia que la cosa no era tan sencilla ni fácil. Fueron muchas las caras que se vieron, los pensamientos que se tuvieron, los dineros que se gastaron y las discusiones que mantuvo con su marido antes de casar a Darya y a Natalia.

Al presentarse en sociedad su hija menor, se reproducían las mismas dudas, los mismos temores y, además, más frecuentes discusiones con su marido. Como todos los padres, el viejo Príncipe era muy celoso del honor y pureza de sus hijas, y sobre todo de Kitty, su predilecta, y a cada momento armaba escándalos a la Princesa, acusándola de comprometer a la joven.

La Princesa estaba acostumbrada ya a aquello con las otras hijas, pero ahora comprendía que la sensibilidad del padre se excitaba con más fundamento. Reconocía que en los últimos tiempos las costumbres de la alta sociedad habían cambiado y sus deberes de madre se habían hecho más complejos. Veía a las amigas de Kitty formar sociedades, asistir a no se sabía qué cursos, tratar a los hombres con libertad, ir en coche solas, prescindir muchas de ellas, en sus saludos, de hacer reverencias y, lo que era peor, estar todas persuadidas de que la elección de marido era cosa suya y no de sus madres.

«Hoy día las jóvenes no se casan ya como antes», decían y pensaban todas aquellas muchachas; y lo malo era que lo pensaban también muchas personas de edad. Sin embargo, cómo se casaban «hoy día» las jóvenes nadie se lo había dicho a la Princesa. La costumbre francesa de que los padres de las muchachas decidieran su porvenir era rechazada y criticada. La costumbre inglesa de dejar en plena libertad a las chicas tampoco estaba aceptada ni se consideraba posible en la sociedad rusa. La costumbre rusa de organizar las bodas a través de casamenteras era considerada como grotesca y todos se reían de ella, incluso la propia Princesa.

Pero cómo habían de casarse sus hijas, eso no lo sabía nadie. Aquellos con quienes la Princesa tenía ocasión de hablar no salían de lo mismo:

—En nuestro tiempo no se pueden seguir esos métodos anticuados. Quienes se casan son las jóvenes, no los padres. Hay que dejarlas, pues, en libertad de que se arreglen. Ellas saben mejor que nadie lo que han de hacer.

Para los que no tenían hijas era muy fácil hablar así, pero la Princesa comprendía que si su hija trataba a los hombres con libertad, podía muy bien enamorarse de alguno que no la amara o que no le conviniera como marido. Tampoco podía aceptar que las jóvenes arreglasen su destino por sí mismas. No podía admitirlo, como no podía admitir que se dejase jugar a niños de cinco años con pistolas cargadas. Por todo ello, la Princesa estaba más inquieta por Kitty que lo estuviera en otro tiempo por sus hijas mayores.

En el presente, temía que Vronsky no quisiera ir más allá, limitándose a hacer la corte a su hija. Notaba que Kitty estaba ya enamorada de él, pero se consolaba con la idea de que Vronsky era un hombre honorable. Reconocía, no obstante, cuán fácil era trastornar la cabeza a una joven cuando existen relaciones tan libres como las de hoy día, teniendo en cuenta la poca importancia que los hombres conceden a faltas de este género.

La semana anterior, Kitty había contado a su madre una conversación que tuviera con Vronsky mientras bailaban una mazurca y, aunque tal conversación calmó a la Princesa, no se sentía tranquila del todo. Vronsky le había dicho a Kitty que su hermano y él estaban tan acostumbrados a obedecer a su madre que jamás hacían nada sin pedir su consejo.

—Y ahora espero que mi madre llegue de San Petersburgo como una gran felicidad –añadió.

Kitty lo relató sin dar importancia a tales palabras. Pero su madre las veía de diferente manera. Sabía que él esperaba a la anciana de un momento a otro, suponiendo que ella estaría contenta de la elección de su hijo, y comprendía que el hijo no pedía la mano de Kitty por temor a ofender a su madre si no la consultaba previamente. La Princesa deseaba vivamente aquel matrimonio, pero deseaba más aún recobrar la tranquilidad que le robaban aquellas preocupaciones.

Mucho era el dolor que le producía la desdicha de Dolly, que quería separarse de su esposo, pero, de todos modos, la inquietud que le causaba la suerte de su hija menor la absorbía completamente.

La llegada de Levin añadió una preocupación más a las que ya sentía. Temía que su hija, en quien apreciara tiempo atrás cierta simpatía hacia Levin, rechazara a Vronsky en virtud de escrúpulos exagerados. En resumen, consideraba posible que, de un modo a otro, la presencia de Levin pudiese estropear un asunto a punto de resolverse.

—¿Hace mucho que ha llegado? –preguntó la Princesa a su hija, refiriéndose a Levin, cuando volvieron a casa.

—Hoy, mamá.

—Quisiera decirte una cosa... –empezó la Princesa.

Por el rostro grave de su madre, Kitty adivinó de lo que se trataba.

—Mamá –dijo, volviéndose rápidamente hacia ella–. Le pido, por favor, que no me hable nada de eso. Lo sé, lo sé todo...

Anhelaba lo mismo que su madre, pero los motivos que inspiraban los deseos de esta le disgustaban.

—Solo quería decirte que si das esperanzas al uno...

—Querida mamá, no me diga nada, por Dios. Me asusta hablar de eso...

—Me callaré –dijo la Princesa, viendo asomar las lágrimas a los ojos de su hija–. Solo quiero que me prometas una cosa, vidita mía, que nunca tendrás secretos para mí. ¿Me lo prometes?

—Nunca, mamá –repuso Kitty, ruborizándose y mirando a su madre a la cara–. Pero hoy por hoy no tengo nada que decirte... Yo... Yo... Aunque quisiera decirte algo, no sé qué... No, no sé qué, ni cómo...

«No, con esos ojos no puede mentir», pensó su madre, sonriendo de emoción y de contento. La Princesa sonreía, además, ante aquello que a la pobre muchacha le parecía tan inmenso y trascendental: las emociones que agitaban ahora su alma.

CAPÍTULO XIII

Desde la comida hasta que empezó la noche, Kitty experimentó un sentimiento parecido al que puede sentir un joven soldado antes de la batalla. Su corazón palpitaba con fuerza y le era imposible concentrar sus pensamientos en nada.

Sabía que esta noche en que iban a encontrarse los dos se decidiría su suerte y los imaginaba ya a cada uno por separado ya a los dos a la vez. Al evocar el pasado, se detenía en los recuerdos de sus relaciones con Levin, que le producían un dulce placer. Aquellos recuerdos de la infancia, así como la amistad de Levin con su hermano difunto, comunicaban un encanto especial y poético a su relación con ese hombre. El amor que experimentaba por ella, y del cual estaba segura, la halagaba y la llenaba de alegría. Conservaba, pues, un recuerdo bastante grato de Levin. En cambio, el recuerdo de Vronsky le producía siempre un cierto malestar y le parecía que en sus relaciones con él había algo de falso, de lo que no podía culpar a Vronsky, que se mostraba siempre sencillo y agradable, sino a sí misma, mientras que con Levin se sentía serena y confiada. Mas, cuando imaginaba el porvenir con Vronsky a su lado, se le antojaba brillante y feliz, en tanto que el porvenir con Levin se le aparecía nebuloso.

Al subir a su cuarto para vestirse, Kitty, contemplándose al espejo, comprobó con alegría que estaba en uno de sus mejores días. Se sentía tranquila, con pleno dominio de sí misma, y sus movimientos eran desenvueltos y graciosos.

A las siete y media, apenas había bajado al salón, el lacayo anunció:

—Konstantín Dmitrievich Levin.

La Princesa se hallaba en su cuarto y el Príncipe no había bajado tampoco.

«Ahora…», pensó Kitty, sintiendo que la sangre le afluía al corazón. Se miró al espejo y se asustó de su propia palidez.

Ahora comprendía que si él había llegado tan pronto era para encontrarla sola y pedir su mano. Y el asunto se le presentó de repente bajo un nuevo aspecto. No se trataba ya de ella sola, ni de saber con quién podría ser feliz y a quién daría su preferencia; comprendía ahora que era forzoso herir cruelmente a un hombre a quien amaba. Y ¿por qué? ¡Porque él, tan agradable, estaba enamorado de ella! Pero ella nada podía hacer: las cosas tenían que ser así.

«¡Dios mío! ¡Que yo misma tenga que decírselo! –pensó–. ¿Tendré que decirle que no le quiero? ¡Pero esto no sería verdad! ¿Que amo a otro? ¡Eso es imposible! Me voy, me voy...».

Ya iba a salir cuando sintió los pasos de él.

«No, no es correcto que me vaya. ¿Y por qué temer? ¿Qué he hecho de malo? Le diré la verdad y no me sentiré cohibida ante él. Sí, es mejor que pase... Ya está aquí», se dijo al distinguir la pesada y tímida figura que la contemplaba con ojos ardientes.

Kitty le miró a la cara como si implorase su clemencia y le dio la mano.

—Veo que he llegado demasiado pronto –dijo Levin, examinando el salón vacío. Y cuando comprobó que, como esperaba, nada dificultaría sus explicaciones, su rostro se ensombreció.

—¡Oh, no! –contestó Kitty, sentándose junto a una mesa.

—En realidad, deseaba encontrarla sola –explicó él, sin sentarse y sin mirarla, para no perder el valor.

—Mamá vendrá enseguida. Ayer se cansó mucho... Ayer...

Hablaba sin saber lo que decía y sin separar de Levin su mirada suplicante y acariciadora.

Él volvió a contemplarla. Kitty se ruborizó y guardó silencio.

—Le dije ya que no sé cuánto tiempo permaneceré en Moscú, que la cosa dependía de usted.

Ella inclinó más aún la cabeza no sabiendo cómo habría de contestar a la pregunta que presentía.

—Depende de usted porque quería... quería decirle que... desearía que fuese usted mi esposa.

Había hablado casi inconscientemente. Al darse cuenta de que lo más grave había sido dicho, calló y miró a la joven.

Ella respiraba con dificultad, apartando la vista. En el fondo se sentía alegre y su alma rebosaba felicidad. Nunca había creído que tal declaración pudiera producirle una impresión tan profunda.

Pero aquello duró un solo instante. Recordó a Vronsky y, dirigiendo a Levin la mirada de sus ojos límpidos y francos y viendo la expresión desesperada de su rostro, dijo precipitadamente.

—Dispénseme... No es posible...

¡Qué próxima estaba ella a él un momento antes y cuán necesaria era para su vida! Y ahora, ¡qué lejana, qué distante de él!

—No podía ser de otro modo –dijo Levin, sin mirarla. Saludó y se dispuso a marchar.

CAPÍTULO XIV

Pero en aquel instante entró la Princesa. El horror se pintó en sus facciones al ver que los dos jóvenes estaban solos y que en sus semblantes se retrataba una profunda turbación. Levin saludó en silencio a la Princesa. Kitty callaba y mantenía bajos los ojos.

«Gracias a Dios, le ha dicho que no», pensó su madre.

Y en su rostro se pintó la habitual sonrisa con que recibía a sus invitados cada jueves.

Se sentó y empezó a hacer a Levin preguntas sobre su vida en el pueblo. Él se sentó también, esperando que llegasen otros invitados para poder irse sin llamar la atención.

Cinco minutos después entró una amiga de Kitty, casada el invierno pasado: la condesa Nordston.

Era una mujer seca, amarillenta, de brillantes ojos negros, nerviosa y enfermiza. Quería a Kitty y, como siempre sucede cuando una casada siente cariño por una soltera, su afecto se manifestaba en su deseo de casar a la joven con un hombre que respondía a su ideal de felicidad, y este hombre era Vronsky.

La Condesa solía hallar a Levin en casa de los Scherbatsky a principios del invierno. No simpatizaba con él. Su mayor placer cuando le encontraba consistía en divertirse a su costa.

—Me agrada mucho –decía– observar cómo me mira desde la altura de su superioridad, bien cuando interrumpe su culta conversación conmigo considerándome una necia o bien cuando condesciende en soportar mi inferioridad. Esa condescendencia me encanta. Me satisface mucho saber que no puede tolerarme.

Tenía razón, Levin la despreciaba y la encontraba inaguantable en virtud de lo que ella tenía por sus mejores cualidades: el nerviosismo y el refinado desprecio e indiferencia hacia todo lo sencillo y corriente.

Entre ambos se habían establecido, pues, aquellas relaciones tan frecuentes en sociedad, caracterizadas por el hecho de que dos personas mantengan en apariencia relaciones de amistad sin que por eso dejen de experimentar tanto desprecio el uno por el otro que no puedan ni siquiera ofenderse.

La condesa Nordston atacó inmediatamente a Levin.

—¡Caramba, Konstantín Dmitrievich! ¡Ya le tenemos otra vez en nuestra corrompida Babilonia! –dijo, tendiéndole su manecita amarillenta y recordando que Levin meses antes había llamado Babilonia a Moscú–. ¿Qué? ¿Se ha regenerado Babilonia o se ha encenagado usted? –preguntó, mirando a Kitty con cierta ironía.

—Me honra mucho, Condesa, que recuerde usted mis palabras –dijo Levin, quien, repuesto ya, se amoldaba maquinalmente al tono habitual, entre burlesco y hostil, con que trataba a la Condesa–. ¡Debieron de impresionarla mucho!

—¡Figúrese! ¡Hasta me las apunté! ¿Has patinado hoy, Kitty?

Y comenzó a hablar con la joven. Aunque marcharse entonces era una inconveniencia, Levin prefirió cometerla a permanecer toda la noche viendo a Kitty mirarle de vez en cuando y rehuir su mirada en otras ocasiones.

Ya iba a levantarse cuando la Princesa, reparando en su silencio, le preguntó:

—¿Estará mucho tiempo aquí? Seguramente no podrá ser mucho, pues, según tengo entendido, pertenece usted al zemstvo.

—Ya no me ocupo del zemstvo, Princesa –repuso él–. He venido por unos días.

«Algo le pasa», pensó la condesa Nordston notando su rostro serio y concentrado. «Es extraño que no empiece a desarrollar sus tesis... Pero yo le llevaré al terreno que me interesa. ¡Me gusta tanto ponerle en ridículo ante Kitty!».

—Explíqueme esto, por favor –le dijo en voz alta–, usted, que elogia tanto a los campesinos. En nuestra aldea de la provincia de Kaluga los aldeanos y las aldeanas se han bebido cuanto tenían y ahora no nos pagan. ¿Qué me dice usted de esto, que elogia siempre a los campesinos?

Una señora entraba en aquel momento. Levin se levantó.

—Perdone, Condesa, pero le aseguro que no entiendo nada ni nada puedo decirle –repuso él, dirigiendo su mirada a la puerta, por donde, detrás de la dama, acababa de entrar un militar.

«Debe de ser Vronsky», pensó Levin.

Y, para asegurarse de ello, miró a Kitty, que, habiendo tenido tiempo ya de contemplar a Vronsky, fijaba ahora su mirada en Levin. Y Levin comprendió en aquella mirada que ella amaba a aquel hombre, y lo comprendió tan claramente como si ella misma le hubiese hecho la confesión. Pero ¿qué clase de persona era?

Ahora ya no se podía ir. Debía quedarse para saber a qué género de hombre amaba Kitty.

Hay personas que cuando encuentran a un rival afortunado solo ven sus defectos, negándose a reconocer sus cualidades. Otras, en cambio, solo ven, aunque con el dolor en el corazón, las cualidades de su rival, los méritos con los cuales les ha vencido. Levin pertenecía a esta clase de personas.

Y en Vronsky no era difícil encontrar atractivos. Era un hombre moreno, no muy alto, de recia complexión, de rostro hermoso y simpático. Todo en su semblante y figura era sencillo y distinguido, desde sus negros cabellos, muy cortos, y sus mejillas bien afeitadas hasta su uniforme flamante, que no entorpecía en nada la soltura de sus ademanes.

Vronsky, dejando pasar a la señora, se acercó a la Princesa y luego a Kitty.

Al aproximarse a la joven, sus bellos ojos brillaron de un modo peculiar, con una casi imperceptible sonrisa de triunfador que no abusa de su victoria (así le pareció a Levin). La saludó con respetuosa amabilidad, tendiéndole su mano, no muy grande, pero vigorosa.

Tras saludar a todas y murmurar algunas palabras, se sentó sin mirar a Levin, que no apartaba la vista de él.

—Permítanme presentarles –dijo la Princesa–. Konstantín Dmitrievich Levin; el conde Aleksey Konstantínvich Vronsky.

Vronsky se levantó y estrechó la mano de Levin, mirándole amistosamente.

—Creo que este invierno teníamos que haber coincidido en una comida –dijo con su risa franca y espontánea–, pero usted se fue inesperadamente a sus propiedades.

—Konstantín Dmitrievich desprecia y odia la ciudad y a los ciudadanos –dijo la condesa Nordston.

—Se ve que mis palabras le producen a usted gran efecto, puesto que tan bien las recuerda –contestó Levin.

Y enrojeció al darse cuenta de que había dicho lo mismo poco antes.

Vronsky miró a Levin y a la condesa Nordston y sonrió.

—¿Vive siempre en el pueblo? –preguntó–. En invierno debe usted de aburrirse mucho.

—Vivir allí no tiene nada de aburrido si se tienen ocupaciones. Y, además, uno nunca se aburre si sabe vivir consigo mismo –respondió bruscamente Levin.

—También a mí me gusta vivir en el pueblo –indicó Vronsky, fingiendo no haber reparado en el tono de su interlocutor.

—Pero supongo que usted, Conde, no habría sido capaz de vivir siempre en una aldea –comentó la condesa de Nordston.

—No sé. Nunca he probado a estar en ellas mucho tiempo. Pero me pasa una cosa muy rara. Jamás he sentido tanta nostalgia por mi aldea de Rusia, con sus campesinos calzados con *lapti*, como después de pasar una temporada en Niza un invierno con mi madre. Como ustedes saben, Niza es muy aburrida. Nápoles y Sorrento son atractivas, mas para poco tiempo. Y nunca se recuerda tanto a nuestra Rusia como allí. Parece como si...

Vronsky se dirigía a Kitty y a Levin a la vez, mirando alternativamente al uno y al otro, con mirada afectuosa y tranquila. Se notaba que estaba diciendo lo primero que se le ocurría.

Al observar que la condesa Nordston iba a hablar, dejó sin terminar la frase.

La conversación no languidecía. La Princesa no necesitó, por lo tanto, apelar a las dos piezas de artillería pesada que reservaba para tales casos: la enseñanza clásica de la juventud y el servicio militar obligatorio. Por su parte, a la condesa Nordston no se le presentó ocasión de mortificar a Levin.

Este quiso intervenir varias veces en la charla, pero no se le ofreció oportunidad. A cada momento se decía «ahora me puedo marchar», pero no se iba y continuaba allí como si esperase algo.

Se habló de espiritismo, de veladores que giraban, y la condesa Nordston, que creía en los espíritus, comenzó a relatar los prodigios que había presenciado.

—¡Por Dios, Condesa, lléveme a donde pueda ver algo de eso! –dijo, sonriendo, Vronsky–. Jamás he encontrado nada de extraordinario, a pesar de lo mucho que siempre lo busqué.

—El próximo sábado, pues. Y usted, Konstantín Dmitrievich, ¿cree en ello?

—¿Para qué me lo pregunta? De sobra sabe lo que le he de contestar.

—Deseo conocer su opinión.

—Mi opinión es que todo eso de los veladores acredita que la sociedad culta no está a mucha más altura que los aldeanos, que creen en el mal de ojo, en brujerías y hechizos, mientras que nosotros...

—Entonces ¿usted no cree?

—No puedo creer, Condesa.

—¡Pero si yo misma lo he visto!

—También las campesinas cuentan que han visto ellas mismas fantasmas.

—¿Es decir, que lo que digo no es verdad?

Y sonrió forzadamente.

—No es eso, Masha –intervino Kitty, ruborizándose–. Lo que dice Levin es que él no puede creer.

Levin, más irritado aún, quiso replicar, pero Vronsky, con su jovial y franca sonrisa, acudió para desviar la conversación, que amenazaba con tomar un cariz desagradable.

—¿No admite la posibilidad? –dijo–. ¿Por qué no? Así como admitimos la existencia de la electricidad y no la conocemos, ¿por qué no ha de existir una fuerza nueva y desconocida, la cual...?

—Cuando se descubrió la electricidad –respondió Levin inmediatamente– se comprobó el fenómeno y no su causa, y transcurrieron siglos antes de llegar a una aplicación práctica. En cambio, los espiritistas parten de la base de que los veladores les transmiten comunicaciones y los espíritus les visitan, y es después cuando agregan que se trata de una fuerza desconocida.

Vronsky, como hasta entonces, escuchaba con atención a Levin, visiblemente interesado por sus palabras.

—Bien, pero los espiritistas dicen que la fuerza existe, aunque no saben cuál es, y añaden que actúa en determinadas circunstancias. A los sabios corresponde descubrir el origen de esa energía. No veo por qué no ha de existir una nueva fuerza que...

—Porque –interrumpió de nuevo Levin– en la electricidad se da el fenómeno de que siempre que usted frote resina con lana se produce cierta reacción, mientras que en el espiritismo, en iguales circunstancias, no se dan los mismos efectos, lo que quiere decir que no se trata de un fenómeno natural.

La charla se hacía demasiado grave para el ambiente del salón y Vronsky, comprendiéndolo, en vez de replicar, trató de cambiar de tema. Sonrió, pues, alegremente y se dirigió a las señoras.

—Podíamos probar ahora, Princesa –dijo.

Pero Levin no quiso dejar de completar su pensamiento.

—Opino que el intento de los espiritistas de explicar sus prodigios por la existencia de una fuerza desconocida es muy desacertado. El caso es que hablan de una fuerza espiritual y quieren someterla a ensayos materiales.

Todos esperaban que completase su pensamiento y él lo comprendió.

—Pues, a mi entender, sería usted un excelente médium –dijo la condesa Nordston–. ¡Hay en usted tanto entusiasmo!

Levin abrió la boca para replicar, pero se puso rojo y no dijo nada.

—Venga, probemos, probemos lo de las mesas –insistió Vronsky. Y dirigiéndose a la madre de Kitty, preguntó–: ¿Nos lo permite? –mientras miraba a su alrededor, buscando un velador.

Kitty se levantó para ir a buscarlo. Al pasar ante Levin, se cruzaron sus miradas. Ella le compadecía con toda su alma. Le compadecía por la pena que le causaba.

«Perdóneme, si puede», le dijo con los ojos. «¡Soy tan feliz!».

«Odio a todos, incluso a usted y a mí mismo» , contestó la mirada de él.

Y cogió el sombrero. Pero la suerte le fue también contraria esta vez. En el instante en que todos se sentaban en torno al velador y Levin se disponía a salir, entró el anciano Príncipe y, tras saludar a las señoras, dijo alegremente a Levin:

—¡Caramba! ¿Desde cuándo está usted aquí? ¡No lo sabía! Me alegro mucho de verte.

El Príncipe le hablaba a veces de usted, a veces de tú. Le abrazó y se puso a hablar con él. No había reparado en Vronsky, que se había puesto en pie y esperaba el momento en que el Príncipe se dirigiese a él.

Kitty comprendía que, después de lo ocurrido, la amabilidad de su padre debía resultar muy dolorosa para Levin. Notó también la frialdad con que el Príncipe saludó por fin a Vronsky y cómo este le contemplaba con amistoso asombro, sin duda preguntándose por qué se sentiría tan mal dispuesto hacia él. Kitty se ruborizó.

—Príncipe, déjenos a Konstantín Dmitrievich. Queremos hacer un experimento –dijo la condesa Nordston.

—¿Qué experimento? ¿El de las mesas giratorias? Perdóneme, pero, en mi opinión, creo que es más divertido el juego de prendas –opinó el Príncipe mirando a Vronsky y adivinando que era él quien había sugerido el entretenimiento–. Por lo menos, jugar a las prendas tiene algún sentido.

Vronsky, más extrañado aún, contempló al Príncipe con sus ojos tranquilos. Luego empezó a hablar con la condesa Nordston del baile que debía celebrarse la semana siguiente.

—Asistirá usted, ¿verdad? –preguntó a Kitty.

En cuanto el viejo Príncipe dejó de hablarle, Levin salió procurando no llamar la atención. La última impresión que retuvo de aquella noche fue la expresión feliz y sonriente del rostro de Kitty al contestar a Vronsky a su pregunta sobre el baile que se había de celebrar.

CAPÍTULO XV

Cuando todos se hubieron ido, Kitty contó a su madre la conversación que había tenido con Levin. Pese a la compasión que este le inspiraba, se sentía satisfecha de que hubiese pedido su mano. Estaba segura de haber obrado bien. Pero, una vez acostada, tardó mucho en dormirse. La imagen de Levin, con el entrecejo arrugado y los ojos bondadosos, contemplándola triste y abatido, mientras escuchaba a su padre y miraba a Vronsky que hablaban juntos, no se apartaba de su mente; y sentía tanta compasión de él que las lágrimas acudieron a sus ojos. Pero luego pensó en el hombre a quien había preferido, evocó su rostro tranquilo y decidido, la noble serenidad y la benevolencia que emanaban de su semblante, y volvió a sentirse alegre y feliz. «Es triste, es triste, pero ¿qué puedo hacer? Yo no tengo la culpa», se decía. Una voz interior le aseguraba lo contrario. No sabía si se arrepentía de haber atraído a Levin o de haberle rechazado y estas dudas enturbiaban su dicha. «¡Perdóname, Dios mío, perdóname. Señor, apiádate de mí!», repitió mentalmente sin cesar hasta que se durmió.

Entre tanto, abajo, en el despacho del Príncipe, se desarrollaba una de las frecuentes escenas que se producían a propósito de aquella hija tan querida.

—¿Qué? ¿Pues te lo voy a decir! –gritaba el Príncipe, gesticulando, mientras se ajustaba su bata gris–. ¡No tienes orgullo ni dignidad! ¡Estás cubriendo de oprobio a tu hija con ese absurdo y vil proyecto de casamiento!

—Pero, ¡por Dios!, Príncipe: ¿qué es lo que he hecho yo? –respondía la Princesa, casi llorando.

Sintiéndose feliz y contenta después de la conversación con su hija, había entrado, como siempre, en el despacho del Príncipe para darle las buenas noches. No tenía intención de hablar a su marido de la proposición de Levin y la negativa de Kitty, pero aludió a que lo de Vronsky podía considerarse como firme y solo faltaba que llegase su madre para formalizarlo.

El Príncipe, al oírla, se enfureció y comenzó a proferir palabras violentas.

—¿Qué has hecho, me preguntas? Yo te lo diré. Ante todo, tratar de pescar un novio. ¡Todo Moscú hablará de ello y con razón! Si queréis dar fiestas y veladas, invitad a todo el mundo y no a esos galancetes preferidos, haced venir a todos esos pisaverdes (así llamaba el Príncipe a los jóvenes de Moscú), contratad a un pianista y que bailen todos, pero, ¡por Dios, no invitéis a los galanes con la intención de arreglar casamientos! ¡Me da asco pensar en ello! Pero tú has conseguido tu objetivo: llenar de pájaros la cabeza de la chiquilla. Personalmente, Levin vale mil veces más. El otro es un petimetre de San Petersburgo, igual a los demás. ¡Parece que los fabrican en serie! Y aunque fuera el heredero del trono, mi hija no necesita de nadie...

—Pero ¿qué he hecho yo de malo?

—Ahora te lo diré... –empezó el Príncipe, con ira.

—Lo sé de antemano. Y si te hiciera caso, nuestra hija no se casaría nunca. Para eso más valdría irnos al pueblo.

—Mejor sería.

—No te pongas así. ¿Acaso he buscado yo algo por mí misma? Se trata de un buen joven que se ha enamorado de nuestra hija y ella parece que...

—¡Sí, eso es lo que te lo parece a ti! ¿Y si la niña se enamora de veras y él piensa tanto en casarse como yo? No quiero ni pensarlo... «¡Oh el espiritismo, oh, Niza, oh, el baile!» –y el Príncipe imitaba los gestos de su mujer y hacía una reverencia después de cada palabra–. Y si luego hacemos desgraciada a nuestra hija, entonces...

—¿Por qué ha de ser así? ¿Por qué te lo imaginas?

—No me lo imagino, lo veo. Para algo tenemos ojos los hombres, mientras que las mujeres no los tenéis. Yo veo quién lleva intenciones serias: Levin. Y veo al pisaverde, al lechugino, que no se propone más que divertirse.

—Cuando se te mete algo en la cabeza...

—Ya me darás la razón, pero cuando sea tarde, como en el caso de Dolly.

—Bueno, basta. No hablemos más –interrumpió la Princesa recordando el infortunio de su hija mayor.

—Está bien. Adiós.

Se besaron y se persignaron el uno al otro según la costumbre y se separaron, bien persuadidos cada uno de que la razón estaba de su parte.

Hasta entonces, la Princesa había estado segura de que aquella noche se había decidido la suerte de Kitty y que no cabía duda alguna sobre las intenciones de Vronsky, pero ahora las palabras de su marido la llenaron de turbación.

Y, ya en su alcoba, temerosa, como Kitty, ante el ignorado porvenir, repitió mentalmente una vez y otra: «Ayúdanos, Señor. Ayúdanos, Señor».

Capítulo XVI

Vronsky no había conocido nunca la vida familiar. Su madre, de joven, había sido una dama del gran mundo que durante su matrimonio y después de quedar viuda sobre todo, había tenido muchas aventuras, que nadie ignoraba. Vronsky apenas había conocido a su padre y había recibido su educación en el Cuerpo de Pajes.

Al salir de la escuela convertido en un joven y brillante oficial, había empezado a frecuentar el círculo de los militares ricos de San Petersburgo. Mas, aunque vivía en la alta sociedad, sus intereses amorosos estaban fuera de ella.

En Moscú experimentó por primera vez, en contraste con la vida esplendorosa y agitada de San Petersburgo, el encanto de relacionarse con una joven de su esfera, agradable y pura, que le amaba. No se le ocurrió ni pensar que habría nada de malo en sus relaciones con Kitty.

En los bailes danzaba con ella, la visitaba en su casa, le hablaba de lo que se habla habitualmente en el gran mundo: de tonterías, a las que él daba, sin embargo y para ella, un sentido particular. Aunque cuanto le decía podía muy bien haber sido oído por todos, comprendía que ella se sentía cada vez más unida a él. Y cuanto más experimentaba tal sensación, más agradable le era sentirla y más dulce sentimiento le inclinaba, a su vez, hacia la joven.

Ignoraba que aquel modo de tratar a Kitty tiene un nombre específico: la seducción de muchachas con las que uno no piensa casarse; acción censurable muy corriente entre los jóvenes como él. Creía haber sido el primero en descubrir aquel placer y gozaba con su descubrimiento.

Si hubiese podido oír la conversación de los padres de Kitty, si se hubiera situado en su punto de vista y pensado que no casándose con Kitty ella iba a ser desgraciada, se habría quedado asombrado, casi sin llegarlo a creer. Le era imposible imaginar que lo que tanto le agradaba –y a ella más aún– pudiera entrañar mal alguno. Y le era más imposible todavía imaginar que debía casarse.

Nunca pensaba en la posibilidad del matrimonio. No solo no le interesaba la vida del hogar, sino que en la familia, y sobre todo en el papel de marido, de acuerdo con la opinión del círculo de solterones en que se movía, veía algo ajeno, hostil y, sobre todo, un tanto ridículo.

A pesar de ignorar la conversación de los padres de Kitty, aquella noche, de regreso de casa de los Scherbatsky, sentía la impresión de que el lazo espiritual que le unía con Kitty se había estrechado más aún y que había que buscar algo más profundo, aunque no sabía a punto fijo qué.

Mientras se dirigía a su casa, experimentando una sensación de pureza y suavidad debida en parte a no haber fumado en toda la noche y en parte a la dulce impresión que el amor de Kitty le producía, iba diciéndose: «Lo más agradable es que sin habernos dicho nada, sin que haya nada entre los dos, nos hayamos comprendido tan bien con esa muda conversación de las miradas y las insinuaciones. Hoy Kitty me ha dicho más elocuentemente que nunca que me quiere. ¡Y lo ha hecho con tanta sencillez y, sobre todo, con tanta confianza! Me siento mejor, más puro, siento que tengo corazón y que en mí hay mucho de bueno. ¡Oh, sus hermosos ojos enamorados! Cuando ella ha dicho: "Y además..." ¿A qué se refería? En realidad, a nada... ¡Qué agradable me resulta todo esto! Y a ella también...».

Vronsky comenzó a pensar dónde concluiría la noche. Meditó en los sitios a los que podía ir. «¿El círculo? ¿Una partida de *bésique* y beber champaña con Ignatiev...? No, no. ¿El Château des fleurs? Allí encontraré a Oblonsky, habrá canciones, cancán... No, estoy harto de eso. Precisamente si aprecio a los Scherbatsky es porque en su casa me parece que me vuelvo mejor de lo que soy... Más vale irse a dormir».

Entró en su habitación del hotel Dussaux, mandó que le sirviesen la cena, se desnudó y apenas puso la cabeza en la almohada se durmió con un profundo sueño.

CAPÍTULO XVII

A las once de la mañana siguiente, Vronsky fue a la estación del ferrocarril de San Petersburgo para esperar a su madre y a la primera persona que halló en la escalinata del edificio fue a Oblonsky, el cual iba a recibir a su hermana, que llegaba en el mismo tren.

—¡Hola, excelencia! –gritó Oblonsky–. ¿A quién esperas?

—A mi madre –repuso Vronsky, sonriendo, como todos cuando se encontraban a Oblonsky. Y, tras estrecharle la mano, agregó–. Llega hoy de San Petersburgo.

—Te esperé anoche hasta las dos. ¿Adónde fuiste al dejar a los Scherbatsky?

—A casa –contestó Vronsky–. Pasé tan agradablemente el tiempo con ellos que no me quedaban ganas de ir a sitio alguno.

—Conozco a los caballos por el pelo y a los jóvenes enamorados por los ojos –declamó Stepán Arkadievich con idéntico tono al empleado con Levin.

Vronsky sonrió como no negando el hecho, pero cambió enseguida de conversación.

—Y tú, ¿a quién esperas?

—¿Yo? a una mujer muy bonita –dijo Oblonsky.

—¡Vaya!

—*Honi soit qui mal y pense!* Espero a mi hermana Anna.

—¡Ah, la Karenina! –observó Vronsky.

—¿La conoces?

—Creo que sí. Es decir, no... La verdad es que no me acuerdo... –contestó Vronsky distraídamente, relacionando vagamente aquel apellido, Karenina, con una persona aburrida y afectada.

—Pero seguramente conoces a mi célebre cuñado Aleksey Aleksándrovich. ¡Lo conoce todo el mundo!

—Le conozco de nombre y de vista... Sé que es muy sabio, muy inteligente, ¡casi un santo! Pero ya comprenderás que él y yo no frecuentamos los mismos sitios. Él *is not in my line* –dijo Vronsky.

—Sí, es un hombre notable. Demasiado conservador, pero es una excelente persona –comentó Stepán Arkadievich–. ¡Una excelente persona!

—Mejor para él –repuso Vronsky, sonriendo–. ¡Ah, estás ahí! –dijo, dirigiéndose al criado de su madre, un hombre alto y anciano, parado al lado de la puerta–. Entra, entra...

Desde hacía algún tiempo, aparte de la simpatía natural que experimentaba por Oblonsky, venía sintiendo una atracción especial hacia él y le parecía que su parentesco con Kitty les ligaba más.

—¿Qué? ¿Se celebra por fin el domingo la cena en honor de esa «diva»? –preguntó, cogiéndole del brazo.

—Sin falta. Voy a hacer la lista de los asistentes. ¿Conociste ayer a mi amigo Levin? –interrogó Stepán Arkadievich.

—Desde luego. Pero se fue muy pronto, no sé por qué...

—Es un muchacho muy simpático –continuó Oblonsky–. ¿Qué te parece?

—No sé –repuso Vronsky–. El caso es que todos los de Moscú, excepto el que está hablando ahora conmigo –bromeó–, tienen un comportamiento algo brusco... Siempre están enojados, sublevados contra no sé qué. Parece como si quisieran dar a entender algo...

—¡En eso tienes razón, es verdad! –exclamó Oblonsky, riendo alegremente.

—¿Llegará pronto el tren? –preguntó Vronsky a un empleado.

—Ya ha salido de la última estación –contestó el hombre.

Se notaba la aproximación del convoy por el ir y venir de los mozos, la aparición de gendarmes y empleados, el movimiento de los que esperaban a los viajeros. Entre nubes de helado vapor se distinguían las figuras de los ferroviarios, con sus toscos abrigos de piel y sus botas de fieltro, discurriendo entre las vías. A lo lejos se oía el silbido de una locomotora y se percibía una pesada trepidación.

—No has apreciado bien a mi amigo –dijo Stepán Arkadievich, que deseaba informar a Vronsky de las intenciones de Levin respecto a Kitty–. Reconozco que es un hombre muy impulsivo y que se hace desagradable a veces. Pero con frecuencia resulta muy simpático. Es una naturaleza recta y honrada y tiene un corazón de oro. Mas ayer tenía motivos particulares –continuó hablando con una significativa sonrisa, olvidando por completo la compasión que Levin le había inspirado el día anterior y experimentando ahora el mismo sentimiento afectuoso hacia Vronsky–. Sí, tenía motivos para sentirse muy feliz o muy desdichado.

Vronsky se detuvo y preguntó sin ambages:

—¿Quieres decir que se declaró ayer a tu *belle soeur?*

—Quizás –concedió su amigo–. Se me figura que hizo algo así. Pero si se fue pronto y estaba de mal humor, es que... Hace tiempo que se había enamorado. ¡Le compadezco!

—De todos modos, creo que ella puede aspirar a algo mejor –dijo Vronsky. Y empezó a pasear ensanchando el pecho. Luego añadió–: No obstante, no lo conozco bien. Cierto que su situación es difícil en este caso... Por eso casi todos prefieren dirigirse a las chicas... Allí, si fracasas, solo significa que no tienes dinero. ¡En cambio, en estos otros casos, se pone en juego la propia dignidad! Mira, ya viene el tren.

En efecto, el convoy llegaba silbando. El andén retembló y pasó la locomotora soltando nubes de humo que quedaban muy bajas por efecto del frío y moviendo lentamente el émbolo de la rueda central. El maquinista, cubierto de escarcha, arropadísimo, saludaba a un lado y a otro. Pasó el ténder, más despacio aún; pasó el furgón, en el cual iba un perro ladrando, y al fin llegaron los coches de viajeros.

El conductor se puso un silbato en los labios y saltó del tren. Luego comenzaron a apearse los pasajeros: un oficial de la guardia, muy estirado, que miraba con altanería en torno suyo; un joven comerciante, muy ágil, que llevaba un saco de viaje y sonreía alegremente; un aldeano con un fardo al hombro...

Vronsky, al lado de su amigo, contemplando a los viajeros que salían, se olvidó de su madre por completo. Lo que acaba de saber de Kitty le emocionó y alegró. Se irguió sin darse cuenta. Sus ojos brillaban y se sentía victorioso.

—La princesa Vronskaya va en aquel departamento –dijo el conductor, acercándose a él.

Aquellas palabras le despertaron de sus pensamientos, haciéndole recordar a su madre y su próxima entrevista.

En realidad, en el fondo no respetaba a su madre. Ni siquiera la quería, aunque, de acuerdo con las ideas del ambiente en que se movía, no podía tratarla sino de un modo en sumo grado respetuoso y obediente, tanto más respetuoso y obediente cuanto menos la respetaba y la quería.

CAPÍTULO XVIII

Vronsky siguió al conductor, subió a un vagón y se paró a la entrada del departamento para dejar salir a una señora.

Una sola mirada bastó a Vronsky para comprender, con su experiencia de hombre de mundo, que aquella señora pertenecía a la alta sociedad.

Pidiéndole permiso, fue a entrar en el departamento, pero sintió la necesidad de volverse a mirarla, no solo porque era muy bella, no solo por la elegancia y la gracia sencillas que emanaban de su figura, sino por la expresión infinitamente suave y acariciadora que apreció en su rostro al pasar ante él.

Cuando Vronsky se volvió, ella volvió también la cabeza. Sus brillantes ojos pardos, sombreados por espesas pestañas, se detuvieron en él con amistosa atención, como si le reconocieran, y luego se desviaron, mirando a la multitud, como buscando a alguien. En aquella breve mirada, Vronsky tuvo tiempo de observar la reprimida vivacidad que iluminaba el rostro y los ojos de aquella mujer y la casi imperceptible sonrisa que se dibujaba en sus labios de carmín. Se diría que toda ella rebosada de algo contenido, que se traslucía, a su pesar, ora en el brillo de su mirada, ora en su sonrisa.

Vronsky entró al fin en el departamento. Su madre, una anciana muy enjuta, de negros ojos, peinada con rizos menudos, frunció levemente las cejas al ver a su hijo y sonrió con sus delgados labios. Se levantó del asiento, entregó a la doncella su saquito de viaje, apretó la mano de su hijo y, cogiéndole el rostro entre las suyas, le besó en la frente.

—¿Has recibido mi telegrama? ¿Cómo estás? ¿Bien? Me alegro mucho...

—¿Ha tenido buen viaje? –preguntó él, sentándose a su lado y aplicando involuntariamente el oído a la voz femenina que sonaba tras la puerta. Adivinaba que era la de la mujer que había visto entrar.

—No puedo estar de acuerdo... –decía la voz de la dama.

—Es un punto de vista muy petersburgués, señora...

—Nada de petersburgués, simplemente femenino.

—Bien, permítame besarle la mano.

—Adiós, Ivan Petrovich. Mire a ver si anda por ahí mi hermano y hágale venir.

Y la señora volvió al departamento.

—¿Ha hallado usted a su hermano? –preguntó la Vronskaya.

En aquel momento, Vronsky recordó que aquella señora era la Karenina.

—Su hermano está ahí fuera –dijo, levantándose–. Perdone, pero no la había reconocido. Además, nuestro encuentro fue tan breve que seguramente no me recuerda –añadió, saludando.

—Sí le recuerdo –dijo ella–. Durante el camino hemos hablado mucho de usted su madre y yo. ¡Y mi hermano sin venir! –exclamó, dejando al fin manifestarse en una sonrisa la animación que la colmaba.

—Llámalo, Alecha –dijo la anciana condesa.

Vronsky, saltando a la plataforma, gritó:

—¡Oblonsky, ven!

La Karenina no esperó a que llegara su hermano y, apenas le vio, salió del coche con paso decidido y ligero. Al acercársele, con un ademán que sorprendió a Vronsky por su gracia y firmeza, le pasó el brazo izquierdo por el cuello y, atrayéndole hacia sí, lo besó. Vronsky la miraba sin quitarle ojo y sin saber él mismo por qué sonreía. Luego, recordando que su madre le esperaba, volvió al departamento.

—¿Verdad que es muy agradable? –dijo la Condesa refiriéndose a la Karenina–. Su marido la instaló conmigo y me alegré, porque hemos venido hablando todo el viaje. Me ha dicho que tú... *vous filez le parfait amour. Tant mieux, mon cher, tant mieux...*

—No comprendo a qué se refiere, *maman*... Bueno, vamos.

La Karenina entró de nuevo para despedirse de la Condesa.

—Vaya –dijo alegremente–, ya ha encontrado usted a su hijo y yo a mi hermano. Me alegro, porque yo había agotado todo mi repertorio de historias y no tenía ya nada que contar.

—Habría hecho un viaje alrededor del mundo con usted sin aburrirme –dijo la Condesa, cogiéndole la mano–. Es usted una de esas mujeres simpáticas con las que resulta tan agradable hablar como callar. Y no piense usted tanto en su hijo. No es posible vivir sin separarse alguna vez.

La Karenina estaba en pie, muy erguida, y sus ojos sonreían.

—Anna Arkadievna –explicó la Vronskaya– tiene un hijo de ocho años, del que no se separa nunca, y ahora...

—Sí, la Condesa y yo hemos hablado mucho, cada una de nuestro hijo –repuso la Karenina.

Y otra vez la sonrisa, esta vez dirigida a Vronsky, iluminó su semblante.

—Seguramente se habrá aburrido usted mucho –dijo él, cogiendo al vuelo la pelota de coquetería que ella le lanzara.

Pero la Karenina no quiso continuar la conversación en aquel tono y, dirigiéndose a la anciana Condesa, le dijo:

—Gracias por todo. El día de ayer se me pasó sin darme cuenta. Hasta la vista, Condesa.

—Adiós, querida amiga –respondió la Vronskaya–. Permítame besar su lindo rostro. Le digo, con toda la franqueza de una vieja, que en este corto tiempo le he tomado afecto.

La Karenina pareció creer y apreciar aquella frase, sin duda por su naturalidad. Se ruborizó e, inclinándose ligeramente, presentó el rostro a los labios de la Condesa. Enseguida se irguió y, siempre con aquella sonrisa juguetona en ojos y labios, dio la mano a Vronsky. Él oprimió aquella manita lleno de felicidad concediendo gran importancia a la energía y fuerza de ese gesto con que ella le correspondió. La Karenina salió con paso ligero, lo que no dejaba de sorprender teniendo en cuenta la redondez de sus formas.

—Es muy simpática –dijo la anciana.

Su hijo pensaba lo mismo. La siguió con los ojos hasta que su figura graciosa se perdió de vista y solo entonces la sonrisa desapareció de sus labios. Por la ventanilla vio cómo Anna se acercaba a su hermano, ponía su brazo bajo el de él y comenzaba a hablarle animadamente, sin duda de algo que no tenía relación alguna con Vronsky. Y el joven se sintió disgustado.

—¿Sigue usted bien de salud, mamá? –dijo dirigiéndose a su madre.

—Muy bien, muy bien. Alexander ha estado muy amable. Marie se ha puesto muy guapa otra vez. Es una mujer muy interesante.

Y comenzó a hablarle de los asuntos que más le preocupaban: del bautizo de su nieto, razón por la cual había ido expresamente a San Petersburgo, y de la particular benevolencia que el Emperador manifestara hacia su hijo mayor.

—Ahí viene Lavrenty –dijo Vronsky, mirando por la ventanilla–. Podemos irnos ya, si te parece bien.

El viejo mayordomo que había viajado con la Condesa entró anunciando que todo estaba listo. La anciana se levantó.

—Aprovechemos que hay poca gente para salir –dijo Vronsky.

La doncella cogió el bolso de mano y la perrita. El mayordomo y un mozo llevaban el resto del equipaje. Vronsky dio el brazo a su madre. Pero al ir a salir vieron que la gente corría asustada de un lado a otro. Cruzó también el jefe de estación con su brillante gorra galoneada. Debía de haber sucedido algo. Los viajeros corrían en dirección contraria al convoy.

—¿Cómo?

—¿Qué?

—¿Por dónde se tiró? –se oía exclamar.

Stepán Arkadievich y su hermana volvieron también hacia atrás con rostros asustados y se detuvieron junto a ellos.

Las dos señoras subieron al vagón y Vronsky y Stepán Arkadievich siguieron a la multitud para enterarse de lo sucedido.

El guardagujas, ya por estar ebrio, ya por ir demasiado arropado a causa del frío, no había oído retroceder unos vagones y estos le habían cogido debajo.

Antes de que Oblonsky y su amigo volvieran, las señoras conocían ya todos los detalles por el mayordomo.

Los dos amigos habían visto el cuerpo destrozado del infeliz. Oblonsky hacía gestos y parecía a punto de llorar.

—¡Qué cosa más horrible, Ana! ¡Si lo hubieras visto! –decía.

Vronsky callaba. Su hermoso rostro, aunque grave, permanecía impasible.

—¡Si usted lo hubiera visto, Condesa! –insistía Stepán Arkadievich–. ¡Y su mujer estaba allí! ¡Era terrible! Se precipitó sobre el cadáver. Al parecer, era él quien sustentaba a toda la familia. ¡Horrible, horrible!

—¿No se puede hacer algo por ella? –preguntó la Karenina en voz baja y emocionada.

Vronsky la miró y salió del carruaje.

—Ahora vuelvo, mamá –dijo desde la portezuela.

Al volver al cabo de algunos minutos, Stepán Arkadievich hablaba sosegadamente con la Condesa de la cantante de moda mientras la anciana miraba preocupada hacia la puerta, esperando a su hijo.

—Vamos ya –dijo Vronsky.

Salieron juntos. El joven iba delante, con su madre. Anna Karenina y su hermano les seguían.

A la salida, el jefe de la estación alcanzó a Vronsky.

—Usted ha dado a mi ayudante doscientos rublos –dijo–. ¿Quiere hacer el favor de indicarme para quién son?

—Para la viuda –respondió Vronsky, encogiéndose de hombros–. No veo qué necesidad hay de preguntar nada.

—¿Conque has dado dinero? –gritó Oblonsky. Y añadió, apretando la mano de su hermana–: Es un buen muchacho, muy bueno. ¿Verdad que sí? Condesa, tengo el honor de saludarla.

Y Oblonsky se paró con su hermana, esperando que llegase la doncella de esta.

Cuando salieron de la estación, el coche de los Vronsky había partido ya. La gente seguía hablando aún del accidente.

—Ha sido una muerte horrible –decía un señor–. Parece que el tren le partió en dos.

—Yo creo, por el contrario, que ha sido la mejor, puesto que ha sido instantánea –opinó otro.

Anna Karenina se sentó en el coche y su hermano notó con asombro que le temblaban los labios y apenas conseguía dominar las lágrimas.

—¿Qué te pasa, Anna? –preguntó, cuando hubieron recorrido un corto trecho.

—Es un mal presagio –repuso ella.

—¡Qué tonterías! –dijo Stepán Arkadievich–. Lo importante es que hayas llegado ya. ¡No sabes las esperanzas que he puesto en tu venida!

—¿Conoces a Vronsky desde hace mucho? –preguntó Anna.

—Sí... ¿Ya sabes que esperamos casarle con Kitty?

—¿Sí? –murmuró Anna en voz baja. Y añadió, moviendo la cabeza, como si quisiese alejar algo que la molestara físicamente–: Ahora hablemos de ti. Ocupémonos de tus asuntos. He recibido tu carta y, ya ves, me he apresurado a venir.

—Sí. Solo en ti confío –contestó Stepán Arkadievich.

—Bien, cuéntamelo todo.

Stepán Arkadievich se lo relató. Al llegar a su casa ayudó a bajar del coche a su hermana, suspiró, le estrechó la mano y se fue a la Audiencia.

CAPÍTULO XIX

Cuando Anna entró en el saloncito, halló a Dolly con un niño rubio y regordete, muy parecido a su padre, a quien tomaba la lección de francés. El chico leía volviéndose con frecuencia y tratando de arrancar de su chaqueta un botón medio desprendido. La madre le había detenido la mano repetidas veces, pero él persistía en su intento. Al fin Dolly le arrancó el botón y se lo puso en el bolsillo.

—Ten las manos quietas, Grisha –dijo.

Y se entregó a su labor de nuevo: estaba tejiendo una colcha que había empezado hacía mucho tiempo y de la que siempre se ocupaba en momentos difíciles.

Trabajaba con movimientos nerviosos, marcando los puntos con los dedos y contándolos maquinalmente. Aunque hubiera dicho el día antes a su marido que la llegada de su hermana nada le importaba, lo había preparado todo para recibirla y la esperaba con verdadera impaciencia.

Dolly estaba abatida, anonadada por el dolor. Recordaba, no obstante, que Anna, su cuñada, era la esposa de uno de los personajes más importantes de San Petersburgo, una *grande dame* de capital. A esta circunstancia se debió que Dolly no cumpliera lo que había dicho a su esposo y no se hubiera olvidado de la llegada de su cuñada. «Al fin y al cabo, Anna no tiene la culpa –se dijo–. De ella no he oído decir nunca nada malo y, por lo que a mí respecta, no he hallado nunca en ella más que cariño y atenciones». Bien es verdad que, si su memoria no la engañaba, la casa de los Karenin en San Petersburgo, durante su estancia en ella, no le había producido buena impresión, pues en su manera de vivir le había parecido descubrir alguna cosa de falsedad. «Pero ¿por qué no iba a recibirla? –se decía–. ¡Con tal de que no pretenda consolarme! –pensaba Dolly–. He pensado cientos de veces en todos esos consuelos, admoniciones y perdones cristianos, pero no me sirven para nada».

Durante todos esos días, Dolly había permanecido sola con los niños. No quería confiar a nadie su dolor y, sin embargo, con aquel dolor en el alma, no podía ocuparse de otra cosa. Sabía que no hablaría con Anna más que de aquello, y si por un lado le satisfacía la idea, por el otro le disgustaba tener que confesar su humillación y escuchar frases vulgares de tranquilidad y consuelo.

Dolly, que esperaba a su cuñada mirando a cada momento el reloj, dejó de mirarlo, como suele suceder, precisamente en el momento en que Anna llegó. No oyó, pues, el timbre, y cuando, percibiendo pasos ligeros y roce de faldas en la puerta del salón, se levantó, su atormentado semblante no expresaba alegría, sino sorpresa.

—¿Cómo? ¿Ya estás aquí? –dijo, besando y abrazando a su cuñada.

—Me alegro mucho de verte, Dolly.

—Y yo de verte a ti –repuso Dolly, con débil sonrisa, tratando de averiguar por el rostro de la Karenina si estaba o no informada de todo.

«Seguramente lo sabe», pensó, viendo la expresión compasiva del semblante de su cuñada.

—Vamos, vamos. Te acompañaré a tu cuarto –continuó, procurando retrasar el momento de las explicaciones.

—¿Es Grisha este? ¡Dios mío, cómo ha crecido! –exclamó Anna, besando al niño, sin dejar de mirar a Dolly y ruborizándose. Y añadió–: Permíteme quedarme un rato aquí. Se quitó el chal y luego el sombrero. Un mechón de sus negros y rizados cabellos quedó prendido en él y Anna los desprendió con un movimiento de cabeza.

—¡Estás rebosante de dicha y de salud! –dijo Dolly, casi con envidia.

—¿Yo? Sí… ¡Dios mío, esa es Tania! Tiene la edad de mi Serguéi, ¿no? –exclamó Anna, dirigiéndose a la niña, que entraba corriendo. Y, tomándola en brazos, la besó también–. ¡Qué niña tan linda! ¡Es un encanto! Anda, enséñame a todos los niños.

Le hablaba de los cinco, recordando no solo sus nombres, sino su edad, sus caracteres y hasta las enfermedades que habían sufrido. Dolly no podía dejar de sentirse conmovida.

—Bien, vayamos a verles –dijo–. Pero Vasia está durmiendo. Es una lástima.

Después de ver a los pequeños se sentaron, ya solas, en el salón, ante una taza de café. Anna cogió la bandeja y luego la separó.

—Dolly –empezó–, mi hermano me lo ha contado ya todo.

Dolly, que esperaba oír frases de falsa compasión, miró a Anna con frialdad. Pero Anna no dijo nada en ese sentido.

—¡Querida Dolly! –exclamó–. No quiero defenderle ni consolarte. Es imposible. Solo deseo decir que te compadezco con toda mi alma.

Y tras sus largas pestañas brillaron las lágrimas. Se sentó más cerca de su cuñada y le tomó la mano entre las suyas, pequeñas y enérgicas. Dolly no se apartó, pero continuó con su actitud severa. Solo dijo:

—Es inútil tratar de consolarme. Después de lo pasado, todo está perdido. Nada se puede hacer.

Mientras hablaba así, la expresión de su rostro se suavizó. Anna besó la seca y flaca mano de Dolly y repuso:

—Pero ¿qué podemos hacer, Dolly?, ¿qué podemos hacer? Hay que pensar en lo mejor que pueda hacerse para solucionar esta terrible situación.

—Todo ha terminado y nada más –contestó Dolly–. Y lo peor del caso, compréndelo, es que no puedo dejarle. Están los niños, las obligaciones, pero no puedo vivir con él. El simple hecho de verle constituye para mí una tortura.

—Querida Dolly, él me lo ha contado todo, pero yo desearía que tú me lo explicases tal y como fue.

Dolly la miró inquisitiva. En el rostro de Anna se pintaba un sincero afecto, una verdadera compasión.

—Bien, te lo contaré desde el principio –decidió Dolly–. Ya sabes cómo me casé: con una educación que me hizo llegar al altar, no solo inocente, sino también estúpida. No sabía nada. Dicen, ya lo sé, que los hombres suelen contar a las mujeres la vida que han llevado antes de casarse, pero Stiva... –y se interrumpió, rectificando–, pero Stepán Arkadievich no me contó nada. Aunque no me creas, yo imaginaba ser la única mujer que él había conocido... Así viví ocho años. No solo no sospechaba que pudiera serme infiel, sino que lo consideraba imposible. Y, figúrate que en esta fe mía, me entero de pronto de este horror, de esta villanía... Compréndeme... ¡Estar completamente segura de la propia felicidad para de repente... –continuaba Dolly, reprimiendo los sollozos–, para de repente recibir una carta de él dirigida a su amante, a la institutriz de mis niños! ¡Oh, no, es demasiado horrible!

Sacó el pañuelo, ocultó el rostro en él y prosiguió, tras un breve silencio:

—Aun sería justificable un arrebato de pasión. Pero engañarme arteramente, continuar siendo esposo mío y amante de ella. ¡Oh, tú no puedes comprenderlo!

—Te entiendo, querida Dolly, te entiendo... –dijo Anna, apretándole la mano.

—¿Y crees que él se hace cargo de todo el horror de mi situación? –siguió Dolly–. ¡Nada de eso! Él vive contento y feliz.

—Eso no –la interrumpió Anna vivamente–. Es digno también de compasión. El arrepentimiento lo tiene abatido.

—Pero ¿crees que es capaz siquiera de arrepentimiento? –interrumpió Dolly, mirando fijamente a su cuñada.

—Sí. Lo conozco bien y no pude menos de sentir piedad al verle. Las dos lo conocemos. Él es bueno, pero orgulloso. ¡Y ahora se siente tan humillado! Lo que más me conmueve de él (Anna sabía que aquello había de impresionar a Dolly más que nada) es que hay dos cosas que le atormentan: primero, la vergüenza que siente ante sus hijos, y después que, amándote como te ama... Sí, sí, te ama más que a nada en el mundo –dijo Anna precipitadamente, impidiendo que Dolly replicase–. Pues bien, que amándote como te ama, te haya causado tanto daño. «¡No, Dolly no me perdonará», me decía.

Dolly, pensativa, no miraba ya a su cuñada y solo escuchaba sus palabras.

—Comprendo –dijo– que su situación es también terrible. Soportar esto es más penoso para el culpable que para el que no lo es, si se da cuenta de que es él el causante de todo el daño. Pero ¿cómo perdonarle? ¿Cómo seguir siendo su mujer, después que ella...? Vivir con él sería un tormento para mí, precisamente porque le he amado.

Los sollozos ahogaron su voz.

No obstante, cada vez que se enternecía, y como si lo hiciera intencionadamente, la idea que la atormentaba volvía de nuevo a sus palabras:

—Ella es joven y guapa –continuó–. ¿No comprendes Anna? Mi juventud se ha disipado... ¿Y cómo? En servicio de él y de sus hijos. Le he servido, consumiéndome en ello, y ahora a él le es más agradable una mujer joven, aunque sea una cualquiera. Seguramente que ellos hablarían de mí. O tal vez no, y en este caso es todavía peor. ¿Comprendes?

Y el odio animó de nuevo su mirada.

—Después de eso, ¿qué puede decirme? Jamás le creeré. Todo ha concluido, todo lo que me servía de recompensa de mi trabajo, de mis sufrimientos... ¿Creerás que dar la lección a Grisha, que antes era un placer para mí, es ahora una tortura? ¿Para qué esforzarme, para qué trabajar? ¡Qué lástima que tengamos hijos! Es horrible, pero te aseguro que ahora, en vez de ternura y de amor, solo siento hacia él aversión, sí, aversión, y hasta te aseguro que podría matarle.

—Todo lo comprendo, querida Dolly. Pero no te pongas así. Te encuentras tan ofendida, tan excitada, que no ves las cosas con claridad.

Dolly se calmó. Las dos permanecieron en silencio unos instantes.

—¿Qué haré, Anna? Ayúdame a resolverlo. Yo he pensado en todo y no veo solución.

Anna no podía encontrarla tampoco, pero su corazón respondía francamente a cada palabra, a cada expresión del rostro de su cuñada.

—Soy su hermana –empezó– y conozco bien su carácter: la facilidad con que lo olvida todo –e hizo un ademán señalando la frente–, la facilidad con que se entrega y con que luego se arrepiente. Ahora no imagina, no acierta a comprender cómo pudo hacer lo que hizo.

—Ya, ya me hago cargo –interrumpió Dolly–. Pero ¿y yo? ¿Te olvidas de mí? ¿Acaso sufro menos que él?

—Espera. Confieso, Dolly, que cuando él me explicó las cosas no comprendí aún del todo el horror de tu situación. Lo vi solo a él, comprendí que la familia estaba deshecha y le compadecí. Pero después de hablar contigo, yo, como mujer, veo lo demás, siento tus sufrimientos y no podría expresarte la piedad que me inspiras. Pero, querida Dolly, por mucho que comprenda tus sufrimientos, ignoro, en cambio, el amor que puedas albergar por él en el fondo de tu alma. Si le amas lo bastante como para perdonarle, perdónale.

—¡No…! –exclamó Dolly. Pero Anna la interrumpió cogiéndole la mano y volviendo a besársela.

—Conozco el mundo más que tú –dijo– y sé cómo ven estas cosas las gentes como Stepán. Tú crees que ellos hablarían de ti. Nada de eso. Los hombres así pecan contra su fidelidad, pero su mujer y su hogar son sagrados para ellos. Mujeres como esa institutriz son a sus ojos una cosa distinta, compatible con el amor a la familia. Ponen entre ellas y el hogar una línea de separación que nunca se pasa. No comprendo bien cómo puede ser eso, pero es así.

—Sí, sí, pero él la besaría y…

—Cálmate, Dolly. Recuerdo cuando Stiva estaba enamorado de ti, cómo lloraba recordándote, cómo hablaba de ti continuamente, cuánta poesía ponía en tu amor. Y sé que, a medida que pasa el tiempo, sentía por ti mayor respeto. Siempre nos reíamos cuando decía a cada momento: «Dolly es una mujer extraordinaria». Tú eras para él una divinidad y sigues siéndolo. Esta pasión de ahora no ha afectado el fondo de su alma.

—¿Y si se repitiera?

—No lo creo posible.

—¿Le habrías perdonado tú?

—No sé, no puedo juzgar…

Anna reflexionó un momento y añadió:

—Sí, sí puedo, sí puedo. ¡Le habría perdonado! Cierto que yo me habría transformado en otra mujer, sí, pero le perdonaría, como si no hubiese pasado nada, absolutamente nada…

—Sí, así habría de ser –interrumpió Dolly, como si ya hubiera pensado en ello antes–; de otro modo, no sería perdón. Si se perdona, ha de ser por completo… En fin, voy a acompañarte a tu cuarto –añadió, levantándose y abrazando a Anna–. ¡Cuánto me alegro de que hayas venido, querida! Siento el alma mucho más aliviada, mucho más aliviada.

CAPÍTULO XX

Anna pasó el día en casa de los Oblonsky y no recibió a nadie, aunque algunos de sus conocidos, informados de su llegada, acudieron a verla.

Estuvo toda la mañana con Dolly y con los niños y envió aviso a su hermano para que fuera a comer a casa sin falta. «Ven –le escribió–. Dios es misericordioso».

Oblonsky comió en casa, la conversación fue general y su esposa le habló de tú, lo que últimamente no sucedía nunca. Cierto que persistía la frialdad entre los esposos, pero ya no se hablaba de separación y Oblonsky empezaba a entrever la posibilidad de reconciliarse.

Después de comer llegó Kitty. Apenas conocía a Anna Karenina y llegaba algo inquieta ante la idea de enfrentarse con aquella gran dama de San Petersburgo de la que todos hablaban con tanto encomio. Pero enseguida comprendió que le había agradado. Anna también se sintió agradablemente impresionada por la juventud y lozanía de la joven, y Kitty se sintió, enseguida, prendada de ella, como suelen hacerlo las muchachas de las señoras de más edad. En nada parecía una gran dama, ni que fuese madre de un niño de ocho años. Cualquiera, al ver la agilidad de sus movimientos, su vivacidad y la tersura de su cutis, la habría tomado por una muchacha de veinte, de no haber sido por una expresión severa y hasta triste, que impresionaba y subyugaba a Kitty y que ensombrecía a veces un poco sus ojos.

Adivinaba que Anna era de una sencillez absoluta y que no ocultaba nada, pero adivinaba también que habitaba en su alma un mundo superior, un mundo complicado y poético que Kitty no podía comprender.

Después de comer, Dolly marchó a su cuarto y Anna se acercó a su hermano, que estaba encendiendo un cigarrillo.

—Stiva –le dijo jovialmente, santiguándole y mostrándole la puerta con los ojos–. Ve y que Dios te ayude.

Él la comprendió, tiró el cigarro y desapareció detrás de la puerta.

Anna volvió al diván donde antes se hallara sentada, rodeada de los niños. Ya fuera porque viesen que la mamá apreciaba a aquella tía o porque sintieran hacia ella un afecto espontáneo, primero los dos mayores y luego los más pequeños, como sucede siempre con los niños, ya después de la comida se pegaron a sus faldas y no se separaban de ella. Entre los chiquillos surgió una especie de competencia para ver quién se sentaba más cerca de la tía, quién cogía primero su manita, jugaba con su anillo o, al menos, tocaba el borde de su vestido.

—Coloquémonos como estábamos antes –dijo Anna Karenina sentándose en su sitio.

Y de nuevo Grisha, radiante de satisfacción y de orgullo, pasó la cabeza bajo su brazo y apoyó el rostro en su vestido.

—¿Cuándo se celebra el próximo baile? –preguntó Anna a Kitty.

—La semana próxima. Será un baile magnífico y muy animado, uno de esos bailes en los que se está siempre alegre.

—¿Hay verdaderamente bailes en que se esté siempre alegre? –preguntó Anna con suave ironía.

—Aunque parezca raro, es así. En casa de los Bobrischev son siempre alegres y en la de los Nigitin también. En cambio, en la de los Mezhkov son aburridos. ¿No lo ha notado usted?

—No, querida. Para mí ya no hay bailes donde uno esté siempre alegre –dijo Anna, y Kitty observó en los ojos de la Karenina un relámpago de aquel mundo particular que le había sido revelado–. Para mí solo hay bailes en los que me siento menos aburrida que en otros.

—¿Es posible que *usted* se aburra en un baile?

—¿Por qué no había yo de aburrirme en un baile?

Kitty comprendió que Anna adivinaba la respuesta.

—Porque será usted siempre la más admirada de todas.

Anna, que tenía la virtud de ruborizarse, se ruborizó y dijo:

—En primer lugar, no es así, y aunque lo fuera, ¿de qué habría de servirme?

—¿Irá usted a este baile que le digo?

—Pienso que no podré dejar de asistir. Tómalo –dijo Anna, quitándose una sortija que le quedaba algo holgada y entregándosela a Tania, que había intentado sacársela del dedo blanco y afilado.

—Me alegrará mucho que vaya usted. Tengo muchos deseos de verla en un baile.

—Entonces, si no tengo más remedio que ir, me consolaré pensando que eso la satisface. Grisha, no me tires del pelo; ya estoy bastante despeinada –dijo, arreglándose el mechón de cabellos con el que Grisha jugaba.

—Me la figuro en el baile con un vestido lila...

—¿Y por qué precisamente lila? –preguntó Anna sonriendo–. Bueno, niños, a tomar el té. ¿No oís que os llama miss Hull? –dijo, apartándolos y dirigiéndolos al comedor–. Ya sé por qué le gustaría verme en el baile. Usted espera mucho de esa noche y quisiera que todos participaran de su felicidad –concluyó Anna, dirigiéndose a Kitty.

—Es cierto. ¿Cómo lo sabe?

—¡Ah, qué feliz edad la suya! –continuó Anna–. Recuerdo y conozco esa bruma azul como la de las montañas suizas, esa bruma que lo rodea todo en la época feliz en que se termina la infancia. Desde ese enorme círculo feliz y alegre parte un camino que va haciéndose estrecho, cada vez más estrecho. ¡Cómo palpita el corazón cuando se inicia esa senda que al principio parece tan clara y hermosa! ¿Quién no ha pasado por ello?

Kitty sonreía sin decir nada. «¿Cómo habría pasado ella por todo aquello? ¡Cómo me gustaría conocer la novela de su vida!», pensaba al evocar la presencia poco romántica de Aleksey Aleksándrovich, el marido de Anna.

—Sé algo de lo suyo –siguió la Karenina–. Stiva me lo dijo. La felicito. «Él» me gusta mucho. ¿No sabe usted que Vronsky estaba en la estación?

—¿Estaba allí? –dijo Kitty, ruborizándose–. ¿Y qué le dijo Stiva?

—Me lo dijo todo... Y yo me alegré mucho. Realicé el viaje en compañía de la madre de Vronsky. No hizo más que hablarme de él. Es su favorito. Ya sé que las madres son apasionadas, pero...

—¿Qué le contó?

—Muchas cosas. Y desde luego, aparte de la predilección que tiene por él su madre, se ve que es un caballero. Por ejemplo, parece que quiso ceder todos sus bienes a su hermano. Siendo niño, salvó a una mujer que se ahogaba... En fin, es un héroe –terminó Anna, sonriendo y recordando los doscientos rublos que Vronsky entregara en la estación.

Pero Anna no aludió a aquel rasgo, pues su recuerdo le producía un cierto malestar, pues adivinaba en él una intención que la tocaba muy de cerca.

—Su madre me rogó que la visitara –dijo luego– y me alegrará ver a la ancianita. Mañana pienso ir. Gracias a Dios Stiva lleva un buen rato con Dolly en el gabinete –murmuró, cambiando de conversación y levantándose algo contrariada, según le pareció a Kitty.

—¡Me toca a mi primero, a mí, a mí! –gritaban los niños que, concluido el té, se precipitaban de nuevo hacia la tía Anna.

—¡Todos a la vez! –respondió Anna, sonriendo.

Y, corriendo a su encuentro, los abrazó. Los niños se apiñaron en tomo a ella, gritando alegremente.

CAPÍTULO XXI

A la hora de tomar el té las personas mayores, Dolly salió de su cuarto. Stepán Arkadievich no apareció. Seguramente se había ido de la habitación de su mujer por la puerta falsa.

—Temo que tengas frío en la habitación de arriba –dijo Dolly a Anna–. Quiero pasarte abajo, así estaré más cerca de ti.

—¡No te preocupes por mí! –repuso Anna, procurando leer en el rostro de su cuñada si se había producido o no la reconciliación.

—Quizá aquí tengas demasiada luz –volvió Dolly.

—Te he dicho ya que duermo en todas partes como un tronco, sea donde sea.

—¿Qué pasa? –preguntó Stepán Arkadievich, saliendo del despacho dirigiéndose a su mujer.

Anna y Kitty comprendieron por su acento que la reconciliación estaba ya realizada.

—Quiero instalar a Anna aquí abajo, pero hay que poner unas cortinas –respondió Dolly–. Tendré que hacerlo yo misma. Si no, nadie lo hará.

«¡Dios sabe si se habrán reconciliado por completo!», se dijo Anna, al oír el frío y tranquilo acento de su cuñada.

—¡No compliques las cosas sin necesidad, Dolly! –repuso su marido–. Si quieres, lo haré yo mismo.

«Sí, se han reconciliado», pensó Anna.

—Sí: ya sé cómo –respondió Dolly–. Ordenarás a Matvéi que lo arregle, te marcharás y él lo hará todo al revés.

Y una sonrisa irónica plegó, como de costumbre, las comisuras de sus labios. «La reconciliación es completa», pensó ahora Anna. «¡Loado sea Dios!».

Y, feliz por haber promovido la paz conyugal, se acercó a Dolly y la besó.

—¡Nada de eso! ¡No sé por qué nos desprecias tanto a Matvéi y a mí! –dijo Stepán Arkadievich a su mujer, sonriendo casi imperceptiblemente.

Durante toda la tarde, Dolly trató a su marido con cierta leve ironía. Stepán Arkadievich se hallaba contento y alegre, pero sin exceso, y pareciendo querer indicar que, aunque perdonado, sentía el peso de su culpa.

A las nueve y media la agradable conversación familiar que se desarrollaba ante la mesa de té de los Oblonsky fue interrumpida por un hecho trivial y corriente, pero que extrañó a todos. Se hablaba de uno de los amigos comunes, cuando Anna se levantó rápida e inesperadamente.

—Voy a enseñaros la fotografía de mi Seriozha –dijo con orgullosa sonrisa maternal–. La tengo en mi álbum.

Las diez era la hora en que generalmente se despedía de su hijo y hasta solía acostarle ella misma antes de ir al baile. Y de repente se había entristecido al pensar que se hallaba tan lejos de él, y hablasen de lo que hablasen su pensamiento volaba hacia su Seriozha y a su rizada cabeza, y el deseo de contemplar su retrato y hablar de él la acometió de repente. Por eso se levantó y, con paso ligero y seguro, fue a buscar el álbum donde tenía su retrato.

La escalera que conducía a su cuarto partía del descansillo de la amplia escalera principal en la que reinaba una atmósfera agradable.

Al salir del salón se oyó sonar el timbre en el recibidor.

—¿Quién será? –dijo Dolly.

—Para venir a buscarme es muy pronto, y para que venga gente de fuera, es muy tarde –comentó Kitty.

—Será que me traen algún documento –dijo Stepán Arkadievich.

Mientras Anna pasaba ante la escalera principal, el criado subía para anunciar al recién llegado, que estaba en el vestíbulo, bajo la luz de la lámpara. Anna miró abajo y, al reconocer a Vronsky, un extraño sentimiento de alegría y temor invadió su corazón. Él permanecía con el abrigo puesto, buscándose algo en el bolsillo.

Al llegar Anna a la mitad de la escalera, Vronsky miró hacia arriba, la vio y una expresión de vergüenza y de confusión se retrató en su semblante. Anna siguió su camino, inclinando ligeramente la cabeza.

Enseguida, sonó la voz de Stepán Arkadievich invitando a Vronsky a que pasara, y la del joven, baja, suave y tranquila, rehusando.

Cuando volvió Anna con el álbum, Vronsky ya no estaba allí, y Stepán Arkadievich contaba que su amigo había venido solo para informarse de los detalles de una comida que se daba al día siguiente en honor de una celebridad extranjera.

—Por más que le he rogado, no ha querido entrar –dijo Oblonsky–. ¡Cosa rara!

Kitty se ruborizó, creyendo haber comprendido los motivos de la llegada de Vronsky y su negativa a pasar.

«Ha ido a casa y no me ha encontrado –pensó–, y ha venido a ver si me hallaba aquí. Pero no ha querido entrar por lo tarde que es y también por hallarse Anna, que es una extraña para él».

Todos se miraron en silencio. Luego comenzaron a hojear el álbum.

Nada había de extraordinario en que un amigo visitase a otro a las nueve y media de la noche para informarse sobre un banquete que había de celebrarse al día siguiente, pero a todos les pareció muy extraño, y a Anna se lo pareció más que a nadie, e incluso le pareció que el proceder de Vronsky no era del todo correcto.

CAPÍTULO XXII

Se iniciaba el baile cuando Kitty entró con su madre en la gran escalera iluminada, adornada de flores, llena de lacayos de empolvada peluca y rojo caftán. De las salas llegaba el frufrú de los vestidos como el apagado zumbido de las abejas en una colmena. Mientras ellas se componían vestidos y peinados ante los espejos del vestíbulo lleno de plantas, sonaron suaves y melodiosos los acordes de los violines de la orquesta comenzando el primer vals. Un anciano, vestido con traje civil, que arreglaba sus sienes canosas ante otro espejo, despidiendo en torno suyo un fuerte perfume, se encontró con ellas en la escalera y les cedió el paso, mientras contemplaba a Kitty, a quien no conocía, con evidente placer. Un joven imberbe –sin duda uno de los galancetes a quienes el viejo Scherbatsky llamaba pisaverdes–, que llevaba un chaleco muy abierto y se arreglaba, andando, la corbata blanca, las saludó y, después de haber dado algunos pasos, retrocedió e invitó a Kitty a bailar. Como tenía la primera contradanza prometida a Vronsky, Kitty hubo de prometer la segunda a aquel joven. Un militar próximo a la puerta, que se abrochaba los guantes y se atusaba el bigote, miró con admiración a Kitty, resplandeciente en su vestido de color rosa.

Aunque el vestido, el peinado y los demás preparativos para el baile habían costado a Kitty mucho trabajo y muchas preocupaciones, ahora el complicado traje de tul le sentaba con tanta naturalidad como si todas las puntillas, bordados y demás detalles de su atavío no hubiesen exigido de ella ni de su familia un solo instante de atención, como si hubiese nacido entre aquel tul y aquellas puntillas, con aquel peinado alto adornado con una rosa y algunas hojas alrededor...

La vieja princesa, antes de entrar en la sala, trató de arreglar el cinturón de Kitty, pero ella se había separado, como si adivinase que todo le sentaba bien, que todo en ella era gracioso y no necesitaba arreglo alguno.

Estaba en uno de sus mejores días. El vestido no le oprimía por ningún lado, ninguna puntilla colgaba. Los zapatitos color rosa, de alto tacón, en vez de oprimir, parecían acariciar y hacer más bellos sus piececitos. Los espesos y rubios tirabuzones postizos adornaban con naturalidad su cabecita. Los tres botones de cada uno de sus guantes estaban perfectamente abrochados y los guantes se ajustaban a sus manos sin deformarlas en lo más mínimo. Una cinta de terciopelo negro ceñía suavemente su garganta. Aquella cintita era una delicia y cada vez que Kitty se miraba en el espejo de su casa, sentía la impresión de que la cinta hablaba. Podía caber alguna duda sobre la belleza de lo demás, pero en cuanto a la cinta no cabía. Al mirarse aquí en el espejo, Kitty sonrió también, complacida. Sus hombros y brazos desnudos le daban la sensación de una frialdad marmórea que le resultaba agradable. Sus ojos brillantes y sus labios pintados no pudieron por menos de sonreír al verse tan hermosa.

Apenas entró en el salón y se acercó a los grupos de señoras, cubiertas de gasas, cintas y puntillas, que esperaban el momento de ser invitadas a bailar –Kitty no entraba jamás en aquellos grupos– le pidió ya un vals el mejor de los bailarines, el célebre director de danza, el maestro de ceremonias, un hombre casado, guapo y elegante, Yegórushka Korsunsky, que acababa de dejar a la condesa Bónina, con la que había bailado el primer vals.

Mientras contemplaba con aire dominador a las parejas que bailaban, vio entrar a Kitty y se dirigió a ella con el paso desenvuelto de los directores de baile. Se inclinó ante ella y, sin preguntarle siquiera si quería bailar, alargó la mano para tomarla por el delicado talle. La joven miró a su alrededor buscando a alguien a quien entregar su abanico y la dueña de la casa lo cogió sonriendo.

—Celebro mucho que haya llegado usted pronto –dijo él, ciñéndole la cintura–. No comprendo cómo se puede llegar tarde.

Kitty apoyó la mano izquierda en el hombro de Korsunsky y sus piececitos calzados de rosa se deslizaron ligeros por el encerado pavimento al ritmo de la música.

—Bailar con usted es un descanso. ¡Qué admirable precisión y qué ligereza! –dijo Korsunsky, mientras giraban al compás del vals.

Eran, con poca diferencia, las palabras que dirigía a todas las conocidas que apreciaba.

Ella sonrió y, por encima del hombro de su pareja, miró la sala. Kitty no era una de esas novicias a quienes la emoción del primer baile les hace confundir todos los rostros que las rodean, ni una de esas muchachas que, a fuerza de frecuentar los salones de baile, acaban conociendo a todos los concurrentes de tal modo que hasta les aburre ya mirarlos. Kitty estaba en el término medio. Así, pues, pudo contemplar toda la sala con reprimida emoción.

Miró primero a la izquierda, donde se agrupaba la flor y nata de la buena sociedad. Estaba allí la mujer de Korsunsky, la bella Lidie, con un vestido excesivamente descotado; Krivin, con su calva brillante, presente, como siempre, donde se reunía la buena sociedad; más allá, en un grupo que los jóvenes contemplaban sin osar acercarse, Kitty distinguió a Stepán Arkadievich y la arrogante figura y la cabeza de Anna, vestida de terciopelo negro. También «él» estaba allí. La muchacha no le había vuelto a ver desde la noche en que rechazara a Levin. Kitty lo descubrió desde lejos y hasta observó que él también la miraba.

—¿Una vueltecita más si no está cansada? –preguntó Korsunsky, un tanto sofocado.

—No, gracias.

—¿Adónde la acompaño?

—Me parece que veo a Anna Karenina. Lléveme allí.

—Como guste.

Korsunsky, sin dejar de bailar, pero a paso cada vez más lento, se dirigió hacia el ángulo izquierdo del salón, murmurando constantemente:

—*Pardon, mesdames, pardon, mesdames...*

Y, abriéndose así paso entre aquel mar de puntillas, tules y encajes sin haber enganchado una sola cinta, Korsunsky hizo describir una rápida vuelta a su pareja, de modo que las finas piernas de Kitty, envueltas en medias transparentes, quedaron al descubierto y la cola de su vestido se abrió como un abanico, cayendo sobre las rodillas de Krivin. Luego Korsunsky la saludó, ensanchó el pecho sobre su abierto frac y le ofreció el brazo para conducirla al lado de Anna Arkadievna.

Kitty, ruborizándose, retiró la cola de su vestido de las rodillas de Krivin y se volvió, algo aturdida, buscando a Anna. Anna no vestía de lila, como hubiera deseado Kitty, sino de negro, con un traje muy descotado, que dejaba ver sus esculturales hombros que parecían tallados en marfil antiguo, su pecho y sus brazos torneados, rematados por finas muñecas. Su vestido estaba adornado con encajes de Venecia; una guirnalda de nomeolvides adornaba sus cabellos, peinados sin postizo alguno, y prendido en el talle, entre los negros encajes, llevaba un ramo de las mismas flores. Su peinado era sencillo y solo destacaban en él los bucles de sus cabellos rizados, que se escapaban por la nuca y las sienes. En el cuello, firme y bien formado, ostentaba un hilo de perlas.

Kitty había visto diariamente a Anna y se había sentido prendada de ella, y la imaginaba siempre con el vestido lila. Sin embargo, al verla vestida de negro, reconoció que no había comprendido todo su encanto. Ahora se le aparecía de una manera nueva a inesperada y reconocía que no podía vestir de lila, porque este color hubiese apagado su personalidad. El traje, negro con su profusión de encajes, no atraía la vista, pero se limitaba a servir de marco y hacía resaltar la figura de Anna, sencilla, natural, elegante, y a la vez animada y alegre.

Cuando Kitty se acercó al grupo, Anna, muy erguida como siempre, hablaba con el dueño de la casa con la cabeza inclinada ligeramente hacia él.

—No, no comprendo... pero no seré yo la que lance la primera piedra... –decía, contestando a una pregunta que, sin duda, le había hecho él y, encogiéndose de hombros, enseguida se dirigió a Kitty con una sonrisa suavemente protectora.

Con experta mirada femenina contempló rápidamente el vestido de Kitty e hizo un movimiento de cabeza casi imperceptible, pero en el cual la joven leyó que la felicitaba por su belleza y por su atavío.

—Usted –dijo Anna a Korsunsky– hasta entra en el salón y sale de él bailando.

—La Princesita es una de mis mejores colaboradoras –dijo Korsunsky, inclinándose ante Anna Karenina, a la que no había sido presentado– Contribuye a que el baile sea animado y alegre. ¿Un vals, Anna Arkadievna? –preguntó.

—¿Se conocen ustedes? –inquirió el dueño de la casa.

—¿Quién no nos conoce a mi mujer y a mí? –repuso Korsunsky–. Somos como los lobos blancos. ¿Quiere bailar, Anna Arkadievna? –repitió.

—Siempre que me es posible, procuro no bailar –respondió Anna Karenina.

—Pero eso hoy es imposible.

Vronsky se acercó en aquel momento.

—Pues si es imposible, bailemos –dijo Anna, pareciendo no reparar en el saludo de Vronsky y apresurándose a poner la mano sobre el hombro de Korsunsky.

«Acaso estará enfadada con él», pensó Kitty, observando que Anna había fingido no ver el saludo de Vronsky.

En cuanto a este, se acercó a Kitty, recordándole su compromiso de la primera contradanza y diciéndole que sentía mucho no haberla visto hasta entonces. Kitty le escuchaba admirando entre tanto a Anna, que bailaba. Esperaba que Vronsky la invitara al vals, pero el joven no lo hizo. Kitty le miró sorprendida. Él, sonrojándose, la invitó precipitadamente a bailar; pero apenas había enlazado su fino talle y dado el primer paso, la música dejó de tocar.

Kitty le miró a los ojos, que tenía tan cerca. Durante varios años había de recordar, llena de vergüenza, aquella mirada amorosa que le dirigiera y a la que él no correspondió.

—*Pardon, pardon*. ¡Un vals, vals! –gritó Korsunsky desde el otro extremo de la sala. Y, emparejándose con la primera joven que encontró, comenzó a bailar.

CAPÍTULO XXIII

Kitty y Vronsky dieron algunas vueltas de vals. Luego Kitty se acercó a su madre y tuvo tiempo de cambiar algunas palabras con Nordston antes de que Vronsky fuese a buscarla para la primera contradanza.

Mientras bailaban no hablaron nada particular. Vronsky hizo un comentario humorístico de los Korsunsky, a los que describía como unos niños cuarentones y luego charlaron del teatro que iba a abrirse al público próximamente. Solo una frase llegó al alma de Kitty, y fue cuando el joven le habló de Levin, asegurándole que había simpatizado mucho con él y preguntándole si continuaba en Moscú. De todos modos, Kitty no esperaba más de aquella contradanza. Lo que aguardaba con el corazón palpitante era la mazurca, pensando que todo había de decidirse en ella. No la inquietó que él durante la contradanza no la invitara para la mazurca. Estaba segura de que bailaría con él, como siempre y en todas partes, y así rehusó cinco invitaciones de otros tantos caballeros diciéndoles que ya la tenía comprometida.

Hasta la última contradanza, el baile transcurrió para ella como un sueño encantador, lleno de brillantes colores, de sones, de movimiento. Bailó sin interrupción, menos cuando se sentía cansada y rogaba que la dejasen descansar.

Durante la última contradanza con uno de aquellos jóvenes que tanto la aburrían, pero con los que no podía negarse a bailar, se encontró frente a frente con Anna y Vronsky. No había visto a Anna desde el principio del baile y ahora le pareció otra vez nueva e inesperada. La veía con aquel punto de excitación, que conocía tan bien, producido por el éxito.

Anna estaba ebria del licor del entusiasmo. Kitty lo veía en el fuego que, al bailar, se encendía en sus ojos, en su sonrisa feliz y alegre, que rasgaba ligeramente su boca, en la gracia, la seguridad y la ligereza de sus movimientos.

«¿Por qué estará así? –se preguntaba Kitty–. ¿Por la admiración general que despierta o por la de uno solo?». Y sin escuchar al joven, que trataba en vano de reanudar la conversación interrumpida, y obedeciendo maquinalmente a los gritos alegremente imperiosos de Korsunsky a los que bailaban: «Ahora en *grand rond, en chaîne*», Kitty observaba a la pareja cada vez con el corazón más inquieto.

«No, Anna no se siente animada por la admiración general, sino por la de uno. ¿Es posible que sea por la de él?».

Cada vez que Vronsky hablaba con Anna, los ojos de esta brillaban y una sonrisa feliz se dibujaba en sus labios. Parecía como si se esforzara en reprimir aquellas señales de alegría y como si ellas aparecieran en su rostro contra su voluntad. Kitty se preguntó qué sentiría él, y al mirarle quedó horrorizada. Los sentimientos del rostro de Anna se reflejaban en el de Vronsky. ¿Qué había sido de su aspecto tranquilo y seguro y de la despreocupada serenidad de su semblante? Cuando ella le hablaba, inclinaba la cabeza como para caer a sus pies y en su mirada había una expresión de temblorosa obediencia. «No quiero ofenderla –parecía decirle con aquella mirada–, solo deseo salvarme, y no sé cómo...». El rostro de Vronsky transparentaba una expresión que Kitty no había visto jamás en él.

Aunque su charla era trivial, pues hablaban solo de sus mutuas amistades, a Kitty le parecía que en ella se estaba decidiendo la suerte de ambos y de sí misma. Y era el caso que, a pesar de que en realidad hablaban de lo ridículo que resultaba Iván Ivanovich hablando francés o la posibilidad de que la Elezkaya pudiera hallar un partido mejor, Anna y Vronsky tenían, como Kitty, la impresión de que aquellas palabras estaban para ellos llenas de sentido. Solo gracias a su rígida educación, pudo contenerse y proceder según las conveniencias, bailando, hablando, contestando, hasta sonriendo.

Pero, al empezar la mazurca, cuando empezaron a colocarse en su lugar las sillas y algunas parejas se dirigieron desde las salas pequeñas al salón,

Kitty se sintió horrorizada y desesperada. Después de rehusar cinco invitaciones, ahora se quedaba sin bailar. Hasta podía ocurrir que no la invitasen, porque dado el éxito que tenía siempre en sociedad, a nadie podía ocurrírsele que careciese de pareja. Era preciso que dijese a su madre que se encontraba mal e irse a casa. Pero se sentía tan abatida que le faltaban las fuerzas para hacerlo.

Entró en el saloncito y se dejó caer en una butaca. La vaporosa falda de su vestido se hinchó como una nubecilla rodeándola. Su delgado, suave y juvenil brazo desnudo se hundió entre los pliegues del vestido rosa; en la mano que le quedaba libre sostenía un abanico y con movimientos rápidos y breves daba aire a su encendido rostro. A pesar de su aspecto de mariposa posada por un instante en una flor, agitando las alas y pronta a volar, una terrible angustia inundaba su corazón.

«¿Y si me equivocase, si no hubiera nada?», se decía, recordando de nuevo lo que había visto.

—¡Pero Kitty! No comprendo lo que te pasa –dijo la condesa Nordston, que se había acercado caminando sobre la suave alfombra sin hacer ruido.

A Kitty le tembló el labio inferior y se puso en pie precipitadamente.

—¿No bailas la mazurca, Kitty?

—No –repuso con voz trémula de lágrimas.

—Él la invitó delante de mí a bailar la mazurca –dijo la Nordston, sabiendo muy bien que a Kitty le constaba a quién se refería–. Y ella le preguntó si no bailaba con la princesita Scherbatsky.

—Me es igual –contestó Kitty.

Nadie comprendía mejor que ella su situación, pues nadie sabía que el día anterior había rechazado al hombre a quien acaso amaba, y le había rechazado por este.

La Nordston buscó a Korsunsky, con quien tenía comprometida la mazurca, y le rogó que invitase a Kitty en su lugar.

Por fortuna, Kitty no hubo de hablar mucho, porque Korsunsky, como director de baile, había de ocuparse continuamente en la distribución de las figuras y correr sin cesar de una parte a otra dando órdenes. Vronsky y Anna estaban sentados casi enfrente de Kitty. Los veía de lejos y los veía de cerca, según se alejaba o se acercaba en las vueltas de la danza, y cuanto más los miraba, más se convencía de que su desdicha era cierta. Kitty notaba que se sentían solos en aquel salón lleno de gente, y en el rostro de Vronsky, siempre tan impasible y seguro, leía ahora aquella expresión de humildad y de temor que tanto la había impresionado, que recordaba la actitud de un perro inteligente que se siente culpable.

Anna sonreía y le comunicaba su sonrisa. Si se ponía pensativa, se le veía triste a él. Una fuerza sobrenatural hacía que Kitty dirigiese los ojos al rostro de Anna. Estaba hermosísima en su sencillo vestido negro. Hermosos eran sus redondos brazos, que lucían preciosas pulseras, hermoso su cuello firme adornado con un hilo de perlas, bellos los rizados cabellos de su peinado algo desordenado, suaves eran los movimientos llenos de gracia de sus pies y manos diminutos, bella la animación de su hermoso rostro. Pero había algo terrible y cruel en su belleza.

Kitty la miraba más subyugada todavía que antes, y cuanto más la miraba más sufría. Se sentía anonadada, y en su semblante se dibujaba una expresión tal de abatimiento que cuando Vronsky se encontró con ella en el curso del baile tardó un momento en reconocerla, de tan desfigurada como se le apareció en aquel momento.

—¡Qué espléndido baile! –dijo él, por decir algo.

—Sí –contestó Kitty.

Durante la mazurca, Anna, al repetir una figura imaginada por Korsunsky, salió al centro del círculo, escogió dos caballeros y llamó a Kitty y a otra dama. Al acercarse, Kitty levantó los ojos hacia ella asustada. Anna la miró y le sonrió cerrando los ojos mientras le apretaba la mano. Pero al advertir en el rostro de Kitty una expresión de desesperación y de sorpresa por toda respuesta a su sonrisa, Anna se volvió de espaldas a ella y empezó a hablar alegremente con otra señora. «Sí, sí –se dijo Kitty–, hay en ella algo extraño, hermoso y a la vez diabólico».

Anna no quería quedarse a cenar, pero el dueño de la casa insistió.

—Bueno, Anna Arkadievna –dijo Korsunsky, tomando bajo la manga de su frac el brazo desnudo de Anna–. Tengo una idea magnífica para el cotillón. Un *bijoux*.

Y comenzó a andar, haciendo ademán de llevársela, mientras el dueño de la casa le animaba con su sonrisa.

—No me quedo –repuso Anna, sonriente. Y, a pesar de su sonrisa, los dos hombres comprendieron en su acento que no se quedaría.

—He bailado esta noche en Moscú más que todo el año en San Petersburgo y debo descansar antes de mi viaje –añadió Anna, volviéndose hacia Vronsky, que estaba a su lado.

—¿Se va decididamente mañana? –preguntó Vronsky.

—Sí, seguramente –respondió Anna, como sorprendida de la audacia de tal pregunta. Su sonrisa y el fuego de su mirada cuando le contestó abrasaron el alma de Vronsky.

Anna Arkadievna se fue, pues, sin quedarse a cenar.

CAPÍTULO XXIV

«Sin duda hay en mí algo repugnante, algo que repele a la gente –pensaba Levin al salir de casa de los Scherbatsky y dirigirse a la de su hermano–. No sirvo para convivir en sociedad. Dicen que esto es orgullo, pero no soy orgulloso. Si lo fuera, no me habría puesto en la situación que me he puesto». Imaginó a Vronsky dichoso, inteligente, benévolo y, con toda seguridad, sin haberse encontrado jamás en una situación como la suya de esta noche. «Forzoso es que Kitty haya de preferirle. Es natural, no tengo que quejarme de nadie ni de nada. Yo solo tengo la culpa. ¿Con qué derecho imaginé que ella había de querer unir su vida a la mía? ¿Quién soy yo? Un hombre inútil para sí y para los otros». Recordó a su hermano Nikolái y se detuvo con satisfacción en su recuerdo. «¿No tendrá razón cuando dice que todo en el mundo es malo y repugnante? Acaso no hayamos juzgado bien a Nikolái. Desde el punto de vista del criado Prokofy, que le vio borracho y con el abrigo roto, es un hombre despreciable, pero yo le conozco de otro modo, conozco su alma y se que nos parecemos. Y yo, en vez de buscarle, he ido a comer primero y después al baile en esa casa».

Levin se acercó a un farol, leyó la dirección de su hermano, que guardaba en la cartera, y llamó a un cochero. Durante el largo camino hacia el domicilio de su hermano, Levin iba evocando lo que conocía de su vida. Recordaba que durante los cursos universitarios y hasta un año después de salir de la universidad, su hermano, a pesar de las burlas de sus compañeros, había hecho vida de fraile, cumpliendo rigurosamente los preceptos religiosos, asistiendo a la iglesia, observando los ayunos y huyendo de los placeres y de la mujer sobre todo. Recordó después cómo, de pronto y sin ningún motivo aparente, empezó a tratar a las peores gentes y se lanzó a la vida más desenfrenada. Recordó también que en cierta ocasión su hermano había tomado a su servicio un mozo del pueblo y en un momento de ira le había golpeado tan brutalmente que había sido llevado a los Tribunale. Se acordó también de cuando su hermano, perdiendo dinero con un fullero, le había aceptado una letra, denunciándole después por engaño (a aquella letra se refería Serguéi Ivanovich). Otra vez Nikolái había pasado una noche en comisaría por alterar el orden público. Y, en fin, había llegado al extremo de pleitear contra su hermano Serguéi acusándole de quedarse con la parte que en derecho le correspondía de la herencia materna. Su última hazaña la realizó en el oeste de Rusia, donde había ido a trabajar, y consistió en maltratar a un alcalde, por lo que fue procesado. Y si bien todo esto era desagradable, a Levin no se lo pareció tanto como a los que desconocían el corazón de Nikolái y su verdadera historia.

Levin se acordaba de que en aquel período de devoción, ayunos y austeridad, cuando Nikolái buscaba en la religión un freno para sus pasiones, nadie le aprobaba y todos se burlaban de él, incluso el propio Levin. Le apodaban Noé, fraile, etcétera, y, luego, cuando se entregó libremente a sus pasiones, todos le volvieron la espalda, espantados y con repugnancia.

Levin comprendía que, en rigor, Nicolái, a pesar de su vida, no debía encontrarse más culpable que aquellos que lo despreciaban. Él no tenía ninguna culpa de haber nacido con su carácter indomable y con su limitada inteligencia. Por otra parte, su hermano siempre había querido ser bueno. «Le hablaré con el corazón en la mano, le demostraré que lo quiero y comprendo y le obligaré a descubrirme su alma», decidió Levin cuando, ya cerca de las once, llegaba a la fonda que le indicaran.

—Arriba. Los números 12 y 13 –dijo el conserje, contestando a la pregunta de Levin.

—¿Está?

—Creo que sí.

La puerta de la habitación número 12 se hallaba entornada y por ella salía un rayo de luz y un espeso humo de tabaco malo. Sonaba una voz desconocida para Levin, y al lado de ella reconoció la tosecilla peculiar de su hermano.

Al entrar Levin, el desconocido decía:

—Todo depende de la inteligencia y prudencia con que se lleve el asunto. Konstantín Levin, desde la puerta, divisó a un joven con el cabello espeso y enmarañado vestido con una *poddiovka*(1). Una muchacha pecosa, con un vestido de lana sin cuello ni puños, estaba sentada en el diván. No se veía a Nicolái y Levin sintió el corazón oprimido al pensar entre qué clase de gente vivía su hermano.

Mientras se quitaba los chanclos, Levin, cuya llegada no había notado nadie, oyó al individuo de la *poddiovka* hablando de una empresa a realizar.

—¡Que el diablo se lleve las clases privilegiadas! –dijo la voz de Nikolái tras un carraspeo–. Macha, pide algo de cenar y danos vino si queda. Si no, envía a buscarlo.

---

(1) Especie de caftán.

La mujer se levantó, salió del otro lado del tabique y vio a Levin.

—Nikolái Dmitrievich, aquí hay un señor –dijo.

—¿Por quién pregunta? –exclamó la voz irritada de Nikolái.

—Soy yo –repuso Konstantín Levin, presentándose.

—¿Quién es «yo»? –repitió la voz de Nicolái, con más irritación aún.

Se le oyó levantarse precipitadamente y tropezar, y Levin vio ante sí, en la puerta, la figura que le era tan conocida, la figura delgada y encorvada de su hermano, pero su aspecto salvaje, sucio y enfermizo, la expresión de sus grandes ojos asustados, le aterró.

Nikolái estaba aún más delgado que cuando Levin le viera la última vez, tres años antes. Llevaba una levita que le estaba corta, con lo que sus brazos y muñecas parecían más largos aún. La cabellera se le había aclarado, sus labios estaban cubiertos por el mismo bigote rect, y la misma mirada extrañada de siempre se posaba en el que había entrado.

—¡Ah, eres tú, Kostia! –dijo, al reconocer a su hermano.

Sus ojos brillaron de alegría. Pero a la vez miró al joven de la *poddiovka* e hizo un movimiento convulsivo con el cuello y cabeza –como si le apretase la corbata–, que Konstantín conocía bien, y una expresión salvaje, dolorida, feroz, se pintó de repente en su rostro.

—Ya he escrito a Serguéi diciéndole que no quiero nada con ustedes. ¿Qué deseas... qué desea usted?

Se presentaba bien distinto a como Levin le imaginara. Konstantín olvidaba siempre la parte áspera y difícil de su carácter, la que hacía tan ingrato el tratarle. Solo ahora, al ver su rostro, al distinguir el movimiento convulsivo de su cabeza, lo recordó.

—No deseaba nada concreto, sino verte –dijo con timidez.

Nicolái, algo suavizado, al parecer, por la timidez de su hermano, movió los labios.

—¿Así que vienes por venir? Pues entra y siéntate. ¿Quieres cenar? Trae tres raciones, Macha. ¡Ah, espera! ¿Sabes quien es este señor –dijo, indicando al joven de la *poddiovka*–. Se trata de un hombre muy notable, el señor Krizky, amigo mío, de Kiev, a quien persigue la policía porque no es un canalla.

Y, según su costumbre, miró a todos los que estaban en la habitación. Al ver a la mujer, de pie en la puerta y disponiéndose a salir, le gritó: «¡Te he dicho que esperes!». Y con la indecisión y la falta de elocuencia que Konstantín conocía de siempre, comenzó, mirando a todos, a contar la historia de Krizky, su expulsión de la universidad por formar una sociedad de ayuda a los estudiantes pobres y a las escuelas dominicales, su ingreso como maestro en un colegio popular y cómo después se le procesó sin saber por qué.

—¿Conque ha estudiado usted en la universidad de Kiev? –dijo Konstantín Levin, para romper el embarazoso silencio que siguió a las palabras de su hermano.

—Sí, en Kiev –murmuró Krizky, frunciendo el entrecejo.

—Esta mujer, Marie Nicolaevna, es mi compañera –interrumpió Nikolái–. La he sacado de una casa de... –movió convulsivamente el cuello y agregó, alzando la voz y arrugando el entrecejo– ...pero la quiero y la respeto y exijo que la respeten cuantos me tratan. Es como si fuera mi mujer, lo mismo. Ahora ya sabes con quiénes te encuentras. Si te sientes rebajado, «por la puerta se va uno con Dios».

Y volvió a mirar interrogativamente a todos.

—No veo por qué he de sentirme rebajado.

—En ese caso... ¡Macha: encarga tres raciones, vodka y vino! Espera... No, nada, nada, ve...

CAPÍTULO XXV

—Sí, ya ves... –murmuró Nikolái con esfuerzo, arrugando la frente y con movimientos convulsivos.

Se notaba que no sabía qué hacer ni qué decir.

—¿Ves? –siguió, señalando unas vigas de hierro atadas con cordeles que había en un rincón–. Este es el principio de una nueva empresa que vamos a realizar, una cooperativa obrera de producción...

Konstantín, contemplando el rostro tuberculoso de Nicolái, no conseguía prestar atención a sus palabras. Comprendía que su hermano buscaba en aquella empresa un áncora de salvación contra el desprecio que sentía hacia sí mismo.

Nikolái Levin continuaba hablando:

—Ya sabes que el capital oprime al trabajador. Los obreros y campesinos llevan todo el peso del trabajo y no logran salir, por mucho que se esfuercen, de su situación de bestias de carga. Todas las ganancias, todo aquello con que pudieran mejorar su estado, descansar e instruirse, lo devoran los dividendos de los capitalistas. La sociedad está organizada de tal modo que, cuanto más trabaja el obrero, más ganan los comerciantes y los propietarios, y el proletario sigue siendo siempre una bestia de carga. Es preciso cambiar este orden de cosas –terminó, mirando inquisitivamente a su hermano.

—Claro, claro –dijo Konstantín, contemplando con atención las hundidas mejillas de Nikolái.

—Así que vamos a formar una cooperativa de cerrajeros en la que la producción y las ganancias, y, sobre todo, las herramientas, que es lo esencial, sean comunes.

—¿Y dónde la instalaréis?

—En Vozdrioma, provincia de Kazán.

—¿Por qué en un pueblo? Me parece que en los pueblos ya hay suficiente trabajo. No sé para qué puede necesitar un pueblo una cooperativa de cerrajeros.

—Es preciso hacerlo porque los aldeanos son ahora tan esclavos como antes, y lo que os desagrada a ti y a Serguéi es que quiera sacárseles de esa esclavitud –gruñó Nicolái, irritado por la réplica.

Konstantín Levin suspiró mientras miraba la sucia y destartalada habitación. Aquel suspiro irritó más aún a Nikolái.

—Conozco las ideas aristocráticas de usted y de Serguéi. Sé que él emplea toda la capacidad de su cerebro en justificar la organización existente.

—No es cierto... ¿Por qué me hablas de Serguéi? –preguntó, sonriendo, Levin.

—¿Por qué? Ahora lo verás –exclamó Nikolái al oír el nombre de su hermano–. Pero ¿para qué perder tiempo? Dime, ¿a qué has venido? Tú desprecias todo esto. Pues bien, ¡vete con Dios! ¡Vete, vete! –gritó, levantándose de la silla.

—No lo desprecio en lo más mínimo –dijo Konstantín tímidamente–. Preferiría no tratar de esas cosas.

Marie Nicolaevna entró en aquel momento. Nikolái la miró con irritación. Ella se le acercó y le dijo unas palabras.

—Me encuentro mal y me he vuelto muy excitable –pronunció Nicolái, calmándose y respirando con dificultad–. ¡Y vienes hablándome de Serguéi y de sus artículos! Todo en ellos son falsedades, deseos de engañarse a sí mismo. ¿Qué puede decir de la justicia un hombre que no la conoce? ¿Ha leído usted su último artículo? –preguntó a Krizky, sentándose otra vez a la mesa y separando los cigarrillos esparcidos sobre ella para dejar un espacio libre.

—No lo he leído –repuso sombríamente Krizky, que, al parecer, no deseaba intervenir en la conversación.

—¿Por qué? –preguntó Nicolái, irritado ahora contra Krizky.

—Porque me parece que es perder el tiempo.

—Perdón, ¿por qué cree usted que es perder el tiempo?

—Para mucha gente ese artículo está por encima de su comprensión.

—Pero yo no estoy en ese caso. Yo sé leer entre líneas y descubrir sus puntos flacos.

Todos callaron. Krizky se levantó lentamente y cogió la gorra.

—¿No quiere quedarse a cenar? Bueno, pues adiós. Venga mañana con el cerrajero.

Cuando Krizky hubo salido, Nikolái sonrió, guiñando el ojo.

—Tampoco él es muy fuerte –dijo–. Desde luego me doy cuenta de que…

En aquel momento, Krizky le llamó desde la puerta.

—¿Qué quiere? –dijo Nikolái saliendo al corredor.

Konstantín, al quedarse solo con Marie Nicolaevna, le preguntó:

—¿Hace mucho que está con mi hermano?

—Más de un año. El señor está muy mal de salud. Bebe mucho –contestó ella.

—¿Qué bebe?

—Mucho vodka. Y le sienta muy mal.

—¿Bebe con exceso?

—Sí –repuso ella, mirando atemorizada hacia la puerta por la que ya entraba Nikolái.

—¿De qué hablábais? –preguntó este con severidad y pasando su mirada asustada de uno a otro, Decídmelo.

—De nada –repuso turbado Konstantín.

—Si no lo queréis decir, no lo digáis. Pero no tienes por qué hablar con ella de nada. Es una ramera, y tú un señor –exclamó haciendo un movimiento convulsivo con el cuello–. Ya veo que te haces cargo de mi situación y comprendes mis extravíos y me los perdonas. Te lo agradezco –añadió levantando la voz.

—¡Nikolái Dmitrievich, Nikolái Dmitrievich! –murmuró Marie Nicolaevna, acercándose a él.

—¡Está bien, está bien!… ¿Y la cena? ¡Ah, ahí viene! –exclamó, viendo subir al camarero con la bandeja, ¡Póngala aquí! –añadió con irritación. Y llenándose un vaso de vodka, lo vació de un trago.

—¿Quieres beber? –preguntó a su hermano, animándose al punto–. Bueno, no hablemos más de Serguéi Ivanovich. Sea como sea, me alegro de verte. Quieras o no, somos de la misma sangre –prosiguió, mascando con avidez una corteza de pan y bebiendo otra copa–. ¿Qué es de tu vida? Vamos, bebe. Y dime lo que haces.

—Vivo solo en el pueblo, como antes, y me ocupo de las tierras –repuso Konstantín, mirando disimuladamente, con horror, la avidez con que comía y bebía su hermano.

—¿Por qué no te casas?

—No se ha presentado aún la ocasión –respondió Konstantín poniéndose rojo.

—¿Por qué no? Tú no eres como yo, que estoy acabado y con la vida perdida. He dicho y diré siempre que si se me hubiese dado mi parte de la herencia cuando la necesitaba, mi existencia habría sido diferente.

Konstantín se apresuró a cambiar de tema.

—¿Sabes que a tu Vaniushka trabaja en mi oficina de Pokróvskoie de tenedor de libros?

Nikolái movió el cuello y quedó pensativo.

—¿Sí? Y dime, ¿qué hay de nuevo en Pokróvskoie? ¿Y la casa? ¿Sigue como antes? ¿Y los abedules, y el cuarto donde estudiábamos? ¿Es posible que viva aún Filipp, el jardinero? ¡Cómo me acuerdo del pabellón y el diván! Mira, no cambies nada en la casa, cásate y déjalo todo como estaba. Y si tu mujer es buena, iré a verte... Ya habría ido, pero me contuvo siempre el temor de encontrarme con Serguéi.

—No le encontrarías. Vivo independiente de él.

—Bien, sea como sea has de escoger entre Serguéi y yo –murmuró Nicolái, mirándole tímidamente.

Aquella timidez conmovió a Konstantín.

—Si quieres que te sea franco, no deseo intervenir en vuestra querella. Tú tienes la culpa en la forma y él la tiene en el fondo.

—¡Has comprendido! –exclamó jovialmente Nikolái.

—Yo, personalmente, aprecio más tu amistad, porque...

—¿Por qué?

Konstantín no osó decirle que era porque lo veía desgraciado y necesitaba más su amistad que Serguéi. Pero Nikolái comprendió y cogió en silencio la botella de vodka.

—Basta ya, Nikolái Dmitrievich –dijo Marie Nicolaevna, alargando su redondo brazo desnudo hacia la botella.

—¡Déjame o te pego! –gritó Nikolái.

Marie Nicolaevna sonrió bondadosamente, llena de mansedumbre, que contagió a Nicolái, y apartó la botella.

—¿Te figuras que Macha no es inteligente? –dijo Nicolás–. Lo comprende todo mejor que nosotros. ¿Verdad que parece buena y simpática?

—¿Nunca había estado usted antes en Moscú? –le preguntó Konstantín, por decir algo.

—No la trates de usted. Se asusta. Nadie le ha hablado de usted jamás, excepto el juez que la juzgó cuando la llevaron al Tribunal porque trató de huir de aquella casa…

—¡Dios mío! –exclamó Nikolái–. ¡Cuánta falta de sentido común hay en el mundo! ¿Para qué sirven tantas nuevas instituciones, tantos jueces de paz, tantos zemstvos! ¡Qué estupideces!

Y comenzó a relatar sus luchas con aquellas nuevas instituciones.

Konstantín Levin le escuchaba, y las mismas censuras que había expresado él tantas veces le desagradaba oírlas ahora de labios de su hermano.

—Todo eso lo veremos claro en el otro mundo –dijo bromeando.

—¿El otro mundo? Ni me interesa ni lo deseo –dijo Nicolái, posando en el semblante de su hermano sus ojos salvajes y asustados–. Parece que habría de ser motivo de alegría salir de toda la vileza y maldad que nos rodea, de la nuestra y de la de los demás; y, sin embargo, tengo miedo de la muerte, un miedo terrible –y se estremeció–. Anda, bebe algo. ¿Quieres champaña? ¿Quieres acaso que salgamos? Podríamos ir a oír a los zíngaros. ¿Sabes? Ahora me gustan mucho los zíngaros y las canciones populares rusas.

La lengua no le obedecía y su conversación saltaba de un tema a otro. Konstantín, ayudado por Macha, le convenció de no ir a sitio alguno y entre los dos lo acostaron completamente bebido. Macha prometió escribir a Konstantín en caso necesario e intentar convencer a Nikolái de que fuera a vivir con su hermano.

CAPÍTULO XXVI

Konstantín Levin salió de Moscú por la mañana y llegó a su casa por la tarde. En el vagón trabó conversación con sus compañeros de viaje y se habló de política, de los nuevos ferrocarriles y, de cómo en Moscú, le desanimaba la confusión de sus ideas, se sentía descontento de sí mismo y avergonzado no sabía de qué. Pero cuando se apeó en la estación y reconoció a Ignat, su cochero tuerto, con el cuello del caftán levantado, cuando a la débil luz que salía de las ventanas de la estación vio el trineo cubierto de pieles y los caballos con las colas atadas, cuando Ignat le contó las novedades del pueblo, la llegada de un comprador y que la vaca «Pava» tenía cría, le parecía a Levin que salía del caos de sus ideas y que poco a poco desaparecían de él su vergüenza y su descontento.

La sola vista de Ignat y de sus caballos le había supuesto ya un alivio, y, cuando se puso el *tulup*(1) que le trajeron, cuando se vio acomodado en el trineo, y los caballos comenzaron a trotar, pensó en las órdenes que debía dar a su llegada, examinó a uno de los corceles, muy veloz, pero que comenzaba ya a perder fuerzas y que había sido en otro tiempo caballo de carreras en el Don, y las cosas comenzaron a manifestarse a sus ojos bajo una nueva luz. Cesó entonces de desear ser otro. Y, satisfecho de sí mismo, solo deseó ser mejor. Decidió no pensar en la felicidad inasequible que le ofrecía su imposible matrimonio y contentarse con la que le deparaba la realidad presente. Resistiría a las malas pasiones, como aquella que se apoderó de él el día en que se decidió a pedir la mano de Kitty. Se acordó, después, de Nicolái, y resolvió velar por él y estar dispuesto a ayudarle cuando lo necesitara, cosa que presentía para muy pronto. Además la conversación sobre el comunismo sostenida con su hermano, que se había tomado tan a la ligera en su momento, ahora le hacía reflexionar. El cambio de las condiciones económicas presentes le parecía absurdo, pero comparando la pobreza del pueblo con su abundancia personal, resolvió trabajar más para sentirse más justo y permitirse todavía menos gustos superfluos, aunque ya antes trabajaba bastante y vivía con gran sencillez. Y todo esto se le figuraba ahora tan fácil de hacer que todo el camino se lo pasó sumido en las más gratas meditaciones. Eran las nueve de la noche cuando llegó a su casa, y se sentía animado por un sentimiento nuevo: la esperanza de una vida mejor.

Una débil claridad salía de las ventanas de la habitación de Agafia Mijailovna, la vieja aya que desempeñaba ahora el cargo de ama de llaves, y caía sobre la nieve de la explanada que se abría frente a la casa. Agafia, que no dormía aún, despertó a Kuzmá y este, medio dormido y descalzo, corrió a la puerta. La perra Laska salió también, derribando casi a Kuzmá, y se precipitó hacia Levin, frotándose contra sus piernas y con deseos de poner la patas sobre su pecho sin atreverse a hacerlo.

—¡Qué pronto ha vuelto, padrecito! –dijo Agafia Mijailovna.

—Me aburría, Agafia Mijailovna. Se está bien en casa ajena, pero mejor en la propia –contestó Levin, pasando a su despacho.

En el cuarto, y a la débil luz de una bujía traída por la servidumbre, fueron surgiendo los detalles familiares: las astas de ciervo, las estanterías llenas de libros, el espejo, la estufa con el ventilador hacía tiempo necesitado de arreglo,

(1) Especie de pelliza de piel de oveja.

el diván del padre de Levin, la inmensa mesa y sobre ella un libro abierto, el cenicero roto, un cuaderno escrito con notas de su mano. Al ver lo que le era tan conocido, Levin dudó un momento de poder organizar su nueva vida como deseara mientras iba por el camino. Todo aquello parecía rodearle y decirle: «No te alejarás de nosotros, seguirás siendo lo que eres, con tus dudas, con tu eterno descontento de ti mismo, con tus inútiles intentos de enmienda y tus caídas, con tu constante deseo de una imposible felicidad...».

Pero, si así le hablaban aquellos objetos, en su alma otra voz le decía que no había por qué encadenarse al pasado y que le era posible cambiar. Obedeciendo a esta voz Levin se acercó a un rincón donde tenía dos pesas de dieciséis kilos cada una y comenzó a levantarlas, tratando de animarse con aquel ejercicio gimnástico. Tras la puerta sonaron pasos y Levin dejó las pesas en el suelo precipitadamente.

Entró el encargado y le dijo que, gracias a Dios, todo marchaba bien, pero que el alforfón se había quemado algo en la secadora nueva. La noticia le llenó de enojo. La nueva secadora había sido construida por él mismo. El encargado era enemigo de aquella innovación y ahora anunciaba con cierto aire de triunfo que el alforfón se había quemado. Mas Levin estaba seguro de que el quemarse se debía a no haber tomado las precauciones que cien veces recomendara. Molesto, pues, reprendió con severidad al encargado. En cambio, había una buena noticia: el nacimiento de la cría de la Pava, la magnífica vaca comprada en la feria.

—Dame el *tulup*, Kuzmá –pidió Levin y dijo al encargado–: traiga una linterna, quiero ver la cría.

El establo de las vacas más valiosas estaba detrás de la casa. Levin se dirigió a través del patio por delante de un montón de nieve que se levantaba junto a un arbusto de lilas. Al abrir la puerta se sintió el caliente vaho del estiércol y las vacas, sorprendidas por la luz de la linterna, se agitaron sobre la paja fresca. Destacó enseguida el lomo liso y ancho, negro con manchas blancas, de la vaca holandesa. Berkut, el semental, con el anillo en el belfo, estaba tumbado y pareció ir a incorporarse, pero cambió de opinión y se limitó a mugir profundamente dos veces cuando pasaron junto a él. La magnífica Pava, grande como un hipopótamo, estaba vuelta de espaldas, impidiendo ver la becerra, a la que olfateaba.

Levin examinó a Pava y levantó sobre sus largas y débiles patas a la ternera que tenía la piel con manchas blancas. La vaca, inquieta, mugió, pero, calmándose cuando Levin le acercó la cría, comenzó a lamerla con su áspera lengua. La becerra metía la cabeza bajo las ingles de la vaca, agitando la minúscula cola.

—Alumbra, Fiodor, acerca la linterna –decía Levin contemplando a la ternera–. Es parecida a su madre, aunque con los colores del padre. ¡Es hermosa! Es grande y ancha de ancas. ¿Verdad que es muy hermosa, Vasili Fiódorovich? –dijo Levin al encargado, quien ya no guardaba rencor por el asunto del alforfón, gracias a la alegría que le causaba el buen aspecto de la ternera.

—¿Cómo podía ser de otro modo? –repuso el hombre–. Por cierto, he de decirle también que Semión, el contratista, vino al día siguiente de marcharse usted. Tendré que discutir mucho con él, Konstantín Dmitrievich. Creo que ya le he hablado antes de la máquina...

Aquella alusión introdujo a Levin en los pormenores de su economía, que era vasta y complicada. Pasó con el encargado al despacho y, tras discutir con él y con Semen, se fue al salón.

Capítulo XXVII

La casa era grande y antigua, y aunque Levin vivía solo la hacía calentar y la ocupaba toda. Era una casa absurda y errónea que estaba en pugna con sus nuevos planes de vida, y él lo sabía, pero en aquella casa se encerraba para él todo un mundo: el mundo donde vivieron y murieron sus padres. Ellos habían llevado una existencia que a Levin le parecía la ideal y que él anhelaba renovar con su mujer y su familia.

Apenas recordaba a su madre. La evocaba como algo sagrado y, en sus sueños, su esposa había de ser la continuación de aquel ideal de santa mujer que fuera su madre.

No solo le era imposible concebir el amor sin el matrimonio, sino que incluso en sus pensamientos imaginaba primero la familia y luego la mujer que le permitiera crear aquella familia. De aquí que sus opiniones sobre el matrimonio fueran tan diferentes de las de sus conocidos, para quienes el casarse no es sino uno de los asuntos corrientes de la vida. Para Levin, al contrario, era el asunto principal y del que dependía toda su dicha. ¡Y ahora debía renunciar a ello!

Se sentó en el saloncito donde tomaba el té. Cuando se acomodó en su butaca con un libro en la mano y Agafia Mijailovna le dijo, como siempre: «Voy a sentarme un rato, padrecito» y se instaló en la silla próxima a la ventana, Levin sintió que, por extraño que pareciera, no podía desprenderse de sus ilusiones ni vivir sin ellas. Ya que no con Kitty, había de casarse con otra mujer. Leía, pensaba en lo que leía, escuchaba la voz del ama de llaves charlando sin parar, y en el fondo de todo esto, los cuadros de su vida familiar futura desfilaban por su pensamiento sin conexión. Comprendía que en lo más profundo de su espíritu se condensaba, se posaba y se formaba algo.

Oía decir a Agafia Mijailovna que Prójor, con el dinero que le regalara Levin para comprar un caballo, se dedicaba a beber y que había pegado a su mujer casi hasta matarla. Levin escuchaba y leía, y la lectura reavivaba todos sus pensamientos. Era una obra de Tindall sobre el calor. Se acordaba de haber censurado a Tindall por la satisfacción con que hablaba del éxito de sus experimentos y por su falta de profundidad filosófica. Y de repente le acudió al pensamiento una idea agradable: «Dentro de dos años tendré ya dos vacas holandesas. La misma Pava vivirá acaso todavía; y si a las doce crías de "Berkut" se añaden estas tres, ¡será magnífico!».

Volvió a coger el libro.

«Aceptemos que la electricidad y el calor sean lo mismo, pero ¿es posible que baste una ecuación para resolver el problema de sustituir un elemento por otro? No. ¿Entonces? La unidad de origen de todas las fuerzas de la naturaleza se siente siempre por instinto... Será muy agradable ver la cría de Pava convertida en una vaca pinta. Luego, cuando se les añadan esas tres, formarán una hermosa vacada. Entonces saldremos mi mujer y yo con los convidados para verlas entrar. Mi mujer dirá: "Kostia y yo hemos cuidado a esa ternera como a una niña". "¿Es posible que le interesen estos asuntos?", preguntará el visitante. "Sí; me interesa todo lo que le interesa a Konstantín..." Pero ¿quién será esa mujer?».

Y Levin recordó lo ocurrido en Moscú.

«¿Qué hacer? Yo no tengo la culpa. De aquí en adelante las cosas irán de otro modo. Es una estupidez dejarse dominar por el pasado. Es preciso luchar para vivir mejor, mucho mejor...».

Levantó la cabeza, pensativo. La vieja Laska, aún emocionada por el regreso de su dueño, tras recorrer el patio ladrando, volvió, meneando la cola, introdujo la cabeza bajo la mano de Levin y, aullando lastimeramente, insistió en que la acariciase.

—No le falta más que hablar –dijo Agafia Mijailovna–. Es solo una perra y sin embargo comprende que el dueño ha vuelto y que está triste.

—¿Triste?

—¿Piensa que no lo veo, padrecito? He tenido tiempo de aprender a conocer a los señores. ¿No me he criado acaso entre ellos? Pero ya pasará, padrecito. Con tal de que haya salud y la conciencia esté sin mancha, todo lo demás nada importa.

Levin la miraba con fijeza, asombrado de que pudiera adivinar de aquel modo sus pensamientos.

—¿Traigo otra taza de té? –dijo la mujer.

Cogió el cacharro vacío y salió.

Levin acarició a Laska, que persistía en querer colocar la cabeza bajo su mano.

El animal se enroscó a sus pies, con el hocico apoyado en la pata delantera. Y, como en señal de que ahora todo iba bien, abrió la boca ligeramente, movió las fauces y, poniendo sus viejos dientes y sus húmedos labios lo más cómodamente posible, se adormeció en un beatífico reposo.

Levin había seguido con interés sus últimos movimientos.

—Debo imitarla –murmuró–. Haré lo mismo. Todo esto no es nada... Las cosas marchan como deben...

CAPÍTULO XXVIII

El día siguiente al baile, por la mañana, Anna Karenina envió un telegrama a su marido anunciándole su salida de Moscú para aquel mismo día.

—He de irme, he de irme –decía explicando su repentina decisión a su cuñada en un tono en el cual parecía dar a entender que tenía tantos asuntos que le esperaban que no podía enumerarlos–. Sí, es preciso que me vaya hoy mismo.

Stepán Arkadievich no comió en casa, pero prometió ir a las siete para acompañar a su hermana a la estación.

Kitty no fue. Envió un billete excusándose con el pretexto de una fuerte jaqueca. Dolly y Anna comieron solas con la inglesa y los niños.

Estos, fuese que no tuvieran el carácter constante, fuese que apreciaran en su tía Anna un cambio con respecto a ellos, dejaron de repente de jugar con ella y se desinteresaron en absoluto de su partida.

Anna pasó la mañana ocupada en los preparativos del viaje. Escribía notas a sus amigos de Moscú, anotaba sus gastos y arreglaba su equipaje. A Dolly le pareció que no estaba tranquila, sino en aquel estado de preocupación, que tan bien conocía por propia experiencia, que rara vez se produce sin motivo y que en la mayoría de los casos indica solo un profundo disgusto de sí mismo.

Después de comer, Anna subió a su cuarto a vestirse y Dolly la siguió.

—Te encuentro extraña hoy.

—¿Tú crees? No, no estoy extraña. Lo que pasa es que me siento triste. Esto me sucede de vez en cuando... Tengo como ganas de llorar. Es una tontería; ya pasará –dijo Anna rápidamente, y ocultó su rostro enrojecido de repente, inclinándose hacia el otro lado para rebuscar en un saquito donde guardaba sus pañuelos y su gorro, de dormir. Sus ojos brillaban de lágrimas, que apenas conseguía retener–. Salí de San Petersburgo de mala gana y ahora, en cambio, me cuesta irme de aquí.

—Hiciste bien en venir, porque has realizado una buena obra –repuso Dolly, mirándola con atención.

Anna volvió hacia ella sus ojos llenos de lágrimas.

—No digas eso, Dolly. Ni hice ni podía hacer nada. Hay veces en que me pregunto el porqué de que todos se empeñen en mimarme tanto. ¿Qué he hecho y qué podía hacer? Has tenido bastante amor en tu corazón para perdonar, y eso fue todo.

—¡Dios sabe lo que habría pasado de no venir tú! ¡Y es que eres tan feliz, Anna...! ¡Hay en tu alma tanta claridad y tanta pureza!

—Todos tenemos *skeletons* en el alma, como dicen los ingleses.

—¿Qué *skeletons* puedes tener tú? ¡Todo es tan claro en tu alma! –exclamó Dolly.

—No obstante, los tengo –dijo Anna. Y una inesperada sonrisa maliciosa torció sus labios a través de sus lágrimas.

—Tus *skeletons* se me figuran más divertidos que lúgubres —opinó Dolly, sonriendo también.

—Te equivocas. ¿Sabes por qué me voy hoy en vez de mañana? Es una confesión que me pesa, pero te la quiero hacer –dijo Anna, sentándose en la butaca y mirando a Dolly a los ojos.

Y, con gran sorpresa de Dolly, su cuñada palideció hasta la raíz de sus cabellos rizados.

—¿Sabes por qué no ha venido Kitty a comer? –preguntó Anna–. Tiene celos de mí. He destruido su felicidad. Yo he tenido la culpa de que el baile de anoche, del que esperaba tanto, se convirtiese para ella en un tormento. Pero la verdad es que no soy culpable, o si lo soy, lo soy muy poco... —dijo recalcando las últimas palabras.

—Hablas igual que Stiva –dijo Dolly, sonriendo.

—¡Oh, no, no soy como él! Si te cuento esto, es porque no quiero dudar ni un minuto de mí misma.

Mas al decirlo, Anna tuvo conciencia de su debilidad: no solo no tenía confianza en sí misma, sino que el recuerdo de Vronsky le causaba tal emoción que decidía huir para no verle más.

—*Oui, Stiva, m'a raconté* que has bailado toda la noche con Vronsky y que...

—Es cosa que haría reír el extraño giro que tomaron las cosas. Me proponía favorecer el matrimonio de Kitty y en lugar de ello... Acaso yo contra mi voluntad...

Anna se ruborizó y calló.

—Los hombres notan esas cosas enseguida –dijo Dolly.

Y yo siento que él lo tomara en serio. Pero estoy segura de que todo se olvidará enseguida y que Kitty me perdonará –añadió Anna.

—Si he de hablarte sinceramente, esa boda no me gusta demasiado para mi hermana. Ya ves que Vronsky es un hombre capaz de enamorarse de una mujer en un día. Siendo así, vale más que haya ocurrido lo que ocurrió.

—¡Oh, Dios mío! ¡Sería tan absurdo eso! –exclamó Anna. Pero un rubor que delataba su satisfacción encendió sus mejillas al oír expresado en voz alta su propio pensamiento.

—Ahora me voy convertida en enemiga de Kitty, por la que sentía tanta simpatía. ¡Es tan gentil! Pero tú lo arreglarás, ¿verdad, Dolly?

Dolly apenas pudo contener una sonrisa. Estimaba a Anna, pero le complacía descubrir que también ella tenía debilidades.

—¿Kitty enemiga tuya? ¡Es imposible!

—Me gustaría irme sabiendo que me queréis todos tanto como yo os quiero a vosotros. Ahora os quiero más que antes. ¡Ay, estoy hecha una tonta! –dijo Anna, con los ojos inundados de lágrimas.

Luego se secó los ojos con el pañuelo y comenzó a arreglarse. Cuando se disponía ya a salir, se presentó Stepán Arkadievich, muy acalorado, oliendo a vino y a tabaco.

Dolly, conmovida por el afecto que Anna le testimoniaba, murmuró a su oído, al abrazarla por última vez:

—Nunca olvidaré lo que has hecho por mí. Te quiero y te querré siempre como a mi mejor amiga. Acuérdate de ello.

—¿Por qué? –repuso Anna, conteniendo las lágrimas.

—Me has comprendido y me comprendes. ¡Adiós, querida Anna!

Capítulo XXIX

«¡Gracias a Dios que ha terminado todo esto!», pensó Anna al separarse de su hermano, quien hasta que resonó la campana permaneció obstruyendo con su figura la portezuela del vagón.

Anna se acomodó en el asiento junto a Anushka, su camarera. «¡Gracias a Dios que voy a ver mañana a mi pequeño Seriozha y a Aleksey Aleksándrovich! Al fin mi vida recobrará su ritmo habitual», pensó de nuevo.

Presa aún de la agitación que la dominaba desde por la mañana, empezó a ocuparse de ponerse cómoda. Sus manos, pequeñas y hábiles, extrajeron del bolso rojo de viaje un almohadón que puso sobre sus rodillas; se envolvió bien los pies y se instaló con comodidad. Una viajera enferma se había tendido ya en el asiento para dormir. Otras dos dirigieron vanas preguntas a Anna, mientras una más vieja y gruesa se envolvía las piernas con una manta mientras emitía algunas opiniones sobre la pésima calefacción. Anna contestó a las señoras, pero no hallando interés en su conversación, pidió a su doncella que le diese su farolillo de viaje, lo sujetó al respaldo de su asiento y sacó una plegadera y una novela inglesa. Era difícil abismarse en la lectura. El movimiento alrededor suyo, el ruido del tren, la nieve que golpeaba la ventanilla a su izquierda y se pegaba a los cristales, el revisor que pasaba de vez en cuando muy arropado y cubierto de copos de nieve, las observaciones de sus compañeras de viaje a propósito de la tempestad, todo la distraía. Pero, por otra parte, todo era monótono: el mismo traqueteo del vagón, la misma nieve en la ventana, los mismos cambios bruscos de temperatura, del calor al frío y otra vez al calor, los mismos rostros entrevistos en la penumbra, las mismas voces, y Anna acabó logrando concentrarse en la lectura y enterándose de lo que leía.

Anushka dormitaba ya, sosteniendo sobre sus rodillas el saco rojo de viaje entre sus gruesas manos enguantadas, uno de cuyos guantes estaba roto. Anna Karenina leía y se enteraba de lo que leía, pero la lectura, es decir, el hecho de interesarse en la vida de los demás, le era intolerable, pues tenía demasiado deseo de vivir por sí misma. Si la heroína de su novela cuidaba a un enfermo, Anna habría deseado entrar ella misma con pasos suaves en la alcoba del paciente; si un miembro del Parlamento pronunciaba un discurso, Anna habría deseado pronunciarlo ella; si lady Marie galopaba tras su traílla, desesperando a su nuera y sorprendiendo a las gentes con su audacia, Anna habría deseado hallarse en su lugar. Pero era en vano. Debía contentarse con la lectura, mientras daba vueltas a la plegadera entre sus menudas manos.

El héroe de su novela empezaba ya a alcanzar la plenitud de su británica felicidad, pues obtenía un título de barón y unas propiedades, y Anna sentía deseo de irse con él a aquellas tierras. De pronto la Karenina experimentó la impresión de que su héroe debía de sentirse avergonzado y que ella participaba de su vergüenza. Pero ¿por qué? «¿De qué tengo que avergonzarme?», se preguntó con indignación y sorpresa. Y dejando la lectura, se reclinó en su butaca, oprimiendo la plegadera entre sus manos nerviosas. ¿Qué había hecho? Recordó la sucedido en Moscú, donde todo había sido magnífico. Se acordó del baile, de Vronsky y de su rostro de enamorado enloquecido, de su conducta con respecto a él... Nada había que la pudiese avergonzar. Y, no obstante, al llegar a este punto de sus recuerdos, volvía a renacer en ella el sentimiento de vergüenza. Parecía como si en el hecho de recordarle una voz interior le murmurase, a propósito de él: «Caliente, muy caliente, te quemas». «Bueno, ¿y qué? –se dijo con decisión, cambiando de postura– ¿Qué significa todo eso? ¿Acaso temo mirar ese recuerdo cara a cara? ¿Es que entre ese joven oficial y yo existen o pueden existir otras relaciones distintas a las que tengo con cualquier otro conocido?». Sonrió con desdén y volvió a coger el libro, pero ya no le fue posible comprender nada de su lectura. Pasó la plegadera por el cristal cubierto de escarcha, luego aplicó a su mejilla la superficie lisa y fría de la hoja, y poco faltó para que estallara a reír de la alegría que súbitamente se habla apoderado de ella. Notaba sus nervios cada vez más tensos, sus ojos cada vez más abiertos, sus manos y pies cada vez más crispados. Padecía una especie de sofocación y le parecía que en aquella penumbra las imágenes y los sonidos la impresionaban con un extraordinario vigor. Se preguntaba sin cesar si el tren avanzaba, retrocedía o permanecía inmóvil. ¿Era Anushka, su doncella, la que estaba a su lado o una extraña? «¿Qué es lo que cuelga del asiento, una pelliza o un animal? ¿Soy yo a otra mujer la que va sentada aquí?». Abandonarse a aquel estado de inconsciencia le causaba terror. Sentía, sin embargo, que aún podía oponer resistencia con la fuerza de su voluntad. Haciendo, pues, un esfuerzo para recobrarse se incorporó, dejó su manta de viaje y su capa y se sintió mejor durante un instante. Entró un hombre delgado, con un largo abrigo al que le faltaba un botón. Anna comprendió que era el encargado de la calefacción. Le vio consultar el termómetro y observó que el viento y la nieve entraban en el vagón tras él. Luego, todo se volvía confuso de nuevo. Aquel hombre tan alto garabateaba algo apoyándose en la pared, la señora anciana estiró las piernas y el departamento pareció envuelto en una nube negra. Anna escuchó un terrible ruido, como si algo se rasgase en la oscuridad. Se diría que estaban torturando a alguien. Un rojo resplandor le hizo cerrar los ojos; luego todo quedó envuelto en tinieblas y Anna sintió la impresión de que se hundía en un precipicio. Aquellas sensaciones eran, no obstante, más divertidas que desagradables. Un hombre embozado en un abrigo y cubierto de nieve le gritó algunas palabras al oído. Anna se recobró. Comprendió que llegaban a una estación y que aquel hombre era el revisor. Pidió a su doncella que le diese el chal y la pelerina y, poniéndoselos, se acercó a la portezuela.

—¿Desea salir, señora? –preguntó Anushka.

—Sí, necesito moverme un poco. Aquí dentro me ahogo.

Quiso abrir la portezuela, pero el viento y la lluvia se lanzaron contra ella, como si quisieran impedirle abrir, y también esto le pareció divertido. Consiguió al fin abrir la puerta. Parecía como si el viento la hubiese estado esperando afuera para llevársela entre alaridos de alegría. Se asió con fuerza con una mano en la barandilla del estribo y sosteniéndose el vestido con la otra, Anna descendió al andén. El viento soplaba con fuerza, pero en el andén, al abrigo de los vagones, había más calma. Anna respiró profundamente y con agrado el aire frío de aquella noche tempestuosa y contempló el andén y la estación iluminada por las luces.

CAPÍTULO XXX

Un remolino de nieve y viento corrió de una puerta a otra de la estación, silbó furiosamente entre las ruedas del tren y lo anegó todo,personas y vagones, amenazando sepultarlos en nieve. La tempestad, se calmó por un breve instante, para desatarse de nuevo con tal ímpetu que parecía imposible de resistir. No obstante, la puerta de la estación se abría y cerraba de vez en cuando, dando paso a gente que corría de un lado a otro, hablando alegremente, deteniéndose en el andén, cuyo pavimento de madera crujía bajo sus pies.

La silueta de un hombre encorvado pareció surgir de la sierra a los pies de Anna. Se oyó el golpe de un martillo contra el hierro; después una voz ronca resonó entre las tinieblas.

—Envíen un telegrama –decía la voz.

Otras voces replicaron, como un eco:

—Haga el favor, por aquí. En el número veintiocho –y los empleados pasaron corriendo como llevados por la nieve. Dos señores, con sus cigarrillos encendidos, pasaron ante Anna fumando tranquilamente.

Respiró otra vez a pleno pulmón el aire frío de la noche, puso la mano en la barandilla del estribo para subir al vagón, cuando en aquel momento, la figura de un hombre vestido con capote militar, que estaba muy cerca de ella, le ocultó la vacilante luz del farol. Anna se volvió para mirarlo y le reconoció. Era Vronsky. Él se llevó la mano a la visera de la gorra y le preguntó respetuosamente si podía servirla en algo. Anna le contempló en silencio durante unos instantes. Aunque Vronsky estaba de espaldas a la luz, la Karenina creyó apreciar en su rostro y en sus ojos la misma expresión de entusiasmo respetuoso que tanto la conmoviera en el baile. Hasta entonces Anna se había repetido que Vronsky era uno de los muchos jóvenes, eternamente iguales, que se encuentran en todas partes, y se había prometido no pensar en él. Y he aquí que ahora se sentía poseída por un alegre sentimiento de orgullo. No hacía falta preguntar por qué Vronsky estaba allí. Era para hallarse más cerca de ella. Lo sabía con tanta certeza como si el propio Vronsky se lo hubiera dicho.

—Ignoraba que usted pensase ir a San Petersburgo. ¿Tiene algún asunto en la capital? –preguntó Anna, separando la mano de la barandilla.

Y su semblante resplandecía.

—¿Algún asunto? –repitió Vronsky, clavando su mirada en los ojos de Anna Karenina–. Usted sabe muy bien que voy para estar a su lado. No puedo hacer otra cosa.

En aquel momento, el viento, como venciendo un invisible obstáculo, se precipitó contra los vagones, esparció la nieve del techo y agitó triunfalmente una plancha que había logrado arrancar. Con un aullido lúgubre, la locomotora lanzó un silbido.

La trágica belleza de la tempestad ahora le parecía a Anna más llena de magnificencia. Acababa de oír las palabras que temía su razón, pero que su corazón deseaba escuchar. Guardó silencio. Pero Vronsky, en el rostro de ella, leyó la lucha que sostenía en su interior.

—Perdone si le he dicho algo molesto –murmuró humildemente.

Hablaba con respeto, pero en un tono tan resuelto y decidido que Anna en el primer momento no supo qué contestar.

—Lo que usted dice no está bien –murmuró Anna, al fin– y, si es usted un caballero, lo olvidará todo, como hago yo.

—No lo olvidaré, ni podré olvidar nunca ninguno de sus gestos, ninguna de sus palabras.

—¡Basta, basta! –exclamó ella en vano, tratando inútilmente de dar a su rostro una expresión severa.

Y, cogiéndose a la fría barandilla, subió los peldaños del estribo y entró rápidamente en el coche.

Sintió la necesidad de calmarse y se detuvo un momento en la portezuela. No recordaba bien lo que habían hablado, pero comprendía que aquel momento de conversación les había aproximado el uno al otro de un modo terrible, lo que la horrorizaba y la hacía feliz a la vez.

Tras breves instantes, Anna entró en el departamento y se sentó. Su tensión nerviosa aumentaba: parecía que sus nervios iban a estallar.

No pudo dormir en toda la noche. Pero en aquella exaltación, en los sueños que llenaban su mente, no había nada doloroso; al contrario, había algo gozoso, excitante y ardiente.

Al amanecer se durmió en su butaca. Era ya de día cuando despertó. Se acercaban a San Petersburgo. Pensó en su hijo, en su marido, en sus ocupaciones domésticas, y aquellos pensamientos la dominaron por completo.

La primera persona a quien vio al apearse del tren fue a su marido. «¿Cómo le habrán crecido tanto las orejas en estos días, Dios mío?», pensó al ver aquella figura arrogante, pero fría, con su sombrero redondo que parecía sostenerse en los salientes cartílagos de sus orejas. Su esposo se acercaba a ella, mirándola atentamente con sus grandes ojos cansados, con su eterna sonrisa irónica en los labios, y esta vez la mirada inquisitiva de Aleksey Aleksándrovich la hizo estremecer. ¿Acaso esperaba encontrar a su marido distinto de como era en realidad? ¿O era que su conciencia le reprochaba toda la hipocresía, toda la falta de naturalidad que había en sus relaciones conyugales? Aquella impresión dormía hacía largo tiempo en el fondo de su alma, pero solo ahora se le aparecía en toda su dolorosa claridad.

—Como ves, tu enamorado esposo, tan enamorado como el primer día, anhelaba verte de nuevo –dijo Karenin con su voz lenta y seca, empleando el mismo tono levemente burlón que siempre usaba al dirigirle la palabra, como para ridiculizar aquel modo de expresarse.

—¿Cómo está Seriozha? –preguntó ella.

—¡Caramba, qué recompensa a mi entusiasmo amoroso! Pues está bien, muy bien...

Capítulo XXXI

Vronsky no trató siquiera de dormir. Permaneció sentado en su butaca con los ojos abiertos. Ora mirando fijamente ante él, ora contemplando a los que entraban y salían; y si antes impresionaba a los desconocidos con su inalterable tranquilidad, ahora parecía aún más seguro de sí mismo y más lleno de orgullo. Los seres no tenían para él en aquel momento mayor importancia que las cosas. Tal actitud le atrajo la enemistad de su vecino de asiento, un joven muy nervioso, empleado en el Ministerio de Justicia, que había hecho todo lo posible para que Vronsky reparara en que él pertenecía al mundo de los vivos. En vano le había pedido fuego, en vano le hablaba o le daba golpecitos en el codo. Vronsky no manifestó más interés por él que por el farolillo del vagón. Ofendido por su impasibilidad, su compañero de viaje reprimía su enojo a duras penas.

Aquella olímpica indiferencia no significaba que Vronsky se sintiera feliz creyendo haber impresionado el corazón de Anna. Aún no se atrevía ni a imaginarlo, pero el solo hecho de pensar en ello le inundaba de orgullo y de alegría. No sabía ni quería pensar en lo que podría resultar de todo aquello.

Solo presentía que sus fuerzas, desperdiciadas hasta entonces, iban a unirse para empujarle hacia un único y espléndido destino.

Verla, oírla, estar a su lado, este era ahora el único objeto de su vida. Estaba tan poseído por aquel pensamiento que, apenas vio a Anna en la estación de Bologovo, donde él bajara a tomarse un vaso de soda, no pudo menos de manifestárselo. Y estaba satisfecho de habérselo dicho, satisfecho porque ahora ella sabía ya que la amaba y no podría dejar de pensar en él.

Ya en el vagón, Vronsky empezó a recordar los más nimios detalles de las veces que se habían encontrado: los gestos, las palabras de Anna. Y su corazón palpitó ante las visiones que su imaginación le presentaba para el porvenir.

Se apeó en San Petersburgo tan fresco y descansado como si saliera de un baño frío, aunque había pasado la noche sin dormir. Se paró junto a un vagón para ver pasar a Anna. «La volveré a ver –se decía, sonriendo sin darse cuenta–. Acaso me dirija una palabra, un gesto, algo…». Pero al primero que vio fue a Karenin, a quien el jefe de estación acompañaba con grandes muestras de respeto. «¡Ah, el marido!», dijo para sí. Y, al verle erguido ante él, con sus piernas rectas enfundadas en los pantalones negros, al verle tomar el brazo de Anna con la naturalidad de quien ejecuta un acto al que tiene derecho, Vronsky hubo de recordar que aquel ser cuya existencia apenas considerara hasta entonces existía, era de carne y hueso y estaba unido estrechamente a la mujer que él amaba.

Aquel frío rostro de petersburgués, aquel aire indiferente y seguro, aquel sombrero redondo, aquella espalda ligeramente encorvada, aquel conjunto era una realidad y Vronsky había de reconocerlo, pero lo reconocía como un hombre que, muriendo de sed, al encontrarse con una fuente de agua pura descubriera que estaba ensuciada por un perro, un cerdo o una vaca que habían bebido en ella.

Lo que sobre todo le desesperaba de Aleksey Aleksándrovich era su manera de andar, moviendo sus piernas de un modo rápido y balanceando algo el cuerpo. A Vronsky le parecía que solo él tenía derecho a amar a aquella mujer. Afortunadamente, ella seguía siendo la misma y, al verla, su corazón se sintió conmovido. El criado de Anna, un alemán que había hecho el viaje en segunda clase, fue a recibir órdenes. El marido le había entregado los equipajes antes de dirigirse resueltamente hacia Anna. Vronsky asistió al encuentro de los esposos y su sensibilidad de enamorado le permitió percibir el leve ademán de contrariedad que hiciera Anna al encontrar a Aleksey Aleksándrovich. «No le ama, no puede amarle...», pensó Vronsky.

Se sintió feliz al notar que Anna, aunque de espaldas, adivinaba su proximidad. En efecto, ella se volvió, le miró y siguió hablando con su marido.

—¿Ha pasado usted la noche bien, señora? –preguntó Vronsky, saludando a la vez a los dos, y dando así ocasión al esposo de que le reconociese si le placía.

—Muy bien, gracias –repuso ella.

En su fatigado rostro no se dibujaba la animación de otras veces, pero a Vronsky le bastó para sentirse feliz apreciar que los ojos de Anna, al verle, se iluminaban de alegría.

Ella alzó la vista hacia su marido, tratando de descubrir si este recordaba al Conde. Karenin contemplaba al joven con aire de disgusto y como si apenas le reconociera.

Vronsky se sintió incomodado. Su calma y su seguridad de siempre chocaban ahora contra aquella actitud glacial.

—El conde Vronsky –dijo Anna.

—¡Ah, ya, me parece que nos conocemos! –se dignó decir Karenin, dando la mano al joven–. Por lo que veo, al ir has viajado con la madre y al volver con el hijo –añadió arrastrando lentamente las palabras como si cada una le costara un rublo–. ¿Qué? ¿Vuelve usted de su temporada de permiso? –y, sin aguardar la respuesta de Vronsky, dijo con ironía, dirigiéndose a su mujer–: ¿Han llorado mucho los de Moscú al separarse de ti?

Creía terminar así la charla con el Conde. Y para completar su propósito, se llevó la mano al sombrero. Pero Vronsky interrogó a Anna:

—Confío en que podré tener el honor de visitarles.

—Con mucho gusto. Recibimos los lunes –dijo Aleksey Aleksándrovich con frialdad. Y, sin hacerle más caso, prosiguió hablando a su mujer con el mismo tono irónico de antes: –¡Estoy encantado de disponer de media hora de libertad para testimoniarte mis sentimientos!

—Parece como si me hablaras de ellos para realzar más su valor –repuso Anna, escuchando, involuntariamente, los pasos de Vronsky que caminaba tras ellos. «En realidad no me preocupan nada», pensó para sí.

Y luego preguntó a su esposo cómo había pasado Seriozha aquellos días.

—Muy bien. Mariette me dijo que estaba de muy buen humor. Lamento decirte que no te echó nada de menos. No le sucedía lo mismo a tu amante esposo. Te agradezco que hayas vuelto un día antes de lo que esperaba. Nuestro querido samovar se alegrará mucho también.

Karenin aplicaba el apelativo de «samovar» a la condesa Lidia Ivanovna, por su constante estado de vehemencia y agitación. Siguió diciendo:

—Me preguntaba diariamente por ti. Te aconsejo que la visites hoy mismo. Ya sabes que su corazón sufre siempre por todo y por todos y ahora está particularmente inquieta con el asunto de la reconciliación de los Oblonsky.

Lidia era una antigua amiga de su marido y el centro de aquel círculo social que, por las relaciones de su esposo, Anna se veía obligada a frecuentar.

—Ya le he escrito.

—Pero quiere saber todos los detalles. Ve, cariño, ve a verla, si no estás muy cansada. Bueno, te dejo. Tengo que asistir a una sesión. Kondreti conducirá tu coche. ¡Gracias a Dios que al fin voy a comer contigo! –y añadió con seriedad–: ¡no puedes figurarte lo que me cuesta acostumbrarme a hacerlo solo!

Y estrechándole largamente la mano y sonriendo tan afectuosamente como pudo, Karenin la condujo a su coche.

CAPÍTULO XXXII

El primer rostro que vio Anna al entrar en su casa fue el de su hijo, quien, sin atender a su institutriz, corrió escaleras abajo, gritando con alegría:

—¡Mamá, mamá, mamá!

Y se colgó de su cuello.

—¡Ya le decía yo que era mamá! –dijo luego a la institutriz.

Pero, igual que antes con el padre, el hijo causó a Anna cierta decepción. En la ausencia se lo había imaginado mejor de lo que era en realidad; y sin embargo era un niño encantador: un hermoso niño de bucles rubios, ojos azules y piernas muy derechas, con los calcetines bien estirados.

Anna sintió un placer casi físico en tenerle a su lado y recibir sus caricias, y experimentó un consuelo moral escuchando sus inocentes preguntas y mirando sus ojos cándidos, confiados y dulces.

Le ofreció los regalos que le enviaban los niños de Dolly y le contó que en Moscú, en casa de los tíos, había una niña llamada Tania que ya sabía escribir y enseñaba a los otros niños.

—Entonces, ¿es que valgo menos que ella? –preguntó Seriozha.

—Para mí, vida mía, vales más que nadie.

—Ya lo sabía –dijo Seriozha, sonriendo.

Antes de que Anna acabara de tomar el café, le anunciaron la visita de la condesa Lidia Ivanovna. Era una mujer alta y gruesa, de amarillento y enfermizo color y grandes y magníficos ojos negros, algo pensativos.

Anna la quería mucho y, sin embargo, pareció apreciar sus defectos por primera vez.

—¿Conque ha llevado a los Oblonsky la ramita de olivo, querida? –preguntó Lidia Ivanovna.

—Todo está arreglado –repuso Anna–. Las cosas no andaban tan mal como nos figurábamos. *Ma belle soeur* toma sus decisiones con demasiada precipitación y...

Pero la Condesa, que tenía la costumbre de interesarse por cuanto no le importaba, y solía, en cambio, no poner atención alguna en lo que debía interesarle más, interrumpió a su amiga:

—Estoy abatida. ¡Cuánta maldad y cuánto dolor hay en el mundo!

—¿Pues qué sucede? –interrogó Anna, dejando de sonreír.

—Empiezo a cansarme de luchar en vano por la verdad, y a veces me siento completamente abatida. Ya ve usted: la obra de los hermanitos (se trataba de una institución benéfico-patriótico-religiosa) iba por buen camino. ¡Pero no se puede hacer nada con esos señores! –declaró la Condesa en tono de sarcástica resignación–. Aceptaron la idea para desvirtuarla y ahora la juzgan de un modo bajo e indigno. Solo dos o tres personas, entre ellas su marido, comprendieron el verdadero alcance de esta empresa. Los demás no hacen más que desacreditarla… Ayer recibí carta de Pravdi (se refería al célebre paneslavista Pravlin, que vivía en el extranjero).

La Condesa contó lo que decía en su carta y luego habló de los obstáculos que se oponían a la unión de las iglesias cristianas.

Explicado aquello, la Condesa se fue precipitadamente, porque tenía que asistir a dos reuniones, una de ellas la sesión de un Comité eslavista.

«Todo esto no es nuevo para mí. ¿Por qué será que lo veo ahora de otro modo?», pensó Anna. «Hoy Lidia me ha parecido más nerviosa que otras veces. En el fondo, todo eso es un absurdo. Dice ser cristiana y no hace más que enfadarse y censurar. Todos son enemigos suyos, aunque estos enemigos se llamen también cristianos y persigan los mismos fines que ella».

Después de la Condesa llegó la esposa de un alto funcionario, que refirió a Anna todas las novedades del momento y se fue a las tres, prometiendo volver otro día a comer con ella.

Aleksey Aleksándrovich estaba en el Ministerio. Anna asistió a la comida de su hijo (que siempre comía solo) y luego arregló sus cosas y despachó su correspondencia atrasada.

Nada quedaba en ella de la vergüenza e inquietud que sintiera durante el viaje. Ya en su ambiente acostumbrado se sintió ajena a todo temor y por encima de todo reproche sin comprender su estado de ánimo del día anterior.

«¿Qué sucedió, a fin de cuentas? –pensaba–. Vronsky me dijo una tontería y yo le contesté como debía. Es inútil hablar de ello a Aleksey. Parecería que daba demasiada importancia al asunto». Se acordó de una vez que un subordinado de su marido estuvo a punto de hacerle una declaración amorosa. Creyó oportuno contárselo a Karenin y este le dijo que toda mujer de mundo debía estar preparada para tales eventualidades y que él confiaba en su tacto, sin dejarse arrastrar por celos que habrían sido humillantes para los dos.

«De modo que vale más callar», decidió ahora Anna como remate de sus reflexiones. «Además, gracias a Dios, nada tengo que decirle».

CAPÍTULO XXXIII

Aleksey Aleksándrovich llegó a su casa a las cuatro, pero como le ocurría a menudo, no tuvo tiempo de ver a su esposa y hubo de pasar al despacho para recibir las visitas y firmar los documentos que le llevó su secretario.

Como de costumbre, había varios invitados a comer: una anciana prima de Karenin, uno de los directores de su ministerio, con su mujer, y un joven que le habían recomendado.

Anna bajó al salón para recibirles. Apenas el gran reloj de bronce de estilo Pedro I dio las cinco, Aleksey Aleksándrovich apareció vestido de etiqueta, con corbata blanca y dos condecoraciones en la solapa, pues tenía que salir después de comer. Aleksey Aleksándrovich tenía los momentos contados y había de observar con estricta puntualidad sus diarias obligaciones. «Sin prisas, pero sin pausas», era su lema. Entró en la sala, saludó a todos y dijo a su mujer, sonriendo:

—¡Al fin ha terminado mi soledad! No sabes lo *fastidioso* –y subrayó la palabra– que es comer a solas.

Durante la comida, Karenin pidió a su mujer noticias de Moscú, sonriendo burlonamente al mencionar a Stepán Arkadievich, pero la conversación, en todo momento de un carácter general, versó sobre el trabajo en el ministerio y la política.

Concluida la comida, Karenin estuvo media hora con sus invitados y después, tras un nuevo apretón de manos y una sonrisa a su mujer, se fue para asistir a un consejo.

Anna no quiso ir al teatro, donde tenía palco reservado aquella noche, ni a casa de la condesa Betsy Iverskaya, que, al saber su llegada, le había enviado recado de que la esperaba. Antes de ir a Moscú, Anna dio a su modista tres vestidos para que se los arreglase, porque la Karenina sabía vestir bien gastando poco. Y, al marcharse los invitados, Anna comprobó con irritación que de los tres vestidos que le prometiera la modista tener arreglados para su regreso, dos no estaban terminados aún y el tercero no había quedado a su gusto.

La modista, llamada inmediatamente, pensaba que el vestido le estaba mejor de aquella manera. Anna se enfureció de tal modo contra ella que enseguida se sintió avergonzada de sí misma. Para calmarse, entró en la alcoba de su hijo, le acostó, le arregló las sábanas, le persignó con una amplia señal de la cruz y dejó la habitación. Ahora se alegraba de no haber salido y de haber pasado la tarde de un modo tan agradable. Se sentía tranquila y aliviada, y reconoció que todo lo que le había parecido tan importante a lo largo del viaje no era más que un episodio trivial e intrascendente de la vida mundana y que no tenía de qué avergonzarse, ni ante sí misma ni ante nadie. Se acercó al lado de la chimenea para esperar el regreso de su esposo leyendo su novela inglesa. A las nueve y media en punto sonó en la puerta la autoritaria llamada de Aleksey Aleksándrovich y este entró en la habitación un momento después.

—Vaya, ya has vuelto –dijo ella, tendiéndole la mano, que él besó antes de sentarse a su lado.

—¿De modo que todo ha ido bien en tu viaje? –inquirió Karenin.

—Muy bien.

Anna le contó todos los detalles: la agradable compañía de la condesa Vronsky, la llegada, el accidente en la estación, la compasión que sintiera primero hacia su hermano y luego hacia Dolly.

—Aunque Stepán sea hermano tuyo, su falta es imperdonable –dijo enfáticamente Aleksey Alejaridrovich.

Anna sonrió. Su esposo trataba de hacer ver que los lazos de parentesco no influían para nada en sus juicios. Anna reconocía muy bien aquel rasgo del carácter de su marido y se lo sabía apreciar.

—Me alegro –continuaba él– de que todo acabara bien y de que hayas regresado. ¿Qué se dice por allá del nuevo proyecto de ley que he hecho ratificar últimamente por el Gobierno?

Anna se sintió turbada al recordar que nadie le había dicho cosa alguna sobre una cuestión que su esposo consideraba tan importante.

—Pues aquí, al contrario, interesa mucho –dijo Karenin con sonrisa de satisfacción.

Anna adivinó que su marido deseaba extenderse en pormenores que debían de ser satisfactorios para su amor propio y, mediante algunas preguntas hábiles, hizo que él le explicara, con una sonrisa de contento, que la aceptación de aquel proyecto había sido acompañada de una verdadera ovación en su honor.

—Me alegré mucho, porque eso demuestra que empiezan a ver las cosas desde un punto de vista razonable.

Después de tomar dos tazas de té con crema, Aleksey Alexandrovich se dispuso a ir a su despacho.

—¿No has ido a ningún sitio durante este tiempo? –preguntó–. Has debido de aburrirte mucho.

—¡Oh, no! –repuso ella, levantándose–. Y, ¿qué estás leyendo ahora?

—La *Poésie des enfers*, del duque de Lille. Es un libro muy interesante.

Anna sonrió como se sonríe ante las debilidades de los seres amados y, pasando su brazo bajo el de su esposo, le acompañó hasta el despacho. Sabía que la costumbre de leer por la noche era una verdadera necesidad para su marido. Pese a las obligaciones que monopolizaban su tiempo, le parecía un deber suyo estar al corriente de lo que aparecía en el campo intelectual, y Anna lo sabía. Sabía también que su marido, muy competente en materia de política, filosofía y religión, no entendía nada de letras ni bellas artes, lo cual no le impedía interesarse por ellas. Y, así como en política, filosofía y religión albergaba dudas y buscaba respuestas, pero en cuestión de arte, poesía y, sobre todo música, de la que no entendía nada, sustentaba opiniones sobre las que no toleraba oposición ni discusión. Le agradaba hablar de Shakespeare, de Rafael y de Beethoven y poner límites a las modernas escuelas de música y poesía, clasificándolas en un orden lógico y riguroso.

—Te dejo –dijo Anna en la puerta del despacho, en el cual, junto a la butaca de su marido, había preparadas una botella con agua y una bujía con pantalla–. Voy a escribir a Moscú.

Él, una vez más, le estrechó la mano y la besó.

«Es un hombre bueno, leal, honrado y, en su especie, un hombre excepcional», pensaba Anna, volviendo a su cuarto. Pero, mientras pensaba así, ¿no se oía en su alma una voz secreta que le decía que era imposible amar a aquel hombre? Y seguía con sus pensamientos: «Pero no me explico cómo se le ven tanto las orejas. Debe de haberse cortado el cabello…».

A las doce en punto, mientras Anna, sentada ante su pupitre, escribía a Dolly, sonaron los pasos apagados de una persona andando en zapatillas y Aleksey Aleksándrovich, lavado y peinado y con su ropa de noche, apareció en el umbral.

—Ya es hora de irse a la cama –le dijo, con maliciosa sonrisa, antes de desaparecer en la alcoba.

«¿Con qué derecho la había mirado "él" de aquel modo?», se preguntó Anna, recordando la mirada que Vronsky dirigiera a su marido en la estación.

Y siguió a su esposo. Pero ¿qué había sido de aquella llama que en Moscú animaba su rostro haciendo brillar sus ojos y prestando luminosidad a su sonrisa? Ahora aquella llama parecía haberse apagado o, al menos, estaba escondida.

CAPÍTULO XXXIV

Al irse de San Petersburgo, Vronsky había dejado a su amigo Petrizky su magnífico piso de la calle Morskaya. Petrizky, un joven de familia modesta, no poseía otra fortuna que sus deudas. Se emborrachaba todas las noches y sus aventuras, escandalosas o ridículas, le costaban frecuentes arrestos. Pese a todo ello, todos los jefes y los compañeros le querían. Al llegar a su casa hacia las once, Vronsky vio a la puerta un coche que no le era desconocido del todo. Llamó a la puerta y oyó en la escalera risas masculinas, un gracioso acento de mujer y la voz de Petrizky exclamando:

—¡Si es uno de esos miserables, no le dejéis entrar!

Vronsky entró sin anunciarse, procurando no hacer ruido, y se acercó al salón. La baronesa Chilton, amiga de Petrizky, una rubia de carita sonrosada y acento parisiense, vestida a la sazón con un traje de satén lila, preparaba el café sobre una mesita. Petrizky, de paisano, y el capitán Kamerovsky, de uniforme, estaban a su lado.

—¡Caramba, Vronsky, tú aquí! –exclamó Petrizky, saltando de su silla–. El señor dueño cae de improviso en su casa... Baronesa, prepárale el café en la cafetera nueva. ¡Qué agradable sorpresa! Y, ¿qué me dices de este nuevo adorno de tu salón? Confío en que te gustará –dijo, señalando a la Baronesa–. Supongo que os conoceréis...

—¡Vaya si nos conocemos! –dijo, sonriente, Vronsky, estrechando la mano de la mujer–. Somos antiguos amigos.

—Me voy –dijo ella–. Vuelve usted de viaje y... si le molesto, me marcho.

—Está usted en su casa, amiga mía, en su casa... Hola, Kamerovsky –añadió Vronsky, estrechando con cierta frialdad la mano del capitán.

—¿Ve usted qué amable? –dijo la Baronesa a Petrizky–. Usted no sería capaz de hablar con tanta gentileza.

—Ya lo creo. Después de comer, sí.

—Después de comer no tiene gracia. Bueno, voy a preparar el café mientras usted se arregla –dijo la Baronesa, sentándose y manipulando cuidadosamente la cafetera nueva.

—Pedro, dame el café; voy a poner más –dijo a Petrizky.

Le llamaba por su nombre propio, sin preocuparse de ocultar las relaciones que la unían con él.

—Le mimas demasiado. ¡Mira que ponerle más café!

—No, no le mimo... ¿Y su mujer? –dijo de pronto la Baronesa, interrumpiendo la conversación de Vronsky con sus camaradas–. ¿No sabe que mientras estaba fuera le hemos casado? ¿No ha traído consigo a su esposa?

—No, Baronesa. He nacido y moriré siendo un bohemio.

—Hace bien. ¡Déme esa mano!

Y la Baronesa, sin dejar de mirar a Vronsky, comenzó a explicarle, bromeando, su último plan de vida y le pidió consejos.

—¿Qué haré si él no quiere consentir en el divorcio? («él» era su marido). Me propongo llevar el asunto a los Tribunales. ¿Qué opina usted? Kamerovsky, eche una mirada al café. ¿Ve?, ya se ha vertido... ¿No ve que estoy hablando de cosas serias? Necesito recobrar mis bienes, porque ese señor –dijo con acento despectivo–, con el pretexto de que le soy infiel, se ha quedado con mi fortuna.

Vronsky se divertía mucho oyéndola, le daba la razón, la aconsejaba, medio en serio y medio en broma, como solía hacer con aquella clase de mujeres.

La gente del ambiente en que Vronsky se movía suele dividir a las personas en dos clases: la primera está compuesta por necios, imbéciles y ridículos, que imaginan que los esposos deben ser fieles a sus esposas, las jóvenes puras, las casadas honorables, los hombres decididos, firmes y dueños de sí. Estos estúpidos opinan que hay que educar a los hijos, ganarse la vida, pagar las deudas y cometer otras tonterías por el estilo. La segunda clase, a la que los tipos del mundo de Vronsky se envanecen de pertenecer, solo da valor a la elegancia, la generosidad, la audacia y el buen humor, entregándose sin recato a sus pasiones y burlándose de todo lo demás.

Sin embargo, influido ahora por el ambiente de Moscú, tan distinto, Vronsky, de momento, estaba en aquel ambiente, fuera de su centro y lo encontraba demasiado frívolo y superficialmente alegre. Pero pronto entró en su vida habitual, tan fácilmente como si metiese los pies en sus zapatillas usadas.

El café no llegó nunca a beberse. Se salió de la cafetera, se vertió en la alfombra, ensució el vestido de la Baronesa y salpicó a todos, pero realizó su fin: provocar el regocijo y la risa general.

—¡Bueno, bueno, adiós! Me voy, porque si no tendré sobre mi conciencia la culpa de que usted cometa el más abominable delito que puede cometer un hombre correcto: no lavarse. ¿Así que me aconseja que coja a ese hombre por el cuello y...?

—Exacto, pero procurando que sus manitas se encuentren cerca de sus labios. Así, él las besará y las cosas concluirán a gusto de todos –contestó Vronsky.

—Bien, hasta la noche. En el teatro Francés, ¿verdad?

Kamerovsky se levantó también. Y Vronsky, sin esperar a que saliese, le dio la mano y se fue al cuarto de aseo.

Mientras se arreglaba, Petrizky comenzó a explicarle su situación. No tenía dinero, su padre se negaba a darle más y no quería pagar sus deudas; el sastre se negaba a hacerle ropa y otro sastre había adoptado igual actitud. Para colmo, el Coronel estaba dispuesto a expulsarle del regimiento si continuaba dando aquellos escándalos, y la Baronesa se ponía pesada como el plomo con sus ofrecimientos de dinero... Tenía en perspectiva la conquista de otra belleza, un tipo completamente oriental...

—Una especie de Rebeca, querido. Ya te la enseñaré...

Luego, había una querella con Berkchev, que se proponía mandarle los padrinos, aunque podía asegurarse que no haría nada. En resumen, todo iba muy bien y era divertidísimo.

Antes de que su amigo pudiera reflexionar en aquellas cosas, Petrizky pasó a contarle las noticias del día.

Al escucharle, al sentirse en aquel ambiente tan familiar en su propio piso, donde residía hacía tres años, Vronsky notó que se sumergía de nuevo en la vida despreocupada y alegre de San Petersburgo y lo notó con satisfacción.

—¿Es posible? –preguntó, aflojando el grifo del lavabo, que dejó caer un chorro de agua sobre su cuello vigoroso y rojizo–. ¿Es posible –repitió con acento de incredulidad– que Laura haya dejado a Fertingov por Mileev? Y él, ¿qué hace? ¿Sigue tan idiota y tan satisfecho de sí mismo como siempre? Oye, a propósito, ¿qué hay de Buzulkov?

—¿Buzulkov? ¡Si supieras lo que le pasa! Ya conoces su afición al baile. No se pierde uno de los de la Corte. ¿Sabes que ahora se llevan unos cascos más ligeros...? ¡Mucho más! Pues bien, él estaba allí con su uniforme de gala... ¿Me oyes?

—Te oigo, te oigo –afirmó Vronsky, secándose con la toalla de felpa.

—Una gran duquesa pasaba del brazo de un diplomático extranjero y la conversación recayó, por desgracia, en los cascos nuevos. La gran duquesa quiso enseñar uno al diplomático y viendo a un buen mozo con el casco en la cabeza –y Petrizky procuró remedar la actitud y los ademanes de Buzulkov– le pidió que le hiciese el favor de dejárselo. Y él, sin moverse. ¿Qué significaba aquella actitud? Empiezan a hacerle signos, indicaciones, le guiñan el ojo... ¡Y él continúa inmóvil como un muerto! ¿Comprendes la situación? Entonces uno... –no sé como se llama, no me acuerdo nunca– va a quitarle el casco. Buzulkov se defiende. Y al fin otro se lo arranca a viva fuerza y lo ofrece a la gran duquesa. «Este es el último modelo de cascos» dice, volviéndolo. Y de pronto ven que del casco sale... ¿Sabes qué? ¡Una pera, chico, una pera! ¡Y bombones, dos libras de bombones! ¡El grandísimo animal iba bien aprovisionado!

Vronsky reía hasta saltarle las lágrimas. Durante largo rato, cada vez que recordaba la historia del casco, rompía en francas risas juveniles, mostrando al hacerlo sus hermosos dientes.

Una vez informado de las noticias del momento, Vronsky se puso el uniforme con ayuda de su criado y fue a presentarse en la Comandancia militar. Luego se proponía ver a su hermano, pasar por casa de Betsy y hacer otra serie de visitas que le reincorporasen a la vida de sociedad y le diesen la posibilidad de encontrar a Anna Karenina. Salió, pues, pensando volver muy entrada la tarde, como es costumbre en San Petersburgo.

Segunda parte

Capítulo I

A finales de invierno, los Scherbatsky tuvieron en su casa consulta de médicos, ya que la salud de Kitty inspiraba temores. Se sentía débil y con la proximidad de la primavera su salud no hizo más que empeorar. El médico de la familia le recetó aceite de hígado de bacalao, hierro más adelante y, al fin, nitrato de plata. Pero como ninguno de aquellos remedios dio buen resultado, el médico terminó aconsejando un viaje al extranjero.

En vista de ello, la familia resolvió llamar a un médico muy reputado. Este, hombre joven aún y de buena presencia, exigió el examen detallado de la enferma. Insistió con una complacencia especial en que el pudor de las doncellas era una reminiscencia bárbara y en que no había nada más natural que el que un hombre, aunque fuera joven, auscultara a una muchacha a medio vestir.

Él estaba acostumbrado a hacerlo cada día y como no experimentaba, por tanto, emoción alguna, consideraba el pudor femenino no solo como un resto de barbarie, sino también como una ofensa personal.

Fue preciso someterse, porque, aunque todos los médicos hubiesen seguido igual número de cursos, estudiado los mismos libros y hubiesen, por consiguiente, practicado la misma ciencia, no se sabe por qué razones, y a pesar de que algunos calificaron a aquel doctor de persona no muy recomendable, se resolvió que solo él podía salvar a Kitty.

Después de un atento examen de la enferma, confusa y aturdida, el célebre médico se lavó escrupulosamente las manos y salió al salón, donde le esperaba el Príncipe, quien le escuchó tosiendo y con aire grave. El Príncipe, como hombre ya de edad, que no era necio y no había estado nunca enfermo, no creía en la medicina y se sentía irritado ante aquella comedia, ya que era quizá el único que adivinaba la causa de la enfermedad de Kitty.

«Este admirable charlatán sería capaz hasta de espantar la caza», pensaba, expresando con aquellos términos de viejo cazador su opinión sobre el diagnóstico del médico.

Por su parte, el doctor disimulaba con dificultad su desdén hacia el viejo aristócrata. Siendo la Princesa la verdadera dueña de la casa, apenas se dignaba dirigirle a él la palabra y solo ante ella se proponía derramar las perlas de sus conocimientos.

La Princesa compareció en breve, seguida por el médico de la familia, y el Príncipe se alejó para no exteriorizar lo que pensaba de toda aquella farsa.

La Princesa, desconcertada, sintiéndose ahora culpable con respecto a Kitty, no sabía qué hacer.

—Bueno, doctor, decida nuestra suerte. Díganoslo todo.

Iba a añadir «¿Hay esperanzas?», pero sus labios temblaron y no llegó a formular la pregunta. Se limitó a decir:

—¿Así, doctor, que...?

—Primero, Princesa, voy a hablar con mi colega y luego tendré el honor de manifestarle mi opinión.

—¿Debo entonces dejarles solos?

—Como usted guste...

La Princesa salió, exhalando un suspiro.

Al quedar solos los dos profesionales, el médico de familia comenzó tímidamente a exponer su criterio de que se trataba de un proceso de tuberculosis incipiente, pero que...

El médico célebre le escuchaba y en medio de su peroración consultó su voluminoso reloj de oro.

—Bien –dijo–, pero...

El médico de familia calló respetuosamente en la mitad de su discurso.

—Como usted sabe –dijo la eminencia–, no podemos precisar cuándo comienza un proceso tuberculoso. Hasta que no existen cavernas no sabemos nada en concreto. Solo caben suposiciones. Aquí existen síntomas: mala nutrición, nerviosismo, etc. La cuestión es esta: admitido el proceso tuberculoso, ¿qué hacer para ayudar a la nutrición?

—Pero usted no ignora que en esto se suelen mezclar siempre causas de orden moral –se permitió observar el otro médico, con una sutil sonrisa.

—Ya, ya –contestó la celebridad médica, mirando otra vez su reloj–. Perdone, ¿sabe usted si el puente de Yausa está ya terminado o si hay que dar la vuelta todavía? ¿Está concluido ya? Entonces podré llegar en veinte minutos... Pues, como hemos dicho, se trata de mejorar la alimentación y calmar los nervios... Una cosa va ligada con la otra y es preciso obrar en las dos direcciones de este círculo.

—¿Y un viaje al extranjero? –preguntó el médico de la casa.

—Soy enemigo de los viajes al extranjero. Si el proceso tuberculoso existe, lo que no podemos saber, el viaje nada remediaría. Hemos de emplear un remedio que aumente la nutrición sin perjudicar al organismo.

Y el médico afamado expuso un plan curativo a base de las aguas de Soden, plan cuyo mérito principal, a sus ojos, era evidentemente que las tales aguas no podían en modo alguno hacer ningún daño a la enferma.

—Yo alegaría en pro del viaje al extranjero el cambio de ambiente, el alejamiento de las condiciones que despiertan recuerdos... Además, su madre lo desea...

—En ese caso pueden ir. Esos charlatanes alemanes no le harán más que daño. Sería mejor que no les escuchara. Pero ya que lo quieren así, que vayan.

Volvió a mirar el reloj.

—Tengo que irme ya –dijo, dirigiéndose a la puerta.

El médico famoso, en atención a las conveniencias profesionales, dijo a la Princesa que había de examinar a Kitty una vez más.

—¡Examinarla otra vez! –exclamó la madre, consternada.

—Solo unos detalles, Princesa.

—Bien,; haga el favor de pasar.

Y la madre, acompañada por el médico, entró en el saloncito de Kitty.

Kitty, muy delgada, con las mejillas encendidas y un brillo peculiar en los ojos a causa de la vergüenza que había pasado momentos antes, estaba de pie en medio de la habitación.

Al entrar el médico se ruborizó todavía más y sus ojos se llenaron de lágrimas. Su enfermedad y la curación se le figuraban una cosa estúpida y hasta ridícula. La cura le parecía tan absurda como querer reconstruir un jarro roto reuniendo los trozos quebrados. Su corazón estaba desgarrado. ¿Cómo componerlo con píldoras y drogas?

Pero no se atrevía a contrariar a su madre, que se sentía, por otra parte, culpable con respecto a ella.

—Haga el favor de sentarse, Princesa –dijo el médico famoso.

Se sentó ante Kitty, sonriendo, y de nuevo, mientras le tomaba el pulso, comenzó a preguntarle las cosas más enojosas.

Kitty, al principio, le contestaba, pero, impaciente al fin, se levantó y le contestó irritada:

—Perdone, doctor, mas todo esto no conduce a nada. Esta es la tercera vez que me pregunta usted la misma cosa.

El médico célebre no se ofendió.

—Excitación nerviosa –dijo a la madre de Kitty cuando esta hubo salido–. De todos modos, ya había terminado.

Y el médico comenzó a explicar a la Princesa, como si se tratase de una mujer de inteligencia excepcional, el estado de su hija desde el punto de vista científico y terminó insistiendo en que hiciese aquella cura de aguas, que, a su juicio, de nada había de servir.

Al preguntarle la Princesa si procedía ir al extranjero, el médico se sumió en profundas reflexiones, como meditando sobre un problema muy difícil, y después de pensarlo mucho terminó aconsejando que se hiciera el viaje. Puso, no obstante, por condición que no se hiciese caso de los charlatanes de allí y que se le consultara a él para todo.

Cuando el médico se hubo ido se sintieron todos aliviados, como si hubiese sucedido allí algún feliz acontecimiento. La madre volvió a la habitación de Kitty radiante de alegría y Kitty fingió estar contenta también. Ahora se veía con frecuencia obligada a disimular sus verdaderos sentimientos.

—Es verdad, mamá, estoy muy bien. Pero si usted cree conveniente que vayamos al extranjero, podemos ir –le dijo, y, para demostrar el interés que despertaba en ella aquel viaje, comenzó a hablar de los preparativos.

CAPÍTULO II

Después de marchar el médico, llegó Dolly.

Sabía que aquel día se celebraba consulta de médicos y, a pesar de que hacía poco que se había levantado de la cama después de su último parto (a finales de invierno había dado a luz a una niña), dejando a la recién nacida y a otra de sus hijas que se hallaba enferma, acudió a interesarse por la salud de Kitty.

—Os veo muy alegres a todos –dijo al entrar en el salón, sin quitarse el sombrero–. ¿Es que está mejor?

Trataron de referirle lo que dijera el médico, pero resultó que, aunque este había hablado muy bien durante largo rato, eran incapaces de explicar con claridad lo que había dicho. Lo único interesante era que se había resuelto ir al extranjero.

Dolly no pudo reprimir un suspiro. Su mejor amiga, su hermana, se marchaba. Y su propia vida no era nada alegre. Después de la reconciliación, sus relaciones con su marido se habían convertido en humillantes para ella. La soldadura hecha por Anna resultó de escasa consistencia y la felicidad conyugal volvió a romperse por el mismo sitio.

No había nada en concreto, pero Stepán Arkadievich no estaba casi nunca en casa, faltaba siempre el dinero para las atenciones del hogar y las sospechas de las infidelidades de su marido atormentaban a Dolly continuamente, aunque procuraba eludirlas para no caer otra vez en el sufrimiento de los celos. La primera explosión de celos no podía volverse a producir, y ni siquiera el descubrimiento de la infidelidad de su marido habría ya de despertar en ella el dolor de la primera vez.

Semejante descubrimiento solo le habría impedido atender sus obligaciones familiares, pero prefería dejarse engañar, despreciándole y despreciándose a sí misma por su debilidad. Además, las preocupaciones propias de una casa habitada por una numerosa familia ocupaban todo su tiempo: ya se trataba de que la pequeña no podía lactar bien, ya de que la niñera se iba, ya, como en la presente ocasión, de que caía enfermo uno de los niños.

—¿Cómo estáis en tu casa? –preguntó la Princesa a Dolly.

—También nosotros tenemos muchas penas, mamá... Ahora está enferma Lili, y temo que sea la escarlatina. Solo he salido para preguntar por Kitty. Por eso he venido enseguida, porque si es escarlatina, ¡Dios nos libre!, quién sabe cuándo podré venir.

Después de marchar el médico, el Príncipe había salido de su despacho y, tras ofrecer la mejilla a Dolly para que se la besase, se dirigió a su mujer:

—¿Qué habéis decidido? ¿Ir al extranjero? ¿Y qué pensáis hacer conmigo?

—Creo que debes quedarte, Alexander –respondió su esposa.

—Como queráis.

—Mamá, ¿y por qué no ha de venir papá con nosotras? –preguntó Kitty–. Estaríamos todos mejor.

El Príncipe se levantó y acarició los cabellos de Kitty. Ella alzó el rostro y lo miró esforzándose en aparecer sonriente.

Le parecía a Kitty que nadie de la familia la comprendía tan bien como su padre, a pesar de lo poco que hablaba con ella. Por ser la menor de sus hijas, era ella la predilecta del Príncipe y Kitty pensaba que su mismo amor le hacía penetrar más en sus sentimientos.

Cuando su mirada encontró los ojos azules y bondadosos del Príncipe, que la consideraba atentamente, le pareció que aquella mirada la penetraba, descubriendo toda la tristeza que había en su interior.

Kitty se irguió, ruborizándose, y se adelantó hacia su padre esperando que la besara. Pero él se limitó a acariciar sus cabellos diciendo:

—¡Esos estúpidos postizos! Uno no puede ni acariciar a su propia hija. Hay que contentarse con pasar la mano por los cabellos de alguna señora difunta... Bueno, Dólinka –preguntó a su hija mayor– ¿Qué hace tu «campeón»?

—Nada, papa –contestó ella, comprendiendo que se refería a su marido. Y agregó, con sonrisa irónica–: Está siempre fuera de casa. No le veo apenas.

—¿Todavía no ha ido a la finca a vender la madera?

—No... Siempre está preparándose para ir.

—¡Vaya! –exclamó el Príncipe– ¡Preparándose para ir! ¡También tengo yo que empezar con los preparativos! ¡Muy bien! –dijo dirigiéndose a su mujer, mientras se sentaba–. ¿Sabes lo que tienes que hacer, Kitty? –agregó, hablando a su hija menor–. Pues cualquier día en que luzca un buen sol te levantas diciendo: «Me siento completamente sana y alegre y voy a ir de paseo con papa, por la mañana tempranito, a respirar el aire fresco». ¿Qué te parece?

Lo que había dicho su padre parecía muy sencillo, pero Kitty, al oírle, se turbó como un criminal cogido in fraganti.

«Sí, él lo sabe todo, lo comprende todo, y con esas palabras quiere decirme que, aunque lo pasado sea vergonzoso, hay que sobrevivir a la vergüenza».

Pero no tuvo fuerzas para contestar. Iba a decir algo y, de pronto, estalló en sollozos y salió corriendo de la habitación.

—¿Ves el resultado de tus bromas? –dijo la Princesa, enfadada–. Siempre serás el mismo... –añadió, y le espetó un discurso lleno de reproches.

El Príncipe escuchó durante largo rato las acusaciones de su esposa y callaba, pero su rostro adquiría una expresión cada vez más sombría.

—¡Se siente tan desgraciada la pobre, tan desgraciada! Y tú no comprendes que cualquier alusión a la causa de su sufrimiento la hace padecer. Parece imposible que pueda una equivocarse tanto con los hombres.

Por el cambio de tono de la Princesa, Dolly y el Príncipe adivinaron que se refería a Vronsky.

—No comprendo que no haya leyes que castiguen a las personas que obran de una manera tan innoble, tan bajamente.

—No quisiera ni oírte –dijo el Príncipe con seriedad, levantándose y como si fuera a marcharse, pero deteniéndose en el umbral–. Hay leyes, sí; las hay, mujer. Y si quieres saber quién es el culpable, te lo diré: tú y nadie más que tú. Siempre ha habido leyes contra tales personajes y las hay aún. ¡Sí, señora! Si no hubieran ido las cosas como no debían, si no hubieseis sido vosotras las primeras en introducirle en nuestra casa, yo, un viejo, habría sabido llevar a donde hiciera falta a ese lechuguino. Pero como las cosas fueron como fueron, ahora hay que pensar en curar a Kitty y en enseñarla a todos esos charlatanes.

El Príncipe parecía tener aún muchas cosas más por decir, pero apenas le oyó la Princesa hablar en aquel tono, ella, como hacía siempre tratándose de asuntos serios, se arrepintió y se humilló.

—Alexander, Alexander... –murmuró, acercándose a él, sollozante.

En cuanto ella comenzó a llorar, el Príncipe se calmó a su vez. Se aproximó también a su esposa.

—Basta, basta... Ya sé que sufres como yo. Pero ¿qué podemos hacer? No se trata en resumidas cuentas de un grave mal. Dios es misericordioso... démosle gracias... –continuó sin saber ya lo que decía y contestando al húmedo beso de la Princesa que acababa de sentir en su mano. Luego salió de la habitación.

Cuando Kitty se fue llorando, Dolly comprendió que arreglar aquel asunto era propio de una mujer y se dispuso a entrar en funciones. Se quitó el sombrero y, arremangándose moralmente, si vale la frase, se aprestó a obrar. Mientras su madre había estado increpando a su padre, Dolly trató de contenerla tanto como el respeto se lo permitía. Durante el arrebato del Príncipe, se conmovió después con su padre viendo la bondad demostrada por él enseguida al ver llorar a la Princesa.

Cuando su padre hubo salido, resolvió hacer lo que más urgía: ver a Kitty y tratar de calmarla.

—Mamá, hace tiempo que quería decirle que Levin, cuando estuvo aquí la última vez, se proponía declararse a Kitty. Se lo dijo a Stiva.

—¿Y qué? No comprendo...

—Puede ser que Kitty le rechazara. ¿No te dijo nada ella?

—No, no me dijo nada de uno ni de otro. Es demasiado orgullosa, aunque me consta que todo es por culpa de aquel.

—Pero imagina que haya rechazado a Levin... Yo creo que no lo habría hecho de no haber pasado lo que yo sé. ¡Y luego el otro la engañó tan terriblemente!

La Princesa, asustada al recordar cuán culpable era ella con respecto a Kitty, se irritó.

—No comprendo nada. Hoy día todas quieren vivir según sus propias ideas. No dicen nada a sus madres, y luego...

—Voy a verla, mamá.

—Ve. ¿Acaso te lo prohíbo? –repuso su madre.

CAPÍTULO III

Al entrar en el saloncito de Kitty, una habitación reducida, exquisita, con muñecas *vieux saxe*, tan juvenil, rosada y alegre como la propia Kitty solo dos meses antes. Dolly recordó con cuánto cariño y alegría habían arreglado las dos el año anterior aquel saloncito.

Vio a Kitty sentada en la silla baja más próxima a la puerta, con la mirada inmóvil fija en un punto del tapiz, y el corazón se le encogió.

Kitty miró a su hermana sin que se alterase la fría y casi severa expresión de su rostro.

—Ahora me voy a casa y no saldré de ella en muchos días. Tampoco tú podrás venir a verme –dijo Darya Alexandrevna, sentándose a su lado–. Así que quisiera hablarte.

—¿De qué? –preguntó Kitty inmediatamente, algo alarmada y levantando la cabeza. –¿De qué quieres que sea, sino del disgusto que pasas?

—No paso ningún disgusto.

—Basta Kitty. ¿Crees acaso que no lo sé? Lo sé todo. Y créeme que es poca cosa. Todas hemos pasado por eso.

Kitty callaba, conservando la severa expresión de su rostro

—¡No se merece lo que sufres por él! –continuó Darya Alexandrevna, yendo derecha al asunto.

—¡Me ha despreciado! –dijo Kitty con voz apagada–. No me hables de eso, te ruego que no me hables…

—¿Quién te lo ha dicho? No habrá nadie que lo diga. Estoy segura de que te quería y hasta de que te quiere ahora, pero…

—¡Lo que más me fastidia son estas compasiones! –exclamó Kitty de repente. Se agitó en la silla, se ruborizó y movió irritada los dedos, oprimiendo la hebilla del cinturón que tenía entre las manos.

Dolly conocía aquella costumbre de su hermana de coger la hebilla, ora con una, ora con otra mano, cuando estaba irritada. Sabía que en aquellos momentos Kitty era muy capaz de perder la cabeza y decir cosas superfluas y hasta desagradables, y habría querido calmarla, pero ya era tarde.

—¿Qué es, dime, qué es, lo que quieres hacerme comprender? –dijo Kitty rápidamente–. ¿Qué estuve enamorada de un hombre a quien yo le tenía sin cuidado y que ahora me muero de amor por él? ¡Y eso me lo dice mi hermana pensando probarme de este modo su simpatía y su piedad! ¡Para nada necesito esa piedad ni esa simpatía!

—No eres justa, Kitty.

—¿Por qué me atormentas?

—Al contrario, veo que estás afligida, y...

Pero Kitty, en su irritación, ya no la escuchaba.

—No tengo por qué afligirme ni consolarme. Soy lo bastante orgullosa para no permitirme jamás amar a un hombre que no me quiere.

—Pero si no te digo nada de eso –repuso Dolly con suavidad. Dime solo una cosa –añadió cogiéndole la mano–: ¿te habló Levin?

El nombre de Levin pareció hacer perder a Kitty la poca serenidad que le quedaba.

Saltó de la silla y, arrojando al suelo el cinturón que tenía en las manos, habló, haciendo rápidos gestos:

—¿Qué tiene que ver Levin con todo esto? No comprendo qué necesidad tienes de martirizarme. He dicho, y lo repito, que soy demasiado orgullosa y que nunca, nunca haré lo que tú haces de volver con el hombre que te ha traicionado, que ama a otra mujer. ¡Eso yo no lo comprendo! ¡Tú puedes hacerlo, pero yo no!

Y, al decir estas palabras, Kitty miró a su hermana y, viendo que bajaba la cabeza tristemente, en vez de salir de la habitación, como se proponía, se sentó junto a la puerta y, tapándose el rostro con el pañuelo, inclinó la cabeza.

El silencio se prolongó algunos instantes. Dolly pensaba en sí misma. Su humillación constante se reflejó en su corazón con más fuerza ante las palabras de su hermana. No esperaba de Kitty tanta crueldad y ahora se sentía ofendida.

Pero, de pronto, percibió el roce de un vestido, el rumor de un sollozo reprimido... Unos brazos enlazaron su cuello.

—¡Soy tan desventurada, Dólinka! –exclamó Kitty, como confesando su culpa.

Y aquel querido rostro, cubierto de lágrimas, se ocultó entre los pliegues del vestido de su hermana.

Como si aquellas lágrimas hubiesen sido el aceite sin el cual no pudiese marchar la máquina de la recíproca comprensión entre las dos hermanas, estas, después de haber llorado, hablaron no solo de lo que las preocupaba, sino también de otras cosas, y se comprendieron. Kitty veía que las palabras dichas a su hermana en aquel momento de acaloramiento, sobre las infidelidades de su marido y la humillación que implicaban, la habían herido en lo más profundo, no obstante lo cual la perdonaba.

Y a su vez Dolly comprendió cuanto quería saber. Comprendió que sus presunciones estaban justificadas, que la amargura, la incurable amargura de Kitty, consistía en que había rehusado la proposición de Levin para luego ser engañada por Vronsky; y comprendió también que Kitty ahora estaba a punto de odiar a Vronsky y amar a Levin.

Sin embargo, Kitty no había dicho nada de todo ello, sino que se había limitado a referirse a su estado de ánimo.

—No tengo pena alguna –dijo la joven cuando se calmó–. Pero ¿comprendes que todo se ha vuelto monótono y desagradable para mí, que siento repugnancia de todo y que la siento hasta de mí misma? No puedes figurarte las ideas tan horribles que me inspira todo.

—¿Qué ideas horribles pueden ser esas? –preguntó Dolly con una sonrisa.

—Las peores y más repugnantes. No sé cómo explicártelo. Ya no es aburrimiento ni nostalgia, sino algo peor. Parece que cuanto había en mí de bueno se ha eclipsado y que solo queda lo malo. ¿Cómo hacértelo comprender? –continuó al ver dibujarse la perplejidad en los ojos de su hermana–. Si papá habla, me parece que quiere darme a entender que lo que debo hacer es casarme. Si mamá me lleva a un baile, se me figura que lo hace pensando en casarme cuanto antes para deshacerse de mí. Y aunque sé que no es así, no puedo apartar de mi mente tales pensamientos... No puedo ni ver a eso que se llama «un pretendiente». Me parece que me examinan para medirme. Antes me era agradable ir a cualquier sitio en traje de noche, me admiraba a mí misma... Pero ahora me siento cohibida y avergonzada. ¿Qué quieres? Con todo me sucede igual... El médico, ¿sabes...?

Y Kitty calló, turbada. Quería seguir hablando y decir que desde que había empezado a experimentar aquel cambio, Stepán Arkadievich le era particularmente desagradable y no podía verle sin que le asaltasen los más bajos pensamientos.

—Todo se me presenta bajo su aspecto más vil y más grosero –continuó– y esa es mi enfermedad. Quizá se me pase luego...

—¡No pienses esas cosas!

—No puedo evitarlo. Solo me siento a gusto entre los niños. Por eso solo me encuentro bien en tu casa.

—Lamento que no puedas ir a ella por ahora.

—Si iré. Ya he padecido la escarlatina. Pediré permiso a mamá.

Kitty insistió hasta que logró que su madre la dejara ir a vivir a casa de su hermana.

Mientras duró la escarlatina, que efectivamente padecieron los niños, estuvo cuidándoles. Las dos hermanas lograron salvar a los seis niños, pero la salud de Kitty no mejoraba y, por la Cuaresma, los Scherbatsky marcharon al extranjero.

Capítulo IV

La gran sociedad de San Petersburgo es, en rigor, un círculo en el que todos se conocen y se visitan mutuamente. Mas ese amplio círculo posee sus subdivisiones.

Así, Anna Arkadievna tenía relaciones en tres diferentes sectores: uno en el ambiente oficial de su marido, con sus colaboradores y subordinados, unidos y separados de la manera más extraña en el marco de las circunstancias sociales. En la actualidad, Anna difícilmente recordaba aquella especie de religioso respeto que sintiera al principio hacia aquellas personas. Conocía ya a todos como se conoce a la gente en una pequeña ciudad provinciana. Sabía las costumbres y debilidades de cada uno, dónde les apretaba el zapato, cuáles eran sus relaciones mutuas y, con respecto al centro principal,no ignoraba dónde encontraban apoyo, ni como ni por qué lo encontraban, ni en qué puntos coincidían o divergían entre ellos.

Pero aquel círculo de intereses políticos y varoniles no la había interesado nunca y a pesar de los consejos de la condesa Lidia Ivanovna procuraba frecuentarlo lo menos posible.

Otro círculo vecino a Anna era aquel a través del cual hiciera su carrera Aleksey Aleksándrovich. La condesa Lidia Ivanovna era el centro de aquel círculo. Se trataba de una sociedad de mujeres feas, viejas y muy religiosas y de hombres inteligentes, sabios y ambiciosos.

Cierto hombre de talento que pertenecía a aquel círculo lo denominaba «la conciencia de la sociedad de San Petersburgo». Aleksey Aleksándrovich estimaba mucho aquel ambiente y Anna, que sabía granjearse las simpatías de todos, encontró en tal medio muchos amigos en los primeros tiempos de su vida en la capital. Pero a su regreso de Moscú aquella sociedad se le hizo insoportable. Le parecía que allí todos fingían, como ella, y se sentía tan aburrida y a disgusto en aquel mundillo que procuró visitar lo menos posible a la condesa Lidia Ivanovna.

El tercer círculo en que Anna tenía relaciones era el gran mundo propiamente dicho, el de los bailes, el de los vestidos elegantes, el de los banquetes; mundo que se apoya con una mano en la Corte para no rebajarse hasta ese semimundo que los miembros de aquel pensaban despreciar, pero con el que tenían no ya semejanza, sino identidad de gustos.

Anna mantenía relaciones con este círculo mediante la princesa Betsy Tverskaya, esposa de su primo hermano, mujer con ciento veinte mil rublos de renta y que, desde la primera aparición de Anna en su ambiente, la quiso, la halagó y la arrastró con ella, burlándose del círculo de la condesa Lidia Ivanovna.

—Cuando sea vieja, yo seré como ellas –decia Betsy–, pero usted, que es joven y bonita, no debe ingresar en ese asilo de ancianos.

Al principio, Anna había evitado el ambiente de la Tverskaya, por exigir más gastos de los que podía permitirse y también porque en el fondo daba preferencia al primero de aquellos círculos. Pero desde su viaje a Moscú ocurría lo contrario: huía de sus amigos intelectuales y frecuentaba el gran mundo.

Solía hallar en él a Vronsky y tales encuentros le producían una emocionada alegría. Con frecuencia lo veía en casa de Betsy, Vronskaya de nacimiento y prima de Vronsky.

El joven acudía a todos los sitios donde podía encontrar a Anna y le hablaba de su amor siempre que se presentaba ocasión para ello.

Anna no le daba esperanzas, pero en cuanto le veía se encendía en su alma aquel sentimiento vivificador que experimentara en el vagón el día en que le viera por primera vez. Tenía la sensación precisa de que, al verle, la alegría iluminaba su rostro y le dilataba los labios en una sonrisa, y que le era imposible dominar la expresión de aquella alegría.

Al principio, Anna se creía de buena fe molesta por la obstinación de Vronsky en perseguirla. Mas, al poco de volver de Moscú y después de haber asistido a una velada en la que, contando encontrarle, no le encontró, hubo de reconocer, por la tristeza que experimentaba, que se engañaba a sí misma y que las asiduidades de Vronsky no solo no le desagradaban sino que constituían todo el interés de su vida.

La célebre artista cantaba por segunda vez y toda la alta sociedad se hallaba reunida en el teatro.

Vronsky, viendo a su prima desde su butaca de primera fila, pasó a su palco sin esperar el entreacto.

—¿Cómo no vino usted a comer? –preguntó Betsy. Y añadió con una sonrisa, de modo que solo él la pudiera entender:– Me admira la clarividencia de los enamorados. *Ella tampoco vino*. Pero venga cuando acabe la ópera.

Vronsky la miró, inquisitivo. Ella bajó la cabeza. Agradeciendo su sonrisa, él se sentó junto a Betsy.

—¡Cuánto me acuerdo de sus burlas! –continuó la Princesa, que encontraba particular placer en seguir el desarrollo de aquella pasión–. ¿Qué queda de lo que usted decía antes? ¡Le han atrapado, querido!

—No deseo otra cosa que eso –repuso Vronsky, con su sonrisa tranquila y benévola–. Solo me quejo, a decir verdad, de no estar más atrapado... Empiezo a perder la esperanza.

—¿Qué esperanza puede usted tener? –dijo Betsy, como enojada de aquella ofensa a la virtud de su amiga–. *Entendons-nous*...

Pero en sus ojos brillaba una luz indicadora de que sabía tan bien como Vronsky la esperanza a que este se refería.

—Ninguna –repuso él, mostrando, al sonreír, sus magníficos dientes–. Perdóneme –añadió, cogiendo los gemelos de su prima y contemplando por encima de sus hombros desnudos la hilera de los palcos de enfrente–. Temo parecer un poco ridículo...

Sabía bien que a los ojos de Betsy y las demás personas del gran mundo no corría el riesgo de parecer ridículo. Le constaba que ante ellos puede ser ridículo el papel de enamorado sin esperanzas de una joven o de una mujer libre. Pero el papel de cortejar a una mujer casada, persiguiendo como fin llevarla al adulterio, aparecía ante todos, y Vronsky no lo ignoraba, como algo magnífico, grandioso, nunca ridículo.

Así, dibujando bajo su bigote una sonrisa orgullosa y alegre, bajó los gemelos y miró a su prima:

—¿Por qué no vino a comer? –preguntó Betsy, mirándole a su vez.

—Me explicaré... Estuve ocupado... ¿Sabe en qué? Le doy cien o mil oportunidades de adivinarlo y estoy seguro de que no acierta. Estaba poniendo paz entre un esposo y su ofensor. Sí, en serio...

—¿Y lo ha conseguido?

—Casi.

—Tiene que contármelo –dijo ella, levantándose–. Venga al otro entreacto.

—Imposible. Me marcho al teatro Francés.

—¿No se queda a oír a la Nilson? –exclamó Betsy, horrorizada, al considerarle incapaz de distinguir a la Nilson de una corista cualquiera.

—¿Y qué voy a hacer, pobre de mí? Tengo una cita allí relacionada con esa pacificación.

—Bienaventurados los pacificadores, porque ellos serán salvados –dijo Betsy, recordando algo parecido dicho por alguien–. Entonces, siéntese y cuénteme ahora. ¿De qué se trata?

Y Betsy, a su vez, se sentó de nuevo.

Capítulo V

—Aunque es un poco indiscreto, tiene tanta gracia que ardo en deseos de relatarlo –dijo Vronsky, mirándola con ojos sonrientes–. Pero no daré nombres.

—Yo los adivinaré, y será aún mejor.

—Escuche, pues: en un coche iban dos jóvenes caballeros muy alegres.

—Naturalmente, oficiales de su regimiento.

—No hablo de dos oficiales, sino de dos jóvenes que han comido bien.

—Traduzcamos que han bebido bien.

—Quizá. Van a casa de un amigo con el ánimo más optimista. Y ven que una mujer muy bonita les adelanta en un coche de alquiler, vuelve la cabeza y –o así se lo parece al menos– les sonríe y saluda. Como es de suponer, la siguen. Los caballos van a todo correr. Con gran sorpresa suya la joven se apea ante la misma puerta de la casa adonde ellos van. La bella sube corriendo al piso alto. Solo han visto de ella sus rojos labios bajo el velillo y los piececitos admirables.

—Me lo cuenta usted con tanto entusiasmo que no parece sino que era usted uno de los dos jóvenes.

—¿Olvida usted lo que me ha prometido? Los jóvenes entran en casa de su amigo y asisten a una comida de despedida de soltero. Entonces es seguro que beben, y probablemente demasiado, como siempre sucede en comidas semejantes. En la mesa preguntan por las personas que viven en la misma casa. Pero nadie lo sabe y únicamente el criado del anfitrión, interrogado sobre si habitan arriba *mademoiselles*, contesta que en la casa hay muchas. Después de comer, los dos jóvenes se dirigen al despacho del anfitrión y escriben allí una carta a la desconocida. Es una carta pasional, una declaración amorosa. Una vez escrita, ellos mismos la llevan arriba a fin de explicar en persona lo que pudiera quedar confuso en el escrito.

—¿Cómo se atreve usted a contarme tales horrores? ¿Y qué pasó?

—Llaman. Sale una muchacha, le entregan la carta y le afirman que están tan enamorados que van a morir allí mismo, ante la puerta. Mientras la chica, que no comprende nada, parlamenta con ellos, sale un señor con patillas en forma de salchichones y rojo como un cangrejo, quien les declara que en la casa no vive nadie más que su mujer y les echa de allí.

—¿Cómo sabe usted que tiene las patillas en forma de salchichones?

—Escúcheme y lo sabrá. Hoy he ido para reconciliarles.

—¿Y qué ha pasado?

—Aquí viene lo más interesante. Resulta que se trata de dos excelentes esposos: un consejero titular y la señora consejera titular. El consejero presenta una denuncia y yo me convierto en conciliador. ¡Y qué conciliador! Le aseguro que el propio Talleyrand quedaba pequeñito a mi lado.

—¿Surgieron dificultades?

—Escuche, escuche... Se pide perdón en toda regla: «Estamos desesperados. Le rogamos que perdone la enojosa equivocación...». El consejero titular empieza a ablandarse, trata de expresar sus sentimientos y, apenas comienza a hacerlo, se irrita y empieza a decir groserías. Tengo, pues, que volver a poner en juego mi talento diplomático. «Reconozco que la conducta de esos dos señores no fue correcta, pero le ruego que tenga en cuenta su error, su juventud. No olvide, además, que ambos salían de una opípara comida, y... Ya me comprende usted. Ellos se arrepienten con toda su alma y yo le ruego que les perdone». El consejero vuelve a ablandarse: «Conforme, estoy dispuesto a perdonarles, pero comprenda que mi mujer, una mujer honrada, ha soportado las persecuciones, groserías y audacias de dos estúpidos mozalbetes... ¿Comprende usted?». Aquellos mozalbetes estaban allí mismo y yo tenía que reconciliarles. Otra vez empleo mi diplomacia y otra vez, al ir a terminar el asunto, mi consejero titular se irrita, se pone rojo, se le erizan las patillas... y una vez más me veo obligado a recurrir a las sutilezas diplomáticas...

—¡Tengo que contarle esto! –dice Betsy a una señora que entró en aquel instante en su palco–. Me ha hecho reír mucho. *Bonne chance!* –le dijo a Vronsky, tendiéndole el único dedo que le dejaba libre el abanico y bajándose el corsé, que se le había subido al sentarse, con un movimiento de hombros, a fin de que estos quedasen completamente desnudos al acercarse a la barandilla del palco, bajo la luz del gas, a la vista de todos.

Vronsky se fue al teatro Francés, donde estaba citado, en efecto, con el coronel de su regimiento, que jamás dejaba de asistir a las funciones de aquel teatro, y al que debía informar del estado de la reconciliación, que le ocupaba y divertía desde hacía tres días.

En aquel asunto andaban mezclados Petrizky, por quien sentía gran afecto, y otro, un nuevo oficial, buen mozo y buen camarada, el joven príncipe Kedrov; pero, sobre todo, andaba con él comprometido el buen nombre del regimiento. Los dos muchachos pertenecían al escuadrón de Vronsky. Un funcionario llamado Venden, consejero titular, acudió al comandante quejándose de dos oficiales que ofendieron a su mujer. Venden contó que llevaba medio año casado. Su joven esposa se hallaba en la iglesia con su madre y, sintiéndose mal a causa de su estado, no pudo permanecer en pie por más tiempo y se fue a casa en el primer coche de alquiler de lujo que encontró.

Al verla en el coche, dos oficiales jóvenes comenzaron a seguirla. Ella se asustó y, sintiéndose peor aún, subió corriendo la escalera. El mismo Venden, que volvía de su oficina, sintió el timbre y voces. Salió y halló a los dos oficiales con una carta en la mano.

Él los echó de su casa y ahora pedía al coronel que les impusiera un castigo ejemplar.

—Diga usted lo que quiera, este Petrizky se está poniendo imposible –había manifestado el coronel a Vronsky–. No pasa una semana sin armarla. Y este empleado no va a dejar las cosas así. Quiere llevar el asunto hasta el fin.

Vronsky comprendía la gravedad del asunto, reconocía que en aquel caso no había lugar a duelo y se daba cuenta de que era preciso poner todo lo posible por su parte para calmar al consejero y liquidar el asunto.

El coronel había llamado a Vronsky precisamente por considerarle hombre inteligente y caballeroso y constarle que estimaba en mucho el honor del regimiento. Después de haber discutido sobre lo que se podía hacer, ambos habían resuelto que Petrizky y Kedrov, acompañados por Vronsky, fueran a presentar sus excusas al consejero titular.

Tanto Vronsky como el coronel habían pensado en que el nombre de Vronsky y su categoría de ayudante de campo, habían de influir mucho en apaciguar al funcionario ofendido. Y, en efecto, aquellos títulos tuvieron su eficacia, pero el resultado de la conciliación había quedado dudoso.

Ya en el teatro Francés, Vronsky salió con el coronel al fumadero y le dio cuenta del resultado de su gestión.

El coronel, después de haber reflexionado, resolvió dejar el asunto sin consecuencias. Luego, para divertirse, comenzó a interrogar a Vronsky sobre los detalles de su entrevista.

Durante largo rato el coronel no pudo contener la risa, pero lo que le hizo reír más fue oír cómo el consejero titular, tras parecer calmado, volvía a irritarse de nuevo al recordar los detalles del incidente, y cómo Vronsky, aprovechando la última palabra de semirreconciliación, emprendió la retirada empujando a Petrizky delante de él.

—Es una historia muy desagradable, pero muy divertida. Kedrov no puede batirse con ese señor. ¿De modo que se enfurecía mucho? –preguntó una vez más.

Y agregó, refiriéndose a la nueva bailarina francesa:

—¿Qué me dice usted de Claire? ¡Es una maravilla! Cada vez que se la ve parece distinta. Solo los franceses son capaces de eso.

CAPÍTULO VI

La princesa Betsy salió del teatro sin esperar el fin del último acto. Apenas hubo entrado en su tocador y empolvado su ovalado y pálido rostro y revisado su vestido cuando, después de haber ordenado que sirvieran el té en el salón principal, comenzaron a llegar coches a su amplia casa de la calle Bolchaya Morskaya.

Los invitados afluían al ancho portalón y el corpulento portero, que por la mañana leía los periódicos tras la inmensa puerta vidriera para la instrucción de los transeúntes, abría la misma puerta, con el menor ruido posible, para dejar paso franco a los que llegaban.

Casi a la vez entraron por una puerta la dueña de la casa, con el rostro ya arreglado y el peinado compuesto, y por otra sus invitados, en el gran salón de oscuras paredes, con sus espejos y mullidas alfombras y su mesa inundada de luz de bujías, resplandeciente con el blanco mantel, la plata del samovar y la transparente porcelana del servicio de té.

La dueña se instaló ante el samovar y se quitó los guantes. Los invitados, tomando sus sillas con ayuda de los discretos lacayos, se dispusieron en dos grupos: uno al lado de la dueña, junto al samovar; otro en un lugar distinto del salón, junto a la bella esposa de un embajador, vestida de terciopelo negro, con negras cejas muy señaladas.

Como siempre, en los primeros momentos la conversación de ambos grupos era poco animada y frecuentemente interrumpida por los encuentros, saludos y ofrecimientos de té, cual si se buscara el tema en que debía generalizarse la charla.

—Es una magnífica actriz. Se ve que ha seguido bien la escuela de Kaulbach –decía el diplomático a los que estaban en el grupo de su mujer–. ¿Han visto ustedes con qué arte se desplomó?

—¡Por favor, no hablemos de la Nilson! ¡Ya no hay nada nuevo que decir de ella! –exclamó una señora gruesa, colorada, sin cejas ni pestañas, vestida con un traje de seda muy usado.

Era la princesa Miágkaya, muy conocida por su trato brusco y natural y a la que llamaban *l'enfant terrible*.

La Miágkaya se sentaba entre los dos grupos, escuchando y tomando parte en las conversaciones de ambos.

—Hoy me han repetido tres veces la misma frase referente a Kaulbach, como puestos de acuerdo. No sé por qué les gusta tanto esa frase.

Este comentario interrumpió aquella conversación y hubo de buscarse un nuevo tema.

—Cuéntanos algo gracioso... pero no inmoral –dijo la mujer del embajador, muy experta en esa especie de conversación frívola que los ingleses llaman *small-talk*, dirigiéndose al diplomático, que tampoco sabía de qué hablar.

—Eso es muy difícil, porque, según dicen, solo lo inmoral resulta divertido –empezó él, con una sonrisa–. Pero probaré... Denme un tema. El toque está en el tema. Si se encuentra tema, es fácil glosarlo. Pienso a menudo que los célebres conversadores del siglo pasado se verían embarazados ahora para poder hablar con agudeza. Todo lo agudo resulta en nuestros días aburrido.

—Eso ya se ha dicho hace tiempo –interrumpió la mujer del embajador con una sonrisa.

La conversación empezó con mucha corrección, pero precisamente por exceso de corrección se volvió a encallar.

Hubo, pues, que recurrir al remedio seguro, a lo que nunca falla: la maledicencia.

—¿No encuentran ustedes que Tuchkevich tiene cierto «estilo Luis XV»? –preguntó el embajador, mostrando con los ojos a un guapo joven rubio que estaba próximo a la mesa.

—¡Oh, sí! Es del mismo estilo que este salón. Por eso viene tan a menudo.

Esta conversación se sostuvo, pues, porque no consistía sino en alusiones sobre un tema que no podía tratarse alternativamente: las relaciones entre Tuchkevich y la dueña de la casa.

Entre tanto, en torno al samovar, la conversación, que al principio languidecía y sufría interrupciones mientras se trató de temas de actualidad política, teatral y otros semejantes, ahora se había reanimado también al entrar de lleno en el terreno de la murmuración.

—¿No han oído ustedes decir que la Maltischeva –no la hija, sino la madre– se hace un traje *diable rose*?

—¿Es posible ...? ¡Sería muy divertido!

—Me extraña que con su inteligencia –porque no tiene nada de tonta– no se dé cuenta del ridículo que hace.

Todos tenían algo que decir y criticar de la pobre Maltischeva, y la conversación chisporroteaba alegremente como una hoguera encendida.

Al enterarse de que su mujer tenía invitados, el marido de la princesa Betsy, hombre grueso y bondadoso, gran coleccionista de grabados, entró en el salón antes de irse al círculo.

Avanzando sin ruido sobre la espesa alfombra, se acercó a la princesa Miágkaya.

—¿Qué? ¿Le gustó la Nilson? –le preguntó.

—¡Qué modo de acercarse a la gente! ¡Vaya un susto que me ha dado! –contestó ella–. No me hable de la ópera, por favor. No entiende usted nada de música. Será mejor que descienda... yo hasta usted y le hablé de mayólicas y grabados. ¿Qué tesoros ha comprado recientemente en el rastro?

—¿Quiere que se los enseñe? ¡Pero usted no entiende nada de esas cosas!

—Enséñemelas, sí. He aprendido con esos... ¿cómo les llaman?... esos banqueros que tienen tan hermosos grabados. Me han enseñado a apreciarlos.

—¿Ha estado usted en casa de los Chuzburg? –preguntó Betsy, desde su sitio junto al samovar.

—Estuve, *ma chère*. Nos invitaron a comer a mi marido y a mí. Según me han contado, solo la salsa de esa comida les costó mil rublos –comentó en alta voz la Miágkaya–. Y por cierto que la salsa –un líquido verdoso– no valía nada. Yo tuve que invitarles a mi vez, hice una salsa que me costó ochenta y cinco copecks, y todos tan contentos. ¡Yo no puedo aderezar salsas de mil rublos!

—¡Es única en su estilo! –exclamó la dueña, refiriéndose a la Miágkaya.

—Incomparable –convino alguien.

El enorme efecto que producían infaliblemente las palabras de la Miágkaya consistía en que lo que decía, aunque no siempre muy oportuno, como ahora, eran siempre cosas sencillas y llenas de buen sentido.

En el círculo en que se movía, sus palabras producían el efecto del chiste más ingenioso. La princesa Miágkaya no podía comprender la causa de ello, pero conocía el efecto y lo aprovechaba.

Para escucharla, cesó la conversación en el grupo de la mujer del embajador. La dueña de la casa quiso aprovechar la ocasión para unir los dos grupos en uno y se dirigió a la embajadora.

—¿Seguro que no toma usted té? Porque en este caso podría sentarse con nosotros.

—No. Estamos muy bien aquí –repuso, sonriendo, la esposa del diplomático.

Y continuó la conversación iniciada.

Se trataba de una charla muy agradable. Criticaban a los Karenin, mujer y marido.

—Anna ha cambiado mucho desde su viaje a Moscú. Hay algo raro en ella –decía su amiga.

—El cambio esencial consiste en que ha traído a sus talones, como una sombra, a Aleksey Vronsky –dijo la esposa del embajador.

—No hay nada de malo en eso. Según una narración de Grimm, cuando un hombre carece de sombra es que se la han quitado en castigo de alguna culpa. Nunca he podido comprender en qué consiste ese castigo. Pero para una mujer debe de ser muy agradable vivir sin sombra.

—Las mujeres con sombra terminan mal generalmente –contestó una amiga de Anna.

—Calle usted la boca –dijo la princesa Miágkaya de repente al oír hablar de Anna–. La Karenina es una excelente mujer y una buena amiga. Su marido no me gusta, pero a ella la quiero mucho.

—¿Y por qué a su marido no? Es un hombre notable –dijo la embajadora– Según mi esposo, en Europa hay pocos estadistas de tanta capacidad como él.

—Lo mismo dice el mío, pero yo no lo creo –repuso la princesa Miágkaya–. De no haber hablado nuestros maridos, nosotros habríamos visto a Alexéi Aleksándrovich tal como es. Y en mi opinión no es más que un tonto. Lo digo en voz baja, sí, pero, ¿no es verdad que, considerándole de ese modo, ya nos parece todo claro? Antes, cuando me forzaban a considerarle como un hombre inteligente, por más que hacía, no lo encontraba, y, no viendo por ninguna parte su inteligencia, terminaba por aceptar que la tonta debía de ser yo. Pero en cuanto me dije: es un tonto –y lo dijo en voz baja–, todo se hizo claro para mí. ¿No es así?

—¡Qué cruel está usted hoy!

—Nada de eso. Pero no hay otro remedio. Uno de los dos, o él o yo, somos tontos. Y ya es sabido que eso no puede una decírselo a sí misma.

—Nadie está contento con lo que tiene y, no obstante, todos están satisfechos de su inteligencia –dijo el diplomático recordando un verso francés.

—Sí, sí, eso es –dijo la princesa Miágkaya, con premura–. Pero lo que importa es que no les entrego a Anna para que la despellejen. ¡Es tan simpática, tan agradable! ¿Qué va a hacer si todos se enamoran de ella y la siguen como sombras?

—Yo no me proponía atacarla –se defendió la amiga de Anna.

—Si usted no tiene sombras que la sigan, eso no le da derecho a criticar a los demás.

Y tras esta lección a la amiga de Anna, la princesa Miágkaya se levantó y se dirigió al grupo próximo a la mesa donde estaba la embajadora.

La conversación allí giraba en aquel momento en torno al rey de Prusia.

—¿A quién estaban criticando? –preguntó Betsy.

—A los Karenin. La Princesa ha hecho una definición de Aleksey Aleksándrovich muy característica –dijo la embajadora sonriendo.

Y se sentó a la mesa.

—Siento no haberles oído –repuso la dueña de la casa, mirando a la puerta–. ¡Vaya, al fin ha venido usted! dijo dirigiéndose a Vronsky, que llegaba en aquel momento. Vronsky no solo conocía a todos los presentes, sino que incluso los veía a diario. Por eso entró con toda naturalidad, como cuando se entra en un sitio donde hay personas de las cuales se ha despedido uno un momento antes.

—¿Qué de dónde vengo? –contestó a la pregunta de la embajadora–. ¡Qué le vamos a hacer! No hay más remedio que confesar que llego de la ópera bufa. Cien veces he estado allí y siempre vuelvo con placer. Es una maravilla. Sé que es una vergüenza, pero en la ópera me duermo y en la ópera bufa estoy hasta el último momento muy a gusto... Esta tarde...

Mencionó a la artista francesa a iba a contar algo referente a ella, pero la mujer del embajador le interrumpió con cómico espanto.

—¡Por Dios, no nos cuente horrores!

—Bien, me callo, tanto más cuanto que todos los conocen.

—Y todos hubieran ido allí si estuviera tan bien visto como ir a la ópera –afirmó la princesa Miágkaya.

Capítulo VII

Se oyeron pasos cerca de la puerta de entrada. Betsy, reconociendo a la Karenina, miró a Vronsky. Él dirigió la vista a la puerta y en su rostro se dibujó una expresión extraña, nueva. Miró fijamente, con alegría y timidez, a la que entraba. Luego se levantó con lentitud. Anna entró en el salón muy erguida, como siempre, y, sin mirar a los lados, con el paso rápido, firme y ligero que la distinguía de las otras damas del gran mundo, recorrió la distancia que la separaba de la dueña de la casa. Estrechó la mano a Betsy, sonrió y al sonreír volvió la cabeza hacia Vronsky, quien la saludó en voz muy baja y le ofreció una silla.

Ella contestó con una simple inclinación de cabeza, ruborizándose y arrugando el entrecejo. Luego, estrechando las manos que se le tendían y saludando con la cabeza a los conocidos, se dirigió a la dueña.

—Estuve en casa de la condesa Lidia. Me proponía venir más temprano, pero me quedé allí más tiempo del que quería. Estaba sir John. Es un hombre muy interesante…

—¡Ah, el misionero!

—Contaba cosas interesantísimas sobre la vida de los pieles rojas.

La conversación, interrumpida por la llegada de Anna, renacía otra vez como la llama al soplo del viento.

—¡Sir John! Sí, sir John. Le he visto. Habla muy bien. La Vlasieva está enamorada de él.

—¿Es cierto que la Vlasieva joven se casa con Topar?

—Sí. Dicen que es cosa decidida.

—Me parece extraño por parte de sus padres, pues según las gentes es un matrimonio por amor.

—¿Por amor? ¡Tiene usted ideas antediluvianas! ¿Quién se casa hoy por amor? –dijo la embajadora.

—¿Qué vamos a hacerle? Esta antigua costumbre, por estúpida que sea, sigue aún de moda –repuso Vronsky.

—Peor para los que la siguen… Los únicos matrimonios felices que yo conozco son los de conveniencia.

—Sí, pero la felicidad de los matrimonios de conveniencia queda muchas veces desvanecida como el polvo, precisamente porque aparece esta pasión en la cual no creían –replicó Vronsky.

—Nosotros llamamos matrimonios de conveniencia a aquellos que se celebran cuando el marido y la mujer están ya cansados de la vida. Es como la escarlatina, que todos deben pasar por ella.

—Entonces hay que aprender a hacerse una inoculación artificial de amor, una especie de vacuna…

—Yo, de joven, estuve enamorada del sacristán –dijo la Miágkaya–. No sé si eso me sería útil.

—Bromas aparte, creo que, para conocer bien el amor, hay que equivocarse primero y corregir después la equivocación –dijo la princesa Betsy.

—¿Incluso después del matrimonio? –preguntó la esposa del embajador con un ligero tono de burla.

—Nunca es tarde para arrepentirse –alegó el diplomático recordando el proverbio inglés.

—Precisamente –afirmó Betsy– es así como hay que equivocarse para corregir la equivocación. ¿Qué opina usted de eso? –preguntó a Anna, que con leve pero serena sonrisa escuchaba la conversación.

—Yo pienso –dijo Anna, jugueteando con uno de sus guantes que se había quitado–, yo pienso que hay tantos cerebros como cabezas y tantas clases de amor como corazones.

Vronsky miraba a Anna, esperando sus palabras con el pecho oprimido. Cuando ella hubo hablado, respiró, como si hubiese pasado un gran peligro.

Anna, de improviso, se dirigió a él:

—He recibido carta de Moscú. Me dicen que Kitty Scherbazky y está seriamente enferma.

—¿Es posible? –murmuró Vronsky frunciendo las cejas.

Anna le miró con gravedad.

—¿No le interesa la noticia?

—Al contrario, me interesa mucho. ¿Puedo saber concretamente lo que le dicen? –preguntó él.

Anna, levantándose, se acercó a Betsy.

—Déme una taza de té –dijo, parándose tras su silla. Mientras Betsy vertía el té, Vronsky se acercó a Anna.

—¿Qué le dicen? –repitió.

—Yo creo que los hombres no saben lo que es nobleza, aunque siempre están hablando de ello –comentó Anna sin contestarle–. Hace tiempo que quería decirle esto –añadió.

Y, dando unos pasos, se sentó ante una mesa llena de álbumes que había en un rincón.

—No comprendo bien lo que quieren decir sus palabras –dijo Vronsky, ofreciéndole la taza.

Ella miró el diván que había a su lado y Vronsky se sentó en él inmediatamente.

—Quería decirle –continuó ella sin mirarle– que ha obrado usted mal, muy mal.

—¿Y cree usted que no sé que he obrado mal? Pero ¿cuál ha sido la causa de que haya obrado de esta manera?

—¿Por qué me dice eso? –repuso Anna mirándole con severidad.

—Usted sabe por qué –contestó él, atrevido y alegre, encontrando la mirada de Anna y sin apartar la suya.

No fue él sino ella la confundida.

—Eso demuestra que usted no tiene corazón –dijo Anna.

Pero la expresión de sus ojos daba a entender que sabía bien que él tenía corazón y que precisamente por ello le temía.

—Eso a que usted aludía hace un momento era una equivocación, no era amor.

—Recuerde que le he prohibido pronunciar esta palabra, esta repugnante palabra –dijo Anna, estremeciéndose imperceptiblemente. Pero comprendió enseguida que con la palabra «prohibido» daba a entender que se reconocía con ciertos derechos sobre él y que, por lo mismo, le animaba a hablarle de amor.

Anna continuó mirándole fijamente a los ojos, con el rostro encendido por la animación:

—Hoy he venido aquí expresamente, sabiendo que le encontraría, para decirle que esto debe terminar. Jamás he tenido que ruborizarme ante nadie y ahora usted me hace sentirme culpable, no sé de qué...

Él la miraba, sorprendido ante la nueva y espiritual belleza de su rostro.

—¿Qué desea usted que haga? –preguntó, con sencillez y gravedad.

—Que se vaya a Moscú y pida perdón a Kitty –dijo Anna.

—No desea usted eso.

Vronsky comprendía que Anna le estaba diciendo lo que consideraba su deber y no lo que ella deseaba que hiciera.

—Si me ama usted como dice –murmuró ella–, hágalo para mi tranquilidad.

El rostro de Vronsky resplandeció de alegría.

—Ya sabe que usted significa para mí la vida, pero no puedo darle la tranquilidad, porque yo mismo no la tengo. Me entrego a usted entero, le doy todo mi amor, eso sí... No puedo pensar por separado en usted y en mí; a mis ojos los dos somos uno. De aquí en adelante, no veo tranquilidad posible para usted ni para mí. Solo posibilidades de desesperación y desgracia... o de felicidad. ¡Y de qué felicidad! ¿No es posible esa felicidad? –preguntó él con un simple movimiento de los labios.

Pero ella le entendió.

Reunió todas las fuerzas de su espíritu para contestarle como debía, pero en lugar de ello posó sobre él, en silencio, una mirada de amor.

«¡Oh! –pensaba él, delirante–. En el momento en que yo desesperaba, en que creía no llegar nunca al fin... se produce lo que tanto anhelaba. Ella me ama, me lo confiesa...».

—Bien, hágalo por mí. No me hable más de ese modo y sigamos siendo buenos amigos –murmuró Anna.

Pero su mirada decía lo contrario.

—No podemos ser solo amigos, eso lo sabe y muy bien. En su mano está que seamos los más dichosos o los más desgraciados del mundo.

Ella iba a contestar, mas Vronsky la interrumpió:

—Una sola cosa le pido: que me dé el derecho de esperar y sufrir como hasta ahora. Si ni aun eso es posible, ordéneme desaparecer y desapareceré. Si mi presencia la hace sufrir, no me verá usted más.

—No deseo que se vaya usted.

—Entonces no cambie las cosas en nada. Déjelo todo como está –dijo él, con voz trémula–. ¡Ah, allí viene su marido!

Efectivamente, Aleksey Aleksándrovich entraba en aquel momento en el salón con su paso torpe y calmoso.

Después de dirigir una mirada a su mujer y a Vronsky, se acercó a la dueña de la casa y, una vez ante su taza de té, comenzó a hablar con su voz lenta y clara, en su tono irónico habitual, con el que parecía burlarse de alguien:

—Vuestro Rambouillet está completo –dijo mirando a los concurrentes–. Se hallan presentes las Gracias y las Musas.

La condesa Betsy no podía soportar aquel tono tan *sneering*, como ella decía; y, como corresponde a una prudente dueña de casa, le hizo entrar enseguida en una conversación seria referente al servicio militar obligatorio.

Aleksey Aleksándrovich se interesó en la conversación inmediatamente y comenzó, en serio, a defender la nueva ley que la princesa Betsy criticaba.

Anna y Vronsky seguían sentados junto a la mesita del rincón.

—Esto empieza ya a pasar de lo conveniente –dijo una señora, mostrando con los ojos a la Karenina, su marido y Vronsky.

—¿Qué decía yo? –repuso la amiga de Anna.

No solo aquellas señoras, sino casi todos los que estaban en el salón, incluso la princesa Miágkaya y la misma Betsy, miraban a la pareja, separada del círculo de los demás, como si la sociedad de ellos les estorbase.

El único que no miró ni una vez en aquella dirección fue Aleksey Aleksándrovich, atento a la interesante conversación, de la que no se distrajo un momento.

Observando la desagradable impresión que aquello producía a todos, Betsy se las ingenió para que otra persona la sustituyese en el puesto de oyente de Aleksey Aleksándrovich y se acercó a Anna.

—Cada vez me asombran más la claridad y precisión de las palabras de su marido –dijo Betsy–. Las ideas más abstractas se hacen claras para mí cuando él las expone.

—¡Oh, sí! –dijo Anna con una sonrisa de felicidad, sin entender nada de lo que Betsy le decía.

Y, acercándose a la mesa, participó en la conversación general.

Aleksey Aleksándrovich, tras media hora de estar allí, se acercó a su mujer y le propuso volver juntos a casa.

Ella, sin mirarle, contestó que se quedaba a cenar. Aleksey Aleksándrovich saludó y se fue.

El cochero de la Karenina, un tártaro grueso y entrado en años, vestido con un brillante abrigo de cuero, sujetaba con dificultad a uno de los caballos, de color gris, que iba enganchado al lado izquierdo y se encabritaba por el frío y la larga espera ante las puertas de Betsy.

El lacayo abrió la portezuela del coche. El portero esperaba, con la puerta principal abierta.

Anna Arkadievna, con su ágil manecita, desengachaba los encajes de su manga de los corchetes del abrigo y escuchaba animadamente, con la cabeza inclinada, las palabras de Vronsky, que salía acompañándola.

—Supongamos que usted no me ha dicho nada –decía él–. Yo, por otra parte, tampoco pido nada, pero usted sabe que no es amistad lo que necesito. La única felicidad posible para mí en la vida está en esta palabra que no quiere usted oír: en el amor.

—El amor –repitió ella lentamente, con voz profunda.

Y al desenganchar los encajes de la manga, añadió:

—Si rechazo esa palabra es precisamente porque significa para mí mucho más de cuanto usted puede imaginar –y, mirándole a la cara, concluyó–: ¡Hasta la vista!

Le dio la mano y, andando con su paso rápido y elástico, pasó ante el portero y desapareció en el coche.

Su mirada y el contacto de su mano arrebataron a Vronsky. Besó la palma de su propia mano en el sitio que Anna había tocado y marchó a su casa feliz comprendiendo que aquella noche se había acercado más a su objetivo que en el curso de los dos meses anteriores.

CAPÍTULO VIII

Aleksey Aleksándrovich no encontró nada de extraño ni de inconveniente en que su mujer estuviese sentada con Vronsky ante una mesita apartada manteniendo una animada conversación. Pero observó que a los otros invitados sí les había parecido extraño tal hecho y hasta incorrecto, y por ello, se lo pareció también a él. En consecuencia, Aleksey Aleksándrovich resolvió hablar de ello a su mujer.

De vuelta a casa, Aleksey Aleksándrovich pasó a su despacho, como de costumbre, se sentó en su butaca, tomó un libro sobre el Papado, que dejara antes allí, y empuñó la plegadera.

Estuvo leyendo hasta la una de la mañana, como acostumbraba, más de vez en cuando se pasaba la mano por su amplia frente y sacudía la cabeza como para apartar un pensamiento.

Anna no había vuelto aún. Él, con el libro bajo el brazo, subió a las habitaciones del piso superior.

Aquella noche no le embargaban pensamientos y preocupaciones del servicio, sino que sus ideas giraban en torno a su mujer y al incidente desagradable que le había sucedido. En vez de acostarse como acostumbraba, comenzó a pasear por las habitaciones con las manos a la espalda, pues le resultaba imposible ir al lecho antes de pensar detenidamente en aquella nueva circunstancia.

En el primer momento, Aleksey Aleksándrovich encontró fácil y natural hacer aquella observación a su mujer, pero ahora, reflexionando en ello, le pareció que aquel incidente era de una naturaleza harto enojosa.

Aleksey Aleksándrovich no era celoso. Opinaba que los celos ofenden a la esposa y que es deber del esposo tener confianza en ella. El porqué de que debiera tener confianza, el motivo de que pudiera creer que su joven esposa le había de amar siempre, no se lo preguntaba, pero el caso era que no sentía desconfianza. Al contrario, confiaba y se decía que así tenía que ser.

Mas ahora, aunque sus opiniones de que los celos son un sentimiento despreciable y que es necesario confiar no se hubieran quebrantado, sentía, con todo, que se hallaba ante algo contrario a la lógica, absurdo, y ante lo que no sabía cómo reaccionar. Se veía cara a cara con la vida, afrontaba la posibilidad de que su mujer pudiese amar a otro y el hecho le parecía absurdo a incomprensible, porque era la vida misma. Había pasado su existencia moviéndose en el ambiente de su trabajo oficial; es decir, que solo había tenido que ocuparse de los reflejos de la vida. Pero cada vez que se hallaba con esta tal como es, Aleksey Aleksándrovich se apartaba de ella.

Ahora experimentaba la sensación del hombre que, pasando con toda tranquilidad por un puente sobre un precipicio, observara de pronto que el puente estaba a punto de hundirse y el abismo se abría bajo sus pies.

El abismo era la misma vida, y el puente, la existencia artificial que él llevaba.

Pensaba, pues, por primera vez en la posibilidad de que su mujer amase a otro y este pensamiento le horrorizó.

Seguía sin desnudarse, paseando de un lado a otro con su paso igual, ora a lo largo del crujiente entablado del comedor alumbrado con una sola lámpara, ora sobre la alfombra del oscuro salón, en el que la luz se reflejaba únicamente sobre un retrato suyo muy reciente que se hallaba colgado sobre el diván. Paseaba también por el gabinete de Anna, donde había dos velas encendidas iluminando los retratos de familiares y amigas de su mujer y unos cuantos cachivaches sobre su escritorio que ya le resultaban conocidas. A través del gabinete de su mujer, se acercaba a veces hasta la puerta del dormitorio y después volvía sobre sus pasos para continuar el paseo.

En ocasiones se detenía –casi siempre en el claro entablado del comedor– y se decía: «Sí, es preciso resolver esto y acabar. Debo explicarle mi modo de entender las cosas y mi decisión –y proseguía con su paseo–. Pero ¿cuál es mi decisión? ¿Qué voy a decirle? ¿Acaso he decidido algo», se preguntó al llegar al salón sin hallar respuesta. «A fin de cuentas –volvía a repetirse antes de regresar a su despacho– a fin de cuentas, ¿qué ha sucedido? Nada. Ella habló con él largo rato. ¿Pero qué tiene eso de particular, qué? No hay nada de extraordinario en que una mujer hable con todos... Por otra parte, tener celos significa rebajarla y rebajarme», concluía al llegar al gabinete de Anna. Más semejante reflexión, generalmente de tanto peso para él, ahora le pareció poco sólida e insustancial. Y desde la puerta de la alcoba volvía a la sala, y apenas entraba en su oscuro recinto una voz interna le decía que aquello no era así y que si los otros habían observado algo era señal de que algo existía. Y, ya en el comedor, se decía de nuevo: «Sí, hay que decidirse y terminar esto. Debo decirle lo que pienso de ello». Mas en el salón, antes de dar la vuelta, se preguntaba: «Decidirse sí, pero ¿en qué sentido? –y al preguntarse–: al fin y al cabo, ¿qué ha sucedido? –se contestaba–: Nada», recordando una vez más que los celos son un sentimiento ofensivo para la esposa. Pero al llegar al salón volvía a tener la certeza de que algo había sucedido, y sus pasos y sus pensamientos cambiaban de dirección sin por ello encontrar nada nuevo. Aleksey Aleksándrovich lo advirtió, se frotó la frente y se sentó en el gabinete de Anna.

Allí, mientras miraba la mesa, con la carpeta de malaquita en la que había una nota a medio escribir, sus pensamientos se modificaron de repente. Comenzó a pensar en Anna, en lo que podría sentir y pensar. Por primera vez imaginó la vida personal de su mujer, lo que pensaba, lo que sentía... La idea de que ella debía tener una vida propia le pareció tan terrible que se apresuró a apartarla de sí. Temía contemplar aquel abismo. Trasladarse en espíritu y sentimiento a la intimidad de otro ser era una operación psicológica completamente ajena a Aleksey Aleksándrovich, que consideraba como una peligrosa fantasía tal acto mental. «Y lo más terrible de todo –se decía– es que esta inquietud insensata se apodera de mí en el preciso instante en que estaba a punto de acabar mi labor –se refería al proyecto en el que estaba trabajando–, cuando más necesito disfrutar de serenidad y disponer de todas las fuerzas de mi espíritu. Pero ¿qué puedo hacer? No soy de esos hombres que sucumben a las inquietudes y las preocupaciones sin tener el valor de enfrentarse a ellas».

—Tengo que reflexionar, tomar una resolución y acabar con esto de una vez –dijo en voz alta.

«Sus sentimientos y lo que le pase o deje de pasar en su alma no me incumben. Eso es cuestión de su conciencia y materia de la religión más que mía», se dijo, aliviado con la idea de que había encontrado una ley que aplicar a las circunstancias que acababan de producirse. «En definitiva –siguió diciéndose–, que las cuestiones de sus sentimientos corresponden a su conciencia y no tienen por qué interesarme. Mi obligación se presenta clara: como jefe de familia tengo el deber de orientarla y soy, pues, en cierto modo, responsable de cuanto pueda suceder. Por tanto, debo advertir a Anna el peligro que veo, amonestarla y, en caso necesario, imponer mi autoridad. Sí, debo explicarle todo esto».

Y en el cerebro de Karenin se formó un plan muy claro de lo que debía decir a su mujer. Al pensar en ello consideró, sin embargo, que era muy lamentable tener que emplear su tiempo y sus energías espirituales en asuntos domésticos y de un modo que no había de granjearle renombre alguno. Mas, fuere como fuere, en su cerebro se presentaba clara como en un memorial la forma y sucesión de lo que había de decir: «Debo hablarle así: primero le explicaré la importancia que tienen la opinión ajena y las conveniencias sociales; en segundo lugar le hablaré de la significación religiosa del matrimonio; en tercer término, si es necesario, le mencionaré la desgracia que puede atraer sobre su hijo; y en cuarto lugar le indicaré la posibilidad de su propia desgracia». Aleksey Aleksándrovich, entrelazando los dedos de una mano con los de la otra y dando un tirón, hizo crujir las articulaciones.

Este ademán, aquella mala costumbre de unir las manos y hacer crujir los dedos, le calmaba, le devolvía el dominio de sí mismo que tan necesario le era en momentos como los presentes.

Próximo al portal, se sintió el ruido de un coche. Aleksey Aleksándrovich se detuvo en medio del salón.

Se oyeron pasos femeninos subiendo la escalera. Ya preparado para su discurso, Aleksey Aleksándrovich se apretaba los dedos, probando para ver si crujían en algún punto, hasta que, en efecto, le crujió una articulación.

Al percibir el ruido ya cercano de los ligeros pasos de Anna, Aleksey Aleksándrovich, aunque muy satisfecho del discurso que meditara, experimentó terror pensando en la explicación que le iba a dar a ella.

CAPÍTULO IX

Anna entró con la cabeza inclinada y jugueteando con las borlas de su capucha. Su rostro resplandecía, pero no de felicidad. La luz que le iluminaba recordaba más bien el siniestro resplandor de un incendio en una noche oscura. Al ver a su marido, levantó la cabeza y sonrió, como despertando de un sueño.

—¿No estás acostado aún? ¡Qué milagro! –dijo quitándose la capucha y, sin volver la cabeza, se encaminó al tocador–. Es hora de acostarse, Aleksey Aleksándrovich. Es tarde ya –añadió desde la puerta.

—Tengo que hablarte, Anna.

—¿Hablarme? –dijo ella extrañada.

Y saliendo del tocador, lo miró.

—¿De qué se trata? –preguntó, sentándose–. Si es preciso hablemos, pero deberíamos irnos ya a dormir.

Anna decía lo primero que le venía a los labios y ella misma se asombraba, al oírse, de la facilidad con que mentía. ¡Qué sencillas y naturales parecían sus palabras y que espontaneidad la que aparentemente existía en el deseo que expresara de dormir! Se sentía revestida de una impenetrable coraza de falsedad y le parecía que una fuerza invisible la sostenía y ayudaba.

—Debo advertirte, Anna…

—¿Advertirme qué?

Lo miraba con tanta naturalidad, con una expresión tan jovial, que quien no la hubiera conocido como su esposo no habría podido observar fingimiento alguno, ni en el sonido ni en la expresión de sus palabras. Pero él la conocía, sabía que cuando se iba a dormir cinco minutos más tarde que de costumbre, Anna reparaba en ello y le preguntaba la causa. No ignoraba tampoco que su esposa le contaba siempre sus penas y sus alegrías. Por eso, el hecho de que esta noche no quisiera reparar en su estado de ánimo, ni contarle nada era para él altamente significativo. Comprendía que la profundidad de aquel alma, antes abierta siempre para él, se había cerrado de repente. Observaba, por otra parte, que ella no se sentía molesta ni cohibida ante aquel hecho, antes lo manifestaba abiertamente, como si su alma debiera estar cerrada y fuese conveniente que ello ocurriera y debiera seguir ocurriendo en lo sucesivo. Y él experimentaba la impresión de un hombre que, regresando a su casa, se encontrase con la puerta cerrada. «Quizá encontremos todavía la llave», pensaba Aleksey Aleksándrovich.

—Quiero advertirte, Anna –le dijo en voz baja– que con tu imprudencia y ligereza puedes dar motivo a que la gente murmure de ti. Tu conversación de hoy con el príncipe Vronsky (pronunció este nombre lentamente y con firmeza) fue tan indiscreta que llamó la atención general.

Y mientras hablaba miraba a Anna, a los ojos, y los ojos de su esposa le parecían ahora terribles por lo impenetrables, y comprendía la inutilidad de sus palabras.

—Siempre serás el mismo –respondió ella, fingiendo no comprender sino las últimas palabras de su marido–. Unas veces te agrada que esté alegre, otras te molesta que lo esté... Hoy no estaba aburrida. ¿Acaso te ofende eso?

Aleksey Aleksándrovich se estremeció y se apretó las manos intentando hacer crujir las articulaciones.

—¡Por favor, no hagas eso con los dedos! Ya sabes que me desagrada.

—Anna, ¿eres tú? –le preguntó Aleksey Aleksándrovich en voz baja; esforzándose suavemente en dominarse y contener el movimiento de sus manos.

—Pero bueno, ¿qué significa todo eso? –dijo ella con sorpresa a la vez cómica y sincera–. Habla, ¿qué quieres de mí?

Aleksey Aleksándrovich calló. Se pasó la mano por la frente y los ojos. En lugar de por el motivo por el que se proponía advertir a su mujer de su falta a los ojos del mundo, se sentía inquieto precisamente por lo que se refería a la conciencia de ella y le parecía como si se estrellara contra un muro erigido por él.

—Lo que quiero decirte es esto –continuó, imperturbable y frío–, y ahora te ruego que me escuches. Como sabes, opino que los celos son un sentimiento ofensivo y humillante y jamás me permitiré dejarme llevar por ese sentimiento. Pero existen ciertas leyes, ciertas conveniencias, que no se pueden rebasar impunemente. Hoy, y a juzgar por la impresión que has producido –no fui yo el único en advertirlo, fue todo el mundo–, no te comportaste como debías.

—No comprendo absolutamente nada –contestó Anna encogiéndose de hombros.

«En el fondo a él le tiene sin cuidado –se decía–, pero lo que le inquieta es que la gente lo haya notado». Y añadió en voz alta:

—Me parece que no estás bien, Aleksey Aleksándrovich.

Y se levantó como para salir de la habitación, pero él se adelantó, como proponiéndose cortarle el paso.

El rostro de Aleksey Aleksándrovich era severo y de una fealdad como Anna no recordaba haberle visto nunca. Ella se detuvo y, echando la cabeza hacia atrás, comenzó a quitarse las horquillas con sus hábiles manos.

—Muy bien, ya dirás lo que quieres –dijo tranquilamente, en tono irónico–. Incluso te escucho con interés, porque deseo saber de qué se trata.

Al hablar, ella misma se sorprendía del tono tranquilo y natural con que brotaban de sus labios las palabras.

—No tengo derecho, y considero incluso inútil y perjudicial el entrar en pormenores sobre tus sentimientos –comenzó Aleksey Aleksándrovich–. A veces, removiendo en el fondo del alma sacamos a flote lo que pudiera muy bien haber continuado allí. Tus sentimientos son cosa de tu conciencia; pero ante ti, ante mí y ante Dios tengo la obligación de indicarte tus deberes. Nuestras vidas están unidas no por los hombres, sino por Dios. Y este vínculo solo puede ser roto mediante un crimen y un crimen de esa índole lleva siempre aparejado el castigo.

—¡No comprendo nada! ¡Y con el sueño que tengo hoy, Dios mío! –dijo ella, hablando muy deprisa, mientras buscaba con la mano las horquillas que aún quedaban entre sus cabellos.

—Por Dios, Anna, no hables así –dijo él, con suavidad–. Tal vez me equivoque, pero créeme que lo que digo ahora lo digo tanto por mi bien como por el tuyo: soy tu marido y te quiero.

Anna bajó la cabeza por un instante y el destello irónico de su mirada se extinguió. Pero las palabras «te quiero» volvieron a irritarla.

«¿Me ama? –pensó–. ¿Acaso es capaz de amar? Si no hubiera oído decir que existe el amor, jamás habría empleado tal palabra, porque ni siquiera sabe qué es amor».

—Aleksey Aleksándrovich, la verdad es que no te comprendo –le dijo ella en voz alta–. ¿Quieres decirme claramente lo que encuentras de...?

—Perdón, déjame terminar. Te quiero, sí, pero no se trata de mí. Los personajes principales en este asunto son ahora nuestro hijo y tú misma... Quizá, lo repito, te parecerán inútiles mis palabras o inoportunas; quizá se deban a una equivocación mía. En ese caso, te ruego que me perdones. Pero si tú reconoces que tienen algún fundamento, te suplico que pienses en ello y me digas lo que te dicte el corazón...

Sin darse cuenta, hablaba a su mujer en un sentido completamente distinto del que se había propuesto.

—No tengo nada que decirte. Y además –dijo Anna, muy deprisa, reprimiendo a duras penas una sonrisa–, creo que es hora ya de irse a acostar.

Aleksey Aleksándrovich suspiró y sin hablar más se dirigió hacia su dormitorio. Cuando Anna entró a su vez, su marido estaba ya acostado. Tenía muy apretados los labios y sus ojos no la miraban. Ella se acostó esperando a cada instante que él le diría todavía algo. Lo temía y lo deseaba a la vez. Pero su marido callaba. Anna permaneció inmóvil largo rato y después se olvidó de él. Ahora veía otro hombre ante sí y, al pensar en él, su corazón se henchía de emoción y de culpable alegría.

De pronto sintió un suave ronquido nasal, rítmico y tranquilo. Al principio pareció como si el mismo Aleksey Aleksándrovich se asustase de su ronquido y se detuvo. Los dos contuvieron la respiración. Él respiró dos veces casi sin ruido, para dejar oír nuevamente el ronquido rítmico y reposado de antes.

«Claro –pensó ella con una sonrisa–. Es muy tarde ya...». Permaneció largo rato inmóvil, con los ojos muy abiertos, cuyo resplandor le parecía ver en la oscuridad.

CAPÍTULO X

A partir de esa noche empezó una vida nueva para Aleksey Aleksándrovich y su mujer. No es que pasara nada extraordinario. Anna frecuentaba, como siempre, el gran mundo, visitando mucho a la princesa Betsy y encontrándose con Vronsky en todas partes. Aleksey Aleksándrovich reparaba en ello, pero no podía hacer nada. A todos sus intentos de provocar una explicación entre los dos, Anna oponía, como un muro impenetrable, una alegre extrañeza. Exteriormente todo seguía igual, pero las relaciones íntimas entre los esposos experimentaron un cambio radical. Aleksey Aleksándrovich, tan enérgico en los asuntos del Estado, se sentía impotente en este caso. Como un buey, que agacha sumiso la cabeza, esperaba el golpe del hacha que adivinaba suspendida sobre él. Cada vez que pensaba en ello se decía que cabía probar, una vez más, que restaba la esperanza de salvar a Anna con bondad, persuasión y dulzura, haciéndole comprender la realidad, y cada día se preparaba para hablar con ella, pero al ir a empezar sentía que aquel espíritu de falsedad y de mal que poseía a Anna se apoderaba también de él, y entonces le hablaba no de lo que quería decirle ni de lo que debía hacerse, sino con su tono habitual, con el que parecía burlarse de su interlocutor. Y en este tono era imposible decirle lo que deseaba.

CAPÍTULO XI

Aquello que desde hacía un año constituía el deseo único de la vida de Vronsky, su ilusión dorada, su felicidad, su anhelo considerado imposible y peligroso –y por ello más atrayente–, aquel deseo, acababa de ser satisfecho. Vronsky, pálido, con la mandíbula inferior temblorosa, permanecía de pie ante Anna y le rogaba que se calmase, sin que él mismo pudiera decir cómo ni por qué medio.

—¡Anna, Anna, por Dios! –decía con voz trémula.

Pero cuanto más alzaba él la voz, más reclinaba ella la cabeza, antes tan orgullosa y alegre y ahora avergonzada, y resbalaba del diván donde estaba sentada, deslizándose hasta el suelo, a los pies de Vronsky, y habría caído en la alfombra si él no la hubiese sostenido.

—¡Perdóname, perdóname! –decía Anna, sollozando, y oprimiendo la mano de él contra su pecho.

Se sentía tan culpable y criminal que no le quedaba ya más que humillarse ante él y pedirle perdón y sollozar. Ya no tenía en la vida a nadie sino a él, y por eso era a él a quien se dirigía para que la perdonase. Al mirarle sentía su humillación de un modo físico y no encontraba fuerzas para decir nada más.

Vronsky, contemplándola, experimentaba lo que puede experimentar un asesino al contemplar el cuerpo exánime de su víctima. Aquel cuerpo, al que había quitado la vida, era su amor, el amor de la primera época en que se conocieran.

Había algo de terrible y repugnante en recordar el precio de vergüenza que habían pagado por aquellos momentos. La vergüenza de su desnudez moral oprimía a Anna y se contagiaba a Vronsky. Mas en todo caso, por mucho que sea el horror del asesino ante el cadáver de su víctima, lo que más urge es despedazarlo, ocultarlo y aprovecharse del beneficio que pueda reportar el crimen.

De la misma manera que el asesino se lanza sobre su víctima, la arrastra, la destroza con ferocidad, se diría casi con pasión, así también Vronsky cubría de besos el rostro y los hombros de Anna. Ella apretaba la mano de él entre las suyas y no se movía. Aquellos besos eran el pago de la vergüenza. Y aquella mano, que siempre sería suya, era la mano de su cómplice...

Anna levantó aquella mano y la besó. Él, arrodillándose, trató de mirarla a la cara, pero ella la ocultaba y permanecía silenciosa. Al fin, haciendo un esfuerzo, luchando consigo misma, se levantó y le apartó suavemente. Su rostro era tan bello como siempre y, por ello, inspiraba aún más compasión...

—Todo ha terminado para mí –dijo ella–. Nada me queda sino tú. Recuérdalo.

—No puedo dejar de recordar lo que es mi vida. Por un instante de esta felicidad...

—¿De qué felicidad hablas? –repuso ella, con tal repugnancia y horror que hasta él sintió que se los comunicaba–. Ni una palabra más, por Dios, ni una palabra...

Se levantó rápidamente y se apartó.

—¡Ni una palabra más! –volvió a decir.

Y con una expresión fría y desesperada, que hacía su semblante incomprensible para Vronsky, se despidió de él.

Anna tenía la impresión de que en aquel momento no podía expresar con palabras sus sentimientos de vergüenza, de alegría y de horror ante la nueva vida que comenzaba. Y no quería, por lo tanto, hablar de ello, no quería rebajar aquel sentimiento empleando palabras vagas. Pero después, ya transcurridos dos o tres días, no solo no halló palabras con que expresar lo complejo de sus sentimientos, sino que ni siquiera encontraba pensamientos con que poder reflexionar sobre lo que pasaba en su alma. Se decía: «No, ahora no puedo pensar en esto. Lo dejaré para más adelante, cuando me encuentre más tranquila». Pero aquel momento de tranquilidad que había de permitirle reflexionar no llegaba nunca.

Cada vez que pensaba en lo que había hecho, en lo que sería de ella y en lo que debía hacer, el horror se apoderaba de Anna y procuraba alejar aquellas ideas. «Después, después», se repetía. «Cuando me encuentre más tranquila». Pero en sueños, cuando ya no era dueña de sus ideas, su situación aparecía ante ella en toda su horrible desnudez. Soñaba casi todas las noches que los dos eran esposos suyos y que los dos le prodigaban sus caricias. Aleksey Aleksándrovich lloraba, besaba sus manos y decía:

—¡Qué felices somos ahora!

Aleksey Vronsky estaba asimismo presente y era también marido suyo. Y ella se asombraba de que fuese un hecho lo que antes parecía imposible y comentaba, riendo, que aquello era muy fácil y que así todos se sentían contentos y felices.

Pero este sueño la oprimía como una pesadilla y despertaba siempre horrorizada.

CAPÍTULO XII

En los primeros días que siguieron a su regreso de Moscú, Levin se estremecía y se ruborizaba cada vez que recordaba la vergüenza de haber sido rechazado por Kitty, y se decía: «También me puse rojo y me estremecí y me consideré perdido cuando me suspendieron en Física, y también cuando eché a perder aquel asunto que mi hermana me confiara… ¿Y qué? Luego pasaron los años y al acordarme de aquellas cosas me asombra pensar que me disgustaran tanto. Con lo de ahora sucederá igual: pasarán los años y luego todo eso me producirá solo indiferencia». Pero al cabo de tres meses, lejos de ser indiferente a aquel dolor, le afligía tanto como el primer día. No podía calmarse, porque hacía mucho tiempo que se ilusionaba pensando en el casamiento y considerándose en condiciones para formar un hogar. ¡Y sin embargo aún no estaba casado y el matrimonio se le aparecía más lejano que nunca! Levin tenía la impresión, y con él todos los que le rodeaban, de que no era lógico que un hombre de su edad viviese solo. Recordaba que, poco antes de marchar a Moscú, había dicho a su vaquero Nicolái, hombre ingenuo con el que le gustaba charlar:

—¿Sabes que quiero casarme, Nicolái?

Y Nikolái le había contestado rápidamente, como sobre un asunto fuera de discusión:

—Ya es hora, Konstantín Dmitrievich.

Pero el matrimonio estaba más lejos que nunca. El lugar que soñara ocupar junto a su futura esposa estaba ocupado y, cuando con la imaginación ponía en el lugar de Kitty a una de las jóvenes que conocía, comprendía la imposibilidad de reemplazarla en su corazón. Además, el recuerdo de la negativa y del papel que hiciera entonces le colmaban de vergüenza. Por mucho que se repitiese que la culpa no era suya, este recuerdo, unido a otros semejantes, que también le avergonzaban, le hacían enrojecer y estremecerse. Como todos los hombres, tenía en su pasado hechos que reconocía ser vergonzosos y de los cuales podía acusarle su conciencia. Pero los recuerdos de sus actos reprensibles le atormentaban mucho menos que estos recuerdos sin importancia, pero abochornantes. Estas heridas no se curan jamás. A la vez que en estos recuerdos, pensaba siempre en la negativa de Kitty y en la lamentable situación en que debieron de verle todos los presentes en aquella velada. No obstante, el tiempo y el trabajo hacían su obra y los recuerdos iban borrándose, eliminados por los acontecimientos, invisibles para él, pero muy importantes de la vida del pueblo. Así, a medida que pasaban los días se acordaba menos de Kitty. Esperaba con impaciencia la noticia de que esta se hubiese casado o fuese a casarse en breve, confiando que, como la extracción de una muela, el mismo dolor de la noticia había de curarle.

Entre tanto llegó la primavera. Una primavera hermosa, definitiva, sin anticipos ni retrocesos, una de esas pocas primaveras que alegran a la vez a los hombres, a los animales y a las plantas. Aquella espléndida primavera animó a Levin, fortaleciéndole en su propósito de prescindir de todo lo pasado y organizar de modo firme a independiente su vida de solitario.

A pesar de que muchos de los planes con que había regresado al pueblo no se habían realizado, uno de ellos –la pureza de vida– lo había conseguido. No sentía la vergüenza que habitualmente se experimenta tras la caída y así podía mirar a la gente a la cara sin rubor.

En febrero había recibido carta de Marie Nikolaevna anunciándole que la salud de su hermano Nikolái empeoraba, pero que él no quería curarse. Al recibir la carta, Levin se dirigió a Moscú para ver a su hermano y convencerle de que consultara a un médico y fuera a hacer una cura de aguas en el extranjero. Acertó a convencer a Nikolái y hasta supo darle el dinero para el viaje sin que se irritara, con lo cual Levin quedó muy satisfecho de sí mismo.

Además de la administración de las propiedades, lo que exige mucho tiempo en primavera, y además de la lectura, aún le quedó tiempo para empezar a escribir en invierno una obra sobre economía rural. La base de la obra consistía en afirmar que el obrero, en la economía agraria, debía ser considerado como un valor absoluto, al igual que el clima y la tierra, de modo que los principios de la economía rural debían deducirse no solo de los factores de clima y terreno, sino también en cierto sentido del carácter del obrero. Así que, pese a su soledad, o quizá como consecuencia de ella; la vida de Levin estaba muy ocupada.

Rara vez experimentaba la necesidad de transmitir los pensamientos que henchían su cerebro a alguien que no fuera Agafia Mijailovna, con quien tenía frecuentes ocasiones de tratar sobre física, economía agraria y, más que nada, sobre filosofía, ya que la filosofía constituía la materia predilecta de la anciana.

La primavera tardó bastante en llegar. Durante las últimas semanas de Cuaresma, el tiempo era sereno y frío. Por el día los rayos solares provocaban el deshielo, pero por las noches el frío llegaba a siete grados bajo cero. La tierra, pues, estaba tan helada que los vehículos podían andar sin seguir los caminos. Hubo nieve los días de Pascua. Pero el segundo de la semana pascual sopló un viento cálido, se encapotó el cielo y durante tres días y tres noches cayó una lluvia tibia y rumorosa. El jueves el viento se calmó y sobrevino una niebla densa y gris, como para ocultar el misterio de las transformaciones que se operaban en la naturaleza. Al amparo de la niebla se deslizaron las aguas, crujieron y se quebraron los hielos, aumentaron la rapidez de su curso los arroyos turbios y cubiertos de espuma, y ya en la Krasnaya Gorka se disipó la niebla por la tarde, las grandes nubes se deshicieron en nubecillas en forma de vellones blancos, el tiempo se aclaró y llegó la auténtica primavera.

Al salir el sol matinal, fundió rápidamente el hielo que flotaba sobre las aguas y el aire tibio se impregnó con las emanaciones de la tierra vivificada. Reverdeció la hierba vieja y al mismo tiempo, empezó a despuntar la nueva. Se hincharon los brotes de los mundillos, de los groselleros y de los pegajosos y barnizados abedules, y en las ramas de los sauces, inundados de una luz dorada, revoloteaban y zumbaban las abejas, liberadas de su reclusión invernal. Cantaron invisibles alondras, vocingleras, sobre el aterciopelado verdor de los campos y sobre los rastrojos helados aún, y los frailecicos alborotaban en los cañaverales de las orillas bajas, todavía inundadas de agua turbia, y, muy altos, volaban, lanzando alegres gritos, las grullas y los patos silvestres. En los prados mugía el ganado menor, con manchas de pelo no mudado aún. Triscaban patizambos corderitos al lado de sus madres, perdidos ya los vellones de su lana, y ágiles chiquillos corrían por los senderos húmedos, dejando en ellos las huellas de sus pies descalzos. En las albercas se oía el rumor de las voces de las mujeres, muy ocupadas en el lavado de su colada, a la vez que en los patios resonaba el golpe de las hachas de los campesinos, que reparaban sus aperos y sus arados. Había llegado, pues, la auténtica primavera.

CAPÍTULO XIII

Levin se calzó las altas botas y, por primera vez no se puso la pelliza, sino un chaquetón de paño. Luego salió para inspeccionar su propiedad, pisando ora finas capas de hielo, ora el barro pegajoso, al seguir las márgenes de los arroyos que brillaban bajo los rayos del sol.

La primavera es la época de los planes y de los propósitos. Al salir del patio, Levin –como un árbol en primavera que no sabe aún cómo ni hacia dónde crecerán sus jóvenes tallos y los brotes cautivos en sus capullos– ignoraba aún lo que empezaría ahora en su amada propiedad, pero se sentía henchido de hermosos y grandes propósitos. Lo primero que hizo fue ir a ver el ganado. Hicieron salir al cercado las vacas, de reluciente pelaje, que mugían deseando marcharse al prado. Una vez examinadas las vacas, a las que conocía en detalle, Levin ordenó que las dejasen salir al prado y que pasasen al cercado a los terneros. El pastor, muy contento, se preparó para partir. Tras los becerros mugientes, locos de exaltación por el ambiente primaveral, corrían las vaqueras, empuñando sus varas, para hacerles entrar en el cercado, pisando presurosas el barro con sus pies blancos no quemados aún por el sol.

Una vez examinadas las crías de aquel año (los terneros lechales eran grandes como las vacas de los campesinos, y la becerra de la Pava, con solo tres meses, tenía el tamaño de las de un año), Levin ordenó que se sacaran las gamellas y se pusiera heno en el cercado que les servían de encierro. Pero como las empalizadas no se habían usado durante el invierno, estaban rotas. Levin mandó llamar al carpintero, a quien había contratado para ocuparse de la trilladora mecánica, mas resultó que este estaba arreglando los rastrillos que ya debía haber dejado listos para Carnaval. Levin se sintió contrariado. Le disgustaba no poder salir de aquella desorganización constante del trabajo, contra la cual luchaba desde hacía años con todas sus fuerzas. Según se informó, las empalizadas, al no ser empleadas en el invierno, habían sido llevadas a la cuadra y, por ser empalizadas ligeras, construidas para los becerros, se estropearon. Para colmo, los rastrillos y aperos, que había ordenado que reparasen antes de terminar el invierno, y para lo cual habían sido contratados tres carpinteros, no estaban arreglados aún, y los rastrillos solo los reparaban ahora, cuando ya era hora de empezar los trabajos. Levin envió a buscar al encargado, pero no pudo esperar, y enseguida salió también él en busca suya. El encargado, radiante como todo en aquel día, vestido con una zamarra de piel de cordero, volvía de la era rompiendo una brizna de hierba entre las manos.

—¿Cómo es que el carpintero no está arreglando la trilladora?

—Ayer quería decir al señor que era preciso arreglar los rastrillos, que es ya tiempo de labrar.

—¿Por qué no los han arreglado en invierno?

—¿Para qué quería el señor traer entonces un carpintero?

—¿Y las empalizadas del corral de los terneros?

—He mandado llevarlas a su sitio. ¡No sabe uno qué hacer con esta gente! –dijo el encargado, gesticulando.

—¡Con quien no se sabe qué hacer es con este encargado y no con esta gente! –observó Levin, irritado. Y gritó–: ¿Para qué le tengo a usted?

Pero, recordando que con aquello no resolvía el asunto, se interrumpió, limitándose a suspirar.

—¿Qué? ¿Podemos sembrar ya? –preguntó tras un breve silencio.

—Mañana o pasado podremos sembrar detrás de Turkino.

—¿Y el trébol?

—He enviado a Vasili con Michka, pero no sé si podrán, porque la tierra está todavía muy blanda.

—¿Cuántas hectáreas de trébol ha mandado usted sembrar?

—Unas seis.

—¿Y por qué no todas?

Al saber que se iban a sembrar seis hectáreas y no veinte, Levin se enfadó más todavía. Por teoría y por su propia experiencia, Levin sabía que la siembra de trébol solo daba buenos resultados cuando se sembraba muy pronto, casi con nieve. Y nunca pudo conseguir que se hiciese así.

—No tenemos gente. ¿Qué quiere que hagamos? Tres de los jornaleros no han acudido hoy al trabajo. Y además Semión…

—Haber llamado a alguno de los que se ocupan de la paja.

—Ya lo he hecho.

—¿Y dónde están, pues?

—Cinco están preparando el estiércol y cuatro aventan la avena para que no se estropee, Konstantín Dmietrievich.

Levin entendió que aquellas palabras significaban que la avena inglesa preparada para la siembra se había estropeado ya por no haber hecho lo que él ordenara.

—Ya le dije, por la Cuaresma, que aventase la avena –exclamó Levin.

—No se apure, todo se hará a su tiempo.

Levin hizo un gesto de disgusto y se dirigió a los cobertizos para examinar la avena antes de volver a las cuadras.

La avena no estaba estropeada aún. Los jornaleros la cogían con palas en vez de vaciarla directamente en el granero de abajo. Levin dio orden de hacerlo así y llamó a dos hombres para encargarles la siembra del trébol, con lo que su irritación contra el encargado se calmó en parte.

Además, en un día tan hermoso resultaba imposible enojarse.

—Ignat –dijo al cochero, que con los brazos arremangados lavaba la carretela junto al pozo–, ensilla un caballo.

—¿Cuál, señor?

—Bueno, pues a Kolpik.

—Bien, señor.

Mientras ensillaban, Levin llamó al encargado, que rondaba por allí, y, para hacer las paces, le habló de sus proyectos y de los trabajos que habían de efectuarse en el campo. Habría que acarrear pronto el estiércol para que quedase terminado antes de la primera siega. Había que labrar incesantemente el campo más apartado para mantenerlo en buen estado. La siega debía hacerse con la ayuda de jornaleros y a medias con ellos.

El encargado escuchaba atentamente y se le veía esforzarse por aceptar las órdenes del amo. Pero conservaba el aspecto de desesperación y abatimiento, tan conocido por Levin y que tanto le irritaba, con el que parecía querer decir: «Todo está muy bien, pero al final haremos las cosas como Dios quiera».

Nada disgustaba a Levin tanto como aquella actitud, pero todos los encargados que había tenido habían hecho igual. Todos obraban del mismo modo con respecto a sus planes. Por eso Levin no se enfadaba ya, sino que se sentía impotente para luchar con aquella fuerza que dijérase primitiva del «como Dios quiera» que siempre acababa por imponerse a sus propósitos.

—Veremos si puede hacerse, Konstantín Dmitrievich –dijo, al fin, el encargado.

—¿Y por qué no ha de poder hacerse?

—Habría que tomar quince jornaleros más, y no vendrán. Hoy han venido, pero piden setenta rublos en el verano.

Levin calló. Allí, frente a él, estaba otra vez aquella fuerza. Ya sabía que, por más que lo intentara, nunca lograba hallar más de treinta y ocho a cuarenta jornaleros con salario normal. Hasta cuarenta los conseguía, pero nunca pudo tener más. De todos modos, no podía dejar de luchar.

—Si no vienen, enviad a buscar obreros a Suri y a Chefirovska. Hay que ir a buscarlos.

—Por eso que no quede –dijo tristemente Vasili Fedorich–. Pero los caballos están otra vez muy debilitados.

—Compraremos caballos. Ya sé –añadió Levin, riendo– que ustedes lo hacen todo con lentitud y mal, pero este año no les dejaré hacerlo a su gusto. Lo haré yo mismo.

—No sé cómo lo hará, porque tampoco es que usted duerma mucho ahora. Para nosotros es mejor trabajar bajo el ojo del amo.

—¿Ha dicho usted que están sembrando el trébol más allá del Valle de los Abedurles? Voy a ver echar un vistazo –dijo Levin, mientras subía a lomos de Kolpik, el caballito bayo que le había traído el cochero.

—¡No podrá usted atravesar el arroyo! –le gritó este.

—Iré por el bosque en ese caso.

Y el obediente caballo, cansado de la larga inmovilidad, resoplando y tirando de las riendas al pasar sobre los charcos, avanzó a buen paso por el patio cubierto de barro y salió a pleno campo.

Si en el corral, entre el ganado, se sentía contento, ahora en el campo se sintió más alegre aún. Al pasar por el bosque, meciéndose suavemente al trote de su caballo, sobre la nieve blanda llena de pisadas que se veía aún aquí y allá, respiraba el aroma a la vez tibio y fresco de la nieve y la tierra, y la vista de cada árbol con el musgo nuevo que cubría la corteza y los botones a punto de abrirse le alegraba el alma. Al salir del bosque se abrió ante él la amplia extensión del campo lleno de un aterciopelado y suave verdor, sin calveros ni pantanos; solo, en algunos lugares, con rastros de nieve medio derretida en algunas hondanadas. No se enojó siquiera al ver la yegua de un aldeano que, con su potro, pastaba en sus campos; se limitó a mandar a un trabajador para que los hiciera salir de allí; ni tampoco con la estúpida y burlona respuesta del campesino Ipat, al que encontró por el camino, y que al preguntarle: «¿Qué, Ipat? ¿Sembraremos pronto?», le contestó: «Antes hay que labrar, Konstantín Dmitrievich».

Cuanto más se alejaba Levin, más alegre se sentía y sus planes de mejora de la propiedad se le aparecían a cual mejor: plantar estacas en todos los campos, mirando al sur, de modo que la nieve no pudiese amontonarse; dividir el terreno en seis partes cubiertas de estiércol y tres de hierba; construir un corral en la parte más lejana de las tierras; cavar un depósito para el abono y hacer cercas portátiles para el ganado. Con ello habría trescientas hectáreas de trigo candeal, cien de patatas y ciento cincuenta de trébol, sin cansar para nada la tierra.

Embargado por estas ilusiones, Levin, conduciendo cuidadosamente su caballo por las lindes para no pisar las plantas, se acercó a los jornaleros que sembraban el trébol. El carro con la simiente no estaba en el prado, sino en la tierra labrada, y el trigo invernizo quedaba aplastado y removido por las ruedas y por las patas del caballo. Los jornaleros permanecían sentados en la linde, probablemente fumando todos una misma pipa. La tierra del carro, con la que se mezclaban las semillas, no estaba bien desmenuzada, y se había convertido en una masa de terrones duros y helados. Viendo al amo, el jornalero Vasili se dirigió al carro y Minchka empezó a sembrar. Aquello le hizo muy mal efecto, pero Levin se enojaba pocas veces contra los jornaleros. Cuando Vasili se acercó, Levin le ordenó que sacase el caballo del sembrado.

—No hace ningún daño, señor. La semilla brotará igualmente –dijo Vasili.

—Hazme el favor de no replicar y obedece a lo que te digo –repuso Levin.

—Bien, señor –contestó Vasili, tomando el caballo por la cabeza–. ¡Hay una siembra de primera! –dijo, adulador–. Pero no se puede andar por el campo. Parece que lleva uno veinte kilos de tierra en cada bota.

—¿Por qué no está cribada la tierra? –preguntó Levin

—Lo está, lo hacemos sin la criba –contestó Vasili–. Cogemos las semillas y deshacemos la tierra con las manos.

Vasili no tenía la culpa de que le dieran la tierra sin cribar, pero el hecho indignaba a Levin. En esta ocasión Levin puso en práctica un procedimiento que había ya empleado más de una vez con eficacia, a fin de ahogar en él todo disgusto y convertir en agradable lo ingrato.

Viendo a Michka, que avanzaba arrastrando enormes masas de barro en cada pie, se apeó, cogió la sembradora de manos de Vasili y se dispuso a sembrar.

—¿Hasta dónde has llegado? –preguntó a Vasili.

Este le indicó con el pie el sitio al que había llegado y Levin comenzó a sembrar, como pudo, la tierra mezclada con las semillas. Era muy difícil andar: la tierra estaba convertida en un barrizal. Levin, tras recorrer un surco, empezó a sudar y devolvió la sembradora a Vasili.

—En verano, señor, espero que no me riña por este surco –dijo Vasili.

—¿Por qué? –preguntó alegremente Levin, sintiendo que el remedio empleado daba el resultado que esperaba.

—En verano lo verá. El surco será diferente de los otros. Mire usted cómo ha crecido lo que yo sembré la primavera pasada. Yo, Konstantín Dmitrievich, procuro hacer el trabajo a conciencia como si fuera para mi propio padre. No me gusta trabajar mal, ni permito que otros lo hagan. Así el amo queda contento y nosotros también. ¡Se le ensancha a uno el corazón viendo esa abundancia! –añadió Vasili mostrando el campo.

—¡Qué hermosa primavera!, ¿verdad, Vasili?

—Ni los viejos recuerdan otra parecida. He pasado por mi casa porque el viejo ha sembrado tres octavas de trigo. Dice que crece tan bien que no puede distinguirse del centeno.

—¿Hace mucho que sembráis trigo?

—Desde hace dos años, cuando usted nos enseñó a hacerlo. ¿No se acuerda que nos regaló dos medidas? De ello, vendimos una parte y sembramos el resto.

—Bien, desmenuza con cuidado la tierra –dijo Levin, acercándose al caballo– y vigila a Michka. Si la siembra crece bien, te daré cincuenta copecks por hectárea.

—Muchas gracias. Pero ya estamos contentos con usted sin necesidad de eso.

Levin montó y se dirigió al prado en el que sembraron el trébol el año anterior, y que ahora estaba preparado y arado para sembrar trigo.

El trébol, que había crecido mucho en el rastrojo, estaba ya muy alto. Su vivo verdor destacaba entre los secos tallos de trigo del año pasado y la cosecha prometía ser magnífica. El caballo de Levin se hundía hasta las corvas y, con sus patas, chapoteaba vigorosamente, luchando por salir de la tierra medio helada. Como no se podía pasar por el campo arado, el caballo solo pisaba fuerte allí donde quedaba algo de hielo, pero en los surcos, ablandados por el deshielo, el animal se hundía hasta los jarretes. El campo estaba muy bien arado. De allí a dos días se podría trabajar y sembrar. Todo era hermoso y alegre. Levin regresó vadeando el arroyo. Esperaba que las aguas hubiesen bajado ya y, en efecto, pudo pasar, espantando al hacerlo a una pareja de patos silvestres. «Seguramente hay también chochas», pensó Levin, y el guardabosque, al que encontró al doblar el camino dirigiéndose a casa, le confirmó su suposición.

Levin se encaminó a casa al trote largo, a fin de tener tiempo de comer y preparar la escopeta para la tarde.

Capítulo XIV

Al acercarse a su casa en inmejorable disposición de ánimo, Levin oyó un ruido de campanillas por el lado de la puerta principal.

«Ha venido alguien de la estación –pensó–. Es la hora del tren de Moscú. ¿Quién será? ¿Mi hermano Nicolái? Me dijo que iría a tomar las aguas en el extranjero o que vendría a mi casa».

En principio, la idea de la presencia de su hermano le disgustó, sospechando que iba a perturbar su buena disposición de ánimo, tan acorde con la alegría primaveral. Pero, avergonzándose, abrió sus brazos espiritualmente, experimentando una sencilla alegría y deseando de corazón que el llegado fuese Nikolái. Espoleó al caballo y, al salir de las acacias, vio una troika de alquiler que llegaba de la estación y en la que iba un señor con pelliza. No era su hermano. «¡Si fuese al menos alguna persona simpática con la que se pudiese hablar!», pensó Levin.

Y, al reconocer a Stepán Arkadievich, exclamó alegremente, levantando los brazos:

—¡Qué visita más agradable! ¡Cuánto me complace verte!

Y pensaba: «Ahora sabré con certeza si Kitty se ha casado o cuándo se casa».

Y sintió que en aquel día primaveral el recuerdo de Kitty no le era tan penoso.

—¿No me esperabas? –dijo Stepán Arkadievich, saliendo del trineo.

Llevaba barro en la nariz, en las mejillas y en las cejas, pero iba radiante de salud y alegría.

—Ante todo, he venido para verte –dijo, abrazando y besando a Levin–; después, para cazar con perro y, además, para vender el bosque de Yergushovo.

—¡Muy bien! ¿Has visto qué primavera? ¿Cómo has podido llegar en trineo?

—En coche habría sido más difícil aún –contestó el cochero, que conocía a Levin.

—Estoy contentísimo de verte –dijo Levin sonriendo con toda el alma, infantilmente. Levin acompañó a su amigo al cuarto reservado para los invitados, donde ya habían llevado los efectos de Stepán Arkadievich: un bolso de viaje, una escopeta enfundada, una bolsa de cigarros... Dejándolo solo para que se lavara un poco y se cambiara de ropa, Levin pasó a su despacho para dar órdenes relativas a la labranza y al trébol.

Agafia Mijailovna, muy preocupada como siempre del honor de la casa, abordó a Levin en el recibidor, mareándole con preguntas sobre la comida.

—Haga lo que quiera, pero pronto –dijo Levin.

Y fue en busca del encargado.

A su regreso, Stepán Arkadievich, peinado y lavado y con una sonrisa deslumbradora en los labios, salía de su cuarto. Subieron los dos juntos.

—¡Cuánto me alegro de haber venido! Ahora podré averiguar las cosas misteriosas que haces aquí. Pero te aseguro que te envidio. ¡Qué bien está todo en esta casa! –decía Stepán Arkadievich, olvidando que no siempre era primavera ni todos los días como aquel–. Tu ama de llaves es un encanto de viejecita... Cierto que sería mejor tener una doncella con delantalito... Pero esa anciana va muy bien con tus costumbres austeras y tu vida monástica.

Stepán Arkadievich contó muchas noticias interesantes y, sobre todo, una interesantísima para Levin: que su hermano Serguéi Ivanovich se proponía pasar el verano con él, en el pueblo. No dijo una palabra de Kitty ni de los Scherbatsky, solo se limitó a transmitirle recuerdos de su mujer. Levin le agradeció mucho la delicadeza y se sintió feliz de su visita. Como siempre que vivía solo una temporada, había recogido en aquel tiempo gran cantidad de sentimientos e ideas que no podía compartir con los que le rodeaban, y ahora hablaba a su amigo de la alegría que le causaba la primavera, de sus planes futuros con respecto a la propiedad, de sus fracasos, de sus pensamientos. Hacía comentarios sobre los libros que había leído y le habló, sobre todo, de la idea de su obra, la base de la cual consistía, aunque él no lo advirtiese, en una crítica de todas las obras antiguas que se habían escrito sobre el mismo tema. Stepán Arkadievich, que era siempre amable y que todo lo comprendía con una palabra, estaba aquel día más amable que nunca, y Levin notó, además, en su amigo una especie de respeto y ternura hacia él que le encantaban.

Las preocupaciones de Agafia Mijailovna y el cocinero respecto a la comida tuvieron por resultado que los dos amigos, que tenían gran apetito, acometieran los entremeses, comiendo mucho pan con mantequilla, caza ahumada y setas saladas. Para colmo, Levin ordenó servir la sopa sin las empanadillas con las que el cocinero quería deslumbrar al invitado.

Aunque acostumbrado a otras comidas, Stepán Arkadievich lo encontraba todo excelente: el vodka de hierbas, el pan con manteca, la caza ahumada, el vino blanco de Crimea. Sí, todo era espléndido y exquisito.

—¡Admirable admirable! –dijo, encendiendo un grueso cigarro después del asado–. Se dijera que después de viajar en un vapor, entre ruidos y tambaleos, he arribado a una costa tranquila... De modo que, en tu opinión, el factor obrero debe ser estudiado y considerado a la hora de elegir los métodos de explotación agrícola. Aunque profano en estas materias, me parece que esa teoría y su aplicación van a influir también sobre el trabajador.

—Sí, pero no olvides que no hablo de economía política, sino de la ciencia de la explotación de la tierra. Esta última debe, como todas las ciencias naturales, estudiar los fenómenos, así como al obrero en los aspectos económico, etnográfico...

Agafia Mijailovna entró con la confitura.

—Agafia Mijailovna –dijo el invitado, haciendo ademán de chuparse los dedos–, ¡qué caza y qué licores tan bien preparados tiene usted! Y qué..., Kostia ¿no es hora ya de partir?

Levin miró por la ventana el sol que se ponía entre las desnudas copas de los árboles del bosque.

—Sí lo es. Kuzmá, prepara el charabán –dijo Levin.

Y descendieron.

Ya abajo, Stepán Arkadievich quitó él mismo la funda de una caja de laca y, una vez abierta, comenzó a armar su escopeta, un arma cara, último modelo.

Kuzmá, presintiendo una buena propina para vodka, no se separaba de Stepán Arkadievich. Le ponía las medias y las botas y él le dejaba hacer de buen grado.

—Kostia, si llega el comerciante Riabinin, a quien he mandado llamar, ordena que le reciban y que espere.

—¿Vendes el bosque a Riabinin?

—Sí. ¿Lo conoces?

—Lo conozco. Tuve con él asuntos que terminaron «positivamente y definitivamente».

Stepán Arkadievich rió. Aquellas últimas palabras eran las preferidas del comerciante.

—Sí, habla de un modo muy divertido. ¡Veo que has comprendido a dónde va tu amo! –añadió, acariciando a Laska, que ladraba suavemente dando vueltas en torno a Levin y lamiéndole, ya las manos, ya las botas, ya la escopeta.

Cuando salieron, el charabán estaba al pie de la escalera.

—He mandado preparar el charabán, pero no está lejos... ¿Quieres que vayamos a pie?

—No, será mejor que vayamos montados –dijo Stepán Arkadievich, acercándose al coche.

Sentóse, se envolvió las piernas en una manta de viaje que imitaba una piel de tigre y encendió un cigarro.

—No puedo comprender cómo no fumas. Un cigarro no es solo un placer, sino el mejor de los placeres. ¡Esto es vida! ¡Qué bien va aquí todo! ¡Así me gustaría vivir!

—¿Quién te prohíbe hacerlo? –dijo, sonriendo, Levin.

—¡Eres un hombre feliz! Tienes cuanto quieres: si quieres caballos, los tienes; si quieres perros, los tienes; si quieres caza, la tienes; si quieres fincas, las tienes.

—Acaso soy feliz porque me contento con lo que tengo y no me aflijo por lo que me falta –dijo Levin pensando en Kitty.

Stepán Arkadievich le comprendió. Miró a su amigo y no dijo nada.

Levin agradecía a Oblonsky que no le hubiese hablado de los Scherbatsky, comprendiendo que no deseaba que lo hiciese. Pero al presente Levin sentía ya impaciencia por saber lo que tanto le atormentaba, aunque no se atrevía a hablar de ello.

—¿Y qué, cómo van tus asuntos? –preguntó Levin, comprendiendo que estaba mal por su parte hablar solo de sí.

Los ojos de su amigo brillaron de alegría.

—Ya sé que tú no admites que se busquen panecillos cuando se tiene ya una ración de pan corriente y que lo consideras un delito, pero yo no comprendo la vida sin amor –respondió, interpretando a su modo la pregunta de Levin–. ¡Qué le vamos a hacer! Soy así. Esto perjudica poco a los demás y en cambio a mí me proporciona tanto placer...

—¿Hay algo nuevo sobre eso? –preguntó Levin.

—Hay, hay... ¿Conoces ese tipo de mujer de los cuadros de Osián? Esos tipos que se ven en sueños... Pues mujeres así existen en la vida. Y son terribles. La mujer, amigo mío, es un ser que por más que lo estudies te resulta siempre nuevo.

—Entonces vale más no estudiarlo.

—¡No! Un matemático ha dicho que el placer no está en descubrir la verdad, sino en el esfuerzo de buscarla.

Levin escuchaba en silencio y, a pesar de todos sus esfuerzos, no podía comprender el espíritu de su amigo. Le era imposible entender sus sentimientos y el placer que experimentaba estudiando a aquella especie de mujeres.

Capítulo XV

El lugar indicado para la caza estaba algo más arriba del arroyo, no lejos de allí, en el bosquecillo de pequeños olmos. Al llegar, dejaron el coche y Levin condujo a Oblonsky al extremo de un claro pantanoso, cubierto de musgo, donde ya no había nieve. Él se instaló en otro extremo del claro, junto a un álamo blanco igual al de Oblonsky, apoyó la escopeta en una rama seca baja, se quitó el caftán, se ajustó el cinturón y comprobó que podía mover los brazos libremente.

La vieja Laska, que seguía todos sus pasos, se sentó frente a él con precaución y aguzó el oído. El sol se ponía tras el bosque grande. A la luz crepuscular, los álamos blancos diseminados entre los olmos se destacaban, nítidos, con sus botones prontos a florecer.

En la espesura, donde aún había nieve, corría el agua con un leve rumor formando caprichosos arroyuelos. Los pájaros gorjeaban saltando de vez en cuando de un árbol a otro. En los intervalos de silencio absoluto se sentía el ligero crujir de las hojas secas del año anterior, removidas por el deshielo y el crecer de las hierbas.

—¡Qué hermoso es esto! Se siente y hasta se ve crecer la hierba –exclamó Levin, viendo una hoja de color pizarra moverse sobre la hierba nueva.

Escuchaba y miraba ora la tierra mojada cubierta de musgos húmedos, ora a Laska, atenta a todo rumor, ora el mar de copas de árboles desnudos que tenía delante, ora el cielo que, velado por las blancas vedijas de las nubecillas, se oscurecía lentamente. Un buitre batiendo las alas muy despacio volaba altísimo sobre el bosque lejano; otro buitre volaba en la misma dirección y desapareció. La algarabía de los pájaros en la espesura era cada vez más fuerte. Se oyó el grito de un búho. Laska, avanzando con cautela con la cabeza ladeada, comenzó a escuchar con atención. Al otro lado del arroyo se sintió el cantar de un cuclillo. El canto se repitió dos veces, luego se apresuró y se hizo más confuso.

—¡Ya tenemos ahí un cuclillo! –dijo Stepán Arkadievich saliendo de entre los arbustos.

—Ya lo oigo –repuso Levin, enojado al sentir interrumpido el silencio y con una voz que a él mismo le sonó desagradable–. Ahora, pronto...

Stepán Arkadievich desapareció de nuevo en la maleza y Levin no vio más que la llamita de un fósforo y la pequeña brasa de un cigarro con una voluta de humo azul.

Chic-chic, sonaron los gatillos de la escopeta que Stepán Arkadievich levantaba en aquel momento.

—¿Qué es eso? ¿Quién grita? –preguntó Oblonsky, llamando la atención a Levin sobre un ruido sordo y prolongado como el piafar de un potro.

—¿No lo sabes? Es el macho de la liebre. Pero basta de hablar. ¿No oyes? ¡Se oye ya volar! –exclamó Levin alzando a su vez los gatillos.

Se sintió un silbido agudo y lejano y en dos segundos, el espacio de tiempo familiar a los cazadores, sonaron otros dos silbidos y luego el característico cloqueo.

Levin miró a derecha a izquierda y, ante sí, en el cielo azul seminublado, sobre las suaves copas de los arbolillos, divisó un pájaro.

Volaba hacia él directamente. Su cloqueo, tan semejante al rasgar de un tejido recio, se sintió casi en el mismo oído de Levin, quien veía ya su largo pico y su cuello. En el momento en que se echaba la escopeta a la cara, tras el arbusto que ocultaba a Oblonsky brilló un relámpago rojo. El pájaro bajó como una flecha y volvió a remontarse. Surgió un segundo relámpago y se oyó una detonación.

El ave, moviendo las alas como para sostenerse, se detuvo un momento en el aire y luego cayó pesadamente a tierra.

—¿No le he dado? ¿No he hecho blanco? –preguntó Stepán Arkadievich, que no podía ver a través del humo.

—Aquí está –dijo Levin, señalando a Laska que, levantando una oreja y agitando la cola, traía a su dueño el pájaro muerto, lentamente, como si quisiera prolongar el placer, se diría que sonriendo...

—¡Me alegro de que hayas acertado! –dijo Levin, sintiendo a la vez cierta envidia de no haber sido él quien matara a la chocha.

—¡Pero erré el tiro del cañón derecho, caramba! –contestó Stepán Arkadievich cargando el arma–. ¡Chist! Ya vuelven.

Se oyeron, en efecto, silbidos penetrantes y seguidos. Dos chochas, jugueteando, tratando de alcanzarse y silbando sin emitir el cloqueo habitual, volaron sobre las mismas cabezas de los cazadores. Se oyeron cuatro disparos. Las chochas dieron una vuelta, rápidas como golondrinas, y desaparecieron. La caza resultaba espléndida. Stepán Arkadievich mató dos piezas más y Levin otras dos, una de las cuales no pudo encontrarse. Oscurecía. Venus, clara, como de plata, brillaba muy baja, con suave luz, en el cielo de poniente, mientras, en levante, fulgían las rojizas luces del severo Arturo.

Levin buscaba y perdía de vista sobre su cabeza la constelación de la Osa Mayor. Ya no volaban las chochas. Pero Levin resolvió esperar hasta que Venus, visible para él bajo una rama seca, brillase encima de ella y hasta que se divisasen en el cielo todas las estrellas del Carro.

Venus remontó la rama, fulgía ya en el cielo azul toda la constelación de la Osa, con su carro y su lanza, y Levin continuaba esperando.

—¿Volvemos? –preguntó Stepán Arkadievich.

En el bosque reinaba un silencio absoluto y no se movía ni un pájaro.

—Quedémonos un poco más –dijo Levin.

—Como quieras.

Ahora estaban a unos quince pasos uno de otro.

—Stiva –dijo de pronto Levin–, ¿por qué no me dices si tu cuñada se casa o se ha casado ya? –y al decir esto, se sentía tan firme y sereno que creía que ninguna contestación había de conmoverle.

Pero no esperaba la respuesta de Oblonsky.

—No pensaba ni piensa casarse. Está muy enferma y los médicos la han enviado al extranjero. Hasta se teme por su vida.

—¿Qué dices? –exclamó Levin–. ¿Muy enferma? ¿Qué tiene? ¿Cómo es que...?

Mientras hablaba, Laska, aguzando los oídos, miraba al cielo y contemplaba a los dos con reproche. «Ya han encontrado ocasión de hablar», pensaba la perra. «Y mientras tanto el pájaro está aquí, volando. Y no van a verlo». Pero en aquel momento los dos cazadores oyeron a la vez un silbido penetrante que parecía golpearles las orejas.

Ambos empujaron sus armas, brillaron dos relámpagos y dos detonaciones se confundieron en una.

Una chocha que volaba muy alta plegó las alas instantáneamente y cayó en la espesura, doblando al desplomarse las ramas nuevas.

—¡Magnífico! ¡Es de los dos! –exclamó Levin y corrió con Laska en dirección al bosque para buscar la chocha. «¿No me han dicho ahora algo desagradable? –se preguntó–. ¡Ah, sí, que Kitty está enferma! En fin, ¿qué le vamos a hacer? Pero me apena mucho», pensaba.

—¿Ya la has encontrado? ¡Eres un as! –dijo tomando de boca de Laska el pájaro palpitante aún y metiéndolo en el morral casi lleno.

Y gritó:

—¡Ya la he encontrado, Stiva!

CAPÍTULO XVI

De vuelta a casa, Levin preguntó detalles sobre la dolencia de Kitty y sobre los planes de los Scherbatsky y, aunque le avergonzaba confesarlo, hablar de ello le producía satisfacción. Le satisfacía porque en aquel tema sentía renacer en su alma la esperanza, y también por la secreta satisfacción que le proporcionaba el saber que también sufría la que tanto le había hecho sufrir a él. Pero cuando su amigo quiso informarle de las causas de la enfermedad de Kitty y nombró a Vronsky, Levin le interrumpió:

—No tengo derecho alguno y tampoco, a decir verdad, interés en entrar en detalles familiares.

Stepán Arkadievich sonrió imperceptiblemente al observar el rápido –y tan conocido para él– cambio de expresión del semblante de Levin, tan triste ahora como alegre un momento antes.

—¿Has ultimado con Riabinin lo de la venta del bosque? –preguntó Levin.

—Sí, todo ultimado. El precio es excelente: treinta y ocho mil rublos. Ocho mil al contado y los demás pagaderos en seis años. He esperado mucho tiempo antes de decidirme, pero nadie me daba más.

—Veo que lo das regalado.

—¿Regalado? –dijo Stepán Arkadievich con benévola sonrisa, sabiendo que Levin ahora lo encontraría todo mal.

—Un bosque vale por lo menos quinientos rublos por hectárea –aseveró Levin.

—¡Cómo sois los propietarios rurales! –bromeó Stepán Arkadievich–. ¡Qué tono de desprecio hacia nosotros, los de la ciudad! Pero luego, cuando se trata de arreglar algún asunto, resulta que nosotros lo hacemos mejor. Lo he calculado todo, créeme. Y he vendido el bosque tan bien que solo temo que Riabinin se vuelva atrás. Ten en cuenta que ese bosque no es maderable –continuó, tratando de convencer a Levin de lo equivocado que estaba, diciendo que no era «maderable»–. No sirve más que para leña. No se obtienen más de treinta fardos por hectárea y Riabinin me da doscientos rublos por hectárea.

Levin sonrió despreciativamente. «Conozco el modo de tratar asuntos que tienen los habitantes de la ciudad –pensó–. Vienen al pueblo dos veces en diez años, recuerdan dos o tres expresiones populares y las dicen luego sin ton ni son, imaginando que ya han hallado el secreto de todo. "¡Maderable! ¡Levantar treinta fardos!" Pronuncia palabras que no entiende».

—Yo no trato de ir a enseñarte lo que tienes que hacer en tu despacho, y en caso necesario voy a consultarte –dijo en alta voz–. En cambio, tú estás convencido de que entiendes algo de bosques. ¡Y entender de eso es muy difícil! ¿Has contado los árboles?

—¡Contar los árboles! –contestó riendo Stepán Arkadievich, que deseaba que su amigo perdiese su triste disposición de ánimo–. «¡Oh! Contar granos de arena y rayos de estrellas, ¿qué genio lo podría hacer?» –declamó sonriente.

—Cierto, pero el genio de Riabinin es muy capaz de eso. Y ningún comprador compraría sin contar, excepto en el caso concreto de que le regalaran un bosque, como ahora. Yo conozco bien tu bosque. Todos los años voy a cazar allí. Tu bosque vale quinientos rublos por hectáreas al contado y Riabinin te paga doscientos a plazos. Eso significa que le has regalado treinta mil rublos.

—Veo que quieres exagerar –contestó Stepán Arkadievich–. ¿Cómo es que nadie me los daba?

—Porque Riabinin se ha puesto de acuerdo con los demás posibles compradores, pagándoles para que se retiren de la competencia. No son compradores, sino revendedores. Riabinin no realiza negocios para ganar el quince o veinte por ciento, sino que compra un rublo por veinte copecks.

—Vamos, vamos. Estás de mal humor y…

—No lo creas –dijo Levin con gravedad.

Llegaban ya a casa.

Junto a la escalera se veía un charabán tapizado de piel y con armadura de hierro y uncido a él un caballo robusto, sujeto con sólidas correas. En el carruaje estaba el encargado de Riabinin, que servía a la vez de cochero. Era un hombre sanguíneo, rojo de cara, y llevaba un cinturón muy ceñido. Riabinin estaba ya en casa y los dos amigos le hallaron en el recibidor. Era alto, delgado, de mediana edad, con bigote y con la prominente barbilla afeitada con esmero. Tenía los ojos saltones y turbios. Vestía una larga levita azul, con botones muy bajos en los faldones, y calzaba botas altas, arrugadas en los tobillos y lisas en las pantorrillas, protegidas por grandes chanclos. Con gesto enérgico se secó el rostro y se arregló la levita, aunque no lo necesitaba. Luego saludó sonriendo a los recién llegados, tendiendo una mano a Stepán Arkadievich como si desease atraparle al vuelo.

—¿Conque ya ha llegado usted? –dijo Stepán Arkadievich–. ¡Muy bien!

—Aunque el camino es muy malo, no osé desobedecer las órdenes de Vuestra Señoría. Tuve que apresurarme mucho, pero llegué a la hora. Tengo el gusto de saludarle, Konstantín Dmitrievich –añadió dirigiéndose a Levin, tratando también de estrechar su mano. Pero Levin, con las cejas fruncidas, fingió no ver su gesto y comenzó a sacar las chochas del morral–. ¿Han estado ustedes de caza? ¿Qué clase de aves son estas? –preguntó Riabinin, mirando las chochas con desprecio–. A saber que gusto tendrán –y movió la cabeza en un gesto de desaprobación, como pensando que las ganancias de la caza no debían de cubrir los gastos.

—¿Quieres pasar a mi despacho? –preguntó Levin a Oblonsky en francés, arrugando aún más el entrecejo–. Sí, pasad al despacho y allí podréis hablar más cómodamente y sin testigos.

—Bien, como usted quiera –dijo Riabinin.

Hablaba con desdeñosa suficiencia, como deseando hacer comprender que, si hay quien halla dificultades sobre la manera en hay que terminar un negocio, él no las conocía nunca. Al entrar en el despacho, Riabinin miró buscando la santa imagen que se suele colgar en las habitaciones, pero, al no verla, no se persignó. Después miró las estanterías y armarios de libros con la expresión de duda que tuviera ante las chochas, sonrió con desprecio y movió la cabeza, seguro ahora de que aquellos gastos no se cubrían con las ganancias.

—¿Qué?, ¿ha traído el dinero? –preguntó Oblonsky–. Siéntese...

—Sobre el dinero no habrá dificultad. Venía a verle, a hablarle...

—¿Hablar de qué? Siéntese, hombre.

—Bueno, nos sentaremos –dijo Riabinin, haciéndolo y apoyándose en el respaldo de la butaca del modo que le resultaba más molesto–. Es preciso que rebaje el precio, Príncipe. No se puede dar tanto. Yo traigo el dinero preparado, hasta el último copeck. Respecto al dinero no habrá dificultades...

Levin, después de haber puesto la escopeta en el armario, se disponía a salir de la habitación, pero al oír las palabras del comprador, se detuvo.

—Sin eso se lleva ya usted el bosque regalado. Mi amigo me ha hablado demasiado tarde, si no habría fijado el precio yo –dijo Levin.

Riabinin se levantó y, sonriendo en silencio, miró a Levin de pies a cabeza.

—Konstantín Dmitrievich es muy avaro –dijo, dirigiéndose a Oblonsky y sin dejar de sonreír–. En definitiva, no se le puede comprar nada. Yo le hubiese adquirido el trigo pagándoselo a buen precio, pero...

—¿Querría acaso que se lo regalara? –repuso Levin–. No me lo encontré en la tierra ni lo robé.

—¡No diga usted eso! En nuestros tiempos es decididamente imposible robar. Hoy, al fin y al cabo, todo se hace a través del juzgado y de los notarios; todo honesta y lealmente... ¿Cómo sería posible robar? Nuestros tratos han sido llevados con honorabilidad. El señor pide demasiado por el bosque, y no podría cubrir los gastos. Por eso le pido que me rebaje algo.

—¿Pero el trato está cerrado o no? Si lo está, sobra todo regateo. Si no lo está, compro yo el bosque –dijo Levin.

La sonrisa desapareció de súbito del rostro de Riabinin y se sustituyó por una expresión dura, de ave de rapiña, de buitre... Con dedos ágiles y decididos, desabrochó su levita, mostrando debajo una amplia camisa, desabrochó los botones de cobre de su chaleco, separó la cadena del reloj y sacó rápidamente una vieja y abultada cartera.

—El bosque es mío, con perdón –dijo, santiguándose a toda prisa, y adelantando la mano–. Tome el dinero, el bosque es mío. Riabinin hace así sus negocios, no se entretiene en menudencias.

—En tu lugar yo no me apresuraría a cogerle el dinero –dijo Levin.

—¿Qué quieres que haga? –repuso Oblonsky con extrañeza–. He dado mi palabra. Levin salió de la habitación dando un portazo. Riabinin movió la cabeza y miró hacia la puerta sonriente.

—¡Cosas de jóvenes, niñerías! Si lo compro, crea en mi lealtad, lo hago solo porque se diga que fue Riabinin quien compró el bosque y no otro. ¡Dios sabe cómo me resultará! Puede usted creerme. Y ahora haga el favor: fírmeme usted el contrato.

Una hora después, Riabinin, abrochando su gabán cuidadosamente y cerrando todos los botones de su levita, en cuyo bolsillo llevaba el contrato de venta, se sentaba en el pescante del charabán para volver a su casa.

—¡Oh, lo que son estos señores! –dijo a su encargado–. Siempre los mismos.

—Claro –repuso el empleado entregándole las riendas y ajustando la delantera de cuero del vehículo–. ¿Puedo felicitarle por la compra, Mijail Ignatich?

—¡Bien, bien! –gritó el comprador animando a los caballos.

CAPÍTULO XVII

Stepán Arkadievich subió al piso alto con el bolsillo henchido del papel moneda que el comerciante le había pagado con tres meses de anticipación. El asunto del bosque estaba terminado, la caza había sido abundante y Stepán Arkadievich, hallándose muy optimista, deseaba disipar el mal humor de Levin. Quería terminar el día como lo había empezado, y cenar tan agradablemente como había comido. Levin, en efecto, estaba de mal humor y, pese a su deseo de mostrarse amable y cariñoso con su caro amigo, no lograba dominarse. La embriaguez que le produjo la noticia de que Kitty no se había casado se había ido desvaneciendo en él poco a poco.

Kitty no estaba casada y se hallaba enferma, enferma de amor por un hombre que la despreciaba. Le parecía que en lo sucedido había también como una vaga ofensa para él. Vronsky había desdeñado a quien desdeñara a Levin... Vronsky, pues, tenía derecho a despreciar a Levin. En consecuencia, era enemigo suyo. Pero Levin no quería razonar sobre ello. Sentía que había algo ofensivo para él y se irritaba no contra la causa, sino contra cuanto tenía delante. La necia venta del bosque, el engaño en que Oblonsky cayera y que se había consumado en su casa, le irritaba.

—¿Terminaste ya? –preguntó a Stepán Arkadievich al encontrarle arriba–. ¿Quieres cenar?

—Sí, no me niego. Se me ha despertado en este pueblo un apetito fenomenal. ¿Por qué no has invitado a Riabinin?

—¡Que se vaya al diablo!

—¡Le tratas de un modo! –dijo Oblonsky–. Ni le has dado la mano. ¿Por qué haces eso?

—Porque no doy la mano a mis criados y, sin embargo, valen cien veces más que él.

—Eres, decididamente, un retrógrado. ¿Y la confraternidad de clases? –preguntó Oblonsky.

—Quien desee confraternizar, que lo haga cuanto quiera. A mí lo que me asquea, me asquea.

—Eres un reaccionario cerril.

—Te aseguro que no he pensado nunca en lo que soy. Soy Konstantín Levin y nada más.

—Y un Konstantín Levin malhumorado –comentó, riendo, Stepán Arkadievich.

—¡Sí, estoy de mal humor! ¿Y sabes por qué? Permíteme que te lo diga: por esa estúpida venta que has hecho.

Stepán Arkadievich arrugó las cejas con benevolencia, como hombre a quien acusan y ofenden injustamente.

—Basta –dijo–. Cuando uno vende algo sin decirlo, todos le aseguran después que lo que vende valía mucho más. Pero cuando uno ofrece algo en venta, nadie le da nada. Veo que tienes ojeriza a ese Riabinin.

—Es posible... ¿Y sabes por qué? Vas a decir de nuevo que soy un reaccionario o alguna cosa peor... Pero no puedo menos de afligirme viendo a la nobleza, esta nobleza a la cual, a pesar de esta monserga de la confraternidad de clases, me honro en pertenecer, va arruinándose de día en día... Y lo malo es que esa ruina no es una consecuencia del lujo. Eso no sería ningún mal, porque vivir de un modo señorial corresponde a la nobleza y solo la nobleza lo sabe hacer. Que los aldeanos compren tierras al lado de las nuestras no me ofende. El señor no hace nada; el campesino trabaja, justo es que despoje al ocioso. Esto está en el orden natural de las cosas y a mí me parece muy bien; me satisface incluso. Pero me indigna que la nobleza se arruine por candidez. Hace poco un arrendatario polaco compró una espléndida propiedad por la mitad de su valor a una anciana señora que vive en Niza. Otros arriendan a los comerciantes, a rublo por hectárea, la tierra que vale diez rublos. Ahora tú, sin motivo alguno, has regalado a ese ladrón treinta mil rublos.

—¿Qué querías que hiciera? ¿Contar los árboles?

—¡Claro! Tú no los has contado y Riabinin sí; y después los hijos de Riabinin tendrán dinero para que les eduquen, y tal vez a los tuyos les falte.

—Perdona, pero encuentro algo mezquino eso de contar los árboles. Nosotros tenemos nuestro trabajo, ellos tienen el suyo y es justo que ganen algo. ¡En fin, el asunto está terminado y basta! Ahí veo huevos al plato de la manera que más me gustan. Y Agafia Mijailovna nos traerá sin duda aquel milagroso néctar de vodka con hierbas.

Stepán Arkadievich, sentándose a la mesa, comenzó a bromear con Agafia Mijailovna, asegurándole que hacía tiempo que no había comido y cenado tan bien como aquel día.

—Usted al menos es agradecido –repuso ella–; pero Konstantín Dmitrievich nunca dice nada. Si se le diera una corteza de pan por toda comida, tampoco diría ni una palabra.

Aunque Levin se esforzaba en vencer su mal humor, permaneció todo el tiempo triste y taciturno.

Deseaba preguntar algo a su amigo, pero no halló ocasión ni manera de hacerlo. Stepán Arkadievich había bajado ya a su cuarto, se había desnudado, lavado, se había puesto el pijama y acostado y, sin embargo, Levin no se resolvía a dejarle, hablando de cosas insignificantes y sin encontrar la fuerza para preguntarle lo que quería.

—¡Qué admirablemente preparan ahora los jabones! –dijo Levin, desenvolviendo el trozo de jabón perfumado que Agafia Mijailovna había dejado allí para el huésped y que este no había tocado– Míralo, es una obra de arte.

—Sí, ahora todo es muy perfecto –dijo Oblonsky, bostezando con la boca totalmente abierta–. Por ejemplo, los teatros y demás espectáculos están alumbrados con luz eléctrica. ¡Ah, ah, ah! –y bostezaba más aún–. En todas partes hay electricidad, en todas partes…

—Sí, la electricidad… –respondió Levin–. Sí… ¿Oye?, ¿dónde está Vronsky ahora? –preguntó dejando el jabón.

—¿Vronsky? –dijo Stepán Arkadievich, concluyendo un nuevo bostezo–. Está en San Petersburgo. Marchó poco después que tú y no ha vuelto a Moscú ni una vez. Voy a decirte la verdad, Kostia –continuó Oblonsky, apoyando el brazo en la mesilla de noche junto a su lecho y poniendo el rostro hermoso y rubicundo sobre la mano, mientras a sus ojos bondadosos y cargados de sueños parecían asomar los destellos de miríadas de estrellas–. Tú tuviste la culpa, te asustaste ante tu rival. Y yo, como te dije en aquel momento, aún no sé quién de los dos tenía más probabilidades de triunfar. ¿Por qué no fuiste derechamente hacia el objetivo? Ya te dije entonces que…

Y Stepán Arkadievich bostezó solo con un movimiento de mandíbulas, sin abrir la boca.

«¿Sabrá o no sabrá que pedí la mano de Kitty? –pensó Levin mirándole–. Sí, se nota una expresión muy astuta, muy diplomática, en su semblante». Y, advirtiendo que se ruborizaba, Levin miró a Stepán Arkadievich a los ojos.

—Cierto que entonces Kitty se sentía algo atraída hacia Vronsky –continuaba Oblonsky–. ¡Claro, su porte distinguido y su futura situación en la alta sociedad influyeron mucho, no sobre Kitty, sino sobre su madre!

Levin frunció las cejas. La ofensa de la negativa que se le había dado le abrasaba el corazón como una herida reciente, pero ahora estaba en su casa, y sentirse entre los muros propios es cosa que siempre da valor.

—Espera –interrumpió a Oblonsky–. Permíteme que te pregunte, ¿en qué consiste ese porte distinguido de que has hablado, ya sea en Vronsky o en quien sea? Tú consideras que Vronsky es un aristócrata y yo no. El hombre cuyo padre salió de la nada y llegó a la cumbre por saber arrastrarse, el hombre cuya madre ha tenido no se sabe cuántos amantes... Perdona, pero yo me considero aristócrata y considero tales a los que se me parecen por tener tras ellos dos o tres generaciones de familias honorables que alcanzaron el grado máximo de educación (sin hablar de capacidades y de inteligencia, que es otra cosa), que jamás cometieron canalladas con nadie, que no necesitaron de nadie, como mis padres y mis abuelos. Conozco muchos así. A ti te parece mezquino contar los árboles en el bosque, y tú, en cambio, regalas treinta mil rublos a Riabinin, pero tú, claro, recibes un sueldo y no sé cuántas cosas más, mientras yo no recibo nada, y por eso cuido los bienes familiares y los conseguidos con mi trabajo... Nosotros somos aristócratas y no los que subsisten solo con las migajas que les echan los poderosos y a los que puede comprarse por veinte copecks.

—¿Por qué me dices todo eso? Estoy de acuerdo contigo –dijo Stepán Arkadievich sincera y jovialmente, aunque sabía que Levin le incluía entre los que se pueden comprar por veinte copecks. Pero la animación de Levin le complacía de verdad–. ¿Contra quién hablas? Aunque te equivocas bastante en lo que dices de Vronsky, no me refiero a eso. Te digo sinceramente que yo en tu lugar habría permanecido en Moscú y...

—No. No sé si lo sabes o no, pero me es igual y voy a decírtelo. Me declaré a Kitty y ella me rechazó. Y ahora Katerina Alexandrevna no es para mí sino un recuerdo humillante y doloroso.

—¿Por qué? ¡Qué tontería!

—No hablemos más. Perdóname si me he mostrado un poco rudo contigo –dijo Levin.

Y ahora que lo había dicho todo, volvía ya a sentirse como por la mañana.

—No te enfades conmigo, Stiva. Te lo ruego, no me guardes rencor –terminó Levin. Y cogió, sonriendo, la mano de su amigo.

—Nada de eso, Kostia. No tengo por qué enfadarme. Me alegro de esta explicación. Y ahora a otra cosa: a veces por las mañanas hay buena caza. ¿Iremos? Podría prescindir de dormir a ir directamente del cazadero a la estación.

—Muy bien.

Capítulo XVIII

Aunque la vida interior de Vronsky estaba absorbida por su pasión, su vida externa no había cambiado y se deslizaba raudamente por los raíles acostumbrados de las relaciones mundanas, de los intereses sociales, del regimiento. Los asuntos del regimiento ocupaban un importante lugar en la vida de Vronsky, más aún que por el mucho cariño que tenía al cuerpo, por el cariño que en el cuerpo se le tenía. No solo le querían, sino que le respetaban y se enorgullecían de él, se enorgullecían de que aquel hombre inmensamente rico, instruido e inteligente, con el camino abierto hacia éxitos, honores y pompas de todas clases, despreciara todo aquello, y que de todos los intereses de su vida no diera a ninguno más lugar en su corazón que a los referentes a sus camaradas y a su regimiento. Vronsky tenía conciencia de la opinión en que le tenían sus compañeros y, aparte de que amaba aquella vida, se consideraba obligado a mantenerles en la opinión que de él se habían formado. Como es de suponer, no hablaba de su amor con ninguno de sus compañeros, no dejando escapar ni una palabra ni aun en los momentos de más alegre embriaguez (aunque desde luego rara vez se emborrachaba hasta el punto de perder el dominio de sí mismo). Por esto podía, pues, cerrar la boca a cualquiera de sus camaradas que intentase hacerle la menor alusión a aquellas relaciones. No obstante, su amor era conocido en toda la ciudad. Más o menos, todos sospechaban algo de sus relaciones con la Karenina. La mayoría de los jóvenes le envidiaban precisamente por lo que hacía más peligroso su amor: el alto cargo de Karenin que contribuía a hacer más escandalosas sus relaciones.

La mayoría de las señoras jóvenes que envidiaban a Anna y estaban hartas de oírla calificar de irreprochable, se sentían satisfechas y solo esperaban la sanción de la opinión pública para dejar caer sobre ella todo el peso de su desprecio. Preparaban ya los puñados de barro que lanzarían sobre Anna cuando llegara el momento. Sin embargo, la mayoría de la gente de edad madura y de posición elevada estaba descontenta del escándalo que se preparaba.

La madre de Vronsky, al enterarse de las relaciones de su hijo, se sintió, en principio, contenta, ya que, según sus ideas, nada podía acabar mejor la formación de un joven como el amor con una dama del gran mundo. Por otra parte, comprobaba, no sin placer, que aquella Karenina, que tanto le había gustado, que le había hablado tanto de su hijo, era al fin y al cabo como todas las mujeres bonitas y honradas, según las consideraba la princesa Vronskaya.

Pero últimamente se informó de que su hijo había rechazado un alto puesto a fin de continuar en el regimiento y poder seguir viendo a la Karenina, y supo que había personajes muy conspicuos que estaban descontentos de la negativa de Vronsky. Esto la hizo cambiar de opinión tanto como los informes que tuvo de que aquellas relaciones no eran brillantes y agradables, a estilo del gran mundo y tal como ella las aprobaba, sino una pasión a lo Werther, una pasión loca, según le contaban, y que podía conducir a las mayores imprudencias.

No había visto a Vronsky desde la inesperada marcha de este de Moscú y envió a su hijo mayor para decirle que fuese a verla. Tampoco el hermano mayor estaba contento. No le importaba qué clase de amor era aquel de su hermano, grande o no, con pasión o sin ella, casto o vicioso (él mismo, aun con hijos, entretenía a una bailarina y por ello miraba el caso con indulgencia, pero sí observaba que las relaciones de su hermano disgustaban a quienes no se puede disgustar, y este era el motivo de que no aprobase su conducta).

Aparte del servicio y del gran mundo, Vronsky se dedicaba a otra cosa: los caballos, que constituían su pasión.

Aquel año se habían organizado carreras de obstáculos para oficiales y Vronsky se inscribió entre los participantes, después de lo cual compró una yegua inglesa de pura sangre. Estaba muy enamorado, pero ello no le impedía apasionarse por las próximas carreras.

Las dos pasiones no se estorbaban la una a la otra. Al contrario, le convenían ocupaciones y diversiones independientes de su amor que le calmasen a hiciesen descansar de aquellas impresiones que le agitaban con exceso.

Capítulo XIX

El día de las carreras en Krásnoie Seló, Vronsky entró en el comedor del regimiento más temprano que de costumbre, a fin de comer un filete. No tenía que preocuparse mucho de no aumentar el peso, porque pesaba precisamente los setenta y dos kilos requeridos. Pero era importante no aumentar de peso, por eso evitaba comer dulces y harinas para no engordar. Sentado, con el uniforme desabrochado bajo el que se veía el chaleco blanco, con los brazos sobre la mesa en espera del bistec encargado, miraba una novela francesa que había puesto, abierta, ante el plato con el único objeto de no tener que hablar con los oficiales que entraban y salían. Vronsky reflexionaba.

Pensaba en que Anna le había prometido encontrarse con él ese mismo día, después de las carreras. No la había visto desde hacía tres días y, como su marido acababa de regresar del extranjero, él ignoraba si la entrevista sería posible o no, y no se le ocurría cómo podría saberlo.

Había visto a Anna la última vez en la casa de veraneo de su prima Betsy. Vronsky evitaba frecuentar la residencia veraniega de los Karenin, pero ahora necesitaba ir y meditaba la manera de hacerlo.

«Bien, puedo decir que Betsy me envía a preguntar a Anna si irá a las carreras o no. Sí, claro que puedo ir», decidió alzando la cabeza del libro.

Y su imaginación le pintó tan vivamente la felicidad de aquella entrevista que su rostro resplandeció de alegría.

—Manda a decir a casa que enganchen enseguida la calesa con tres caballos –ordenó al criado que le servía el filete en la caliente fuente de plata. Y acercando la bandeja, empezó a comer.

En la contigua sala de billar se oían golpes de tacos, charlas y risas. Por la puerta entraron dos oficiales: uno un muchacho joven, de rostro dulce y enfermizo, recién salido del Cuerpo de Cadetes, y otro un oficial veterano, grueso, con una pulsera en la muñeca, con los ojos pequeños, casi invisibles, en su rostro lleno.

Al verlos, Vronsky arrugó el entrecejo y, fingiendo no reparar en ellos, hizo como que leía, mientras tomaba el bistec.

—¿Te fortaleces para el trabajo? –dijo el oficial grueso sentándose a su lado.

—Ya lo ves –contestó Vronsky, serio, limpiándose los labios y sin mirarle.

—¿No temes engordar? –insistió aquel, volviendo su silla hacia el oficial joven.

—¿Qué? –preguntó Vronsky con cierta irritación haciendo una mueca con la que exhibió la doble fila de sus dientes apretados.

—¿Si no temes engordar?

—¡Mozo! ¡Un jerez! –ordenó Vronsky al criado sin contestar.

Y poniendo el libro al otro lado del plato, continuó leyendo.

El oficial grueso tomó la carta de vinos y se dirigió al joven.

—Escoge tú mismo lo que hayamos de beber –dijo, dándole la carta y mirándole.

—Si te parece bien vino del Rin… –indicó el oficial joven, mirando con timidez a Vronsky y tratando de atusarse los bigotillos incipientes.

Viendo que Vronsky no le dirigía la mirada, el oficial joven se levantó.

—Vayamos a la sala de billar –dijo.

El oficial veterano se levantó, obedeciéndole, y ambos se dirigieron hacia la puerta.

En aquel instante entró en la habitación el capitán de caballería Yachvin, hombre alto y de buen porte. Se acercó a Vronsky y saludó despectivamente, con un simple ademán, a los otros dos oficiales.

—¡Ya le tenemos aquí! –gritó, descargándole en la hombrera un fuerte golpe de su manaza.

Vronsky, irritado, volvió la cabeza. Pero enseguida su rostro recuperó su habitual expresión suave, tranquila y firme.

—Haces bien en comer, Alocha –dijo el capitán con su sonora voz de barítono–. Come, come y toma unas copitas.

—Te advierto que no tengo ganas.

—¡Los inseparables! –exclamó Yachvin, mirando burlonamente a los dos oficiales, que en aquel momento entraban en la otra sala.

Y se sentó junto a Vronsky, doblando en ángulo agudo sus piernas, enfundadas en pantalones de montar muy estrechos, y que resultaban demasiado largas para la altura de las sillas.

—¿Por qué no fuiste al teatro Krasninsky? No estuvo mal la Numerova. ¿Dónde estabas?

—Pasé mucho tiempo en casa de los Tversky.

—¡Ah!

Yachvin, jugador y libertino, de quien no podía decirse que fuera un hombre sin principios, porque profesaba principios francamente inmorales, era el mejor amigo que Vronsky tenía en el regimiento.

Vronsky le apreciaba por su extraordinario vigor físico, que demostraba generalmente bebiendo como una cuba, pasando noches sin dormir y permaneciendo inalterable a pesar de todo. Pero también le estimaba Vronsky por su fuerza moral, que demostraba en el trato con jefes y camaradas, a quienes inspiraba respeto y temor. Demostraba también aquella energía en el juego, en el que arriesgaba decenas de miles, jugando siempre, a pesar de las enormes cantidades de vino bebidas, con tanta destreza y dominio de sí que pasaba por el mejor jugador del Club Inglés. En fin, Vronsky estimaba y quería a Yachvin porque sabía que este correspondía a su aprecio y afecto, no por su nombre o riquezas, sino por sí mismo.

De todos los conocidos, era Yachvin el único a quien Vronsky habría deseado hablar de su amor. Aunque Yachvin despreciaba todos los sentimientos, Vronsky adivinaba que solo él sería capaz de comprender aquella pasión que ahora llenaba su vida. Estaba seguro de que Yachvin no encontraría placer en chismorrear sobre aquello, ya que no le agradaban la murmuración ni el escándalo. Seguramente habría comprendido su sentimiento en su justo valor, es decir, entendiendo que el amor no es una broma ni una diversión, sino algo serio a importante.

Vronsky, aunque nunca le hablara de su amor, sabía que Yachvin estaba al corriente de todo y que tenía el concepto que debía tener, y le gustaba leerlo en los ojos de su amigo.

—¡Ah! –exclamó Yachvin cuando Vronsky le hubo dicho que había estado en casa de los Tversky.

Brillaron sus ojos negros y se cogió el extremo izquierdo de su bigote y se lo metió en la boca, según la mala costumbre que tenía.

—Y tú, ¿qué hiciste ayer? ¿Ganaste? –preguntó Vronsky.

—Ocho mil. Pero con tres mil no puedo contar. No van a pagármelos.

—Entonces no importa que pierdas apostando por mí –dijo Vronsky, riendo, pues sabía que su amigo había apostado una fuerte suma a su favor en aquellas carreras.

—No perderé. Tu único enemigo de cuidado es Majotin.

Y la conversación pasó a las carreras, único tema que aquel día podía interesar a Vronsky.

—Bien, ya he terminado –dijo este.

Y, levantándose, se dirigió a la puerta.

Yachvin se levantó también, estirando sus largas piernas y su ancha espalda.

—Aún es temprano para comer, pero me apetece beber. Espérame, ahora voy. ¡Eh! ¡Venga vino! –gritó con voz sonora que hacía retemblar los cristales, voz célebre por el estruendo con que daba órdenes–. ¡No, no quiero! –gritó otra vez–. Si vuelves a tu casa, voy contigo.

Y salieron juntos.

Capítulo XX

Vronsky ocupaba en el campamento una isba finesa, muy limpia y dividida en dos departamentos. En el campamento, Petrizky vivía también con él. Cuando Vronsky y Yachvin entraron, Petrizky dormía aún.

—Levántate. Ya has dormido bastante –dijo Yachvin pasando al otro lado del tabique y sacudiendo por los hombros al desgreñado Petrizky, que dormía con la cabeza hundida en la almohada.

Petrizky se incorporó bruscamente sobre las rodillas y miró a su alrededor.

—Ha estado aquí tu hermano –dijo a Vronsky–. Me despertó. ¡El diablo le lleve! Ha dicho que volvería.

Y atrayendo otra vez la manta hacia sí, apoyó la cabeza en la almohada.

—Déjame en paz, Yachvin –dijo a este, que insistía en tirar de la manta–. Déjame… –dio media vuelta y abrió los ojos–. Y si no, vale más que digas esto: ¿qué me convendría beber ahora? Tengo en la boca un sabor tan malo que…

—Lo mejor será beber vodka –contestó Yachvin con su voz de bajo–. ¡Tereschenko, trae vodka y pepinos salados para el señor! –gritó al ordenanza.

—¿Crees que lo mejor será vodka? –preguntó Petrizky, haciendo muecas–. ¿Bebes tú? Si bebemos los dos, de acuerdo. Y tú, Vronsky, ¿bebes? –concluyó Petrizky levantándose y envolviéndose hasta el pecho en la manta de rayas.

Salió por la puerta del tabique, levantó los brazos y cantó en francés: *Había en Thule un rey…*

—¿Beberás, Vronsky? –insistió.

—Déjame en paz –repuso Vronsky, poniéndose el uniforme que le ofrecía el ordenanza.

—¿Adónde vas? –preguntó Yachvin–. Allí tienes la troika –añadió, viendo acercarse el coche.

—A las cuadras. Además, tengo que ver antes a Briansky para hablarle de los caballos –repuso Vronsky.

Vronsky, en efecto, había prometido visitar a Briansky, que vivía a diez *verstas*[1] de San Petersburgo, para llevarle el dinero de los caballos. Quería aprovechar el tiempo para realizar de paso aquella visita.

Pero sus compañeros comprendieron enseguida que no iba solo allí.

Petrizky, mientras continuaba cantando, guiñó el ojo y sacó los labios, como diciendo: «Ya sabemos quién es el Briansky al que tienes que visitar».

—Procura no volver tarde –dijo únicamente Yachvin.

Y, cambiando de conversación, preguntó mirando a la ventana y refiriéndose al caballo de varas de la troika que él le había vendido:

—¿Y qué? ¿Cómo te va mi bayo?

—Espera –gritó Petrizky, viendo que Vronsky salía ya–. Tu hermano ha dejado para ti una carta y una nota. Pero ¿dónde están?

Vronsky se paró.

—¿Dónde están?

—Claro, ¿dónde están? Esa es precisamente la cuestión –dijo con solemnidad Petrizky, pasándose el dedo índice por encima de la nariz.

—¡Vamos, contesta! Es una estupidez lo que estás haciendo –dijo, sonriendo, Vronsky.

—No he encendido el fuego con ella. Deben de estar en alguna parte.

—Déjate de mentiras. ¿Dónde está la carta?

—De veras que lo he olvidado. O ¿lo habré soñado quizá? Espera, espera... ¿Por qué te enfadas? Si hubieras bebido, como yo ayer, cuatro botellas (cuatro por persona), habrías olvidado también dónde tenías la carta y estarías ahora descansando... Espera, voy a acordarme ahora mismo.

Petrizky pasó tras el tabique y se acostó.

—¿Ves? Yo estaba así cuando entró tu hermano... Sí, sí, sí... ¡Ahí tienes la carta!

Y la sacó de debajo del colchón, que era donde la había guardado.

Vronsky cogió la carta y la nota de su hermano.

Era lo que esperaba. Su madre le escribía reprochándole que no fuese a verla. La nota de su hermano decía que necesitaba hablarle. Vronsky sabía que ambas cosas hacían referencia a lo mismo. «¿Qué tienen que ver ellos con todo esto?», se preguntaba.

Estrujó las cartas y las guardó entre dos botones del uniforme para leerlas más detenidamente por el camino.

A la entrada de su casa halló a dos oficiales, uno de los cuales pertenecía a su regimiento.

---

(1) Medida equivalente a algo más de un kilómetro.

—¿Adónde vas? –le preguntaron.

—Tengo que ir a Peterhof.

—¿Ha llegado el caballo de Tsárkoie?

—Sí, pero no le he visto.

—Dicen que el «Gladiador» de Majotin cojea.

—No es cierto. ¡Pero no sé cómo vais a saltar con el barro que hay! –dijo el otro oficial.

—¡Aquí están mis salvadores! –exclamó Petrizky al ver a los oficiales.

El ordenanza estaba ante él trayendo el vodka y los pepinos salados.

—Yachvin me ordena que beba para refrescarme –añadió. –¡Qué noche nos disteis! –dijo uno de los oficiales–. No me dejasteis dormir ni un momento.

—¡Si supierais cómo terminamos! –refería Petrizky–. Volkov se subió al tejado y decía que estaba triste. Y yo dije entonces: «¡Música! ¡La marcha fúnebre!». Y Volkov se durmió en el tejado al arrullo de la marcha fúnebre...

—Bebe primero vodka y luego agua de Seltz con mucho limón –dijo Yachvin, que permanecía ante Petrizkv como una madre que obliga a un niño a tomar una medicina–. Luego puedes tomar ya una botellita de champaña. Pero una sola, ¿eh?

—¡Eso es definitivo! Espera, Vronsky, vamos a beber.

—No. Adiós, señores. Hoy no bebo.

—¿Temes ganar peso? Entonces beberemos solos. Tráeme agua de Seltz y limón –dijo Petrizky al ordenanza.

—¡Vronsky! –dijo uno de ellos al joven cuando salía.

—¿Qué?

—Deberías cortarte el cabello. Pesa demasiado. Sobre todo el de la calva. Realmente Vronsky se estaba quedando calvo antes de tiempo. Él rió jovialmente, enseñando sus dientes apretados, y, cubriéndose la calva con la gorra, salió y se sentó en el coche.

—¡A los establos! –ordenó.

Y sacó las cartas para leerlas, pero cambió de opinión a fin de no distraerse antes de ver el caballo.

«Las leeré después», pensó.

CAPÍTULO XXI

El establo provisional era una construcción de madera, al lado mismo del hipódromo, donde debían haber llevado su yegua el día anterior. Vronsky no la había visto aún. Durante los últimos días no la sacaba a pasear él mismo, sino su entrenador, así que ignoraba en qué estado podía hallarse la cabalgadura. Apenas descendió del cabriolé, el palafrenero, que había reconocido el coche desde lejos, llamó al entrenador. Este apareció. Era un inglés seco, que calzaba botas altas y vestía chaqueta corta, con un mechón de pelo en la barbilla. Andaba con el paso algo torpe de los jockeys, muy separados los codos, y le salió al encuentro balanceándose.

—¿Cómo va «Fru-Fru»? –preguntó Vronsky en inglés.

—*All rigth, sir* –contestó el inglés con voz gutural y profunda–. Será mejor que no pase a verla –añadió, quitándose el sombrero–. Le he puesto el bocado y está agitada. Es preferible no inquietarla.

—Creo que entraré de todos modos. Quiero verla.

—Vayamos, pues –pronunció el inglés, casi sin abrir la boca. Y, moviendo los codos, penetró en la cuadra con desgarbado andar y el ceño fruncido.

Entraron en un pequeño patio que precedía al establo. El mozo de servicio, hombre de buena estatura, vestido con un guardapolvo limpio y empujando una escoba, les siguió. En la cuadra había cinco caballos en sus respectivos lugares. Vronsky sabía que también estaba allí su competidor más temible, «Gladiador», el caballo rojo de Majotin. Más que su caballo, interesaba a Vronsky examinar a «Gladiador», al que nunca había visto hasta entonces. Pero la etiqueta vigente entre los aficionados a caballos prohibía no solo ver los del antagonista, sino ni siquiera preguntar por ellos. Mientras avanzaba por el pasillo, el mozo abrió la puerta del segundo departamento a la izquierda y Vronsky vio un enorme caballo alazán, de patas blancas. Sabía que aquel era «Gladiador», pero Vronsky volvió la cabeza con el sentimiento de un hombre educado que vuelve el rostro para no leer la carta abierta de un tercero, aunque su contenido le intrigue. Luego se acercó al departamento de «Fru-Fru».

—Ahí está el caballo de Mak... Mak... ¡No consigo pronunciar ese nombre! –dijo el inglés, indicando con su pulgar de sucia uña el departamento de «Gladiador».

—¿De Majotin? Sí, es mi competidor más temible –afirmó Vronsky.

—Si usted lo montara, yo apostaría por usted –dijo el inglés.

—«Fru-Fru» es más nerviosa y «Gladiador» más fuerte –repuso Vronsky, correspondiendo con una sonrisa a aquel cumplido que se hacía a su pericia de jinete.

—En las carreras de obstáculos es cuestión de saber montar bien y de *pluck* –dijo el inglés. Y con esta palabra quería significar osadía y arrojo. Vronsky no solo creía tener el suficiente, sino que estaba persuadido de que nadie en el mundo podía tener más *pluck* que él.

—¿Cree usted que no le convendría haber hecho un poco más de ejercicio?

—No es necesario. Pero, no hable tan alto, por favor –contestó el inglés–. El caballo se inquieta –añadió señalando con la mano el departamento cerrado ante el cual se hallaban y del que salía un ruido de cascos golpeando la pala.

Abrió la puerta y Vronskv entró en el establo, débilmente iluminado por una ventanita. En el establo, agitando las patas sobre la paja fresca, estaba la yegua, baya oscura, con el freno puesto. Ya acostumbrado a la media luz del establo, Vronsky pudo apreciar una vez más, de una ojeada, las características de su animal preferido. «Fru-Fru» tenía regular alzada y, al parecer, no carecía de defectos. Sus huesos eran demasiado frágiles y, aunque de tórax saliente, resultaba estrecha de pecho. Tenía la grupa algo hundida y las patas, sobre todo las traseras, bastante torcidas y poco musculosas. Los músculos de las patas no eran fuertes y en cambio el vientre resultaba muy ancho, lo que sorprendía considerando la dieta y también las enjutas ancas del animal. Los huesos de las patas no parecían, bajo las corvas, más anchos que un dedo si se los miraba de frente, pero resultaban muy sólidos si se examinaban de lado. La yegua, en conjunto, salvo si se la miraba de lado, resultaba apretada de lados y prolongada hacia abajo. Pero poseía en grado sumo una cualidad que hacía olvidar sus defectos: la «sangre»; como se dice con arreglo a la expresión inglesa. Entre la red de sus nervios, sus prominentes músculos, dibujándose a través de la piel fina, flexible y suave como el raso, parecían tan fuertes como los huesos. La cabeza enjuta, de ojos saltones, alegres y brillantes, se ensanchaba hacia la boca, mostrando las fosas nasales con las membranas internas anegadas de sangre. Toda su figura, y sobre todo su cabeza, tenía una expresión rotunda, enérgica y suave a la vez. Era uno de esos animales que parece que si no hablan es solo porque la estructura de su boca no lo permite.

Al menos Vronsky tenía la impresión de que la yegua comprendía todas las impresiones que él experimentaba mirándola.

Al entrar Vronsky, el animal aspiró profundamente y torciendo sus ojos hasta que las órbitas se le enrojecieron de sangre, miró a los que entraban por el lado opuesto, dando sacudidas al freno y moviendo ágilmente los pies.

—¡Vea usted que nerviosa está! –dijo el inglés.

—¡Quieta, querida, quieta...! –murmuró Vronsky, acercándose a la yegua y hablándole.

Cuanto más se acercaba Vronsky, más se inquietaba el animal. Al fin, cuando él estuvo a su lado, «Fru–Fru» se calmó y sus músculos temblaron bajo la piel suave y fina. Vronsky acarició su cuello robusto, arregló un mechón de crines que le caían al lado opuesto y acercó el rostro a las narices del animal, finas y tensas como alas de murciélago. La yegua hizo una ruidosa aspiración, dejó escapar el aire por las narices trémulas, bajó una oreja y alargó hacia Vronsky el belfo negro y fuerte, como si quisiera coger la manga de su amo. Mas, recordando que llevaba el bocado, comenzó piafar con sus finas patas.

—Cálmate, bonita, calma –dijo él, acariciándole la grupa.

Y salió del establo satisfecho de hallar al animal en tan buena disposición.

La excitación de la yegua se había comunicado a Vronsky, el cual sentía que la sangre le afluía al corazón y que, igual que al animal, le agitaba un deseo de moverse, de morder. Era una sensación que infundía temor y alegría a la vez.

—Bueno, confío en usted –dijo al inglés–. A las seis y media, en el lugar señalado.

—Todo marchará bien –repuso el inglés–. ¿Adónde va usted ahora, milord? –preguntó de pronto, dando a Vronsky un tratamiento no empleado casi nunca por él hasta entonces.

Vronsky, extrañado, levantó la cabeza y miró, como solía, no a los ojos, sino a la frente del inglés, asombrado de la audacia de su pregunta. Pero, comprendiendo que al hablar así el entrenador le consideraba no como su señor, sino como un jinete, contestó:

—Voy a ver a Briansky y dentro de una hora estaré en casa.

«Hoy no hacen más que preguntarme todos lo mismo», pensó sonrojándose, lo que le sucedía en raras ocasiones.

El inglés lo miró atentamente y, como si adivinase adónde iba, añadió:

—Es muy esencial estar tranquilo antes de la carrera. No se enoje ni se disguste por nada.

—*All rigth* –repuso Vronsky sonriendo.

Y, subiéndose a la calesa ordenó al cochero que le llevase a Peterhorf.

Apenas habían andado algunos pasos, cuando las nubes que desde por la mañana amenazaban lluvia descargaron un fuerte aguacero.

«Malo –pensó Vronsky, bajando la capota del carruaje–. Si ya sin esto había barro, ahora el campo será un verdadero cenagal».

Sentado a solas en la carretela cubierta, sacó la carta de su madre y la nota de su hermano y las leyó.

¡Siempre lo mismo! Todos, incluso su madre y su hermano, encontraban necesario mezclarse en los asuntos de su corazón. Aquella intromisión despertaba en él ira, que era un sentimiento que experimentaba raras veces. «¿Qué les importa? ¿Por qué consideran todos como un deber preocuparse por mí? Seguramente porque advierten que se trata de algo incomprensible para ellos. ¡Cuánto me abruman con sus consejos! Si se tratara de relaciones corrientes y triviales, como las habituales en sociedad, me dejarían tranquilo; pero advierten que esto es diferente, que no se trata de una broma y que quiero a esa mujer más que a mi vida. Y, como no comprenden tal sentimiento, se irritan. Pase lo que pase, nosotros somos quienes nos lo hemos forjado y no nos arrepentimos», pensaba, refiriéndose con aquel «nosotros» a Anna y a sí mismo. «Y los demás se empeñan en enseñarnos a vivir, No tienen idea de lo que es la felicidad e ignoran que fuera de este amor no existe ni ventura ni desventura, porque no existe ni siquiera vida», concluyó Vronsky.

Se enojaba tanto contra la intromisión ajena, como, en el fondo, reconocía que todos tenían razón. Sentía que su amor por Anna no era una pasión momentánea, que se disiparía como se disipan las relaciones mundanas, sin dejar en la vida de ambos otras huellas que recuerdos agradables o desagradables.

Reconocía lo terrible de la situación de ambos, la dificultad de ocultar su amor, de mentir y engañar al respecto, hallándose ambos tan a la vista de todos; sí, de mentir y engañar, y estar alerta, pensando siempre en los demás, cuando la pasión que les unía era tan avasalladora que les hacia olvidarse de cuanto no fuera su amor.

Recordaba con claridad la frecuencia con que tenían que hacerlo violentando así su naturaleza y recordó, sobre todo, con nitidez especial la vergüenza que experimentaba Anna al verse forzada a fingir.

Desde que tenía relaciones con Anna sentía a menudo un extraño sentimiento de repulsión que llegaba a dominarle por completo. Repulsión hacia Aleksey Aleksándrovich, hacia sí mismo, hacia todo el mundo. Le habría costado poder precisar aquel sentimiento, pero lo rechazaba siempre lejos de él.

Movió la cabeza y prosiguió pensando:

«Antes ella era desgraciada, pero se sentía orgullosa y tranquila. Ahora, en cambio, no puede tener orgullo ni tranquilidad, aunque lo aparente. Hay que terminar con esto», resolvió.

Por primera vez, pues, experimentaba la necesidad de concluir con aquella farsa, y cuanto antes mejor.

«Es preciso abandonarlo todo y ocultarnos los dos en algún sitio, a solas con nuestro amor», se dijo.

Capítulo XXII

El aguacero fue de corta duración y cuando Vronsky llegó a su destino, al trote ligero del caballo de varas, que obligaba a los laterales a galopar a rienda suelta por encima del barro, el sol lucía de nuevo y los tejados de las casas veraniegas y los añosos tilos de los jardines que flanqueaban la calle principal despedían una claridad húmeda, y el agua goteaba de las ramas y se deslizaba por los tejados con alegre rumor.

Vronsky no pensaba ya en que el chaparrón pudiera enlodazar la pista, sino que se regocijaba pensando en que, gracias a la lluvia, encontraría a Anna en casa y probablemente sola. Sabía que su marido, recién llegado de una cura de aguas en el extranjero, no estaba en la casa de verano.

Esperando encontrarla sola, Vronsky, como hacía siempre para atraer menos la atención, dejó el carruaje antes de llegar al puentecillo, avanzó a pie y en vez de entrar por la puerta principal que daba a la calle, entró por la del patio.

—¿Ha llegado el señor? –preguntó al jardinero.

—No, señor. La señora sí está en casa. ¡Pero entre por la puerta principal! Allí hay criados y podrán abrirle –repuso el hombre.

—No, pasaré por el jardín.

Y, seguro ya de que Anna estaba sola y deseando sorprenderla, ya que no le había anunciado su visita para hoy y no debía esperar verle antes de las carreras, se dirigió a la terraza que daba al jardín, sosteniendo el sable y pisando con precaución la arena del sendero bordeado de flores. Se había olvidado de cuanto pensara por el camino sobre las dificultades y disgustos de su situación. Solo sabía que iba a verla y no imaginariamente, sino viva, tal como era. Ya subía, pisando siempre con cautela, para no hacer ruido, los lisos peldaños de la escalinata, cuando de pronto recordó lo que olvidaba siempre, lo que más penosas hacía sus relaciones con ella: el hijo de Anna, siempre con su mirada interrogativa que tan desagradable le resultaba.

El niño perturbaba sus citas más que nadie. Cuando estaba con ellos, ni Anna ni Vronsky osaban decir nada que no pudiera repetirse ante terceros, ni empleaban alusiones que el niño no pudiera entender. No lo habían convenido así, pero esa realidad se acabó imponiendo de manera natural. Ambos habrían considerado una ofensa intolerable a sí mismos engañar al niño. En su presencia hablaban solo como si fuesen simples conocidos. Pero, pese a sus precauciones, Vronsky sorprendía a menudo fija en él una mirada atenta y extraña, y comprobaba cierta timidez, cierta desigualdad –ya excesivo afecto, ya despego– en el trato que le dispensaba el niño. Se diría que el pequeño adivinaba que entre aquel hombre y su madre existía una relación profunda, incomprensible para él.

En realidad, el niño no comprendía aquellas relaciones y se esforzaba en concretar los sentimientos que debía inspirarle Vronsky. Su sensibilidad infantil le permitía notar claramente que su padre, su institutriz, el aya, todos en fin, no apreciaban a Vronsky, sino que lo miraban con repugnancia y temor, aunque no dijeran nada de él, en tanto que su madre lo trataba siempre como a su mejor amigo.

«¿Qué significa esto? ¿Quién es? ¿Debo quererle? No lo comprendo y debe de ser culpa mía; debo de ser un niño malo o tonto», pensaba el pequeño. Y esta era la causa de su expresión interrogativa y un tanto malévola y de la timidez y de la desigualdad de trato que tanto enojaban a Vronsky.

Ver a aquel niño despertaba en él aquel sentimiento de repulsión infundada que experimentaba en los últimos tiempos.

En verdad, la presencia del niño inspiraba a Vronsky los sentimientos de un navegante que comprueba, por la brújula, que sigue una ruta equivocada, sin medios para poderla rectificar, sintiéndose cada vez más extraviado y consciente de que el cambio de dirección equivale a su pérdida.

Aquel niño, con su ingenua visión de la vida, era como una brújula que les marcaba a Anna y a él el grado de extravío a que sabían haber llegado, aunque se negaran a reconocerlo.

Esta vez Seriozha no se hallaba en casa. Había salido de paseo, sorprendiéndole la lluvia en pleno campo. Anna había enviado a un criado y a una muchacha a buscarlo y ahora estaba sola, sentada en la terraza, esperándole.

Vestía un traje blanco con anchos bordados y, hallándose en un ángulo de la terraza, tras las flores, no veía a Vronsky. Inclinando la cabeza de oscuros rizos, sostenía una regadera entre sus hermosas manos ensortijadas que él conocía tan bien. La hermosura de su cabeza, de su garganta, de sus manos, de toda su figura, sorprendía siempre a Vronsky como algo nuevo. Se detuvo, mirándola arrobado. Pero apenas adelantó un paso ella presintió su proximidad, soltó la regadera y volvió a él su encendido semblante.

—¿Qué le pasa? ¿Se encuentra mal! –preguntó él en francés, acercándose.

Habría querido precipitarse hacia ella, pero pensando que podía haber alguien que les observara, miró primero hacia las vidrieras del balcón y se sonrojó, como siempre que se veía obligado a mirar en torno suyo.

—No, estoy bien –repuso ella, levantándose y estrechando la mano que le alargaba Vronsky–. Pero no le esperaba.

—¡Dios mío, qué manos tan frías! –exclamó él.

—Me has asustado –dijo Anna–. Estoy sola, esperando a Seriozha, que salió de paseo. Vendrán por ese lado.

A pesar de sus esfuerzos para parecer tranquila, sus labios temblaban.

—Perdóneme que viniera. No me fue posible pasar un día más sin verla –dijo Vronsky, siempre en francés, para eludir el ceremonioso «usted» y el comprometedor «tú» del idioma ruso.

—¿Perdonarte el qué? Estoy muy contenta.

—O se encuentra usted mal o está triste –continuó Vronsky, sin soltar su mano a inclinándose hacia Anna–. ¿En qué pensaba?

—Siempre en lo mismo –repuso ella, sonriendo.

Decía la verdad. En cualquier momento en que le preguntaran podía contestar sin faltar a la verdad: pienso en él, en su felicidad y en su desgracia. Ahora mismo, al llegar Vronsky, Anna pensaba precisamente en cómo era posible que a Betsy, por ejemplo (pues estaba enterada de sus relaciones con Tuchskovich), le resultase todo tan fácil, mientras que a ella le era tan penoso. Y hoy tal pensamiento la atormentaba particularmente por especiales razones. Preguntó a Vronsky sobre las carreras y él, viendo nerviosa a Anna, a fin de distraerla, le contó todo lo relativo a los preparativos para el concurso hípico.

«¿Se lo digo o no?», pensaba ella, contemplando los ojos tranquilos y acariciadores de Vronsky. «Se siente tan feliz, tan ocupado con lo de las carreras, que no lo comprendería en su verdadero sentido, no comprendería la significación que encierra este hecho para nosotros...».

—Aún no me ha dicho usted en qué estaba pensando cuando entré. Dígamelo, se lo ruego –suplicó Vronsky, interrumpiendo su conversación.

Anna no contestó e inclinando levemente la cabeza, le dirigía, con la frente baja, la mirada de sus brillantes ojos adornados de largas pestañas.

Su mano jugueteaba con una hoja y temblaba. Vronsky reparó en ello y en su rostro se expresó aquella sumisión, aquella obediencia ciega que tanto conmovían a Anna.

—Veo que le pasa algo. ¿Cómo voy a estar tranquilo sabiendo que sufre usted una pena que no comparte conmigo? Dígamela, por Dios –insistió.

«No le perdonaría si no comprendiese toda la importancia de... Vale más callar. ¿A qué probarle?», pensaba Anna, mirándole. Y su mano y la hoja temblaban cada vez más.

—Se lo ruego, por Dios –insistió él.

—¿De verdad quiere que se lo diga?

—Sí, sí, sí.

—Estoy embarazada –murmuró Anna lentamente, en voz baja.

La mano, que jugaba con la hoja, tembló más aún, pero ella no separaba la vista de él para ver cómo recibía la noticia. Vronsky palideció. Quiso decir algo, pero se interrumpió, soltó la mano de Anna y bajó la cabeza. «Sí, ha comprendido toda la gravedad de este hecho», pensó Anna con gratitud. Y le apretó la mano.

Pero se equivocaba al creer que Vronski concedía a esa noticia el mismo significado que ella, como mujer, le atribuía. Su primera reacción al oírla, había sido un acceso, diez veces más fuertemente que de costumbre, de esa extraña sensación de repugnancia que solía poseerle con frecuencia. Por otro lado, comprendió que la crisis que él anhelaba había llegado, que era imposible ocultar más los hechos al marido y que de un modo u otro se tenía que acabar por fuerza con aquel estado de cosas. Además, la emoción de Anna se la comunicó a él casi físicamente. Le dirigió una mirada acariciadora y sumisa, besó su mano, se incorporó y comenzó a pasear por la terraza en silencio.

—Sí –dijo al cabo de un rato, acercándose a ella–. Ni usted ni yo hemos considerado nuestras relaciones como una broma. Y ahora nuestra suerte está decidida. Hay que terminar –dijo, mirando en torno suyo– esta mentira en que vivimos.

—¿Terminar, Aleksey? ¿Y cómo? –preguntó Anna, con voz temblorosa, iluminado el rostro por una débil sonrisa.

—Abandonando a tu marido y uniendo nuestras vidas.

—Ya lo están ahora –repuso ella, con voz casi imperceptible.

—Pero no del todo.

—¿Y qué podemos hacer, Aleksey? Dímelo –repuso Anna, sonriendo con tristeza al pensar en la delicada situación en que se encontraban–. ¿Cómo salir de todo esto? ¿Acaso no soy la esposa de mi marido?

—Para todo hay salida. Es preciso decidirse –dijo Vronsky–. Cualquier cosa será mejor que vivir de este modo. Yo veo perfectamente cuánto sufres por todo: por el mundo, por tu hijo, por tu marido…

—¡Ah, por mi marido, no! –dijo Anna con ingenua sonrisa–. No pienso en él, no existe para mí.

—No dices la verdad. Te conozco. Sufres por él.

—Además, él no sabe nada –dijo Anna, y de pronto sintió que las mejillas, la frente, el cuello, se le cubrían de rubor. Lágrimas de vergüenza acudieron a sus ojos–. Pero no hablemos más de él –concluyó.

CAPÍTULO XXIII

Varias veces había probado Vronsky, aunque no tan resueltamente como ahora, a hablar con Anna de su situación. Y cada vez encontraba la misma superficialidad y la misma ligereza de reflexión que ahora demostraba ella al contestar a la proposición que le hacía. Se diría que existía algo que Anna no quería o no podía aclarar consigo misma, como si cada vez que empezaba a hablar de aquello la verdadera Anna se ensimismara y resultase otra mujer, extraña a él, una mujer a quien no amaba, a la que temía y que le rechazaba. Pero Vronsky, hoy, estaba resuelto, pasara lo que pasara, a decirlo todo.

—Lo sepa o no su marido –manifestó con su tono habitual, firme y sereno–, a nosotros nos da igual. Pero no podemos continuar así, sobre todo ahora.

—¿Y qué quiere que hagamos? –preguntó ella, con su acostumbrada sonrisa irónica.

Había temido que Vronsky tomara a la ligera su confidencia y ahora se sentía disgustada contra sí misma, al ver que él deducía del hecho la necesidad absoluta de una resolución enérgica.

—Tiene que confesarlo todo a su marido y abandonarle.

—Bien, imagine que se lo confieso –dijo Anna–. ¿Sabe lo qué pasaría? Se lo puedo decir desde ahora –y una luz malévola brilló en sus ojos, tan dulces apenas unos momentos antes–. «¿Conque ama usted a ese hombre y mantiene con él relaciones ilícitas? –y al imitar a su esposo subrayó la palabra "ilícitas", como habría hecho Aleksey Aleksándrovich–. Ya le advertí sus consecuencias en el sentido religioso, familiar y social… Usted no ha escuchado mis consejos. Pero yo no puedo deshonrar mi nombre...» –Anna iba a añadir: «ni el de mi hijo», pero no quiso complicar al niño en su burla, y añadió: «deshonrar mi nombre», y alguna cosa más por el estilo. Continuó aún–: En resumen, con sus modales de funcionario y sus palabras precisas y claras, me dirá que no puede dejarme marchar y que tomará cuantas medidas estén a su alcance para evitar el escándalo. Y hará, serena y escrupulosamente, lo que diga. No es un hombre, sino una máquina. Y una máquina perversa cuando se irrita –añadió, recordando a Aleksey Aleksándrovich con todos los detalles de su figura, con su modo de hablar, acusándolo de todo lo que de malo podía encontrar en él, no perdonándole nada por aquella terrible bajeza de la que ella era culpable ante su marido.

—Anna –dijo Vronsky, con voz suave y persuasiva, tratando de calmarla–, de todos modos hay que decírselo y después obrar según lo que él decida.

—¿Y tendremos que huir?

—¿Por qué no? No veo posibilidad de seguir así, y no solo por mí, sino porque veo cuánto sufre usted.

—Claro, huir... y convertirme en su amante –dijo Anna con malignidad.

—¡Anna! –exclamó él con tierno reproche.

—Sí –continuó ella–, ser su amante y perderlo todo.

Habría querido decir «perder a mi hijo», pero no le fue posible pronunciar la palabra. Vronsky no podía comprender que Anna, de naturaleza enérgica y honrada, pudiera soportar aquella situación de falsedades y no quisiera salir de ella. No sospechaba que la causa principal la concretaba aquella palabra «hijo», que Anna no se atrevía ahora a pronunciar.

Cuando Anna pensaba en su hijo y en las futuras relaciones que habría de tener con él si se separaba de su esposo, se estremecía pensando en lo que había hecho y entonces no podía reflexionar; mujer al fin, no buscaba más que persuadirse de que todo quedaría igual que en el pasado y olvidar la terrible incógnita de lo que sería de su hijo.

—Te pido, lo imploro –dijo Anna de repente, en distinto tono de voz, sincero y dulce, y cogiéndole las manos– que no vuelvas a hablarme de eso.

—Pero Anna...

—¡Jamás! Déjame hacer. Conozco toda la bajeza y todo el horror de mi situación. ¡Pero no es tan fácil de arreglar como te figuras! Déjame y obedéceme. No me hables más de esto. ¿Me lo prometes? ¡No, no, prométemelo!

—Te prometo lo que quieras, pero no puedo quedar tranquilo, sobre todo después de lo que me has dicho. No puedo estar tranquilo cuando tú no lo estás.

—¿Yo? –repuso ella–. Es verdad que a veces padezco. Pero eso pasará si no vuelves a hablarme de... Solo con hablar de ello me atormentas...

—No comprendo... –dijo Vronsky.

—Pues yo sí comprendo –interrumpió Anna– que te es penoso mentir, porque eres de condición honorable, y te compadezco. Pienso a veces que has estropeado tu vida por mí.

—Lo mismo pensaba yo de ti en este momento –dijo Vronsky–. ¿Cómo has podido sacrificarlo todo por mí? No podré nunca perdonarme el haberte hecho desgraciada.

—¿Desgraciada yo? –dijo Anna, acercándose a él y mirándole con una sonrisa llena de amor y de felicidad–. ¡Si soy como un hambriento al que han dado de comer! Podrá quizá sentir frío, tener el vestido roto y experimentar vergüenza, pero no es desgraciado. ¿Yo desgraciada? No, en esto he hallado precisamente mi felicidad.

Oyó en aquel momento la voz de su hijo que se acercaba y, lanzando una mirada que abarcó toda la terraza, se levantó con apresuramiento.

Sus ojos se iluminaron con un fulgor bien conocido por él, y, con un rápido movimiento, levantó sus manos cubiertas de sortijas, tomó la cabeza de Vronsky, le miró largamente y, acercando su rostro, con los labios abiertos y sonrientes, le besó en la boca y en ambos ojos y luego le apartó.

Quiso marchar de la terraza, pero Vronsky la retuvo.

—¿Hasta cuándo? –murmuró contemplándola enajenado.

—Hasta esta noche a la una –contestó Anna.

Y, suspirando profundamente, se dirigió, con paso rápido y ligero, al encuentro de su hijo.

La lluvia había sorprendido a Seriozha en el Parque grande y tuvo que esperar, con el aya, refugiado en el pabellón principal.

—Hasta pronto –dijo Anna a Vronsky–. Dentro de poco tengo que salir para ir a las carreras. Betsy quedó en venir a buscarme. Vronsky consultó el reloj y salió precipitadamente.

Capítulo XXIV

Cuando Vronsky había mirado el reloj en la terraza de los Karenin estaba tan perturbado y tan absorto en sus pensamientos que había visto las manecillas, pero no reparó en la hora que era.

Salió a la calle y, con cuidado para no ensuciarse con el barro que cubría el suelo, se dirigió a su coche.

El recuerdo de Anna llenaba hasta tal punto su imaginación que no se daba cuenta de la hora ni de si tenía o no tiempo de ver a Briansky. Como sucede a menudo, no le quedaba sino un sentido instintivo de lo que tenía que hacer, sin que la reflexión entrase en ello para nada.

Se acercó al cochero, que dormitaba a la sombra ya oblicua de un frondoso tilo, miró la nube de mosquitos que volaban sobre los caballos cubiertos de sudor y, después de haber despertado al cochero, saltó al carruaje y le ordenó que se dirigiese a casa de Briansky.

Solo después de recorrer unas siete verstas se recobró, miró el reloj, vio que eran las cinco y media y se dio cuenta de que iba con retraso.

Había fijadas para aquel día varias carreras: las de los equipos de Su Majestad, las de dos verstas para oficiales, otra de cuatro verstas y al fin la carrera en que él debía tomar parte.

Aún podía llegar a tiempo para la carrera, pero si iba a ver a Briansky muy difícilmente llegaría a tiempo y, desde luego, después de que toda la Corte estuviese ya en el hipódromo, Era algo improcedente. Pero había dado palabra a Briansky y resolvió continuar, ordenando al cochero que no tuviese compasión de los caballos.

Llegó a casa de Briansky, se detuvo cinco minutos en ella y volvió atrás a todo trotar.

La rápida carrera le calmó. Cuanto había de penoso en sus relaciones con Anna, lo indeciso que quedara el asunto después de su conversación, todo se le fue de la memoria y ahora pensaba con placer en la carrera, a la que llegaría a tiempo sin ninguna duda; y, de vez en cuando, la dicha de la entrevista que había de tener con Anna aquella noche pasaba por su imaginación como una luz deslumbradora.

La emoción de la próxima carrera se apoderaba de él cada vez más a medida que se iba adentrando en el ambiente de ella, dejando rezagados los coches de aquellos que, desde San Petersburgo y las casas de veraneo, se dirigían al hipódromo.

En su casa no había nadie: todos estaban en las carreras. El criado le esperaba a la puerta.

Mientras se cambiaba de ropa, el criado le anunció que la segunda carrera había comenzado, que habían estado preguntando por él muchos señores y que el mozo de cuadras había ido ya dos veces a buscarle.

Una vez vestido sin apresurarse, ya que nunca se precipitaba ni perdía su serenidad, Vronsky ordenó al cochero que le condujese a las cuadras.

Se veía desde allí el mar de coches, de peones, de soldados que rodeaban el hipódromo y las tribunas llenas de gente. Debía de estar celebrándose la segunda carrera, porque en el momento que él entraba en las cuadras se oyó sonar una campana.

Acercándose al establo, vio a «Gladiador», el caballo rojo de piernas blancas de su competidor Majotin, al que llevaban al hipódromo cubierto con gualdrapa de color naranja y azul marino. Sus orejas, merced al adorno azul que llevaba encima, parecían inmensas.

—¿Y Cord? –preguntó al palafranero.

—En la cuadra, ensillando el caballo.

El establo estaba abierto y «Fru-Fru» ensillada. Iban a hacerla salir.

—¿No llego tarde?

—*All right, all right!* –dijo el inglés–. Todo va bien.

Vronsky miró una vez más las elegantes líneas de su querida yegua, cuyo cuerpo temblaba de pies a cabeza, y salió de la cuadra, costándole separar la vista del animal.

Llegó a las tribunas en el momento oportuno para no atraer la atención sobre sí.

La carrera de dos verstas acababa de terminar y ahora los ojos de todos estaban fijos en un caballero de la Guardia, seguido de un húsar de la escolta imperial que en aquel momento, animando a sus caballos con todas sus fuerzas, alcanzaba la meta.

Desde el centro de la pista y desde el exterior, la multitud se precipitaba hacia la meta. Un grupo de oficiales y soldados expresaba con sonoras aclamaciones su alegría por el triunfo de su oficial y camarada.

Vronsky se mezcló en el grupo, sin atraer la atención, casi a la vez que sonaba la campana anunciando el final de la carrera.

El caballero de la Guardia, alto, cubierto de barro, que había llegado en primer lugar, se acomodó con todo su peso en la silla y comenzó a aflojar el bocado de su potro gris, que respiraba ruidosamente, cubierto todo de sudor.

El corcel, moviendo los pies con esfuerzo, refrenó la marcha veloz de su enorme cuerpo. El caballero de la Guardia miró en torno suyo como despertando de una pesadilla y sonrió con esfuerzo. Un grupo de amigos y desconocidos lo rodeó.

Vronsky evitaba adrede los grupos de personas distinguidas que se movían pausadamente charlando ante las tribunas. Divisó a la Karenina y a Betsy, así como a la esposa de su hermano, pero no se acercó para que no le entretuviesen. Mas a cada paso encontraba conocidos que le paraban, a fin de contarle los detalles de las carreras y de preguntarle la causa de que llegara tan tarde.

Los corredores fueron llamados a la tribuna para recibir los premios y todos se dirigieron hacia allí.

El hermano mayor de Vronsky, Alexander, coronel del ejército, un hombre más bien bajo, pero bien formado, como el propio Aleksey, y más guapo, con la nariz y las mejillas encendidas y el rostro de alcohólico, se le acercó.

—¿Recibiste mi nota? –dijo–. No pude encontrarte.

A pesar de la vida de libertinaje y, sobre todo, de embriaguez que llevaba, y que le había hecho célebre, Alexander Vronsky era un perfecto cortesano. Ahora, al hablar con su hermano de aquel asunto desagradable, sabía que tenían muchos ojos fijos en ellos y, por tanto, afectaba un aspecto sonriente, como si estuviese bromeando con su hermano sobre cosas sin importancia.

—La recibí y no comprendo de qué te preocupas tú –contestó Aleksey.

—Me preocupo de que ahora mismo me hayan advertido de que no estabas aquí y de que el lunes se te viera en Peterhof.

—Hay asuntos que solo deben ser tratados por las personas interesadas en ellos y el asunto a que te refieres es de esa clase.

—Sí, pero en ese caso deja el ejército, no...

—Te ruego que no te metas donde no te llaman. Es lo único que te pido.

El rostro de Aleksey Vronsky palideció y su saliente mandíbula comenzó a temblar, lo que le sucedía raras veces. Hombre de corazón, se enfadaba en pocas ocasiones, pero cuando se enojaba y comenzaba a temblarle la barbilla, era peligroso.

Alexander Vronsky, que lo sabía, sonrió con jovialidad.

—Lo principal era que quería llevarte la carta de mamá. Contéstala y no te preocupes de nada antes de la carrera. *Bonne chance!* –añadió, sonriendo.

Y se separó.

Enseguida un nuevo saludo amistoso detuvo a Vronsky.

—¿Ya no conoces a los amigos? Buenos días, *mon cher* –dijo Stepán Arkadievich, quien entre la esplendidez petersburguesa brillaba no menos que en Moscú con su semblante encendido y sus patillas lustrosas y bien cuidadas–. Llegué ayer y me encantará asistir a tu triunfo. ¿Cuándo nos vemos?

—Podemos comer juntos mañana –repuso Vronsky y, apretándole el brazo por encima de la manga del abrigo, mientras se excusaba, se dirigió al centro del hipódromo, adonde llevaban ya los caballos para la gran carrera de obstáculos.

Los caballos, cansados y sudorosos, que habían corrido ya, regresaban a sus cuadras conducidos por los palafreneros, y uno tras otro iban apareciendo los que iban a correr ahora. Eran caballos ingleses en su mayoría, embutidos en sus gualdrapas que les asemejaban a enormes y extraños pajarracos. La esbelta y bella «Fru-Fru» estaba a la derecha y, como en el establo, golpeaba sin cesar el suelo con sus largas y elegantes patas.

No lejos de ella quitaban su gualdrapa a «Gladiador». Las recias, bellas y armoniosas formas del caballo, su magnífica grupa y sus cortas patas llamaron involuntariamente la atención de Vronsky.

Fue a acercarse a su caballo, pero una vez más le entretuvo un conocido.

—Por allí anda Karenin buscando a su mujer –dijo el conocido–. Ella está en el centro de la tribuna. ¿La ha visto?

—No, no la he visto –contestó Vronsky.

Y, sin volverse siquiera hacia la tribuna donde le decían que estaba la Karenina, se dirigió hacia su caballo.

Apenas tuvo Vronsky tiempo de mirar la silla, sobre la cual tenía que dar algunas indicaciones, cuando llamaron a los corredores a la tribuna para darles números e instrucciones sobre la carrera.

Diecisiete oficiales, con los rostros serios y reconcentrados y algunos bastante pálidos, se reunieron junto a la tribuna y recibieron los números.

A Vronsky le correspondió el siete.

Sonó la orden:

—¡A caballo!

Notando que, entre los demás corredores, era el centro en el que convergían todas las miradas, Vronsky se acercó a su caballo, sintiéndose algo violento, a pesar de su serenidad habitual.

En honor a la solemnidad de la carrera, Cord se había vestido con su traje de gala: levita negra abrochada hasta arriba, cuello duro, muy almidonado, que sostenía sus mejillas en alto, sombrero negro y botas de montar.

Tranquilo y con aires de importancia, como siempre, estaba ante el caballo, al que sostenía por las riendas. «Fru-Fru» seguía temblando como si tuviera fiebre. Su ojo lleno de fuego miraba de soslayo a Vronsky, que se acercaba.

Vronsky introdujo el dedo bajo la cincha y la yegua torció el ojo más aún y bajó una oreja.

El inglés hizo una mueca con los labios, queriendo insinuar una sonrisa ante la idea de que pudiese dudarse de su pericia en el arte de ensillar.

—Monte, así no estará tan agitado.

Vronsky dirigió la vista hacia atrás, para ver por última vez a sus competidores, pues sabía que no podría ya verles durante toda la carrera.

Dos de ellos estaban ya en el lugar de partida. Galzin, amigo de Vronsky y uno de los antagonistas peligrosos, giraba en torno a su potro bayo, que no se dejaba montar.

Un menudo húsar de la Guardia, con estrechos calzones de montar, trotaba muy encorvado sobre la grupa del caballo queriendo imitar a los ingleses. El príncipe Kuzovlev cabalgaba, muy pálido, su yegua de pura sangre, de la yeguada de Grabovsky, que un inglés llevaba por la brida.

Vronsky y todos sus amigos conocían a Kuzovlev su «debilidad nerviosa» y el terrible amor propio que le caracterizaba.

Sabían que Kuzovlev tenía miedo de todo: miedo incluso de montar un caballo militar corriente. Pero ahora, precisamente porque existía peligro, porque podía uno romperse la cabeza y porque junto a cada obstáculo había médicos, enfermeras y un furgón con una cruz pintada, había resuelto correr.

Las miradas de los dos se encontraron y Vronsky le guiñó el ojo amistosamente y con aire de aprobación.

Pero en realidad no veía más que a un hombre, su antagonista más terrible: Majotin sobre «Gladiador».

—No se precipite –dijo Cord a Vronsky– ni se acuerde de usted mismo. No contenga a la yegua ante los obstáculos, no la fuerce. Déjela obrar como quiera.

—Bien, bien –dijo Vronsky, empuñando las riendas.

—A ser posible, póngase a la cabeza de los corredores, pero si no lo logra, no pierda la esperanza hasta el último momento, aunque quede muy rezagado.

Antes de que el caballo se moviera, Vronsky, con un movimiento ágil y vigoroso, puso el pie en el cincelado estribo de acero y asentó, con firme ligereza, su cuerpo recio en la crujiente silla de cuero. Su pie derecho buscó el estribo con un movimiento maquinal y acomodó las dobles bridas entre los dedos. Cord apartó las manos. Como vacilando sobre el pie con que debía pisar antes, «Fru-Fru» estiró el largo cuello, dejando tensas las riendas y se movió como sobre resortes, meciendo al jinete sobre su lomo flexible.

Cord les seguía apresurando el paso. El caballo, nervioso, como queriendo desconcertar al jinete, tiraba de las riendas, ora de un lado, ora de otro, y Vronsky trataba en vano de calmarle con la mano y con las palabras.

Se acercaban ya al riachuelo protegido por una barrera donde estaba el lugar de partida.

Muchos de los jinetes iban delante, otros muchos detrás. De improviso, Vronsky sintió tras de sí, en el barro del camino, el pisar de un caballo, y Majotin le adelantó sobre su patiblanco «Gladiador» de grandes orejas. Majotin sonrió mostrando sus grandes dientes, pero Vronsky le miró con seriedad. En general, no sentía ningún aprecio por él. Pero ahora le irritaba, además, el considerarle el más peligroso de los concursantes y el que le hubiera adelantado, inquietando a su montura. Excitó a «Fru-Fru», la cual levantó la pata izquierda para trotar y dio dos saltos. Luego, furiosa al sentir tan tensas las bridas, rompió en un trote saltarín que sacudió al jinete en la silla. Cord arrugó el entrecejo y echó a correr a grandes zancadas para alcanzar a Vronsky.

CAPÍTULO XXV

Eran en total diecisiete los oficiales que intervenían en la carrera de obstáculos, la cual se celebraba sobre una enorme elipse de cuatro verstas de longitud, delante de las tribunas. En aquella elipse había nueve obstáculos: un arroyo, una barrera de dos metros y medio de altura ante las mismas tribunas, una zanja seca, otra con agua, un montículo de elevada pendiente y un obstáculo de doble salto, consistente en una valla cubierta de ramaje seco tras la cual había una zanja, invisible para el caballo, que debía saltar, valla y zanja de una vez, so pena de matarse. Aquel era el obstáculo más peligroso. Había dos zanjas más, una con agua y otra sin ella. La meta estaba ante la tribuna. La carrera no comenzaba en el circuito, sino doscientos metros más allá. Y en ese tramo se encontraba el primer obstáculo: un arroyo embalsado, de unos dos metros de ancho, que los jinetes podían, según quisieran, saltar o vadear.

Por tres veces se alinearon los jinetes, pero siempre se adelantaba algún caballo y era preciso volver a empezar. El juez de salida, coronel Sestrin, empezaba ya a irritarse. Al fin, a la cuarta vez, dio la señal y los caballos salieron disparados.

Los ojos de todos, todos los prismáticos, se concentraban en el pequeño grupo de jinetes mientras se alineaban,

—¡Han dado ya la salida! ¡Ya corren! –se oyó gritar por todas partes, tras el silencio que precedió a la señal de partida. Y los grupos de espectadores y personas aisladas comenzaron a correr de un sitio a otro para ver mejor la carrera. Desde el principio, el grupo de jinetes se dispersó. De dos en dos, de tres en tres, o individualmente, se acercaban al riachuelo.

Para los simples espectadores, todos los caballos corrían a la vez, mas los expertos apreciaban diferencias de segundos que tenían gran importancia para ellos.

«Fru-Fru», nerviosa y demasiado excitada, se retrasó en el primer momento y algunos caballos partieron antes que ella. Pero cuando aún no habían llegado al arroyo, Vronsky, dominando al animal, que tiraba siempre de las bridas, adelantó fácilmente a tres de los jinetes.

«Gladiador», montado por Majotin, le llevaba ventaja. El rojo caballo galopaba, fácil y rítmicamente, ante el propio Vronsky.

Y, delante de todos, la magnífica yegua «Diana» llevaba sobre sus lomos a Kuzovlev, más muerto que vivo.

Al principio, Vronsky no era dueño del caballo ni de sí mismo y hasta llegar al primer obstáculo, el riachuelo, no pudo dirigir los movimientos del animal.

«Gladiador» y «Diana» llegaron a la vez al obstáculo. Casi en el mismo instante se levantaron, saltaron sobre el riachuelo y pasaron sin esfuerzo al otro lado. Igualmente, «Fru-Fru» saltó tras ellos. Vronsky, apenas se sintió levantado en el aire, vio de pronto, casi bajo las patas de su cabalgadura, a Kuzovlev, que trataba de desembarazarse de «Diana», caída a la otra orilla del arroyo. Kuzovlev había soltado las riendas después de saltar y el caballo cayó cabeza abajo con él. Los detalles de la caída no los supo Vronsky hasta más tarde. Ahora solo veía el peligro de que «Fru-Fru» pusiese los cascos sobre la cabeza o una pata de «Diana». Pero «Fru-Fru», como una gata al caer, hizo, mientras saltaba, un esfuerzo con las patas y la grupa y, dejando a «Diana» a un lado, siguió adelante.

«¡Muy bien, bonita!», pensó Vronsky.

Tras el salto del riachuelo, Vronsky dominaba ya completamente al animal. Se proponía saltar el obstáculo principal detrás de Majotin, y en la distancia siguiente, libre de obstáculos, de una longitud de cuatrocientos metros, tratar de adelantarle.

La gran barrera estaba ante la tribuna del Zar. El Emperador, toda la Corte, grandes masas de público, les contemplaban. Él y Majotin avanzaban galopando. Majotin le llevaba un cuerpo de distancia al llegar al «diablo», como llamaban a aquel obstáculo. Vronsky sentía los ojos del público puestos en él desde todas partes, pero no veía nada, excepto las orejas y el cuello de su caballo, excepto la tierra que corría a su encuentro, excepto la grupa roja y las piernas blancas de «Gladiador», siempre a la misma distancia delante de él. «Gladiador» se irguió en el aire, agitó su breve cola y desapareció de los ojos de Vronsky sin haber rozado el obstáculo.

—¡Bravo! –se oyó gritar.

En el mismo instante, las tablas de la barrera pasaron ante los ojos de Vronsky. Sin alterar lo más mínimo la marcha, la yegua saltó por encima; las tablas desaparecieron y Vronsky solo sintió detrás de él el ruido de un ligero golpe. «Fru-Fru», inquieta por ver delante a «Gladiador», había saltado demasiado pronto, tropezando en la barrera con uno de los cascos traseros. Pero su carrera no se interrumpió. Vronsky recibió en el rostro una salpicadura de barro, comprobando casi a la vez que le separaba de «Gladiador» la misma distancia de antes. Veía otra vez sus ancas ante sí, su cola corta y sus patas blancas que se movían rápidamente, pero sin agrandar la distancia.

En el instante en que Vronsky pensaba que era preciso adelantar a Majotin, «Fru-Fru», espontáneamente, adivinando su pensamiento sin que él la excitase, aceleró su carrera acercándose a Majotin por el lado de las cuerdas, que era el más favorable. Pero Majotin corría demasiado cerca de las cuerdas impidiéndole pasar. Pensó Vronsky que el único recurso que le quedaba era pasarle por el lado de fuera, y apenas lo hubo pensado, cuando ya «Fru-Fru», cambiando de pata, comenzaba a adelantarle por allí precisamente. Los flancos de «Fru-Fru», que empezaban a cubrirse de sudor, estaban ya a la altura de la grupa de su rival. Corrieron un rato muy juntos el uno del otro, pero al llegar al obstáculo, Vronsky, para pasar más cerca de la cuerda, empleó las bridas y, en el mismo montículo, adelantó a Majotin. Al pasarle, vio el rostro de su competidor manchado de barro y se le figuró que sonreía. Vronsky le había adelantado, pero lo sentía a sus talones y oía incesantemente el galope sostenido y la respiración tranquila, sin muestra de fatiga alguna, de las narices de «Gladiador».

Los dos obstáculos siguientes, una zanja y una valla, se salvaron con facilidad, pero Vronsky comenzó a sentir más cercano el galope y la respiración del caballo rival. Acució a la yegua y notó con alegría que aumentaba la velocidad fácilmente. El ruido de los cascos de «Gladiador» volvió a sonar a la distancia de antes.

Vronsky estaba a la cabeza de la carrera, como se proponía y como le aconsejara Cord, y ahora se sentía seguro del triunfo. Su emoción, su alegría y su afecto por «Fru-Fru» crecían en él con aquella seguridad. Habría deseado mirar tras sí, pero no se atrevía y procuraba calmarse y no acuciar a la yegua para que corriese más, a fin de conservar sus fuerzas intactas, como adivinaba que las conservaba «Gladiador». No quedaba ya más que un obstáculo: el más difícil. Si lo salvaba antes que los demás, llegaría el primero a la meta. Estaba ya cerca de él. Vronsky y «Fru-Fru» lo divisaban desde lejos; y a la vez, su yegua y él experimentaron un instante de vacilación. Notó la inseguridad de su cabalgadura en un movimiento de sus orejas y levantó la fusta. Pero comprendió enseguida que su temor no tenía ningún fundamento. La yegua sabía lo que tenía que hacer. «Fru-Fru» adelantó el paso y, con precisión, exactamente como él lo había deseado, se levantó en el aire con gran impulso y se entregó a la fuerza de la inercia, que le lanzó un buen espacio más allá de la zanja. Al mismo paso, sin esfuerzo, sin cambiar de pie, «Fru-Fru» continuó la carrera.

—¡Bravo, Vronsky! –oyó gritar desde un grupo.

Eran los compañeros de su regimiento que estaban próximos a aquel obstáculo, y entre sus voces Vronsky reconoció la de Yachvin, pero no le vio.

«¡Muy bien bonita», pensaba Vronsky por «FruFru», mientras aguzaba el oído para saber lo que pasaba detrás. «También ha saltado», se dijo luego, al sentir cerca de él el galope de «Gladiador». Quedaba un obstáculo: una zanja con agua, de una anchura de metro y medio. Vronsky no la miraba. Para llegar el primero con mucha ventaja sobre los demás, comenzó a mover las bridas de un modo oblicuo a la marcha del caballo, haciéndole levantar y bajar la cabeza. Notaba que «Fru-Fru» tenía las fuerzas agotadas: no solo estaba cubierta de sudor por el cuello y el pecho, sino que hasta en la cabeza y en las finas orejas se le veían también algunas gotas, y respiraba con dificultad, de manera entrecortada. Vronsky confiaba, sin embargo, en que para cubrir los cuatrocientos metros que restaban le sobrarían aún energías. Por la impresión de sentirse más cerca del suelo y por una peculiar suavidad de los movimientos de « Fru-Fru» , Vronsky se dio cuenta de que su caballo había aumentado la velocidad. Voló sobre la zanja casi sin notarlo, como un pájaro. Pero, en el mismo instante, el jinete advirtió con terror que, no habiéndose apresurado a seguir el impulso del animal, él, sin saber cómo, había hecho un movimiento en falso, un movimiento imperdonable, bajándose con violencia en la silla.

Su situación cambió de repente: comprendió que sucedía algo horrible. Antes de darse cuenta de la velocidad, pasaron a su lado, como un relámpago, las patas blancas del caballo rojo, y Majotin, de un salto, le adelantó. Vronsky tocaba el suelo con un pie y su corcel se inclinaba hacia aquel lado. Apenas tuvo tiempo de libertar su pierna, cuando « Fru-Fru» cayó de costado, respirando con dificultad y haciendo inútiles esfuerzos para levantarse, irguiendo el fino cuello cubierto de sudor. Ya en tierra, agitó las patas como un pájaro herido. El torpe movimiento del jinete le había roto la columna vertebral.

Vronsky no lo supo hasta mucho después. Ahora solo veía a Majotin alejándose, mientras él, chapoteando en la tierra sucia, permaneció inmóvil junto a la yegua tendida de costado, que respiraba anhelosamente, alargando la cabeza hacia él y mirándole con sus hermosos ojos. Sin comprender aún lo sucedido, Vronsky tiraba de las bridas del animal.

«Fru-Fru» se agitó de nuevo como un pez fuera del agua, haciendo temblar la silla con la afanosa respiración que henchía sus flancos. Luego levantó las patas delanteras, pero le faltaron fuerzas para erguir las posteriores; vaciló y cayó otra vez de lado. Con el rostro desfigurado de ira, pálido, temblándole la mandíbula inferior, Vronsky dio un taconazo al animal en el vientre y de nuevo tiró de las riendas. Pero el caballo no se movía. Hundiendo la boca en la tierra miraba a su amo con elocuentes ojos.

—¡Oh! –gimió Vronsky, llevándose las manos a la cabeza–. ¡Oh! ¿Qué he hecho? –gritó–. ¡He perdido la carrera! ¡Y por mi culpa, por mi vergonzosa a imperdonable culpa! ¡Y he perdido mi yegua, mi pobre y querida «Fru-Fru»! ¿Qué he hecho?

La gente, el médico, su ayudante, los oficiales del regimiento de Vronsky corrieron hacia él. Para su desgracia, se sabía ileso.

El caballo tenía rota la columna vertebral y decidieron rematarlo. Vronsky no pudo contestar a las preguntas, no pudo hablar con nadie. Volvió la espalda a todos y, olvidando recoger su gorra, que había caído en tierra, marchó del hipódromo sin saber él mismo a dónde iba. Se sentía desesperado. Por primera vez en su vida era víctima de una desgracia, una desgracia irremediable de la que solo él tenía la culpa.

Yachvin le alcanzó, llevándole su gorra, y le acompañó hasta la casa. Media hora más tarde, Vronsky había reaccionado. Pero el recuerdo de aquella carrera persistió durante mucho tiempo en su memoria como el más terrible y penoso de su vida.

Capítulo XXVI

Las relaciones de Aleksey Aleksándrovich con su mujer eran, en apariencia, las mismas de antes. La única diferencia consistía en que él estaba ahora más ocupado que nunca. Como en años anteriores, al llegar la primavera Karenin fue al extranjero para una cura de aguas, a fin de fortalecer su salud, agotada por el exceso de trabajo del invierno. Volvió en julio, según acostumbraba, y se entregó con redobladas energías a su labor habitual. Y también como siempre, su esposa fue a la casa de veraneo, mientras él quedaba en San Petersburgo.

Después de la conversación sostenida al regreso de la velada en casa de la princesa Tverskaya, Karenin no habló de sus sospechas y celos, pero el tono ligeramente burlón habitual en él y con el cual parecía remedar a alguien le resultaba ahora muy cómodo para sus relaciones con su mujer. Se mostraba más frío y parecía que estuviera algo descontento a causa de aquella primera conversación nocturna que ella no quiso continuar. En su trato con ella apenas exteriorizaba un leve signo de descontento. «No quisiste explicarte conmigo... Bien, peor para ti... Ahora serás tú quien pida la explicación y yo me negaré a ella... Sí, peor para ti».

Así parecía hablar consigo mismo, al modo de un hombre que, esforzándose en vano en apagar un incendio, se irritara contra su propia impotencia y dijese: «¡Ahora vas a quemarte, en justo castigo!».

Karenin, hombre inteligente y experto en los asuntos oficiales, no comprendía, sin embargo, el error de tratar así a su mujer. Y no lo comprendía porque era demasiado terrible, porque para él era insoportable intuir la realidad de su presente situación. Había, pues, cerrado aquel secreto cajón de su alma en el que guardaba sus sentimientos hacia su familia, es decir, hacia su mujer y su hijo. Aunque había sido un padre cariñoso, desde fines de aquel invierno estaba muy frío con su hijo y le trataba del mismo modo irónico que a su mujer.

—¡Eh, muchacho! –solía decir para dirigirse al pequeño.

Aleksey Aleksándrovich, al reflexionar, se decía que ningún año había tenido tanto trabajo como aquel en su oficina, sin reparar en que él mismo inventaba el trabajo para no abrir el cajón en que guardaba los sentimientos hacia su mujer y su hijo, tanto menos naturales cuanto más tiempo los guardaba encerrados en él. Si alguien se hubiera atrevido a preguntarle lo que pensaba por entonces sobre la conducta de su esposa, el sereno y reposado Aleksey Aleksándrovich no habría contestado nada, pero se habría incomodado con el que le hubiese dirigido semejante pregunta. De aquí la altiva y seca expresión de su rostro cuando le interrogaban sobre la salud de su mujer. Aleksey Aleksándrovich deseaba no pensar en los sentimientos y la conducta de Anna, y lo lograba, en efecto.

La casa veraniega de los Karenin estaba en Peterhof. Generalmente, la condesa Lidia Ivanovna pasaba también el verano allí, vecina a Anna y en continuo trato con ella. Pero aquel año la Condesa no quiso vivir en Peterhof, no visitó a Anna ni una vez e hizo entender a Aleksey Aleksándrovich que consideraba inconveniente la amistad de Anna con Betsy y Vronsky. Aleksey Aleksándrovich la interrumpió severamente, diciéndole que Anna estaba por encima de todas las sospechas, y desde entonces evitó todo trato con Lidia Ivanovna. Se empeñaba en no ver, y por tanto no lo veía, que muchas personas de la alta sociedad miraban con cierta prevención a su mujer. Tampoco quería comprender ni comprendía por qué Anna se obstinaba en ir a vivir a Tsárskoie Selo, donde residía Betsy, cerca del campamento de la unidad de Vronsky. Se prohibía pensarlo y no lo pensaba, pero en el fondo de su alma, aunque no se lo confesase ni lo demostrara, no dejando traslucir ni siquiera la más leve sospecha, sabía con certeza que era un marido burlado y ello le colmaba de desventura. Antes, muchas veces, durante los ocho años de su vida de casado, tan dichosa, Aleksey Aleksándrovich, observando a las esposas infieles y a los maridos engañados, se había dicho: «¿Cómo es posible llegar a esto? ¿Cómo pueden vivir sin aclarar tan horrorosa situación?». Mas, ahora que la desgracia se abatía sobre él, no solo no pensaba en aclarar situación alguna, sino que no quería darse por enterado de ella. Y no quería precisamente porque la situación era horrorosa en exceso, en exceso ilógica.

Desde su regreso del extranjero había estado dos veces en la casa de verano. Una vez comió allí y otra pasó la tarde con los invitados, pero en ninguna ocasión se quedó por la noche, como hacía en años anteriores.

El día de las carreras Karenin estuvo muy ocupado. Por la mañana se trazó el plan de la jornada, resolviendo ir a ver a su mujer a la casa de verano inmediatamente después de comer. De allí se dirigió a las carreras, a las que, por asistir toda la Corte, Karenin no podía faltar.

El ir a ver a su esposa se debía a que había resuelto visitarla una vez por semana para guardar las apariencias. Además, aquel día necesitaba entregar a su mujer el dinero preciso para los gastos de la quincena, como acostumbraba hacer.

Con su habitual dominio de sus pensamientos, una vez que hubo pensado en todo lo que se refería a Anna, prohibió a su imaginación ir más adelante en lo que a ella se refería.

Karenin pasó la mañana muy ocupado. El día anterior Lidia Ivanovna le había mandado un folleto de un viajero célebre por sus viajes en China que estaba, a la sazón, en San Petersburgo.

Lidia Ivanovna acompañaba el envío de una carta pidiéndole que recibiese al viajero, hombre interesante y útil en muchos sentidos.

Aleksey Aleksándrovich no tuvo tiempo de leer el folleto la tarde antes y hubo de terminarlo por la mañana.

Después empezaron a acudir solicitantes, le presentaron informes, hubo visitas, destinos, despidos, asignación de pensiones, de sueldos, correspondencia... En fin, el trabajo, aquel «trabajo de los días laborables», como decía Aleksey Aleksándrovich, que le ocupaba tanto tiempo.

Después siguieron dos asuntos personales: recibir al médico y al administrador. Este no le robó mucho tiempo; no hizo más que entregarle el dinero necesario y un informe sobre el estado de sus asuntos, los cuales no marchaban demasiado bien. Este año habían salido mucho y gastado, en consecuencia, mucho más, de modo que existía déficit. El doctor, célebre médico de la capital, amigo de Karenin, le ocupó, en cambio, bastante tiempo.

Aleksey Aleksándrovich, que no le esperaba, quedó extrañado de su visita, y sobre todo de la manera minuciosa con que le preguntó por su salud. Luego le auscultó, le dio algunos golpecitos en el pecho y le palpó finalmente el hígado. Aleksey Aleksándrovich ignoraba que Lidia Ivanovna, observando que la salud de su amigo no marchaba bien aquel año, había pedido al médico que le examinase cuidadosamente.

—Hágalo por mí –había dicho Lidia Ivanovna.

—Lo haré por Rusia, Condesa –repuso el médico.

—¡Es un hombre inapreciable! –concluyó Lidia Ivanovna.

El médico quedó preocupado por Karenin. El hígado estaba muy dilatado, la nutrición era insuficiente y la cura de aguas no había hecho efecto alguno.

Le prescribió el mayor ejercicio físico posible y el mínimo de esfuerzo cerebral. En especial le dijo que evitara todo disgusto, lo que era tan imposible para Aleksey Aleksándrovich como prescindir de la respiración.

Finalmente, el médico se fue, dejando a Karenin la desagradable impresión de que en su organismo había algo que no marchaba bien y que era imposible remediarlo.

El médico, al salir, encontró al administrador de Karenin, Sludin, hombre a quien conocía mucho. Habían sido compañeros de universidad y, aunque se veían raras veces, se estimaban recíprocamente y eran buenos amigos. A nadie, pues, mejor que a Sludin podía exponer el doctor su opinión sobre el enfermo.

—Me alegro de que le haya visitado –dijo Sludin–. Creo que no está bien. ¿Qué le parece?

—Opino –repuso el médico haciendo, por encima de la cabeza de Sludin, señal a su cochero de que acercase el coche– lo siguiente…

Cogió con sus manos blancas uno de los dedos de su guante de piel y lo estiró.

—Es como este guante. Si usted, sin estirarlo, trata de romperlo, le parecerá difícil. Pero tire cuanto pueda, oprima con el dedo y se romperá. Karenin, con su amor al trabajo, su honradez y su tarea está estirando hasta el máximo… ¡Y hay una presión ajena y bastante fuerte! –concluyo el doctor, arqueando las cejas, significativo.

—¿Estará usted en las carreras? –añadió, mientras bajaba la escalera dirigiéndose a su coche–. ¡Sí, sí, ya comprendo que eso ocupa mucho tiempo!–exclamó en respuesta a algo que le dijera Sludin y no había entendido bien.

Tras el doctor, que estuvo largo rato, como dijimos, llegó el viajero célebre, y Aleksey Aleksándrovich, gracias al folleto que acaba de leer y a su erudición en la materia, sorprendió al visitante con la profundidad de sus conocimientos y la amplitud de su visión en aquel asunto.

A la vez que al viajero, le anunciaron la visita del mariscal de la nobleza de una provincia, llegado a San Petersburgo para hablar con Karenin. Cuando este hubo marchado, Karenin despachó los asuntos del día con su secretario. Debía, además, hacer una visita a una relevante personalidad para un asunto de importancia.

A duras penas llegó a casa a las cinco, hora justa de comer. Comió con su administrador y le invitó a que le acompañase a su casa veraniega, para ir después a las carreras de caballos.

Aleksey Aleksándrovich, sin darse cuenta, procuraba ahora que las visitas a su mujer fuesen ante terceros.

CAPÍTULO XXVII

Anna estaba en el piso alto, ante el espejo, prendiendo con alfileres un último lazo a su vestido con ayuda de Anuchka, cuando sintió crujir la grava a la entrada bajo las ruedas de un carruaje.

«Para ser Betsy, es demasiado temprano», pensó. Asomándose a la ventana, vio el coche, el sombrero negro que se destacaba en él y las orejas tan conocidas de Aleksey Aleksándrovich. «¡Qué inoportuno! ¿Será posible que venga a pasar la noche aquí?», pensó Anna.

Y le parecieron tan horribles los resultados que podían derivarse de ello que, para no reflexionar, se apresuró a salir al encuentro de los recién llegados con el rostro radiante y alegre, sintiéndose llena de aquel espíritu de engaño y fingimiento que se apoderaba de ella con frecuencia y bajo cuya influencia comenzó a hablar, sin saber ella misma lo que diría.

—Te agradezco la atención de haber venido –dijo Anna, dando la mano a su esposo y saludando a su acompañante, Sludin, el amigo de confianza, con una sonrisa–. Espero que te quedarás a dormir, ¿no?

Decía lo primero que le inspiraba su espíritu de falsedad.

—Iremos juntos a las carreras... Siento haber quedado con Betsy en que... Vendrá ahora a buscarme.

Aleksey Aleksándrovich hizo una mueca al oír el nombre de Betsy.

—No separaré a las inseparables –dijo con su habitual acento burlón–. Yo iré con Mijail Vasilievich. Los médicos me recomiendan que pasee. Daré un paseo pues, y me imaginaré que estoy en el balneario...

—No hay por qué apresurarse; tenemos tiempo –repuso Anna–. ¿Quieres tomar el té? Y tocó el timbre.

—Sirvan el té y digan a Seriozha que ha llegado su papá. ¿Cómo estás de salud? No había usted estado aquí nunca, Mijail Vasilievich... ¡Mire, qué terraza más espléndida tenemos! ¡Vaya usted a verla! –decía Anna, dirigiéndose, ya a uno, ya a otro.

Hablaba con sencillez y naturalidad, pero demasiado y muy deprisa. Ella misma lo notaba, tanto más cuanto que en la mirada de curiosidad de Mijail Vasilievich le pareció leer que trataba de escudriñarla.

Mijail Vasilievich salió a la terraza. Anna se sentó junto a su marido.

—No tienes buena cara –le dijo.

—Hoy me ha visitado el doctor durante una hora –dijo Karenin–. Supongo que le envió alguno de mis amigos. ¡Les preocupa tanto mi salud!

—¿Qué te ha dicho el médico?

Le preguntaba por su salud, por su trabajo y le aconsejaba que fuese a vivir con ella para descansar.

Lo decía alegre y rápidamente, con un brillo peculiar en los ojos. Pero Aleksey Aleksándrovich no daba importancia alguna a su acento. Escuchaba las palabras de Anna, dándoles la significación literal que tenían, contestándole con sencillez, medio en broma. Y aunque en aquella conversación no había nada de particular, jamás en lo sucesivo pudo Anna recordar aquella escena sin experimentar un doloroso sentimiento de vergüenza.

Entró Seriozha, precedido de su institutriz.

Si Aleksey Aleksándrovich se hubiera permitido a sí mismo observarle, habría reparado en la mirada temerosa y confusa con que el niño contemplaba primero a su padre y a su madre después. Pero Karenin no quería ver nada y no lo veía.

—¡Hola, muchacho! Has crecido. Te estás haciendo un hombre. ¿Cómo estás, muchacho?...

Y tendió la mano al asustado Seriozha.

Si este era antes ya tímido en sus relaciones con su padre, ahora, desde que Karenin le llamaba muchacho y desde que el niño empezó a meditar en si Vronsky era amigo o enemigo, tendía a apartarse de su padre.

Miró a su madre como buscando protección, ya que solo a su lado se sentía a gusto.

Entre tanto, Aleksey Aleksándrovich ponía una mano sobre el hombro de su hijo y hablaba con la institutriz. El pequeño se sentía penosamente cohibido y Anna temía que rompiese a llorar.

Al entrar el niño y verle tan inquieto y temeroso, Anna se había sonrojado. Ahora se levantó con premura, quitó la mano de su esposo del hombro del pequeño, besó a este, le llevó a la terraza y volvió enseguida.

—Ya es hora –dijo, mirando su reloj–. ¿Cómo tardará tanto Betsy?

—Sí, sí –dijo Aleksey Aleksándrovich.

Se levantó y cruzándose unos con otros los dedos de las manos hizo crujir las articulaciones.

—He venido a traerte dinero –dijo–, porque el pájaro no se mantiene solo de cantos... Supongo que tendrás ya necesidad de él.

—No, no lo necesito... Digo, sí... –replicó Anna, sin mirarle, ruborizándose hasta la raíz del cabello–. ¿Volverás después de las carreras?

—¡Oh, sí! –contestó Aleksey Aleksándrovich–. ¡Ahí está la beldad de Peterhof, la princesa Tverskaya! –añadió, mirando por la ventana y viendo el coche inglés, con llantas de goma, de caja muy alta y pequeña–. ¡Qué elegancia! ¡Qué riqueza! ¡Es admirable! Entonces también nosotros nos vamos.

La Princesa no salió del coche. Su lacayo, calzado con botines, vistiendo esclavina y tocado con un sombrero negro, se apeó al llegar a la puerta.

—Me voy –dijo Anna–. Adiós.

Y después de besar a su hijo, se acercó a su marido y le dio la mano.

—Has sido muy amable visitándome –dijo.

Aleksey Aleksándrovich le besó la mano.

—Bien, hasta luego. ¡No dejes de venir a tomar el té! –concluyó su esposa.

Y salió, radiante y alegre.

Pero apenas perdió de vista a su marido, recordó la impresión de sus labios en el lugar de su mano que la habían tocado y se estremeció de repugnancia.

CAPÍTULO XXVIII

Cuando Aleksey Aleksándrovich llegó a las carreras, Anna estaba sentada ya al lado de Betsy en la tribuna donde se congregaba la alta sociedad. Anna vio a su marido desde muy lejos. Dos hombres –su marido y su amante– formaban como dos centros de su vida. Sentía su proximidad aun sin ayuda de sus sentidos corporales. Desde lejos presintió la llegada de su esposo a involuntariamente le siguió con los ojos entre las olas de muchedumbre en medio de las cuales se movía.

Lo veía acercarse a la tribuna, ora correspondiendo, condescendiente, a los saludos humildes; ora contestando, amistosamente, pero con cierta distracción, a sus iguales; ora espiando con atención la mirada de los poderosos y quitándose su amplio sombrero hongo, calado hasta las puntas de las orejas. Anna conocía muy bien todas aquellas maneras de saludar a la gente, y todas despertaban en ella el mismo sentimiento de antipatía. «En su alma no hay más que amor a los honores, ambición de triunfar», pensaba. «Las ideas elevadas, el amor a la cultura, a la religión y todo lo demás no son sino medios de llegar a la cumbre».

Por las miradas que su esposo dirigía a la tribuna, Anna comprendió que la buscaba.

Pero Aleksey Aleksándrovich no lograba descubrir a su mujer entre el mar de muselina, cintas, plumas, sombrillas y colores.

Anna, aun sabiendo que la buscaba, fingió deliberadamente no verle.

—¡Aleksey Aleksándrovich! –gritó la condesa Betsy–. Observo que no encuentra usted a su mujer. Está aquí.

Karenin sonrió con su sonrisa fría.

—Deslumbran ustedes tanto que no sabe uno adónde mirar –repuso.

Y se dirigió a la tribuna.

Sonrió a su mujer como debe hacerlo un marido a la esposa que ha visto minutos antes y saludó a la Princesa y a otros conocidos, tratando a cada uno como se había de tratar; es decir, bromeando con las señoras y cambiando cumplidos con los hombres.

Abajo, junto a la tribuna, estaba un ayudante general muy apreciado de Aleksey Aleksándrovich y muy conocido por su talento a instrucción. Aleksey Aleksándrovich se puso a charlar con él.

Estaban en un intermedio entre dos carreras y nada dificultaba su charla. El ayudante general criticaba el deporte hípico. Aleksey Aleksándrovich lo elogiaba. Anna escuchaba su voz fina y monótona sin perder una palabra y cada una de ellas le sonaba a falsa y le hería desagradablemente el oído.

Al empezar la carrera de cuatro verstas con obstáculos, Anna se inclinó hacia adelante sin quitar los ojos de Vronsky, que en aquel momento se acercaba a la yegua y montaba.

A la vez oía la voz de su marido, aquella voz repulsiva que hablaba sin parar. El miedo de que Vronsky sufriese algún daño la atormentaba y la atormentaba más aún, sin embargo, el percibir la aguda voz incansable de Aleksey Aleksándrovich con sus entonaciones tan conocidas para ella.

«Soy una mala mujer, una mujer caída», pensaba Anna, «pero no me gusta mentir y no puedo con la mentira. ¡Y mi marido se alimenta de ella! Lo sabe todo, lo adivina todo... ¿Cómo puede, pues, hablar con tanta tranquilidad? Si me hubiese matado o matado a Vronsky, le apreciaría. Pero no. No le interesan más que la mentira y las apariencias». Así reflexionaba, sin concretar cómo le habría agradado que fuera su marido ni lo que habría deseado hallar en él. Tampoco entendía que esa especial locuacidad de la que Aleksey Aleksándrovich hacía gala ese día y que tanto la irritaba, no era más que una manifestación de su desasosiego y su inquietud interna. Igual que un niño que habiéndose hecho daño ejercita sus músculos para calmar el dolor, Aleksey Aleksándrovich necesitaba aquella actividad cerebral para apagar los recuerdos relativos a su mujer, que en presencia de ella y de Vronsky, y oyendo repetir este último nombre sin cesar, reclamaban su constante atención. Y así como para un niño es natural saltar, para él era natural hablar bien y con inteligencia. Ahora decía:

—El peligro es una condición imprescindible de las carreras de caballos entre militares. Si Inglaterra es la nación que puede exhibir en su historia militar los más brillantes hechos de tropas de caballería, se debe a que ha procurado desarrollar desde siempre el vigor de animales y jinetes. En mi opinión, el deporte tiene mucha importancia. Pero nosotros no vemos nunca más que lo superficial...

—¿Dice usted superficial? –interrumpió la Tverskaya–. Me han dicho que un oficial se rompió una vez dos costillas.

Aleksey Aleksándrovich sonrió con aquella sonrisa suya que descubría los dientes pero no expresaba más.

—Admitamos, Princesa, que no es superficial, sino profundo. Pero no se trata de eso...

Y Karenin se dirigió de nuevo al ayudante general, con el que hablaba en serio.

—No olvidemos que quienes corren son militares, hombres que han elegido esa carrera. ¡Y cada vocación tiene el correspondiente reverso de la moneda! El peligro entra en las obligaciones del militar. El terrible deporte del boxeo o el riesgo que afrontan los toreros españoles podrá quizá ser signo de barbarie, pero el deporte sistematizado es signo de civilización.

—No volveré a estas carreras; son demasiado impresionantes, ¿verdad, Anna? –dijo la princesa Betsy.

—Impresionantes, pero subyugan el ánimo –repuso otra señora–. Si yo hubiese sido romana, no me habría perdido ni uno de los espectáculos del circo.

Anna, en silencio, miraba con los prismáticos hacia un solo punto.

En aquel momento pasaba por la tribuna un general muy alto. Interrumpiendo la conversación, Aleksey Aleksándrovich se levantó a toda prisa, aunque no sin dignidad, y saludó con una profunda reverencia al militar.

—¿No corre usted? –le preguntó el general en broma.

—Mi carrera es mucho más difícil –contestó respetuosamente Karenin.

Y aunque la respuesta no significaba gran cosa, el general tomó el aspecto de quien ha oído algo muy ingenioso de boca de un hombre inteligente y en cuyas palabras sabía él percibir bien la *pointe de la sauce*... [1]

—En estas cosas –seguía Karenin– hay dos puntos a considerar: los actores y los espectadores. Convengo en que el amor a estos espectáculos es signo indudable del bajo nivel mental del público, pero...

—¡Una apuesta, Princesa! –gritó desde abajo la voz de Stepán Arkadievich–. ¿Por quién apuesta usted?

—Anna y yo apostamos por el príncipe Kuzovlev –contestó Betsy.

—Y yo por Vronsky. ¿Va un par de guantes?

—Va.

—¡Qué hermoso espectáculo! ¿Verdad?

Aleksey Aleksándrovich calló mientras hablaban junto a él y luego recomenzó:

—Lo reconcozco, pero los juegos viriles...

Iba a continuar, pero en aquel momento dieron la salida a los jinetes y todos se levantaron y miraron hacia el riachuelo. Karenin no se interesaba por las carreras. No miró, pues, a los corredores. Sus ojos cansados se dirigieron distraídamente al público y se posaron en Anna. El rostro de su mujer estaba

(1) «La chispa de ingenio».

pálido y serio. Se notaba que Anna no veía sino a uno solo de los corredores. Contenía la respiración y su mano oprimía convulsivamente el abanico.

Karenin, después de haberla mirado, volvió precipitadamente la cabeza, dirigiendo la vista a otros semblantes. «Aquella otra señora... y esas otras también... Están muy emocionadas; es natural», se dijo Aleksey Aleksándrovich.

No quería mirar a Anna, pero involuntariamente sus ojos se volvieron hacia ella. Estudiaba su rostro tratando, y no queriendo a la vez, leer lo que en él estaba tan claramente escrito y, contra su deseo, leía lo que deseaba ignorar.

La primera caída –la de Kuzovlev en el riachuelo– impresionó a todos, pero Karenin leía en el pálido y radiante rostro de Anna el júbilo de que aquel a quien ella miraba no hubiera caído. Cuando Majotin y Vronsky saltaron la valla grande y el oficial que les seguía cayó de cabeza quedando muerto en el acto, Karenin observó que Anna no le veía ni casi reparaba en el murmullo de horror que agitaba a los espectadores, y que apenas sentía los comentarios que se hacían en torno a ella.

Aleksey Aleksándrovich la miraba cada vez con más insistencia. Anna, aunque absorta en seguir la carrera de Vronsky, sintió la fría mirada de su marido, que la contemplaba de soslayo. Se volvió un momento y le miró a su vez, interrogadora, arrugando ligeramente el entrecejo. Luego volvió a contemplar el espectáculo. «Me da igual», parecía haber contestado a su esposo. Y no lo miró ni una vez más.

Las carreras resultaron desafortunadas. De diecisiete hombres que intervinieron en la última, cayeron y se lesionaron más de la mitad. Al terminar la última carrera, todos estaban muy impresionados. Y la impresión aumentó cuando se supo que el Emperador estaba descontento del resultado de la prueba.

CAPÍTULO XXIX

Todos expresaban su desaprobación en voz alta, repitiendo la frase lanzada por alguien.

—Después de esto, no falta ya más que el circo romano...

El horror se había apoderado de todos, por lo cual el grito de espanto que brotó de los labios de Anna en el momento de la caída de Vronsky a nadie llamó la atención: no había en ello nada extraordinario. Pero poco después, el rostro de Anna expresó un sentimiento más vivo de lo que permitía el decoro. Perdido por completo el dominio de sí misma, comenzó a agitarse como un ave en la trampa, ya queriendo levantarse para ir no se sabía adónde, ya dirigiéndose a Betsy y diciéndole:

—Vámonos, vámonos.

Pero Betsy, inclinada hacia abajo, hablaba con un general y no la oía.

Aleksey Aleksándrovich se acercó a Anna y le ofreció el brazo galantemente.

—Vayámonos, si quiere –dijo en francés.

Anna escuchaba al general y no reparó en su marido.

—Dicen que se ha roto la pierna. ¡Eso es una barbaridad! –comentaba el general. Anna, sin contestar a su marido, tomó los prismáticos y miró hacia el lugar donde Vronsky había caído.

Pero estaba bastante lejos y se había precipitado allí tanta gente que era imposible distinguir nada.

Anna, bajando los gemelos, se dispuso a marchar. Pero en aquel momento llegó un oficial a caballo e informó al Emperador. Anna se inclinó hacia adelante para escuchar lo que decía.

—¡Stiva, Stiva! –gritó, llamando a su hermano. Mas él, aunque no estaba lejos, no la oyó, y ella se dispuso de nuevo a marchar.

—Insisto en ofrecerle mi brazo si quiere irse –dijo su marido, tocando el brazo de Anna.

Esta se separó de él con repulsión y contestó, sin mirarle a la cara:

—No, no, déjame. Me quedo.

Veía ahora que, desde donde cayera Vronsky, un oficial corría a través del campo hacia la tribuna.

Betsy le hizo una señal con el pañuelo. El oficial anunció que el jinete estaba ileso, pero que el caballo se había roto la columna vertebral.

Al oírle, Anna se sentó y ocultó el rostro tras el abanico. Karenin veía que su mujer no solo no podía reprimir las lágrimas, sino que tampoco los sollozos que henchían su pecho. Entonces se puso ante ella, para darle tiempo a reponerse sin que los demás notaran su llanto.

—Le ofrezco mi brazo por tercera vez –dijo a Anna al cabo de un instante.

Ella le miraba, sin saber qué decir. La princesa Betsy corrió en su ayuda.

—No, Aleksey Aleksándrovich. Anna y yo hemos venido juntas y le he prometido acompañarla a casa –intervino Betsy.

—Perdón, Princesa –dijo Karenin, sonriendo con respeto, pero mirándola fijamente a los ojos–. Observo que Anna no se encuentra bien y quiero que regresé a casa conmigo.

Anna se volvió asustada, se puso en pie sumisa y pasó el brazo bajo el de su marido.

—Enviaré a preguntar cómo está Vronsky y se lo avisaré –le dijo Betsy en voz baja. Al salir de la tribuna, Karenin hablaba, como de costumbre, con los conocidos que iba encontrando. Anna tenía también que hablar y proceder como siempre, pero se sentía muy agitada y avanzaba del brazo de su marido como en una pesadilla. «¿Se habría matado o no? ¿Sería cierto lo que decían?»

Se sentó en silencio en el coche de Karenin, que destacó en breve de entre los demás coches.

A despecho de lo que había visto, Aleksey Aleksándrovich se negaba a pensar en la verdadera situación de su mujer. No apreciaba más que los signos externos. Ella se había comportado de una manera inconveniente y ahora él consideraba un deber suyo el decírselo. Pero era muy difícil hacerlo sin ir más lejos.

Abrió la boca para decirle a Anna que su conducta era digna de censura, mas sin querer él dijo una cosa totalmente distinta.

—¡Parece imposible cómo, en el fondo, nos gustan a todos esos espectáculos tan bárbaros! –comentó–. Observo…

—¿Qué? No le comprendo –repuso Anna.

Karenin se sintió ofendido, e inmediatamente comenzó a hablarle de lo que quería.

—He de decirle… –comenzó.

«Ahora viene la explicación», pensó Anna asustada.

—He de decirle que su conducta de hoy no ha sido nada correcta –le dijo su marido en francés.

—¿Por qué no ha sido correcta? –preguntó Anna en voz alta, volviendo rápidamente la cabeza y mirándole a los ojos, pero no con la fingida alegría de otras veces, sino con una resolución bajo la cual difícilmente ocultaba sus temores.

—Cuidado –dijo Aleksey Aleksándrovich señalando la abierta ventanilla delantera por la que podía oírles el cochero.

Y, levantándose, subió el cristal.

—¿Qué halla usted de incorrecto en mi conducta? –repitió Anna.

—La desesperación que no supo usted ocultar cuando cayo uno de los jinetes.

Karenin esperaba una réplica, pero Anna callaba, mirando fijamente ante sí.

—Ya le he rogado antes que se comporte correctamente en sociedad, para que las malas lenguas no tengan que murmurar de usted. Hace tiempo le hablé del aspecto espiritual de estas cosas. Ahora ya no me refiero a tal aspecto. Hablo de las conveniencias exteriores. Usted se ha comportado incorrectamente y espero que esto no se repetirá.

Anna apenas oía la mitad de aquellas palabras. Temía a su marido y a la vez se preguntaba si Vronsky se habría matado o no, y si se habrían referido a él al decir que el jinete estaba ileso y el caballo se había roto la columna vertebral. Solo acertó a sonreír con fingida ironía cuando su marido acabó de hablar. Pero no pudo contestarle nada, porque apenas había entendido nada de lo que él le dijera.

Karenin había comenzado a hablar con mucha energía, mas cuando se dio cuenta de lo que estaba diciendo a su mujer, el temor que esta experimentaba se le contagió. Vio la sonrisa irónica de Anna y una extraña confusión se apoderó de su mente. «Sonríe de mis dudas. Ahora va a decirme lo mismo que me dijo entonces: que mis sospechas son infundadas y ridículas...». Sintiéndose amenazado de oír la verdad, Karenin deseaba vivamente que su mujer le contestase como lo había hecho entonces, que le dijese que sus sospechas eran estúpidas y sin fundamento. Era tan terrible lo que sabía y sufría tanto por ello que en aquel instante estaba pronto a creerlo todo. Pero la expresión temerosa y sombría del rostro de Anna ahora ni siquiera le prometía el engaño.

—Puede que me equivoque –siguió él–, y en ese caso le ruego que me perdone.

—No se equivoca usted –dijo lentamente Anna, mirando con desesperación el semblante impasible de su marido–. No se equivoca... Estaba y estoy desesperada. Mientras le escucho a usted estoy pensando en él. Le amo. Soy su amante. No puedo soportarle a usted. Le aborrezco. Haga conmigo lo que quiera.

E, inclinándose en un ángulo del coche, Anna rompió en sollozos, ocultando la cara entre las manos.

Karenin no se movió ni cambió la dirección de su mirada. Su rostro adquirió de pronto la solemne inmovilidad de un muerto y aquella expresión no se modificó durante todo el trayecto hasta la casa de verano. Una vez ante ella, Karenin volvió el rostro hacia su mujer, siempre con la misma expresión.

—Bien. Exijo que guarde usted las apariencias hasta que... –y la voz de Karenin tembló–, hasta que tome las medidas apropiadas para dejar a salvo mi honor. Ya se las comunicaré.

Salió del coche y ayudó a Anna a apearse. Le apretó la mano, de modo que los criados lo vieran, se sentó en el coche y volvió a San Petersburgo.

Poco después llegaba el criado de la Princesa con un billete para Anna. «He mandado una carta a Aleksey preguntándole cómo se encuentra. Me contesta que está ileso, pero desesperado». «Entonces vendrá», pensó Anna. «¡Cuánto celebro habérselo dicho todo á mi marido!».

Miró el reloj. Faltaban tres horas aún para la cita. Los recuerdos de la última entrevista la llenaban de emoción.

«¡Dios mío, cuánta claridad aún! Es terrible, pero ¡me gusta ver su rostro y me gusta esta luz fantástica! ¿Y mi marido? ¡Ah, sí! Gracias a Dios todo ha terminado entre nosotros...».

CAPÍTULO XXX

Como en todas partes donde se reúne gente, en la pequeña estación balnearia adonde habían ido los Scherbatsky se realizó esa especie de cristalización habitual en la sociedad que hace que cada uno de sus miembros ocupe un lugar definido.

Así como el frío da una forma invariable y fija a cada partícula de agua, convirtiéndola en un fragmento determinado de nieve, así cada nuevo cliente que llegaba al balneario ocupaba su correspondiente lugar.

Fürst Scherbatsky sammt Gemahlin and Tochter(1) era lo que figuraba en el lugar definido que les correspondía, teniendo en cuenta el piso que ocuparon, su nombre y las relaciones que se habían creado.

Aquel año había llegado a las aguas una verdadera *Fürstin*(2) alemana, gracias a la cual la identificación se realizó más rápidamente.

La princesa Scherbatsky se obstinó totalmente en presentar a Kitty a la princesa alemana y al segundo día de llegar efectuó la ceremonia. Kitty, ataviada con un vestido muy sencillo, es decir muy lujoso, que había sido encargado expresamente a París, saludó profunda y graciosamente a la Princesa.

La princesa alemana dijo:

—Espero que las rosas iluminen en breve ese hermoso rostro.

Y los caminos de la vida de los Scherbatsky en el balneario quedaron tan fijamente trazados que ya no les fue posible salirse de ellos.

(1) «El príncipe Scherbatsky con su esposa y su hija».

(2) Princesa real.

Los Scherbatsky conocieron a una lady inglesa, a una condesa alemana y a su hijo, herido en la última guerra, a un sabio sueco y al señor Canut y a una hermana suya que le acompañaba. Pero a quien más trataban los Scherbatsky era a una señora de Moscú, Maria Yevgénevna Rtischeva y a su hija, que le caía antipática a Kitty por estar enferma, como ella, de un amor desgraciado, y a un coronel moscovita al que Kitty veía y trataba desde niña y al que recordaba siempre de uniforme y con espuelas, aunque ahora llevaba el cuello al descubierto y usaba corbata de color.

Este hombre, de pequeños ojos, era extraordinariamente ridículo y se hacía pesado porque resultaba imposible desembarazarse de él.

Una vez establecido aquel régimen de vida fijo, Kitty se sintió muy aburrida, y más aún cuando su padre marchó a Carlsbad y se quedó sola con su madre.

Kitty no se interesaba por los conocidos, ya que no esperaba nada nuevo de ellos. Su interés principal en el balneario consistía en observar a los que no conocía y hacer conjeturas sobre ellos. Por inclinación natural de su carácter, Kitty suponía siempre buenas cualidades en los demás y sobre todo en los desconocidos. Y ahora, al hacer suposiciones sobre quien pudiera ser aquella gente, sus relaciones mutuas y sus caracteres, imaginaba que estos eran agradables y excepcionales y en sus observaciones creía encontrar la confirmación de su creencia.

Le interesaba en especial una joven rusa que acompañaba a una señora enferma, rusa también, a quien todos llamaban madame Stal. Esta dama pertenecía a la alta sociedad. Estaba tan enferma que no podía andar, y solo los días muy buenos se la veía en un cochecillo. No trataba nunca con rusos, lo que, según la princesa Scherbatsky, no se debía a su enfermedad, sino al excesivo orgullo que alentaba en ella. Como Kitty pudo observar, la joven rusa que la cuidaba trataba a todos los enfermos graves, muy abundantes allí, y les atendía con la mayor naturalidad. Siempre con arreglo a sus observaciones, la joven no debía de ser ni pariente de *madame* Stal ni una enfermera a sueldo. La señora Stal la llamaba Varenka y los otros *mademoiselle* Varenka.

Aparte de que a Kitty le interesaban las relaciones entre *madame* Stal y Varenka, así como entre ellas y otras personas a quienes no conocía, Kitty sentía por la joven una simpatía explicable, como sucede a menudo, y, por las miradas que Varenka le dirigía, se veía que también a ella le agradaba la Princesita.

Varenka no era lo que puede decirse una muchacha. Parecía un ser sin juventud, a quien tanto se le podían atribuir treinta años como diecinueve.

Pero, a juzgar por las líneas de su rostro y pese a su color enfermizo, Varenka era más bien linda que fea. Habría incluso sido esbelta a no ser por la delgadez extremada de su cuerpo y el volumen de su cabeza, que no guardaba proporción con su estatura; pero no resultaba atrayente para los hombres. Se diría que era una hermosa flor que aún conservara sus pétalos, pero ya mustia y sin perfume... Finalmente, no podía cautivar a los hombres porque le faltaba lo que le sobraba a Kitty: un reprimido ardor vital y la consciencia de sus encantos.

Varenka parecía estar ocupada siempre por algún trabajo que realizaba y le impedía, al parecer, interesarse por ninguna otra cosa.

Era precisamente esta circunstancia, que las hacía distintas, lo que atraía a Kitty más vivamente. Parecía a esta que en Varenka, en su manera de vivir, encontraría el modelo de lo que buscaba con tanto ahínco: un interés en la vida, un sentimiento de dignidad personal que nada tuviera de común con aquellas relaciones establecidas en el gran mundo entre muchachos y muchachas, y que ahora le repugnaban pareciéndole una exhibición humillante, como de mercadería en espera del comprador.

Cuanto más observaba Kitty a su desconocida amiga, tanto más creía que era el ser perfecto que ella imaginaba y tanto más deseaba conocerla personalmente.

Cada una de las varias veces que las dos jóvenes se encontraban durante el día, los ojos de Kitty parecían decir: «¿Quién y qué es usted? ¿Acaso un ser tan bello moralmente como imagino? ¡Pero no piense, por Dios, que deseo imponerle mi amistad! Me basta con quererla y admirarla». «Yo la quiero también, es usted muy gentil. Y la querría más si tuviese tiempo...», se diría que contestaba la joven rusa con la mirada.

Efectivamente, Kitty veía muy ocupada a Varenka: ora acompañaba a casa a los niños de una familia rusa, ora llevaba una manta a una enferma y la envolvía en ella, ora trataba de calmar a un enfermo excitado, ora iba a comprar pastas de té para alguien...

A poco de la llegada de los Scherbatsky hizo su aparición en el manantial una pareja de nuevos personajes que atrajeron la atención general sin despertar ninguna simpatía. Él era un hombre algo encorvado, de enormes manazas, vestido con un viejo gabán que le quedaba corto, de ojos negros a la vez ingenuos y feroces; y ella una mujer agraciada, de rostro pecoso, vestida pobremente y con escaso gusto.

Kitty, notando que aquella pareja era rusa, empezó a inventar a su propósito una novela bella y enternecedora. Pero la Princesa, informada por el *Kurlist*, el diario local, de que los nuevos viajeros eran Nikolái Levin y

Marie Nicolaevna, informó a Kitty de que aquel hombre era una persona poco recomendable, de modo que todas las ilusiones de la muchacha sobre los recién llegados se desvanecieron. No tanto por los informes de su madre como por ser aquel Levin hermano de Konstantín, la pareja se hizo todavía más desagradable a Kitty. Para colmo, la costumbre de Nikolái de estirar la cabeza producía en la joven una repulsión instintiva.

Le parecía, por otra parte, que en aquellos ojos grandes y feroces, que la contemplaban con insistencia, se expresaban sentimientos de odio y de burla, por lo que Kitty procuraba evitar a Nikolái Levin siempre que podía.

CAPÍTULO XXXI

Era un día desapacible, había llovido toda la mañana y los enfermos, provistos de paraguas, llenaban la galería.

Kitty paseaba con su madre y el coronel moscovita, que presumía mucho con su americana a la moda europea comprada en Francfort. Iban de un lado a otro de la galería, procurando evitar a Levin, que paseaba por el extremo opuesto.

Varenka, con su vestido oscuro y su sombrero negro de alas bajas, paseaba con una francesa ciega. Cada vez que se cruzaba con Kitty, ambas cambiaban miradas amistosas.

—¿Puedo hablarle, mamá? –preguntó Kitty, siguiendo con la mirada a su desconocida amiga y observando que se dirigía al manantial donde podrían coincidir.

—Si tanto empeño tienes en conocerla, me informaré primero de quién y cómo es hablándole yo antes –repuso su madre–. ¿Qué encuentras en ella de particular? Si quieres, te presentaré a *madame* Stal. He conocido a *sa bella soeur* –añadió la Princesa irguiendo la cabeza con orgullo.

Kitty sabía que su madre estaba ofendida de que *madame* Stal fingiera no reconocer a los rusos y no quiso, por lo tanto, insistir.

—¡Es verdaderamente encantadora –dijo Kitty viendo a Varenka ofrecer un vaso de agua a la francesa–. Cuanto hace resulta en ella espontáneo, agradable…

—Me dan risa tus *engouements* –dijo la Princesa– Vale más que nos volvamos –agregó, viendo a Levin que avanzaba en su dirección con su compañera y con el médico alemán, a quien hablaba en alta y enojada voz.

Al volver la espalda oyeron, no ya una voz fuerte, sino gritos. Levin gritaba y el doctor alemán estaba irritado también. La gente les rodeó. La Princesa y Kitty se alejaron precipitadamente y el coronel se unió al corro para saber de qué se trataba.

Instantes más tarde, el coronel alcanzó a las Scherbatsky.

—¿Qué pasaba? –preguntó la Princesa.

—¡Una vergüenza! –repuso el coronel–. ¡Es terrible encontrar a un ruso en el extranjero! Ese señor ruso ha discutido con el médico, diciéndole mil barbaridades, acusándole de que no le cura como debe y hasta amenazándole con el bastón. ¡Es vergonzoso!

—¡Qué cosa tan desagradable! –comentó la Princesa–. ¿Y en qué ha terminado la cosa?

—Gracias a la intervención de aquella... esa del sombrero que parece una seta. Creo que es una rusa –dijo el coronel.

—¿*Mademoiselle* Varenka? –preguntó Kitty con admiración.

—Sí, fue más hábil que todos. Cogió al señor ruso por el brazo y se lo llevó.

—¿Ve, mamá? –dijo Kitty a su madre–. ¡Y todavía le extraña a usted que la admire! Observando al siguiente día a aquella amiga a quien no trataba aún, Kitty comprobó que Varenka estaba ya en tan buenas relaciones con Levin y su mujer como con sus demás *protégés*. La muchacha se acercaba a ellos, les hablaba y servía de intérprete a la mujer, que no sabía ningún idioma extranjero.

Kitty insistió a su madre para que le permitiese tratar a Varenka. Y, pese a lo desagradable que le parecía a la Princesa ser ella quien iniciase el trato con la señora Stal, que adoptaba aquella actitud orgullosa no se sabía por qué, le habló y se informó de cuanto concernía a Varenka, sacando la conclusión de que si bien no había mucho bueno, tampoco había nada malo en conocerla. Acercándose, pues, ella misma a la joven, la interrogó.

Escogió al efecto un momento en que Kitty había ido al manantial y Varenka se había detenido junto a un vendedor ambulante de dulces y la abordó.

—Permítame presentarme personalmente –dijo la Princesa, con una sonrisa llena de dignidad–. Mi hija está enamorada de usted. Quizá usted no me conozca. Soy...

—Ese sentimiento es recíproco, Princesa –contestó Varenka inmediatamente.

—Se portó usted muy bien ayer con nuestro pobre compatriota –comentó la Princesa.

Varenka se ruborizó.

—No recuerdo haber hecho nada –repuso.

—¿Cómo que no? Evitó usted un lance desagradable a Levin.

—¡Ah, sí! Su compañera me llamó y yo procure calmarle. Él está muy enfermo y se encuentra descontento con su médico. Estoy acostumbrada a tratar a enfermos así.

—Sé que vive usted en Menton con su tía. Creo que *madame* Stal es tía suya, ¿no? He conocido a la *belle soeur* de su parienta...

—No es tía mía. Aunque la llamo *mamam*, no soy parienta suya –dijo Varenka volviendo a ruborizarse–. Pero he sido educada por ella.

Lo dijo con tal sencillez, con tanta suavidad y franqueza en su rostro, que la Princesa justificó al punto que Kitty estuviese encantada por aquella muchacha.

—¿Y qué va a hacer ahora ese Levin? –preguntó la Princesa.

—Se marcha –respondió Varenka,

Kitty, radiante de alegría al ver que su madre trataba ya a su desconocida amiga, volvía en aquel momento del manantial.

—Como ves, Kitty, tu ardiente deseo de conocer a la señorita...

—Varenka –precisó esta, con una sonrisa–. Así me llaman todos.

Kitty, ruborizándose de alegría, apretó durante largo rato la mano de su nueva amiga, quien no correspondió al apretón, dejando su mano inerte entre los dedos de Kitty.

Pero, aunque su mano no correspondiese al apretón de la joven, su rostro se iluminó con una viva sonrisa, alegre y a la vez algo melancólica, que dejaba al descubierto unos dientes grandes pero magníficos.

—También yo deseaba conocerla –dijo Varenka.

—¡Pero está usted siempre tan ocupada...!

—¡Ah!, al contario, no tengo nada que hacer –aseguró la muchacha.

Mas en aquel mismo instante hubo de dejar a sus recientes amigos viendo a dos niñitas rusas, hijas de un enfermo, que corrían hacia ella.

—¡La llama mamá, Varenka! –gritaban.

Y Varenka las siguió.

CAPÍTULO XXXII

Los detalles de los que se enteró la Princesa relativos al pasado de Varenka y de sus relaciones con *madame* Stal, y que supo por esta, eran los siguientes.

Madame Stal, de quien unos decían que había amargado la vida de su marido, mientras otros afirmaban que era él quien la atormentaba con su conducta crapulosa, era una mujer siempre enferma y excitada. Después de divorciarse de su marido dio a luz a un niño, que murió al poco de nacer. Los parientes de *madame* Stal, conociendo su sensibilidad y temiendo que la noticia la matase, suplantaron el niño muerto por una niña que había nacido la misma noche en San Petersburgo y que era hija del cocinero de la Corte. La niña era Varenka. Más adelante, *madame* Stal averiguó que esta no era hija suya, pero continuó criándola. Varenka quedó muy pronto sola en el mundo, por la muerte de sus padres.

Madame Stal vivía hacía más de dos años en el extranjero, en el sur, sin moverse de la cama. Unos afirmaban que *madame* Stal fingía y se había labrado su posición social haciéndose pasar por una mujer virtuosa y piadosa, mientras otros sostenían que en realidad, en el fondo de su alma, era un ser virtuoso y de moral acendrada, que vivía solo para el bien del prójimo como aparentaba. Nadie sabía si su religión era católica, protestante u ortodoxa, pero una cosa era cierta: que mantenía una estrecha amistad con los altos dignatarios de todas las iglesias y confesiones.

Mademoiselle Varenka no se había separado nunca de ella en todos esos años de vida en el extranjero, y cuantos trataban a *madame* Stal, estimaban y querían a *mademoiselle* Varenka como la llamaban.

Enterada de tales detalles, la Princesa no vio inconveniente en el trato de su hija con aquella joven, tanto más cuanto que los modales y la educación de la muchacha eran excelentes y hablaba el francés y el inglés a la perfección. En fin, lo principal era que *madame* Stal le había asegurado que sentía mucho que su enfermedad la privase de tratar íntimamente a la Princesa como era su deseo.

Kitty, después de conocer a Varenka, se sentía cada vez más cautivada por su amiga y cada día descubría en ella nuevas cualidades.

Sabiendo que Varenka cantaba bien, la Princesa le pidió que fuera a su casa una tarde para cantar.

—Tenemos piano, Kitty lo toca. Cierto que no es muy bueno, pero nos complacerá mucho oírla a usted –dijo la Princesa con una sonrisa forzada, tanto más desagradable a Kitty cuanto que advirtió que Varenka no tenía ganas de cantar.

No obstante, la joven acudió por la tarde llevando algunas piezas de música. La Princesa invitó también a Maria Yevguénevna y su hija y al coronel.

Varenka, indiferente por completo a que hubiese gente que no conocía, se acercó al piano. No sabía acompañarse, pero leía las notas muy bien. Kitty, que tocaba el piano a la perfección, la acompañaba.

—Tiene usted un talento extraordinario de cantante –afirmó la Princesa, después de que la muchacha hubo cantado de un modo admirable la primera pieza.

Maria Yevguénevna y su hija alabaron a la muchacha y le dieron las gracias por su amabilidad.

—Miren –dijo el coronel, asomándose a la ventana– cuánta gente ha venido a escucharla.

Salieron y vieron que, en efecto, al pie de la ventana se había reunido mucha gente.

—Celebro infinito que les haya gustado –dijo simplemente Varenka.

Kitty miraba a su amiga con orgullo. Le entusiasmaban el arte, la voz, el rostro y, más que nada, el carácter de Varenka, que no daba importancia alguna a lo que había hecho y recibía las alabanzas con indiferencia, con el aspecto de limitarse a preguntar: «¿Canto más o no?».

«Si yo estuviese en su lugar, ¡qué orgullosa me habría sentido! –pensaba Kitty–. ¡Cuánto me hubiese satisfecho saber que había gente escuchándome bajo la ventana! Y a ella todo eso la deja fría. Solo la mueve el deseo de no negarse y de complacer a mamá. ¿Qué hay en esta mujer? ¿Qué es lo que le da fuerza para prescindir de todos y permanecer independiente y serena? ¡Cuánto daría por saberlo y poder imitarla!», se decía Kitty, examinando el rostro tranquilo de su amiga.

La Princesa pidió a la joven que cantase más y ella cantó con la misma perfección y serenidad, de pie junto al piano, llevando el compás sobre el instrumento con su mano fina y morena.

La segunda pieza del papel era una canción italiana. Kitty tocó la introducción y miró a Varenka.

—Pasemos esto de largo –dijo ruborizándose.

Kitty detuvo la mirada, interrogativa y temerosa, en el rostro de su amiga.

—Bueno, bueno, pasemos a otra cosa... –dijo precipitadamente Kitty, volviendo las hojas y adivinando que Varenka tenía algún recuerdo relacionado con aquella canción.

—No –dijo la muchacha, poniendo la mano sobre la partitura y sonriendo–. Cantemos esto.

Y lo cantó tan serena y fría y con tanta perfección como había cantado antes.

Cuando Varenka acabó, todos le dieron las gracias y se aprestaron a tomar el té. Las dos jóvenes salieron a un jardincillo que había junto a la casa.

—¿No es cierto que tiene usted algún recuerdo relacionado con esa canción? –preguntó Kitty–. No me explique nada –se apresuró a añadir–: dígame solo si es verdad.

—¿Por qué no? Se lo contaré todo –repuso Varenka con sencillez.

—Tengo, sí, un recuerdo que en tiempos me fue muy penoso. He amado a un hombre y solía cantarle esa romanza.

Kitty, en silencio, con los ojos muy dilatados, miraba conmovida a su amiga.

—Yo le quería a él y él a mí, pero su madre se oponía a nuestra boda y se casó con otra. Ahora vive cerca de nosotros y a veces lo veo. ¿No había imaginado usted que yo pudiera también tener mi novelita de amor? –dijo Varenka.

Y su rostro se iluminó con un débil resplandor que, según presumió Kitty, en otro tiempo debía de iluminarlo por completo.

—¿Qué no lo he pensado? Si yo fuera hombre, después de conocerla a usted no podría amar a otra. No comprendo cómo pudo olvidarla y hacerla desgraciada por complacer a su madre. ¡Ese hombre no tiene corazón!

—¡Oh, sí! Es un hombre muy bueno, y yo no soy desgraciada; al contrario, soy muy feliz. ¿No cantamos más por hoy? –agregó, aproximándose a la casa.

—¡Qué buena es usted, qué buena! –exclamó Kitty. Y, deteniendo a Varenka, la besó–. ¡Si yo pudiese parecerme a usted un poco!

—¿Para qué necesita parecerse a nadie? Es usted muy buena tal como es –replicó Varenka con su sonrisa suave y fatigada.

—No, no soy buena… Pero dígame… Sentémonos aquí, se lo ruego –dijo Kitty, haciéndola sentarse otra vez en el banco, a su lado–. Dígame: ¿acaso no es una ofensa que un hombre desprecie el amor de una, que no la quiera?

—¡Si no me ha despreciado! Estoy segura de que me amaba, pero era un hijo obediente…

—¿Y si no lo hubiese hecho por voluntad de su madre, sino por la suya propia? –repuso Kitty, comprendiendo que descubría su secreto y notando que su rostro, encendido con el rubor de la vergüenza, la traicionaba.

—Entonces se habría comportado mal y yo no sufriría al perderle –repuso Varenka con firmeza, adivinando que ya no se trataba de ella, sino de Kitty.

—¿Y la ofensa? –preguntó Kitty–. La ofensa es imposible de olvidar.

Hablaba recordando cómo había mirado a Vronsky en el intervalo de la mazurca.

—¿Dónde está la ofensa? Usted no ha hecho nada malo.

—Peor que malo. Estoy avergonzada.

Varenka movió la cabeza y puso su mano sobre la de Kitty.

—¿Avergonzada de qué? –dijo–. Supongo que no diría usted al hombre que le mostró indiferencia que le quería…

—¡Claro que no! Nunca le dije una palabra. Pero él lo sabía. Hay miradas que… Hay modos de obrar… ¡Aunque viva cien años no olvidaré esto nunca!

—Pues no lo comprendo. Lo importante es saber si usted le ama ahora o no –concretó Varenka.

—¡Le odio! No puedo perdonarme…

—¿Por qué?

—Porque la vergüenza, la ofensa…

—¡Si todas fueran tan sensibles como usted! –repuso Varenka–. No hay joven que no pase por eso. ¡Y tiene tan poca importancia!

—Entonces, ¿cuáles son las cosas importantes? –preguntó Kitty escrutándole con mirada sorprendida.

—Hay muchas cosas importantes.

—¿Cuáles son?

—¡Oh, muchas! –dijo Varenka, como no sabiendo qué contestar.

En aquel momento se oyó la voz de la Princesa que llamaba desde la ventana:

—¡Kitty, hace fresco! Coge el chal o entra en casa.

—Cierto, ya es hora de entrar –dijo Varenka, levantándose–. Tengo que visitar aún a *madame* Berta que me lo suplicó…

Kitty la retenía por la mano y la miraba apasionadamente, como si le preguntase: «¿Cuáles son esas cosas importantes? ¿Qué es lo que le infunde tanta serenidad? Usted lo sabe. ¡Dígamelo!».

Pero Varenka no comprendía la pregunta de Kitty, ni en qué consistía. Solo recordaba que tenía que ver a *madame* Berta y volver a casa de *madame* Stal a la hora del té, que allí se tomaba a las doce de la noche. Entró, pues, en la casa, recogió sus papeles de música, se despidió de todos y se dispuso a marchar.

—Permítame que la acompañe –dijo el coronel.

—Claro. ¿Cómo va ir sola por la noche? –apoyó la Princesa–. Por lo menos enviaré a Paracha con usted.

Kitty observaba la sonrisa que Varenka reprimía con dificultad al oír considerar necesario que la acompañaran.

—No, siempre voy sola y nunca me pasa nada –dijo, tomando el sombrero. Y, besando una vez más a Kitty y omitiendo decirle lo que eran aquellas cosas importantes, desapareció con su paso rápido y sus papeles de música bajo el brazo en la oscuridad de la noche de verano, llevándose consigo el secreto de aquellas cosas importantes y de lo que le proporcionaba aquella dignidad y aquella calma tan envidiables.

CAPÍTULO XXXIII

Kitty conoció también a madame Stal y esta amistad, unida a la de Varenka, influyó mucho en ella, consolándola en su aflicción.

El consuelo consistía en que, merced a aquella amistad, se abrió un nuevo mundo para ella, un mundo sin nada de común con el suyo anterior, un mundo elevado desde cuya altura se podía mirar el pasado con tranquilidad. Había descubierto que, además de la vida instintiva a que hasta entonces se entregara, existía una vida espiritual.

Esa vida se descubría gracias a la religión, pero una religión que no tenía nada de común con la que profesaba Kitty desde su infancia, y que consistía en asistir a oficios y vísperas en el «Asilo de Viudas Nobles», donde se encontraba gente conocida, y en aprender de memoria con los «padrecitos» ortodoxos los textos religiosos eslavos.

La nueva idea que ahora recibía de la religión era elevada, mística, unida a sentimientos y pensamientos hermosos. Así cabía creer en la religión no porque estuviera ordenado, sino porque la creencia resultaba digna de ser amada.

Kitty no llegó a tal conclusión porque se lo dijeran. *Madame* Stal hablaba con Kitty como con una niña simpática, admirándola, hallando en ella los recuerdos de su propia juventud. Solo una vez le dijo que en todas las penas humanas no hay consuelo sino en el amor de Dios y la fe, y que Cristo, en su infinita compasión por nosotros, no encuentra penas tan pequeñas que no merezcan su consuelo. Y poco después, *madame* Stal cambió de conversación.

Pero en cada uno de sus movimientos, de sus palabras, de sus miradas celestiales, como calificaba Kitty las miradas de *madame* Stal, y sobre todo en la historia de su vida, que Kitty conoció por Varenka, aprendió la joven «lo más importante», hasta entonces ignorado por ella.

Así, notó que, al preguntarle por sus padres, la Stal sonreía con desdén, lo que era contrario a la caridad cristiana. También advirtió que, una vez que Kitty halló allí a un cura católico, *madame* Stal procuraba mantener su rostro fuera de la luz de la lámpara mientras sonreía de un modo peculiar.

Por insignificantes que fueran estas observaciones, perturbaban a Kitty, despertando dudas en ella sobre *madame* Stal. Varenka, en cambio, sola en el mundo, sin parientes ni amigos, con su triste desengaño, no esperando nada de la vida ni sufriendo ya por nada, era el tipo de la perfección con que la Princesita soñaba.

Kitty llegó a comprender que a Varenka le bastaba olvidarse de sí misma y amar a los demás para sentirse serena, buena y feliz. Así habría deseado ser ella. Comprendiendo ya con claridad qué era «lo más importante», Kitty no se limitó a admirarlo, sino que se entregó enseguida con toda su alma a aquella vida nueva que se abría ante ella. Por las referencias de Varenka respecto a cómo procedían *madame* Stal y otras personas que le nombraba, Kitty trazó el plan de su vida para el futuro. Como la sobrina de *madame* Stal, Alina, de la que Varenka le hablaba mucho, Kitty se propuso, doquiera que estuviese, buscar a los desgraciados, auxiliarles en la medida de sus fuerzas, regalarles evangelios y leerlos a los enfermos, criminales y moribundos. La idea de leer el Evangelio a los criminales, como hacía Alina, era lo que más seducía a Kitty. Pero la joven guardaba en secreto estas ilusiones sin comunicarlas ni a Varenka ni a su madre.

En espera del momento en que pudiera realizar sus planes con más amplitud, Kitty encontró en el balneario, donde había tantos enfermos y desgraciados, la posibilidad de practicar las nuevas reglas de vida que se imponía, a imitación de Varenka.

La Princesa, al principio, no observó sino que su hija estaba muy influida por su *engouement*, como ella decía, hacia *madame* Stal y sobre todo hacia Varenka. Notaba que no solo Kitty imitaba a la muchacha en su actividad, sino que la imitaba, sin darse cuenta, en su modo de andar, de hablar, hasta de mover las pestañas. Pero después la Princesa reparó en que se operaba en Kitty, aparte de su admiración por Varenka, un importante cambio espiritual.

Veía a su hija leer por las noches el Evangelio francés que le regalara *madame* Stal, cosa que antes no hacía nunca; reparaba en que rehuía las amistades del gran mundo y en que trataba mucho a los enfermos protegidos de Varenka y, en especial, a una familia pobre: la del pintor Petrov, que estaba muy enfermo.

Kitty se mostraba orgullosa de desempeñar el papel de enfermera en aquella familia.

Todo ello estaba bien y la Princesa no tenía nada que objetar contra aquella actividad de su hija, tanto más cuanto que la mujer de Petrov era una persona distinguida, y que la princesa alemana, al enterarse de lo que hacía Kitty, la había elogiado, llamándola un ángel consolador.

Sí, todo habría estado muy bien de no ser exagerado. Pero la Princesa advertía que su hija tendía a exagerar y hubo de advertirla.

—*Il ne faut jamais rien outrer* («No hay que exagerar nunca»).

Kitty, no obstante, nada contestaba, sino que se limitaba a pensar que no puede haber exageración en hacer obras caritativas. ¿Acaso es exagerado seguir el precepto de presentar la mejilla izquierda al que nos abofetea la derecha o el de dar la camisa a quien le quita a uno el traje?

Pero a la Princesa le desagradaban tales extremos, y más aún el comprender que su hija ahora no le abría completamente el corazón. En realidad, Kitty ocultaba a la Princesa sus nuevas impresiones y sentimientos no porque no quisiera o no respetara a su madre, sino precisamente por ser madre suya.

Mejor habría abierto su corazón ante cualquiera que ante ella.

—Hace mucho tiempo que Anna Pavlovna no viene a casa –dijo una vez la Princesa, refiriéndose a la Petrova–. La he invitado a venir, pero me ha parecido que estaba algo disgustada conmigo…

—No lo he notado –dijo Kitty ruborizándose.

—¿Hace mucho que no les has visto?

—Mañana tenemos que ir a dar un paseo hasta las montañas –repuso Kitty.

—Bien, id –dijo la Princesa, contemplando el rostro turbado de su hija y esforzándose en adivinar las causas de su confusión.

Aquel mismo día Varenka comió con ellos y anunció que la Petrova desistía del paseo a la montaña. La Princesa notó que Kitty volvía a ruborizarse.

—¿Te ha sucedido algo desagradable con los Petrov, Kitty? –preguntó la Princesa cuando quedaron a solas, ¿Por qué no envía aquí a los niños ni viene nunca?

Kitty contestó que no había pasado nada y que no comprendía que Anna Pavlovna pudiera estar disgustada con ella.

Y decía la verdad. No conocía en concreto el motivo de que la Petrova hubiera cambiado de actitud hacia ella, pero lo adivinaba. Adivinaba algo que no podía decir a su madre, una de esas cosas que uno sabe pero que no puede ni confesarse a sí mismo por lo vergonzoso y terrible que sería cometer un error.

Recordaba sus relaciones con la familia Petrov. Evocaba la ingenua alegría que se pintaba en el bondadoso rostro redondo de Anna Pavlovna cuando se encontraban, recordaba sus conversaciones secretas respecto al enfermo, sus invenciones para impedirle trabajar, lo que le habían prohibido los médicos, y para sacarle de paseo. Se acordaba del afecto que le tenía el niño pequeño, que la llamaba «Kitty mía» y no quería acostarse si ella no estaba a su lado para hacerle dormir.

¡Qué agradables eran aquellos recuerdos! Luego evocó la figura delgada de Petrov, su cuello largo, su levita de color castaño, sus cabellos ralos y rizados, sus interrogativos ojos azules que al principio asustaban a Kitty, y recordó también los esfuerzos que hacía para aparentar fuerza y animación ante ella.

Además se acordaba de la repugnancia que él le inspiraba al principio –como se la inspiraban todos los tuberculosos y el cuidado con que escogía las palabras que le tenía que decir. Volvía a ver la mirada tímida y conmovida que le dirigía Petrov y experimentaba de nuevo el extraño sentimiento de compasión y humildad, unido a la consciencia de obrar bien, que la embargaba en aquellos instantes.

Sí, todo ello se había deslizado perfectamente en los primeros días. Ahora, desde hacía poco, todo había cambiado. Anna Pavlovna recibía a Kitty con amabilidad fingida y vigilaba sin cesar a su marido y a la joven.

¿Era posible que la conmovedora alegría que experimentaba Petrov al llegar ella fuera la causa de la frialdad de Anna Pavlovna?

«Sí», pensaba Kitty; había algo poco natural en Anna Pavlovna, algo que no era propio de su bondad en el acento con que dos días antes le dijera enojada:

—Mi marido la esperaba. No quería tomar el café hasta que usted llegase, aunque sentía debilidad...

«Sí, quizá la Petrova se disgustó conmigo por haberle dado la manta a su marido. El hecho en sí carece de importancia... Pero él la cogió turbándose y me dio tantas veces las gracias que quedé confundida... Y luego ese retrato mío que ha pintado tan admirable... Y lo peor es su mirada, tan dulce, tan tímida... Sí, sí, eso es», se repetía Kitty, horrorizada. «Pero no debe, no puede ser. ¡El pobre me inspira tanta compasión...!».

Aquella duda envenenaba ahora el encanto de su nueva vida.

CAPÍTULO XXXIV

Poco antes de concluir el período de cura de aguas, el príncipe Scherbatsky vino a reunirse con su familia, que desde Carlsbad había ido a Baden y a Kessingen para visitar a unos amigos rusos, para respirar aire ruso, como él decía.

Las opiniones del Príncipe y de su esposa respecto a la vida en el extranjero eran diametralmente opuestas.

La Princesa lo encontraba todo admirable y, pese a su buena posición en la sociedad rusa, en el extranjero procuraba parecer una dama europea, lo que conseguía con dificultad, ya que, tratándose en realidad de una dama rusa, tenía que fingir y ello la cohibía bastante. El Príncipe, por el contrario, encontraba malo todo lo extranjero, le aburría la vida europea, conservaba sus costumbres rusas y fuera de su patria procuraba mostrarse adrede menos europeo de lo que lo era en realidad.

El Príncipe volvió más delgado, con la piel de las mejillas colgándole, pero en excelente disposición de ánimo, que aún mejoró al ver que Kitty había curado por completo.

Las referencias de la amistad de su hija con *madame* Stal y Varenka y las observaciones de la Princesa sobre el cambio operado en Kitty impresionaron al Príncipe, despertando en él su habitual sentimiento de celos hacia todo cuanto atraía a su hija fuera del círculo de sus afectos. Le asustaba que Kitty pudiera substrarse a su influencia, alejándose hasta parajes inaccesibles para él.

Pero tales noticias desagradables se hundieron en el mar de alegría y bondad que le animaba siempre y que había aumentado después de tomar las aguas de Carlsbad.

Al día siguiente de su regreso, el Príncipe, vestido con un largo gabán, con sus fofas mejillas sostenidas por el cuello almidonado, se dirigió al manantial con su hija en muy buen estado de espíritu.

La mañana era espléndida y brillaba un sol radiante. Las casas limpias y alegres, con sus jardincitos, el aspecto de las sirvientas alemanas, joviales en su trabajo, de manos rojas, de rostros colorados por la cerveza; todo ello llenaba de gozo el corazón.

Pero al aproximarse al manantial encontraban enfermos de aspecto mucho más deplorable aún por contraste con las condiciones normales de la bien organizada vida alemana.

A Kitty ya no le sorprendía tal contraste. El sol brillante, el vivo verdor, el son de la música, le resultaban el marco natural de toda aquella gente tan familiar para ella, con sus alternativas de peor o mejor salud, de buen o mal humor a que estaban sujetos.

Pero al Príncipe la luz y el esplendor de la mañana de junio, el sonar de la orquesta que tocaba un alegre vals de moda y, sobre todo, el aspecto de las rozagantes sirvientas le parecían ilógicos y grotescos en contraste con aquellos muertos vivientes, llegados de toda Europa, que se movían con fatiga y tristeza.

A pesar de el sentimiento de orgullo que le inspiraba el llevar del brazo a su hija, lo que le daba la impresión de volver a la juventud, se sentía cohibido y molesto de su andar seguro, de sus miembros sólidos, de su cuerpo de robusta complexión. Experimentaba lo que un hombre desnudo sentiría encontrándose en una reunión de personas vestidas.

—Preséntame a tus nuevas amistades –dijo a su hija oprimiéndole el brazo con el codo–. Hoy siento simpatía hasta por la asquerosa agua bicarbonatada que te ha repuesto de ese modo. ¡Pero es tan triste ver esto! Oye, ¿quién es ese?

Kitty iba nombrándole las personas conocidas y desconocidas que encontraban en el curso de su paseo.

En la misma entrada del jardín hallaron a *madame* Berta, la ciega, y el Príncipe se sintió contento ante la expresión que animó el rostro de la anciana francesa al oír la voz de Kitty. Madame Berta habló al Príncipe con su exagerada amabilidad francesa, alabándole aquella hija tan bondadosa, ensalzándola hasta las nubes y calificándola de tesoro, perla y ángel de consuelo.

—En ese caso es el ángel número dos –dijo el Príncipe sonriendo–, porque, según ella, el ángel número uno es la señorita Varenka.

—¡Oh, la señorita Varenka es también un verdadero ángel! –afirmó *madame* Berta.

En la galería encontraron a la propia Varenka, que se dirigió precipitadamente a su encuentro. Llevaba un espléndido bolso de costura.

—Ha venido papá –dijo Kitty.

Varenka hizo un ademán entre saludo y reverencia, con la sencillez y naturalidad que usaba siempre en todas sus cosas.

Luego empezó a hablar con el Príncipe como con los demás, naturalmente, sin sentirse cohibida.

—Ya la conozco, y bien –dijo el Príncipe con una sonrisa de la que Kitty dedujo, con alegría, que su padre encontraba simpática a Varenka–. ¿Adónde va usted tan de prisa?

—Es que mamá está aquí –dijo la muchacha dirigiéndose a Kitty–. No ha dormido en toda la noche y el doctor le ha aconsejado que saliera. Le llevo su labor.

—¿Así que este es el ángel número uno? –dijo el Príncipe después de que Varenka se hubo marchado.

Kitty notaba que su padre habría querido burlarse de su amiga, pero que no se atrevía a hacerlo porque también él la había encontrado simpática y agradable.

—Vamos a ver a todas tus amigas –añadió él–; vamos incluso a saludar a *madame* Stal, si es que se digna acordarse de mí...

—¿La conoces, papá? –preguntó Kitty con cierto temor, reparando en el fulgor irónico que iluminó los ojos del Príncipe al mencionar a la Stal.

—La conocí, así como a su marido, cuando ella no se había inscrito aún entre los pietistas.

—¿Qué significa pietista, papá? –preguntó la joven, desasosegada al saber que lo que ella apreciaba tanto en *madame* Stal tenía semejante nombre.

—No lo sé bien, francamente... Solo sé que ella da gracias a Dios por todas las desventuras que sufre... Por eso cuando murió su marido dio también gracias a Dios... Pero la cosa resulta algo cómica, porque ambos se llevaban muy mal. ¿Quién es ese? ¡Qué cara! ¡Da pena verle! –exclamó el Príncipe reparando en un hombre bajito, sentado en un banco, que vestía un abrigo castaño y pantalones blancos que formaban extraños pliegues sobre los descarnados huesos de sus piernas.

Aquel señor se quitó el sombrero, descubriendo sus cabellos rizados y ralos y su ancha frente, de enfermizo matiz, levemente colorada ahora por la presión del sombrero.

—Es el pintor Petrov –respondió Kitty ruborizándose–. Y esa es su mujer –añadió indicando a Anna Pavlovna.

La Petrova, como a propósito, al aproximarse ellos, se dirigió a uno de sus niños que jugaba al borde del paseo.

—¡Qué pena inspira ese hombre y qué rostro tan simpático tiene! ¿Por qué no te has acercado a él? Parecía querer hablarte.

—Entonces, vamos –dijo Kitty, volviéndose resueltamente–. ¿Cómo se encuentra hoy? –preguntó a Petrov.

Petrov se levantó, apoyándose en su bastón, y miró con timidez al Príncipe.

—Kitty es hija mía –dijo Scherbatsky–. Celebro conocerle.

El pintor saludó, mostrando al sonreír su blanca dentadura que brillaba extraordinariamente.

—Ayer la esperábamos, Princesa –dijo a Kitty. Y al hablar se tambaleó, y repitió el movimiento para fingir que lo hacía voluntariamente.

—Yo iba a ir, pero Varenka me avisó de que ustedes no salían de paseo.

—¿Cómo que no? –dijo Petrov, sonrojándose. Luego tosió y buscó a su mujer con los ojos–: ¡Anita, Anita! –gritó.

Y en su delgado cuello se hincharon sus venas, gruesas como cuerdas.

Anna Pavlovna se acercó.

—¿Cómo mandaste dar recado a la Princesa de que no íbamos de paseo? –preguntó Petrov irritado.

La emoción ahogaba su voz.

—Buenos días, Princesa –saludó Anna Pavlovna con fingida sonrisa, en tono harto distinto al que había empleado siempre cuando hablaba con ella–. Mucho gusto en conocerle –dijo al Príncipe–. Hace tiempo que le esperaban...

—¿Por qué has mandado decir a la Princesa que no iríamos de paseo? –repitió su marido en voz baja y ronca, más irritado aún al notar que le faltaba la voz y no podía hablar en el tono que quería.

—¡Dios mío! Creí que no iríamos –repuso su mujer enojada.

—¡Cómo que no! Sí, iremos porque... –y Petrov tosió otra vez y agitó la mano.

El Príncipe se quitó el sombrero y se apartó.

—¡Desgraciados! –murmuró afligido.

—Sí, papá –contestó Kitty–. Has de saber que tienen tres niños, que carecen de criados y que apenas poseen recursos. La Academia le envía algo –seguía diciendo, con animación, para calmar el mal efecto que le produjera la actitud de la Petrova–. Allí está *madame* Stal –concluyó mostrando un cochecillo en el cual, entre almohadones, envuelta en ropas grises y azul celeste, bajo una sombrilla, se veía una figura humana.

Era *madame* Stal. Tras ella estaba un robusto y taciturno mozo alemán que empujaba el coche. A su lado iba un conde sueco, un hombre muy rubio a quien Kitty conocía de nombre. Varios enfermos rodeaban el cochecillo, contemplando a *madame* Stal con veneración, como a algo extraordinario.

El Príncipe se acercó y en sus ojos vio Kitty de nuevo el irónico fulgor que tanto la intimidaba.

Al llegar junto a *madame* Stal, el Príncipe le habló en excelente francés, como muy pocos lo hablan hoy, manifestándose con respeto y cortesanía.

—No sé si usted me recuerda, pero en todo caso me permito hacerme recordar para agradecerle sus bondades con mi hija –dijo Scherbatsky quitándose el sombrero y conservándolo en la mano.

—Encantada, príncipe Alexander Scherbatsky –dijo la Stal, alzando hacia él sus ojos celestiales en los que Kitty observó cierto disgusto–. Quiero mucho a su hija.

—¿Sigue mal su salud?

—Sí, pero ya estoy acostumbrada –contestó *madame* Stal.

Y presentó al Príncipe el conde sueco.

—Ha cambiado usted un poco –dijo Scherbatsky– desde los diez u once años que no he tenido el honor de verla.

—Sí. Dios, que da la cruz, da también energías para soportarla. A menudo hace que uno piense: ¿para qué durará tanto esta vida? ¡Así no; de otro modo! –ordenó con irritación a Varenka, que le envolvía los pies en la manta de una forma diferente a como ella quería.

—Seguramente dura para permitirle hacer el bien –dijo el Príncipe riéndose con los ojos.

—Nosotros no somos quiénes para juzgarlo –repuso madame Stal, observando la expresión del rostro del Príncipe–. ¿Me enviará usted ese libro, querido Conde? Se lo agradeceré mucho –dijo, de repente, dirigiéndose ahora al conde sueco.

—¡Ah! –exclamó el Príncipe, divisando al coronel, que no estaba lejos de allí.

Y, saludando con la cabeza a la señora Stal, se alejó con su hija y con el coronel, que se reunió con ellas.

—He aquí nuestra aristocracia, ¿verdad, Príncipe? –dijo en tono irónico el coronel, que se sentía molesto con la señora Stal porque no se relacionaba con él.

—Está igual que siempre –comentó el Príncipe.

—¿La conocía usted antes de enfermar? Me refiero a antes de que tuviera que guardar cama.

—Sí, la conocí precisamente cuando enfermó y hubo de guardar cama.

—Dicen que no se levanta desde hace diez años.

—No se levanta porque tiene las piernas muy cortas. Es contrahecha.

—¡Imposible, papá! –exclamó Kitty.

—Eso dicen las malas lenguas, querida. ¡Y qué mal trata a Varenka! ¡Oh, estas señoras enfermas! –añadió.

—No, papá –replicó Kitty con calor–. Varenka la adora. ¡Y *madame* Stal hace mucho bien! Pregunta a quien quieras. A ella y a Alina Stal todos los conocen.

—Puede ser –dijo el Príncipe, apretándole el brazo con el codo–. Pero yo encuentro mejor hacer el bien sin que nadie se entere.

Kitty calló no porque no supiera qué decir, sino porque no quería confiar a su padre sus pensamientos secretos. Por extraño que fuese, aunque no quería someterse a la opinión de su padre ni abrirle el camino de su santuario íntimo, notó que aquella imagen divina de *madame* Stal que durante un mes entero llevara dentro de su alma desaparecía definitivamente, como la figura que forma un vestido colgado desaparece definitivamente cuando se repara en que no se trata sino de eso: de un vestido colgado.

Ahora en su cerebro no persistía sino la visión de una mujer corta de piernas que permanecía acostada porque era deforme y que martirizaba a la pobre Varenka porque no le arreglaba bien la manta en torno a los pies. Y ningún esfuerzo de su imaginación pudo reconstruir la anterior imagen de *madame* Stal.

CAPÍTULO XXXV

El buen estado de ánimo del Príncipe se contagió a su familia, a sus amigos y hasta al alemán dueño de la casa en que habitaban los Scherbatsky.

Al volver del manantial, habiendo invitado al coronel, a Maria Yevguénevna y a Varenka a tomar café, el Príncipe ordenó que sacasen la mesa al jardín, bajo un castaño, y que sirviesen allí el desayuno. Al influjo de la alegría de su amo, los criados, que conocían la munificencia del Príncipe, se animaron también. Durante media hora un médico de Hamburgo, enfermo, que vivía en el piso alto, contempló con envidia aquel alegre grupo de rusos, todos sanos, reunidos bajo el añoso árbol. A la sombra movediza de las ramas, ante la mesa cubierta con el blanco mantel, con cafeteras, pan, mantequilla, queso y fiambre de caza, estaba sentada la Princesa, tocada con su cofia de cintas lila, llenando las tazas y distribuyendo los bocadillos.

Al otro extremo de la mesa se sentaba el Príncipe, comiendo con apetito y hablando animadamente en voz alta. A su alrededor se veían las compras que había hecho: cajitas de madera labrada, juguetitos, plegaderas de todas clases. Había comprado un montón de aquellas cosas y las regalaba a todos, incluso a Lisgen, la criada, y al casero, con el que bromeaba en su cómico alemán chapurreado, asegurando que no eran las aguas las que habían curado a Kitty, sino la buena cocina del dueño de la casa y sobre todo su compota de ciruelas secas.

La Princesa se burlaba de su marido por sus costumbres rusas, pero se sentía más animada y alegre de lo que había estado hasta entonces durante su permanencia en las aguas.

El coronel celebraba también las bromas del Príncipe, pero cuando se trataba de Europa, que él imaginaba haber estudiado a fondo, estaba de parte de la Princesa.

La bondadosa Maria Yevguénevna reía de todo corazón con las ocurrencias de Scherbatsky y Varenka reía de un modo suave pero comunicativo, cosa que Kitty no le había visto nunca hasta entonces, ante las alegres chanzas del Príncipe.

Todo ello animaba a Kitty, pero, no obstante, se sentía preocupada. No sabía cómo resolver el problema que su padre le había planteado involuntariamente con su modo de considerar a sus amigas y aquel género de vida que ella amaba últimamente con toda su alma.

A este problema se unía el de sus relaciones con los Petrov, hoy puestas en claro de un modo harto desagradable.

Viendo la alegría de los demás, Kitty sentía crecer su agitación y experimentaba un sentimiento análogo al que sufría en su infancia cuando la castigaban encerrándola en su cuarto desde el que oía a sus hermanos reír alegremente.

—¿Por qué has comprado tantas chucherías? –preguntó la Princesa a su marido, sirviéndole una taza de café.

—Porque, al salir de paseo y acercarme a las tiendas, me rogaban que comprase diciendo: «*Erlaucht, Exzellenz, Durchlaucht*» *(Augusto, excelencia, alteza).* Al oír decir *Durchlaucht*, me sentía incapaz de resistir y se me iban diez táleros como por arte de magia.

—No es verdad. Lo comprabas porque te aburrías –dijo la Princesa.

—¡Claro que porque me aburría! Aquí todo es tan aburrido que no sabe uno dónde meterse.

—¿Es posible que se aburra, Príncipe, con el número de cosas interesantes que hay ahora en Alemania? –dijo Maria Yevguénevna.

—Conozco todo lo interesante: la compota de ciruelas, la conozco; el salchichón con guisantes, lo conozco. ¡Lo conozco todo!

—Diga usted lo que quiera, Príncipe, las instituciones alemanas son muy interesantes –observó el coronel.

—¿Qué hay de interesante? Los alemanes palmotean y gritan como niños, de contento, porque acaban de vencer a sus enemigos, pero ¿por qué he de estar contento yo? Yo no he vencido a nadie y, en cambio, tengo que quitarme yo mismo las botas y, además, dejarlas junto a la puerta. Por las mañanas he de levantarme, vestirme a ir al salón para tomar un mal té. ¡Qué distinto es en casa! Se despierta uno sin prisas y si está enfadado o irritado, tiene tiempo de calmarse, de meditar bien las cosas, sin precipitaciones...

—Olvida usted que el tiempo es oro –dijo el coronel.

—¡Según el tiempo que sea! Hay tiempo que puede venderse a razón de un copeck por mes, y en otras ocasiones no se daría media hora por nada del mundo... ¿No es verdad, Kitty? Pero ¿qué te pasa? ¿Estás triste?

—No, no estoy triste.

—¿Se va ya? Quédese un poco –dijo el Príncipe a Varenka.

—Tengo que volver a casa –repuso ella, levantándose y riendo aún gozosamente.

Cuando le pasó el acceso de risa, se despidió y entró en la casa para ponerse el sombrero.

Kitty la siguió. Hasta la propia Varenka se le presentaba ahora bajo un aspecto distinto. No es que le pareciera peor, sino diferente de como ella la imaginara antes.

—¡Hace tiempo que no había reído como hoy! –dijo Varenka, cogiendo la sombrilla y el bolso–. ¡Qué simpático es su papá!

Kitty callaba.

—¿Cuándo nos veremos? –preguntó Varenka.

—Mamá quería visitar a los Petrov. ¿Estará usted allí? –preguntó Kitty mirando a su amiga.

—Estaré –contestó Varenka–. Están preparándose para marchar y les prometí acudir para ayudarles a hacer el equipaje.

—Entonces iré yo también.

—No. ¿Por qué va a ir usted?

—¿Por qué? ¿Por qué? –repuso Kitty abriendo desmesuradamente los ojos y asiendo la sombrilla de Varenka para no dejarla marchar–. ¿Por qué no?

—¡Como ha venido su papá! Y además ellos se sienten cohibidos ante usted.

—No es eso. Dígame por qué no quiere que visite a los Petrov a menudo. ¡No, no quiere usted! Dígame el motivo.

—Yo no he dicho esto –replicó Varenka, sin alterarse.

—Le ruego que me lo diga.

—¿Quiere de verdad que se lo diga todo? –preguntó la muchacha.

—¡Todo, todo! –aseguró Kitty.

—Pues no hay nada de particular, salvo que Mijail Alexievich –aquel era el nombre del pintor– antes quería marchar sin demora y ahora no se resuelve a partir.

—¿Y qué más? –apremió Kitty mirándola gravemente.

—Pues que Anna Pavlovna dijo que su marido no quiere irse porque está usted aquí. Ello lo dijo sin razón alguna, pero por ese motivo, por usted, hubo una disputa muy violenta entre los esposos. Ya sabe lo irritables que son los enfermos...

Kitty, más taciturna cada vez, guardaba silencio. Varenka seguía monologando tratando de calmarla y suavizar la explicación, porque veía que Kitty estaba a punto de romper a llorar.

—Ya ve que es mejor que no vaya. Usted se hará cargo. No se ofenda, pero...

—¡Me lo merezco! ¡Me lo merezco! –dijo Kitty rápidamente, arrancando la sombrilla de manos de su amiga sin osar mirarla a los ojos.

Varenka sentía impulsos de sonreír ante la infantil cólera de su amiga, pero se contuvo por no ofenderla.

—¿Por qué se lo merece? No comprendo –dijo.

—Lo merezco porque todo esto que he estado haciendo era falso, fingido y no me salía del corazón. ¿Qué tengo yo que ver con ese hombre ajeno a mí? ¡Y resulta que provoco una disputa por meterme a hacer lo que nadie me pedía! Es la consecuencia de fingir.

—¿Qué necesidad había de fingir? –preguntó, en voz baja, Varenka.

—¡Qué estúpido y qué vil ha sido lo que he hecho! ¡No, no había necesidad de fingir nada! –insistía Kitty, abriendo y cerrando nerviosamente la sombrilla.

—Pero ¿con qué fin fingía?

—Para parecer más buena ante la gente, ante mí, ante Dios. ¡Para engañar a todos! No volveré a caer en ello. Es preferible ser mala que mentir y engañar.

—¿Por qué dice usted engañar? –dijo, con reproche, Varenka–. Lo dice usted como si...

Pero Kitty, presa de un arrebato de excitación, no la dejó terminar.

—No lo digo por usted. No se trata de usted. ¡Usted es perfecta, lo sé! Sí, sé que todas ustedes son perfectas. Pero ¿qué puedo hacer yo si soy mala? Si yo no fuese mala, todo eso no habría sucedido. Seré la que soy, pero sin fingir. ¿Qué me importa Anna Pavlovna? Que ellos vivan como quieran y yo viviré también como me plazca. No puedo ser sino como soy. No es eso lo que quiero, no, no es eso...

—¿Qué es lo que no quiere? ¿A qué se refiere usted? –preguntó Varenka, sorprendida.

—No, no es eso... No puedo vivir más que obedeciendo a mi corazón, mientras que ustedes viven según ciertas reglas... Yo las he querido a ustedes con el alma y ustedes solo me han querido a mí para salvarme, para enseñarme...

—No es usted justa –observó Varenka.

—No digo nada de los demás. Hablo de mí.

—¡Kitty! –gritó la voz de su madre–. Ven a enseñar tu collar a papá.

Kitty, altanera, sin hacer las paces con su amiga, tomó de encima de la mesa la cajita con el collar y fue a reunirse con su madre.

—¿Qué te pasa? ¿Por qué estás tan encarnada? –le dijeron, a la vez, su padre y su madre.

—No es nada –contestó Kitty–. Enseguida vuelvo.

Y se precipitó de nuevo en la habitación.

«Aún está aquí –pensó–. ¡Dios mío¡ ¿Qué he hecho, qué he dicho? ¿Por qué la he ofendido? ¿Y qué hará ahora? ¿Qué le diré?» , y se detuvo junto a la puerta. Varenka, ya con el sombrero puesto, examinaba, sentada a la mesa, el muelle de la sombrilla que Kitty había roto en su arrebato. Al entrar esta, alzó la cabeza.

—¡Perdóneme, Varenka, perdóneme! –murmuró Kitty, acercándose–. No sé ni lo que le he dicho... Yo...

—Por mi parte le aseguro que no quise disgustarla... –dijo la muchacha, sonriendo. Hicieron las paces.

Pero con la llegada de su padre había cambiado por completo todo el ambiente en que Kitty vivía. No renegaba de lo que había aprendido, pero comprendió que se engañaba a sí misma pensando que podría ser lo que deseaba. Le parecía haber despertado de un sueño. Reconocía ahora la dificultad de poder mantenerse a la altura de los hechos sin fingir ni enorgullecerse de su actitud. Sentía, además, el dolor de aquel mundo de penas, de enfermedades, aquel mundo de moribundos en el que vivía. Los esfuerzos que hacía sobre sí misma para amar lo que la rodeaba le parecieron una tortura y deseó volver pronto al aire puro, a Rusia, a Yerguchovo, donde, según la habían informado, había ido a vivir con sus hijos su hermana Dolly.

Pero su cariño a Varenka no disminuyó. Al despedirse, Kitty le rogó que fuera a visitarla y a pasar una temporada con ella.

—Iré cuando usted se case –dijo la muchacha.

—No me casaré nunca.

—Entonces nunca iré.

—En ese caso lo haré aunque solo sea para que venga. ¡Pero recuerde usted su promesa! –dijo Kitty.

Los augurios del doctor se realizaron: Kitty volvió curada a su casa, en Rusia.

No era tan despreocupada y alegre como antes, pero estaba tranquila. El dolor que sufriera en Moscú no era ya para ella más que un recuerdo.

Tercera parte

Capítulo I

Serguéi Ivanovich Kosnichev quiso descansar de su trabajo intelectual y, en vez de marchar al extranjero, según acostumbraba, se fue a finales de mayo al campo para disfrutar de una temporada al lado de su hermano.

Konstantín Levin se sintió muy satisfecho recibiéndolo, tanto más cuanto que en aquel verano ya no contaba que llegase su hermano Nikolái.

A pesar del respeto y cariño que sentía hacia Serguéi Ivanovich, Konstantín Levin experimentaba al lado de su hermano un cierto malestar. La manera que tenía este de considerar al pueblo le molestaba y le hacían desagradables la mayoría de las horas pasadas allí en su compañía. Para Konstantín Levin el pueblo era el lugar donde se vive, es decir donde se goza, se sufre y se trabaja. En cambio, para su hermano, era, por una parte, el lugar de descanso de su labor intelectual, y por otra, como un antídoto contra la corrupción de la ciudad, antídoto que él tomaba con placer comprendiendo su utilidad. Para Konstantín Levin el pueblo era bueno porque constituía un campo de nobles actividades: algo indiscutiblemente útil. Para Serguéi Ivanovich era bueno porque allí era posible y hasta recomendable no hacer nada. Además, Konstantín estaba disgustado con su hermano por el modo que tenía este de considerar a la gente humilde. Serguéi Ivanovich decía que él la conocía mucho y la estimaba. A menudo hablaba con los campesinos, lo que sabía hacer muy bien, sin fingir ni adoptar actitudes estudiadas, y en todas sus conversaciones descubría rasgos de carácter que honraban al pueblo y que después se complacía él en generalizar. Este modo de opinar sobre la gente humilde molestaba a Levin, para el cual el pueblo no era más que el principal colaborador en el trabajo común. Era grande su aprecio hacia los campesinos y el entrañable amor que por ellos sentía –amor que sin duda mamó con la leche de su nodriza aldeana, como solía decir él–, y se consideraba él mismo como un copartícipe del trabajo común; y a veces se entusiasmaba con la energía, la dulzura y el espíritu de justicia de aquella gente; pero en otras ocasiones, cuando el trabajo requería cualidades distintas, se irritaba contra el pueblo, considerándolo sucio, ebrio y embustero.

Si hubieran preguntado a Konstantín Levin si quería al pueblo, no habría sabido qué contestar. Al pueblo en particular, como a la gente en general, la amaba y no la amaba a la vez. Cierto que, por su bondad natural, tendía más a querer que a no querer a los hombres, incluyendo a los de clase humilde. Pero amar o no a estos como a algo particular no le era posible, porque no solo vivía con el pueblo, no solo sus intereses le eran comunes, sino que se consideraba a sí mismo como una parte del pueblo y ni en sí mismo ni en ellos veía defectos o cualidades particulares, y no podía oponerse al pueblo. Además, vivía con gran frecuencia en íntima relación con el campesino, como señor y como intermediario y principalmente como consejero, ya que los aldeanos confiaban en él y a veces recorrían cuarenta verstas para pedirle consejos. Pero no tenía sobre el pueblo una opinión definida. Si le hubiesen preguntado si conocía al pueblo o no, se habría visto en la misma perplejidad que al contestar si le amaba o no le amaba. Decir si conocía al pueblo era para él como decir si conocía o no a los hombres en general.

En principio estudiaba y sabía conocer a los hombres de todas clases y entre ellos a los campesinos, a los que consideraba buenos e interesantes. A menudo, observándolos, descubría en ellos nuevos rasgos de carácter que le llevaban a modificar su opinión anterior y a formarse nuevas y distintas opiniones.

Serguéi Ivanovich hacía lo contrario. Del mismo modo que alababa y amaba la vida del pueblo por contraste con la otra que no amaba, así amaba también a la gente humilde por contraste con otra clase de gente, y de una manera absolutamente idéntica conocía a esta gente como algo distinto y opuesto a los hombres en general. En su metódico cerebro se habían creado formas definidas de la vida popular, deducidas parcialmente de esta misma vida, pero deducidas también, y en mayor parte, por oposición a la contraria. Jamás, pues, variaba su opinión sobre el pueblo ni la compasión que le inspiraba.

En las discusiones que los hermanos mantenían sobre aquel tema siempre vencía Serguéi Ivanovich, por poseer una opinión definida sobre los aldeanos sobre sus caracteres, cualidades a inclinaciones, mientras que Konstantín Levin no tenía ideas fijas y firmes sobre la gente del pueblo, por lo que siempre se le cogía en contradicción.

Para Serguéi Ivanovich, su hermano menor era un buen muchacho, con «el corazón en su sitio» (lo que solía expresar en francés), de mente rápida, pero esclavo de las impresiones del momento y lleno, por ello, de contradicciones. Con la condescendencia de un hermano mayor, Serguéi Ivanovich le explicaba a veces la significación de las cosas, pero no experimentaba interés en discutir con él porque le vencía demasiado fácilmente.

Konstantín Levin tenía a su hermano por un hombre de inteligencia y cultura, noble en el más elevado sentido de la palabra y dotado de grandes facultades de acción en pro de la sociedad. Pero en el fondo de su alma y a medida que aumentaba en años y conocía mejor a su hermano, tanto más a menudo pensaba que aquella facultad de servir a la sociedad, de la cual Konstantín Levin se reconocía privado, quizá, al fin y al cabo, no fuera una cualidad, sino más bien un defecto. No un defecto de algo, no una falta de buenos, nobles y honrados deseos a inclinaciones, sino una carencia de poder de vida efectiva, de ese impulso que obliga al hombre a escoger y desear una determinada línea de vida entre todas las innumerables que se abren ante él.

Cuanto más conocía a su hermano, más observaba que Serguéi Ivanovich, como muchos otros hombres que servían al bien común, no se sentían inclinados a ello de corazón, sino porque habían reflexionado y llegado a la conclusión de que aquello estaba bien, y solo por tal razón se ocupaban de ello.

La suposición de Konstantín Levin se confirmaba por la observación de que su hermano no tomaba más a pecho las cuestiones del bien colectivo y de la inmortalidad del alma que las de las combinaciones de ajedrez o la construcción ingeniosa de alguna nueva máquina.

Además, Konstantín Levin se sentía a disgusto en el pueblo cuando estaba su hermano allí, sobre todo durante el verano, pues en esta época estaba siempre ocupado en los trabajos de su propiedad y aun en todo el largo día estival le faltaba tiempo para sí mismo, para poder atender a todo, mientras Serguéi Ivanovich descansaba. Sin embargo, aunque descansase ahora, es decir no escribiera obra alguna, estaba tan hecho a la actividad cerebral que le gustaba explicar en forma breve y elegante los pensamientos que acudían a su mente, y le gustaba tener a alguien que le escuchase.

El oyente más continuo era, naturalmente, su hermano. Por este motivo, a pesar de la sencillez amistosa de sus relaciones, Konstantín Levin no sabía cómo arreglárselas cuando tenía que dejar solo a Serguéi Ivanovich.

A este le gustaba tenderse en la hierba bajo el sol y permanecer así, charlando perezosamente.

—No sabes qué placer experimento sumergiéndome en esta pereza ucraniana. Tengo la cabeza completamente vacía de pensamientos. Podría hacerse rodar por ella una pelota.

Pero Konstantín Levin se aburría de estar sentado escuchando a su hermano, sobre todo porque sabía que, mientras ellos hablaban, los campesinos debían de estar lavando el estercolero o trabajando en el campo no preparado aún, y que si él no estaba allí iban a hacerlo de cualquier manera. Pensaba también que seguramente no atornillarían suficientemente las rejas de los arados ingleses y luego las apartarían afirmando que aquellos arados eran invenciones de tontos y que solo el arado corriente, etcétera.

—¿No has andado ya bastante con este calor? –le decía Serguéi Ivanovich.

—No... Tengo que pasar un momento por el despacho... –contestaba Levin. Y se iba al campo corriendo.

CAPÍTULO II

A primeros de junio, el aya y ama de llaves Agafia Mijailovna, un día que bajaba al sótano con un tarro de setas recién saladas en las manos, resbaló, cayó y se lastimó la muñeca.

Llegó el joven médico rural, recién salido de la Facultad y muy hablador. Miró la mano, dijo que no estaba dislocada y se apresuró a entablar conversación con el célebre Serguéi Ivanovich.

Para mostrarle sus ideas avanzadas, le contó todas las comadrerías de la provincia, quejándose de la mala organización del zemstvo.

Serguéi Ivanovich le escuchaba con atención, le preguntaba... Animado por el nuevo auditor, habló y expuso algunas observaciones justas y concretas –que fueron respetuosamente apreciadas por el joven médico–, animándose mucho, como siempre le ocurría después de una conversación agradable y brillante.

Cuando el médico se hubo ido, Serguéi Ivanovich quiso ir a pescar con caña, pues le gustaba la pesca y se mostraba casi orgulloso de que una ocupación tan estúpida pudiera gustarle.

Konstantín Levin, que tenía que echar un vistazo a los hombres que estaban arando y también a los prados, ofreció a su hermano llevarle hasta el río en su carretela.

Era la época del año en que el grano llega ya a su madurez, cuando hay que prepararse ya para la siembra de la próxima cosecha; cuando se acerca la siega y el centeno, crecido ya, con su ligero tallo verdegrís y su espiga no acabada aún de llenar, ondea bajo el viento; la época en que las verdes avenas, con las matas de hierba amarillentas que brotan, aisladas entre ellas, se extienden irregularmente en los sembrados tardíos; cuando se abre el alforfón y sus granos cubren la tierra; cuando la barbechera, pisoteada por los animales y endurecida como la piedra, con la que no puede la raspa, se ve ya con sus surcos trazados hasta la mitad; cuando los secos montones de estiércol llevados a los campos al nacer y al ponerse el sol mezclan su olor al perfume de las hierbas, y cuando en las tierras bajas, esperando la guadaña, se extienden como un mar inmenso los prados ribereños con los negruzcos montones de tallos de acederas arrancados.

Era, pues, la época en que se produce un corto descanso en los trabajos del campo antes de la recolección anual que reúne todos los esfuerzos del pueblo. La cosecha se anunciaba espléndida y los días, claros y calurosos y las noches, cortas y húmedas de rocío.

Los hermanos tenían que pasar por el bosque para llegar a los prados, Serguéi Ivanovich iba admirando la belleza del bosque, magnífico de hojas y verdor. Llamaba la atención de su hermano, ora sobre un viejo tilo, oscuro en su parte de sombra, pero rico de colorido con sus amarillos brotes a punto de florecer, ora sobre los tallos nuevos de otros árboles que brillaban como esmeraldas.

A Konstantín Levin no le agradaba hablar ni que le hablasen de las bellezas de la naturaleza. Las palabras despojaban de belleza al paisaje.

Respondía, pues, a su hermano con distraídos monosílabos, mientras, contra su voluntad, iba pensando en otras cosas.

Al salir del bosque atrajo su atención el campo en barbecho de una colina: aquí ya cubierto de amarilla hierba, allí labrado en cuadros, más allá salpicado de montones de estiércol y en otros puntos arado.

Pasaba por el campo una fila de carros. Levin los contó y se alegró al ver que llevaban todo lo necesario. Contemplando los prados sus pensamientos pasaron a la siega. Este momento le producía siempre una intensa emoción.

Al llegar al prado, Levin detuvo el caballo.

El rocío matinal humedecía aún la parte inferior de las hierbas, por lo cual, para no mojarse los pies, Serguéi Ivanovich pidió a su hermano que le llevase con la carretela hasta el sauce que se alzaba en el lugar señalado para pescar. Konstantín Levin, a pesar del disgusto que le producía aplastar la hierba de su prado, dirigió el coche a través de él.

Las altas hierbas se abatían suavemente bajo las ruedas y las patas del caballo, y en los cubos y radios de las ruedas se desgranaban las semillas.

Serguéi Ivanovich se sentó bajo el sauce, arreglando sus útiles de pesca. Levin ató el caballo no lejos de allí y se internó en el enorme mar verde oscuro del prado, inmóvil, no agitado por el menor soplo de viento. La hierba, suave como seda, en el lugar adonde alcanzaba, en primavera, el agua del río al salirse de madre, le llegaba hasta la cintura.

A través del prado, Konstantín Levin saltó al camino y encontró a un viejo, con un ojo muy hinchado, que llevaba una colmena con abejas.

—¿Qué? ¿Las has cogido, Tomich? –preguntó Levin.

—¡Qué las voy a coger, Konstantín Dmitrievich! ¡Gracias si consigo guardar las mías! Ya se me han marchado por segunda vez. Menos mal que sus muchachos las alcanzaron. Los que están trabajando el campo... Desengancharon un caballo y las cogieron.

—Y qué, Tomich: ¿qué te parece? ¿Conviene segar ya o esperar más?

—A mi parecer, habrá que esperar hasta el día de San Pedro. Esta es la costumbre. Claro que usted siega siempre antes. Si Dios quiere, todo irá bien. La hierba está muy crecida. Los animales quedarán contentos.

—¿Y qué te parece el tiempo?

—Eso ya depende de Dios. Quizá haga buen tiempo.

Levin se acercó otra vez a su hermano, que, con aire distraído, estaba con la caña en las manos.

La pesca era mala, pero Serguéi Ivanovich no se aburría y parecía hallarse de excelente buen humor.

Levin notaba que, animado por la charla con el médico, su hermano tenía deseos de hablar más. Pero él quería volver a casa lo antes posible para dar órdenes de que los segadores fueran al campo al día siguiente y resolver las dudas relativas a la siega, que constituían en aquel momento su mayor preocupación.

—Vámonos –dijo.

—¿Para qué apresurarnos? Estemos aquí un rato más. Oye, estás empapado. En este sitio no se pesca nada, pero se encuentra uno muy bien. El encanto de estas ocupaciones consiste en que ponen a uno en contacto con la naturaleza. ¡Qué bella es esta agua! ¡Parece de acero! –continuó–. Estas orillas de los ríos cubiertas de hierba me recuerdan siempre aquella adivinanza... ¿Recuerdas?, que dice: «la hierba dice al agua: a mecerse, a mecerse...».

—No conozco esa adivinanza –respondió Konstantín Levin con voz opaca.

CAPÍTULO III

—He estado pensando en ti –dijo Serguéi Ivanovich–. ¡Hay que ver lo que sucede en tu provincia! Por lo que me contó el médico veo que... Por cierto que ese muchacho no parece nada tonto... Ya te he dicho, y te lo repito, que no está bien que no asistas a las juntas rurales de la provincia y que te hayas alejado de las actividades del zemstvo. Si la gente de nuestra clase se aparta, claro es que las cosas habrán de ir de cualquier modo... Nosotros pagamos el dinero que ha de destinarse a sueldos, pero no hay escuelas, ni médicos auxiliares, ni comadronas, ni farmacias, ni nada...

—Ya he probado –repuso Levin en voz baja y desganada– y no puedo. ¿Qué quieres que haga?

—¿Por qué no puedes? Confieso que no lo comprendo. No admito que sea por indiferencia o ineptitud. ¿Será por pereza?

—Ninguna de las tres cosas. Es que he probado y he visto que no puedo hacer nada –replicó Levin.

Apenas pensaba en lo que le decía su hermano. Tenía la mirada fija en la tierra labrada de la otra orilla, donde distinguía un bulto negro que no podía precisar si era un caballo solo o el caballo de su encargado montado por aquel.

—¿Por qué no puedes? Probaste y no resultó como querías. ¡Y por eso te consideraste vencido! ¿Es que no tienes amor propio?

—No comprendo a qué amor propio te refieres –contestó Levin, picado por las palabras de su hermano–. Si en la Universidad me hubieran dicho que los demás comprendían el cálculo integral y yo no, eso sí que habría sido un caso de amor propio. Pero en este caso tienes que empezar por convencerte de que no careces de facultades para esos asuntos y además, y eso es lo principal, tienes que tener la convicción de que son importantes.

—¿Acaso no lo son? –preguntó Serguéi Ivanovich, ofendido de que su hermano no diera importancia a lo que tanto le preocupaba a él y ofendido, también, de que Levin casi no le escuchara.

—No me parecen importantes y no me interesan. ¿Qué quieres? –repuso Levin, advirtiendo ya que la figura que se acercaba era el encargado y que seguramente este habría hecho retirar a los obreros del campo labrado, ya que estos regresaban con sus instrumentos de trabajo. «Es posible que hayan terminado ya de arar», pensó.

—Escúchame –dijo su hermano mayor, arrugando las cejas de su rostro hermoso e inteligente–. Todo tiene sus límites. Está muy bien ser un hombre excepcional, un hombre sincero, no soportar falsedades... Ya sé que todo eso está muy bien. Pero lo que tú dices, o no tiene sentido, o lo tiene muy profundo. ¿Cómo puedes no dar importancia a que el pueblo, al que tú amas, según aseguras... («Jamás lo he asegurado», pensó Levin) ...muera abandonado? Las comadronas ineptas ahogan a los niños, y el pueblo en general se ahoga en la ignorancia y está a merced del primer funcionario que encuentra. Entre tanto, tú tienes a tu alcance el medio de ayudarles y no lo haces por encontrarlo innecesario.

Serguéi Ivanovich le planteaba el siguiente dilema: o Levin era tan poco inteligente que no comprendía todo lo que podía hacer o no quería sacrificar su tranquilidad, su orgullo o lo que fuera para hacerlo.

Levin reconocía que no le quedaba más remedio que someterse o reconocer su falta de interés por el bien común. Aquello le disgustó y le ofendió.

—Ni una cosa ni otra –contestó rotundamente Levin–. No veo la posibilidad de...

—¿Cómo? ¿Acaso no sería posible, administrando mejor el dinero, organizar la asistencia médica al pueblo?

—No me parece posible. En las cuatro mil verstas cuadradas de nuestra circunscripción, con los muchos lugares del río que no se hielan en invierno, con las tempestades, con las épocas de trabajo en el campo, no veo modo de llevar a todas partes la asistencia médica. Además, por principio, no creo en la medicina.

—Permíteme que te diga que eso no es razonable. Te pondría miles de ejemplos. Y luego, las escuelas...

—¿Para qué sirven?

—¿Qué dices? ¿Qué duda puede caber sobre la utilidad de la instrucción? Si es conveniente para ti, es conveniente para todos.

Konstantín Levin se sentía moralmente acorralado. Se irritó, pues, más aún e involuntariamente explicó el motivo esencial de su indiferencia por el interés común.

—Bien, todo eso podrá ser muy acertado, pero no sé por qué voy a preocuparme de la instalación de centros sanitarios, cuyos servicios no necesito nunca, y de procurar la instalación de escuelas a las que no voy a mandar a mis hijos jamás. Aparte de que no estoy muy seguro de que convenga enviar a los niños a la escuela –dijo.

Por un momento, Serguéi Ivanovich quedó sorprendido ante aquella inesperada objeción, pero enseguida formó un nuevo plan de ataque.

Calló unos instantes, sacó la caña del agua, la cambió de posición y se dirigió, sonriendo, a su hermano.

—Dispensa que te diga, pero que el auxilio médico lo has necesitado ya. Acabas de enviar a buscar al médico rural para Agafia Mijailovna.

—Pues creo que esta se quedará con la mano torcida.

—Eso no se sabe aún. Por otra parte, supongo que un campesino no analfabeto, un operario que sepa leer y escribir, te es más útil que los que no saben.

—No. Pregúntaselo a quien quieras –respondió Konstantín Levin–. El campesino culto es mucho peor como operario. No saben ni arreglar los caminos... y en cuanto arreglan los puentes los roban...

—De todos modos... –insistió Serguéi Ivanovich.

Y frunció las cejas. No le gustaban las contradicciones, y menos las que saltaban de un tema a otro, presentando nuevas demostraciones inconexas, no sabiendo nunca a cual contestar.

—De todos modos, no se trata de eso. Permíteme... ¿Reconoces que la instrucción es beneficiosa para el pueblo?

—Lo reconozco –dijo Levin impremeditadamente. Y enseguida comprendió que había dicho una cosa que no pensaba. Reconoció que, admitido aquel postulado, podía replicársele que entonces decía necedades, cosas sin sentido. Cómo se le pudiera demostrar no lo sabía, pero estaba seguro de que iba a demostrársele lógicamente y se dispuso a esperar tal demostración. Esta fue mucho más sencilla de lo que aguardaba.

—Si reconoces que es un bien –dijo Serguéi Ivanovich–, entonces, como hombre honrado, no puedes dejar de simpatizar con esa obra y no puedes negarte a trabajar para ella.

—No reconozco esa obra como buena –repuso Konstantín Levin sonrojándose.

—¿Cómo? ¡Si has dicho que sí ahora mismo!

—Quiero decir que no me parece que sea conveniente ni posible.

—No puedes saberlo, puesto que no has aplicado tus esfuerzos a ello.

—Supongamos –repuso Levin–, aunque yo no lo supongo, supongamos que todo sea como tú dices. Ni aun así veo por qué habría de ocuparme yo de tal cosa.

—¿Cómo que no?

—Acuérdate de que ya una vez hablamos de esto y ya entonces te dije mi opinión. Pero ya que hemos llegado otra vez a esto, explícamelo desde el punto de vista filosófico –dijo Levin.

—No veo qué tiene que ver con esto la filosofía –repuso Serguéi Ivanovich.

Y su tono irritó a Levin, porque parecía dar a comprender que él no tenía autoridad para ocuparse de filosofía.

—Ahora te lo diré yo –repuso ya acalorado–. Supongo que el móvil de todos nuestros actos es, en resumen, nuestra felicidad personal. Y en la institución del zemstvo, yo, como noble, no veo nada que pueda favorecer mi bienestar. Por ello los caminos no son mejores ni pueden mejorarse. Además, mis caballos me llevan muy bien por los caminos mal arreglados. No necesito al médico ni al puesto sanitario. Tampoco necesito al juez del distrito, a quien nunca me he dirigido ni me dirigiré. No solo no necesito escuelas, sino que me perjudican, según lo he demostrado. Para mí, el zemstvo se reduce a tener que pagar dieciocho copecks por hectárea de tierra, a la obligación de ir a la ciudad a pasar una noche en cuartos con insectos y luego a tener que oír necedades y disparates. Mi interés personal no me aconseja soportar eso.

—Permíteme –interrumpió Serguéi Ivanovich, sonriendo–. El interés personal no nos aconsejaba procurar la liberación de los siervos y, sin embargo, lo hemos procurado.

—¡No! –interrumpió Konstantín Levin, animándose–. La liberación de los siervos era otra cosa. Allí había un interés personal. Queríamos quitar un yugo que nos oprimía a toda la gente buena. Pero ser vocal de un consejo para deliberar sobre cuántos deshollinadores son necesarios y sobre la necesidad de instalar tuberías en la ciudad en la que no vivo; tener, como vocal, que juzgar a un aldeano que robó un jamón, escuchando durante seis horas las tonterías que sueltan defensores y fiscales, mientras el presidente pregunta, por ejemplo, a mi viejo Alecha el tonto: «¿Reconoce usted, señor acusado, el hecho de haber robado el jamón?», y Alecha el tonto contesta: «¿Qué...?».

Konstantín Levin, ya lanzado por este camino, comenzó a imitar al presidente y a Alecha el tonto, como si todo ello tuviera alguna relación con lo que decían.

Serguéi Ivanovich se encogió de hombros.

—¿Qué quieres decir?

—Quiero decir que los derechos que mi... que son... que tratan de mis intereses, los defenderé con todas mis fuerzas. Cuando los gendarmes registraban nuestras habitaciones de estudiantes y leían nuestros periódicos, estaba, como estoy ahora, dispuesto a defender mis derechos a la libertad y la cultura. Me intereso por el servicio militar obligatorio, que afecta a mis hijos, a mis hermanos, a mí mismo, y estoy dispuesto a discutir sobre él cuanto haga falta, pero no puedo juzgar sobre cómo han de distribuirse los fondos del zemstvo ni sentenciar a Alecha el tonto. No comprendo todo eso y no puedo hacerlo.

Parecía haberse roto el dique de la elocuencia de Levin. Serguéi Ivanovich sonrió.

—Entonces, si mañana tienes un proceso, preferirás que lo juzguen por la antigua audiencia de lo criminal.

—No tendré proceso alguno. No cortaré el cuello a nadie y no necesito juzgados. El zemstvo –continuaba Levin, saltando a un asunto que no tenía relación alguna con el tema– se parece a esas ramitas de abedul que poníamos en casa por todas partes el día de la Santísima Trinidad para que imitasen la primitiva selva virgen de Europa. Me es imposible creer que, si riego esas ramas de abedul, van a crecer.

Serguéi Ivanovich se encogió de hombros, expresando en este gesto su sorpresa porque salieran a relucir en su discusión aquellas ramas de abedul, aunque comprendió enseguida lo que su hermano quería dar a entender.

—Perdóname, pero de este modo no se puede hablar –observó.

Pero Konstantín Levin quería disculparse de aquel defecto de su indiferencia hacia el bien común y continuó:

—Creo que ninguna actividad puede ser práctica si no tiene por base el interés personal. Esta verdad es filosófica –dijo con energía, repitiendo la palabra «filosófica» como subrayando que también él, como todos, tenía derecho a hablar de filosofía.

Serguéi Ivanovich sonrió otra vez.

«También él tiene una filosofía propia: la de servir sus inclinaciones», pensó.

—Deja la filosofía –dijo en voz alta–. El fin principal de la filosofía de todas las épocas consiste precisamente en encontrar la relación necesaria que debe existir entre el interés personal y el común. Pero no se trata de eso; debo corregir tu comparación. Los abedules que decías no estaban plantados en tierra y estos sí, aunque, como no están crecidos aún, hay que cuidarlos. Solo tienen porvenir, solo pueden figurar en la historia, los pueblos que tienen consciencia de lo que hay de necesario e importante en sus instituciones y las aprecian.

Serguéi Ivanovich llevó así el tema a un terreno histórico-filosófico inaccesible para su hermano, demostrándole todo lo injusto de su punto de vista.

—Se trata de que a ti esto no te gusta y eso es, y perdóname, característico de nuestra pereza rusa, de nuestra clase. Mas estoy seguro de que es un error pasajero que no durará.

Levin callaba. Se reconocía batido en toda la línea, pero a la vez comprendía que su hermano no había sabido interpretar su pensamiento. No veía si no había sido comprendido por no saber explicarse mejor y con más claridad o porque el otro no quería comprenderle. Mas no profundizó en aquellos pensamientos y, sin replicar a su hermano, permaneció pensativo, ensimismado en el asunto personal que entonces le preocupaba.

Serguéi Ivanovich volteó una vez más el sedal en torno a la caña. Luego desataron el caballo y regresaron a casa.

CAPÍTULO IV

El asunto personal que preocupaba a Levin durante su conversación con su hermano era el siguiente: cuando el año pasado, habiendo ido Levin a la siega, se enfadó con su encargado, empleó su medio habitual de calmarse, coger una guadaña de manos de un campesino y ponerse a segar.

El trabajo le gustó tanto que algunas veces se puso espontáneamente a guadañar. Segó todo el prado de frente de casa, y este año, ya desde la primavera, se había formado el plan de pasar días enteros guadañando con los campesinos.

Desde que había llegado su hermano, Konstantín Levin no hacía más que pensar si debía hacer lo proyectado o no. No le parecía bien dejar solo a su hermano durante días enteros y además temía que Serguéi Ivanovich se burlara de él.

Pero mientras pasaba por el prado, al recordar el placer que le producía manejar la guadaña, resolvió hacerlo. Y tras la disputa con su hermano volvió a recordar su decisión.

«Necesito ejercicio físico», pensó. «De lo contrario, se me agria el carácter».

Resolvió, pues, tomar parte en la siega, aunque pareciera incorrecto con respecto a su hermano, y lo mirara la gente como lo mirara.

Por la tarde se fue al despacho, dio órdenes para el trabajo y envió a buscar segadores en los pueblos cercanos, a fin de segar al día siguiente el prado de Kalínovo, que era el mayor y el mejor de todos.

—Hagan también el favor de enviar mi guadaña a Tit, para que la afile y me la tenga lista para mañana. Quizá trabaje yo también –dijo, tratando de disimular su turbación.

El encargado, sonriendo, repuso:

—Bien, señor.

Por la noche, durante el té, Levin dijo a su hermano:

—Como el tiempo parece bueno, mañana empiezo a segar.

—Es muy interesante ese trabajo –dijo Serguéi Ivanovich.

—A mí me encanta. A veces he segado yo con los aldeanos. Mañana me propongo hacerlo todo el día.

Serguéi Ivanovich, levantando la cabeza, miró a su hermano con atención.

—¿Cómo? ¿Con los campesinos? ¿Igual que ellos? ¿Todo el día?

—Sí, es muy agradable –contestó Levin.

—Como ejercicio físico es excelente, pero no sé si podrás resistirlo –dijo Serguéi Ivanovich sin ironía alguna.

—Lo he probado. Al principio parece difícil, pero luego se acostumbra uno. Espero no quedarme rezagado.

—¡Vaya, vaya! Pero dime, ¿qué opinan de eso los aldeanos? Seguramente se burlarán de las manías de su señor.

—No lo creo. Ese trabajo es tan atrayente y a la vez tan difícil que no queda tiempo para pensar.

—¿Y cómo vas a comer con ellos? Porque seguramente no irán a llevarte allí el vino Lafite y el pavo asado.

—No. Vendré a casa mientras ellos descansan.

A la mañana siguiente, Levin se levantó más temprano que nunca, pero las órdenes que tuvo que dar le entretuvieron y, cuando llegó al prado, los segadores empezaban ya la segunda hilera.

Desde lo alto de la colina se descubría la parte segada del prado, con los bultos negros de los caftanes que se habían quitado los segadores cerca del lugar adonde llegaran en la siega de la primera hilera.

A medida que Levin se acercaba al prado, aparecían a sus ojos los campesinos, unos con sus caftanes, otros en mangas de camisa, que, formando una larga hilera escalonada, avanzaban moviendo las guadañas cada uno a su manera. Levin los contó y halló que había cuarenta y tres hombres.

Los segadores avanzaban lentamente sobre el terreno desigual del prado, hacia la parte donde estaba la antigua esclusa.

Levin reconoció a algunos de ellos. Allí se veía al viejo Yermil, con una camisa blanca larguísima, manejando la guadaña muy encorvado; luego, el joven Vaska, que servía de cochero a Levin y que guadañaba con amplios movimientos. Allí estaba también Tit, un campesino bajo y delgado que había instruido a Levin en el arte de segar. Iba delante y manejaba la guadaña sin inclinarse, sin esfuerzo alguno y como si jugara.

Levin se apeó, ató al caballo junto al camino y se unió a Tit. Este sacó de entre los matorrales una segunda guadaña y la ofreció a su dueño.

—Ya está preparada, señor. Corta que da gusto –dijo Tit sonriendo y quitándose la gorra mientras entregaba la guadaña a Levin.

Este la tomó y empezó a guadañar para probarla. Los segadores que ya habían terminado su hilera salían uno tras otro al camino, sudorosos y alegres, y saludaban, riendo, al señor.

Todos le contemplaban, pero nadie osaba hablar, hasta que un viejo alto, con el rostro arrugado y sin barba, que llevaba una chaqueta de piel de cordero, salió al camino y, dirigiéndose a Levin, le dijo:

—Bueno, señor, ya que ha comenzado, no debe quedarse atrás.

Levin oyó una risa ahogada entre los segadores.

—Procuraré no quedarme –repuso Levin, situándose tras Tit y esperando el momento de empezar.

—Muy bien, veremos cómo cumple –repitió el viejo.

Tit dejó sitio y Levin le siguió. La hierba era baja, como sucede siempre con la hierba que crece junto al camino, y Levin, que hacía tiempo no manejaba la guadaña y se sentía turbado bajo las miradas de los segadores fijas en él, guadañaba al principio con alguna torpeza, a pesar de hacerlo con vigor.

Se oyeron exclamaciones a sus espaldas.

—Tiene mal cogida la guadaña, con el mango demasiado arriba... Mire cómo tiene que inclinarse –dijo uno.

—Apriete más con el talón –indicó otro.

—Nada, nada, ya se acostumbrará –repuso el viejo–. ¡Vaya, vaya, cómo se aplica! Hace el corte demasiado ancho y se cansará. Guadaña demasiado aprisa. ¡Se ve bien que trabaja para usted! Pero, ay, ay, ¡qué bordes va dejando! Antes, por cosas así, nos daban de palos a nosotros.

La hierba ahora era más blanda y mejor y Levin, escuchando sin contestar, seguía a Tit, procurando guadañar lo mejor que podía. Adelantaron un centenar de pasos. Tit avanzaba siempre sin pararse, sin mostrar el menor cansancio. Levin, en cambio, se sentía tan fatigado que temía no poder resistirlo.

Movía la guadaña sacando fuerzas de flaqueza e iba ya a pedir a Tit que se parase, cuando el otro lo hizo espontáneamente, se inclinó, cogió un puñado de hierba y después de haber secado con ella la guadaña, comenzó a afilarla.

Levin se irguió, respiró fuerte y miró a su alrededor.

Tras él iba otro aldeano, también cansado al parecer, puesto que, sin llegar hasta donde estaba Levin, empezó a su vez a afilar la guadaña.

Tit afiló la suya y la de Levin, y luego continuaron la labor.

A la segunda vuelta pasó lo mismo. Tit caminaba sin detenerse, sin cansarse, moviendo sin cesar su guadaña. Levin le seguía procurando no retrasarse y sintiéndose más cansado cada vez. Pero cuando llegaba el momento en que le faltaban las fuerzas, Tit se detenía y se ponía a afilar el instrumento.

Así concluyeron la primera hilera. A Levin esta hilera tan larga le pareció muy dura y difícil, pero cuando hubieron llegado al final y Tit, poniéndose la guadaña al hombro, comenzó a caminar sobre las huellas que dejaran en la tierra sus propios talones, y Levin hubo hecho lo propio siguiendo también sus propias huellas, se sintió muy a gusto, a pesar del sudor que le caía en gruesas gotas del rostro y de la nariz y de tener la espalda completamente empapada. Le alegraba, sobre todo, la seguridad que tenía ahora de que podría resistir el trabajo.

Lo único que empañaba su satisfacción era el ver que su hilera no estaba bien segada.

«Moveré menos el brazo y más el conjunto del cuerpo», pensaba Levin, comparando la hilera de Tit, segada como a cordel, con la suya, donde la hierba había quedado desigual.

Según Levin observó, Tit había recorrido muy de prisa la primera hilera, sin duda para probar al dueño. Además, era una hilera más larga que las otras. Las siguientes eran más fáciles, pero, con todo, Levin tenía que poner en juego todas sus fuerzas para no rezagarse.

No pensaba ni deseaba nada, salvo que los campesinos no le dejasen atrás y trabajar lo mejor posible. No oía más que el rumor de las guadañas; y veía ante sí la figura erguida de Tit que se iba alejando; el semicírculo de hierba segada; la hierba que caía lentamente, como en oleadas; las flores que se ofrecían ante el filo de su guadaña, y al fondo y frente a sí, el término de la hilera, donde podría descansar al llegar.

En medio del trabajo, y sin comprender la causa de ello, experimentó de repente una agradable sensación de frescura en sus hombros ardientes y cubiertos de sudor y luego, mientras afilaban las guadañas, miró al cielo. Había llegado una nube baja y pesada y caían gruesas gotas de lluvia. Algunos segadores corrieron hacia sus caftanes. Otros, como Levin, se encogieron de hombros, satisfechos de sentir la agradable frescura del agua.

Hicieron una hilera más, y otra. Unas hileras eran largas, otras cortas, la hierba ora mala, ora buena. Levin perdió la noción del tiempo y no sabía qué hora era. Su trabajo experimentaba ahora un cambio que le colmaba de placer. En medio de la tarea había momentos en que olvidaba lo que hacía y trabajaba sin esfuerzo; y entonces su hilera resultaba casi tan igual como la de Tit. Pero en cuanto recordaba lo que estaba haciendo y procuraba trabajar con más cuidado, sentía el peso del esfuerzo y todo resultaba peor.

Terminada una hilera más, iba a empezar de nuevo cuando notó que Tit se detenía y, acercándose al viejo, le hablaba en voz baja. Ambos miraron al sol.

«¿De qué hablarán y por qué no siguen trabajando?», pensó Levin, sin darse cuenta de que los campesinos llevaban segando sin cesar lo menos cuatro horas y era ya tiempo de descansar.

—Es hora de almorzar, señor –dijo el viejo.

—¿Ya es hora? Bueno, almorcemos.

Levin entregó la guadaña a Tit y, en grupo con los aldeanos que se acercaban a sus caftanes para coger el pan, se dirigió al lugar donde estaba su caballo, pisando la hierba segada, ligeramente húmeda por la lluvia. Solo entonces se dio cuenta de que no había previsto bien el tiempo y de que la lluvia estaba mojando el heno.

—La lluvia va a echar a perder el heno –dijo.

—Eso no es nada, señor. Ya dice el refrán que hay que guadañar con lluvia y rastrillar con sol –respondió el viejo.

Levin desató el caballo y se dirigió a su casa para tomar el café.

Serguéi Ivanovich se había levantado unos momentos antes.

Después de tomar su café, Levin se fue otra vez a segar antes de que Seguéi Ivanovich tuviera tiempo de vestirse y salir al comedor.

Capítulo V

Después del almuerzo, Levin ocupó otro lugar en la siega, entre un viejo burlón, que le pidió que se pusiera a su lado, y un joven que se había casado en otoño y segaba aquel verano por primera vez.

El viejo, muy erguido, con las piernas abiertas y firmes, manejaba la guadaña como si jugase, con un movimiento recio y acompasado que parecía no costarle mayor esfuerzo que el de mover los brazos al andar, y amontonaba haces altos de hierba y todos iguales. Dijérase que no era él, sino su guadaña sola, la que segaba la jugosa hierba.

Tras Levin seguía el joven Michka. Su rostro juvenil y agradable, con los cabellos ceñidos por hierbas entrelazadas, mostraba el esfuerzo que le costaba la faena. Pero en cuanto le miraban sonreía. Se notaba que habría preferido morir a mostrar debilidad.

Levin iba entre ambos. A la hora de más calor, el trabajo no le pareció tan difícil. El sudor que le bañaba le producía cierto frescor y el sol que le quemaba las espaldas, la cabeza, los brazos, arremangados hasta el codo, le daba más vigor y más tenacidad en el esfuerzo. Cada vez eran más frecuentes los momentos en que trabajaba como sin darse cuenta, y la guadaña parecía entonces que segase por sí sola. Eran momentos de dicha, más dichosos aún cuando, al acercarse al río en el que terminaba el prado, el viejo secaba la guadaña con la hierba espesa y húmeda, lavaba el acero en el río y, llenando de agua su botijo, se lo ofrecía a Levin.

—¿Qué me dice usted de mi *kvas*(1)? ¡Es bueno! ¿Eh? –decía el viejo guiñando el ojo.

Y, efectivamente, nunca había tomado Levin bebida más agradable que aquel agua tibia en la que flotaban hierbas y con el regusto del hierro oxidado del botijo.

Luego seguía el agradable y lento paseo, con la guadaña en la mano, durante el cual podía enjugarse el sudor, respirar a pleno pulmón, contemplar la amplia línea de los segadores, mirar el bosque, el campo, cuanto le rodeaba...

Cuanto más trabajaba, más frecuentes eran en él los momentos de olvido total en los cuales no eran los brazos los que llevaban la guadaña, sino que era esta la que arrastraba tras sí en una especie de inconsciencia todo el cuerpo pletórico de vida. Y, como por arte de magia, sin pensar en él, el trabajo más recio y perfecto se realizaba como por sí solo. Aquellos momentos eran los más felices.

En cambio, cuando se hacía preciso interrumpir aquella actividad inconsciente para segar alguna prominencia o agacharse para arrancar una mata de acedera, el retorno a la realidad se hacía más penoso. El viejo lo hacía sin dificultad. Cuando hallaba algún pequeño ribazo, afirmaba el talón y, de unos cuantos golpes breves, segaba con la punta de la guadaña ambos lados del saliente. Mientras lo hacía así, no apartaba, sin embargo, un momento la atención de lo que había ante él, y ora arrancaba algún

(1) Bebida nacional rusa elaborada con centeno y lúpulo.

fruto silvestre y lo comía o lo ofrecía a Levin, ora separaba una rama con la punta del pie, ora contemplaba un nido del cual, bajo la misma guadaña, salía volando alguna codorniz, o bien cogía con la hoja, como con un tenedor, alguna culebra que encontraba en su camino, la mostraba a Levin y la arrojaba lejos de allí.

Para Levin, así como para el joven que trabajaba a sus espaldas, tales cambios de movimiento se hacían muy difíciles. Los dos, una vez hallada la forma adecuada de moverse, se embebían en el ardor del trabajo y eran incapaces de modificar el ritmo y observar a la vez lo que había ante ellos y segar.

Levin no reparaba en el tiempo que transcurría. Si le hubiesen preguntado cuántas horas llevaba trabajando, habría contestado que apenas media, cuando en realidad había llegado ya la hora de comer.

Volviendo por el lado segado ya, el viejo señaló a Levin varios niños de ambos sexos que, por todas partes, incluso por el sendero, aunque apenas visibles entre las altas hierbas, se acercaban a los segadores llevando saquitos con panes y jarros de *kvas* sujetos con cintas que apenas podían sostener.

—¡Eh! ¡Ya están aquí los renacuajos! –dijo el viejo, indicando a los niños, mientras, protegiendo sus ojos con la mano, miraba el sol.

Trabajaron un poco más. Luego, el viejo se detuvo.

—¡Ea, señor, ya es hora de comer! –dijo decididamente.

Acercándose al río, los segadores se dirigieron a sus caftanes, junto a los que les esperaban los niños que traían la comida. Los aldeanos que llegaban de más lejos se colocaron bajo los carros y los de más cerca a la sombra de los sauces, extendiendo antes en el suelo manojos de hierba.

Levin se sentó junto a ellos. No tenía deseos de irse.

El malestar que imponía a los hombres la presencia del amo se había disipado hacía rato. Los aldeanos se preparaban a comer. Algunos se lavaban. Los niños se bañaban en el río. Otros preparaban sitios para descansar, desataban los saquitos de pan, destapaban los jarros de *kvas*.

El viejo cortó pan, lo echó en su tazón, lo aplastó con el mango de la cuchara, vertió agua del botijo de lata, volvió a cortar pan y, poniéndole sal, oró de cara a oriente.

—¿Quiere probar mis *tiuria*, señor? –dijo, sentándose y apoyando el tazón en las rodillas.

La *tiuria* estaba tan buena que Levin desistió de ir a casa. Comió con el viejo, hablándole de los asuntos que podían interesarle y poniendo en ellos la más viva atención, a la vez que le hablaba también de aquellos asuntos propios que podían interesar a su interlocutor.

Se sentía moralmente más cerca de su hermano y sonreía sin querer, penetrado del sentimiento afectuoso que el viejo le inspiraba.

El anciano se incorporó, rezó y se tendió allí mismo, a la sombra de unas matas, poniendo bajo su cabeza un poco de hierba, y Levin hizo lo propio; y, a pesar de que las fastidiosas moscas y otros insectos que zumbaban bajo el sol le cosquilleaban el rostro sudoroso y el cuerpo, se durmió enseguida y no despertó hasta que el sol, pasando al otro lado de las matas, llegó hasta él. El viejo, que hacía rato que no dormía, estaba sentado arreglando las guadañas de los mozos.

Levin miró en torno suyo y halló tan cambiado el lugar que apenas lo reconocía. El enorme espacio de prado estaba segado ya y brillaba con una claridad particular, nueva, con hileras de hierbas olorosas a heno bajo los rayos del sol ya en su ocaso. Distinguíanse los arbustos, con la hierba segada en torno, próximos al río; el río mismo, no visible antes y ahora brillante como el acero en sus recodos; la gente que se despertaba y se ponía en movimiento; el alto muro de las hierbas en la parte del prado no segada aún, y los buitres que revoloteaban incesantemente sobre el prado desnudo.

Era un espectáculo completamente nuevo. Viendo lo que había avanzado el trabajo, Levin comenzó a calcular cuánto se habría segado y cuánto se podría segar aún en aquel día. Para cuarenta y tres hombres se había adelantado mucho. El enorme prado, que en los tiempos de la servidumbre exigía treinta hombres durante dos días para segarlo, ya estaba terminado todo, salvo en las extremidades, Pero Levin quería tenerlo terminado lo antes posible y le contrariaba que el sol corriese tan rápidamente.

No sentía cansancio alguno y habría deseado seguir trabajando más y más.

—¿Qué le parece? ¿Tendremos tiempo de segar el Machkin Verj? –preguntó al viejo.

—Sí, si Dios quiere, aunque el sol no está ya muy alto. ¿Por qué no ofrece usted a los mozos un poco de vodka?

Hacia media tarde, cuando los trabajadores volvieron a sentarse para merendar y los que fumaban encendieron sus cigarrillos, el viejo anunció que, si segaban y terminaban en el día Machkin Verj, tendrían vodka.

—¡Pues cómo no! Venga, Tit, empecemos... ¡Hala, de una vez! ¡Ya comeremos por la noche! Muchachos, a vuestros sitios –se oyó gritar.

Los guadañadores, terminando rápidamente de comer el pan, corrieron a sus puestos.

—¡A ver quién siega más –gritó Tit. Y, echando a correr, empezó el trabajo antes que ninguno.

—Corre, corre –decía el viejo, siguiéndole en su velocidad sin esfuerzo–. ¡Cuidado, voy a cortarte!

Jóvenes y viejos segaban en competencia. A pesar de la prisa con que trabajaban, no estropeaban la hierba y esta iba cayendo con la misma regularidad y precisión. A los cinco minutos habían terminado de segar el rincón que faltaba.

Todavía los últimos guadañadores estaban terminando su tarea cuando los primeros, echándose sus caftanes al hombro, se dirigían, atravesando el camino, hacia Machkin Verj.

Ya rozaba el sol las copas de los árboles cuando los segadores entraron en la barrancada boscosa de Machkin Ved. En el centro de la quebrada, las hierbas llegaban hasta la cintura. Era una hierba suave y blanda, jugosa, con flores silvestres diseminadas aquí y allá.

Tras breve consulta sobre si convenía cortar a lo largo o a lo ancho del prado, Projor Yerrmilin, conocido también como famoso segador, se puso en el primer puesto para iniciar la faena.

Recorrió una hilera, se volvió atrás y todos le imitaron con decisión; unos segando en las laderas de la barranca, hacia abajo; otros arriba, en el mismo límite del bosque.

Empezaba a caer el rocío y el sol daba ya a los que trabajaban en una de las laderas. En el centro de la barranca comenzaba a extenderse una leve bruma. Los que segaban en la otra pendiente se hallaban a la sombra, húmeda por el fresco recio. El trabajo hervía.

La hierba cortada, que con un sonido blando caía bajo el filo de las guadañas despidiendo un fuerte aroma, quedaba amontonada en grandes haces. Los segadores trabajaban vigorosamente, codo con codo. No se oía más que el ruido de los botijos de lata, el ruido de las guadañas que chocaban, el chirriar de las piedras al afilar en ellas las guadañas y los gritos alegres de los segadores, animándose unos a otros en el trabajo.

Levin trabajaba, como antes, entre el viejo y el mozo. El viejo, que se había puesto su chaqueta de piel de cordero, seguía tan alegre, animado y ágil en sus movimientos como antes.

En el bosque, entre la hierba jugosa, había muchos hongos hinchados que todos cortaban con las guadañas. Pero el viejo, cada vez que encontraba una seta se inclinaba, la cogía y murmuraba, guardándosela en el pecho, entre los pliegues del zamarrón:

—Una golosina para mi vieja.

Resultaba fácil guadañar la hierba aquella, blanda y húmeda, pero resultaba fatigoso subir y bajar las empinadas cuestas de la barranca. Mas ello no incomodaba al viejo. Moviendo la guadaña al paso corto y firme de sus pies calzados con grandes *lapti*, subía poco a poco la pendiente y, aunque a veces tenía que poner en tensión todo el cuerpo hasta parecer que los calzones iban a escurrírsele de las caderas, no dejaba pasar una brizna de hierba ni una seta, y continuaba bromeando con Levin y con los mozos.

Levin le seguía, y aunque temía muchas veces caer al subir con la guadaña aquella pendiente, difícil de escalar aun sin nada en la mano, con todo, trepaba y hacía lo que debía hacer. Le parecía como si le empujara una fuerza exterior.

CAPÍTULO VI

Una vez que hubieron terminado de segar Machkin Verj, los campesinos pusiéronse sus caftanes y regresaron alegremente a sus viviendas. Levin montó a caballo, se despidió de ellos con cierta tristeza y regresó a su casa.

Al subir la cuesta, volvió la cabeza hacia atrás para mirar el campo. La niebla que ascendía del río ocultaba ya a los labriegos. Solo se oían sus broncas voces joviales, sus risas y el ruido de las guadañas al entrechocar.

Serguéi Ivanovich había terminado de comer hacía rato y ahora estaba en su habitación bebiendo agua con limón y hielo mientras hojeaba los diarios y revistas que acababa de recibir por correo.

Con los cabellos enmarañados y pegados a la frente por el sudor, con el pecho y la espalda tostados y húmedos y profiriendo alegres exclamaciones, Levin entró corriendo en el cuarto de su hermano.

—¡Ya hemos segado todo el prado! ¡Ha sido algo magnífico! ¿Y tú? ¿Cómo estás? –preguntó Levin, completamente olvidado de la ingrata conversación del día antes.

—¡Dios mío, qué aspecto tienes! –exclamó su hermano desagradablemente sorprendido al principio por la apariencia de Levin–. ¡Pero cierra la puerta! –exclamó casi gritando–. De seguro que has dejado entrar por lo menos diez moscas.

Serguéi Ivanovich aborrecía las moscas. En su habitación solo abría las ventanas por las noches y cerraba con cuidado las puertas.

—Te aseguro que no ha entrado ni una. Y si ha entrado la cazaré. ¡No sabes qué placer ocasiona trabajar así! ¿Cómo has pasado tú el día?

—Muy bien. Pero ¿es posible que hayas estado segando todo el día? Me figuro que debes de tener más hambre que un lobo. Kuzmá te ha preparado la comida.

—No tengo apetito, pues he comido allí. Lo que haré es lavarme.

—Muy bien, ve a lavarte y luego iré yo a tu cuarto –dijo Serguéi Ivanovich, moviendo la cabeza y mirando a su hermano–. Ve a lavarte, ve…

Y, recogiendo sus libros, se dispuso a seguir a su hermano, cuyo aspecto optimista le animaba hasta el punto de que ahora sentía separarse de él.

—¿Y dónde te has metido cuando llovía? –preguntó.

—¡Vaya una lluvia! Unas gotas de nada. Ea; vuelvo enseguida. ¿De modo que has pasado bien el día? Me alegro.

Y Levin salió para cambiarse de ropa.

Cinco minutos después los dos hermanos se reunieron en el comedor. Levin creía no sentir apetito y creía que iba a sentarse a la mesa solo por no disgustar a Kuzmá, pero cuando empezó a comer, los manjares le resultaron muy sabrosos.

Serguéi Ivanovich le miraba sonriendo.

—¡Ah! Tienes una carta –dijo–. Kuzmá, haga el favor de traerla. ¡Pero cuidado con la puerta, por Dios!

La carta era de Oblonsky, que escribía desde San Petersburgo. Levin la leyó en voz alta:

> «He recibido carta de Dolly, que está en Yerguchovo, y parece que las cosas no marchan bien allí. Te ruego que vayas a verla y la aconsejes, puesto que tú sabes de todo. Dolly se alegrará de verte. La pobrecilla está muy sola. Mi suegra se halla todavía en el extranjero, con toda su familia».

—Está bien. Iré a verles –dijo Levin–. Podríamos ir los dos. Dolly es muy simpática, ¿verdad?

—¿Está lejos?

—Unas treinta verstas. Quizá cuarenta… Pero el camino es excelente. Será una magnífica excursión.

—Conforme. Me gustará mucho –contestó Serguéi Ivanovich, siempre sonriente.

El aspecto de su hermano menor le predisponía a la jovialidad.

—¡Qué apetito tienes! –dijo mirando a Levin, quien, con el rostro y cuello atezados y tostados por el sol, se inclinaba sobre el plato.

—¡Excelente! No sabes lo útil que es este régimen para echar de la cabeza toda clase de tonterías. Me propongo enriquecer la medicina con un término nuevo: la *arbeitskur*(1).

—Creo que tú no la necesitas.

—Sí, pero sería buena contra muchas enfermedades nerviosas.

—Sí. Tal vez conviniera experimentarlo. Pensé ir al prado para verte guadaña en mano, pero hacía un calor insoportable, así que no pasé del bosque. Estuve sentado allí y luego me llegué al arrabal y encontré a tu nodriza. La he sondeado un poco para saber lo que opinan los aldeanos de tu ocurrencia. Me ha parecido entender que no la aprueban. La nodriza me dijo: «Ese trabajo no es para señores». En general, creo que el sentir popular define muy estrictamente lo que deben hacer «los señores», como ellos dicen. Y no admiten que estos se salgan de los límites en que el criterio de ellos ha fijado su actuación.

—Es posible que sea así. Pero he experimentado un placer como nunca en mi vida lo experimenté. Y en ello no hay nada malo, ¿verdad? –dijo Levin–. Si no les gusta, ¿qué le voy a hacer? En todo caso, creo que no hay en ello nada de particular.

—Noto que en general estás muy satisfecho de tu jornada de hoy –continuó Serguéi Ivanovich.

—Muy satisfecho. Hemos segado todo el prado. Y he hecho amistad con un viejo admirable. ¡No puedes figurarte lo admirable que es!

—De modo que estás contento, ¿eh? Yo también. En primer término, he resuelto dos problemas de ajedrez, uno de ellos muy divertido. Se inicia con un peón… Ya te lo explicaré. Luego he pensado en nuestra conversación de ayer…

—¿Qué conversación? –preguntó Levin, entornando los ojos y soplando satisfecho, una vez terminada la comida y sin lograr acordarse en modo alguno de la conversación del día antes.

—Me parece que en parte tienes razón. El desacuerdo entre nosotros estriba en que tú pones como principal móvil el interés personal, en tanto que yo pienso que todo hombre que posea cierto grado de instrucción debe tener como móvil el interés común. Acaso tengas razón en decir que el interés material sería más deseable. Eres, en principio, una naturaleza demasiado *prime-sautière*, como dicen los franceses. Quieres la actividad impetuosa, enérgica, o nada.

Levin escuchaba a su hermano sin comprenderle y sin querer comprender; y lo único que temía era que su hermano le preguntase algo que le permitiera advertir que Levin no le escuchaba.

---

(1) En alemán en el original. Equivale a «la cura por el trabajo».

—Sí, amiguito,así es —dijo Serguéi Ivanovich dándole un golpe en el hombro.

—Sí, claro... Pero ¿sabes?, no insisto en mi opinión –dijo Levin con sonrisa infantil, como disculpándose.

«¿De qué discutimos?», pensaba, entre tanto. «Se ve que yo tenía razón y él también. De modo que todo va bien. Ahora tengo que ir un momento al despacho para dar las disposiciones para mañana».

Se levantó y se estiró, sonriendo.

Serguéi Ivanovich sonrió también.

—Si quieres, salgamos a dar una vuelta juntos –sugirió, no deseando separarse de su hermano, tan animado y lozano en aquel momento–. Vamos. Si quieres, podemos pasar antes por el despacho.

—¡Dios mío! –exclamó de pronto Levin, con voz tan fuerte que asustó a Serguéi Ivanovich.

—¿Qué te pasa?

—¡La mano de Agafia Mijailovna! –dijo, golpeándose la cabeza–. Me había olvidado de ella.

—Está mucho mejor.

—No obstante, voy a verla en un momento. Antes de que te hayas puesto el sombrero estoy de vuelta.

Y bajó corriendo la escalera levantando, con el golpear rápido de los tacones, un ruido como el de una carraca.

CAPÍTULO VII

Stepán Arkadievich había ido a San Petersburgo para cumplir con una obligación, tan comprensible para los que trabajan como incomprensible para los que no trabajan, obligación esencial, y sin la cual no se puede trabajar, y que consiste en hacerse recordar en el Ministerio.

Una vez cumplido este deber, como se había llevado casi todo el dinero que había en su casa, pasaba el tiempo muy alegre y divertido, asistiendo a las carreras hípicas y visitando las casas veraniegas de sus amistades.

Mientras tanto, Dolly, con sus hijos, se trasladaba al campo para disminuir, en lo posible, los gastos.

Fue, pues, a Yerguchevo, la finca que había recibido en dote, la misma de la cual la primavera pasada habían vendido el bosque y que distaba cincuenta verstas de Pokrovskoie, el pueblo de Levin.

La vieja casa señorial de Yerguchevo estaba en ruinas hacía tiempo. Siendo dueño de la propiedad el príncipe, padre de Dolly, se había reparado y se amplió el pabellón inmediato a la casona.

Veinte años atrás, cuando Dolly era niña, aquel pabellón era espacioso y cómodo, a pesar de que, como todas las viviendas de este género, estaba construido lateralmente a la avenida principal y mirando al mediodía. Ahora se derrumbaba por todas partes.

Cuando Oblonsky fue al pueblo para vender el bosque, Dolly le pidió que echase una ojeada a la casa y procurase repararla de manera que quedara habitable.

Como todos los maridos que se sienten culpables, Stepán Arkadievich se preocupaba mucho del bienestar de su esposa. Así, hizo lo que ella le había pedido y dio las órdenes que creyó imprescindibles. A su juicio, había que enfundar los muebles con cretona, colgar cortinas, limpiar el jardín, construir un puentecillo sobre el estanque y plantar flores.

Pero olvidó muchas otras cosas necesarias cuya falta constituyó después un tormento para Darya Alejandrovna.

A pesar de todos los esfuerzos de Oblonsky para ser buen padre y buen esposo, nunca conseguía recordar que tenía mujer e hijos. Sus inclinaciones eran las de un soltero y obraba siempre de acuerdo con ellas.

Al volver del pueblo declaró con orgullo a su mujer que todo estaba arreglado, que la casa quedaba preciosa y que le aconsejaba que fuese a vivir allí.

La marcha de su esposa al pueblo satisfacía a Stepán Arkadievich en todos los aspectos: por la salud de los niños, para disminuir los gastos y para tener él más libertad.

Darya Alejandrovna, por su parte, consideraba necesario el viaje al pueblo por la salud de los niños, especialmente de la niña, aún no restablecida del todo desde la escarlatina. Deseaba también huir de Moscú para eludir las humillaciones minúsculas de las deudas al almacenista de leña, al pescadero, al zapatero, etcétera, que la atosigaban, y le placía, en fin, ir al pueblo, porque contaba recibir allí a su hermana Kitty, que debía volver del extranjero a mediados de verano y a la que habían prescrito baños de río que podría tomar allí.

Kitty le escribía desde la estación termal diciendo que nada le gustaría tanto como poder pasar el verano con ella, en Yerguchevo, lleno de recuerdos de la infancia para las dos hermanas.

Los primeros días en el pueblo fueron muy difíciles para Dolly. Había vivido allí siendo niña y conservaba la impresión de que el pueblo era un refugio contra todos los disgustos de la ciudad, y de que la vida rural, aunque no espléndida (en lo que Dolly estaba de acuerdo), era cómoda y barata y saludable para los niños. Allí debía haber de todo, y todo económico y al alcance de la mano.

Pero al llegar al pueblo como ama de casa, comprobó que las cosas eran muy distintas de cómo las suponía.

Al día siguiente de llegar hubo una fuerte lluvia y por la noche el agua, calando por el techo, cayó en el corredor y en el cuarto de los niños, cuyas camitas hubo que trasladar al salón. No pudo encontrarse cocinera para los criados. De las nueve vacas del establo resultó que, según la vaquera, unas iban a tener crías, otras estaban con el primer ternero, otras eran viejas y las demás difíciles de ordeñar. No había, pues, manteca ni leche para los niños. No se encontraban huevos y era imposible adquirir una gallina. Solo se cocinaban gallos viejos, de color salmón, todo fibra. Tampoco había modo de conseguir mujeres para fregar el suelo, porque estaban ocupadas en la recolección de las patatas. No se podían dar paseos en coche, pues uno de los caballos se desprendía siempre arrancando las correas de las varas.

Tampoco había manera de bañarse en el río, porque toda la orilla estaba pisoteada por los animales y abierta por el lado del camino. Ni siquiera era posible pasear, ya que los ganados penetraban en el jardín por la cerca rota y había un buey aterrador que bramaba de un modo espantoso y seguramente acometía. No existían armarios para la ropa y los pocos que había no cerraban bien y se abrían cuando uno pasaba ante ellos.

En la cocina faltaban ollas de metal y calderos para la colada en el lavadero, y en el cuarto de las criadas no había ni mesa de planchar.

Los primeros días, Darya Alejandrovna, que en lugar del reposo y la tranquilidad que esperaba se encontraba con tan gran número de dificultades y que ella veía como calamidades terribles, estaba desesperada. Luchaba contra todo con todas sus energías, pero tenía la sensación de encontrarse en una situación sin salida y apenas podía contener sus lágrimas.

El encargado, un exsargento de caballería al que Stepán Arkadievich había apreciado mucho, tomándole de portero en atención a su porte arrogante y respetuoso, no compartía en nada las angustias de Dolly ni la ayudaba en cosa alguna, limitándose a decir, con mucho respeto:

—No puede hacerse nada, señora… ¡Es tan mala la gente!

La situación parecía insoluble. Mas en casa de Oblonsky, como en todas las casas de familia, había un personaje insignificante pero útil a imprescindible: Matriona Filimonovna. Ella calmó a la señora asegurándole que «todo se arreglaría» (tal era su frase, que Matvéi había adoptado). Además, Matriona Filimonovna sabía obrar sin precipitarse ni agitarse.

Entabló inmediata amistad con la mujer del encargado, y el mismo día de segar ya tomó el té con ellos en el jardín, bajo las acacias, tratando de los asuntos que le interesaban. En breve se organizó bajo las acacias el club de María Filimonovna, compuesto por la mujer del encargado, del alcalde y del escribiente del despacho. A través de este club comenzaron a solventarse las dificultades y al cabo de una semana todo estaba, efectivamente, «arreglado».

Se reparó el techo, se halló una cocinera, comadre del alcalde, se compraron gallinas, las vacas empezaron a dar leche, se cerró bien el jardín con listones, el carpintero arregló una tabla para planchar, se pusieron en los armarios ganchos que les impedían abrirse solos y la tabla de planchar, forrada de paño de uniforme militar, se instaló entre el brazo de una butaca y la cómoda, mientras en el cuarto de las criadas se sentía ya el olor de las planchas calientes.

—¿Ve usted cómo no había por qué desesperarse así? –dijo Matriona Filimonovna a Dolly indicando la tabla de planchar.

Incluso les construyeron con paja y maderos una caseta de baño. Lily empezó a bañarse y Dolly comenzó a ver realizadas sus esperanzas de una vida, si no tranquila, cómoda al menos, en el pueblo. Tranquila, con sus seis hijos, no le era posible estarlo en realidad. Uno enfermaba, otro podía enfermar, al tercero le faltaba alguna cosa, el cuarto daba indicios de mal carácter, etcétera. Los períodos de tranquilidad eran, pues, siempre muy cortos y muy raros. Pero tales preocupaciones y quehaceres constituían la única felicidad posible para Darya Alejandrovna, ya que, de no ser por ellos, se habría quedado sola con sus pensamientos sobre su marido, que no la amaba. Por otro lado, aparte de las enfermedades y de las preocupaciones que le causaban sus hijos y del disgusto de ver sus malas inclinaciones, los mismos niños la compensaban también de sus pesares con mil pequeñas alegrías. Cierto que esas alegrías eran tan minúsculas y poco visibles como el oro en la arena y que en algunos momentos ella solo veía el pesar, solo la arena; pero en otros, en cambio, veía únicamente la alegría, únicamente el oro.

Ahora, en la soledad del pueblo, reparaba más en tales alegrías. A menudo, mirando a sus hijos, hacía esfuerzos para convencerse de que se equivocaba y de que, como madre, era parcial al apreciar sus cualidades.

Pero, pese a todo, no podía dejar de decirse que tenía unos hijos muy hermosos y que los seis, cada uno en su estilo, eran niños como había pocos. Y Dolly, orgullosa de sus hijos, era feliz.

CAPÍTULO VIII

A últimos de mayo, cuando bien que mal todo había quedado arreglado, Dolly recibió respuesta de su marido a sus quejas sobre la situación en que encontrara la finca. Oblonsky le rogaba que le perdonase el no haber pensado en todo y prometía ir al pueblo a la primera oportunidad. Pero la oportunidad tardó largo tiempo en llegar y hasta principios de junio Dolly tuvo que vivir sola en el pueblo.

Un domingo, durante la cuaresma de San Pedro, llevó a sus hijos a la iglesia para que comulgasen. En sus conversaciones íntimas con su madre, hermana y amigos, Darya Alejandrovna sorprendía a todos por sus ideas avanzadas en materia religiosa. Tenía su propia religión: la metempsicosis, en la que creía firmemente, preocupándose muy poco de los dogmas de la Iglesia. Pero en la vida familiar, no solo por dar ejemplo, sino con toda su alma, cumplía todos los mandamientos de la Iglesia. Y a la sazón la inquietaba el hecho de que hiciera casi un año que los niños no hubiesen comulgado. Así, pues, con el apoyo y satisfacción absoluta de Matriona Filimonovna, resolvió que lo hiciesen ahora, en verano.

Desde algunos días antes, Dolly venía pensando en cómo vestir a los niños. Al efecto, cosieron, transformaron y lavaron los vestidos, quitaron las costuras y deshicieron los volantes, pegaron botones y prepararon cintas. La inglesa se encargó de hacer a Tania un vestido, cosa que costó a Dolly muchos disgustos. En efecto, la inglesa dispuso mal las piezas, cortó en exceso las mangas y casi estropeó el vestido, el cual caía sobre los hombros de Tania de tal modo que daba pena, pero Matriona Filimonovna tuvo la idea de añadir algunos pedazos a la cintura para ensancharla y hacer una esclavina, con lo que también esta vez «todo se arregló».

Cierto que hubo un disgusto con la inglesa, pero por la mañana el asunto quedó terminado y a las nueve, hora en que había dicho al sacerdote que acudirían, los niños, radiantes de alegría con sus vestidos de fiesta, estaban en la escalera ante el cabriolé, esperando a su madre.

Enganaron al coche, para la tranquilidad de Matriona Filimonovna, el caballo del encargado, «Pardo», en vez del «Voron», que era menos dócil. Darya Alejandrovna, entretenida largamente con su atavío, apareció al fin en la escalera llevando un vestido blanco de muselina.

Dolly se había peinado y vestido con gran esmero, casi con emoción. Antes lo hacía por sí misma, para parecer más bella y agradar a la gente. Luego, a medida que crecía en edad, se arreglaba con menos placer, ya que veía que iba perdiendo la belleza. Ahora se vestía no para su satisfacción, para su propio adorno, sino porque, siendo madre de unos niños tan hermosos, no quería, descuidando su atavío, descomponer el conjunto.

Después de mirarse una vez más al espejo, quedó contenta de sí misma. Estaba muy bien. No bien en el sentido de antes, cuando tenía que estar bella para asistir a un baile, pero sí bien para lo que necesitaba ahora.

En la iglesia no había nadie más que aldeanos, mozos y mujeres del pueblo. Pero Darya Alejandrovna veía o creía ver que ella y sus hijos despertaban en todos admiración.

Los niños no solo estaban muy hermosos con sus elegantes vestiditos, sino que se hacían también simpáticos por su buen comportamiento.

A decir verdad, Alecha no procedía del todo correctamente. Se volvía sin cesar para examinar por detrás su casaquita, pero de todos modos resultaba muy gracioso. Tania, tan seria como una mujercita, vigilaba a los pequeños. Lily estaba bellísima con su ingenua admiración ante todas las cosas. Fue imposible no sonreír cuando, después de comulgar, dijo:

—*Please some more.*

De regreso a casa, los niños, comprendiendo que se había realizado algo solemne, iban muy quietecitos.

En casa marchó todo bien al principio, pero durante el desayuno Gricha comenzó a silbar, desobedeció a la inglesa y hubo que castigarle privándose del postre de dulce. Dolly no habría permitido que se le castigase en un día como aquel de haber estado presente en el desayuno, pero como no podía desautorizar a la inglesa, confirmó el castigo de dejar a Gricha sin dulce, cosa que estropeó un tanto la alegría general.

Gricha lloraba afirmando que también Nicolenka había silbado, y que si él lloraba no era porque le hubieran dejado sin dulce, lo cual le daba lo mismo, sino porque le disgustaba que se hubiese sido injusto con él.

La escena resultaba demasiado dolorosa, así que Dolly resolvió hablar con la inglesa a fin de perdonar a Gricha. Pero cuando iba a buscarla, al pasar por la sala, Dolly presenció una escena que le llenó el corazón de tal alegría que le asomaron lágrimas a los ojos y perdonó por sí misma al delincuente.

Este se hallaba en la sala, sentado sobre el alféizar de la ventana del rincón, y a su lado estaba Tania en pie, con un plato en las manos. So pretexto de hacer comida para las muñecas, Tania consiguió que la inglesa le permitiese llevar su trozo de pastel al cuarto de los niños y, en lugar de hacerlo así, lo llevó a la sala y lo dio a su hermano. Sin dejar de llorar por lo injusto de su castigo, el chico comía el dulce, repitiendo, entre sollozos:

—Come tú también... Los dos...

Tania, al principio, permanecía bajo el influjo de la compasión hacia su hermano. Luego, con la consciencia de la buena acción que estaba realizando, le asomaron las lágrimas a los ojos y comenzó a comer también parte del dulce.

Al ver a su madre, los niños se asustaron, pero, fijándose en su rostro, comprendieron que obraban bien y rompieron a reír estrepitosamente, con las bocas llenas de dulce. Trataron inútilmente de limpiarse con la mano, y entre las lágrimas y la confitura se ensuciaron por completo los radiantes rostros.

—¡Dios mío!, ¿qué hacéis? ¡El vestido blanco nuevo! ¡Tania, Gricha, por Dios! –decía su madre, tratando de salvar la integridad del traje nuevo, pero sonriendo entre sus lágrimas de felicidad y alegría.

Les quitaron los vestidos nuevos, ordenaron a las niñas que se pusiesen las blusitas de diario y a los niños las chaquetilla viejas y después se mandó enganchar la *lineika* y otra vez, con gran contrariedad del encargado, se puso en varas al caballo «Pardo» para ir a buscar setas y a bañarse después. Una explosión de gritos de entusiasmo llenó el cuarto de los niños y su ruidosa alegría no se calmó hasta que partieron.

Cogieron una cesta llena de setas. Incluso Lily encontró una magnífica. Ordinariamente era miss Hull quien tenía que indicárselas a Lily, pero ahora esta la encontró por sí sola, lo que fue acogido con exclamaciones de entusiasmo.

—¡Lily ha encontrado una seta!

Luego se encaminaron al río, dejaron los caballos bajo los álamos y se dirigieron a la caseta de baño.

Una vez atado al árbol el caballo, que se resistía, el cochero Terenty se tendió en la hierba, después de mullirla, a la sombra de un abedul, y comenzó a fumar su tosco cigarrillo mientras oía los alegres gritos que los niños lanzaban en la caseta.

Daba mucho trabajo vigilar a todos los niños y evitar sus travesuras y era difícil no confundir todos aquellos pantaloncitos, medias y zapatos de diferentes piececillos, así como desatarlos, desabotonarlos, volverlos a atar y abotonar. Pero a pesar de todo, Dolly, que era muy amante del baño y lo consideraba también muy saludable para los niños, no conocía placer mayor que el de aquellas excursiones al río para bañarse con todos sus hijos.

Golpear los piececillos desnudos de los pequeños, poner las medias, coger en brazos sus cuerpecitos desnudos, oír sus exclamaciones, ya alegres, ya asustadas, ver sus rostros sofocados, con los ojos muy abiertos, a la vez joviales y como temerosos, al primer contacto con el agua, estrechar contra su pecho a sus querubines, era para ella una inexplicable felicidad.

Cuando la mitad de los niños tenían puestos ya los trajes de baño se acercaron, deteniéndose cerca tímidamente, unas mujeres del pueblo, bien arregladas, que volvían del bosque de buscar borrajas y otras hierbas.

Matriona Filimonovna llamó a una de las mujeres para que pusiera a secar una sábana y una camisa que habían caído al agua, y Darya Alejandrovna se puso a hablar con ellas. Al principio no hacían más que reír, tapándose la boca con la mano y sin comprender lo que les preguntaban. Pero pronto se sintieron más audaces y comenzaron a hablar, cautivando enseguida la simpatía de Dolly por la sincera admiración que mostraban hacia sus hijos.

—¡Hay que ver qué hermosura de niña! ¡Es blanca como el azúcar! –decía una de las mujeres, contemplando a Tania–. Pero está muy delgadita.

—Sí. Ha estado enferma.

—¿También han bañado a ese? –preguntó otra, señalando al menor de todos.

—No. Este no tiene más que tres meses –contestó Dolly con orgullo.

—¡Caramba!

—Y tú, ¿tienes hijos?

—Tenía cuatro. Me han quedado dos: chico y chica. En la última cuaresma he destetado al niño.

—¿Qué edad tiene?

—Más de un año.

—¿Cómo le has dado el pecho tanto tiempo?

—Es nuestra costumbre: tres cuaresmas.

Y se entabló la conversación que más interesante resultaba para Darya Alejandrovna. ¿Cómo había dado a luz? ¿Qué enfermedades había tenido el niño? ¿Dónde estaba su marido? ¿Iba a casa a menudo?

Dolly no sentía deseo alguno de separarse de aquellas mujeres, tan agradable le resultaba la charla con ellas y tan parecidas eran sus preocupaciones.

Lo que más agradable le resultaba era ver que aquellas mujeres la admiraban por tener tantos hijos y por lo hermosos que eran.

Las mujeres hicieron incluso reír a Darya Alejandrovna ofendiendo a la inglesa, que era la causa de aquellas risas que ella no comprendía.

Una de las mujeres estaba mirando a la inglesa, que se vestía la última de todos, y cuando la vio que se ponía la tercera falda no pudo contener una exclamación:

—Mirad, se pone faldas y más faldas y no acaba nunca de vestirse... Y todas las mujeres soltaron la carcajada.

CAPÍTULO IX

Darya Alejandrovna, rodeada de los niños acabados de salir del baño, con los pelos empapados y un pañuelo en la cabeza, se acercaba a su casa en la *lineika* cuando el cochero le dijo:

—Allí viene un señor. Me parece que es el dueño de Pokróvskoie.

Dolly miró el camino que se extendía ante ellos y se alegró al distinguir la bien conocida figura de Levin, vestido con sombrero y abrigo grises, que se dirigía a su encuentro.

Siempre le satisfacía saludarle, pero ahora le satisfacía más, ya que Levin iba a verla rodeada de cuanto constituía su orgullo, orgullo que nadie podía comprender mejor que él.

En efecto, Levin, al distinguirla, se halló ante uno de los cuadros de dicha imaginados por él para su vida futura.

—¡Darya Alejandrovna! ¡Parece usted una gallina rodeada de sus polluelos!

—Celebro mucho verle –dijo ella, sonriendo y alargándole la mano.

—Claro, se siente usted tan feliz que no se le ocurrió ni darme noticias suyas. Ahora está mi hermano conmigo. Y he recibido carta de Stepán Arkadievich diciéndome que está usted aquí.

—¿De Stepán? –preguntó Dolly, extrañada.

—Sí. Me dice que se ha ido usted de la ciudad y supone que me permitirá ayudarla en lo que necesite –habló Levin. Y dicho esto, quedó confuso, se interrumpió y continuó andando al lado del coche, arrancando al pasar hojas de tilo y mordisqueándolas.

Se sentía turbado porque comprendía que a Darya Alejandrovna no había de serle agradable la ayuda de un extraño en las cosas que habría tenido que ocuparse su marido. Y, en efecto, a Dolly le disgustaba que Stepán Arkadievich confiase a otros sus asuntos familiares, y adivinó enseguida que Levin lo consideraba también así. Era precisamente por esta facultad de hacerse cargo de las cosas y por su delicadeza por lo que Dolly le tenía en tanto aprecio.

—Yo he supuesto –siguió Levin– que lo que eso significaba es que a usted no le disgustaría verme. Y ello me place infinitamente. Está claro que usted, señora de ciudad, hallará aquí muchas incomodidades. Ya sabe que, si puedo servirla en algo, estoy a su disposición.

—Gracias –repuso Dolly–. Al principio nos faltaban muchas cosas, pero ahora todo marcha perfectamente merced a mi antigua niñera.

Y señaló a Matriona Filimonovna, que, comprendiendo que hablaban de ella, sonreía alegre y amistosamente a Levin. Le conocía, pensaba que era un buen partido para la señorita Kitty y deseaba que todo terminase según sus deseos.

—Suba, suba. Podemos estrecharnos un poco en el asiento.

—Gracias. Prefiero andar. A ver, ¿cuál de los niños quiere apostar conmigo a correr?

Los niños conocían muy poco a Levin y apenas se acordaban de él cuando le vieron, pero no experimentaban ante él el sentimiento de timidez y aversión que suelen experimentar los niños ante los adultos que fingen y que frecuentemente les hace sufrir mucho. La ficción puede engañar a un hombre prudente y perspicaz, pero el niño menos despejado la descubre por hábilmente que se la encubran y experimenta ante ella un sentimiento de repugnancia.

Levin podía tener muchos defectos, pero no el de fingir. Y por ello los niños le mostraron la misma simpatía que leyeron para él en el rostro de su madre.

Al oír su propuesta, los dos mayores saltaron del coche enseguida y se pusieron a correr con él con tanta confianza como habrían corrido con la niñera, con miss Hull o con su madre. Lily quiso también descender y la madre accedió, entregándosela a Levin, quien la acomodó sobre sus hombros y se puso a correr con ella.

—No tenga miedo, Darya Alejandrovna, no la dejaré caer –dijo a la madre sonriendo alegremente.

Y mirando sus movimientos hábiles, vigorosos y prudentes, Dolly se tranquilizó y, contemplándole, sonreía alegre y aprobadora.

En el pueblo, con los niños y Dolly, por la que sentía gran simpatía, Levin encontró aquella disposición de ánimo, infantil y alegre, que tanto gustaba a Darya Alejandrovna. Corría con los niños, les enseñaba gimnasia, hacía reír a la señorita Hull con su inglés chapurreado y hablaba a Dolly de sus ocupaciones en el pueblo.

Después de comer, Dolly a solas con él en el balcón se puso a hablarle de Kitty.

—¿Sabe usted que Kitty va a venir a pasar el verano conmigo?

—¿De veras? –repuso él poniéndose rojo.

Y, para cambiar de conversación, añadió enseguida:

—¿Qué, le mando dos vacas o no? Si se empeña en pagármelas, puede darme cinco rublos al mes por cada vaca, si es que esto no ha de ser motivo de remordimiento.

—No, gracias. Ya nos hemos arreglado.

—Entonces voy a ver sus vacas y, si me lo permite, daré instrucciones sobre la manera cómo hay que alimentarlas. Esto es lo más importante.

Y, para eludir la charla sobre Kitty, Levin explicó a Dolly la teoría de la economía pecuaria, que consiste en que la vaca no es sino una máquina para transformar el pienso en leche, etcétera.

Le estaba hablando de todo aquello, pero interiormente ardía en deseos de oír detalles sobre Kitty y a la vez lo temía. Porque, en el fondo, le horrorizaba perder la tranquilidad conseguida con tanto esfuerzo.

—Ya, ya, pero todo eso exige estar muy atentos a ello. ¿Y quién se encargaría de semejante cosa? –preguntó, con poco interés, Darya Alejandrovna.

A la sazón dirigía la casa según la organización establecida por Matriona Filimonovna y no quería cambiar nada. Tampoco, a decir verdad, confiaba demasiado en los conocimientos de Levin sobre economía doméstica.

Las ideas de que la vaca era una máquina de elaborar leche le resultaban extrañas, le parecían que solo habrían de servir para crear dificultades.

Ella lo veía todo más simplemente: había que alimentar más a la «Pestruja» y a la «Bielopajaya», que era lo que decía Matriona Filimonovna, y evitar que el cocinero se llevara las sobras de la cocina para darlas a las vacas de la lavandera. Esto era claro.

En cambio, las especulaciones sobre alimento farináceo y vegetal le resultaban dudosas y turbias. Y, además, lo principal de todo era que quería hablar a Levin de Kitty.

—Kitty me escribe que no desea sino soledad y silencio –dijo Dolly.

—¿Está mejor de salud? –preguntó Levin con emoción.

—Gracias a Dios se halla completamente bien. Yo no creí nunca que padeciera una afección pulmonar.

—¡Me alegra mucho saberlo! —exclamó Levin.

Y Dolly, mirándole en silencio mientras hablaba, leyó en su rostro una expresión suave y conmovedora.

—Escuche, Konstantín Dmitrievich –dijo Darya Alejandrovna, con su sonrisilla bondadosa y un tanto burlona–: ¿está usted disgustado con Kitty?

—¿Yo? No –repuso Levin.

—Pues, si no lo está, ¿cómo no fue a vernos, ni a ellos ni a nosotros, cuando estuvo en Moscú?

—Darya Alejandrovna –dijo Levin, sonrojándose hasta la raíz del pelo–, me extraña que usted, que es tan buena, no comprenda... ¿Cómo no siente usted, por lo menos, compasión de mí, sabiendo que...?

—¿Sabiendo qué?

—Sabiendo que me declaré a Kitty y que ella me rechazó –dijo Levin.

Y la emoción que un instante antes le inspiraba el recuerdo de Kitty se convirtió en irritación al pensar en el desaire sufrido.

—¿Por qué se figura que lo sé?

—Porque todos lo saben.

—Está usted en un error. Yo no lo sabía, aunque lo imaginaba.

—Pues ahora ya lo sabe.

—Yo solo sabía que había algo que la apenaba, y que Kitty me rogó que no hablara a nadie de su tristeza. Si no me contó a mí lo sucedido, es seguro que no se lo ha contado a nadie. Pero, dígame, ¿qué es lo que pasó entre ustedes?

—Ya se lo he dicho.

—¿Cuándo fue?

—La última vez que estuve en su casa.

—¿Sabe lo que voy a decirle? –repuso Dolly–. Que Kitty me da mucha pena, mucha... En cambio, usted no siente más que el amor propio ofendido.

—Quizá, pero... –empezó Levin.

Dolly le interrumpió:

—En cambio, por la pobre Kitty siento mucha compasión. Ahora lo comprendo todo.

—Sí, sí, Darya Alejandrovna... Pues, nada, usted me dispensará, pero... –indicó Levin, levantándose–. Hasta la vista, ¿eh?

—Espere, espere y siéntese –dijo ella cogiéndole por la manga.

—Le ruego que no hablemos más de eso –indicó Levin sentándose y sintiendo a la vez renacer en su corazón la esperanza que creía enterrada para siempre.

—Si yo no le apreciara y no le conociera como le conozco... –dijo Dolly, con lágrimas en los ojos.

El sentimiento que creyera muerto se adueñaba más cada vez del alma de Levin.

—Sí, ahora lo comprendo todo –repitió Dolly–. Ustedes, los hombres, que son libres y pueden siempre escoger, no pueden comprenderlo... Pero una joven, obligada a esperar, con su pudor femenino, con su recato virginal, una joven que solo les trata a ustedes de lejos y ha de fiarse de su palabra... Una joven así puede experimentar un sentimiento sin saber explicárselo.

—Pero cuando el corazón habla...

—El corazón puede hablar, piénselo bien. Cuando ustedes se interesan por una muchacha, van a su casa, la tratan, la miran, esperan, estudian lo que sienten, analizan sus impresiones y, si están seguros de que aman, entonces piden su mano.

—Las cosas no son precisamente así.

—Es igual. Ustedes se declaran cuando su amor ha madurado lo suficiente o cuando, entre dos que les interesan, su voluntad se inclina por una. Y a ella no se le pregunta nada. Ustedes desean que ella escoja, pero ella no puede escoger: solo le cabe decir sí o no.

«Sí; la elección entre Vronsky y yo», pensó Levin.

Y el sentimiento que resucitaba en su alma pareció morir de nuevo y atormentar su corazón.

—Mire, Darya Alejandrovna: así se eligen los vestidos, pero no el amor. La elección se hace por sí sola, y una vez hecha, hecha está. Las cosas no se repiten.

—¡Oh, cuánto orgullo! –exclamó Dolly–, ¡cuánto orgullo! –repitió aún, como si despreciara aquel bajo sentimiento que se manifestaba en Levin, comparándolo al otro que solo las mujeres conocen–. Cuando usted se declaró a Kitty, ella no estaba en situación de poder decirle nada. Dudaba entre usted y Vronsky. A este le veía a diario, a usted hacía tiempo que no le veía. Si Kitty hubiese tenido más edad, claro que... Yo, por ejemplo, en su lugar, no habría dudado. Vronsky a mí me fue siempre muy antipático. Y así salió.

Levin recordó la respuesta de Kitty. Le había dicho: «No, no puede ser».

—Aprecio en mucho su confianza, pero creo que no acierta usted –expuso Levin con sequedad–. Tenga yo razón o no, este orgullo que tanto censura usted en mí me hace imposible pensar en Katerina Alejandrovna, ¿comprende usted?, imposible del todo.

—Quiero decirle aún una cosa. Hágase cargo de que le hablo de mi hermana a la que quiero tanto como a mis hijos. No pretendo asegurarle que ella le ama, pero sí que su negativa de entonces no significa nada.

—No sé –repuso Levin casi con ira–. Pero no sabe usted cuánto me hace sufrir con sus palabras. Esto es para mí como si a la madre de un niño muerto le estuvieran diciendo: «¿Ves?, tu niño ahora sería de esta o de aquella manera si no hubiese muerto, y tú serías feliz mirando a tu niño...». ¡Pero el niño ha muerto, ha muerto!

—¡Me hace usted reír! –dijo Dolly, considerando con melancólica ironía la emoción de Levin–. Sí, ahora cada vez voy comprendiéndolo mejor –continuó, pensativa–. ¿Así que no vendrá usted a vernos cuando esté Kitty?

—No. No es que vaya a huir de Katerina Alejandrovna, pero siempre que me sea posible le evitaré el disgusto de mi presencia.

—Es usted el hombre más extraño –dijo Dolly, mirando a Levin, con dulzura, a la cara–. En fin, como si no hubiéramos dicho nada... ¿Qué quieres? –preguntó en francés a la niña, que entraba en aquel momento.

—¿Dónde está mi pala, mamá?

—Cuando te hable en francés, contéstame en francés.

La niña quería decirlo así, pero había olvidado cómo se llamaba la pala en francés. La madre se lo recordó y luego le dijo, siempre en francés, dónde tenía que ir a buscarla. A Levin todo esto le disgustó.

En este momento, nada de lo que había en aquella casa, ni siquiera los niños, le gustaba como antes. «¿Por qué hablará a sus niños en francés?», pensaba. «¡Qué poco natural y qué falso es! Los niños lo presienten. ¡Les hacen aprender el francés y a desaprender la sinceridad!», continuaba pensando, sin saber que Darya Alejandrovna había pensado lo mismo mil veces y había creído necesario enseñar así a sus hijos aun a costa de la sinceridad.

—¿Va a marcharse tan pronto? Quédese un poco más.

Levin se quedó hasta el té, pero toda su alegría se había disipado y sentía cierto malestar.

Después del té, Levin salió al portal para mandar que engancharan los caballos y al regresar encontró a Dolly con el rostro descompuesto y llenos de lágrimas los ojos.

En el momento de subir él había sucedido algo que destruyó toda la alegría y el orgullo de sus hijos que había experimentado Dolly aquel día. Gricha y Tania se habían peleado por una pelota. Ella oyó los gritos, corrió al cuarto de los niños y halló un espectáculo lamentable. Tania tenía cogido a Gricha por los cabellos y este, con el rostro contraído por la cólera, daba a su hermana puñetazos a ciegas.

Al verlo, pareció como si algo se rompiese en el corazón de la madre y las tinieblas ensombrecieran su vida. Comprendió que aquellos niños de los que tan orgullosa se sentía no solo eran niños como todos, sino hasta de los peores y más mal educados, llenos de inclinaciones brutales y perversas, niños malos...

Dolly ahora era incapaz de hablar ni pensar en otra cosa, y no pudo menos de referir sus desdichas a Levin.

Levin comprendió que Dolly sufría y trató de consolarla, asegurando que aquello no significaba nada, que todos los niños se pegan, pero, mientras lo decía, pensaba: «No, yo no fingiré ante mis hijos, ni les haré hablar en francés. Mis hijos no serán así. No hay que forzarlos y echarlos a perder. Y cuando no se hace eso, los niños son excelentes. Si tengo hijos, no serán como estos».

Levin se despidió para marcharse. Ella no le retuvo más.

CAPÍTULO X

A mediados de julio se presentó a Levin el alcalde del pueblo de su hermano, situado a unas veinte verstas de Prokóvskoie, para informarle de cómo iban los asuntos de la siega. El principal ingreso de las fincas de su hermano consistía en los prados. Otros años, los aldeanos arrendaban los prados a razón de veinte rublos por hectárea. Cuando Levin asumió la dirección de la propiedad, encontró que valían más y fijó el precio en veinticinco rublos por hectárea. Los aldeanos no pagaron aquel precio y, como sospechara Levin, procuraron quitarle otros compradores. Entonces Levin fue allí e hizo segar el heno contratando jornaleros y yendo a la parte con otros. Aunque los aldeanos se oponían con todas sus fuerzas a la innovación, la cosa marchó bien y el primer año ya se sacó de los prados casi el doble. En los años siguientes continuó la oposición de los campesinos, pero la siega se realizó del mismo modo. Este año los aldeanos habían arrendado los prados yendo a la tercera parte en las ganancias, y ahora el alcalde venía a comunicar a Levin que la siega estaba concluida y que él, en previsión de que lloviese, había llamado al encargado, en presencia del cual hizo el reparto y separó los once almiares que pertenecían al propietario.

No obstante, por las respuestas inconcretas a la pregunta de cuánto heno había en el mayor de los prados, por la precipitación con que el alcalde había repartido el heno sin habérselo ordenado y por el acento del campesino en general, Levin comprendió que el reparto del heno no había sido cosa clara y decidió ir personalmente a comprobarlo.

Llegó al pueblo a la hora de comer. Dejó el caballo en casa de un anciano, esposo de la nodriza de su hermano, y paso al colmenar para informarse de las pormenores de la siega. El viejo Parmenov, hombre charlatán y de buen aspecto, acogió a Levin con júbilo, le habló de sus abejas y de la enjambrazón de aquel año. Pero a las preguntas sobre la siega respondió vagamente y con desgana. Ello confirmó a Levin sus suposiciones. Fue al prado y examinó los almiares. En cada uno de ellos no podía haber cincuenta carretadas de heno. Para desenmascarar a los labriegos, mandó llamar a los carros que habían transportado el heno, ordenó que se cargase un almiar y se llevase a la era. De cada almiar salieron treinta y dos carros. Pese a las afirmaciones del alcalde de que el heno estaba muy hinchado, de que se aplastaba al cargarlo en los carros, pese a sus juramentos de que todo había sido dividido como Dios manda, Levin insistió en que, habiéndose repartido el heno en ausencia suya, no lo aceptaba a razón de cincuenta carretadas por almiar. Tras largas discusiones, se acordó que los aldeanos recibieran aquellos once almiares para ellos, contando en cada uno cincuenta carretadas, y que se separara de nuevo la parte de Levin.

Entre las discusiones y los trabajos de repartir el heno se llegó al mediodía. Una vez terminada la distribución, Levin, confiando la vigilancia de lo que faltaba por hacer a su encargado, se sentó sobre un almiar construido en torno a una alta pértiga y se hundió en la contemplación del prado y en la animación que ofrecía con las gentes en pleno trabajo.

Ante él, en el recodo que formaba el río tras un pequeño marjal, avanzaba llenando el aire con su alegre vocerío una abigarrada hilera de mujeres, entre el heno removido que se extendía por el rastrojo de un color verde claro en franjas grises y onduladas. Tras las mujeres seguían hombres con horcas y los montones se convertían en altas y ligeras hacinas. A la izquierda, por el prado ya limpio, sonaba el ruido de los carros, y, uno tras otro, alzados por las grandes horcas, desaparecían los haces y en vez de ellos se levantaban los enormes y pesados carros, cargados de tal modo de heno oloroso que la hierba desbordaba por las grupas de los caballos.

—Es preciso apresurarse mientras dura el buen tiempo. Si se hace así saldrá un heno excelente –dijo el viejo, que se había sentado junto a Levin–. Mire, mire cómo trabajan los mozos. Lo recogen con tanto interés como si fuera té. ¡No van tan aprisa las aves cuando se les echa el grano, no! –añadió, indicando las gavillas ya cargadas en los carros–. Desde la hora de comer habrán cargado como la mitad.

Y gritó a un mozo que de pie en la parte delantera de uno de los carros, y con las riendas en la mano, se disponía a marchar.

—¿Es el último?

—El último, padrecito –contestó el mozo, reteniendo el caballo. Y se volvió para mirar, sonriendo, a una mujer muy colorada y también sonriente que iba sentada en la parte trasera del carro, y ambos continuaron su camino.

—¿Es hijo tuyo? –preguntó Levin.

—El más pequeño –contestó el viejo con dulce sonrisa.

—¡Es un bravo mozo!

—No puede decirse mal.

—¿Está casado ya?

—En la cuaresma de san Felipe hizo dos años.

—¿Tiene hijos?

—¡Hijos! ¡Si se me ha pasado un año entero sin saber nada de...! Hasta que nos burlamos de él y... ¡Pero qué heno tan hermoso! ¡Parece verdaderamente té! –continuó el viejo, queriendo cambiar de conversación.

Levin miró con más atención a Vanika Parmenov y a su mujer que, lejos de él, cargaba otro carro de heno. Iván Parmenov, de pie en el carro, recibía, igualaba y aplastaba los enormes haces de heno que, primero a brazadas y luego con la horca, le pasaba su mujer, que era joven y hermosa, y trabajaba sin esfuerzo, con agilidad y alegría. Primero la joven lo ahuecaba, después hundía en él la horca y, con un movimiento rápido y flexible, cargaba sobre la horca todo el peso de su cuerpo, encorvando el busto, ceñido por un cinturón rojo. Luego se erguía mostrando su pecho lleno bajo el blanco corpiño y, con un hábil ademán, empujaba la horca a introducía el heno en el carro.

Rápidamente, para ahorrarle todo esfuerzo superfluo, Iván recogía en sus brazos el haz de heno que le pasaba su mujer y lo arrojaba en el carro.

Una vez que hubo levantado con el rastrillo el heno, la mujer se sacudió las briznas de hierba que le habían entrado por el cuello de la camiseta, se arregló el pañuelo rojo sobre su blanca frente, no tostada por el sol, y subió al carro para ayudar a su marido a sujetar la carga. Iván le enseñaba el modo de hacerlo, y a una observación de su mujer estalló en una franca carcajada. Sus rostros expresaban un amor intenso y juvenil despertado recientemente.

Capítulo XI

Una vez sujeto el heno en el carro, Iván bajó de un salto y comenzó a llevar por la brida a su caballo, excelente y bien nutrido.

La mujer echó el rastrillo en el carro y, con vivo paso, moviendo los brazos al andar, se dirigió al encuentro de las otras mujeres, que estaban sentadas en círculo. Iván, al llegar al camino, se unió a la fila de los demás carros. Las mujeres, con los rastrillos al hombro, radiantes en sus vivos colores, hablaban con voz alegre y sonora mientras seguían a los carros.

Una voz áspera y ruda de mujer entonó una canción repitiendo el estribillo. Entonces, todos a coro, medio centenar de voces sanas, altas y rudas, iniciaron el mismo cantar y lo concluyeron.

Las mujeres se acercaban, cantando, hacia Levin, que sentía la impresión de que una nube cargada de truenos de alegría se aproximaba a él.

Llegó la nube, le alcanzó y el montón de heno en el que estaba tendido, y los demás montones y los carros y el prado y hasta los campos lejanos, todo se agitó y onduló bajo el ritmo de aquel cantar salvaje y atrevido, acompañados de gritos, silbidos y exclamaciones de entusiasmo.

Levin sintió envidia de aquella sana alegría. Le habría gustado participar de aquella expresión del júbilo de vivir. Pero no podía hacerlo, como lo hacían ellos, y tenía que permanecer allí tendido y mirar y escuchar.

Cuando la gente desapareció de su vista y las canciones no llegaban ya a sus oídos, Levin sintió el pesado dolor de su soledad, de su ociosidad física, de los sentimientos de hostilidad que experimentaba hacia aquel mundo de campesinos.

Algunos de ellos habían discutido con él sobre el asunto del heno, le habían tratado de engañar y él les había increpado. Y, sin embargo, le saludaban, alegres, en voz baja, y se veía que no sentían ni podían sentir rencor hacia él, y que ni siquiera recordaban que habían tratado de engañarle. Todo se había hundido en el mar del alegre trabajo común. Dios ha dado el día, Dios ha dado las fuerzas; y el día y las fuerzas están consagrados al trabajo y en él se halla su propia recompensa.

El objeto que tuviera el trabajo y cuáles pudieran ser sus frutos constituían ya cálculos mezquinos y extraños a aquella alegría.

Levin solía admirar esta vida y, con frecuencia, solía experimentar envidia de los que la vivían. Pero especialmente hoy, bajo la impresión de lo que viera en las relaciones de Iván Parmenov con su joven esposa, Levin pensó que de él dependía cambiar su vida de holganza, tan penosa, su vida artificial, vida de trabajo pura y alegre como la de los demás.

El viejo que estaba a su lado se había marchado a casa hacía rato. Los aldeanos habían desaparecido también. Los que vivían más cerca se habían ido a sus hogares y los que vivían más lejos, se habían reunido para comer y pasar la noche en el prado. Levin, sin que le vieran los labriegos, se tendió sobre el montón de heno, mirando, oyendo, pensando. Los que quedaron en el prado velaron durante casi toda la corta noche de verano. Primero se sentía su alegre charla y sus risas mientras cenaban. Luego siguieron canciones y otra vez risas.

El largo día de trabajo no había dejado en ellos más huellas que las de la alegría. Poco antes de rayar el alba, todo calló. Solo se oían los rumores nocturnos: el continuo croar de las ranas en los charcos y el resoplar de los caballos en la niebla matutina que se deslizaba sobre el prado.

Levin se recobró, se levantó de encima del heno y, mirando las estrellas, comprendió que ya había pasado la noche.

«Bueno, ¿qué haré y cómo lo haré?», se preguntó, tratando de aclarar ante sí mismo cuanto había pasado y sentido de nuevo en aquella noche. Cuanto pensara y sintiera de nuevo se dividía en tres directrices mentales: una, la renuncia a su vida anterior, a su cultura, que no le servía para nada. Esta renuncia le agradaba y la encontraba fácil y sencilla.

Otra directriz era la de la vida que había de vivir desde ahora. La sencillez, pureza y legitimidad de esta vida las comprendía claramente y estaba seguro de encontrar en ellas la satisfacción, la paz y la dignidad cuya falta sentía tan dolorosamente.

Pero la tercera directriz de sus pensamientos giraba en torno a la manera cómo había de cambiar su vida de antes y emprender su nueva vida. Y aquí no imaginaba nada que fuese claro.

«Tener una mujer. Trabajar y sentir la necesidad de hacerlo... Y entonces, ¿abandonar Pokrovskoie? ¿Comprar tierras? ¿Inscribirse en la comunidad de los campesinos? ¿Casarse con una aldeana? Pero ¿cómo hacerlo?», se preguntaba sin hallar contestación. «No he dormido en toda la noche y no puedo ver las cosas con claridad», se dijo. «Ya lo aclararé todo después. Pero estoy seguro de que esta noche ha decidido mi suerte. Todas mis ilusiones de antes sobre la vida familiar son tonterías. No es aquello lo que necesito. Todo es más sencillo y mucho mejor».

«¡Qué hermoso es esto!, pensó mirando la especie de extraña concha de nácar formada por blancas nubecillas retorcidas que se había detenido en el cielo sobre su cabeza. ¡Qué hermoso es todo en esta noche maravillosa! ¿Cuándo ha podido formarse esa concha de nubes? Hace poco he mirado el cielo y no había nada en él, salvo dos franjas blancas. De igual modo, imperceptiblemente, ha cambiado mi concepción de la vida».

Salió del prado y por el camino real se dirigió al pueblo. Se levantó un vientecillo y todo a su alrededor tomó un aspecto apagado y sombrío. Era el momento oscuro que precede generalmente a la salida del sol, a la victoria definitiva de la luz sobre las tinieblas.

Levin, temblando de frío, avanzaba rápidamente mirando al suelo. «¿Quién vendrá», pensó al oír ruido de cascabeles. Y alzó la cabeza. A unos cuarenta pasos de distancia avanzaba a su encuentro por el ancho camino cubierto de hierba que Levin seguía un coche con cuatro caballos, enganchados en doble pareja. Los caballos del exterior se apartaban de las rodadas, apretándose contra las varas, y el hábil cochero, sentado a un lado del pescante, guiaba de modo que las varas quedasen sobre el refleje, con lo que las ruedas giraban sobre el suelo liso.

Levin no reparó más que en este detalle y, sin pensar en quién pudiera ir en el coche, miró distraídamente al interior.

En un rincón del asiento dormitaba una viejecita y, junto a la ventanilla, una joven, que al parecer acababa de despertarse, se anudaba con ambas manos las cintas de su cofia blanca. Radiante y pensativa, rebosante de vida interior, elegante y complicada, muy ajena a Levin, miraba, por encima de él, la naciente aurora. Y en el momento en que esta visión desaparecía, dos ojos límpidos y sinceros se posaron en él, ella le reconoció, y una alegría llena de sorpresa iluminó su rostro. Levin no podía equivocarse. Aquellos ojos eran únicos en el mundo. Solo un ser en la tierra podía concentrar para él toda la luz y todo el sentido de la vida. Era ella. Era Kitty, que, por lo que él comprendió, se dirigía a Yerguchevo desde la estación del ferrocarril. Y todo lo que había agitado a Levin en aquella noche de insomnio, cuantas decisiones tomara, todo desapareció de repente. Recordó con repugnancia sus ideas de casarse con una campesina. Solo allí, en aquel coche que se alejaba por el otro lado del camino, estaba la posibilidad de solventar el problema de su vida, de hallar aquella solución que hacía tanto tiempo le atormentaba.

Kitty no le miró más. Ya no sonaba el ruido de los muelles del coche y apenas se sentía el rumor de los cascabeles. Por el ladrido de los perros adivinó Levin que el coche pasaba por el pueblo. Y él quedó solo consigo mismo, entre los campos desiertos, cerca del pueblo, ajeno a todo, caminando por un ancho camino abandonado.

Miró al cielo, esperando hallar aquella concha de nubes que despertara su admiración y que simbolizaba sus pensamientos y sentimientos de la pasada noche. En las alturas inaccesibles se había operado un cambio misterioso. Ya no existían ni señales de la concha, sino solo un tapiz de vellones que cubría la mitad del cielo, vellones que se iban empequeñeciendo a cada instante. El cielo fue volviéndose más claro y más azul; y con la misma ternura, pero también con la misma inaccesibilidad, contestaba a la mirada interrogadora de Levin.

«No», se dijo Levin. «Por hermosa que sea esta vida de trabajo y sencillez, no puedo vivirla. Porque la amo a "ella"...».

CAPÍTULO XII

Ni aun los más allegados a Alexey Alexandrovich sabían que aquel hombre de aspecto tan frío, aquel hombre tan razonable, tenía una debilidad: no podía ver llorar a un niño o a una mujer. El espectáculo de las lágrimas le hacía perder por completo el equilibrio y la facultad de razonar.

El jefe de su oficina y el secretario lo sabían y, cuando el caso se presentaba, avisaban a los visitantes que se abstuvieran en absoluto de llorar ante él si no querían echar a perder su asunto.

—Se enfadará y no querrá escucharles –decían.

Y, en efecto, en tales casos, el desequilibrio moral producido en Karenin por las lágrimas se manifestaba en una imitación que le llevaba a echar sin miramientos a sus visitantes.

—¡No puedo hacer nada! ¡Haga el favor de salir! –gritaba en tales ocasiones.

Cuando, al regreso de las carreras, Anna le confesó sus relaciones con Vronsky a inmediatamente, cubriéndose el rostro con las manos, rompió a llorar, Alexey Alexandrovich, a pesar del enojo que sentía, notó a la vez que le invadía el desequilibrio moral que siempre despertaban en él las lágrimas.

Comprendiéndolo, y comprendiendo también que la exteriorización de sus sentimientos estaría poco en consonancia con la situación que atravesaban, Alexey Alexandrovich procuró reprimir toda manifestación de vida, por lo cual no se movió para nada ni miró a Anna.

Y aquel era el motivo de que ofreciese aquella extraña expresión como de muerto que sorprendiera a su mujer.

Al llegar, la ayudó a apearse y, dominándose, se despidió de ella con su habitual cortesía, pronunciando algunas frases que en nada le comprometían y diciéndole que al día siguiente le comunicaría su decisión.

Las palabras de su mujer al confirmar sus sospechas dañaron profundamente el corazón de Karenin, y el extraño sentimiento de compasión física hacia ella que despertaban en él sus lágrimas aumentaba todavía su dolor.

Mas, al quedar solo en el coche, Alexey Alexandrovich, con gran sorpresa y alegría, se sintió libre en absoluto de aquella compasión y de las dudas y celos que le atormentaban últimamente.

Experimentaba la misma sensación de un hombre a quien arrancan una muela que le hubiese estado atormentando desde mucho tiempo. Tras el terrible sufrimiento y la sensación de haberle arrancado algo enorme, algo más grande que la propia cabeza, el paciente nota de pronto, y le parece increíble tal felicidad, que ya no existe lo que durante tanto tiempo le amargara la vida, lo que absorbía toda su atención, y que ahora puede vivir de nuevo, pensar a interesarse en cosas distintas a su muela.

Tal era el sentimiento de Alexey Alexandrovich. El dolor fue terrible e inmenso, pero ya había pasado, y ahora sentía que podía vivir y pensar de nuevo sin ocuparse solo de su esposa.

«Es una mujer sin honor, sin corazón, sin religión y sin moral. Lo he sabido y lo he visto siempre, aunque por compasión hacia ella procuraba engañarme», se dijo. Y en efecto, le parecía haberlo visto siempre. Recordaba los detalles de su vida con ella, y estos, aunque antes no le parecieron malos, ahora a su juicio demostraban claramente la perversidad de su esposa.

«Me equivoqué al unir su vida a la mía, pero en mi equivocación no hay nada de indigno y por tal razón no he de ser desgraciado. La culpa no es mía, sino suya», se dijo. «Ella no existe ya para mí».

Lo que pudiera ser de Anna y de su hijo hacia el que experimentaba iguales sentimientos que hacia su mujer, dejó de interesarle. Lo único que le preocupaba era el modo mejor, más conveniente y más cómodo para él –y como tal, el más justo– de librarse del fango con que ella le contaminara en su caída, a fin de poder continuar su vida activa, honorable y útil.

«No puedo ser desgraciado por el hecho de que una mujer despreciable haya cometido un crimen. Únicamente debo buscar la mejor salida de la situación en que me ha colocado. Y la encontraré», reflexionaba, arrugando el entrecejo cada vez más. «No soy el primero, ni el último...». Y aun prescindiendo de los ejemplos históricos, entre los cuales le venía primero a la memoria el de la bella Elena y Menelao, toda una larga teoría de infidelidades contemporáneas de mujeres de alta sociedad surgieron en la mente de Alexey Alexandrovich.

«Darialov, Poltavky, el príncipe Karibanob, el conde Paskudin, Dram... Sí, también Dram, un hombre tan honrado y laborioso..., Semenov, Chagin, Sigonin... –recordaba–. Cierto que el más necio ridículo cae sobre estos hombres, pero yo nunca he considerado eso más que como una desgracia y he tenido compasión de ellos», se decía Alexey Alexandrovich.

Esto no era verdad, pues nunca tuvo compasión de desgracias tales, y tanto más se había apreciado hasta entonces a sí mismo cuantas más traiciones de mujeres habían llegado a sus oídos.

«Es una desgracia que puede suceder a todos y me ha tocado a mí. Solo se trata de saber cómo puedo salir mejor de esta situación».

Y comenzó a recordar cómo obraban los hombres que se hallaban en casos como el suyo de ahora.

«Darialov se batió en duelo».

En su juventud el duelo le preocupaba mucho, precisamente porque físicamente era débil y le constaba. Alexey Alexandrovich no podía pensar sin horror en una pistola apuntada a su pecho y nunca en su vida había usado arma alguna. Tal horror le obligó a pensar en el duelo desde muy temprano y a calcular cómo había que comportarse al ponerse en frente de un peligro mortal. Luego, al alcanzar el éxito y una posición sólida en la vida, hacía tiempo que había olvidado aquel sentimiento. Y como la costumbre de pensar así se había hecho preponderante, el miedo a su cobardía fue ahora tan fuerte que Alexey Alexandrovich, durante largo tiempo, no pensó más que en el duelo, aunque sabía muy bien que en ningún caso se batiría.

«Cierto que nuestra sociedad, bien al contrario de la inglesa, es aún tan bárbara que muchos –y en el número de estos "muchos" figuraban aquellos cuya opinión Karenin apreciaba más– miran el duelo con buenos ojos. Pero ¿a qué conduciría? Supongamos que le desafío», continuaba pensando. E imaginó la noche que pasaría después de desafiarle, imaginó la pistola apuntada a su pecho y se estremeció y comprendió que aquello no sucedería nunca. Pero seguía reflexionando: «Supongamos que me dicen lo que tengo que hacer, que me colocan en mi puesto y aprieto el gatillo», se decía, cerrando los ojos. «Supongamos que le mato...». Alexey Alexandrovich sacudió la cabeza para apartar tan necios pensamientos.

«Pero ¿qué tiene que ver que mate a un hombre con lo que he de hacer con mi mujer y mi hijo? ¿No tendré también entonces que pensar lo que he de decidir referente a ella? En fin: lo más probable, lo que seguramente sucederá, es que yo resulte muerto o herido. Es decir, yo, inocente de todo, seré la víctima. Esto es más absurdo. Pero, por otro lado, provocarle a duelo no sería por mi parte un acto honrado. ¿Acaso ignoro que mis amigos no me lo permitirían, que no consentirían que la vida de un estadista, necesaria para Rusia, se pusiera en peligro? ¿Y qué pasaría entonces? Pues que parecerá que yo, sabiendo bien que el asunto nunca llegará a implicar riesgo para mí, querré darme un inmerecido lustre con este desafío. Esto no es honrado, es falso, es engañar a los otros y a mí mismo. El duelo es inadmisible y que nadie espere que yo lo provoque. Mi objeto es asegurar mi reputación, que necesito para continuar mis actividades sin impedimento».

Su trabajo político, que ya antes le parecía muy importante, ahora se le presentaba como de una importancia excepcional.

Una vez descartado el duelo, Karenin estudió la cuestión del divorcio, salida que eligieran otros maridos que él conocía.

Recordando los casos notorios de divorcios (y en la alta sociedad existían muchos que él conocía perfectamente), Alexey Alexandrovich no encontró ninguno en que el fin del divorcio fuera el mismo que él se proponía. En todos aquellos casos, el marido cedía o vendía a la mujer infiel; y la parte que, por ser culpable, no tenía derecho a casarse de nuevo, afirmaba falsas relaciones del esposo. En su propio caso, Alexey Alexandrovich veía imposible obtener el divorcio legal de modo que fuera castigada la esposa culpable. Comprendía que las delicadas condiciones de vida en que se movía no hacían posibles las demostraciones demasiado violentas que exigía la ley para probar la culpabilidad de una mujer.

Su vida, muy refinada en cierto sentido, no toleraba pruebas tan crudas, aunque existiesen, ya que el ponerlas en práctica le rebajaría más a él que a ella ante la opinión general.

El intento del divorcio no habría valido más que para provocar un proceso escandaloso que aprovecharían bien sus enemigos a fin de calumniarle y hacerle descender de su posición en el gran mundo. De modo que el objeto esencial, obtener la solución del asunto con las mínimas dificultades, no lo llenaba el divorcio. Además, con el divorcio o su planteamiento se evidenciaba que la mujer rompía sus relaciones con el marido y nada le impedía ya unirse a su amante. Y en el alma de Karenin, pese a la completa indiferencia que hacia su mujer creía experimentar ahora, restaba aún un sentimiento que se expresaba por el deseo de que ella no pudiese unirse libremente con Vronsky, con lo que su delito habría redundado en beneficio de ella.

Tal pensamiento irritaba tanto a Alexey Alexandrovich que solo al imaginarlo se le escapó un gemido de íntimo dolor. Se irguió, cambió de sitio en el coche y durante un prolongado instante permaneció con el entrecejo fruncido mientras envolvía sus pies huesudos y friolentos en la suave manta de viaje.

En vez del divorcio legal podía, como Karibanov, Paskudin y el buen Dram, separarse de su mujer, siguió pensando Alexey Alexandrovich cuando se sintió un poco calmado. Pero este procedimiento tenía los mismos efectos deshonrosos que el divorcio, y lo peor era que, como el divorcio legal, arrojaba a su mujer en brazos de Vronsky.

«¡No, es imposible, imposible!», dijo en alta voz, mientras comenzaba a desenrollar otra vez la manta de viaje. «Yo no he de ser desgraciado, pero no quiero que ni él ni ella sean dichosos».

El sentimiento de celos que experimentara mientras ignoraba la verdad se disipó en cuanto las palabras de su mujer le arrancaran la muela con dolor. A aquel sentimiento lo sustituía otro: el de que su mujer no solo no debía triunfar, sino que debía ser castigada por el delito cometido. No reconocía que experimentara tal sentimiento, pero en el fondo de su alma deseaba que ella sufriese, en castigo a haber destruido la tranquilidad y mancillado el honor de su marido. Y, estudiando de nuevo las posibilidades de duelo, divorcio y separación, y rechazándolas todas otra vez, Alexey Alexandrovich concluyó que solo quedaba una salida: retener a Anna a su lado, ocultar lo sucedido ante la sociedad y procurar por todos los medios poner fin a aquellas relaciones, lo que era el medio más eficaz de castigarla, aunque esto no quería confesárselo.

«Debo decirle que mi decisión es, una vez examinada la posición en que ha puesto a la familia, y considerando que cualquier otra medida sería peor para ambas partes, mantener de cara al exterior el *statu quo*, con el cual estoy conforme, a condición inexcusable de que cumpla enteramente mi voluntad, es decir, suspenda toda relación con su amante».

Y cuando hubo adoptado definitivamente esta resolución, acudió, como un refuerzo de ella, un pensamiento muy importante a la mente de Alexey Alexandrovich: «Solo con esta decisión obro de acuerdo con las prescripciones de la Iglesia», se dijo. «Únicamente con esta solución no arrojo de mi lado a la mujer criminal y le doy probabilidades de arrepentirse, e incluso, aunque esto me sea muy penoso, consagro parte de mis fuerzas a su corrección y salvación».

Alexey Alexandrovich sabía que carecía de autoridad moral sobre su mujer y que de aquel intento de corregirla no resultaría más que una farsa, y, a pesar de que en todos aquellos tristes instantes no había pensado ni una sola vez en buscar orientaciones en la religión, ahora, cuando la resolución tomada le parecía coincidir con los mandatos de la Iglesia, esta sanción religiosa de lo que había decidido le satisfacía plenamente y, en parte, le calmaba.

Le era agradable pensar que, en una decisión tan importante para su vida, nadie podría decir que había prescindido de los mandatos de la religión, cuya bandera él había sostenido muy alta en medio de la indiferencia y frialdad generales.

Reflexionando acerca de los demás detalles, Alexey Alexandrovich no veía motivo para que sus relaciones con su mujer no pudiesen continuar como antes. Cierto que jamás podría volver a respetarla, pero no había ni podía haber motivo alguno para que él destrozara su vida y sufriese porque ella fuera mala e infiel. «Sí, pasará el tiempo, que arregla todas las cosas, y nuestras relaciones volverán a ser las de antes», se dijo Alexey Alexandrovich. Y añadió: «Es decir, esas relaciones se reorganizarán de tal modo que no experimentaré desorden alguno en el curso de mi vida. Ella debe ser desgraciada, pero yo no soy culpable y no tengo por qué ser desgraciado a mi vez».

CAPÍTULO XIII

Al acercarse a San Petersburgo, no solo Karenin había adoptado su decisión de una manera definitiva, sino que hasta redactó mentalmente la carta que iba a escribir a su mujer.

Entró en la portería, vio las cartas y documentos que le habían llevado del Ministerio y ordenó que los llevaran a su gabinete.

—Apaguen y no reciban a nadie –contestó a la pregunta del portero, con una satisfacción que denotaba su buen humor, acentuando la frase «no reciban».

Ya en su gabinete, Karenin paseó recorriéndolo dos veces en toda su longitud y se detuvo ante su gran mesa escritorio, en la que había seis velas encendidas que había puesto allí su ayuda de cámara.

Luego hizo crujir las articulaciones de sus dedos, se sentó y comenzó a arreglar los objetos que había en el escritorio. Con los codos sobre la mesa y la cabeza inclinada de lado, reflexionó un momento y luego escribió sin detenerse ni un segundo. Escribía en francés, sin dirigirse directamente a ella, y empleando el «usted», que no posee en aquel idioma la frialdad que posee en el ruso:

«En nuestra última entrevista le indiqué mi intención de comunicarle lo que he decidido respecto a lo que hablamos.

»Después de reflexionar detenidamente, le escribo como le prometí. Mi decisión es esta: sea cual sea su proceder, no me considero autorizado a romper lazos con los que nos ha unido un poder superior. La familia no puede ser deshecha por el capricho, el deseo o incluso el crimen de uno de los cónyuges. Nuestra vida, pues, debe seguir como antes. Eso es necesario para usted, para mí y para nuestro hijo. Estoy seguro de que usted se arrepiente de lo que motiva la presente carta y que me ayudará a arrancar de raíz la causa de nuestra discordia y a olvidar el pasado. En caso contrario, puede suponer lo que le espera a usted y a su hijo. De todo ello espero hablarle en nuestra próxima entrevista. Como termina la temporada veraniega, le pido que vuelva a San Petersburgo lo antes posible, el martes a más tardar. Se darán las órdenes necesarias para su regreso. Le ruego que tenga en cuenta que doy una especial importancia al cumplimiento de este deseo mío.

»A. Karenin.

»P. S. Acompaño el dinero que pueda necesitar para sus gastos».

Releyó la carta y se sintió contento, sobre todo por haberse acordado de enviar dinero. No había un reproche ni una palabra dura, pero tampoco ninguna condescendencia. Lo principal era que en ella había como un puente dorado para que pudiese volver. Después de doblar y alisar la carta con la grande y pesada plegadera de marfil, la puso en un sobre, en el que metió el dinero y llamó al timbre, con la particular satisfacción que le producía el adecuado empleo de sus bien ordenados útiles de escritorio.

—Llévala al ordenanza para que la entregue mañana a Anna Arkadievna en la casa de verano –dijo, levantándose.

—Bien. ¿Tomará vuecencia el té en el gabinete?

Alexey Alexandrovich ordenó que llevasen el té allí y, jugueteando con la plegadera, se dirigió a la butaca junto a la que había una lámpara y a su lado el libro francés que había empezado a leer, relativo a inscripciones antiguas.

Sobre la butaca, en un marco dorado, pendía el magnífico retrato de Anna hecho por un célebre pintor.

Alexey Alexandrovich lo miró. Los ojos impenetrables le miraban burlones, insolentes, como en aquella última noche en la que habían tenido la explicación. Todo en aquel retrato le parecía impertinente y provocador: desde los encajes de la cabeza, con los cabellos negros, excelentemente pintados, hasta la hermosa mano blanca, cuyo dedo anular estaba cubierto de sortijas, todo le causaba la misma desagradable impresión. Después de mirarlo durante un instante, Karenin se estremeció de tal modo que sus labios temblaron y hasta emitieron un sonido casi imperceptible:

—¡Brrr!

Volvió la cabeza, se sentó precipitado en la butaca y abrió el libro. Trató de leer, pero en modo alguno consiguió que despertara en él su anterior interés por las inscripciones antiguas. Mientras miraba el libro, pensaba en otra cosa. No en su mujer, sino en una complicación de su actividad gubernamental que surgiera últimamente y en la que radicaba el interés principal de su trabajo del momento.

Ahora le parecía penetrar más profundamente que nunca en aquella complicación y le parecía que en su cerebro surgía la idea capital –lo podía decir sin presunción–, el pensamiento que debía aclarar todo el asunto, haciéndole ascender en su carrera, abatiendo a sus enemigos, convirtiéndole en más útil aún al Estado.

En cuanto el criado, después de llevarle el té, hubo salido del aposento, Alexey Alexandrovich se levantó y se dirigió a la mesa escritorio.

Apartó a un lado la cartera que contenía los asuntos corrientes y, con una sonrisa de satisfacción apenas perceptible, sacó el lápiz y se sumió en la lectura de los documentos relativos a aquella complicación.

El rasgo característico de Alexey Alexandrovich como alto funcionario del Estado, el que le distinguía especialmente y el que, unido a su moderación, su probidad, su confianza en sí mismo y su amor propio excesivo, había contribuido más a encumbrarle, era su absoluto desprecio del papeleo oficial, su firme voluntad de suprimir en lo posible los escritos inútiles y tratar los asuntos directamente, solucionándolos con la mayor rapidez y con la máxima economía.

Ocurrió, con esto, que en la célebre Comisión del 2 de junio se expuso el asunto de la fertilización de la provincia de Zaraisk, asunto perteneciente al Ministerio de Karenin y que constituía un claro ejemplo de los gastos estériles que se hacían y de los inconvenientes de resolver los asuntos solo en el papel. Alexey Alexandrovich sabía que eso era justo.

El asunto de la fertilización de Zaraisk había sido iniciado por el antecesor de Karenin. Y en él se habían gastado y gastaban muchos fondos totalmente en balde, ya que estaba fuera de duda que todo ello no había de conducir a nada.

Al ocupar aquel cargo, Alexey Alexandrovich lo comprendió enseguida y pensó en ocuparse de ello. Pero hacerlo al principio, cuando se sentía aún poco seguro, no era razonable, teniendo en cuenta que con ello lastimaba muchos intereses. Luego, absorbido ya por otros asuntos, simplemente se había olvidado de aquel, que, como tantos otros, seguía su camino por fuerza de inercia. Mucha gente comía en torno a él, y en especial una familia muy honrada y distinguida por sus dotes musicales, ya que todas las hijas tocaban algún instrumento de cuerda (Alexey Alexandrovich no solo les conocía, sino que incluso era padrino de boda de una de las hijas mayores).

Los enemigos del Ministerio se ocuparon del asunto y se lo reprocharon, con tanta menos justicia cuanto que en todos los Ministerios los había mucho más graves y nadie los tocaba por no faltar a los conveniencias en las relaciones interministeriales.

Pero, puesto que ahora le lanzaban aquel guante, él lo recogería gallardamente y pediría una comisión especial que estudiase el asunto de la fertilización de Zaraisk. No quería, sin embargo, que la cosa quedase en manos de aquellos señores, por lo cual exigió ante todo el nombramiento de otra comisión especial para estudiar el asunto de la organización de la población autóctona.

Aquel asunto se había planteado también ante la Comisión del 2 de junio y Alexey Alexandrovich lo presentaba con energía como muy urgente por el deplorable estado de la citada población.

En la Comisión, el asunto motivó discusiones de varios Ministerios entre sí. El Ministerio enemigo de Karenin demostraba que el estado de los autóctonos era excelente, que los cambios propuestos podían resultar funestos para la prosperidad de aquellas poblaciones y que si algo iba mal, se debía a que el Ministerio de Alexey Alexandrovich no cumplía las disposiciones legales. Y ahora Karenin se proponía exigir: primero, que se nombrara otra comisión que estudiara sobre el terreno la situación de las poblaciones autóctonas; segundo, que si se demostraba que su situación era efectivamente la que se desprendía de los datos oficiales que poseía la Comisión, se formara un nuevo comité técnico que estudiara las causas de aquella situación desde el punto de vista político, administrativo, económico, etnográfico, material y religioso; tercero, que el Ministerio adversario presentase datos de las medidas adoptadas durante los últimos años para evitar las malas condiciones en que ahora se encontraban los autóctonos; y cuarto, que se pidiera a dicho Ministerio explicaciones sobre por qué –según informes presentados a la Comisión con los números 17017 y 18308, fechas 5 de diciembre de 1863 y 7 de junio de 1864– procedía abiertamente contra la ley orgánica, artículo 18, y observación en el 36.

Un animado color cubrió las mejillas de Alexey Alexandrovich mientras anotaba rápidamente aquellas ideas. Una vez escrita la primera hoja de papel, se levantó, llamó y mandó una nota al jefe de su despacho para que le enviasen los informes necesarios.

Y tras levantarse y pasear por la habitación, volvió a mirar el retrato, arrugó las cejas y sonrió con desprecio. Leyó de nuevo el libro sobre inscripciones antiguas y a las once se fue a dormir. Cuando, una vez en la cama, recordó lo sucedido con su mujer, ya no le pareció tan terrible.

CAPÍTULO XIV

Aunque Anna contradecía a Vronsky con terca irritación cuando él le aseguraba que la situación presente era imposible de sostener, en el fondo de su alma también ella la consideraba como falsa y deshonrosa y de todo corazón deseaba modificarla.

Al volver de las carreras con su marido, en un momento de excitación se lo había dicho todo, y, pese al dolor que experimentara al hacerlo, se sintió aliviada. Cuando Karenin se hubo ido, Anna se repetía que estaba contenta, que ahora todo quedaba aclarado, y que ya no tendría necesidad de engañar y fingir. Le parecía indudable que su posición quedaría ya, a partir de ahora, definida para siempre. Podría ser mala, pero era definida, y en ella no habría ya sombras ni engaños.

El daño que se había causado a sí misma y el que causara a su marido al decirle aquellas palabras sería recompensado por la mayor claridad en que habían quedado sus relaciones.

Cuando, aquella misma noche, se vio con Vronsky, no le contó lo sucedido entre ella y su marido, aunque habría debido decírselo para definir la situación.

Al despertar a la mañana siguiente, pensó antes que nada en lo que había dicho a su marido y le parecieron de tal manera duras y terribles sus palabras que no podía comprender cómo se había decidido a pronunciarlas. Pero ahora estaban ya dichas y era imposible adivinar lo que podría resultar de aquello, ya que Alexey Alexandrovich se había ido sin decirle nada. «He visto a Vronsky y no le he contado lo ocurrido –reflexionaba–. Incluso cuando se disponía a marchar estuve a punto de llamarle y decírselo todo, pero no lo hice porque pensé que encontraría extraño que no se lo hubiese explicado en el primer momento. ¿Por qué no se lo dije?». Y al tratar de contestar a tal pregunta, el rubor encendió sus mejillas. Comprendió lo que se lo impedía, comprendió que sentía vergüenza. La situación, que le había parecido aclarada la tarde anterior, se le presentaba de repente no solo como sin aclarar, sino, además, sin salida. Quedó aterrada ante el deshonor en que se veía hundida, cosa en la cual ni siquiera había pensado. Y al detenerse a reflexionar sobre lo que haría su marido, se le ocurrían las más terribles ideas. Imaginaba que iba a llegar ahora el administrador para echarla de casa y que su deshonra iba a ser publicada ante todos. Se preguntaba a dónde iría cuando la echaran de allí y no encontraba contestación.

Cuando pensaba en Vronsky, se figuraba que él no la quería, que empezaba a sentirse cansado, que ella no podía ofrecérsele, y esto le hacía experimentar animosidad contra él. Le parecía como si las palabras dichas a su marido, que continuamente acudían a su imaginación, las hubiera dicho a todos y todos las hubiesen oído.

No se atrevía a mirar a los ojos a quienes vivían con ella. No osaba llamar a la criada ni bajar a la planta baja para ver a la institutriz y a su hijo.

La muchacha, que esperaba hacía tiempo en la puerta, escuchando, decidió entrar en la alcoba. Anna la miró interrogativamente a los ojos y, sintiéndose cohibida, se ruborizó. La criada pidió perdón, diciendo que creía que la señora la había llamado. Traía la ropa y una nota de Betsy, quien recordaba a Anna que aquel día irían a su casa por la mañana Lisa Merkalova y la baronesa Stalz con sus admiradores, Kaluchsky y el viejo Stremov, para jugar una partida de cricket. «Venga, aunque sea solo para aprender algo de nuestras costumbres. La espero», concluía la nota.

Anna leyó y suspiró dolorosamente.

—No necesito nada, nada –dijo a la muchacha, que colocaba frascos y cepillos en la mesita del tocador–. Váyase. Voy a vestirme y salir. No necesito nada, nada...

Anuchka salió de la alcoba, pero Anna, sin vestirse, continuó sentada en la misma posición, con la cabeza baja y los brazos caídos, estremeciéndose de vez en cuando de pies a cabeza como si fuese a hacer o decir algo y se sintiera incapaz de ello. Repetía sin cesar, para sí: «¡Dios mío, Dios mío!».

Pero tales palabras nada significaban para ella. La idea de buscar consuelo en la religión le resultaba tan extraña como la de buscar consuelo en su propio marido, aunque no dudaba de la religión en que la habían educado. Sabía bien que el consuelo de la religión solo era posible a base de prescindir de aquello que era el único objeto de su vida. Y no solo sentía dolor, sino que comenzaba a experimentar miedo ante aquel terrible estado de ánimo que nunca hasta entonces experimentara. Le parecía que todo en su alma comenzaba a desdoblarse, como a veces se desdoblan los objetos ante una vista cansada. A ratos no sabía ya lo que deseaba ni lo que temía, ni si temía o deseaba lo que era o más bien lo que había de ser después. Y no podía precisar qué era concretamente lo que deseaba.

«¿Qué hacer?», se dijo al fin, sintiendo que le dolían las sienes. Y al recobrarse se dio cuenta de que se había cogido con las dos manos sus cabellos cercanos a las sienes y tiraba de ellos.

Se levantó de un salto y empezó a pasear por la habitación.

—El café está servido y *mademoiselle* y Seriozha esperan –dijo Anuchka, que había entrado de nuevo, hallando a Anna en la misma posición.

—¿Seriozha? ¿Qué hace Seriozha? –preguntó Anna, animándose de repente y recordando, por primera vez durante la mañana, la existencia de su hijo.

—Parece que ha cometido una falta –dijo Anuchka sonriendo.

—¿Qué falta?

—Pues ha cogido uno de los melocotones que había en la despensa y se lo ha comido a escondidas.

El recuerdo de su hijo hizo que Anna saliese de aquella situación desesperada en que se encontraba. Se acordó del papel, en parte sincero, aunque más bien exagerado, de madre consagrada por completo a su hijo que viviera en aquellos últimos años, y notó con alegría que en el estado en que se encontraba aún poseía una fuerza independiente de la posición en que se hallara respecto a su marido y a Vronsky, y esta fuerza era su hijo. Fuera la que fuera la situación en que hubiera de encontrarse no podría dejar a su hijo. Aun cuando su marido la cubriese de oprobio, y aunque Vronsky continuara viviendo independiente de ella –y de nuevo lo recordó con amargura y reproche–, Anna no podría separarse de su Seriozha. Tenía un objetivo en la vida. Debía obrar, obrar para asegurar su posición con su hijo, para que no se lo quitasen. Y había de actuar inmediatamente si quería evitarlo. Debía coger a su hijo y marcharse. No le cabía hacer otra cosa. Tenía que calmarse y salir de tan penosa situación. El pensamiento de que urgía hacer algo, de que tenía que llevarse a su hijo inmediatamente y marcharse con él a cualquier sitio, le proporcionó la calma que necesitaba.

Se vistió deprisa, bajó y con paso seguro entró en el salón, donde, como de costumbre, le esperaban el café y Seriozha con la institutriz. Seriozha, vestido de blanco, estaba de pie ante la consola del espejo, con la espalda y cabeza inclinadas, expresando aquella atención concentrada que ella conocía y que señalaba más su semejanza con su padre, manipulando unas flores que había llevado del jardín.

La institutriz presentaba un aspecto severo. Seriozha exclamó, chillando como solía:

—¡Mamá!

Y se interrumpió, indeciso. ¿Debía saludar primero a su madre, dejando las flores, o terminar la corona antes y acercarse a su madre ya con las flores en la mano? Después de saludar, la institutriz comenzó a relatar, lenta y detalladamente, la falta cometida por el niño. Pero Anna no la escuchaba y pensaba si convendría o no llevársela consigo.

«No, no la llevaré», decidió. «Me iré sola, con mi hijo».

—Sí, eso está muy mal –dijo Anna, tomando al niño por el hombro y mirándole no con severidad, sino con timidez, lo que confundió al pequeño y le llenó de alegría. Anna le dio un beso.

—Déjele conmigo –indicó a la extrañada institutriz.

Y, sin soltar las manos de Seriozha, se sentó a la mesa en que estaba servido el café.

—Yo, mamá... no, no... –murmuró el niño, pensando en lo que podría esperarle por haber cogido sin permiso el melocotón.

—Seriozha –dijo Anna, cuando la institutriz hubo salido del aposento–. Eso está muy mal, pero no lo harás más, ¿verdad? ¿Me quieres?

Sentía que le acudían las lágrimas a los ojos. «¿Cómo puedo dejar de quererle?», pensó, sorprendiendo la mirada, asustada y al mismo tiempo jubilosa, de su hijo. «¿Es posible que se una a su padre para martirizarme? ¿Es posible que no me compadezca?». Las lágrimas corrían ya por su rostro, y para disimularlas se levantó bruscamente y salió a la terraza.

Después de las lluvias y tempestades de los últimos días, el tiempo era claro y frío. Bajo el sol radiante que iluminaba las hojas húmedas de los árboles, se sentía la frescura del aire. Al contacto con el exterior, el frío y el terror se adueñaron de ella con fuerza nueva y la hicieron estremecer.

—Ve, ve con Mariette –dijo a Seriozha, que la seguía.

Y comenzó a pasear arriba y abajo por la estera de paja que cubría el suelo de la terraza. «¿Será posible que no me perdonen? ¿No comprenderán que esto no podía ser de otro modo?», se dijo. Se detuvo, miró las copas de los olmos agitadas por el viento, con sus hojas frescas y brillantes bajo la fría luz del sol, y le pareció que en ningún lugar del mundo hallaría piedad para ella, que todo había de ser duro y sin compasión, como aquel cielo frío y aquellos árboles... Y de nuevo sintió que su alma se desdoblaba.

«No, no pensemos en ello», se dijo. «He de preparar mi viaje: tengo que irme. ¿Adónde? ¿Y cuándo? ¿Quién me acompañará? Sí, me iré a Moscú en el tren de la noche, llevándome a Anuchka y a Serguéi y las cosas más necesarias. Pero antes debo escribirles a los dos».

Entró en casa precipitadamente, pasó a su gabinete, se sentó a la mesa y escribió a su marido:

> «Después de lo sucedido, no puedo continuar en casa. Me marcho llevándome al niño. Ignoro las leyes y no sé si el hijo debe quedarse con el padre o con la madre. Pero le llevo conmigo porque no puedo vivir sin él. Sea generoso y déjemelo».

Hasta llegar aquí escribió rápidamente y con naturalidad, pero la apelación a una generosidad que Anna no reconocía a su marido y la necesidad de terminar la carta con algo conmovedor la interrumpieron.

«No puedo hablarle de mi culpa y de mi arrepentimiento, porque...».

Se detuvo otra vez, no hallando conexión en sus pensamientos. «No –se dijo–, no es preciso que me refiera a eso». Y rompiendo la hoja, la redactó de nuevo, excluyendo la alusión a la generosidad, y cerró la carta.

Tenía que escribir otra carta a Vronsky. «Se lo he contado todo a mi marido...», empezó, y permaneció un rato sentada sin hallar fuerzas para continuar. ¡Aquello era tan tosco, tan poco femenino...! «Además, ¿qué más puedo decirle?», se preguntó. Y otra vez la vergüenza cubrió de rubor sus mejillas. Recordó la tranquilidad de Vronsky y un sentimiento de irritación contra él le hizo romper en pequeños pedazos la hoja con la frase ya escrita. «No hay necesidad de escribir nada», se dijo. Y cerrando la carpeta, subió a anunciar a la institutriz y a la servidumbre que salía aquella noche para Moscú. Y comenzó a hacer los preparativos del viaje.

CAPÍTULO XV

En todas las habitaciones de la casa de verano se movían lacayos, jardineros y porteros, llevando cosas de un lado a otro. Armarios y cómodas estaban abiertos y dos veces hubo que ir corriendo a la tienda o comprar cordel. Por el suelo se veían pedazos de periódicos esparcidos, dos baúles, sacos y mantas de viaje plegadas habían sido bajados al recibidor. El coche propio y dos de alquiler esperaban a la puerta.

Anna, olvidando con los preparativos del viaje su inquietud interna, estaba en pie ante la mesa de su gabinete, preparando su bolso de viaje, cuando Anuchka llamó su atención sobre el ruido de un coche que se acercaba.

Anna miró por la ventana y vio junto a la escalera al ordenanza de Alexey Alexandrovich, que tocaba la campanilla de la puerta.

—Ve a ver de qué se trata –ordenó Anna.

Y serenamente dispuesta a todo, se sentó en la butaca, con las manos plegadas sobre las rodillas.

El lacayo llevó un abultado sobre con la dirección escrita de mano de Karenin.

—El ordenanza espera la contestación –dijo el lacayo.

—Bien –repuso Anna.

Y en cuanto hubo salido el criado, abrió el sobre con trémulos dedos y un paquete de billetes sin doblar, sujetos por una cinta, cayó al suelo.

Anna separó la carta y la leyó empezando por el final.

«Se darán las órdenes necesarias para su regreso. Le ruego que tenga en cuenta que doy especial importancia al cumplimiento de mi deseo...», leyó.

Siguió leyéndola al revés, y volvió después a empezar la lectura desde el principio. Al terminar, se sintió helada, y tuvo la impresión de que una gran desgracia mucho mayor de lo que esperaba se abatía sobre ella.

Por la mañana estaba arrepentida de lo que había confesado a su marido y deseaba no haber pronunciado aquellas palabras. Y ahora la carta daba las palabras por no dichas: le concedía lo que ella deseaba. Pero ahora esta carta le parecía a Anna lo más terrible que podía imaginar.

«¡Tiene razón, tiene razón! –pronunció para sí–. ¡Siempre, siempre tiene razón! Es cristiano, es generoso... Pero, ¡cuán vil y despreciable! ¡Y nadie lo comprende, excepto yo! Jamás podrán comprenderlo, ni yo explicarlo. Para los demás es un hombre religioso, moral, honrado, inteligente... Pero no ven lo que yo he visto. No saben que durante ocho años ese hombre ha ahogado mi vida, cuanto en mí había de vivo, sin pensar jamás que soy una mujer de carne y hueso que necesita amor. No saben que me ofendía constantemente y se sentía satisfecho de sí mismo. ¿No he procurado con todas mis fuerzas hallar la justificación de mi vida? ¿No he tratado de amarle y luego de amar a mi hijo cuando ya no podía amarle a él? Pero llegó el momento en que comprendí que no podía seguir engañándome, que vivo, que no tengo la culpa de que Dios me haya hecho así, que necesito vida y amor. Si me hubiera matado, si hubiera matado a Vronsky, yo lo habría soportado todo, le habría perdonado... Pero él no es así...

»¿Cómo no adiviné lo que iba a decidir? Hace lo que es propio de su ruin carácter. Seguirá viviendo conmigo ya caída. Él se quedará con la razón y a mí me hará sucumbir, me humillará cada vez mas... –y recordó las palabras de la carta: "puede suponer lo que la espera a usted y a su hijo"–. Esta es la amenaza por la que me va a quitar el niño, y seguramente su ley estúpida lo hace posible. ¿Acaso no sé por qué me lo dice? No cree en mi amor a mi hijo, o más bien lo desprecia. Siempre se burlaba de este amor. Sí, desprecia este sentimiento, pero sabe que no he de abandonar a mi hijo, porque sin el no me es posible vivir, ni siquiera con el hombre a quien amo; y, en todo caso, si le dejara y huyera, había de obrar como una mujer más baja y más deshonrada aún. Sí, lo sabe y le consta que no tendré fuerzas para hacerlo.

»Nuestra vida debe seguir como antes –continuó pensando, al recordar otra frase de la carta–. ¡Pero esa vida, antes, era penosa y, últimamente, horrible! ¿Cómo será, pues, de ahora en adelante? Y él no lo ignora, sabe que no puedo arrepentirme de lo que siento, de lo que he hecho por amor. Sabe que nada puede resultar de esto sino mentira y engaño, pero él necesita continuar martirizándome. Le conozco: sé que goza y nada en la mentira como un pez en el agua. Pero no le proporcionaré ese placer. Romperé la red de mentiras en que quiere envolverme y será lo que Dios quiera... Todo antes que la ficción y el engaño.

»¿Pero, ¿cómo lo podré hacer? ¡Dios mío, Dios mío! ¿Habrá habido nunca en el mundo mujer tan desgraciada como yo?».

—¡Pero, basta. Voy a romper con todo! –exclamó, levantándose de un salto y conteniendo las lágrimas.

Y se acercó a la mesa para escribirle otra carta. Pero presentía, en el fondo, que no tendría fuerzas ya para romper nada, que no tendría fuerzas para salir de su situación anterior por falsa y deshonrosa que fuera.

Se sentó a la mesa, mas en vez de escribir apoyó los brazos en ella, ocultó la cabeza entre las manos y lloró, con sollozos y temblores que agitaban todo su pecho, como lloran los niños. Lloraba al pensar que su ilusión de que las cosas habían quedado aclaradas estaba destruida para siempre. Sabía de antemano que todo continuaría como antes o peor. Comprendía que la posición que ocupaba en el mundo aristocrático, y que por la mañana le parecía tan despreciable, le era muy preciosa, y que no tendría fuerzas para cambiarla por la despreciable de una mujer que ha abandonado a su hijo y a su esposo para unirse a su amante. Y comprendía también que, por más que quisiera, no podría ser más fuerte de lo que era en realidad.

Jamás tendría libertad para amar y viviría eternamente como una mujer culpable, bajo la amenaza de ser descubierta a cada momento, una mujer que engaña a su marido a fin de continuar sus relaciones deshonrosas con un extraño, un hombre libre, cuya vida no podía ella compartir. Sabía que todo marcharía así, pero le parecía terrible y no imaginaba de qué modo podría terminar. Y Anna lloraba, sin contenerse, como llora un niño al que se castiga.

Oyó los pasos del lacayo y se recobró y, ocultando el rostro, fingió que escribía.

—El ordenanza pide la contestación –anunció el lacayo.

—¿La contestación? –dijo Ana–. ¡Ah, sí! Que espere. Ya avisaré.

«¿Qué escribiré?», pensaba. «¿Qué puedo decidir por mí misma? ¿Sé yo acaso lo que quiero ni lo que deseo?».

Otra vez le pareció que su alma se desdoblaba. Asustada de aquel sentimiento, se aferró al primer pretexto de actividad que se le ofrecía para no pensar en sí misma.

«Debo ver a Alexey», se dijo mentalmente, refiriéndose a Vronsky, al que siempre llamaba así», «él podrá decirme lo que conviene hacer. Iré a casa de Betsy. Quizá le vea allí».

Olvidaba en absoluto que el día antes había dicho a Vronsky que no iría a casa de la princesa Tverskaya y que él había contestado que en tal caso no iría tampoco.

Se acercó a la mesa y escribió a su marido.

«He recibido su carta–. A.».

Y llamando al lacayo, le dio la carta.

—Ya no nos vamos –dijo a Anuchka cuando esta entró.

—¿Definitivamente?

—No, no deshagan los paquetes hasta mañana, y que me reserven el coche ahora. Voy a casa de la Princesa.

—¿Qué vestido debo preparar?

CAPÍTULO XVI

El grupo que iba a jugar la partida de croquet –a la que la princesa Tverskaya había invitado a Anna– se componía de dos señoras con sus admiradores. Aquellas dos señoras representaban un nuevo y muy selecto círculo que se autodenominaba, a imitación de no se sabía qué, *Les sept merveilles du monde*. A decir verdad, tales señoras pertenecían a una capa muy elevada de la sociedad, pero muy diferente a la que frecuentaba Anna. Además, el viejo Stremov, admirador de Lisa Merkalova y uno de los hombres más influyentes de San Petersburgo, era enemigo de Karenin en todas sus batallas administrativas. Por todas esas consideraciones, Anna no deseaba ir, y a esas consideraciones aludían las indirectas de la carta de la Princesa. Pero ahora se resolvió a acudir con la esperanza de encontrar a Vronsky.

Llegó a casa de la Tverskaya antes que los otros invitados.

En el momento en que entraba lo hacía también el lacayo de Vronsky, que, con sus patillas muy bien peinadas, casi parecía un caballero.

El criado se detuvo junto a la puerta y, quitándose su gorra de visera, le cedió el paso. Anna le reconoció y solo entonces recordó que Vronsky le había dicho que no iría. Probablemente enviaba aviso de ello.

Mientras se quitaba el abrigo en el recibidor, Anna oyó que el lacayo decía, pronunciando las erres y las eses a la manera de las personas distinguidas:

—Para la señora Princesa, de parte del señor.

Ella habría querido preguntarle dónde estaba ahora su señor y habría querido volverse y darle una carta pidiendo a Vronsky que fuese a su casa o bien ir Anna misma a casa de él. Pero nada de lo que pensaba podía hacerse, porque ya sonaba la campanilla anunciando su llegada y ya el criado de la Princesa se colocaba, de pie, junto a la puerta abierta, esperando que Anna entrase en las habitaciones interiores.

—La Princesa está en el jardín. Ahora mismo la avisan. ¿Acaso la señora desea pasar al jardín? –dijo otro lacayo en la siguiente estancia.

Sentía la misma impresión de inseguridad y vaguedad que sintiera en su casa. Era imposible ver a Vronsky y había que continuar aquí, en esta sociedad tan ajena y distante de su estado de ánimo.

Anna llevaba el vestido que sabía que le sentaba mejor y no estaba sola, pues la rodeaba ese ambiente de ociosidad suntuosa que le era habitual, y en el que ella se sentía más a gusto que en su casa, pues aquí no tenía que discurrir sobre lo que había de hacer. Aquí todo se hacía solo.

Cuando Betsy salió a recibirla, vestida de blanco y con una elegancia que la sorprendió, Anna le sonrió como siempre. A la princesa Tverskaya la acompañaban Tuchkevich y una señorita pariente suya que, con gran satisfacción de sus provincianos padres, pasaba el verano en casa de la célebre princesa.

Anna debía de tener un aspecto especial, porque Betsy manifestó notarlo enseguida.

—He dormido mal –repuso Anna, mientras miraba al lacayo que se les acercaba y que, como ella supusiera, traía la carta de Vronsky.

—¡Cuánto me alegro de que haya venido usted! –dijo Betsy–. Me siento fatigada. Quiero tomarme una taza de té mientras llegan los demás.

Usted –dijo a Tuchkevich– podría ir con Macha a ver cómo está el campo de croquet, ahí, donde han cortado la hierba. Entre tanto, nosotras podremos hacernos confidencias durante el té. *We'll have a cosy chat*, ¿verdad? –sonrió a Anna, mientras le apretaba la mano con que esta sujetaba la sombrilla.

—Pero no puedo quedarme mucho rato. Tengo que visitar a la vieja Vrede. Hace un siglo que se lo tengo prometido.

La mentira, tan ajena a su carácter, le resultaba ahora tan sencilla y natural en sociedad que hasta le daba placer. No habría podido explicarse por qué lo había dicho, ya que un segundo antes ni siquiera pensaba en ello. En realidad, solo la movía el pensamiento de que, como Vronsky no estaba allí, debía asegurarse su libertad para poder verle. Pero decir por qué precisamente había nombrado a la vieja dama de honor, a la que no tenía más motivo para visitar que a muchas otras, era imposible para Anna. Sin embargo, resultó después que, por muchos medios que hubiese imaginado para ver a Vronsky, no habría podido dar con ninguno mejor.

—De ningún modo la dejaré marchar –repuso Betsy, escrutando el rostro de Anna–. Le aseguro que me molestaría con usted si no fuera por lo que la quiero. Parece que teme usted que el trato conmigo pueda comprometerla. Hagan el favor de servirnos el té en el saloncito –ordenó, entornando los ojos, como hacía siempre que hablaba a los criados.

Y tomando la carta la leyó.

—Alexey nos ha jugado una mala partida –dijo en francés–. Me escribe que no puede venir –añadió con un acento tan natural como si no pensara ni remotamente en que el croquet pudiera tener para Vronsky otro significado que el de ver a Anna.

Anna sabía que Betsy estaba enterada de todo, pero al oírla hablar así de Vronsky en presencia suya quiso persuadirse por un momento de que Betsy no sabía nada.

—¡Oh! –dijo Anna, con indiferencia, sonriendo y como si ello le interesara poco– ¿Cómo puede su trato comprometer a nadie?

Aquel juego de palabras, aquel ocultamiento de secretos, tenía para Anna, como para todas las mujeres, muchos atractivos. No era la necesidad de ocultar ni el fin para que se fingía, sino el proceso del fingimiento en sí lo que le agradaba.

—Yo no puedo ser más papista que el Papa –agregó–. Lisa Merkalova y Stremov son la crema de la sociedad. Además, a ellos los reciben en todas partes, y yo –y subrayó el yo– nunca he sido intolerante y severa. Lo único que pasa es que tengo prisa.

—¿Acaso no quiere usted encontrarse con Stremov? Déjele que rompa lanzas con su marido en la comisión. A nosotras no nos importa eso. Como hombre de mundo, es el más amable que conozco y un apasionado jugador de croquet, ya lo verá. Y a pesar de su ridícula situación de viejo galanteador de Lisa, hay que ver lo bien que afronta la situación. ¡Es un hombre simpatiquísimo! ¿No conoce usted a Safo Stolz? Es un tipo nuevo de mujer, completamente nuevo.

Mientras Betsy hablaba así, Anna comprendía, por su mirada alegre e inteligente, que su amiga adivinaba en parte su situación y estaba tratando de inventar algo para ayudarla. Ahora se hallaban en el saloncito.

—Entre tanto escribiré a Alexey –dijo Betsy.

Se sentó ante una mesa, escribió unas líneas en un papel y lo puso en un sobre.

—Le digo que venga a comer, si no, una de las señoras se quedará sin caballero. Espere, verá usted cómo le convenzo. Perdone que la deje sola un instante. Le suplico que me cierre la carta –dijo desde la puerta–. Yo tengo que dar algunas órdenes…

Anna, sin un instante de vacilación, se sentó a la mesa y escribió al pie de la carta de Betsy, sin leerla: «Necesito verle. Espéreme al lado del jardín de Vrede. Estaré allí a las seis».

Cerró la carta y Betsy, al volver, la entregó en presencia suya para que la llevasen.

Efectivamente, durante el té que sirvieron en una mesa bandeja en el saloncito, muy fresco entonces, entre las dos mujeres medió la *cosy chat* que había prometido la Tverskaya antes de que llegaran los invitados. Comenzaron a pasar revista a los que esperaban y la conversación se detuvo en Lisa Merkalova.

—Es muy agradable. Siempre he simpatizado con ella –decía Anna.

—Hace usted bien en apreciarla, Lisa también la quiere mucho a usted. Ayer se me acercó después de las carreras, desesperada porque no la pudo ver. Dice que es usted una verdadera heroína de novela y que si ella fuera hombre habría cometido por usted mil locuras. Stremov le contesta siempre que ya las comete sin necesidad de serlo.

—Dígame, se lo ruego, porque no lo he comprendido nunca… –insinuó Anna, tras un corto silencio, con acento que indicaba claramente que lo que preguntaba era más importante para ella de lo que parecía–. Dígame, se lo ruego: ¿qué clase de relaciones hay entre Lisa y el príncipe Kaluchsky? Ese a quien llaman Michka… ¡Apenas les he visto nunca juntos! ¿Qué hay entre ellos?

Betsy, sonriendo con los ojos, miró atentamente a Anna.

—Es un nuevo estilo –dijo–. Todas lo han adoptado... Se han liado la manta a la cabeza. Ahora, que hay muchos modos de liársela...

—Sí, ya, pero ¿qué relaciones mantiene con el príncipe Kaluchsky`?

Betsy, súbitamente, rompió a reír con jovialidad y sin contenerse, lo que le acontecía muy contadas veces.

—Invade usted los dominios de la princesa Miágkaya. ¡Vaya una pregunta de niño travieso! –y Betsy, a pesar de sus esfuerzos, no pudo contenerse y estalló al fin en una risa contagiosa propia de la gente que ríe poco.

—¡Habría que preguntárselo a ellos! –añadió a través de las lágrimas que la risa arrancaba a sus ojos.

—Usted ríe –dijo Anna, contagiada contra su voluntad por aquella risa–, pero yo no he podido comprenderlo nunca. No comprendo el papel del marido...

—¿El marido? El marido de Lisa Merkalova lleva a su esposa la manta de viaje y se desvive por atenderla. En cuanto a lo demás, nadie quiere darse por enterado. ¿Usted sabe? En la sociedad selecta no se habla, ni se piensa siquiera, en ciertos detalles de tocador. En esto sucede lo mismo...

—¿Asistirá usted a la fiesta de Rolandaky? –preguntó Anna para cambiar de conversación.

—Creo que no –repuso Betsy sin mirar a su amiga.

Y comenzó a llenar de té aromático las pequeñas tazas transparentes. Luego acercó una taza a Anna, sacó un cigarrillo y, ajustándolo a una boquilla de plata, empezó a fumar.

—¿Ve usted? Yo soy feliz –dijo, sin reír ya, sosteniendo su taza en la mano–. La comprendo a usted y comprendo a Lisa. Lisa es una de esas naturalezas ingenuas que no distinguen el bien del mal. Al menos, no lo comprenden mientras son jóvenes. Además, ahora sabe que esa ignorancia le conviene y tal vez ponga en ello alguna intención... –agregó Betsy, con fina sonrisa–. Sea lo que sea, le interesa no comprenderlo. Vera usted, una misma cosa se puede mirar desde un punto de vista trágico, convirtiéndola en un tormento, como cabe mirarla con sencillez y hasta con alegría. Acaso usted se incline a considerar las cosas demasiado trágicamente...

—Quisiera conocer a los demás como a mí misma –dijo Anna, seria y reconcentrada–. ¿Seré peor o mejor que las demás? Yo creo que peor...

—¡Es usted una niña! ¡Una verdadera niña! –exclamó Betsy–. ¡Mire, ya vienen!

Capítulo XVII

Se oyeron pasos, una voz de hombre, luego otra femenina y risas y, a continuación y, entraron los invitados que se esperaban: Safo Stolz y un joven llamado Vaska, radiante, rebosando salud, y en quien se advertía que le aprovechaba la nutrición de carne cruda, trufas y vino de Borgoña.

Vaska saludó a las señoras y las miró, pero solo por un momento. Entró en el salón siguiendo a Safo y ya en él la siguió constantemente, sin apartar de ella sus brillantes ojos, como si quisiera comérsela.

Safo Stolz era una rubia de ojos negros. Entró andando a pasos rápidos y menudos sobre sus pies calzados con zapatitos de altos tacones y estrechó fuertemente, como un hombre, las manos de las señoras.

Anna no había visto nunca hasta entonces a esta nueva celebridad y le sorprendían tanto su belleza como la exageración de su vestido y el atrevimiento de sus modales. Con sus cabellos propios y los postizos, de un color suavemente dorado, se había levantado un monumento tal de peinados sobre su cabeza que esta había adquirido un volumen casi mayor que el del busto, bien modelado y firme y bastante escotado por delante. Sus movimientos al caminar eran tan impetuosos que con cada uno de ellos se dibujaban bajo su vestido las formas de sus rodillas y de la parte superior de sus piernas. Involuntariamente, el que la veía se preguntaba dónde, en aquella mole artificial, empezaba y dónde terminaba su lindo cuerpo, menudo y bien formado, de movimientos vivos, tan descubierto por delante y tan disimulado y envuelto por debajo y por detrás.

Betsy se apresuró a presentarlas.

—¿No sabe? Casi hemos aplastado a dos soldados –empezó Safo a contar enseguida, haciendo guiños con los ojos, sonriendo y echando hacia atrás la cola de su vestido, que había quedado algo torcida–. He venido con Vaska… ¡Ah, sí!, es verdad que no se conocen. Se me olvidaba.

Y, después de nombrar a la familia del joven, lo presentó. Ruborizándose de su indiscreción al llamarle Vaska ante una señora desconocida, rió sonoramente.

Vaska saludó a Anna una vez más, pero ella, sin decirle nada, se dirigió a Safo:

—Ha perdido usted la apuesta. Hemos llegado antes. Págueme –dijo, sonriendo.

Safo rió con más júbilo aún.

—Supongo que no pretenderá que lo haga ahora –dijo.

—Es igual... Lo recibiré luego...

—Bueno, bueno... ¡Ah! –dijo Safo, dirigiéndose a Betsy–. Se me olvidaba decirle que le he traído un invitado. Mírelo.

El inesperado y joven invitado al que Safo había traído y olvidara presentar, era, sin embargo, un huésped tan importante que, a pesar de su juventud, ambas señoras se levantaron para saludarle.

Era el nuevo admirador de Safo y, como Vaska, la cortejaba también.

Llegaron luego el príncipe Kaluchsky y Lisa Merkalova con Stremov. Lisa era una morena delgada, de tipo y rostro orientales, indolente, de hermosos ojos enigmáticos, según todos decían. Su oscuro vestido armonizaba con su belleza, como Anna notó con agrado enseguida. Todo lo que Safo tenía de brusca y viva, lo tenía Lisa de suave y negligente. Pero para el gusto de Anna, Lisa resultaba mucho más atractiva.

Betsy aseguraba a Anna que Lisa era como un niño ignorante, pero Anna al verla comprendió que Betsy no decía la verdad. Lisa era en efecto una mujer viciosa e ignorante, pero suave y resignada. Su estilo, eso sí, era el de Safo y como a Safo, la seguían, cual cosidos a ella, dos admiradores devorándola con los ojos, uno joven y otro viejo. Pero había en Lisa algo superior a lo que la rodeaba; algo que era como el resplandor brillante de aguas puras entre un montón de vidrios vulgares.

Aquel resplandor brotaba de sus hermosos ojos, verdaderamente enigmáticos. La mirada cansada y al mismo tiempo llena de pasión de aquellos ojos rodeados de un círculo oscuro sorprendía por su absoluta sinceridad. Mirando sus ojos, se sentía la impresión de conocerla toda y, una vez conocida, parecía imposible no amarla.

Al ver a Anna, su rostro se iluminó con una clara sonrisa.

—Celebro mucho conocerla –dijo, acercándose a ella–. Ayer, en las carreras, intenté acercarme hasta usted, pero ya se había ido. Tenía mucho interés en verla, y precisamente ayer. ¿Verdad que fue una cosa terrible? –dijo mirando a Anna con una expresión que parecía descubrir toda su alma.

—Sí. Nunca me imaginé que una cosa así pudiera ser tan emocionante –contestó Anna ruborizándose.

Los invitados se levantaron en aquel momento para salir al jardín.

—Yo no voy –dijo Lisa, sonriendo y sentándose al lado de Anna–. ¿Usted no va tampoco? ¡Mire que gustarles jugar al croquet!

—A mí me gusta –aseguró Anna.

—¿Cómo se arregla para no aburrirse? Solo con mirarla a usted, ya se siente uno alegre. Usted vive y yo me aburro.

—¿Se aburre usted, que pertenece a la sociedad más animada de la capital? –preguntó Anna.

—Acaso los que no son de nuestro círculo se aburran aún más, pero nosotros, y desde luego yo, nos aburrimos… Me aburro horriblemente…

Safo encendió un cigarrillo y salió al jardín con dos de los jóvenes. Betsy y Stremov quedaron ante las tazas de té.

—Sí, ¡qué aburrido es todo! –dijo Betsy–. Pero Safo dice que ayer se divirtieron mucho en su casa.

—¡Pero si fue aburridísimo! –afirmó Lisa Merkalova–. Fuimos todos a mi casa después de las carreras. ¡Y siempre la misma gente, la misma, y siempre lo mismo!… Pasamos el tiempo tendidos en los divanes. ¿Hay alguna diversión en eso? No. ¿Qué hace usted para no aburrirse? –siguió, dirigiéndose a Anna de nuevo–. Basta mirarla para comprender que es usted una mujer que puede ser feliz o desgraciada, pero que no se aburre. Dígame, ¿cómo se arregla para ello?

—No hago nada –contestó Anna ruborizándose ante preguntas tan llenas de equívoco.

—Es el mejor modo de no aburrirse –intervino Stremov.

Stremov era un hombre de unos cincuenta años, entrecano, lozano aún, muy feo, pero de rostro inteligente y de fuerte personalidad.

Lisa Merkalova era sobrina de su mujer y él pasaba con ella todas sus horas libres.

Ahora, al hallar a Anna Karenina, la esposa de su enemigo ministerial Alexey Alexandrovich, procuró, como hombre de mundo e inteligente, mostrarse especialmente amable con la mujer de su adversario.

—No hacer nada es el mejor remedio para no aburrirse –continuó sonriendo cortésmente–. Hace tiempo que le digo –añadió dirigiéndose a Lisa Merkalova– que para no sentir el aburrimiento lo mejor es no pensar que uno va a aburrirse. Es como cuando uno teme sufrir de insomnio: lo mejor es no pensar en que no va a dormir. Es esto precisamente lo que ha dicho Anna Arkadievna…

—Me habría gustado decirlo, porque no solo es muy ingenioso, sino también la pura verdad –repuso Anna, sonriendo.

—Le ruego que me diga cómo ha de hacerse para dormir cuando no se tiene sueño y para no aburrirse constantemente.

—Para dormir, lo mejor es haber trabajado y para no aburrirse, también.

—¿Y para qué voy a trabajar si nadie necesita mi trabajo? Por eso finjo, a propósito, que no sé ni quiero trabajar.

—¡Es usted incorregible! –dijo Stremov, sin mirarla, volviéndose hacia Anna de nuevo.

Como veía pocas veces a Anna Karenina, no podía decirle más que vulgaridades, y ahora se las decía a propósito de su vuelta a San Petersburgo, preguntándole cuándo sería y hablándole del aprecio en que la tenía la condesa Lidia Ivanovna, pero se lo decía de un modo que demostraba el interés que tenía en hacérsele agradable y más aún en mostrarle su respeto.

Entró Tuchkevich anunciando que el grupo aguardaba a los jugadores para el croquet.

—¡No se vaya, por favor! –dijo Lisa, al enterarse de que Anna se iba.

Stremov unió su súplica a la de Lisa.

—Es un contraste demasiado vivo –dijo– pasar de esta reunión a casa de la vieja Vrede. Además, usted allí no será sino un motivo de murmuración, mientras que aquí inspira usted sentimientos mucho mejores. Es decir, completamente opuestos –concluyó Stremov.

Anna, indecisa, reflexionó un momento.

Las palabras lisonjeras de aquel hombre tan inteligente, la simpatía ingenua e infantil que le mostraba Lisa Merkalova, todo este ambiente habitual del gran mundo resultaba tan agradable en comparación con las terribles dificultades que la esperaban que por un momento vaciló. ¿No sería mejor quedarse, alejando más, así, el espinoso instante de las explicaciones?

Pero recordando lo que la aguardaba luego, a solas en su casa, si no adoptaba una decisión; recordando aquel gesto, terrible para ella, con que se había asido los cabellos con las manos, se despidió y se fue.

CAPÍTULO XVIII

Vronsky, a pesar de su vida en el gran mundo, aparentemente superficial, era un hombre que odiaba el desorden. En su primera juventud, estando todavía en el Cuerpo de Pajes, experimentó la humillación de una negativa cuando, habiéndose endeudado, pidió prestado dinero. Desde entonces procuró no colocarse nunca en una situación como aquella.

Para ello, con cierta frecuencia, variable según las circunstancias, aunque generalmente unas cinco veces al año, se apartaba de la sociedad y ponía orden en todas sus cosas.

A esto lo llamaba hacer cuentas o *faire la lessive*.

Al día siguiente de la cita se despertó tarde. Sin afeitarse ni bañarse, se vistió la guerrera blanca del uniforme de verano, puso sobre la mesa dinero, cartas y cuentas, y comenzó a ocuparse de ello.

Petrizky, que sabía que mientras efectuaba tal operación su amigo solía estar irritado, viéndole al despertar ocupado en el escritorio se vistió sin hacer ruido y se fue para no estorbarle.

Todo hombre sabe con detalle las complicaciones que le rodean y supone, sin querer, que esas complicadas condiciones y su aclaración son una particularidad personal suya, sin sospechar que los demás viven también entre condiciones personales tan complicadas como las propias.

Así le sucedía a Vronsky. Y, no sin orgullo íntimo y tampoco sin motivo, pensaba que cualquier otro, de haberse encontrado con tantas y tan grandes dificultades, se habría visto perdido y obligado a obrar del peor modo.

Vronsky, en cambio, comprendía que precisamente ahora debía estudiar el estado de sus asuntos y su situación para no complicar las cosas. Primero, y como más fácil, estudió los asuntos de dinero.

Con su letra menuda apuntó lo que debía sobre un pliego de papel de escribir. Sumó y halló que sus deudas alcanzaban diecisiete mil rublos y algunos centenares, de los que prescindió para más claridad. Luego contó su dinero y examinó las notas del banco y halló que solo poseía mil ochocientos rublos y que no tendría ingreso alguno hasta año nuevo.

Volvió a leer la lista de deudas y la copió, dividiéndola en tres categorías. A la primera categoría pertenecían las que había de pagar enseguida o para las cuales, por lo menos, había de tener el dinero preparado por no permitir su pago ni un minuto de dilación.

Estas deudas ascendían a unos cuatro mil rublos. Mil quinientos por el caballo y dos mil quinientos de una fianza por su joven compañero Venevsky, que en presencia suya los había perdido jugando con un tramposo. Vronsky había querido pagar el dinero en el momento, puesto que lo llevaba encima, pero Venevsky y Jachvin insistieron en que pagarían ellos y no Vronsky, que no jugaba.

Todo ello estaba muy bien, pero Vronsky sabía que con motivo de aquel sucio negocio, y a pesar de no haber tenido en él otra participación que el responder de palabra por Venevsky, tenía que tener preparados dos mil quinientos rublos para echárselos al rostro al fullero y no discutir más con él.

De modo que para esta primera y principal clase de deudas necesitaba disponer de cuatro mil rublos. Otro grupo, de ocho mil, comprendía deudas también importantes, en su mayoría relativas a su cuadra de carreras: el proveedor de heno y avena, el inglés, el guarnicionero, etc. De estas, necesitaba pagar al menos dos mil rublos si quería quedar tranquilo. Y quedaba la última clase de débitos –tiendas, hoteles, sastre, etcétera– de las que no tenía que preocuparse.

Necesitaba, de todos modos, un mínimo de seis mil rublos para los gastos corrientes y solo poseía mil ochocientos. Para un hombre con cien mil de renta, como todos le atribuían, parecía que no había de tener importancia. Pero en realidad no poseía los cien mil rublos. Los inmensos bienes de su padre, que representaban por sí solos doscientos mil, eran propiedad indivisa de los dos hermanos. Cuando su hermano mayor, cargado de deudas, se casó con la princesa Varia Chirkova, hija de un decembrista sin dinero alguno, Alexey le cedió todas las rentas de la propiedad de su padre, reservándose únicamente veinticinco mil rublos al año. Vronsky dijo entonces a su hermano que le bastaría con este dinero mientras no se casara, lo que probablemente no haría nunca. Y su hermano, comandante, por aquellos días de uno de los regimientos de lanceros más caros para un aristócrata y recién casado, no pudo rechazar aquel regalo.

Su madre, que poseía un capital propio, daba a Alexey anualmente veinte mil rublos más, que, añadidos a aquellos veinticinco mil, no bastaban aún para sus gastos. Últimamente, habiendo su madre discutido con él por su marcha de Moscú y sus relaciones con Anna, dejó de enviarle dinero. Como consecuencia, estando Vronsky acostumbrado a gastar cuarenta y cinco mil rublos anuales y no habiendo recibido este año más que veinticinco mil, se encontraba en una situación algo apurada. No había que pensar en recurrir a su madre. La última carta de ella, recibida el día antes, le irritó aún más, porque contenía la insinuación de que estaba dispuesta a ayudarle para que obtuviera éxitos en el mundo y en su carrera, pero no para que llevase aquella vida que escandalizaba a toda la buena sociedad.

Aquella tentativa de su madre para comprarle le ofendió hasta lo más profundo de su alma y enfrió todavía más el poco afecto que sentía por ella.

No podía, sin embargo, desdecirse de su generosidad hacia su hermano, a pesar de presentir ahora vagamente, previendo alguna posibilidad de nuevos gastos en sus relaciones con la Karenina, que aquella generosidad había sido concedida demasiado irreflexivamente y que él, aun soltero, podía tener muy bien necesidad de los cien mil rublos de renta.

Era imposible, sin embargo, retirar la palabra dada. Le bastaba recordar a la mujer de su hermano, la dulce y simpática Varia, que le hacía presente siempre que venía al caso cuánto estimaba su generosidad y cuánto le apreciaba, para que Vronsky se sintiera en la imposibilidad de dar el menor paso en aquel sentido. Hacerlo le parecía entonces tan imposible como pegar a una mujer, robar o mentir.

Lo que sí podía y debía hacer, y así lo decidió Vronsky inmediatamente, sin ninguna vacilación, era pedir diez mil rublos a un usurero, cosa que encontraría sin dificultad, disminuir sus gastos generales y vender su cuadra de carreras. Esto resuelto, envió enseguida una carta a Rolandaky, que le había ofrecido más de una vez comprarle los caballos, mandó buscar al inglés y a un usurero e hizo cuentas sobre el dinero que tenía. Terminados todos estos asuntos escribió a su madre dándole una respuesta áspera y fría. Sacó al fin de la cartera tres notas de Anna, las quemó y quedó pensativo al recordar la conversación sostenida el día anterior con ella.

CAPÍTULO XIX

La vida de Vronsky era tanto más feliz cuanto que poseía un código particular de reglas que definían lo que debía y no debía hacer. Este código contenía las reglas en un número muy limitado y Vronsky, dentro de ese círculo, no vacilaba un momento en hacer lo que debía.

Sus reglas definían claramente que debía pagar a los fulleros y no al sastre; que no debía mentir a los hombres, aunque sí podía mentir a las mujeres; que no era lícito engañar a nadie, mas sí a los maridos; que era imposible perdonar las ofensas y que estaba permitido ofender, etc. Tales reglas podían ser ilógicas y malas, pero eran concretas, y Vronsky, cumpliéndolas, se sentía tranquilo y con derecho a llevar la cabeza muy alta.

Pero últimamente, a causa de sus relaciones con Anna, Vronsky empezaba a notar que el código de sus reglas de vida no preveía todas las posibilidades y que se le presentaban en el futuro complicaciones y dudas, y que para vencerlas no hallaba el hilo conductor que le guiara.

Sus relaciones del momento con Anna y su marido se le aparecían sencillas y claras y el código que le servía de norma las definía con precisión. Ella era una mujer honrada que le había hecho el presente de su amor y que, por tanto, puesto que él, además, la amaba, merecía su máximo respeto:

tanto, si no más, como habría merecido su mujer legal. Antes se habría dejado cortar una mano que permitirse, ni siquiera a sí mismo, ni aun con una palabra, no solo ofenderla, sino no guardarle todo el respeto que puede exigir una mujer.

Sus relaciones con la sociedad también eran claras. Todos podían sospechar y saberlo, pero nadie debía atreverse a decírselo. De lo contrario, estaba dispuesto a hacer callar a los que hablasen y a obligarles a respetar el inexistente honor de la mujer a quien amaba.

Sus relaciones con el marido eran más claras aún. Puesto que Anna quería a Vronsky, él consideraba su derecho a ella como indiscutible. El marido no era más que un personaje superfluo que estaba de sobra. Cierto que se hallaba en una situación lamentable, pero ¿qué podía hacerse? A lo único a lo que el marido tenía derecho era a exigirle una satisfacción en el campo del honor, a lo que Vronsky se había sentido siempre dispuesto.

Últimamente habían surgido, sin embargo, entre él y Anna relaciones nuevas que le asustaban por su aspecto indefinido.

Hasta ayer, ella no le había dicho que estaba embarazada. Y Vronsky comprendió que esta noticia, y lo que Anna esperase de él, exigían algo que no estaba previsto en el código que regulaba su vida. La noticia, en efecto, le había cogido desprevenido. Al principio de anunciarle ella su estado, el corazón de Vronsky le dictó que Anna debía abandonar a su marido, y así se lo había manifestado. Pero ahora, al reflexionar, comprendió que era preferible no hacerlo sin dejar de temer obrar mal al pensarlo.

«Si le he dicho que deje a su marido, ello significa que ha de unirse a mí. ¿Y estoy en condiciones de hacerlo? ¿Cómo puedo mantenerla si no tengo dinero? Pero supongamos que arreglo esa cuestión material. ¿Cómo llevármela si tengo que ocuparme de mi carrera? Para decidir eso tenía que haber estado preparado antes: es decir tener dinero y pedir el retiro».

Quedó pensativo. La cuestión de si debía o no renunciar al ejército le hizo meditar en otro interés secreto de su vida, solo conocido para él, pero que era el principal estímulo que le guiaba: la ambición, ilusión acariciada desde su infancia y su juventud. Y su ambición, que ni a sí mismo se confesaba, era tan fuerte que aun ahora mismo luchaba con su amor. Sus primeros pasos en el mundo y en su carrera habían sido afortunados, pero dos años antes había cometido un gran error: queriendo demostrar su independencia y ascender más, renunció a un cargo que le ofrecían, esperando que la negativa le daría más valor aún.

Pero resultó que había sido demasiado audaz y lo dejaron de lado; y como quiera que, a pesar suyo, se había creado con ello la posición de un hombre independiente, la soportaba lo mejor que podía, con inteligencia y sagacidad, procediendo como si no se sintiera ofendido por nadie y no deseara otra cosa que vivir tranquilo su alegre existencia.

Pero la verdad era que desde que el año pasado había vuelto de Moscú ya no se sentía alegre. Notaba que aquella posición independiente de hombre que lo ha podido tener todo y no quiere nada, perdía mérito y que muchos empezaban ya a pensar que nunca habría conseguido otra cosa que ser un joven bueno y honorable.

Sus relaciones con la Karenina, que habían provocado tantos comentarios, atrajeron sobre él la atención general y le dieron un nuevo brillo, con el que se calmó por algún tiempo el gusano de la ambición que le roía.

Mas, desde hacía una semana, aquel gusano despertaba con nuevo brío. Un amigo de la infancia, hombre de su misma sociedad y círculo, camarada suyo en el cuerpo de cadetes y oficial de la misma promoción, Serpujovskoy, con el que Vronsky rivalizara en las clases, en el gimnasio, en las diabluras y en las ilusiones ambiciosas, aquel amigo había vuelto en aquellos días del Asia central, habiendo logrado allí dos ascensos seguidos, distinción pocas veces obtenida por los militares tan jóvenes.

En cuanto Serpujovskoy llegó a San Petersburgo, empezó a hablarse de él como de una estrella de primera magnitud en curso ascendente.

De la misma edad de Vronsky y perteneciente a la misma promoción, Serpujovskoy era ya general y esperaba un nombramiento que le diese autoridad en los asuntos públicos, mientras Vronsky, aunque independiente, brillante y amado por una admirable mujer, no era más que un simple capitán de caballería al que se le dejaba ser tan libre como quisiera.

«Por supuesto, no envidio ni puedo envidiar a Serpujovskoy –pensó–, pero su ascenso me demuestra que hay que moverse y que entonces la carrera de un hombre como yo puede ser muy rápida. Hace años, él estaba en mi misma situación. Si pido el retiro, quemo mis naves. Quedándome en el servicio, no pierdo nada. Anna misma me ha dicho que no quiere alterar mi situación. Y yo, poseyendo su amor, no tengo nada que envidiar a Serpujovskoy».

Atusándose lentamente los bigotes, se levantó y comenzó a pasear por la habitación. Sus ojos brillaban vivamente. Se sentía en aquel estado de ánimo fuerte, tranquilo y alegre que tenía siempre después de aclarar su situación. Todo estaba tan claro y despejado como sus deudas después de haberlas revisado. Vronsky se afeitó, tomó un baño frío, se vistió y se fue.

CAPÍTULO XX

—Vengo a buscarte. Tu aseo ha durado hoy mucho –dijo Petrizky–. ¿Qué? ¿Has terminado?

—Sí –respondió Vronsky, sonriendo solo con los ojos y atusándose las puntas del bigote con tanto esmero como si, después del orden en que había dejado sus asuntos, cualquier movimiento brusco pudiese destruirlo.

—Tras esa ocupación quedas siempre como después de un buen baño –siguió Petrizky–. Vengo de ver a Crisko –llamaba así al coronel del regimiento–, que lo está esperando.

Vronsky miraba a su compañero sin contestarle, pensando en otra cosa.

—¡Ah! ¿Viene de su casa esta música? –preguntó, sintiendo las notas del trombón, en valses y polkas, que llegaban a sus oídos–. ¿Dan alguna fiesta?

—Es que ha llegado Serpujovskoy.

—¡Ah, no lo sabía! –dijo Vronsky.

Una vez decidido que era feliz con su amor, sacrificando a él su ambición, Vronsky no podía sentir ni envidia de Serpujovskoy ni enojo al pensar que, al llegar al cuartel, su camarada no hubiera ido a visitarle antes que a ninguno. Serpujovskoy era un buen amigo y Vronsky se alegraba de su triunfo.

—Me satisface mucho…

Denin, el coronel del regimiento, ocupaba una gran casa perteneciente a unos propietarios rurales. Los reunidos estaban en el amplio mirador del piso bajo.

Lo primero que atrajo la atención de Vronsky al entrar en el patio fueron los cantores militares vistiendo sus uniformes blancos de verano, todos de pie junto a un pequeño barril de aguardiente y, con ellos, la figura sana y alegre del coronel del regimiento rodeado de los oficiales. Con un pie en el primer peldaño de la terraza, el coronel daba instrucciones en voz alta, que resonaba con más fuerza aún que la cuadrilla de Offenbach interpretada por la orquesta, y hacía señales con el brazo a unos soldados que estaban algo separados.

El grupo de soldados, un sargento de caballería y algunos oficiales, se acercaron al balcón a la vez que Vronsky. El coronel, que había vuelto a la mesa, reapareció de nuevo con una copa en la mano y pronunció un brindis:

—A la salud de nuestro excompañero, el bravo general Serpujovskoy. ¡Hurra!

Tras el coronel, y también con la copa en la mano, salió Serpujovskoy a la escalera.

—Estás cada vez más joven, Bondarenko –dijo, dirigiéndose al sargento de caballería que estaba ante él, hombre de buena presencia y coloradas mejillas que prestaba servicio como reenganchado.

Vronsky, que no había visto a Serpujovskoy desde hacía tres años, ahora le notaba un aspecto más varonil. Se había dejado crecer las patillas; se había hecho más hombre, pero conservaba su esbeltez de siempre a impresionaba tanto por su belleza como por la dulzura y nobleza de su rostro y aspecto. El único cambio que Vronsky observó en él fue el brillo radiante, tranquilo y persistente, aquel brillo que Vronsky conocía bien y que había observado enseguida en su amigo, que adquieren los rostros de los que triunfan y están convencidos además de que los demás no ignoran su éxito.

Serpujovskoy, al bajar la escalera, vio a Vronsky y una sonrisa alegre iluminó su rostro. Alzó la cabeza y levantó el vaso, saludándole y mostrando con este gesto que no podía dejar de acercarse primero al sargento de caballería, que ya se estiraba conmovido y plegaba los labios para besar al general.

—¡Ya está aquí! –gritó el coronel–. Jachvin me ha dicho que estás de mal humor.

Serpujovskoy besó los labios frescos y húmedos del gallardo sargento y, secándose la boca con el pañuelo, se acercó a Vronsky.

—¡Cuánto me alegro de verte! –dijo, estrechándole la mano y llevándole aparte.

—¡Ocúpese de él! –gritó el coronel a Jachvin, mostrándole a Vronsky.

Y se dirigió a los soldados.

—¿Cómo es que no se te vio ayer en las carreras? Pensaba haberte visto allí –dijo Vronsky, mirando a su amigo.

—Estuve, pero llegué tarde, perdona –añadió, volviéndose hacia el ayudante para decirle–: Haga el favor de ordenar que se distribuya esto de mi parte, a lo que toquen cada uno, entre la tropa.

Y, sonrojándose, sacó precipitadamente de su cartera tres billetes de cien rublos.

—Vronsky. ¿Quieres tomar algo? –preguntó Jachvin–. ¡Hola: traed algo de comer para el Conde! ¡Y bébete esto!

La orgía en casa del coronel continuó largo rato. Mantearon a Serpujovskoy y al coronel. Luego, ante los cantores, bailaron el coronel y Petrizky. Finalmente, aquel, algo cansado ya, se sentó en el banco del patio y empezó a demostrar a Jachvin la superioridad de Rusia sobre Prusia, sobre todo en las cargas de caballería. El bullicio se calmó por un momento. Serpujovskoy pasó un instante al tocador de la casa para lavarse las manos y halló allí a Vronsky, que, habiéndose quitado la guerrera y poniendo su cuello, sobre el que caían abundantes cabellos, bajo el grifo del lavabo, se frotaba con las manos cuello y cabeza.

Una vez que Vronsky hubo terminado de lavarse, se sentó junto a Serpujovskoy y, acomodados los dos allí mismo en un pequeño diván, empezaron una charla muy interesante para ambos.

—Estaba informado de todos tus asuntos por mi mujer –dijo Serpujovskoy–. Me alegro de que la hayas visitado a menudo.

—Es muy amiga de Varia. Son las únicas mujeres de San Petersburgo a las que me agrada tratar –contestó Vronsky, sonriendo, al prever el tema que iba a tocar la conversación y que le era en extremo agradable.

—¿Las únicas? –dijo Serpujovskoy sonriendo igualmente.

—También yo sabía de ti por tu mujer –repuso Vrosnky, con el rostro serio, cortando así la alusión–. Me alegro mucho de tus éxitos, pero no me han sorprendido. Esperaba tanto o más de ti.

Serpujovskoy sonrió de nuevo. Era evidente que le halagaba que se tuviese de él tal opinión y no creía necesario ocultarlo.

—Yo, al contrario: confieso que esperaba menos. Pero estoy muy satisfecho. Mi debilidad es ser ambicioso, lo confieso.

—Tal vez no lo reconocerías si no hubieras triunfado –dijo Vronsky.

—No lo creo –contestó Serpujovskoy sonriendo otra vez–. No diré que no valiera la pena vivir sin esto, pero sí que sería muy aburrido. Claro que, aunque puede que me equivoque, creo tener algunas facultades para el campo de actividad que he escogido y que el mando en mis manos estará sin duda mejor que en las de otros muchos que conozco –dijo Serpujovskoy, con radiante conciencia de su éxito–. Y por ello, cuanto más me acerco a eso, más satisfecho estoy.

—Quizá te pase a ti así, pero no a todos. Antes también pensaba yo lo mismo; mas ahora encuentro que no vale la pena vivir solo por eso –dijo Vronsky.

—¡Claro, claro! –exclamó Serpujovskoy, riendo–. Ya he oído hablar de tu negativa a aceptar un cargo. Te aprobé, naturalmente que sí, pero hay modos de hacer las cosas... Creo que está bien lo que hiciste, aunque no del modo que...

—Lo hecho, hecho está. Ya sabes que no me arrepiento jamás. Y, por otra parte, me encuentro admirablemente bien así.

—Sí, por algún tiempo. Pero no te pasará siempre lo mismo. No hablo de lo que renunciaste en favor de tu hermano. Es un buen chico, como este «huésped nuestro». ¿Oyes? –añadió escuchando los hurras–. También él está alegre. Mas a ti esto solo no te satisface.

—No digo que me satisfaga.

—Además, no es eso únicamente. Hombres como tú son necesarios...

—¿A quién?

—¡A quién! A la sociedad a Rusia. Rusia necesita gente, necesita un partido. Si no, todo se irá al diablo.

—¿Así que crees que es necesario un partido como el de Bertenev contra los comunistas rusos?

—No –contestó Serpujovskoy, rechazando, con una mueca, que le atribuyesen tal necedad–. *Tout ça est une blague* (Todo eso es una farsa). Lo ha sido y lo será siempre. No hay tales comunistas. Pero los intrigantes necesitan inventar partidos peligrosos, dañinos. Es un truco viejo. No, no: lo necesario es un partido de la gente independiente, como tú y yo.

—¿Pero, para qué? –y Vronsky nombró a algunos que ejercían autoridad–. ¿Acaso esos no son independientes?

—No lo son porque, desde su nacimiento, no tienen ni han tenido una situación independiente. No nacieron en esa proximidad a las alturas en que hemos nacido tú y yo. A ellos se les puede comprar con dinero o con halagos. Y, para poder sostenerse, tienen que inventar la necesidad de una doctrina, desarrollar un programa o un pensamiento en el que no creen y que es pernicioso. Pero para ellos sus doctrinas son el modo de gozar de un sueldo y de una residencia oficial. *Cela n'est pas plus malin que ça* (Eso no es tan difícil como parece), cuando ves su juego. Quizá yo sea más tonto y peor que ellos, aunque no veo por qué lo voy a ser. Pero tú y yo tenemos una ventaja muy importante: que a nosotros es más difícil comprarnos. Y gente así es más necesaria que nunca.

Vronsky escuchaba con atención, menos atento al sentido de las palabras que al modo que tenía Serpujovskoy de exponerlas, a su pensamiento de luchar ya contra el poder y a la manifestación de sus simpatías y antipatías en este punto. Mientras el otro poseía ideas al respecto, Vronsky no ponía interés más que en los asuntos de su escuadrón.

Vronsky reconocía que Serpujovskoy podía ser fuerte por su facultad de pensar, de ver las cosas claras, Por aquella inteligencia y don de palabra tan raros en el ambiente en que vivía. Y, por vergüenza que le causara, Vronsky en este sentido envidiaba a su camarada.

—En todo caso, para ello me haría falta una cosa esencial –contestó Vronsky–: el deseo del poder. Lo he sentido antes, pero ahora se me ha disipado.

—Dispensa, pero no es verdad –dijo Serpujovskoy, sonriendo.

—Es verdad, es verdad... por ahora al menos. Te lo digo con sinceridad –añadió Vronsky.

—Ese «por ahora» ya es otra cosa. Y no durará siempre.

—Puede ser –repuso Vronsky.

—Dices «puedes ser» –continuó Serpujovskoy, como adivinando sus pensamientos– y yo te digo que es seguro. Por eso quería verte. Tú has obrado como debías. Pero no debes «perseverar». Solo te ruego que me des *carte blanche*... No trato de protegerte, aunque, ¿por qué no había de hacerlo? ¿Cuántas veces no me has protegido tú? Pero nuestra amistad está sobre todo eso. Sí –dijo con una dulzura femenina, sonriéndole–. Dame *carte blanche*, deja el regimiento y te situaré sin que se den cuenta...

—Pero ¡si no necesito nada! Con que las cosas sigan como hasta ahora... –dijo Vronsky.

Serpujovskoy, incorporándose, se plantó ante él.

—Dices que con que las cosas sigan como hasta ahora te basta. Te comprendo. Pero escúchame: ambos somos de la misma edad y quizá tú hayas conocido más mujeres que yo –la sonrisa y los ademanes de Serpujovskoy indicaban que Vronsky no debía temer nada, ya que él iba a tocar con suavidad y prudencia el punto neurálgico–. Pero soy casado y créeme que (como ha escrito no sé quién), conociendo solo a una mujer a la que ames, sabes más que si hubieras conocido millares de mujeres.

—Ahora vamos –dijo Vronsky al oficial que se presentó en la habitación para decirles que el coronel les llamaba.

Vronsky deseba ahora escuchar hasta el final lo que Serpujovskoy iba a decirle.

—Mi opinión es esta: la mujer es la piedra de toque esencial en la actividad del hombre. Es difícil amar a una mujer y hacer a la vez algo útil. Para ello hay un remedio: desviar el amor por ellas casándose. ¿Cómo te diría...? –agregó Serpujovskoy, al que le gustaba hacer comparaciones–. Espera, espera... Llevar un paquete en la mano y hacer algo a la vez no es posible, pero sí lo es si te lo echas a la espalda. El matrimonio es así. Lo he visto cuando me he casado. Me sentí de pronto con las manos libres. Pero sin estar casado y llevando ese fardo contigo, estás con las manos tan ocupadas que no puedes hacer nada de provecho. Fíjate en Masankov y en Krupov, que han estropeado sus carreras por las mujeres...

—¡Vaya unas mujeres! –dijo Vronsky, recordando a la francesa y a la artista con las que tenían relaciones los dos mencionados.

—Tanto peor cuanto más alta es la posición de la mujer en la sociedad, porque entonces no se tratará ya de llevar el paquete, sino de quitárselo a otro.

—Tú no has amado jamás –le dijo Vronsky suavemente, mirando ante sí y pensando en Anna.

—Puede ser. Pero acuérdate de lo que te he dicho. Y, además, piensa que todas las mujeres son más materialistas que los hombres. Nosotros miramos el amor como algo inmenso y ellas lo consideran siempre *terre-à-terre*... ¡Ahora, ahora! –dijo al lacayo, que se acercaba.

Pero el lacayo no iba a llamarles, como Serpujovskoy había imaginado, sino que llevaba una carta para Vronsky.

—La trajo el criado de la princesa Tverskaya.

Vronsky abrió la carta y se ruborizó.

—Me duele la cabez. Me voy a casa –dijo a Serpujovskoy.

—Entonces, adiós. ¿Me das *carte blanche?*

—Ya hablaremos después. Nos veremos en San Petersburgo.

CAPÍTULO XXI

Eran más de las cinco y, para llegar a tiempo y no ir con sus caballos, conocidos por todos, Vronsky tomó el coche de alquiler que llevara a Jachvin y le ordenó ir lo más deprisa posible.

El viejo coche de alquiler, de cuatro asientos, era muy espacioso. Vronsky se sentó en un ángulo, extendió las piernas sobre el asiento delantero y se quedó pensativo.

La vaga conciencia de la claridad con que había planteado sus asuntos, el confuso recuerdo de la amistad y alabanzas de Serpujovskoy, que le consideraba como un hombre necesario, y principalmente la espera de la próxima entrevista, todo se unió para infundirle una viva impresión general de la alegría de vivir.

Y aquella impresión era tan fuerte que Vronsky, sin querer, sonreía.

Bajó las piernas, pasó una sobre otra y con la mano se palpó la fuerte pantorrilla que se había lastimado el día antes al caer. Después, reclinándose en el respaldo, respiró varias veces a pleno pulmón.

«Bien, muy bien...», se dijo.

Antes de ahora había experimentado también con frecuencia la alegre consciencia de su cuerpo, pero nunca se había querido a sí mismo, a su cuerpo, como hoy. Le era agradable sentir aquel ligero dolor en su vigorosa pierna, le era agradable la sensación del movimiento de los músculos de su pecho al respirar.

El mismo día claro y frío de agosto que tanta desesperación infundía en Anna, a él le excitaba y le refrescaba el rostro y el cuello, ardiente aún por el lavado reciente.

En aquel aire fresco, el perfume del cosmético que se aplicara en el bigote le resultaba particularmente agradable. Todo lo que veía por la ventanilla, en el ambiente frío y puro, a la pálida luz del ocaso, era lozano, alegre y fuerte como él mismo.

Los tejados de los edificios, brillantes a los rayos del sol poniente, las líneas destacadas de muros y esquinas, las figuras de los transeúntes y los coches que encontraban de vez en cuando, el inmóvil verdor de árboles y hierbas, los campos de patatas, con sus surcos regulares, y las sombras oblicuas que árboles, arbustos y casas proyectaban sobre aquellos mismos surcos, todo era hermoso, como un lienzo de paisaje recién terminado y acabado de barnizar.

—¡Deprisa, más deprisa! –dijo al cochero, sacando la cabeza por la ventanilla y dándole un billete de tres rublos. La mano del cochero hurgó un instante en el farol asegurando el cierre, chasqueó el látigo y el coche se deslizó veloz por el liso camino empedrado.

«No necesito nada, nada, excepto esta felicidad –pensaba Vronsky, mirando el tirador de hueso de la campanilla, que pendía entre ambas portezuelas, e imaginando a Anna tal como la viera por última vez–. Y cuanto más pasa el tiempo, más la amo. Aquí está el jardín de la casa veraniega oficial en que vive Vrede. ¿Dónde estará Anna? ¿Qué habrá sucedido? ¿Por qué me habrá citado aquí escribiendo en la carta de Betsy?», se dijo Vronsky al llegar. Pero ya no quedaba tiempo para pensar en ello. Mandó parar antes de llegar a la avenida que conducía a la casa, abrió la portezuela y saltó a tierra.

En la avenida no había nadie, pero al volver el rostro a la derecha la descubrió. Tenía el semblante cubierto con un velo, pero por su manera de andar, inconfundible, por la inclinación de su espalda, por el modo de levantar la cabeza, la reconoció, y le pareció en el acto que una sacudida eléctrica estremecía todo su cuerpo. Se sintió de nuevo ser él mismo con una fuerza renovada, desde los movimientos elásticos de las piernas hasta el de sus pulmones al respirar, y una sensación especial de cosquilleo en los labios. Se acercó a Anna y le estrechó fuertemente la mano.

—¿No te ha molestado que te llame? Necesitaba verte –dijo ella.

Y el modo grave y severo con que plegó los labios, y que Vronsky percibió bajo el velo, hizo cambiar en el acto su estado de ánimo.

—¿Molestarme dices? Pero ¿por qué has venido aquí?

—Eso nada importa –dijo Anna, poniendo su brazo sobre el de él–. Vamos. Necesito hablarte.

Vronsky comprendió que pasaba algo y que la entrevista no sería alegre. En presencia de ella carecía de voluntad propia. Desconocía la causa de la inquietud de Anna, pero notaba ya que, a su pesar, se le comunicaba.

—¿Qué pasa, pues? –preguntaba, apretando el brazo de ella con el codo y procurando leerle en el rostro los pensamientos.

Anna dio algunos pasos en silencio, cobrando ánimo, y de pronto se detuvo.

—Ayer no te dije –empezó, respirando precipitada y dificultosamente– que, al volver a casa con mi marido, se lo conté todo. Le dije que no podía ser su mujer y que... Se lo dije todo...

Vronsky la escuchaba, inclinando el cuerpo hacia ella sin darse cuenta, como deseando así suavizarle las dificultades de su situación.

—Vale más, mil veces más –dijo–, pero comprendo lo penoso que te habrá sido.

Anna no escuchaba sus palabras; le miraba solo al rostro, tratando de leer en él sus pensamientos. No adivinaba que lo que el rostro de Vronsky reflejaba era el primer pensamiento que se le había ocurrido: la inminencia del duelo. Anna no pensaba nunca en semejante cosa y por ello dio una explicación diferente a aquella expresión de momentánea gravedad.

Al recibir la carta de su marido comprendió en el fondo que todo iba a seguir como antes, que le faltarían fuerzas para renunciar a su posición en el gran mundo, abandonar a su hijo y unirse a su amante. La mañana pasada en casa de Betsy le afirmó más aún en esta convicción. No obstante, la entrevista con Vronsky tenía para ella una importancia excepcional, pues confiaba en que después de ella variaría su situación y ella se sentiría salvada.

Si al recibir la noticia Vronsky, sin vacilar un momento, decidido y apasionado, hubiese contestado: «déjalo todo y huyamos juntos», ella habría abandonado a su hijo y se habría ido con él. Pero la noticia no produjo en

Vronsky la impresión que esperaba Anna; él parecía solo sentirse ofendido por algo.

—No me fue nada penoso. Todo sucedió del modo más natural –dijo Anna con irritación–. Y mira... –dijo sacando del guante la carta de su marido.

—Comprendo, comprendo –interrumpió Vronsky, tomando la carta, pero sin leerla y esforzándose en calmar a Anna–. Yo solo deseaba una cosa y te la he pedido: terminar con esta situación para poder consagrar mi vida a tu felicidad.

—¿Por qué me lo dices? –repuso ella–. ¿Cómo puedo dudarlo? Si lo dudara...

—¡Allí viene alguien! –exclamó Vronsky de pronto, mostrando a dos señoras que avanzaban hacia ellos–. Acaso nos conozcan.

Y precipitadamente se dirigió a un paseo lateral arrastrando a Anna.

—Me es igual –dijo esta, y sus labios temblaban. A Vronsky le pareció que sus ojos le examinaban con extraña irritación bajo el velo–. Te digo que no se trata de eso, ni lo dudo, pero lee lo que me escribe. Léelo.

Y Anna volvió a detenerse.

De nuevo, como en el primer momento de recibir la noticia de que Anna había roto con su marido, Vronsky, leyendo la carta, se entregó involuntariamente a la impresión espontánea que sintiera respecto al esposo ultrajado. Ahora, mientras tenía en las manos la carta, imaginaba involuntariamente aquel desafío que irían a proponerle hoy o mañana en su casa, se figuraba el mismo duelo, en el cual, con la misma expresión fría y orgullosa que ahora mostraba su rostro, dispararía al aire, esperando la bala del ofendido. Y enseguida pasó por su cerebro el recuerdo de lo que acabara de decirle Serpujovskoy por la mañana: más valía no estar ligado. Pero sabía bien que no podía comunicar a Anna tal pensamiento.

Después de leer la carta, Vronsky alzó la vista. En sus ojos no había firmeza. Anna comprendió enseguida que Vronsky había pensado antes en aquella posibilidad. Ella sabía que, por mucho que Vronsky pudiera decirle, nunca le diría lo que pensaba. Y comprendió también que su última esperanza estaba perdida. No era esto lo que esperaba.

—¿Ya ves de qué clase de hombre se trata? –dijo, con voz temblorosa–. Ya lo ves...

—Perdona, pero yo me alegro de ello –repuso Vronsky–. Déjame explicarme, por Dios... –añadió, rogándole con la mirada que le diese tiempo de aclarar sus palabras–. Me alegro porque las cosas en ningún modo pueden quedar como él supone.

—¿Por qué no? –dijo Anna, pues conteniendo las lágrimas y evidenciando que no daba ya ninguna importancia a lo que él pudiera decirle.

Adivinaba que su suerte estaba ya decidida.

Vronsky quería decir que después del duelo, inminente a su juicio, aquello no podría seguir así, pero dijo otra cosa.

—No puede seguir así. Supongo que ahora le abandonarás… –y Vronsky se sonrojó–, supongo que ahora me dejarás arreglar nuestra vida, pensar en ella… Mañana… –dijo.

Pero Anna no le dio tiempo a terminar:

—¿Y mi hijo? –exclamó–. ¿No ves lo que me escribe? Tendría que abandonar a mi hijo, y esto no quiero ni puedo hacerlo.

—¡Por Dios! ¿Qué vale más? ¿Dejar a tu hijo o continuar esta situación humillante?

—¿Humillante para quién?

—Para todos, y en especial para ti.

—No digas que es humillante… no me lo digas. Esas palabras para mí carecen de sentido –dijo Anna, con voz temblorosa, deseando ahora que Vronsky hablase con sinceridad, ya que solo le quedaba su amor y deseaba seguir amándole–. Comprende que desde el día en que lo acepté todo ha cambiado para mí. Solo tengo una cosa: tu amor. Siendo mío tu cariño, me siento tan elevada y tan firme que nada puede humillarme. Estoy orgullosa de mi situación porque… porque… orgullosa por… por… –y no supo decir por qué se sentía orgullosa. Lágrimas de vergüenza y desesperación ahogaron su voz. Se detuvo y estalló en sollozos.

Vronsky sintió también la sensación de algo que subía a su garganta, le cosquilleaba la nariz y le hacía sentirse, por primera vez en su vida, a punto de llorar. No podía decir qué era concretamente lo que le había conmovido. Sentía lástima de Anna, sabía que no podía ayudarla y a la vez reconocía que él era la causa de su desgracia y que había procedido mal.

—¿Acaso no es posible el divorcio? –preguntó con un hilo de voz. Ella sin responder palabra, negó con la cabeza –. ¿No es posible llevarte a tu hijo y dejar a tu marido?

—Sí, pero todo eso depende de él. Por ahora debo vivir en su casa –dijo Anna secamente.

No la habían engañado sus presentimientos. Las cosas quedaban como antes.

—El martes iré yo a San Petersburgo y entonces se decidirá todo –indicó Vronsky.

—Sí –repuso Anna–. Pero no hablemos más de esto.

El coche de Anna, que ella había despedido con orden de ir a buscarla junto a la verja del jardín de Vrede, llegaba en aquel momento.

Anna se despidió de Vronsky y se fue a casa.

CAPÍTULO XXII

El lunes celebraba sesión extraordinaria la Comisión del 2 de junio. Alexey Alexandrovich entró en la sala de reunión, saludó a los miembros y al presidente, como de costumbre, y ocupó su puesto, poniendo las manos sobre los documentos que había preparados ante él. Entre ellos estaban los informes que necesitaba, el resumen de la declaración que se proponía formular. En realidad le sobraban los informes. Lo recordaba todo y no creía necesario repetir en su memoria lo que había de decir. Sabía que, llegado el momento y viendo ante sí el rostro del adversario, que en vano trataba de aparentar una expresión indiferente, el discurso saldría por sí solo mejor que todo lo que pudiera preparar. Pensaba que el fondo de su discurso sería grandioso y que cada palabra tendría suma importancia. Y, sin embargo, mientras escuchaba el informe oficial, el aspecto de Karenin no podía ser más inocente y más inofensivo. Nadie pensaba, mirando sus manos blancas, de hinchadas venas, que tan suavemente acariciaban con sus largos dedos las hojas de papel blanco puestas ante él, y viendo su cabeza, inclinada de lado, con expresión de cansancio, que iban a brotar inmediatamente de su boca palabras que producirían una tempestad, obligando a gritar a los miembros, a interrumpirse unos a otros y al presidente a reclamar orden. Cuando la declaración concluyó, Karenin anunció, con su voz suave y fina, que tenía que manifestar algo relativo al asunto de los autóctonos. La atención se concentró en él. Alexey Alexandrovich tosió y, sin mirar a su adversario, escogiendo, como hacía siempre al pronunciar sus discursos, la primera persona sentada ante él –un viejecito tranquilo y menudo que nunca exponía en la Comisión opiniones propias–, comenzó él a explicar con voz firme y muy clara sus ideas. Cuando aludió a la ley básica y orgánica, su adversario se levantó de un salto y empezó a formular objeciones. Stremov, miembro también de la Comisión, herido en lo vivo, empezó igualmente a justificarse. La sesión se hizo tempestuosa. Pero Karenin triunfaba y su proposición fue aceptada. Quedaron nombradas nuevas comisiones y al día siguiente, en determinados círculos de San Petersburgo, no se hablaba más que de aquella sesión. El éxito de Alexey Alexandrovich fue mayor de lo que él mismo esperaba.

A la mañana siguiente, martes, Karenin, al despertar, recordó con placer su victoria del día antes; y a pesar de querer mostrarse indiferente, no pudo menos de sonreír cuando el jefe de su despacho, queriendo halagarle, le habló de los rumores que corrían referentes a su triunfo en la Comisión.

Ocupado en su trabajo cotidiano, Karenin olvidó por completo que ese día, martes, era el día fijado por él para el regreso de Anna Arkadievna, por lo que quedó sorprendido y desagradablemente impresionado cuando un sirviente le anunció su llegada.

Anna había llegado a San Petersburgo por la mañana y al recibir su telegrama se le había mandado el coche. Alexey Alexandrovich debía, pues, estar enterado de su llegada. Sin embargo, cuando llegó él no fue a recibirla. Le dijeron que estaba ocupado con el jefe del despacho. Anna ordenó que le avisasen de su regreso, pasó a su gabinete y comenzó a arreglar sus cosas, esperando que él fuese a verla.

Transcurrió una hora sin que Karenin apareciese. Anna salió al comedor, con el pretexto de dar órdenes, y habló en voz alta con intención, esperando que su marido acudiese. Pero él no fue, a pesar de que Anna le oía acercarse a la puerta de su despacho acompañado de su jefe de oficina.

Sabía que su esposo había de salir enseguida por asuntos del servicio y quería hablarle antes de que se fuera para concretar sus relaciones.

Cruzó, pues, la sala y se dirigió con decisión a su gabinete. Cuando entró, Alexey Alexandrovich, de medio uniforme y al parecer ya dispuesto a salir, estaba sentado a una mesita sobre la que tenía apoyados los codos y miraba ante sí con tristeza. Anna le vio antes que él la viera y comprendió que era en ella en quien pensaba.

Al verla, él, inició un movimiento para levantarse, cambió de decisión, su rostro se sonrojó, lo que nunca viera antes Anna, y al fin, incorporándose precipitadamente, se dirigió a su encuentro, mirándola no a los ojos, sino más arriba, a la frente y al cabello.

Acercándose a su mujer, le tomó la mano y le pidió que se sentara.

—Me alegro de que haya usted llegado –dijo, y se sentó a su lado, y quiso decirle algo, pero no pudo.

Varias veces intentó de nuevo hacerlo, pero siempre se interrumpía. A pesar de esperar esta entrevista, Anna estaba preparada para despreciar e inculpar a su marido, pero ahora no sabía qué decirle y lo compadecía... El silencio, pues, duró largo rato.

—¿Está bien Seriozha? –preguntó él, añadiendo, sin esperar respuesta–: No como hoy en casa. Tengo que salir.

—Yo quería irme a Moscú –dijo Anna.

—No, ha hecho usted mejor viniendo aquí –dijo él, y calló de nuevo.

Anna, en vista de que su esposo no tenía fuerzas para empezar, se decidió a hacerlo ella misma.

—Alexey Alexandrovich –dijo, mirándole y sin bajar los ojos, mientras él dirigía los suyos al cabello de su esposa–, soy una mujer culpable, una mujer mala, pero soy la misma que era, la misma que le dije, y he venido para decirle que no puedo cambiar.

—No le he preguntado nada de eso –respondió él de pronto, con decisión, mirándola con odio a los ojos–. Demasiado lo suponía. –Se advertía que, bajo la influencia de su irritación, él había recobrado el dominio de sus facultades–. Pero, como ya le dije de viva voz y por escrito –habló crudamente con su voz firme y aguda–, y le repito ahora, no estoy obligado a saber nada. Prefiero ignorarlo. No todas las esposas son tan amables como para apresurarse a comunicar a sus maridos esa «agradable» noticia –y Karenin enfatizó la palabra «agradable»–. Lo ignoraré mientras el mundo lo ignore, mientras mi nombre no quede deshonrado. Y por eso le advierto que nuestras relaciones deben ser las de siempre, y solo en caso de que usted se «comprometa» tomaré medidas para salvaguardar mi honor.

—Sin embargo, nuestras relaciones no pueden ser las de siempre –dijo Anna, tímidamente, mirándole con temor.

Cuando ella vio de nuevo aquellos gestos tranquilos, aquella voz infantil, penetrante e irónica, su repugnancia hacia él hizo desaparecer su compasión. Y solo tenía miedo, pero quería aclarar su situación costara lo que costase.

—No puedo ser su mujer, mientras yo... –empezó.

Alexey Alexandrovich rió con risa malévola y fría.

—Sin duda la clase de vida que usted ha escogido ha influido en sus concepciones. Respeto tanto su pasado como desprecio su presente... Ni se me ha pasado por la cabeza la interpretación que ha dado usted a mis palabras –Anna, suspirando, bajó la cabeza–. Lo que no entiendo es como una mujer tan independiente como usted –continuó él, exaltándose–, capaz de confesar abiertamente a su marido su infidelidad, sin ver en ella nada reprensible, ponga tantos reparos en cumplir sus deberes de esposa con respecto a su marido.

—Alexey Alexandrovich, ¿qué quiere usted de mí?

—Necesito que ese hombre no la visite y que usted proceda de modo que ni el mundo ni los criados puedan criticarla, quiero que deje de ver a ese hombre. Creo que no pido mucho. Y a cambio de ello, disfrutará usted de los derechos de esposa honrada sin cumplir sus deberes. Es cuanto tengo que decirle. Y ahora debo salir. No como en casa.

Y dicho esto, se levantó y se dirigió hacia la puerta. Anna se levantó también. Saludándola en silencio, su marido la dejó pasar delante.

CAPÍTULO XXIII

La noche pasada por Levin sobre el montón de heno no dejó de tener consecuencias.

Las faenas en la finca de las que se había ocupado hasta entonces le aburrían y perdieron todo interés para él. A pesar de la excelente cosecha, nunca, a su parecer, se habían producido tantos choques ni tantas disputas con los labriegos como este año y la causa de todo ello se le ofrecía ahora con claridad. El placer que sintiera en las tareas agrícolas, la aproximación que a causa de ella se había producido entre él y los campesinos, la envidia que tenía de la vida sencilla de aquellos seres, el deseo de adoptarla, que en aquella noche pasó de deseo a intención, y sobre cuyos detalles meditara, todo ello cambió de tal modo su punto de vista respecto al modo de llevar su propiedad que ya no podía encontrar en estos trabajos el interés de antes, ni podía dejar de ver su actitud desagradable ante los trabajadores, que eran la base de todo.

Los rebaños de vacas seleccionadas, como «Pava»; la tierra bien labrada y bien abonada; los nueve campos rastrillados y encambronados; las noventa hectáreas de tierra cubierta de estiércol bien preparado; las sembradoras mecánicas, etcétera, todo habría salido espléndido si lo hubiese hecho él mismo o con compañeros que tuvieran las mismas ideas que él.

Pero ahora veía claramente (mientras escribía su libro sobre economía rural que se basaba en que el principal elemento de ella era el trabajador, lo comprendía más) que aquel modo de llevar las cosas de la propiedad se reducía a una lucha feroz y tenaz entre él y los trabajadores, en la que había de su lado un continuo deseo de transformar las cosas de acuerdo con el sistema que él consideraba mejor, mientras que los obreros se inclinaban a mantenerlas en su estado natural.

Y Levin observaba que en esta lucha, llevada con el máximo esfuerzo por su parte y sin esfuerzo ni intención siquiera por la otra, lo único que se conseguía era que la explotación no diese resultado alguno y se echasen a perder, en cambio, de un manera totalmente inútil, unas máquinas y una tierra magníficas y unos animales excelentes.

Lo más grave era que no solo se perdía estérilmente la energía empleada en ello, sino que él mismo no podía dejar de reconocer, ahora que el sentido de su obra aparecía claro ante sus ojos, que el fin de sus actividades no era lo suficiente digno. Porque ¿en qué consistía la lucha? Él defendía hasta la última migaja (no podía, por otra parte, dejar de hacerlo, porque en cuanto aflojara solo un poco no habría tenido con qué pagar a los trabajadores), mientras ellos solo defendían la posibilidad de trabajar tranquila y agradablemente, es decir, según como estaban acostumbrados.

Convenía a su interés que cada hombre trabajara cuanto más mejor, que no se distrajera ni se precipitara, procurando no estropear las aventadoras, rastrillos, trilladoras, etcétera, y, por tanto, que pensase siempre en lo que hacía.

En cambio, el obrero quería trabajar del modo más fácil y agradable, sin preocupaciones sobre todo, sin pensar en nada, sin detenerse un momento a reflexionar. Este verano, Levin lo había visto a cada paso. Mandaba guadañar el trébol para heno, escogiendo las peores hectáreas, en que había mezcladas hierba y cizaña, y los trabajadores guadañaban a la vez las mejores hectáreas, destinadas para el grano, disculpándose con que se lo había mandado el encargado y tratando de consolarle con decirle que el heno sería magnífico. Pero él sabía que la verdad consistía en que aquellas hectáreas eran más fáciles de guadañar. Cuando enviaba una aventadora para aventar el heno, la estropeaban enseguida, porque al aldeano le parecía aburrido estar sentado en la delantera mientras las aletas se movían tras él. Y le decían: «No se apure, las mujeres lo aventarán en un momento».

Los arados quedaban inservibles, porque el labrador no acertaba a bajar la reja y al moverla cansaba los caballos y estropeaba la tierra. Y, sin embargo, aseguraban a Levin que no había por qué preocuparse. Dejaban a los caballos invadir el trigo, porque ningún trabajador quería ser guarda nocturno. Y cuando una vez, a pesar de sus órdenes en contra, los trabajadores velaron por turno, Vanka, que había trabajado todo el día, se durmió y luego pedía perdón de su falta diciendo: «Usted lo ha querido».

Llevaron las tres mejores terneras a pastar al campo de trébol guadañado, sin darles antes de beber y los animales enfermaron. No querían creer que las terneras estuvieran hinchadas por el trébol y contaban como consuelo que el propietario vecino había perdido en tres días ciento doce cabezas de ganado.

Todo ello no era porque desearan mal a Levin o a su finca. Al contrario, él sabía que los labriegos le apreciaban y le consideraban un propietario sin orgullo, lo que es entre ellos la mejor alabanza. Todo sucedía porque deseaban trabajar alegremente, sin preocupaciones, y los intereses de Levin no solo les resultaban ajenos a incomprensible!, sino fatalmente contrarios a los suyos, que eran los más justos.

Hacía tiempo que Levin se sentía descontento de cómo llevaba su propiedad. Veía que su barco hacía agua, pero no encontraba ni buscaba por dónde, acaso engañándose voluntariamente, ya que nada le habría quedado en la vida si dejaba de creer en su trabajo.

Pero ahora no podía seguir engañándose. Su actividad no solo había dejado de tener interés para él, sino que le repugnaba y le resultaba imposible ocuparse de ella.

A esto se añadía la presencia, a treinta verstas de él de Kitty Scherbazkaya, a la que quería y no podía ver. Cuando estuvo en casa de Dolly, ella le invitó a ir, sin duda para que pidiese la mano de su hermana, que ahora, según le daba a entender Darya Alejandrovna, le aceptaría. Al ver a Kitty, Levin comprendió que seguía amándola, pero no podía ir a casa de Oblonsky sabiendo que Kitty estaba allí. El hecho de que él se hubiese declarado y ella le rechazara creaba entre ambos un obstáculo insuperable.

«No puedo pedirle que sea mi esposa solo porque no ha podido serlo de aquel a quien amaba», se decía Levin.

Y este pensamiento enfriaba sus sentimientos y experimentaba casi hostilidad hacia Kitty.

«No sabré hablar con ella sin hacerle sentir mi reproche, no podré mirarla sin aversión, y entonces ella me odiará más, como es natural. Y luego, ¿cómo puedo ir allí después de lo que me ha dicho Darya Alejandrovna? ¿Cómo fingir que ignoro lo que ella me contó? Parecerá que voy en plan de hombre magnánimo para perdonarla. ¿Y cómo puedo mostrarme ante ella en el papel de un hombre generoso que se digna ofrecerle su amor? ¿Para qué me habrá dicho eso Darya Alejandrovna?

Habría podido ver a Kitty por casualidad y entonces todo habría sucedido de una manera natural. Pero ahora es imposible, imposible...».

Dolly le envió una carta pidiéndole una silla de montar de señora para su hermana. «Me han dicho que tiene usted una excelente. Espero que la traiga en persona», escribía.

Aquello le pareció insoportable. ¿Cómo era posible que una mujer inteligente y delicada pudiese rebajar a su hermana hasta aquel punto?

Escribió una decena de esquelas, las rompió todas y envió la silla sin contestación. No quería prometer que iría porque no podía ir y escribir que no iba por algún impedimento o porque se marchaba le parecía peor.

Mandó, pues, la silla sin respuesta, convencido de que procedía mal, y al día siguiente, dejando los asuntos de la finca, que tan ingratos le eran ahora, en manos de su encargado, se fue a ver a su amigo Sviajsky, que vivía en un distrito provincial muy alejado, poseía unos espléndidos pantanos, llenos de chochas, y el cual le había escrito hacía poco pidiéndole que cumpliese su promesa de ir a visitarle.

Las chochas de los pantanos del distrito de Surovsk tentaban a Levin desde mucho atrás, pero, absorto en los asuntos de su finca, había aplazado siempre el viaje. Ahora le placía ir allí, huyendo de la vecindad de las Scherbatsky y de las actividades de su hacienda, para entregarse a la caza, que en sus pesares había sido siempre el mejor consuelo.

CAPÍTULO XXIV

Para ir al distrito de Surovsk no había ferrocarril ni camino de postas, así que Levin hizo el viaje en coche descubierto con sus propios caballos.

A medio camino se detuvo para darles pienso en casa de un labrador rico. Un viejo calvo y fresco, de ancha barba roja, canosa en las mejillas, le abrió los portones, apretándose contra la pared para dejar pasar la troika.

Después de haber indicado al cochero un lugar bajo el sobradillo en el amplio patio, nuevo, limpio y bien arreglado, en el cual se veían algunos arados inservibles, el viejo invitó a Levin a pasar a la casa.

Una mujer joven, muy limpia, calzando zuecos en los pies desnudos, fregaba el suelo de la entrada. Al ver entrar corriendo al perro, que seguía a Levin, se asustó y dio un grito. Pero enseguida se rió de su susto, ya que sabía que nada tenía que temer.

Y después de indicar a Levin, con su brazo con las mangas de su blusa recogidas, la puerta de la casa, ocultó de nuevo su hermoso rostro inclinándose para seguir lavando.

—¿Quiere el samovar? –preguntó el viejo.

—Sí, hágame el favor.

La habitación era espaciosa y en ella se veía una estufa holandesa enladrillada y una mampara. Bajo los iconos, en el rincón santo, había una mesa pintada con motivos rurales, una banqueta y dos sillas, y junto a la entrada se veía un pequeño armario con vajilla. Los postigos estaban cerrados, había pocas moscas y todo se hallaba tan limpio que Levin procuró que «Laska», que, mientras corría por los caminos, se bañaba en los charcos, no ensuciase el suelo y le mostró un lugar en el rincón próximo a la puerta.

Después de examinar la habitación, Levin salió al patio de detrás de la casa. La gallarda moza de los zuecos, balanceando en el aire los cubos vacíos, le adelantó corriendo para sacar agua del pozo.

—¡Hazlo enseguida! –gritó el viejo, jovialmente. Y se dirigió a Levin–: ¿Qué, señor, va a ver a Nikolái Ivanovich Sviajsky? También él viene a veces por aquí –empezó, con evidentes ganas de charlar, acodándose en la balaustrada de la escalera.

Mientras el viejo le estaba contando que conocía a Sviajsky llegaron los labriegos, con rastrillos y arados. Los caballos que tiraban de estos eran grandes y robustos. Dos de los mozos, vestidos con camisas de indiana y gorras de visera, debían seguramente de pertenecer a la familia. Los otros dos, uno de edad y joven el otro, eran, sin duda, jornaleros y vestían camisas de tela basta.

El viejo, separándose de la escalera, se acercó a los caballos y comenzó a desengancharlos.

—¿Qué han arado? –preguntó Levin.

—Hemos arado las patatas. Tenemos también algunas tierras. Fedor, no dejes escapar al caballo grande. Átalo al poste. Engancharemos otro caballo.

—Padrecito, ¿han traído las rejas de arado que encargaste? –preguntó uno de los mozos, de enorme estatura, probablemente hijo del viejo.

—Están en el trineo –contestó el anciano, arrollando las riendas quitadas a los caballos y echándolas al suelo–. Arréglalas mientras estos comen.

La moza de antes, sonriente, con las espaldas inclinadas bajo el peso de los cubos, se paró en el zaguán. De no se sabía dónde salieron más mujeres, jóvenes y hermosas, de mediana edad y viejas feas, algunas con niños.

El samovar hirvió en la chimenea. Los mozos y la gente de la casa, una vez arreglados los caballos, se fueron a comer.

Levin sacó del coche sus provisiones a invitó al viejo a tomar el té juntos.

—Ya lo hemos tomado hoy, pero por acompañarle... –dijo el viejo, con evidente satisfacción.

Mientras tomaban el té, Levin se enteró de toda la historia del viejo. Diez años atrás, este había arrendado a la propietaria de las tierras ciento veinte hectáreas y el año anterior las había comprado, arrendando, además, trescientas hectáreas al propietario vecino. La parte más pequeña de las tierras, la peor, la subarrendaba, y él mismo con su familia y dos jornaleros araba cuarenta hectáreas. El viejo se quejaba de que las cosas iban mal. Pero Levin adivinó que lo hacía por disimular y que en realidad su casa prosperaba. De haber ido mal las cosas, el viejo no habría comprado la tierra a ciento cinco rublos, no habría casado a sus tres hijos y a un sobrino ni habría reconstruido tres veces la casa después de haberse incendiado tres veces, y cada vez mejor.

A pesar de las quejas se veía que el labrador estaba justamente orgulloso de su bienestar, de sus hijos, de su sobrino, de sus nueras, de sus caballos, de sus vacas y, sobre todo, de la prosperidad de su casa.

Por la conversación, Levin dedujo que el anciano no era enemigo de las innovaciones. Sembraba mucha patata, que Levin, al llegar, vio que acababa ya de perder la flor y empezaba a madurar, mientras que la suya solo comenzaba entonces a echar flor. El viejo labraba la tierra de patata con «la arada», según decía, que le prestaba el propietario. También sembraba trigo candeal y uno de los detalles que más impresionó a Levin en las explicaciones del viejo fue el que este aprovechase para las caballerías el centeno recogido al escardar. Levin, viendo cómo se perdía tan magnífico forraje, había pensado muchas veces en aprovecharlo, pero nunca lo había podido conseguir. Aquel hombre, en cambio, lo hacía y no se cansaba de alabar la excelencia de aquel forraje.

—¡En algo han de ocuparse las mujeres! Sacan los montones al camino y el carro los recoge.

—A nosotros, los propietarios, todo nos va mal con los trabajadores –dijo Levin, ofreciéndole un vaso de té.

—Gracias –dijo el viejo, tomándolo, pero negándose a coger el azúcar y mostrando un terrón ya mordisqueado por él–. ¡Es imposible entenderse con los jornaleros. Son la ruina! Vea, por ejemplo, al señor Sviajsky: tiene una tierra como una flor, pero nunca puede coger buena cosecha. ¡Y es que falta el ojo del amo!

—¡Pero tú también trabajas con jornaleros!

—Sí, pero nosotros somos aldeanos y trabajamos nosotros mismos y, si el jornalero es malo, le echamos enseguida y nos arreglamos solos.

—Padrecito, Finogen necesita alquitrán –dijo, entrando, la mujer de los zuecos.

—Sí, señor, sí... –dijo el viejo disponiéndose a salir.

Se levantó, se santiguó lentamente, dio las gracias a Levin y salió.

Cuando Levin entró en el cuarto de los trabajadores para llamar al cochero, vio a todos los hombres de la familia sentados a la mesa. Las mujeres, en pie, servían.

El joven y robusto hijo del viejo contaba, con la boca llena de espesa papilla, algo muy chistoso y todos reían, y en especial la mujer de los zuecos, que añadía en aquel momento sopa de coles en el tazón.

Era muy posible que el atrayente rostro de la mujer de los zuecos contribuyese mucho a aquella sensación de bienestar que produjo en Levin la casa de los labriegos, pero, en todo caso, tal impresión había sido tan fuerte que no podía olvidarla.

Durante todo el camino hacia la finca de Sviajsky fue recordando aquella casa, como si hubiese algo en la impresión sentida digno de un interés especial.

CAPÍTULO XXV

Sviajsky era el representante de la nobleza de su distrito. Tenía muchos más años que Levin y estaba casado hacía ya tiempo. Vivía en su casa su joven cuñada, mujer muy simpática a Levin, quien no ignoraba que Sviajsky y su mujer deseaban casarle con aquella joven.

Lo sabía con certeza, como lo saben siempre los jóvenes considerados casaderos, aunque no hubiera osado decirlo a nadie, y sabía también que, aunque él deseaba casarse y creía que aquella joven habría sido una excelente esposa en todos los sentidos, tenía tantas probabilidades de casarse con ella, aun no estando enamorado de Kitty Scherbazkaya, como de subir al cielo.

Este pensamiento le amargaba un tanto la satisfacción que se había prometido de aquel viaje a las tierras de Sviajsky.

Al recibir la carta de este invitándole a cazar, Levin pensó en ello enseguida, pero también pensó que tales miras de su amigo eran un mero deseo sin fundamento y resolvió ir. Además, en el fondo de su alma, deseaba probarse una vez más volviendo a ver de cerca a la joven cuñada de Sviajsky.

La vida de su amigo era muy grata y el propio Sviajsky, el mejor prototipo de miembro activo de zemstvo que conociera Levin, le resultaba muy interesante.

Sviajsky era uno de esos hombres, incomprensibles para Levin, cuyos pensamientos, eslabonados y nunca independientes siguen un camino fijo y cuya vida, definida y firme en su dirección, sigue un camino completamente distinto y hasta opuesto al de sus ideas.

Sviajsky era muy liberal. Despreciaba a la nobleza y consideraba que la mayoría de los nobles eran, *in petto*, partidarios de la servidumbre y que solo por cobardía no lo declaraban. Creía a Rusia un país perdido, una segunda Turquía, y al Gobierno lo tenía por tan malo que ni siquiera llegaba a criticar sus actos en serio. Esto no le impedía, por otra parte, ser un modelo de representante de la nobleza ni cubrirse, siempre en sus viajes, con la gorra de visera con escarapela y el galón rojo distintivos de la institución. Creía que solo era posible vivir bien en el extranjero, adonde se iba siempre que tenía ocasión y, a la vez, dirigía en Rusia una propiedad por procedimientos muy complejos y perfeccionados, siguiendo con extraordinario interés todo lo que se hacía en su país. Opinaba que el aldeano ruso, por su desarrollo mental, pertenecía a un estadio intermedio entre el mono y el hombre y, sin embargo, en las elecciones para el zemstvo estrechaba con gusto la mano de los aldeanos y escuchaba sus opiniones. No creía en Dios ni en el diablo, pero le preocupaba mucho la cuestión de mejorar la suerte del clero. Y era partidario de la reducción de las parroquias sin dejar de procurar que su pueblo conservase su iglesia.

En lo que respecta a la cuestión femenina, estaba al lado de los más avanzados defensores de la completa libertad de la mujer, y sobre todo de su derecho al trabajo; pero vivía con su esposa de tal modo que todos admiraban la vida familiar de aquella pareja sin hijos en la que él se había arreglado para que su mujer no hiciera ni pudiese hacer nada, fuera de la ocupación, común a ella y a su marido, de pasar el tiempo lo mejor posible.

Si Levin no hubiera tenido la facultad de querer ver a los hombres por su lado mejor, el carácter de Sviajsky no habría ofrecido para él la menor dificultad ni enigma. Habría pensado: «Es un miserable o un tonto», y el asunto habría quedado claro. Pero no podía decir «tonto» porque Sviajsky era, sin duda, además de inteligente, muy instruido y sabía llevar su cultura con una extraordinaria naturalidad. No había ciencia que no supiese, pero solo mostraba sus conocimientos cuando se veía obligado.

Menos aún podía Levin calificarle de miserable, porque Sviajsky era, indudablemente, un hombre honrado, bueno o inteligente, consagrado con ánimo alegre a una labor muy estimada por cuantos le rodeaban y que nunca, a sabiendas, había hecho ni podía hacer mal alguno.

Levin se esforzaba, pues, en comprenderle y no lo comprendía, considerándole como un enigma, y su modo de vivir como no menos enigmático.

Eran amigos y, por tanto, Levin tenía ocasiones de sondear a Sviajsky, de llegar hasta la base misma de su concepto de la vida. Pero siempre sus esfuerzos resultaban vanos. Cada vez que Levin trataba de penetrar más allá de las habitaciones de recepción del cerebro de Sviajsky, notaba que este se turbaba algo, que su mirada expresaba un recelo casi imperceptible, como si temiera que Levin le comprendiese, e iniciaba una resistencia jovial.

A raíz de su desengaño en sus actividades de propietario, Levin experimentó particular placer en visitar a su amigo. El solo hecho de ver aquella pareja de tórtolos felices y contentos de sí mismos, y de su nido confortable, satisfacía ya a Levin, el cual, ahora que se sentía tan descontento de su propia vida, trataba de descubrir el secreto de Sviajsky, que daba una claridad, una alegría y un sentido tan preciso a su vida.

Además, Levin sabía que en casa de Sviajsky vería a los propietarios vecinos y esto le permitiría lo que tanto le interesaba: discutir, escuchar sus conversaciones sobre cosechas, contratos de jornaleros, etcétera. Aunque consideradas algo vulgares, como no ignoraba Levin, estas charlas le parecían a la sazón muy importantes.

«Tal vez esto no tuviera importancia en los tiempos de la servidumbre o ahora en Inglaterra. En ambos casos, las condiciones son definidas, pero aquí, en nuestro país, cuando todo está trastornado y apenas empieza a organizarse el nuevo orden, saber en qué condiciones se hará es el único problema importante que existe en Rusia», pensaba.

La caza resultó peor de lo que él esperaba. El pantano estaba ya seco y las chochas habían huido. Tras un día entero de caza, solo trajo tres piezas y, como siempre, un excelente apetito, muy buena disposición de ánimo y el estado mental de grata excitación que despertaba en él el ejercicio físico.

Incluso durante la caza, cuando aparentemente no había que pensar en nada, recordaba de vez en cuando al viejo y a su familia, y al evocarlos parecía despertar no solo su atención, sino una especie de decisión relacionada con ella.

Por la noche, al tomar el té, en compañía de algunos propietarios de tierras que visitaban a Sviajsky por asuntos de tutelaje, se entabló, como Levin esperaba, una interesante conversación.

En la mesa de té Levin se sentaba junto a la dueña y hubo de hablar con ella y con la cuñada, instalada frente a él. La dueña era una mujer de rostro redondo, rubia y bajita, toda radiante de sonrisas y hoyuelos.

Levin trataba de indagar por mediación de ella la solución del problema que constituía para él su marido, pero no poseía su completa libertad de ideas, pues no se sentía lo suficiente desembarazado porque ante él se sentaba la cuñada. Esta llevaba un vestido muy especial, que a Levin le pareció que se había puesto por él, y en el cual se abría un escote en forma de trapecio.

Aquel escote cuadrangular, a pesar de la blancura del pecho, y acaso por ello, privaba a Levin de la facultad de pensar. Imaginaba, errando probablemente, que aquel escote tendía a influirle y no se consideraba con derecho a mirarlo, y procuraba no hacerlo. Pero tenía la impresión de ser culpable, aunque solo fuera por el simple hecho de que aquel escote existiese, que era preciso que explicara algo y le era imposible hacerlo, y a causa de esto se sonrojaba y se sentía torpe e inquieto. Su estado de ánimo se comunicaba también a la linda cuñada. La dueña, en cambio, parecía no reparar en ello y, a propósito, le obligaba a entrar en el tema de la conversación.

—Decía usted –manifestaba continuando la charla iniciada– que a mi marido no le interesa nada ruso… ¡Al contrario! En el extranjero está alegre, pero nunca tanto como cuando vive aquí. Aquí se halla en su ambiente. ¡Como tiene tanto que hacer y se interesa por todo! ¿No ha estado usted en nuestra escuela?

—La he visto. ¿No es esa casa cubierta de hiedra?

—Sí. Es obra de Nastia –dijo, señalando a su hermana.

—¿Les enseña usted misma? –preguntó Levin, esforzándose en no mirar el escote, pero sintiendo que mirase o no hacia allí tendría que verlo igualmente.

—Sí, enseñaba y enseño, pero tenemos, además, una buena maestra. Hemos introducido también clases de gimnasia.

—Gracias, no quiero más té –dijo Levin.

Y, a pesar de reconocer que cometía una incorrección, pero sintiéndose incapaz de continuar aquella charla, se levantó sonrojándose.

—Oigo una conversación muy interesante –añadió– y…

Se acercó al otro extremo de la mesa, donde estaba sentado el dueño con dos propietarios.

Sviajsky, acomodado de lado a la mesa, sostenía la taza con la mano y apoyaba el codo sobre la madera. Con la otra mano empujaba su barba, subiéndola hasta la nariz como para olerla y dejándola luego caer. Sus brillantes ojos negros miraban a un propietario de canosos bigotes que hablaba con agitación y, a juzgar por su rostro, debía de encontrar divertido lo que decía.

El propietario se quejaba de los aldeanos. Levin veía claramente que Sviajsky podía contestar muy bien a aquellas quejas y aniquilar a su interlocutor con pocas palabras, pero su posición se lo impedía y por ello escuchaba, no sin placer, las cómicas lamentaciones del propietario.

El hombre de los bigotes canosos era un evidente partidario de la servidumbre, un hombre que no había salido de su pueblo y a quien apasionaba dirigir los trabajos de su finca. Esto se deducía por su vestido, una levita anticuada y algo raída en la que el propietario no se sentía a gusto; por sus ojos, entornados y perspicaces; por su conversación, en buen ruso; por el tono imperativo, adquirido a través de una larga práctica de mando, y por los ademanes seguros de sus manos, grandes y bien formadas, tostadas por el sol, con un único y antiguo anillo de boda en su dedo anular.

CAPÍTULO XXVI

—De no inspirarme pena dejar esto, tan bien arreglado y en lo que he puesto tantos afanes, lo habría abandonado todo, vendiéndolo y marchando como hizo Nikolái Ivanovich. Sí, me habría ido a oír *La bella Elena* –dijo el propietario con una sonrisa agradable que iluminó su rostro viejo a inteligente.

—Pero cuando no lo deja –dijo Nikolái Ivanovich Sviajsky– es señal de que le va bien.

—Me va bien porque la casa donde vivo es mía, porque no he de comprar nada ni alquilar brazos para el trabajo, porque no he perdido aún la esperanza de que el pueblo acabe teniendo sensatez. Pero ¿han visto ustedes qué manera de beber, qué libertinaje?... Todos han repartido sus bienes... Nadie posee un caballo ni una vaca. Se mueren de hambre, pero tome usted a uno como jornalero y verá cómo aprovecha la primera ocasión para estropeárselo todo e incluso le demanda ante el juez.

—Pues la solución es que también le demande usted –dijo Sviajsky.

—¿Quejarme yo? ¡Por nada del mundo! Contestan a uno de tal modo que hasta le hacen arrepentirse de haberse quejado. Y si no, un ejemplo: los obreros de la fábrica pidieron dinero adelantado y luego se fueron. ¿Y qué hizo el juez? ¡Les absolvió! Los únicos que sostienen con firmeza la autoridad son el Juzgado comarcal y el síndico mayor. Este sí les ajusta las cuentas como en los buenos tiempos pasados y, si no fuera así, más valdría dejarlo todo y huir al otro extremo del mundo.

Era evidente que el propietario trataba, con sus palabras, de excitar a Sviajsky, pero este, en vez de excitarse, se divertía.

—Pues nosotros, Levin aquí presente, el señor, yo... –dijo, señalando al otro propietario y sonriendo–, dirigimos nuestras tierras sin esos procedimientos.

—Sí, las cosas van bien en la finca de Mijail Petrovich, pero pregúntele cómo... ¿Es eso por ventura una explotación «racional»? –exclamó el viejo, al parecer envanecido por haber empleado la palabra «racional».

—Mi modo de administrar la finca es muy sencillo –dijo Mijail Petrovich–, y he de dar gracias a Dios. Toda mi preocupación es preparar dinero para las contribuciones de otoño. Luego vienen los aldeanos: «Padrecito, por Dios, ayúdenos». Vienen todos, amigos míos, y me dan lástima. Yo les doy para pasar el próximo trimestre y les digo: «Muchachos, acuérdense de que les he ayudado y ayúdenme cuando les necesite para sembrar avena, arreglar el heno o segar». Y así les pongo condiciones por cada contribución que les pago. Es verdad que también hay desagradecidos entre ellos...

Levin, que conocía desde mucho atrás aquellos métodos «patriarcales», cambió una mirada con Sviajsky e interrumpió a Mijail Petrovich, dirigiéndose al de los bigotes canosos.

—Entonces, ¿qué opina usted? –preguntó–. ¿Cómo hay que dirigir una hacienda en los tiempos que corren?

—Pues como lo hace Mijail Petrovich, a medias con los campesinos o arrendándoles la tierra. Todo esto es posible, pero con ello se destruye la riqueza del país. Allí donde la tierra, bien cuidada durante la servidumbre, me daba nueve, a medias me da tres. ¡La emancipación ha arruinado a Rusia!

Sviajsky miró a Levin sonriendo y hasta le hizo una leve señal irónica.

Pero Levin no hallaba en las palabras del propietario ningún motivo de risa. Le comprendía mejor que a Sviajsky. Y lo demás que agregó el propietario, demostrando por qué Rusia estaba arruinada por la emancipación, le pareció incluso muy justo, nuevo para él e indiscutible.

Se veía que aquel hombre expresaba sus propios pensamientos –cosa que sucede con poca frecuencia– y que tales ideas no nacían en un cerebro ocioso en el deseo de buscarse una ocupación, sino que tenían su origen en las condiciones de su vida y habían sido larga y profundamente meditadas en su soledad rural.

—La cosa es esta: todo progreso se introduce desde arriba –decía el propietario, con evidente deseo de probar que no era un hombre inculto–.

Fijémonos en las reformas de Pedro, Catalina y Alejandro; fijémonos en la historia europea... Cuantas más reformas se introducen desde arriba, más mejoras hay en la vida rural. La misma patata ha sido introducida en nuestro país a la fuerza. Tampoco se ha labrado siempre con el arado de madera. Probablemente este fue introducido a la fuerza en época de los señores feudales. En nuestro tiempo, durante la servidumbre, nosotros, los propietarios, introdujimos innovaciones: secadoras, aventadoras y otras máquinas modernas. Estas cosas las hemos implantado gracias a nuestra autoridad, y los aldeanos, que al principio se resistían, nos imitaban después. Pero, al suprimir la servidumbre nos han quitado la autoridad y nuestras propiedades, que estaban a un nivel muy alto, bajarán a un estado primitivo y salvaje. Esta es mi opinión.

—Pero ¿por qué? Si la explotación es racional, puede usted recurrir a los jornaleros –dijo Sviajsky.

—¿Y cómo quiere usted que los aplique cuando ya no tenemos autoridad? ¿A quién voy a recurrir?

«Aquí es donde aparece la mano de obra, el elemento principal de la economía rural», pensó Levin.

—A los jornaleros.

—Los jornaleros no quieren trabajar bien ni con buenas máquinas. Nuestro obrero solo piensa en una cosa: en beber como un cerdo y, una vez que está borracho, en estropear cuanto se le confía. A los caballos les da demasiada agua, rompe las buenas guarniciones, cambia una rueda enllantada por otra y se bebe el dinero, afloja el tornillo principal de la trilladora mecánica para estropearla... Le repugna todo lo que no se hace según sus ideas. Y por ello ha bajado tanto el nivel de la economía rural. Las tierras se abandonan, se deja crecer el ajenjo en ellas o se regalan a los campesinos, y allí donde se producía un millón de fanegas ahora se producen solo unos pocos centenares de miles. La riqueza general ha disminuido. Si hubiésemos hecho lo mismo, pero con mayor sensatez...

Y comenzó a explicar un plan para la manumisión de siervos con el que se habrían remediado tales males.

A Levin esto no le interesaba. Pero cuando el viejo terminó, Levin volvió a sus primeros propósitos y dijo a Sviajsky, para forzarle a dar su opinión en serio:

—Que el nivel de nuestra economía baja y que con nuestras relaciones con los campesinos es imposible dirigir las propiedades es cosa que no está fuera de duda –afirmó.

—Yo no lo veo así –repuso seriamente Sviajsky–. Solo veo que no sabemos administrar bien nuestras fincas y que, por el contrario, el nivel de la economía durante la servidumbre no era elevado, sino muy bajo. No tenemos buenas máquinas ni buenos animales de labor, ni buena dirección, ni sabemos hacer cálculos. Pregunte a un propietario y no sabrá decirle lo que es ventajoso y lo que no.

—¡Sí, contabilidad a la italiana! –repuso el propietario irónicamente–. Pero, cuente usted como quiera que si se lo estropean todo no sacará ningún beneficio.

—¿Por qué van a estropeárselo? Una porquería de trilladora, una apisonadora rusa, se la estropearán, pero no mi máquina de vapor. Un caballejo ruso... ¿cómo se llaman?, los de esa endiablada raza a los que hay que arrastrar por la cola, esos podrán estropeárselos, pero si tiene usted buenos percherones no se los estropearán. Y todo así. Es preciso elevar el nivel de la vida rural.

—Para eso hay que tener dinero, Nikolái Ivanovich. En usted está bien, pero yo tengo un hijo, a quien debo educar en la Universidad, y otros pequeños a quienes pago el colegio. De modo que no puedo comprar percherones.

—Para eso están los bancos.

—¿Para que me vendan en pública subasta lo último que me quede? No, gracias.

—No estoy de acuerdo con que sea posible y necesario elevar el nivel de la economía rural –dijo Levin–. Yo me ocupo de ello, tengo medios, y, sin embargo, no consigo nada. Ni sé para quién son útiles los bancos. Por mi parte, en todo lo que he gastado dinero he tenido pérdidas: en los animales, pérdidas; en las máquinas, pérdidas.

—Lo que dice usted es muy cierto –afirmó, riendo con satisfacción, el propietario de los bigotes canosos.

—Y no solo me pasa a mí –continuó Levin–. Puedo nombrar otros propietarios que dirigen sus propiedades de una manera racional. Todos, con raras excepciones, tienen pérdidas en sus fincas. Díganos: ¿gana usted con su propiedad? –preguntó a Sviajsky. Y enseguida notó en los ojos de este la momentánea expresión de temor que notaba siempre que trataba de penetrar más allá de las habitaciones de recibir del cerebro de Sviajsky.

Además, tal pregunta no era muy leal por parte de Levin. Durante el té, la dueña le había dicho que habían hecho venir aquel verano de Moscú a un contable alemán que por quinientos rublos hizo el balance de las cuentas de la propiedad, del que resultaba que habían tenido tres mil rublos de pérdida y algo más. Ella no lo recordaba con exactitud, pero el alemán, al parecer, había contado hasta el último cuarto de copeck.

El viejo propietario sonrió al oír hablar de las ganancias de Sviajsky. Se veía claramente que sabía muy bien las ganancias que su vecino y jefe de la nobleza podía tener.

—Quizá yo no obtenga beneficios –contestó Sviajsky–, pero ello solo indicaría que soy un mal propietario o que invierto el capital para aumentar la renta.

—¡La renta! –exclamó Levin, horrorizado–. Puede ser que exista renta en Europa, donde ha mejorado la tierra a fuerza de trabajarla, pero nuestra tierra empeora cuanto más trabajo ponemos en ella, es decir que la agotamos y en este caso ya no hay renta.

—¿Cómo que no hay renta? Pues la ley…

—Nosotros estamos fuera de la ley. La renta, para nosotros, no aclara nada; al contrario, lo confunde todo. Dígame, ¿cómo el estudio de la renta puede…?

—¿Quieren leche cuajada? Macha, haz que nos traigan leche cuajada y frambuesas –dijo Sviajsky a su mujer–. Este año tenemos una gran abundancia de frambuesas. Y Sviajsky se levantó y se alejó en inmejorable disposición de espíritu, dando por terminada la conversación donde Levin la daba por empezada.

Al quedarse sin interlocutor, Levin continuó la charla con el propietario, tratando de demostrarle que la dificultad estribaba en que no se querían conocer las cualidades y costumbres del obrero.

Pero, como todos los hombres que piensan con independencia y viven aislados, el propietario era muy reacio a admitir las opiniones ajenas y se atenía en exceso a las propias. Insistía en que el aldeano ruso es un cerdo y le gustan las porquerías, y que para sacarle de ellas se necesitaba autoridad y, a falta de esta, palo; pero que como entonces se era tan liberal, se había sustituido el palo, que durara mil años, por abogados y conclusiones con cuya ayuda se alimentaba con buena sopa a aquellos campesinos sucios a inútiles y hasta se les medían los pies cúbicos de aire que necesitaban.

—¿Cree usted –respondía Levin, tratando de volver a la cuestión– que no se puede encontrar un aprovechamiento de la energía del trabajador que haga productivo su trabajo?

—Con el pueblo ruso, no teniendo autoridad, no será posible nunca –contestó el propietario.

—¿Cómo es posible encontrar nuevas condiciones? –dijo Sviajsky, después de tomar la leche cuajada, encendiendo un cigarrillo y acercándose a los que dialogaban–. Todos los modos de emplear la energía de los trabajadores han sido definidos y estudiados. Ese resto de barbarie, la comunidad primitiva de caución solidaria, se descompone por sí sola; la esclavitud ha sido aniquilada; el trabajo es libre; sus formas, concretas, y hay que aceptarlas así. Hay peones, jornaleros, colonos, y fuera de eso, nada.

—Pues Europa está descontenta de tales formas. Tan descontenta, que trata de hallar otras.

—Yo solo digo esto –intervino Levin–. ¿Por qué no buscar nosotros por nuestra cuenta?

—Porque sería igual que si pretendiéramos volver a inventar procedimientos para la construcción de ferrocarriles. Estos procedimientos están ya inventados.

—Pero ¿si no convienen a nuestro país, si resultan perjudiciales? –insistió Levin.

Y otra vez observó la expresión de temor en los ojos de Sviajsky.

—¡En este caso celebremos nuestro triunfo y proclamemos que hemos encontrado lo que Europa buscaba! Todo eso está muy bien, pero ¿saben ustedes lo que se ha hecho en Europa referente a la organización obrera?

—Muy poco.

—La cuestión apasiona ahora a los mejores cerebros europeos. Tenemos la escuela de Schulze-Delich… Existe además una amplia literatura sobre la cuestión obrera en el sentido más liberal, debida a Lassalle. En cuanto a la organización de Mulhouse, es un hecho. Seguramente no la ignoran ustedes.

—Tengo una idea… pero muy vaga.

—Aunque diga eso, seguramente lo sabe tan bien como yo. No soy un profesor de sociología, pero eso me interesa y le aconsejo que, si le interesa también, la estudie.

—Y ¿a qué conclusiones ha llegado?

—Perdón, pero…

Los propietarios se levantaron. Sviajsky, habiendo detenido una vez más a Levin en su molesta costumbre de escrutar en las habitaciones interiores de su cerebro, saludó a los invitados que se marchaban.

CAPÍTULO XXVII

Aquella noche Levin se aburría terriblemente en compañía de las señoras. Le agitaba el pensamiento de que la insatisfacción que sentía por los asuntos de sus tierras no era exclusiva suya sino general en toda Rusia; que encontrar una organización en la que los obreros trabajasen como en la propiedad del campesino que vivía a mitad de camino de la casa de Sviajsky no era una ilusión, sino un problema que había que resolver, que era posible resolver y que había que intentarlo.

Después de saludar a las señoras y haber prometido quedarse todo el día siguiente, para ir juntos a caballo a ver un derrumbamiento que se había producido en un bosque del Estado, Levin, antes de retirarse, pasó al despacho de su amigo para coger los libros sobre cuestiones obreras que Sviajsky le había ofrecido.

El despacho era una pieza enorme, con muchas estanterías de libros y dos mesas, una grande, de escritorio, en el centro de la habitación, y otra redonda, con periódicos y revistas en todos los idiomas dispuestos en círculo en torno a la lámpara.

Junto a la mesa escritorio se veía un archivador en cuyos cajones rótulos dorados indicaban los distintos documentos que contenían.

Sviajsky cogió unos libros y se sentó en una mecedora.

—¿Qué busca usted? –preguntó a Levin, que, parándose junto a la mesa redonda, miraba las revistas–. ¡Ah, sí! Ahí hay un artículo muy interesante –agregó, refiriéndose a la revista que Levin tenía en la mano–. Resulta –añadió con alegre animación– que el principal culpable del reparto de Polonia no fue Federico. Parece que...

Y Sviajsky, con su peculiar claridad, refirió brevemente aquellos nuevos e interesantes descubrimientos de indudable importancia.

Aunque a Levin le importaba sobre todo lo de la propiedad rural, oyendo a su huésped, se preguntaba: «¿Cómo será el interior de este hombre? ¿En qué puede interesarle la división de Polonia?».

Y cuando terminó, Levin le preguntó, involuntariamente:

—Bueno, ¿y qué?... Pero no pudo obtener nada más.

Lo único interesante era que «resultaba»... Sviajsky no explicó, sin embargo, ni lo creyó necesario, por qué le interesaba aquello.

—Me interesó mucho ese propietario rural tan enfadado –dijo Levin suspirando–. Es muy inteligente y en muchas de sus cosas tiene razón.

—¿Qué dice usted? Es un antiguo partidario de la servidumbre, como todos ellos –repuso Sviajsky.

—Todos ellos son los que usted representa...

—Sí, soy el representante de la nobleza, pero los llevo en otra dirección diferente a la que desean –rió Sviajsky.

—El asunto me interesa mucho –dijo Levin–. Ese hombre acierta en que el cultivo racional de fincas va mal y que las únicas que prosperan son las de usureros, como las de aquel otro, tan callado, y la pequeña propiedad. ¿Quién tiene la culpa?

—Sin duda nosotros mismos. Y, además, no es cierto que la propiedad racional no prospere. Por ejemplo, Vasilchikov…

—Prospera la fábrica, no las tierras.

—No sé por qué se extraña, Levin. El pueblo ruso está a un nivel moral y material tan bajo que es natural que se resista a aceptar lo que necesita. En Europa la propiedad racional prospera porque el pueblo está educado, lo cual significa que nosotros debemos educar al pueblo y nada más.

—¿Es posible, acaso, educar al pueblo?

—Para educar al pueblo se necesitan tres cosas: escuelas, escuelas y escuelas.

—Usted ha dicho que el pueblo tiene un nivel muy bajo de desarrollo material. ¿En qué pueden servirle para eso las escuelas?

—Me recuerda usted la anécdota de los consejos sobre la enfermedad. «Pruebe a dar al enfermo un purgante». «Ya se lo hemos dado y se siente peor». «Póngale sanguijuelas». «También, y empeora». «Recen». «Ya hemos rezado, y empeora…». Nosotros somos así. Yo le menciono la economía política y usted dice que eso es peor. Le hablo de socialismo y me contesta que es peor. Le hablo de la educación y me dice que es peor.

—¿De qué pueden servir las escuelas?

—Las escuelas despertarán en el pueblo nuevas necesidades.

—Eso no he podido comprenderlo nunca –repuso Levin con animación–. ¿Cómo van a ayudar las escuelas al pueblo a mejorar su estado material? Dice usted que las escuelas y la educación despertarán en el pueblo otras necesidades? Pues peor que peor, porque el pueblo no podrá satisfacerlas. En qué el sumar y restar y el catecismo puedan servir para mejorar el estado material no he podido entenderlo jamás. Anteayer encontré a una aldeana con un niño de pecho en brazos y le pregunté de dónde venía. Me contestó que el niño tenía tosferina y le había llevado a la curandera para que le curase. «¿Y qué ha hecho la mujer para curar la tosferina a la criatura?», le pregunté. «Ha puesto el niñito sobre la pértiga del gallinero y ha murmurado no sé qué palabras».

—¿Lo ve usted? ¡Usted mismo lo ha dicho! Para que la aldeana no lleve a curar a su niño a la pértiga de un gallinero es preciso…

—¡No! –dijo Levin irritado–. Esa curación del niño en la pértiga es para mí como la curación del pueblo en las escuelas. El pueblo es pobre e inculto. Eso lo vemos ambos con tanta claridad como la mujer ve la tosferina porque el niño tose. Pero es tan incomprensible que las escuelas puedan hacer algo por la incultura y la miseria del pueblo como lo es que el niño cure de la tosferina por ponérsele en la pértiga del gallinero. Lo que hay que aclarar es el motivo de la miseria del labriego.

—En eso, al menos, coincide usted con Spencer, que tan poco le gusta. También opina que la cultura solo puede ser el resultado del bienestar y las comodidades de la vida y los frecuentes baños, como dice él, pero nunca del saber leer y contar.

—Celebro, o mejor dicho lamento, coincidir con Spencer. Pero sabía lo que dice hace mucho... Las escuelas no valen para nada; solo serán útiles cuando el pueblo, siendo más rico y teniendo más tiempo libre, pueda frecuentarlas.

—Sin embargo, ahora, en toda Europa la enseñanza es obligatoria.

—¿Está usted de acuerdo en eso con Spencer o no? –repuso Levin.

Pero en los ojos de su amigo brilló otra vez la expresión de temor y dijo sonriendo:

—¡Lo que usted me ha contado de la tosferina es maravilloso! ¿Es posible que lo haya oído usted mismo?

Levin comprendió que no podría hallar la relación entre la vida de aquel hombre y sus ideas. Se comprendía que le era indiferente la conclusión a la que le llevaran sus razonamientos. Él necesitaba únicamente el proceso de pensar. Y se molestaba cuando este le conducía a un callejón sin salida. Esto era lo único que no quería admitir y lo evitaba, cambiando la conversación con alguna sugestión graciosa y agradable.

Todas las impresiones del día, empezando por la del aldeano en cuyas tierras se había detenido y la cual le servía de base de todas sus ideas y sensaciones de hoy, agitaron profundamente a Levin. Aquel amable Sviajsky, que sostenía opiniones solo para uso general y que, evidentemente, poseía otros fundamentos de vida, ocultos para Levin, formaba parte de una innumerable legión de gente que dirigía la opinión pública mediante ideas que no sentían. Aquel enfadado propietario, acertado en sus reflexiones, deducidas a través de su experiencia de la vida, era injusto en sus apreciaciones sobre una clase entera –y la mejor– de los habitantes de Rusia. Todo ello, más el descontento de sus ocupaciones y la vaga esperanza de que se hallara a todo remedio, se fundía en Levin en un sentimiento de interior inquietud y la espera de una pronta resolución.

Al quedar solo en el cuarto que le habían destinado, sobre el colchón de muelles que le hacía saltar inesperadamente pies y brazos a cada movimiento, Levin permaneció despierto largó rato. La conversación con Sviajsky, a pesar de haber dicho cosas muy atinadas, no logró en ningún momento interesarle, pero las ideas del viejo propietario merecían que se pensase en ellas. Involuntariamente recordaba sus palabras y corregía las respuestas que él le diera.

«Sí –pensaba–, debí decirle: Usted afirma que nuestras propiedades van mal porque el aldeano odia todos los perfeccionamientos, y en eso tiene razón. Pero las cosas van bien donde el aldeano obra según sus costumbres, como en la casa del viejo que vive a la mitad del camino. Nuestro descontento de las cosas demuestra que los culpables somos nosotros y no los trabajadores. Ya hace tiempo que obramos al modo europeo sin considerar las cualidades de la mano de obra. Probemos a reconocer la fuerza obrera no como una fuerza ideal de trabajadores, sino como un conjunto de aldeanos rusos, con sus instintos propios, y organicemos la explotación de nuestras propiedades con arreglo a ello. Imagine usted –debí decirle– que usted llevara su propiedad como el viejo del camino, y que hubiera sabido interesar en el éxito de la labor a los trabajadores y que hubiese aplicado el sistema de trabajo que ellos admiten. Entonces obtendría usted, sin agotar la tierra, dos o tres veces más que ahora. Divídalo en dos, dé la mitad a los obreros y usted recibirá más y la mano de obra también. Para ello hay que disminuir el nivel de ganancias e interesar a los obreros en el éxito. El cómo es cuestión de detalles, pero indudablemente esto es posible».

Aquellas ideas agitaban de un modo extraordinario a Levin. Pasó sin dormir la mitad de la noche, reflexionando sobre la manera de realizar su pensamiento. No pensaba volver a casa al día siguiente, pero ahora resolvió marchar de madrugada. Además, aquella cuñada del escote le despertaba un sentimiento análogo a la vergüenza y al arrepentimiento de haber hecho algo malo.

Sobre todo, tenía que volver pronto a casa para presentar a los campesinos un nuevo proyecto, antes de la sementera de otoño, a fin de poder sembrar ya en las nuevas condiciones.

Había decidido cambiar radicalmente el modo de dirigir su propiedad.

CAPÍTULO XXVIII

La ejecución del plan de Levin ofrecía muchas dificultades, pero trabajó en ello activamente y aunque no llegó a lo que anhelaba, llegó por lo menos, a poder creer, sin engañarse a sí mismo, que aquel asunto merecía sus desvelos. Uno de los principales obstáculos consistía en que la explotación estaba ya en marcha y era imposible interrumpirlo todo para volver a empezar de nuevo. Había que reparar la máquina mientras trabajaba.

Cuando, la misma tarde que llegó, comunicó sus planes al encargado, este mostró visible satisfacción en la parte del discurso de Levin en que afirmaba que todo lo que había hecho hasta entonces era absurdo y no ofrecía ventaja alguna. El encargado afirmó que él venía diciéndolo desde tiempo atrás, aunque no se le escuchaba. Pero al manifestarle Levin sus deseos de que él tomara parte como socio, con todos los trabajadores, en la economía de la propiedad, el hombre se sintió invadido de un gran desánimo y no dio una opinión determinada; y como enseguida se puso a hablar de que había que recoger y llevar al día siguiente las restantes gavillas de centeno y mandar que fuesen a ordeñar las vacas, Levin comprendió que no era momento oportuno para hablarle de la nueva organización.

Al tratar del asunto con los aldeanos proponiéndoles el arriendo de la tierra en nuevas condiciones, Levin hallaba el mismo obstáculo esencial: estaban tan ocupados en las tareas que no tenían tiempo para pensar en las ventajas o desventajas de la empresa.

El ingenuo Iván, el vaquero, pareció comprender muy bien la proposición de Levin de participar él y toda su familia en las ganancias de la vaquería, y manifestó al punto su conformidad. Pero cuando Levin le explicaba las ventajas del nuevo sistema, el rostro del campesino expresaba inquietud y pesar y, para no escucharle hasta el fin, pretextaba algún trabajo inexcusable: o bien había de echar pienso a la vaca madre o llevar agua o barrer el estiércol.

Otra dificultad consistía en la invencible desconfianza de los aldeanos, que no podían creer que el propietario persiguiese otro objeto sino sacarles lo más posible.

Estaban seguros de que su verdadero fin lo callaba y que solo les decía lo que mejor convenía a sus planes.

Ellos, al explicarse, hablaban siempre mucho, pero nunca decían lo que se proponían en realidad. Además –y Levin pensaba que el amargado propietario tenía razón– los aldeanos imponían siempre como condición inexcusable de cualquier trato que no se les obligaría a emplear en el trabajo nuevos métodos ni nuevas máquinas.

Estaban conformes en que el arado moderno trabajaba mejor, en que el arado mecánico era preferible, pero hallaban mil causas para justificar no utilizarlos ellos.

Levin comprendía que tendría que rebajar el nivel de la economía rural y renunciar a perfeccionamientos de una evidente ventaja. Pero pese a las dificultades, se salió con la suya y en otoño la cosa marchaba a su gusto o, cuando menos, así se lo parecía.

En principio pensó arrendar toda la propiedad, tal como estaba, a los labriegos, jornaleros y encargado, en nuevas condiciones, como consocios. Pero pronto vio que ello era imposible y decidió dividir en partes la propiedad. El corral, jardín, huertas, prados y campos fueron repartidos en parcelas que debían corresponder a diversos grupos. El ingenuo Iván, el vaquero, que, según pareciera a Levin, comprendía la cosa mejor que nadie, escogió un grupo compuesto en su mayor parte por sus familiares y se convirtió en consocio del establo.

El campo apartado, dedicado a pastos, inculto desde hacía ocho años, fue elegido por el inteligente carpintero Fedor Resunov, con seis familias de aldeanos en nuevas condiciones de cooperación. El aldeano Churaev arrendó en iguales condiciones todas las huertas. El resto seguiría como antes, pero aquellas tres partes eran el principio del nuevo orden y ocupaban completamente a Levin.

Cierto que las cosas en el establo no iban mejor que anteriormente y que Iván se oponía tenazmente a que el local de las vacas tuviera calefacción y a que se elaborara manteca de leche fresca, afirmando que las vacas con el frío comerían menos y que la mantequilla de leche agria era más cómoda de guardar. Además, insistía en hablar del suelo y no le interesaba que el dinero recibido por él no fuera sueldo, sino anticipos a cuenta de futuras ganancias. Verdad es que el grupo de Fedor Resunov no trabajó la tierra con arados, como estaba convenido, disculpándose con que quedaba poco tiempo. Verdad también que, aunque los aldeanos de este grupo habían convenido llevar la tierra en nuevas condiciones, no la consideraban común, sino arrendada, y más de una vez tanto los campesinos del grupo como el propio Fedor solían decir a Levin: «Tal vez fuera mejor entregarle dineros por esta tierra: sería más cómodo y nosotros tendríamos más libertad». También, con distintos pretextos, estos aldeanos aplazaban la construcción convenida de una granja y corral, y así llegó el invierno. Era verdad que Churaev, que sin duda había comprendido mal las condiciones en que recibía la tierra, quiso subarrendar los huertos, en parte, a los campesinos.

Era verdad, en fin, que, hablando a veces con los labriegos sobre las ventajas de la nueva explotación, Levin veía que ellos no hacían más que escuchar el sonido de su voz, dando a comprender que él podría decir lo que quisiera, pero que a ellos no había quien les engañase.

Lo notaba particularmente cuando hablaba con Resunov, que era el más inteligente de los campesinos, descubriendo en sus ojos un brillo especial que evidenciaba que se reía de Levin y que estaba seguro de que, si alguien iba a ser engañado, no sería ciertamente Fedor.

Pero, a pesar de todo esto, Levin creía que la empresa prosperaba y que, llevando las cuentas en regla e insistiendo en sus propósitos con miras al futuro, podría demostrarles las ventajas de aquel sistema, en cuyo caso las cosas marcharían por sí solas.

Aquellas ocupaciones, más las de la parte de su propiedad con que se quedó y la actividad literaria desplegada en su obra, le llenaron de tal modo todo el verano que apenas salió a cazar.

A finales de agosto se enteró por un criado que fue a devolverle su silla de que las Oblonsky se habían ido a Moscú. Comprendió que al cometer la grosería, de la que no podía acordarse sin enrojecer de vergüenza, de no contestar a Darya Alejandrovna, había quemado sus naves y no podría volver nunca a casa de los Oblonsky. Del mismo modo había obrado con los Sviajsky, de cuya casa se fuera sin despedirse. Pero tampoco a aquella casa contaba volver nunca.

Todo ello, ahora, le era igual. Su tarea de organizar la propiedad sobre nuevos principios le ocupaba tan completamente como nunca en la vida lo hiciera actividad alguna.

Leyó los libros que le prestara Sviajsky, tomando notas de lo que no conocía; leyó también otros libros político-económicos y sociológicos que trataban del mismo asunto; pero, como suponía, no halló nada que se refiriese a lo que le interesaba.

En los libros de economía política, por ejemplo en los de Mill, que fue el primer autor que Levin leyó con apasionamiento, esperando hallar a cada instante la solución de los problemas que le preocupaban, encontró leyes deducidas de la situación de la economía europea, pero no pudo aceptar que leyes inaplicables a Rusia habrían de ser generales.

Lo mismo vio en los libros socialistas: o eran hermosas e irrealizables fantasías, que ya le sedujeran de estudiante, o simples arreglos y reparaciones del estado de cosas que existía en Europa con el que la cuestión agraria rusa nada tenía de común.

La economía política decía que las leyes que regían y determinaban la riqueza europea eran leyes generales a indudables, mientras la escuela socialista afirmaba que el desarrollo según aquellas leyes conduce a la ruina. Y ni unos ni otros daban ni siquiera la menor indicación sobre lo que Levin y los campesinos rusos debían hacer con sus millones de brazos y de hectáreas a fin de que diesen el máximo rendimiento para el bienestar común.

Una vez que empezó, Levin leyó a conciencia cuanto se refería a su asunto y tomó la decisión de ir en otoño al extranjero para estudiar las cosas sobre el terreno y evitar que le sucediera con aquel problema lo que con tanta frecuencia le había sucedido con los otros. En efecto, cuantas veces había discutido con alguien y, empezando a comprender a su interlocutor, se disponía a exponer su punto de vista, tantas otras se le había interrumpido diciéndole: «¿No ha leído a Kauffman, Dubois y Michelet? Léalos. Ellos han resuelto ya la cuestión».

Pero Levin veía ahora claramente que aquellos autores no habían resuelto nada. Veía que Rusia tenía tierras espléndidas y espléndidos trabajadores, y que, en algunos casos, como en el de aquel viejo del camino, la tierra daba mucho, pero que, en la mayoría de las ocasiones, cuando el capital se aplicaba a la tierra al modo europeo, tierra y trabajadores producían poco, lo que dependía de que los trabajadores no querían trabajar ni trabajaban más que a su manera, y que esta resistencia no era casual, sino constante y basada en el propio espíritu del pueblo. Levin creía que el pueblo ruso, y llamado a poblar y cultivar enormes espacios no ocupados hasta el momento en que todos lo estuviesen, empleaba, conscientemente, procedimientos adecuados y se atenía a las costumbres necesarias para ello, y que tales procedimientos no eran, ni con mucho, tan malos como generalmente se creía. Y pretendía demostrarlo teóricamente en su libro y prácticamente en su propiedad.

CAPÍTULO XXIX

A finales de septiembre llevaron madera para construir los establos en la tierra trabajada a medias, vendieron la mantequilla y se repartieron los beneficios.

En la práctica, todo iba bien en la propiedad, o así se lo parecía a Levin. Y para aclararlo teóricamente y terminar la obra que, según sus ilusiones, no solo produciría una revolución en la economía política, sino que destruiría completamente esta ciencia y cimentaría otra nueva, basada en las relaciones del pueblo y la tierra, solo necesitaba ir al extranjero, estudiar sobre el terreno cuanto se hubiese hecho en aquel sentido y encontrar las pruebas evidentes de que todo lo realizado en este sentido era superfluo.

Levin no esperaba más que la venta del trigo candeal para cobrar el dinero y marcharse. Pero empezaron las lluvias, que no permitieron recoger el grano ni las patatas que habían quedado en el campo, se interrumpieron todos los trabajos y hasta la venta del trigo quedó suspendida. Los caminos estaban impracticables de barro, el agua arrastró dos molinos y el tiempo era cada vez peor.

El 30 de septiembre salió el sol desde por la mañana y Levin, confiando en un cambio de tiempo, comenzó seriamente a preparar el viaje.

Ordenó vender el trigo, envió a su encargado a cobrar en casa del comprador y salió a recorrer la propiedad para dar las últimas instrucciones antes de marchar al extranjero.

Lo arregló todo y, mojado del agua que caía a chorros sobre su gabán de cuero, filtrándosele por el cuello y por las aberturas de las botas, pero en excelente estado de ánimo, regresó a casa por la tarde.

El tiempo empeoró más aún por la noche. El granizo castigaba de tal modo al caballo, ya empapado, que el animal marchaba de lado, sacudiendo la cabeza y las orejas.

Pero Levin se sentía a gusto bajo su capucha y miraba alegremente, ora los turbios arroyos que corrían por las rodadas, ora las gotas de lluvia que pendían de cada ramita seca, ora las manchas blancas del granizo no fundido sobre las tablas del puente, ora las hojas, abundantes aún, de los olmos, que rodeaban de una capa espesa los troncos desnudos.

A pesar del tono sombrío de la naturaleza que le rodeaba, Levin se sentía agradablemente excitado. Su conversación con los labriegos en el pueblo lejano le había mostrado que iban acostumbrándose al nuevo orden de cosas.

El viejo guarda en cuya casa entró Levin a secarse parecía aprobar el actual sistema y hasta se ofreció para entrar como consocio en la compra de animales de labor.

«Insistiendo con tenacidad en mi fin, lo conseguiré –pensaba Levin–. Hay que trabajar. No es un interés personal, se trata del bien común. La manera de trabajar las tierras, la situación de todo el pueblo, deben cambiar. En vez de pobreza habrá riqueza y bienestar generales; en vez de enemistades, unión y comunidad de intereses. En una palabra, será una revolución incruenta, pero una gran revolución, primero en nuestro pequeño distrito provincial, luego en la provincia, más tarde en Rusia y en todo el mundo. Porque una idea justa no puede ser infructuosa. Sí, para tal fin vale la pena trabajar. Y esto lo hago yo, Kostia Levin, el mismo que fue al baile con corbata negra y a quien la princesa Scherbatsky negó su mano; y el hecho de que sea un hombre tan insignificante y digno de lástima nada significa. Estoy seguro de que también Franklin se sentía pequeño y no confiaba en sí mismo al recordar lo poco que era. No, esto no significa nada. También Franklin tenía seguramente su Agafia Mijailovna a la que confiaba sus secretos».

Absorto con estas ideas, Levin llegó a casa ya oscurecido.

El encargado había ido a ver al comprador del trigo y venía con parte del dinero. El trato con el guarda había quedado hecho y por el camino el encargado supo que en todas partes el trigo estaba aún sin recolectar, así que los ciento sesenta almiares propios que habían quedado sin recoger no eran nada comparados con lo que tenían los demás.

Levin, como siempre, después de comer se sentó en la butaca con su libro y, mientras leía, continuó pensando en el viaje que iba emprender relacionado con su obra. Hoy veía con especial claridad toda la importancia de su empresa y la esencia de sus pensamientos se iba traduciendo en su cerebro en redondos períodos, en frases concretas.

«Tengo que apuntarlo –pensó–. Esto constituirá la breve introducción que antes he considerado innecesaria».

Se levantó para acercarse a su mesa escritorio y «Laska», que estaba tendida a sus pies, se levantó también, estirándose, y le miró como preguntándole adónde tenía que ir.

No tuvo tiempo de apuntar nada, porque llegaron los capataces y Levin hubo de salir al recibidor para hablar con ellos.

Después de darles órdenes para el día siguiente fue a su despacho y empezó a trabajar. «Laska» se acomodó a sus pies y Agaña Mijailovna se sentó en su puesto de siempre a hacer calceta.

Después de escribir un rato, Levin recordó de pronto a Kitty con extraordinaria claridad, evocando su negativa y su último encuentro, y con este recuerdo se levantó y empezó a pasearse por la estancia.

—Está usted aburriéndose –dijo Agafia Mijailovna–. ¿Por qué se queda en casa? Habría hecho bien en irse a las aguas, puesto que tiene el viaje preparado.

—Me voy pasado mañana. Pero antes tengo que dejar arreglados mis asuntos de aquí.

—¿Qué asuntos? ¿Le parece poco lo que ha hecho por los campesinos? ¡Por algo dicen que su señor va a recibir una buena recompensa del Zar! Pero ¡qué raro es que se preocupe usted de ellos!

—No me preocupo solo de ellos; hago también una cosa útil para mí.

Agafia Mijailovna conocía con detalle todos los planes de Levin sobre su finca. Este le explicaba a menudo minuciosamente sus pensamientos y a veces discutía con ella cuando no estaba de acuerdo con sus explicaciones. Pero ahora Agafia Mijailovna había dado a sus palabras una interpretación muy diferente al sentido con que él las dijera.

—Sabido es que de aquello que uno debe preocuparse más es de su alma –dijo suspirando–. Pero, mire, Parfen Denisich, que no sabía leer ni escribir, murió hace poco con una muerte que así nos mande Dios a todos –y añadió, refiriéndose a aquel criado fallecido recientemente–: Le confesaron y le dieron la extremaunción.

—No me refiero a eso –repuso Levin–. Digo que trabajo por mi propio provecho. Cuanto mejor trabajen los campesinos más gano yo.

—Haga usted lo que quiera: el perezoso continuará en su pereza. El que tiene conciencia trabaja bien. Si no la tiene, es inútil hacer nada.

—Pues usted misma dice que Iván cuida mejor ahora los animales.

—Una cosa le digo –respondió Agafia Mijailovna, y se notaba que no lo decía por azar, sino que era el fruto de un pensamiento muy madurado–. Necesita usted casarse. Eso es lo que tiene que hacer.

Que ella mencionase lo que él pensaba en aquel momento disgustó y enojó a Levin.

Arrugó el entrecejo y, sin contestarle, comenzó de nuevo a trabajar, repitiéndose cuanto pensaba sobre la trascendencia de aquel trabajo.

De vez en cuando escuchaba, en el silencio, el rumor de las agujas de Agafia Mijailovna que le llevaban a recordar lo que no quería. Y fruncía de nuevo las cejas.

A las nueve se oyó un ruido de campanillas y el sordo traqueteo de un carruaje avanzando por el barro.

—Vaya, ya tiene usted visitas. Así no se aburrirá tanto –dijo Agafia Mijailovna dirigiéndose a la puerta.

Pero Levin se adelantó. Su trabajo no prosperaba de momento y se alegraba de que llegase un visitante, fuera quien fuera.

Capítulo XXX

En la mitad de las escaleras, Levin oyó en el recibidor una conocida tosecilla, aunque no muy clara, porque la apagaban sus propios pasos. Esperaba haberse equivocado. Vio luego una silueta alta y huesuda que le era familiar, y le parecía que no podía engañarse, pero continuaba confiando en que sufría un error y que aquel hombre alto que se quitaba el abrigo tosiendo no era su hermano Nikolái.

Levin quería a su hermano, pero vivir con él siempre había constituido para él un tormento. Ahora, bajo el influjo del pensamiento que de pronto le acudió a la mente y en virtud de la indicación de Agafia Mijailoyna, se encontraba en un estado de ánimo muy confuso y ver a su hermano le era particularmente penoso.

En vez de un visitante, extraño, sano y alegre, que Levin esperaba que pudiera distraerle de su preocupación, se veía obligado a tratar a su hermano, que le comprendía a fondo, y que leería en sus pensamientos más recónditos y le forzaría a hablar con toda sinceridad. Y Levin no lo deseaba.

Irritado contra sí mismo por aquel mal sentimiento, bajó al recibidor. Pero apenas vio a su hermano, aquel sentimiento de decepción personal se desvaneció en él sustituido por la compasión.

Antes, el aspecto de su hermano, con su terrible delgadez y su estado enfermizo, era aterrador, pero ahora había adelgazado todavía más y se le veía completamente agotado. Era un esqueleto cubierto solo con la piel.

Nikolái, de pie en el recibidor, sacudía su cuello delgado, quitándose la bufanda, mientras sonreía de un modo lastimero y extraño. Viendo aquella sonrisa débil y sumisa, Levin sintió que un sollozo le oprimía la garganta.

—¡Al fin he venido a tu casa –dijo Nikolái, con voz apagada, sin apartar un segundo los ojos del rostro de su hermano–. Hace tiempo que me lo proponía, pero me hallaba muy mal. Ahora mi salud ha mejorado mucho –concluyó secándose la barba con las grandes y flacas palmas de sus manos.

—Bien, bien –contestó Levin.

Y se asustó más aún cuando, al besar a su hermano, sintió en sus labios la sequedad de su cuerpo y vio de cerca el extraño brillo de sus grandes ojos.

Algunas semanas antes, Konstantín Levin había escrito a Nikolái diciéndole que había vendido la pequeña parte de tierras que quedaba sin repartir y que podía cobrar lo que le correspondía, que eran unos dos mil rublos.

Nikolái dijo que venía a cobrar aquella cantidad y, sobre todo, a pasar algún tiempo en la casa natal, tocar con su planta la tierra y, como los antiguos héroes, recibir fuerzas de ella para su futura actividad.

A pesar de su mayor encorvamiento, de su increíble delgadez, sorprendente en su estatura, sus movimientos eran, como siempre, rápidos a impulsivos.

Levin le acompañó a su despacho. Su hermano se mudó con especial cuidado –cosa que antes no hacía nunca–, peinó sus cabellos escasos y rígidos y subió, sonriendo, al piso alto.

Estaba de excelente humor, alegre y cariñoso como su hermano le recordaba en su infancia, y hasta mencionó sin rencor a Serguéi Ivanovich. Al ver a Agafia Mijailovna, bromeó con ella y le preguntó por los antiguos servidores. Se impresionó al saber la muerte de Parfen Denisich y en su rostro se dibujó una expresión de temor, pero se recobró enseguida.

—Era muy viejo –observó, cambiando de conversación–. Pues sí, pasaré contigo un par de meses y luego me volveré a Moscú. Miagkov me ha prometido un empleo. Trabajaré... Quiero modificar mi vida –continuó diciendo–. ¿Sabes que me he separado de aquella mujer?

—¿De Mariae Nicolaevna? ¿Por qué?

—Porque era una mala mujer. Me dio muchos disgustos.

No dijo cuáles, sintiéndose incapaz de confesar que se había separado de ella por hacerle un té demasiado flojo y principalmente por cuidarle como a un enfermo.

—En una palabra, quiero cambiar de raíz mi modo de vivir. He cometido tonterías, como todos, pero no me arrepiento de ninguna. He perdido mis bienes, pero tampoco esto me interesa. La salud es lo principal y, gracias a Dios, ahora me he repuesto. Levin le oía sin saber qué decir. Seguramente Nikolái sentía lo mismo y se puso a hacerle preguntas sobre sus asuntos. Y Levin, contento de poder hablar de sí mismo, porque de este modo ya no necesitaba fingir, le expuso sus planes futuros y el sentido de su actividad.

Su hermano le escuchaba, pero era evidente que aquello no le interesaba.

Los dos hombres se sentían tan próximos el uno al otro que el más insignificante movimiento, hasta el tono de su voz, decía más para ambos que cuanto pudieran expresar las palabras.

Ahora los dos sentían lo mismo: la inminencia de la muerte de Nikolái, que pesaba sobre todo lo demás y lo borraba. Ni uno ni otro osaban, sin embargo, hablar de ello, y por esto todo lo que hablaban eran falsedades, pues, que no expresaban lo que había en sus pensamientos. Jamás Levin se alegró tanto como aquel día de que llegase la hora de irse a dormir; jamás ante ningún extraño, en ninguna visita de cumplido, estuvo tan falso y artificial.

La conciencia de su falta de naturalidad y el arrepentimiento de ella aumentaban cada vez más. Sentía ganas de llorar viendo a su hermano tan querido próximo a la muerte y, no obstante, había de escucharle contar sus planes de vida.

La casa era húmeda y solo una pieza tenía calefacción, por lo cual Levin acomodó a su hermano en su propio dormitorio, detrás de una mampara.

Durmiera o no, su hermano se agitaba como un enfermo, tosía y, cuando la tos no le aliviaba, gemía. De vez en cuando exhalaba un suspiro y exclamaba: «¡Ay, Dios mío!». Y cuando la expectoración le ahogaba decía irritado: «¡Ah, diablo!».

Levin, oyéndole, no pudo dormirse hasta muy tarde. Sus diversos pensamientos se resumían en uno: el de la muerte.

La muerte, como fin inmediato de todo, surgió en su cerebro por primera vez. Y la muerte estaba aquí, con aquel hermano querido que, a medio dormir, invocaba a Dios o al diablo, con indiferencia y por costumbre. La muerte, pues, no se hallaba tan lejos como creyera antes. Estaba en sí mismo. Levin la sentía. Si no hoy, mañana, y si no dentro de treinta años. Pero la muerte vendría. ¿Qué más daba cuándo viniera? Y lo que fuera aquella muerte inevitable no solo Levin no lo sabía ni lo meditaba nunca, sino que ni se atrevía a pensar en ella.

«Trabajo, trato de hacer algo y olvido que todo termina, que existe la muerte».

Estaba sentado en la cama, en la oscuridad, encorvado, abrazando sus rodillas. Retenía la respiración para concentrar su mente y pensaba. Pero cuanto más forzaba su pensamiento, con más claridad veía que aquello era así, que había olvidado un pequeño detalle: que la muerte llegaría y que contra la muerte nada se podría hacer. Era terrible, pero era así.

«Sin embargo, todavía estoy vivo. ¿Qué debo hacer? ¿Qué haré ahora?», se decía desesperado.

Encendió la bujía, se levantó con precaución y miró en el espejo sus cabellos y su rostro. Sí, en las sienes había canas. Abrió la boca. Las muelas posteriores empezaban a cariarse. Descubrió sus musculosos brazos. Tenía mucha fuerza, sí, pero también Nicolenka, que ahora respiraba a su lado con los restos de sus pulmones, había tenido un día el cuerpo vigoroso.

Recordó de repente cuando, de niños, dormían ambos en la misma habitación y solo esperaban que Fedor Bogdanovich saliera para poder tirarse los almohadones mutuamente y reír, reír sin freno, sin que el miedo a Fedor Bogdanovich pudiera reprimir aquella conciencia de la alegría de vivir que desbordaba de ellos y crecía como la espuma…

«Y ahora Nicolenka tiene el pecho hundido y vacío y yo… yo no sé para qué debo vivir ni qué puedo esperar».

—¡Ejem, ejem! ¡Ah, diablo! –exclamó su hermano–. ¿Por qué das tantas vueltas y no te duermes?

—No sé. Tengo insomnio.

—Pues yo he dormido muy bien. Ni siquiera tengo sudor. Mira, toca mi camisa. ¿Verdad que no tengo sudor?

Levin tocó la camisa, se fue detrás de la mampara y apago la luz, pero no pudo dormirse en mucho rato.

Apenas había solucionado el problema de cómo vivir, se le presentaba ya otro insoluble: la muerte.

«Mi hermano está muriéndose. Morirá quizá para la primavera. ¿Y cómo puedo ayudarle? ¿Qué puedo decirle? ¿Qué sé yo de la muerte, si hasta había olvidado que existiese?...».

Capítulo XXXI

Levin había observado que cuando los hombres extreman su condescendencia y docilidad hasta el exceso no tardan en hacerse insoportables con sus exigencias y su susceptibilidad exageradas, y tenía la sensación de que así había de suceder también con su hermano. Y, en efecto, la docilidad de Nikolái duró poco. Desde la mañana siguiente volvió a mostrarse irritable y no perdió oportunidad de meterse, hiriéndole en los puntos más delicados de su sensibilidad.

Levin, sin poderlo remediar, se sentía culpable. Adivinaba que, de no haber fingido y de haberse hablado los dos, como se dice, con el corazón en la mano, esto es, expresando sinceramente lo que pensaban y sentían, se habrían mirado a los ojos el uno al otro y Konstantín habría pronunciado una interminable retahíla de «Vas a morir, a morir, a morir...», mientras Nikolái le habría contestado siempre: «Lo sé y tengo miedo, tengo miedo...».

Nada más que esto podían haberse dicho de haber hablado con el corazón en la mano. Pero así habría sido imposible vivir y por ello Konstantín se esforzaba en hacer lo que había intentado durante toda su existencia y lo que había observado que otros hacían tan bien, aquello sin lo cual la vida era imposible: decir lo que no pensaba. Continuamente se daba cuenta de que no conseguía su propósito, de que su hermano le adivinaba el juego, y ello le llenaba de irritación.

Al tercer día, Nikolái pidió a su hermano que le explicase su plan y, no solo lo criticó, sino que, adrede, lo empezó a confundir con el comunismo.

—Has tomado un pensamiento ajeno, lo has estropeado y quieres aplicarlo aquí en donde es inaplicable.

—Te digo que no tiene nada que ver con el comunismo, el cual niega la propiedad, el capital y la herencia. Yo no niego ese estímulo esencial –aunque Levin odiaba estas palabras, desde que se ocupaba de aquella cuestión empleaba con más frecuencia terminología extranjera–. Yo no aspiro más que a regular el trabajo.

—Es decir, que has tomado una idea ajena, quitándole cuanto tenía de sólido, y aseguras que es algo nuevo –dijo Nikolái, arreglándose nerviosamente la corbata.

—Mi idea no tiene nada de común con…

—En aquello otro –decía Nikolái, con los ojos brillantes de irritación y sonriendo con ironía– hay por lo menos el encanto de lo geométrico, el encanto de lo claro y evidente. Quizá sea una utopía, pero imaginemos que pueda hacerse tabla rasa de todo lo pasado y no haya ya ni propiedad ni familia, y según eso se organiza el trabajo. ¡Pero tú no ofreces nada de eso!

—¿Por qué te empeñas en confundir las cosas? Jamás he sido comunista.

—Yo lo he sido y la idea me pareció prematura, pero razonable para el porvenir, como el cristianismo en los primeros tiempos.

—Pues yo no creo sino que hay que considerar la mano de obra desde el punto de vista de la naturaleza, estudiarla, conocer sus características y…

—Es del todo inútil. Esa fuerza halla por sí sola, a medida que se desarrolla, el empleo propio de su actividad. En todas partes ha habido primero esclavos y luego trabajadores a medias. También nosotros los tenemos. Existen peones, colonos… ¿Qué más quieres?

Levin se agitó súbitamente al oírle porque en el fondo de su ser adivinaba que el reproche era cierto, que acaso trataba de situarse entre el comunismo y el sistema establecido y que probablemente ello era imposible.

—Busco medios de trabajar con provecho para mí y para el trabajador. Quiero arreglar… –empezó animadamente.

—No quieres arreglar nada. Has vivido siempre así, tratando de ser un hombre original y mostrar que si explotas a los campesinos es en nombre de una idea.

—Bien, si lo crees así, déjame en paz –contestó Levin, sintiendo que el músculo de su mejilla izquierda temblaba involuntariamente.

—No has tenido ni tienes opiniones personales, y no aspiras más que a satisfacer tu amor propio.

—Bien, supongamos que así sea y déjame en paz.

—Muy bien, te dejo en paz y ya puedes irte al diablo. Lamento profundamente haber venido.

Pese a todos los esfuerzos de Levin para calmar a su hermano, Nikolái ya no quiso escuchar nada más, diciendo que valía más separarse, y Konstantín comprendió que su hermano estaba ya harto de vivir allí.

Ya se hallaba Nikolái preparado para marcharse cuando Levin entró en su cuarto y le pidió, algo forzadamente, que le perdonara si le había ofendido en algo.

—¡Oh, qué alma tan magnánima! –dijo Nikolái, sonriendo–. Si quieres quedar como justo, te concedo ese placer. Tienes razón. Admito tus excusas, pero de todos modos me marcho.

Antes de despedirse, Nikolái besó a su hermano y le dijo, mirándole con gravedad a los ojos:

—A pesar de todo, no me guardes rencor, Kostia.

Y su voz temblaba.

Fueron estas las únicas palabras sinceras que pronunciaron.

Levin entendió que debía interpretarlas así: «Ya ves y sabes lo mal que estoy, y que acaso no volvamos a vernos». Lo comprendió y las lágrimas brotaron de sus ojos. Besó una vez más a su hermano, pero no supo ni pudo decirle nada.

A los tres días de haberse ido Nikolái, Levin marchó al extranjero.

En el tren se encontró a Scherbatsky, el primo hermano de Kitty, quien se extrañó del aspecto sombrío de Levin.

—¿Qué te pasa? –le preguntó.

—Nada. Pero en este mundo hay muy pocas cosas alegres.

—¿Que hay pocas cosas alegres? ¿Quieres venir conmigo a París en lugar de ir a ese Mulhouse? ¡Ya verás si aquello es alegre o no!

—Para mí todo esto ha pasado y es hora ya de ir pensando en la muerte.

—¡Caramba! ¡Dices unas cosas! ¡Y yo que me dispongo a comenzar a vivir!

—También yo pensaba así hace poco, pero ahora estoy seguro de que no tardaré en morir.

Las palabras de Levin reflejaban sinceramente su pensamiento de estos últimos tiempos. En todas partes veía solo la muerte o su proximidad.

No obstante, la obra iniciada le preocupaba. Debía vivir de un modo u otro el resto de su vida hasta que llegara la muerte. La oscuridad le cerraba todo camino, pero precisamente, a consecuencia de aquella oscuridad, comprendía que la única luz que podía guiarle en ella era su empresa. Y Levin se aferraba a ella con todas las energías.

Cuarta parte

CAPÍTULO I

Los Karenin, marido y mujer, seguían viviendo en la misma casa y se veían a diario, pero eran completamente extraños entre sí. Alexey Alexandrovich se impuso la norma de ver diariamente a su esposa para evitar que los criados adivinasen lo que sucedía, aunque procuraba no comer en casa. Vronsky no visitaba nunca a los Karenin, pero Anna lo veía fuera y su esposo lo sabía.

La situación era penosa para los tres y ninguno la habría soportado un solo día de no esperar que cambiase, como si se tratara de una dificultad pasajera y amarga que había de disiparse sin tardar.

Karenin confiaba en que aquella pasión pasaría, como pasa todo, que todos habían de olvidarse de ella y que su nombre continuaría sin mancha.

Anna, de quien dependía principalmente aquella situación y a quien le resultaba más penosa que a nadie, la toleraba porque no solo esperaba sino que creía firmemente que iba a tener un pronto desenlace y a quedar clara. No sabía cómo iba a producirse tal desenlace, pero estaba absolutamente convencida de que ocurriría sin tardar.

Vronsky, involuntariamente sometido a Anna, confiaba también en una intervención exterior que había de zanjar todas las dificultades.

A mediados de invierno, Vronsky pasó una semana muy aburrida. Fue destinado a acompañar a un príncipe extranjero que visitó San Petersburgo y al que debía llevar a ver todo lo digno de ser visto en la ciudad. Este honor, merecido por su noble apostura, por el gran respeto y dignidad con que sabía comportarse y por su costumbre de tratar con altos personajes, le resultó bastante fastidioso. El Príncipe no quería pasarse por alto ninguna de las cosas de interés que pudiera haber en Rusia y sobre las cuales pudiera ser preguntado después en su casa. Quería, además, no perder ninguna de las diversiones de allí. Era preciso, pues, orientarle en ambos aspectos. Así, por las mañanas, salían a visitar curiosidades y por las noches participaban en las diversiones nacionales. El Príncipe gozaba de una salud excelente y hasta extraordinaria en hombres de su alta jerarquía y, gracias a la gimnasia y a los buenos cuidados había infundido a su cuerpo un vigor tal, que, pese a los excesos con que se entregaba en los placeres, estaba tan lozano como uno de esos enormes pepinos holandeses, frescos y verdes.

Viajaba mucho y opinaba que una de las grandes ventajas de las modernas facilidades de comunicación consistía en la posibilidad de gozar sobre el terreno de las diferentes diversiones de moda en cualquier país.

En sus viajes por España había dado serenatas y había sido el amante de una española que tocaba la guitarra. En Suiza, había matado un rebeco en una cacería. En Inglaterra, vestido con una levita roja, saltó cercas a caballo y mató, en una apuesta, doscientos faisanes. En Turquía, visitó los harenes, en la India montaba elefantes y ahora, llegado aquí, esperaba saborear todos los placeres típicos de Rusia.

A Vronsky, que era a su lado una especie de maestro de ceremonias, le costaba mucho organizar todas las diversiones rusas que diferentes personas ofrecían al Príncipe. Hubo paseos en veloces caballos, comidas de blinis, cacerías de osos, troikas, gitanas y francachelas acompañadas de la costumbre rusa de romper las vajillas. El Príncipe asimiló el ambiente ruso con gran facilidad: rompía las bandejas con la vajilla que contenían, sentaba en sus rodillas a las gitanas y parecía preguntar: «¿No hay más? ¿Solo consiste en esto el espíritu ruso?».

A decir verdad, de todos los placeres rusos, el que más agradaba al Príncipe eran las artistas francesas, una bailarina de bailes clásicos y el champaña carta blanca. Vronsky estaba acostumbrado a tratar a los príncipes, pero, bien porque él mismo hubiera cambiado últimamente, o por tratar demasiado de cerca a aquel personaje, la semana le pareció terriblemente larga y penosa. Durante toda ella experimentaba el sentimiento de un hombre al lado de un loco peligroso, temiendo, a la vez, la agresión del loco y perder la razón por su proximidad.

Se hallaba, pues, en la continua necesidad de no aminorar ni un momento su aire de respeto protocolario y severo para no mostrarse ofendido. Con gran sorpresa suya, el Príncipe solía tratar despectivamente a las personas que se afanaban en ofrecerle diversiones típicas. Sus opiniones sobre las mujeres rusas, a las que se proponía estudiar, más de una vez encendieron de indignación las mejillas de Vronsky.

La causa principal de que el Príncipe le resultase tan insoportable era que Vronsky, sin él quererlo, se veía reflejado en el otro, y lo que veía en aquel espejo no halagaba en manera alguna su amor propio. Veía a un hombre necio muy seguro de sí mismo, rebosante de salud y esmerado en el cuidado de su persona y nada más. Era, es verdad, un caballero, y eso Vronsky no podía negarlo. Era, como él, llano y no adulador con sus superiores, natural y sencillo con sus iguales y despectivamente bondadoso con sus inferiores.

Vronsky era también así y lo consideraba como un gran mérito, pero como, en comparación con el Príncipe, él era inferior, el trato despectivamente bondadoso que se le dispensaba le ofendía.

«¡Qué necio! ¿Es posible que también yo sea así?», se preguntaba.

Fuese como fuese, al séptimo día, en una estación intermedia, de regreso de una cacería de osos en la que durante toda la noche había el Príncipe ensalzado la bravura rusa, pudo al fin Vronsky despedirse de él, que partía para Moscú. El joven, después de haberle oído expresar su agradecimiento, se sintió feliz de que aquella situación enojosa hubiese concluido y de no tener que mirarse más en aquel espejo detestable.

CAPÍTULO II

Al volver a casa, Vronsky halló una nota de Anna, que le escribía:

> «Estoy enferma y soy muy desgraciada. No puedo salir, pero tampoco vivir sin verle. Venga esta noche. A las siete, Alexey Alexandrovich sale para ir a un consejo y estará fuera hasta las diez».

Vronsky reflexionó un momento. La invitación de Anna a que fuera a verle a su casa, a pesar de la prohibición de su marido, le parecía extraña, pero, no obstante, decidió ir.

Aquel invierno, Vronsky, nombrado coronel, había dejado el regimiento y vivía solo. Después de almorzar, se tendió en el diván y, a los cinco minutos, los recuerdos de las grotescas escenas que viviera en los últimos días se mezclaron en su cerebro con imágenes de Anna y del campesino que desempeñara el papel de batidor en la caza del oso, y se durmió.

Despertó en la oscuridad, sobrecogido de terror, y encendió precipitadamente una bujía.

«¿Qué pasa? ¿Qué he soñado ahora? ¡Ah, sí! El campesino que organizaba la batida, aquel campesino sucio, de barbas desgreñadas, hacía no sé qué cosa, inclinándose, y de pronto empezó a hablar en francés... Unas palabras muy extrañas... Pero no había en ello nada terrible. ¿Por qué me lo pareció tanto?», se dijo.

Recordó vivamente al campesino y las incomprensibles palabras en francés que pronunciara, y un escalofrío de horror le hizo estremecer.

«¡Qué tontería!», pensó.

Miró el reloj. Eran los ocho y media. Llamó al criado, se vistió precipitadamente y salió, olvidando el sueño y con la sola preocupación de que acudía tarde. Cuando llegaba a casa de los Karenin, eran las nueve menos diez. Un coche estrecho y alto, con dos caballos grises, estaba parado junto a la puerta, y Vronsky reconoció el carruaje de Anna.

«Se proponía ir a mi casa», pensó. «Y hubiera sido mejor. Me es desagradable entrar aquí. Pero, es igual. No puedo esconderme». Y con la desenvoltura, adquirida desde la infancia, del hombre que no tiene nada de qué avergonzarse, descendió del trineo y se acercó a la puerta. Esta se abrió en aquel momento. El portero, con la manta de viaje bajo el brazo, apareció llamando el coche.

Vronsky, aunque no solía fijarse en pormenores, notó la expresión de sorpresa con que aquel le miraba. Casi en el umbral, el joven tropezó con Alexey Alexandrovich, cuyo rostro, exangüe y enflaquecido bajo el sombrero negro y la corbata blanca que brillaba entre la piel de su abrigo de nutria, quedaron un momento iluminados por la luz del gas.

Karenin fijó por un momento sus ojos apagados e inmóviles en el rostro de Vronsky, movió los labios, como si masticase, se tocó el sombrero con la mano y pasó. Vronsky vio cómo, sin volver la cabeza, subía al coche, cogía por la ventanilla la manta y los prismáticos y desaparecía.

El joven entró en el recibidor, con el entrecejo fruncido y los ojos brillantes de orgullo y de animosidad.

«¡Qué situación!», pensaba. «Si este hombre se hubiera decidido a luchar, a defender su honor, yo habría podido obrar, expresar mis sentimientos... Pero, por debilidad o bajeza, me coloca en la desairada posición de un burlador, cosa que no soy ni quiero ser».

Desde su entrevista con Anna junto al jardín de Vrede, los sentimientos de Vronsky habían experimentado un cambio. Imitando involuntariamente la debilidad de Anna, que se había entregado toda a él y que de él esperaba la decisión de su suerte, resignada a todo de antemano, hacía tiempo que había dejado de pensar que aquellas relaciones pudieran terminar, como había creído en aquel momento. Sus planes ambiciosos quedaron de nuevo relegados y, reconociendo que había salido de aquel círculo de actividad en el que todo estaba definido, se entregaba cada vez más a sus sentimientos, y sus sentimientos lo ligaban más y más a Anna.

Ya desde el recibidor, Vronsky sintió los pasos de ella alejándose y comprendió que le esperaba, que había estado escuchando y que ahora volvía al salón.

—¡No! –exclamó Anna al verle, y apenas lo hubo dicho, las lágrimas afluyeron a sus ojos–. No, si esto continúa, lo que ha de pasar pasará muchísimo antes de lo debido.

—¿A qué te refieres, querida?

—¿A qué? Llevo esperando y sufriendo una o dos horas. No, no continuaré así. Pero no quiero enfadarme contigo. Seguramente no habrás podido venir antes. Me callaré…

Le puso ambas manos en los hombros y le contempló con profunda y exaltada mirada, aunque escrutadora a la vez. Estudiaba el rostro de Vronsky buscando los cambios que pudieran haberse producido en el tiempo que hacía que no se habían visto. Porque, en todos sus encuentros con Vronsky Anna confundía la impresión imaginaria –incomparablemente superior, excesivamente buena para ser verdadera–, que él le producía, con la impresión real.

CAPÍTULO III

—¿Te lo has encontrado? –preguntó ella, cuando se sentaron junto a la mesa, en la que ardía una lámpara–. Es el castigo por tu tardanza.

—Pero, ¿qué ha sucedido? ¿No tenía que asistir al consejo?

—Estuvo allí y volvió, y ahora otra vez se va no sé adónde. Es igual. No hablemos de eso. ¿Dónde has estado? ¿Has estado siempre con el Príncipe?

Anna conocía todos los detalles de su vida. Vronsky se proponía decirle que, no habiendo descansando en toda la noche, se había quedado dormido, pero, mirando aquel rostro conmovido y feliz, se sintió avergonzado y, cambiando de idea, dijo que había tenido que ir a informar de la marcha del Príncipe.

—¿Ha terminado todo? ¿Se ha ido?

—Sí, gracias a Dios. No sabes lo molesto que me ha sido.

—¿Por qué? Al fin y al cabo llevabais la vida habitual de todos vosotros, los jóvenes –dijo Anna, frunciendo las cejas. Y, cogiendo la labor que tenía sobre la mesa, se puso a hacer croché, sin mirarle.

—Hace tiempo que he dejado esa vida –repuso él, extrañado por el cambio de expresión del rostro de Anna y tratando de comprender su significado–. Te confieso –continuó, sonriendo y mostrando al hacerlo sus dientes blancos y apretados– que durante esta semana me he mirado en el Príncipe como en un espejo y he sacado una impresión desagradable.

Anna tenía la labor entre las manos, pero no hacía nada y le miraba con ojos extrañados, brillantes.

—Esta mañana ha venido Lisa a verme. Todavía no le asusta visitarme a pesar de la condesa Lidia Ivanovna –dijo Anna– y me habló de vuestra velada en «Atenas». ¡Qué asco!

—Solo quería decirte que...

Ella le interrumpió:

—¿Estaba Thérèse, esa con la que ibas antes?

—Quisiera decirte...

—¡Cuán bajos sois todos los hombres! ¿Es posible que imaginéis que una mujer pueda olvidar eso? –decía Anna, agitándose más cada vez y explicándole así la causa de su inquietud–. ¡Sobre todo, una mujer como yo, que no puede saber lo pasado! ¿Qué sé yo? ¡Solo lo que tú me has dicho! ¿Y quién me asegura que dices la verdad?

—Me ofendes, Anna. ¿Es que no me crees? ¿No te he dicho que no te oculto ningún pensamiento?

—Sí, sí –repuso ella, esforzándose visiblemente en alejar sus celos–. Pero ¡si supieras lo que siento! Te creo, te creo... Bueno, ¿qué me decías?

Pero Vronsky había olvidado lo que quería decirle. Aquellos accesos de celos que con más frecuencia cada vez sufría Anna le asustaban y, aunque se esforzaba en disimularlo, enfriaban su amor hacia ella, a pesar de saber que la causa de sus celos era la pasión que por él sentía.

Muchas y muchas veces se había repetido que la felicidad no existía para él sino en el amor de Anna, y ahora que se sentía amado apasionadamente, como puede serlo un hombre por quien lo ha sacrificado todo una mujer, ahora Vronsky se sentía más lejos de la felicidad que el día en que había salido de Moscú en pos de ella. Entonces se consideraba desgraciado, pero veía la dicha ante él.

Ahora, en cambio, sentía que la felicidad mejor había ya pasado. Anna no se parecía en nada a la Anna de los primeros tiempos. Moral y físicamente había empeorado. Estaba más gruesa y ahora mismo, mientras le estaba hablando de la artista, una expresión malévola afeaba sus facciones.

Vronsky la contemplaba como a una flor que, cortada por él mismo, se le hubiese marchitado entre las manos, y en la cual apenas se pudiese reconocer la belleza que incitara a cortarla. Y, no obstante, experimentaba la sensación de que aquel amor que antes, cuando estaba en toda su fuerza, hubiese podido arrancar de su alma, de habérselo propuesto firmemente, ahora le sería imposible arrancarlo. No, ahora no podía separarse de ella.

—Bueno, ¿y qué ibas a decirme del Príncipe? –preguntó Anna–. ¿Ves? Ya he arrojado el demonio de mí. (Así llamaban entre ellos a los celos)–. Sí, ¿qué habías empezado a decirme del Príncipe? ¿Por qué te ha sido tan desagradable?

—Era insoportable –dijo Vronsky, tratando de reanudar el hilo roto de sus pensamientos–. El Príncipe no sale ganando cuando se le conoce bien. Podría definirle como un animal bien nutrido, de esos que obtienen medallas en las exposiciones, y nada más –concluyó, con un enojo que suscitó el interés de Anna.

—¿Es posible? –contestó–. ¡Pero, si se dice que es muy culto y que ha visto mucho mundo!

—Esa cultura de... ellos, es una cultura especial. Está instruido solo para tener derecho a despreciar la instrucción, como se desprecia todo entre ellos, excepto los placeres animales.

—A todos os gustan los placeres animales –dijo Anna. Y Vronsky vio de nuevo en ella aquella mirada sombría que la alejaba de él.

—¿Por qué le defiendes? –preguntó, sonriendo.

—No le defiendo. Me tiene sin cuidado. Solo creo que si a ti mismo no te hubieran gustado esos placeres, habrías podido no tomar parte en ellos. Pero te gusta ver a Thérèse en el vestido de Eva.

—¡Otra vez el demonio! –dijo Vronsky, cogiendo y besando la mano que Anna puso sobre la mesa.

—No puedo evitarlo. No sabes cuánto he sufrido esperándote. No creo ser celosa. ¡No, no lo soy! Te creo cuando estás a mi lado. Mas cuando estás lejos de mí, entregado a esta vida tuya que yo no puedo comprender...

Se interrumpió, se soltó de Vronsky y volvió a su labor. Bajo el dedo anular, comenzaron a moverse velozmente los hilos de lana blanca, brillante bajo la luz de la lámpara y su fina muñeca se movía también rápidamente en la manga de encajes.

Su voz sonó de pronto, como forzada:

—¿Dónde has encontrado a mi marido?

—Nos hemos cruzado en la puerta.

—¿Y lo ha saludado así?

Anna alargó el rostro y, entornando los ojos, cambió la expresión de su semblante y plegó las manos. Vronsky quedó sorprendido al ver en sus hermosas facciones el mismo aspecto que asumiera Karenin al saludarle.

Sonrió, mientras ella reía a carcajadas, con aquella dulce risa que era uno de sus mayores encantos.

—No le comprendo –dijo Vronsky–. Si después de vuestra explicación en la casa veraniega hubiese roto contigo o me hubiese mandado los padrinos, me habría parecido natural. Pero ahora no comprendo su conducta. ¿Cómo soporta esta situación? Porque se ve que sufre mucho.

—¿Él? –dijo Anna con ironía–. Al contrario, está contento.

—Al fin y al cabo no sé por qué nos atormentamos tanto, cuando podía arreglarse perfectamente y en beneficio de los tres.

—Esto no lo hará. ¡Conozco demasiado bien esa naturaleza hecha toda de mentiras! ¿Sería posible, si sintiese algo, vivir conmigo como vive? ¿Podría un hombre que tuviese algún sentimiento habitar bajo el mismo techo que su esposa culpable? ¿Podría, por ventura, hablar con ella? ¿Tratarla de tú?

E involuntariamente, Anna volvió a imitarle:

—Tú, *ma chère*, tú, Anna... –y siguió–: No es un ser humano. Es un muñeco. Solo yo lo sé, porque nadie como yo lo conoce tan profundamente. Si yo estuviese en su lugar, a una mujer como yo, hace tiempo que la habría matado y hecho pedazos en vez de llamarla *ma chère* Anna. No es un hombre, es una máquina burocrática. No comprende que soy tu mujer, que él es un extraño, que está de sobra. En fin, no hablemos más de ese... no hablemos más...

—Eres injusta, amiga mía –dijo Vronsky, procurando calmarla–. Pero no importa, no hablemos de él. Dime lo que has hecho estos días. ¿Qué tienes? ¿Qué hay de tu enfermedad? ¿Qué te ha dicho el médico?

Anna le miraba con irónica jovialidad. Se notaba que había hallado aún otros aspectos ridículos de su marido y que esperaba la ocasión de hablar de ellos.

Vronsky continuaba:

—Adivino que no se trata de enfermedad, sino de tu estado. ¿Cuándo será?

Se apagó el brillo irónico de los ojos de Anna y otra sonrisa, indicadora de que sabía algo que él ignoraba, y una suave tristeza, sustituyeron a la anterior expresión de su semblante.

—Pronto, pronto... Como tú has dicho, nuestra situación es penosa y hay que aclararla. ¡Si supieras qué insoportable me resulta y cuánto daría por el derecho de amarte libre y abiertamente! Yo no me torturaría ni te torturaría con mis celos. Respecto a lo que dices, será pronto, pero no como esperamos...

Al pensar en ello, Anna se consideró tan desdichada que las lágrimas brotaron de sus ojos y no pudo continuar. Puso su mano, brillante de blancura y de sortijas bajo la lámpara, en la manga de Vronsky.

—No será como esperamos. No quería decírtelo, pero me obligas a ello. Pronto, muy pronto, llegará el desenlace y todos nos separaremos y dejaremos de sufrir.

—No comprendo –repuso Vronsky, aunque sí comprendía.

—Me has preguntado cuándo. Y yo te contesto: pronto. Y te digo además que no sobreviviré a ello. No me interrumpas –y Anna se precipitaba al hablar–. Lo sé, estoy segura... Voy a morir y me alegro de dejaros libres a los dos.

Las lágrimas brotaban sin cesar de sus ojos.

Vronsky se inclinó sobre su mano y la besó, tratando en vano de dominar su emoción, la cual –lo sentía bien– no tenía ningún fundamento.

—Vale más así –dijo Anna, apretándole enérgicamente la mano–. Es el único recurso, el único que nos queda.

Él se recobró y levantó la cabeza.

—¡Qué tontería! ¡Qué bobadas dices!

—Es la verdad.

—¿El qué es la verdad?

—Que voy a morir. Lo he soñado.

—¿Lo has soñado? –repitió Vronsky, recordando en el acto al campesino con quien había soñado él.

—Sí, lo soñé. Hace tiempo... Soñé que entraba corriendo en mi alcoba, donde tenía que coger no sé qué, o enterarme de algo... Ya sabes lo que pasa en los sueños... –dijo Anna, abriendo los ojos con horror–. Al entrar en mi dormitorio, en un rincón del mismo, vi que había...

—¿Cómo puedes creer en esas necedades?

Pero lo que decía era demasiado importante para ella y Anna no dejó que la interrumpiera.

—Y he aquí que lo que había allí se movió y vi entonces que era un campesino, pequeño y terrible, y con una barba desgreñada... Quise huir, pero él se inclinó sobre unos sacos que tenía allí y empezó a rebuscar en ellos con las manos.

Anna imitaba los movimientos del campesino rebuscando en los sacos y el horror se pintaba en su semblante. Vronsky recordaba su sueño y sentía que también se apoderaba de su alma el mismo horror.

—El campesino agitaba las manos y hablaba en francés, muy deprisa, arrastrando las erres: *Il faut le battre le fer, le broyer, le pétrir* (Hay que batir el hierro, machacarlo, moldearlo). Y era tanta mi angustia, que quise con toda mi alma despertarme y desperté, o, mejor dicho, soñé que despertaba. Aterrada, me preguntaba a mí misma: «¿Qué significa esto?». Y Korney me contestaba: «Morirá usted de parto, madrecita». Y entonces desperté de verdad.

—¡Qué tontería! –repetía Vronsky, sintiendo que su voz carecía de sinceridad.

—No hablemos más de esto. Llama y mandaré servir el té. Pero aguarda, ya no queda mucho tiempo, y yo…

De repente se detuvo, su rostro mudó de expresión y a la agitación y el espanto sucedió una atención suave y reposada, llena de beatitud. Vronsky no pudo comprender el significado de aquel cambio. Era que Anna sentía que la nueva vida que llevaba en ella se agitaba en sus entrañas.

CAPÍTULO IV

Después de su encuentro con Vronsky en la puerta de su casa, Karenin fue a la ópera italiana como se proponía. Estuvo allí durante dos actos completos y vio a quien deseaba.

De regreso a casa, miró el perchero y, al ver que no había ningún capote de militar, pasó a sus habitaciones. Contra su costumbre, no se acostó, sino que estuvo paseando por la estancia hasta las tres de la madrugada.

La irritación contra su mujer, que no quería guardar las apariencias y dejaba incumplida la única condición que él impusiera –recibir en casa a su amante–, le quitaba el sosiego.

Puesto que Anna no cumplía lo exigido, tenía que castigarla y poner en práctica su amenaza: pedir el divorcio y quitarle a su hijo.

Alexey Alexandrovich sabía las muchas dificultades que iba a encontrar, pero se había jurado que lo haría y estaba resuelto a cumplirlo. La condesa Lidia Ivanovna había aludido con frecuencia a aquel medio como única salida de la situación en que se encontraba. Además, últimamente la práctica de los divorcios había alcanzado tal perfección que Karenin veía posible superar todas las dificultades.

Como las desgracias nunca llegan solas, el asunto de los autóctonos y de la fertilización de Taraisk le daban por entonces tales disgustos que en los últimos tiempos se sentía continuamente irritado.

No durmió en toda la noche y su cólera, que aumentaba sin cesar, alcanzó el límite extremo por la mañana. Se vistió precipitadamente y, como si llevara una copa llena de ira y temiera derramarla y perderla, quedándose sin la energía necesaria para las explicaciones que le urgía tener con su esposa, se dirigió rápidamente a la habitación de Anna apenas supo que esta se había levantado.

Anna creía conocer bien a su marido, pero, al verle entrar en su habitación, quedó sorprendida de su aspecto. Tenía la frente contraída, los ojos severos, evitando la mirada de ella, la boca apretada en un rictus de firmeza y desdén, y en su paso, en sus movimientos y en el sonido de su voz había una decisión y energía tales como su mujer no viera en él jamás.

Entró en la habitación sin saludarla, se dirigió sin vacilar a su mesa escritorio y, cogiendo las llaves, abrió el cajón.

—¿Qué quiere usted? –preguntó Anna.

—Las cartas de su amante –repuso él.

—No hay ninguna carta aquí –contestó Anna cerrando el cajón.

Por aquel ademán, Karenin comprendió que no se equivocaba y, rechazando bruscamente la mano de ella, cogió con rapidez la cartera en que sabía que su mujer guardaba sus papeles más importantes.

Anna trató de arrancarle la cartera, pero él la rechazó.

—Siéntese, necesito hablarle –dijo, poniéndose la cartera bajo el brazo y apretándola con tal fuerza que su hombro se levantó.

Anna le miraba en silencio, con sorpresa y timidez.

—Ya le he dicho que no permitiría que recibiera aquí a su amante.

—Necesitaba verle para…

—No necesito entrar en pormenores, ni siquiera saber para qué una mujer casada necesita ver a su amante.

—Solo quería… –siguió Anna irritándose.

La brusquedad de su marido la excitaba y le daba valor.

—¿Le parece, por ventura, una hazaña ofenderme? –le preguntó.

—Se puede ofender a una persona honrada, o a una mujer honrada, pero decir a un ladrón que lo es significa solo la *constatation d'un fait*.

—No conocía aún en usted esa nueva capacidad para atormentar.

—¿Llama usted atormentar a que el marido dé libertad a su mujer, concediéndole un nombre y un techo honrados solo a condición de guardar las apariencias? ¿Es crueldad eso?

—Si lo quiere usted saber le diré que es peor: es una villanía –exclamó Anna, en una explosión de cólera.

E incorporándose, quiso salir.

—¡No! –gritó él, con su voz aguda, que ahora sonó más penetrante, en virtud de su excitación. Y la cogió por el brazo con sus largos dedos, con tanta fuerza que quedaron en él las señales de la pulsera, que apretaba bajo su mano, y la obligó a sentarse.

—¿Una villanía? Si quiere emplear esa palabra, le diré que la villanía es abandonar al marido y al hijo por el amante y seguir comiendo el pan del marido.

Anna bajó la cabeza. No solo no dijo lo que había dicho a su amante, es decir, que él era su esposo y que este sobraba, sino que ni pensó en ello siquiera.

Abrumada por la justicia de aquellas palabras, solo pudo contestar en voz baja:

—No puede usted describir mi situación peor de lo que yo la veo. Pero, ¿por qué dice usted todo eso?

—¿Por qué lo digo? –continuó él cada vez más irritado–. Para que sepa que, puesto que no ha cumplido usted mi voluntad de que salvase las apariencias, tomaré mis medidas a fin de que concluya esta situación.

—Pronto, pronto concluirá –murmuró ella.

Y una vez más, al recordar su muerte próxima, que ahora deseaba, las lágrimas brotaron de sus ojos.

—Concluirá mucho antes de lo que usted y su amante pueden creer. ¡Usted busca solo la satisfacción de su apetito carnal!

—Alexey Alexandrovich, no solo no es generoso, es poco honrado herir al caído.

—Usted solo piensa en sí misma. Los sufrimientos del que ha sido su esposo no le interesan. Si toda la vida de él está deshecha, eso le da igual. ¿Qué le importa lo que él haya so… so… sopor… poportado?

Hablaba tan deprisa, que se confundió, no pudo pronunciar bien la palabra y concluyó diciendo «sopoportado». Anna tuvo deseos de reír, pero enseguida se sintió avergonzada de haber hallado algo capaz de hacerla reír en aquel momento. Y por primera vez y durante un instante se puso en el lugar de su marido y sintió compasión de él.

Pero ¿qué podía hacer o decir? Inclinó la cabeza y calló.

Él calló también por unos segundos y después habló en voz, no ya aguda, sino fría, recalcando intencionadamente algunas de las palabras que empleaba, incluso las que no tenían ninguna particular importancia.

—He venido para decirle... –empezó.

Anna le miró. «Debí de haberme engañado –pensó, recordando la expresión de su rostro de un momento antes cuando se confundió con las palabras–. ¿Es que un hombre con esos ojos turbios y esa calma presuntuosa puede, por ventura, sentir algo?».

—No puedo cambiar –murmuró ella.

—He venido para decirle que mañana marcho a Moscú y no volveré más a esta casa. Le haré comunicar mi decisión por el abogado, a quien he encargado tramitar el divorcio. Mi hijo irá a vivir con mi hermana –concluyó Alexey Alexandrovich, recordando a duras penas lo que quería decir de su hijo.

—Se lleva usted a Seriozha solo para hacerme sufrir –repuso ella, mirándole con la frente baja–. ¡Usted no lo quiere! ¡Déjeme a Seriozha!

—Sí, la repugnancia que siento por usted me ha hecho perder hasta el cariño que tenía a mi hijo. Pero, a pesar de todo, le llevaré conmigo. Adiós.

Quiso marchar, pero ella le retuvo.

—Alexey Alexandrovich: déjeme a Seriozha –balbuceó una vez más–. Solo esto le pido... Déjeme a Seriozha hasta que yo... Pronto daré a luz... ¡Déjemelo!

Alexey Alexandrovich se puso rojo, desasió su brazo y salió del cuarto sin contestar.

CAPÍTULO V

La sala de espera del célebre abogado de San Petersburgo estaba llena cuando Karenin entró en ella.

Había tres señoras: una anciana, una joven y la esposa de un tendero. Esperaban también un banquero alemán con una gruesa sortija en el dedo, un comerciante de luengas barbas y un funcionario público con levita de uniforme y una cruz al cuello.

Se veía que todos esperaban hacía rato. Dos pasantes sentados ante las mesas escribían haciendo crujir las plumas. Karenin no pudo dejar de observar que los objetos de escritorio –su máxima debilidad– eran excelentes.

Uno de los pasantes, sin mirarle, arrugó el entrecejo y preguntó con brusquedad:

—¿Qué desea?

—Consultar con el abogado.

—Está ocupado –contestó el pasante severamente mostrando con la pluma a los que aguardaban.

Y siguió escribiendo.

—¿No tendrá un momento para recibirme? –preguntó Karenin.

—Nunca tiene tiempo libre. Siempre está ocupado. Haga el favor de esperar.

—Tenga la bondad de pasarle mi tarjeta –dijo Karenin, con dignidad, disgustado ante la necesidad de descubrir su incógnito.

El pasante tomó la tarjeta, la examinó con aire de desaprobación y se dirigió hacia el despacho.

Karenin, en principio, era partidario de la justicia pública, pero no estaba conforme con algunos detalles de su aplicación en Rusia, que conocía a través de su actuación ministerial y censuraba tanto como podían censurarse cosas decretadas por Su Majestad.

Como toda su vida transcurría en plena actividad administrativa, cuando no aprobaba algo suavizaba su desaprobación reconociendo las posibilidades de equivocarse y las de rectificar todo error. Respecto a las instituciones jurídicas rusas no era partidario de las condiciones en que se desenvolvían los abogados. Pero como hasta entonces nada había tenido que ver con ellos, su desaprobación era solo teórica. Mas la impresión desagradable que acababa de recibir en la sala de espera del abogado le afirmó más en sus ideas.

—Ahora sale –dijo el empleado.

En efecto, dos minutos después la alta figura de un viejo jurista que había ido a consultar al abogado y este aparecieron en la puerta.

El abogado era un hombre bajo, fuerte, calvo, de barba de color negro rojizo, con las cejas ralas y largas y la frente abombada.

Vestía presuntuosamente como un lechuguino, desde la corbata y la cadena del reloj hasta los zapatos de charol. Tenía un rostro inteligente con una expresión de astucia campesina, pero su indumentaria era ostentosa y de mal gusto.

—Haga el favor –dijo, con gravedad, dirigiéndose a Karenin.

Y, haciéndole pasar, cerró la puerta de su despacho. Una vez dentro, le mostró una butaca próxima a la mesa de escritorio cubierta de documentos.

—Haga el favor –repitió. Y al mismo tiempo se sentaba él en el lugar preferente, frotándose sus manos pequeñas, de dedos cortos poblados de vello rubio, e inclinando la cabeza de lado.

Apenas se acomodó en aquella actitud, sobre la mesa voló una polilla. El abogado, con rapidez increíble en él, alargó la mano, atrapó la polilla y quedó de nuevo en la posición primitiva.

—Antes de hablar de mi asunto –dijo Karenin, que había seguido con sorpresa el ademán del abogado– debo advertirle que ha de quedar en secreto.

Una imperceptible sonrisa hizo temblar los bigotes rojizos del abogado.

—No sería abogado si no supiese guardar los secretos que me confían, pero si usted necesita una confirmación...

Alexey Alexandrovich le miró a la cara y vio que sus inteligentes ojos grises reían como queriendo significar que lo sabían todo.

—¿Conoce usted mi nombre? –preguntó Karenin.

—Conozco su nombre y su utilísima actividad –y el abogado cazó otra polilla– como la conocen todos los rusos –terminó, haciendo una reverencia.

Karenin suspiró. Le costaba un gran esfuerzo hablar, pero ya que había empezado, continuó con su aguda vocecilla, sin vacilar, sin confundirse y recalcando algunas palabras.

—Tengo la desgracia –empezó– de ser un marido engañado y deseo cortar legalmente los lazos que me unen con mi mujer; es decir, divorciarme, pero de modo que mi hijo no quede con su madre.

Los ojos grises del abogado se esforzaban en no reír, pero brillaban con una alegría incontenible, y Karenin descubrió en ella, no solo la alegría del profesional que recibe un encargo provechoso. En aquellos ojos había también un resplandor de entusiasmo y de triunfo, algo semejante al brillo maligno que había visto en los ojos de su mujer.

—¿Desea usted, pues, mi cooperación para obtener el divorcio?

—Eso es, pero debo advertirle que, aun a riesgo de abusar de su atención, he venido para hacerle una consulta previa. Quiero divorciarme, pero para mí tienen mucha importancia las formas en que el divorcio sea posible. Es fácil que, si las formas no coinciden con mis deseos, renuncie a mi demanda legal.

—¡Oh! –dijo el abogado–. Siempre ha sido así... Usted quedará perfectamente libre.

Y bajó la mirada hasta los pies de Karenin comprendiendo que la manifestación de su incontenible alegría podría ofender a su cliente. Vio otra polilla que volaba ante su nariz y extendió el brazo, pero no la cogió en atención a la situación de su cliente.

—Aunque, en líneas generales, conozco nuestras leyes sobre el particular –siguió Karenin–, me agradaría saber las formas en que, en la práctica, se llevan a término tales asuntos.

—Usted quiere –contestó el abogado, sin levantar la vista, y adaptándose de buen grado al tono de su cliente– que le indique los caminos para realizar su deseo.

Karenin hizo una señal afirmativa con la cabeza. El abogado, mirando de vez en cuando el rostro de su cliente, enrojecido por la emoción, continuó:

—Según nuestras leyes –y su voz tembló aquí con un leve matiz de desaprobación para tales leyes–, el divorcio es posible en los siguientes casos...

El pasante se asomó a la puerta y el abogado exclamó:

—¡Que esperen!

No obstante, se levantó, dijo algunas palabras al empleado y volvió a sentarse.

—...En los casos siguientes: defectos físicos de los esposos, paradero desconocido durante cinco años –y empezó a doblar uno a uno sus dedos cortos, cubiertos de vello– y adulterio –pronunció esta palabra con visible placer y continuó doblando sus dedos–. En cada caso hay divisiones: defectos físicos del marido y de la mujer, adulterio de uno o de otro...

Como ya no tenía más dedos a su disposición para continuar enumerándolos, el abogado los juntó todos y prosiguió:

—Esto en teoría. Pero creo que usted me ha hecho el honor de dirigirse a mí para conocer la aplicación práctica. Por esto, ateniéndome a los precedentes, puedo decir que los casos de divorcio se resuelven todos así... Doy por sentado que no existen defectos físicos ni ausencia desconocida –indicó.

Alexey Alexandrovich hizo una señal afirmativa con la cabeza.

—Entonces hay los casos siguientes: adulterio de uno de los esposos estando convicto el culpable; adulterio por consentimiento mutuo y, en defecto de esto, consentimiento forzoso. Debo advertir que este último caso se da muy pocas veces en la práctica –dijo el abogado, mirando de reojo a Karenin y guardando silencio, como un vendedor de pistolas que, tras describir las ventajas de dos armas distintas, espera la decisión del comprador.

Pero como Alexey Alexandrovich nada contestaba, el abogado continuó:

—Lo más corriente, sencillo y sensato consiste en plantear el adulterio por consentimiento mutuo. No me habría permitido expresarme así de hablar con un hombre de poca cultura –dijo el abogado–, pero estoy seguro de que usted me comprende.

Alexey Alexandrovich estaba tan confundido que no pudo comprender de momento lo que pudiera tener de sensato el adulterio por consentimiento mutuo y expresó su incomprensión con la mirada. El abogado, enseguida, acudió en su ayuda:

—El hecho esencial es que marido y mujer no pueden seguir viviendo juntos. Si ambas partes están conformes en esto, los detalles y formalidades son indiferentes. Este es, por otra parte, el medio más sencillo y seguro.

Ahora Karenin comprendió bien. Pero sus sentimientos religiosos se oponían a esta medida.

—En el caso presente esto queda fuera de cuestión –dijo–. En cambio, si con pruebas (correspondencia, por ejemplo) se puede establecer indirectamente el adulterio, estas pruebas las tengo en mi poder.

Al oír hablar de correspondencia, el abogado frunció los labios y emitió un sonido agudo, despectivo y compasible.

—Perdone usted –empezó–. Asuntos así los resuelve, como usted sabe, el clero. Pero los padres arciprestes en cosas semejantes son muy aficionados a examinarlo todo hasta en sus menores detalles –dijo con una sonrisa que expresaba simpatía por los procedimientos de aquellos padres–. La correspondencia podría confirmar el adulterio parcialmente, pero las pruebas deben ser presentadas por vía directa, es decir, por medio de testigos. Si usted me honrara con su confianza, preferiría que me dejase la libertad de elegir las medidas a emplear. Si se quiere alcanzar un fin, han de aceptarse también los medios.

—Siendo así... –dijo Karenin palideciendo.

En aquel instante el abogado se levantó y se dirigió a la puerta a hablar con su pasante, que interrumpía de nuevo:

—Dígale a esta mujer que aquí no estamos en ninguna tienda de liquidaciones.

Y volvió de nuevo a su sitio, atrapando de camino una polilla más con la mayor discreción. «¡Mis cuentas seguirán en buen estado para el verano!», pensó, arrugando el entrecejo.

—¿Me hacía usted el honor de decirme...? –preguntó.

—Le avisaré mi decisión por carta –dijo Alexey Alexandrovich, levantándose y apoyándose en la mesa.

Quedó así un instante y añadió:

—De sus palabras deduzco que la tramitación del divorcio es posible. También le agradeceré que me diga sus condiciones.

—Todo es posible si me concede plena libertad de acción –repuso el abogado sin contestar la última pregunta–. ¿Cuándo puedo contar con noticias de usted? –concluyó, acercándose a la puerta y dirigiendo la vista a sus relucientes zapatos.

—De aquí a una semana. Y espero que al contestar aceptando encargarse del asunto me manifieste sus condiciones.

—Muy bien.

El abogado saludó con respeto, abrió la puerta a su cliente y, al quedar solo, se entregó a su sentimiento de alegría.

Tan alegre estaba que, contra su costumbre, rebajó los honorarios a una señora que regateaba y dejó de coger polillas, firmemente decidido a tapizar los muebles con terciopelo al año siguiente, como su colega Sigonin.

CAPÍTULO VI

Karenin obtuvo una brillante victoria en la sesión celebrada por la Comisión el 1 de agosto, pero las consecuencias de su victoria fueron muy amargas para él. La nueva comisión que había de estudiar en todos sus aspectos el problema de los autóctonos fue designada y enviada al terreno con la extraordinaria rapidez y energía propuesta por él, y a los tres meses redactó el informe. La vida de los autóctonos fue estudiada allí en todos los sentidos: político, administrativo, económico, etnográfico, material y religioso. A cada pregunta se daban bien redactadas respuestas que no dejaban lugar a duda alguna, porque no eran producto del pensamiento humano, siempre expuesto al error, sino obra del servicio oficial. Cada respuesta dependía de datos oficiales, de informes de gobernadores, obispos, jefes provinciales y superintendentes eclesiásticos, que se basaban a su vez en los datos de los alcaldes y curas rurales, de modo que las respuestas no podían ofrecer más garantías de verdad. Preguntas como: «¿Por qué los interesados recogen malas cosechas?» o «¿Por qué los habitantes de esas regiones conservan su religión?», que jamás habrían podido contestarse sin las facilidades dadas por la máquina administrativa y que permanecían incontestadas siglos enteros, recibieron ahora respuesta clara y definida. Y esa respuesta coincidía con las opiniones de Alexey Alexandrovich. Pero Stremov, que en la última sesión se había sentido muy picado, al recibir los informes de la comisión apeló a una táctica inesperada para Karenin. Se pasó al partido de este, arrastrando consigo a varios otros, y apoyó con calor las medidas propuestas por él, sugiriendo otras, más audaces aún, en el mismo sentido. Tales medidas, más extremas que las defendidas por Karenin, fueron aprobadas, y entonces se descubrió la táctica de Stremov. Aquellas medidas extremas resultaron tan irrealizables en la práctica, que los políticos, la opinión pública, los intelectuales y los periódicos cayeron, unánimes, sobre ellas, expresando su indignación contra las medidas en sí y contra su propugnador, Alexey Alexandrovich. Stremov, en tanto, se apartaba, aparentando haber seguido ciegamente el proyecto de su rival y sentirse ahora sorprendido y consternado por lo que ocurría. Esto cortó las alas a Karenin. Pero, a despecho de su vacilante salud y de sus disgustos domésticos, no se daba por vencido. En la Comisión surgieron divisiones. Varios de sus miembros, con Stremov a la cabeza, se disculpaban de su error alegando haber creído en la Comisión que, dirigida por Karenin, había presentado el informe. Y sostenían que aquel informe no tenía ningún valor, que eran solo deseos de malgastar papel inútilmente. Alexey Alexandrovich y otros, que consideraban peligroso aquel punto de vista revolucionario en la manera de considerar los documentos oficiales, continuaban sosteniendo los datos aportados por la comisión inspectora.

Así que en los altos ambientes y hasta en la sociedad se produjo una gran confusión y, aunque todos se interesaban mucho en el problema, nadie sabía a ciencia cierta si los autóctonos padecían o si vivían bien. En consecuencia de esto y del desprecio que cayó sobre él por la infidelidad de su mujer, la posición de Alexey Alexandrovich volvió a ser muy insegura. Entonces Karenin tuvo el valor de adoptar una resolución importantísima. Con sorpresa enorme de los comisionados declaró que iba a pedir permiso para ir personalmente a estudiar el asunto. Y, obteniendo, en efecto, el permiso, se trasladó a aquellas provincias lejanas.

Su marcha produjo gran revuelo, tanto más cuanto que, al marchar, devolvió oficialmente la cantidad que el Gobierno le había asignado para los gastos de viaje calculados teniendo en cuenta que habría de necesitar doce caballos.

—Eso me parece de un gesto de gran nobleza –decía Betsy, comentando el asunto con la princesa Miagkaya–. ¿Por qué han de señalarse gastos de postas cuando es sabido que ahora puede irse a todas partes en ferrocarril?

La princesa Miagkaya no estaba conforme y la opinión de la Tverskaya casi la irritó.

—Usted puede hablar así porque posee muchos millones, pero a mí me conviene que mi marido salga de inspección durante el verano. A él le es agradable y le va bien para la salud, y a mí me vale para pagar el coche y tener otro alquilado.

Karenin, de paso para las provincias lejanas, se detuvo durante tres días en Moscú.

Al día siguiente de su llegada, fue a visitar al gobernador general. Pasaba por la encrucijada del callejón de Gazetny, rebosante siempre de coches particulares y de alquiler, cuando oyó que lo llamaban por su nombre en voz tan alta y alegre que no pudo dejar de volver la cabeza.

Al borde de la acera, con un corto abrigo de moda, con un sombrero de copa baja también de moda, sonriendo satisfecho y mostrando los dientes blancos entre los labios rojos, estaba Stepán Arkadievich, joven y radiante, gritando con insistencia para que su cuñado mandase parar el coche.

Con la mano, Oblonsky sujetaba la portezuela de un carruaje detenido en la esquina, por cuya ventanilla aparecían la cabeza de una señora con sombrero de terciopelo y las cabecitas de dos niños. La señora sonreía bondadosamente y hacía también señas con la mano. Era Dolly con los niños.

Alexey Alexandrovich no deseaba ver a nadie en Moscú y menos que a nadie al hermano de su mujer. Levantó el sombrero y quiso continuar, pero Stepán Arkadievich mandó al cochero de Karenin que parase y corrió hacia el coche sobre la nieve.

—¿No te da vergüenza no habernos avisado de tu llegada? ¿Desde cuándo estás aquí? Ayer pasé por el hotel Dusseau y vi en el tarjetero «Karenin», pero no pensé que fueras tú –dijo Oblonsky, introduciendo la cabeza por la portezuela del coche de su cuñado– de lo contrario, habría subido a verte. ¡Cuánto me alegro de encontrarte! –repetía, golpeando un pie contra otro, para sacudirse la nieve–. ¡Has hecho mal en no avisarnos! –insistió.

—No tuve tiempo. Estoy muy ocupado –repuso secamente Karenin.

—Ven allí a saludar a mi mujer. Tiene deseos de verte.

Karenin desplegó la manta en que se envolvía las heladas piernas, se apeó y, pisando la nieve, se acercó a Darya Alejandrovna.

—¿A qué es debido que nos eluda usted de esa manera, Alexey Alexandrovich? –preguntó Dolly sonriendo.

—Estuve muy ocupado. Celebro verla –repuso él con tono que indicaba claramente que sentía lo contrario–. ¿Cómo está usted?

—Bien. ¿Y nuestra querida Anna?

Alexey Alexandrovich murmuró unas palabras confusas excusándose y trató de alejarse. Pero Stepán Arkadievich le retuvo.

—¿Qué vamos a hacer mañana por la mañana? ¡Ya! Dolly: invítale a comer. Llamaremos a Kosnichev y a Peszov y así conocerá a la intelectualidad moscovita.

—Venga, por favor –dijo Dolly–. Le esperamos a las cinco o a las seis. Cuando quiera. Pero, ¿cómo está mi querida Anna? Hace tanto tiempo que…

—Está bien –contestó Alexey Alexandrovich–. Encantado de verla…

Y se dirigió a su coche.

—¿Vendrá usted? –le gritó Dolly.

Karenin murmuró algo que ella no pudo distinguir entre el ruido de los coches.

—¡Iré a verte mañana! –gritó a su vez Stepán Arkadievich.

Alexey Alexandrovich se hundió en su coche de tal modo que no pudiese ver a nadie ni le viesen a él.

—¡Qué hombre tan raro! –dijo Oblonsky a su mujer.

Miró el reloj, hizo un gesto cariñoso dirigido a su mujer y a sus hijos y se alejó por la calle con su paso fanfarrón.

—¡Stiva, Stiva! –le llamó Dolly ruborizándose.

Su marido volvió la cabeza.

—Hay que comprar abrigos a Gricha y Tania. Dame dinero.

—Es igual. Di que ya los pagaré yo.

Y desapareció saludando alegremente con la cabeza a un conocido que pasaba en coche.

CAPÍTULO VII

Al día siguiente era domingo. Stepán Arkadievich se dirigió al Gran Teatro para asistir a la repetición de un ballet y entregó a Macha Chibisova, una linda bailarina que había entrado en aquel teatro por recomendación suya, un collar de corales.

Entre bastidores, en la oscuridad que reinaba allí incluso de día, pudo besar la bella carita de la joven, radiante al recibir el regalo. Además de entregarle el collar, Oblonsky tenía que convenir con ella la cita para después del baile. Le dijo que no podría estar al principio de la función, pero prometió acudir al último acto y llevarle a cenar.

Desde el teatro, Stepán Arkadievich se dirigió en coche a Ojotuj Riad y él mismo eligió el pescado y espárragos para la comida. A las doce ya estaba en el hotel Dusseau, donde había de hacer tres visitas que, por fortuna, coincidían en el mismo hotel. Primero debía visitar a Levin, que acababa de volver del extranjero y paraba allí y, después, a su nuevo jefe, el cual, nombrado recientemente para aquel alto cargo, había venido a Moscú para tomar posesión de él, y, en fin, a su cuñado Karenin para llevarle a comer a casa.

A Stepán Arkadievich le placía comer bien, pero aún le gustaba más ofrecer buenas comidas no muy abundantes, pero refinadas, tanto por la calidad de los manjares y bebidas como por la de los invitados.

La minuta de hoy le satisfacía en gran manera: peces asados vivos, espárragos y la *pièce de résistance*: un magnífico pero sencillo rosbif y los correspondientes vinos. Entre los invitados figurarían Kitty y Levin y, para disimular la coincidencia, otra prima y el joven Scherbatsky. La *piéce de résistance* de los invitados serían Serguéi Kosnichev y Alexey Alexandrovich, el primero moscovita y filósofo, el segundo petersburgués y práctico.

Se proponía, además, invitar al conocido y original Peszov, hombre muy entusiasta, liberal, orador, músico, historiador y, al mismo tiempo, un chiquillo, a pesar de sus cincuenta años, el cual serviría como de salsa y ornamento de Kosnichev y Karenin. «Ya se encargaría él –pensaba Oblonsky–, de hacerles discutir entre sí».

El dinero pagado como segundo plazo por el comprador del bosque se había recibido ya y no se había gastado aún. Dolly se mostraba últimamente muy amable y buena y la idea de esta comida alegraba a Stepán Arkadievich en todos los sentidos.

Se hallaba, pues, de inmejorable humor. Existían, no obstante, dos circunstancias ingratas que se disolvían en el mar de su benévola alegría. La primera era que, al hallar el día antes en la calle a su cuñado, le había visto muy seco y frío con él y, relacionando la expresión del rostro de Karenin y el hecho de no haberles avisado su llegada a Moscú con los chismes que sobre Anna y Vronsky habían llegado hasta él, adivinaba que algo había ocurrido entre marido y mujer.

Esta era la primera circunstancia ingrata. La segunda consistía en que su nuevo jefe, como todos los nuevos jefes, tenía fama de hombre terrible. Decían que se levantaba a las seis de la mañana, que trabajaba como una caballería y que exigía lo mismo de sus subalternos. Además, se le consideraba como un oso en el trato social y se afirmaba que seguía una norma opuesta en todo a la del jefe anterior que tuviera hasta entonces Stepán Arkadievich.

El día antes, Oblonsky se había presentado a trabajar con uniforme de gala y el nuevo jefe se había mostrado amable y le había tratado como a un amigo, por lo cual hoy Stepán Arkadievich se creía obligado a visitarle vistiendo levita. El pensamiento de que su nuevo jefe pudiera recibirle mal era también una circunstancia desagradable. Pero Stepán Arkadievich creía instintivamente que «todo se arreglaría».

«Todos somos hombres, somos humanos y todos tenemos faltas. ¿Por qué hemos de enfadamos y discutir?», pensaba al entrar en el hotel.

—Hola, Vassily –dijo, saludando al ordenanza, a quien conocía, y avanzando por el pasillo con el sombrero de través–. ¿Te dejas las patillas? Levin está en el siete, ¿verdad? Acompáñame, haz el favor. Además, entérate de si el conde Anichkin –era su nuevo jefe– podrá recibirme y avísame después.

—Muy bien, señor. Hace tiempo que no hemos tenido el gusto de verle por aquí –contestó Vassily sonriendo.

—Estuve ayer, pero entré por la otra puerta. ¿Es este el siete?

Cuando Stepán Arkadievich entró, Levin estaba en medio de la habitación, con un aldeano de Tver, midiendo con el *archin*[1] una piel fresca de oso.

—¿Lo has matado tú? –gritó Oblonsky–. ¡Es magnífico! ¿Es una osa? ¡Hola, Arjip! Estrechó la mano del campesino y se sentó sin quitarse el abrigo ni el sombrero.

—Anda, siéntate y quítate esto –dijo Levin quitándole el sombrero.

—No tengo tiempo. Vengo solo por un momento –repuso Oblonsky.

Y se desabrochó el abrigo. Pero luego se lo quitó y estuvo allí una hora entera, hablando con Levin de cacerías y de otras cosas interesantes para los dos.

—Dime, ¿qué has hecho en el extranjero? ¿Dónde has estado? –preguntó a Levin cuando salió el campesino.

—En Alemania, en Prusia, en Francia y en Inglaterra, pero no en las capitales, sino en las ciudades fabriles. Y he visto muchas cosas. Estoy muy satisfecho de este viaje.

—Ya conozco tu idea sobre la organización obrera.

—No es eso. En Rusia no puede haber cuestión obrera. La única cuestión importante para Rusia es la de la relación entre el trabajador y la tierra. También en Europa existe, pero allí se trata de arreglar lo estropeado, mientras que nosotros…

Oblonsky escuchaba con atención a su amigo.

—Sí, sí –contestaba–. Puede que tengas razón. Me alegro de verte animado y de que caces osos, y trabajes, y tengas ilusiones. ¡Scherbatsky me dijo que te encontró muy abatido y que no hacías más que hablar de la muerte!…

(1) Medida que corresponde a 80 cm.

—¿Qué tiene eso que ver? Tampoco ahora dejo de pensar en la muerte –repuso Levin–. Verdaderamente, ya va llegando el momento de morir y todo lo demás son tonterías. Te diré, con el corazón en la mano, que estimo mucho mi actividad y mi idea, pero que solo pienso en esto: toda nuestra existencia es como un moho que ha crecido sobre este minúsculo planeta. ¡Y nosotros imaginamos que podemos hacer algo enorme! ¡Ideas, asuntos! Todo eso no son más que granos de arena.

—Lo que dices es viejo como el mundo.

—Es viejo, sí, pero cuando pienso en ello todo me parece despreciable. Cuando se comprende que hoy o mañana has de morir y que nada quedará de ti, todo se te antoja sin ningún valor. Yo considero que mi idea es muy trascendente y, al fin y al cabo, aun realizándose, es tan insignificante como, por ejemplo, matar esta osa. Así nos pasamos la vida entre el trabajo y las diversiones, solo para no pensar en la muerte.

Stepán Arkadievich sonrió, mirando a su amigo con afecto y leve ironía.

—¿Ves cómo participas de mi opinión? ¿Recuerdas que me afeabas que buscase los placeres de la vida? Ea, moralista, no seas tan severo…

—Sin embargo, en la vida hay de bueno… lo… que… –y Levin, turbado, no pudo terminar–. En fin: no sé. Solo sé que moriremos todos muy pronto.

—¿Por qué muy pronto?

—Mira, cuando se piensa en la muerte, la vida tiene menos atractivos, pero uno se siente más tranquilo.

—Al contrario… Divertirse en las postrimerías es más atractivo aún. En fin, tengo que marcharme –dijo Stepán Arkadievich, levantándose por décima vez.

—Quédate un poco más –repuso Levin, reteniéndole–. ¿Cuándo nos veremos? Me marcho mañana.

—¡Caramba! ¿En qué pensaba yo? ¡Y venía especialmente para eso !Ve hoy sin falta a comer a casa. Estará tu hermano. También estará mi cuñado Karenin.

—¿Está aquí? –indagó Levin. Y habría querido preguntar por Kitty. Sabía que a principios de invierno ella había estado en San Petersburgo, en casa de su otra hermana, la esposa del diplomático, y ahora ignoraba si estaba ya de vuelta.

Dudaba si preguntar o callarse. «Vaya o no, es igual», se dijo.

—¿Vendrás?

—Desde luego.

—Pues acude a las cinco, de levita.

Y Oblonsky, levantándose, se dirigió al cuarto de su nuevo jefe. El instinto no le engañaba. El nuevo y temible jefe resultó ser un hombre muy amable. Stepán Arkadievich almorzó con él y permaneció en su habitación tanto tiempo que solo después de las tres entró en la de Alexey Alexandrovich.

Capítulo VIII

Karenin, de vuelta de misa, pasó toda la mañana en su cuarto. Tenía que hacer dos cosas aquella mañana: primero, recibir y despedir la diputación de los autóctonos que se hallaba en Moscú y debía seguir hacia San Petersburgo; y segundo, escribir al abogado la carta prometida.

Aquella comisión, a pesar de haber sido creada por iniciativa de Karenin, ofrecía muchas dificultades y hasta riesgos, de modo que él se sentía satisfecho de haberla hallado en Moscú.

Los miembros que la formaban no tenían la menor idea de su misión ni de sus obligaciones. Eran tan ingenuos, que creían que su deber era explicar sus necesidades y el verdadero estado de las cosas pidiendo al Gobierno que les ayudase. No comprendían en modo alguno que ciertas declaraciones y peticiones suyas favorecían al partido enemigo, lo que podía echar a perder todo el asunto.

Alexey Alexandrovich pasó mucho tiempo con ellos, redactando un plan del que no debían apartarse y, después de haberlos despedido, escribió cartas a San Petersburgo para que allí se orientasen los pasos de la comisión. Su principal auxiliar en aquel asunto era la condesa Lidia Ivanovna, ya que, especializada en asuntos de delegaciones, nadie mejor que ella sabía encauzarlas como hacía falta.

Terminado esto, Alexey Alexandrovich escribió al abogado. Sin la menor vacilación le autorizaba a obrar como mejor le pareciese. Añadió a su misiva tres cartas intercambiadas entre Anna y Vronsky que había hallado en la cartera de su mujer.

Desde que Karenin había salido de su casa con ánimo de no volver a ver a su familia, desde que estuviera en casa del abogado y confiara al menos a un hombre su decisión y, sobre todo, desde que había convertido aquel asunto privado en un expediente a base de papeles, se acostumbraba más cada vez a su decisión y veía claramente la posibilidad de realizarla.

Acababa de cerrar la carta dirigida al abogado cuando oyó el sonoro timbre de la voz de su cuñado, que insistía en que el criado de Karenin le anunciara su visita.

«Es igual –pensó Alexey Alexandrovich–. Será todavía mejor. Voy a anunciarle ahora mismo mi situación con su hermana y le explicaré por qué no puedo comer en su casa».

—¡Hazle pasar! –gritó al criado, recogiendo los papeles y colocándolos en la cartera.

—¿Ves? ¿Por qué me has mentido si tu señor está? –exclamó la voz de Stepán Arkadievich dirigiéndose al criado que no lo dejaba pasar. Y Oblonsky entró en la habitación–. Me alegro mucho de encontrarte. Espero que... –empezó a decir alegremente.

—No puedo ir –dijo fríamente Alexey Alexandrovich, permaneciendo en pie, sin ofrecer una silla al visitante.

Se proponía iniciar sin más las frías relaciones que debía mantener con el hermano de la mujer a quien iba a entablar demanda de divorcio.

Pero no contaba con el mar de generosidad que desbordaba las orillas del alma de Stepán Arkadievich.

Este abrió sus ojos claros y brillantes.

—¿Por qué no puedes? ¿Qué quieres decir? –preguntó con sorpresa en francés–. ¡Pero si prometiste que vendrías! Todos contamos contigo.

—Quiero decir que no puedo ir a su casa porque las relaciones de parentesco que había entre nosotros deben terminar.

—¿Cómo? ¿Por qué? No comprendo –dijo, sonriendo, Stepán Arkadievich.

—Porque voy a iniciar demanda de divorcio contra su hermana y esposa mía. Las circunstancias...

Pero Karenin no pudo terminar su discurso, porque ya Stepán Arkadievich reaccionaba y no precisamente como esperaba su cuñado.

—¿Qué me dices, Alexey Alexandrovich? –exclamó Oblonsky con apenada expresión.

—Así es.

—Perdona, pero no lo creo, no lo puedo creer.

Karenin se sentó, viendo que sus palabras no causaban el efecto que presumiera, comprendiendo que había de explicarse, y convencido de que, fuesen las que fuesen sus explicaciones, su relación con su cuñado iba a continuar como antes.

—Sí, me he encontrado en la terrible necesidad de pedir el divorcio –dijo.

—Solo una cosa quiero decirte, Alexey Alexandrovich: sé que eres un hombre bueno y justo. Conozco también a Anna y no puedo modificar mi opinión sobre ella. Perdona, pero me parece una mujer excelente, perfecta. De modo que no puedo creerte... Debe de haber algún error –afirmó.

—¡Si solo hubiera un error!

—Bien, lo comprendo –interrumpió Oblonsky–. Se comprende... Pero, mira: no hay que precipitarse. No, no hay que precipitarse.

—No me he precipitado –contestó fríamente Karenin–. Mas en asuntos así no se puede seguir el consejo de nadie. Mi decisión es irrevocable.

—¡Es terrible! –exclamó Stepán Arkadievich, suspirando tristemente–. Yo, en tu lugar, haría una cosa... ¡Te ruego que lo hagas, Alexey Alexandrovich! Por lo que he creído entender, la demanda no está entablada aún. Pues antes de entablarla, habla con mi mujer. ¡Habla con ella! Quiere a Anna como a una hermana, te quiere a ti y es una mujer extraordinaria. ¡Háblale, por Dios! Hazlo como una prueba de amistad hacia mí. Te lo ruego.

Karenin quedó pensativo. Oblonsky le miraba con compasión, respetando su silencio.

—¿Irás a verla?

—No sé. Por eso no he ido a su casa. Creo que nuestras relaciones deben cambiar.

—No veo porqué. Permíteme suponer que, aparte de nuestro trato como parientes, tienes hacia mí los sentimientos de amistad que yo siempre te he profesado, además de mi sincero respeto –dijo Stepán Arkadievich estrechándole la mano–. Aun siendo verdad tus peores suposiciones, nunca juzgaré a ninguna de las dos partes, y no veo por qué han de cambiar nuestras relaciones. Y ahora haz eso: ve a ver a mi mujer.

—Los dos consideramos este asunto de distinto modo –repuso fríamente Karenin–. No hablemos más de ello.

—¿Y por qué no puedes ir hoy a comer? Mi mujer te espera. Te ruego que vayas y, sobre todo, que le hables. Es una mujer extraordinaria. ¡Por Dios, te lo pido de rodillas, te lo ruego...!

—Si tanto se empeña, iré –dijo, suspirando, Alexey Alexandrovich.

Y, para cambiar de conversación, le habló de asuntos que interesaban a ambos, preguntándole por su nuevo jefe, un hombre no viejo aún para el alto cargo al que había sido destinado.

Karenin, ya desde mucho antes, no había sentido nunca ningún aprecio por el conde Anichkin, y siempre había estado en pugna con sus opiniones, pero ahora no pudo contener su odio, muy comprensible en un funcionario público que ha sufrido un fracaso en su cargo, hacia otro que ha obtenido un puesto más alto que él.

—¿Qué? ¿Le has visto? –preguntó con venenosa ironía.

—Por supuesto. Ayer asistió a la sesión del juzgado. Parece muy enterado de los asuntos y es muy activo.

—Sí, pero ¿a qué encamina su actividad? –preguntó Karenin–. ¿A obrar, o a modificar lo que está establecido? La gran calamidad de nuestro país es la administración a base de papeleo, de la que ese hombre es el más digno representante.

—A decir verdad, no veo nada censurable en él. No sé en qué sentido orienta sus ideas, pero es un buen muchacho –contestó Stepán Arkadievich–. He estado ahora mismo en su habitación y te aseguro que es un buen muchacho. Hemos almorzado juntos y le he enseñado a preparar aquel brebaje, que ya conoces, compuesto de vino y naranjas, y que es un refresco exquisito. Es extraño que no lo conociera ya. Le ha gustado extraordinariamente. Te aseguro que es un hombre muy simpático.

Stepán Arkadievich miró el reloj.

—¡Dios mío, más de las cuatro y aún he de visitar a Dolgovuchin! Bueno, por favor, ven a comer con nosotros. No sabes cuánto nos disgustarías a mi mujer y a mí si faltaras.

Alexey Alexandrovich se despidió de su cuñado de un modo muy distinto a como le recibiera.

—Te he prometido ir e iré –repuso tristemente.

—Créeme que lo agradezco y espero que no te arrepentirás –dijo Oblonsky sonriendo.

Y, mientras se ponía el abrigo, dio un ligero golpecito en la cabeza al lacayo de su cuñado, se puso a reír y salió.

—¡A las cinco y de levita! ¿Oyes? –gritó una vez más volviéndose desde la puerta.

CAPÍTULO IX

Eran más de las cinco y ya estaban presentes algunos invitados cuando llegó el dueño de la casa. Entró con Serguéi Ivanovich Kosnichev y con Peszov, que en aquel momento se habían encontrado en la puerta. Como Oblonsky decía que eran los dos principales representantes de la intelectualidad de Moscú y ambos gozaban de mucho respeto por su carácter e inteligencia.

Se estimaban mutuamente, pero eran contrarios casi en todo. Nunca estaban de acuerdo, y no por pertenecer a distintas corrientes de ideas, sino precisamente por sustentar las mismas. Los enemigos de su partido les consideraban iguales. Pero dentro de su partido cada uno tenía su propio matiz. Y como nada hay más difícil que entenderse en cuestiones casi abstractas, jamás coincidían en sus ideas, aunque estaban acostumbrados, desde mucho tiempo atrás, a reírse mutuamente, sin enfadarse, del error en que cada uno consideraba al otro.

Entraban, hablando del tiempo, cuando Oblonsky les alcanzó. En el salón estaban ya el príncipe Alejandro Dmitrievich Scherbatsky, el joven Scherbatsky, Turovzin, Kitty y Karenin. Stepán Arkadievich observó enseguida que, sin su presencia, la conversación languidecía. Darya Alejandrovna, vestida de seda gris, estaba evidentemente preocupada por los niños, que comían solos en su cuarto, pero lo estaba sobre todo por la tardanza de su marido, ya que ella no sabía organizar bien aquellas reuniones. Todos estaban allí, según la expresión del viejo Príncipe, como muchachas en visita, sin comprender el motivo que les reunía y esforzándose en buscar palabras para no permanecer mudos. El bondadoso Turovzin se encontraba, y ello se veía enseguida, fuera de su ambiente y la sonrisa de sus labios gruesos, con la que acogió a Oblonsky parecía decir: «¡Vaya, hombre! A buen sitio me has traído... Preferiría ir a echar un trago o asistir al Château des Fleurs...».

El viejo Príncipe callaba, mirando de soslayo a Karenin con sus ojos brillantes. Stepán Arkadievich adivinó que ya habría inventado algún mote para designar a aquel personaje de estado, un elemento tan importante de esa reunión como el esturión en otras.

Kitty miraba hacia la puerta, preocupada por no ruborizarse cuando apareciera Levin. El joven Scherbatsky, a quien no habían presentado a Karenin, procuraba demostrar que ello le era completamente indiferente. En cuanto a Karenin, según la costumbre pertersburguesa en las comidas donde figuraban señoras, llevaba frac y corbata blanca. Oblonsky comprendió por su rostro que solo acudía por cumplir su palabra y que concurriendo a la reunión lo hacía como quien cumple un deber penoso. Él era, pues, el causante de la impresión glacial que sintieron los invitados hasta la llegada del anfitrión.

Stepán Arkadievich al entrar en el salón disculpó su retraso afirmando que le había retenido cierto príncipe a quien todos conocían, que era como el chivo expiatorio para justificar todos sus retrasos y faltas. Enseguida, en un momento, presentó a todos, procurando relacionar a Karenin con Serguéi Kosnichev e iniciando una charla sobre la rusificación de Polonia en la que ambos se enzarzaron inmediatamente, así como Peszov. Dio una palmada en el hombro a Turovzin, le cuchicheó algo muy gracioso al oído y lo sentó entre su mujer y el Príncipe.

Después dijo a Kitty que estaba muy bonita aquel día y le presentó a Karenin y Scherbatsky. Tan bien se arregló, que un momento después el salón tenía un aire agradable y las voces sonaban alegres y animadas.

Solo faltaba Konstantín Levin. Pero su falta resultó aún beneficiosa, porque, al dirigirse Stepán Arkadievich al comedor, donde lo encontró, se dio cuenta al mismo tiempo de que el oporto y el jerez que habían traído eran de la casa Després y no de Levé, y ordenó que el cochero fuese enseguida a esta casa para que trajesen vinos.

—¿Me he retrasado? –preguntó Levin a Oblonsky mientras se dirigían al salón.

—¿Acaso es posible que no te retrases alguna vez? –repuso su amigo cogiéndole del brazo.

—¿Tienes muchos invitados? ¿Quiénes son? –preguntó Levin sonrojándose a su pesar y quitándose con el guante la nieve de su gorro de piel.

—Todos son conocidos. Está Kitty también. Ven, que te presente a Karenin.

A pesar de su liberalismo, Oblonsky sabía que a todos les halagaba conocer a su cuñado, y por esto se esforzaba en proporcionar a sus mejores amigos, presentándoselo, un placer que Levin no estaba en aquel momento en condiciones de apreciar plenamente.

No había vuelto a ver a Kitty después de aquella fatídica velada en que había coincidido con Vronsky, salvo la fugaz aparición en que la entreviera en el camino de Yerguchovo. En el fondo de su alma sabía que hoy iba a verla aquí. Pero, tratando de defender la libertad de sus pensamientos, insistía en decirse a sí mismo que no lo sabía. Ahora, al enterarse de que en efecto estaba, sintió tal alegría y tal temor a la vez que se le cortó la respiración y no supo decir lo que quería.

«¿Cómo será ahora? ¿Estará como antes o como la vi en el coche? ¿Será verdad lo que me dijo Darya Alejandrovna?», pensaba.

—Sí, haz el favor de presentarme a Karenin –logró decir al fin. Y con paso desesperadamente decidido entró en el salón y la vio.

Kitty no era ya la muchacha de antes. No era la que había visto en el coche, sino completamente distinta.

Parecía avergonzada, temerosa, tímida, y por ello más bella aún. Ella divisó a Levin en el mismo momento en que entraba en el salón. Le esperaba. Se alegró y su alegría la turbó hasta tal extremo que hubo un momento, precisamente aquel en que Levin se dirigía hacia la dueña de la casa y la volvió a mirar, que a ella misma, a él y a Dolly, que los estaba observando, les pareció que no podía contenerse y que iba a ponerse a llorar.

Se ruborizó, palideció, volvió a ruborizarse y quedó inmóvil, con un ligero temblor en los labios, mirando a Levin. Él se acercó, la saludó y le dio la mano en silencio. Sin aquel temblor de los labios y aquella humedad que hacía más vivo el brillo de sus ojos, la sonrisa de Kitty habría sido casi tranquila cuando le dijo:

—Hace mucho que no nos vemos.

Y, con el atrevimiento de la desesperación, apretó con su mano fría la de Levin.

—Usted a mí, no, pero yo a usted, sí –contestó él, con una sonrisa radiante de dicha–. La vi cuando iba desde la estación a Yerguchovo.

—¿Cuándo? –preguntó ella sorprendida.

—Por el camino de Yerguchovo –repuso Levin, sintiendo que la felicidad que le llenaba el alma ahogaba su voz. ¿Cómo había podido asociar la idea de algo que no fuese inocente y puro a aquella encantadora criatura?

«Sí, parece cierto lo que me dijo Darya Alejandrovna», pensó.

Stepán Arkadievich, cogiéndole del brazo, le acercó a Karenin.

—Permítanme presentarles –y enunció sus nombres.

—Celebro volver a verle –dijo Alexey Alexandrovich estrechando con frialdad la mano de Levin.

—¿Se conocen ustedes? –preguntó Oblonsky sorprendido.

—Hemos pasado juntos tres horas en el tren –aclaró Levin sonriendo–, pero salimos de él intrigados como de un baile de máscaras, al menos yo.

—¡Ah! No lo sabía –dijo Oblonsky, y añadió, señalando al comedor–: Pasen, hagan el favor.

Los hombres pasaron al comedor y se acercaron a la mesa de los entremeses, preparada a un lado, y en la que había seis clases de vodka, otras tantas de queso, con palillos de plata y sin ellos, caviar, arenques, conservas de todas clases y platos con pequeñas rebanadas de pan francés.

Todos permanecieron un rato ante la mesa, bebiendo el aromático vodka. La charla sobre la rusificación de Polonia, entre Kosnichev y Karenin, se calmó en espera de la comida.

Serguéi Ivanovich sabía muy bien cambiar una conversación seria y abstracta vertiendo en ella inesperadamente algunas gotas de sal ática, lo que hizo en esta ocasión, modificando así el estado de ánimo de sus interlocutores.

Alexey Alexandrovich opinaba que la rusificación de Polonia solo se podía lograr mediante principios superiores introducidos por la administración rusa. Peszov sostenía que un pueblo solo asimila a otro cuando está más poblado. Kosnichev reconocía una cosa y otra, pero con limitaciones. Y, cuando salían del salón, dijo, con una sonrisa para cerrar la discusión:

—Para la rusificación de Polonia, solo hay un medio: poner en el mundo el mayor número posible de niños rusos. Mi hermano y yo obramos en ese sentido peor que nadie. Pero ustedes, señores casados, y sobre todo usted, Stepán Arkadievich, se portan como perfectos patriotas. ¿Cuántos hijos tiene usted ahora? –preguntó, dirigiéndose con afable sonrisa al dueño de la casa y presentándole su copita para brindar con él.

Todos rieron, y Oblonsky más que ninguno.

—Sí, ese es el mejor medio –dijo, masticando el queso y vertiendo un vodka especial en la copa de uno de los invitados.

La discusión, en efecto, concluyó con aquella broma.

—No está mal este queso –dijo el anfitrión–. Permítanme que se lo ofrezca. ¿Has empezado otra vez a hacer gimnasia? –dijo a Levin, palpándole con su mano izquierda los bíceps.

Este sonrió, contrajo el brazo y, entre los dedos de Stepán Arkadievich, se levantó un bulto, redondo como un queso, bajo el fino paño de la levita de su amigo.

—¡Menudos bíceps! ¡Eres un Sansón!

—Para cazar osos debe de necesitarse seguramente una fuerza poco común –dijo Karenin, que tenía una idea muy vaga de la caza, mientras untaba pan con queso, rompiendo, al hacerlo, la rebanada, delgada como una telaraña.

Levin sonrió.

—Ninguna. Al contrario. Hasta un niño puede matar un oso –dijo.

Y, haciendo un leve saludo, dejó paso a las señoras, que se acercaban a la mesa para tomar bocadillos.

—Me han dicho que ha matado usted un oso –dijo Kitty, tratando en vano de pinchar con el tenedor una seta lisa y rebelde, y sacudiendo las puntillas entre las cuales brillaba su mano blanca–. ¿Hay osos en su propiedad? –añadió, volviendo a medias su hermosa cabecita y sonriendo.

Al parecer, nada había de extraordinario en lo que había dicho, pero ¡qué inexplicable significación palpitaba para él en cada sonido y cada movimiento de sus labios, de sus ojos, de su mano, al hablar! Había en ellos súplica de que la perdonara, confianza en él, caricia, una caricia suave y tímida, promesa esperanza… y amor, un amor que le anegaba en felicidad.

—No. He ido a la provincia de Tver. Al regreso encontré en el tren a su cuñado, o mejor dicho, al cuñado de su cuñado. Fue un encuentro divertido.

Y relató animadamente, divirtiéndole mucho, que, después de no haber dormido en toda la noche, se introdujo en el departamento de Karenin vistiendo su pelliza de piel de oveja.

—Al contrario del refrán, el revisor, viendo mi indumentaria, trató de impedirme el paso, pero empecé a soltar algunas expresiones algo fuertes… También usted –dijo Levin dirigiéndose a Karenin, cuyo nombre había olvidado– quiso primero hacerme salir, juzgándome por mi pelliza de piel de cordero. Pero luego intervino en mi favor y se lo agradecí profundamente.

—En general, los derechos de los viajeros a los asientos son muy inconcretos –repuso Alexey Alexandrovich limpiándose los dedos con el pañuelo.

—Yo notaba que usted estaba indeciso con respecto a mí –dijo Levin, riendo bonachón–. Por eso me apresuré a iniciar una charla culta para tratar de borrar el aspecto de mi zamarra.

Serguéi Ivanovich, que hablaba con la dueña y atendía a medias a su hermano, le miró de reojo.

«¿Qué le pasará? Tiene el aspecto de un triunfador», pensó. Ignoraba que Levin sentía como si le crecieran alas. Sabía que Kitty oía sus palabras y que el oírlas la halagaba, y esto le absorbía completamente. Le parecía que no solo en aquella estancia sino en todo el mundo, no existían más que dos seres: él, que había alcanzado ahora ante sí mismo una enorme trascendencia, y ella. Sentíase a una altura tal que experimentaba vértigos. Y abajo, muy abajo, parecíale ver a aquellos simpáticos y bondadosos amigos: los Karenin, los Oblonsky y todos los demás…

De un modo natural, sin reparar en ello, sin mirarles, como si no hubiese otro sitio donde ponerles, Stepán Arkadievich hizo sentar a Kitty y Levin uno al lado del otro a la mesa.

—Puedes sentarte aquí –dijo a Levin.

La comida fue tan buena como la vajilla, a la que Oblonsky era muy aficionado. La sopa Marie-Louise resultó excelente, las diminutas empanadillas, que se deshacían en la boca como agua, no tenían reproche.

Dos lacayos y Matvéi, con corbatas blancas, servían vinos y manjares sin que se reparase en ellos apenas, hábil y silenciosamente. Si la comida resultó bien en el aspecto material, no fue peor en lo espiritual. La conversación, ya generalizada, ya parcial, no cesaba. Al final de la comida, los hombres se levantaron de la mesa sin dejar de hablar, y hasta Karenin se animó.

CAPÍTULO X

A Peszov le gustaba llevar los razonamientos hasta la última consecuencia y no quedó contento con las palabras finales de Serguéi Ivanovich, sobre todo porque comprendía la falta de solidez de su propia opinión.

—En ningún momento he querido referirme exclusivamente –dijo mientras tomaba su sopa y dirigiéndose a Karenin– a la densidad de población como medio para la asimilación de un pueblo, sino también a la superioridad de principios.

—A mí me parece que viene a ser lo mismo –repuso, lentamente y sin interés, su interlocutor–. A mi juicio, un pueblo solo puede influir sobre otro cuando posee un desarrollo superior, en cuyo caso...

—Pero, ¿en qué consiste ese desarrollo superior? –interrumpió Peszov, que siempre se precipitaba al hablar y ponía su alma entera en cuanto decía–. Entre ingleses, franceses y alemanes ¿quién tiene un desarrollo superior? ¿Quién podría asimilarse a los demás? El Rin está afrancesado y los alemanes, no obstante, no son inferiores. ¡Tiene que haber otro principio! –exclamó.

—Creo que la influencia depende siempre de la mayor cultura –respondió Karenin arqueando levemente las cejas.

—¿Y en qué se notan las señales de la cultural –preguntó Peszov.

—A mi juicio son bien conocidas –repuso Alexey Alexandrovich.

—¿Cree, en efecto, que son bien conocidas? –intervino Serguéi Ivanovich sonriendo con fina ironía–. Ahora se admite que la verdadera cultura ha de ser clásica, pero hay fuertes debates al respecto, y no cabe negar que el campo opuesto posee sólidos argumentos en su favor.

—Usted, Serguéi Ivanovich, ¿es partidario de la cultura clásica...? Permítame que le sirva vino tinto –dijo Stepán Arkadievich.

—No expongo mi opinión en favor de ninguna de ambas culturas –dijo Serguéi Ivanovich, sonriendo condescendiente, como si hablara con un niño, y presentando su copa–. Digo solo que ambas partes ofrecen sólidos argumentos –continuó, dirigiéndose a Karenin–. Por mi formación, soy clásico, pero en esa discusión no hallo lugar para mí. No veo razones de peso que expliquen la superioridad de los clásicos sobre los realistas.

—Las ciencias naturales ejercen también una influencia pedagógico-formativa –añadió Peszov–. Por ejemplo: la astronomía, la botánica, la zoología, con sus sistemas de leyes generales.

—No puedo estar de acuerdo –contestó Alexey Alexandrovich–. Opino que no es posible negar que el simple proceso del estudio de las manifestaciones idiomáticas influye sobre el desarrollo espiritual. Tampoco puede negarse que la influencia de los escritores clásicos es en sumo grado moral, mientras que, por desgracia, a la enseñanza de las ciencias naturales se añaden nocivas y erróneas doctrinas que constituyen la plaga de nuestra época.

Serguéi Ivanovich iba a alegar algo, pero Peszov se adelantó, hablando con su profunda voz de bajo, y comenzó a demostrar lo equivocado de aquella opinión.

Serguéi Ivanovich esperaba pacientemente el momento de poder hablar, con evidente expresión de triunfo en su semblante.

—Pero –dijo al fin, sonriendo de nuevo con fina ironía y dirigiéndose a Karenin– nos es imposible negar que es muy difícil pesar todo lo que en pro y en contra de esas ciencias puede decirse. La cuestión de a cuál de ambas educaciones hay que dar la preferencia no habría sido resuelta tan fácil y definitivamente si del lado de la formación clásica no halláramos el argumento que acaba usted de exponer: la ventaja moral *–disons le mot–* de la influencia antinihilista.

—Sin duda.

—De no ofrecer esa ventaja antinihilista las ciencias clásicas, habríamos pesado y pensado más –dijo Serguéi Ivanovich, siempre con su fina sonrisa– y habríamos dejado que una y otra tendencia se desarrollaran libremente. Pero ahora sabemos que las píldoras de la educación clásica contienen una fuerza curativa contra el nihilismo y por eso las recetamos con toda seguridad a nuestros pacientes. ¿Y si en realidad no tuvieran tal poder terapéutico? –concluyó, añadiendo de este modo a la charla su acostumbrada dosis de sal ática.

Cuando Kosnichev mencionó las píldoras, todos rieron y, más alto y alegremente que todos, Turovzin, que esperaba desde el principio la parte divertida de la conversación.

Stepán Arkadievich había acertado al invitar a Peszov, porque, gracias a él, la conversación sobre temas elevados no cesó un momento. Apenas Serguéi Ivanovich hubo cortado con su broma la conversación, ya Peszov abordaba otro tema.

—Ni siquiera podemos estar seguros de que tales sean las opiniones del Gobierno –decía ahora–. El Gobierno probablemente se guía por la opinión general, siendo indiferente a la eficacia de las medidas que adopta. Así, por ejemplo, la cuestión de la instrucción femenina suele ser considerada como perjudicial y, sin embargo, el Gobierno abre escuelas y universidades para la mujer.

Y la conversación pasó enseguida al tema de la educación femenina.

Alexey Alexandrovich manifestó que generalmente se confundía la educación femenina con la cuestión de la libertad de la mujer y que solo por este sentido podía considerase perjudicial.

—Yo opino, al contrario, que ambas cuestiones van indisolublemente unidas –dijo Peszov–. Es un círculo vicioso. La mujer no tiene derechos por la insuficiencia de su instrucción y su insuficiencia de instrucción procede de su falta de derechos. No olvidemos que la esclavitud de la mujer es algo tan arraigado y antiguo que a menudo no queremos comprender el abismo que nos separa de ellas.

—Dice usted derechos... –repuso Serguéi Ivanovich, que esperaba a que Peszov callase–. ¿Derechos a ocupar puestos de jurados, vocales, alcaldes, funcionarios y miembros del Parlamento?

—Sin duda.

—Como rara excepción, puede admitirse la posibilidad de que las mujeres ocupen tales puestos, pero creo que usted ha dado a la expresión un sentido demasiado amplio al decir «derechos». Más justo sería decir «obligaciones». Todos estarán de acuerdo conmigo en que cuando somos jurados, vocales o telegrafistas, creemos estar cumpliendo una obligación. Por eso es más justo decir que las mujeres tratan de cumplir deberes, y tienen razón. En ese sentido, hay que simpatizar con su deseo de ayudar al hombre en su trabajo.

—Me parece muy justo –confirmó Alexey Alexandrovich–. La cuestión consiste, en mi opinión, en saber si serán capaces de cumplir con esos deberes.

—Estoy seguro de que serán muy capaces de hacerlo cuando la instrucción se extienda entre ellas, como ya lo vemos –opinó Oblonsky.

—¿Y la sentencia? –medió el anciano Príncipe, que hacía tiempo escuchaba, mirando con sus ojos pequeños y brillantes, llenos de ironía, No me importa repetirla en presencia de mis hijas: «La mujer es un animal de cabellos largos y de...».

—Algo por el estilo se decía de los negros antes de emanciparlos –alegó, malhumorado, Peszov.

—Por mi parte encuentro muy extraño que las mujeres busquen nuevas obligaciones –manifestó Serguéi Ivanovich–, mientras vemos que, por desgracia, los hombres huyen de ellas.

—Las obligaciones comportan derechos. Las mujeres buscan autoridad, dinero, honores –repuso Peszov.

—Es como si yo buscase un puesto de nodriza y me ofendiese de que se me negase, mientras a las mujeres las pagan por ello –dijo el anciano Príncipe.

Turovzin rió a carcajadas y Serguéi Ivanovich lamentó no haber tenido él aquella ocurrencia.

Hasta Karenin sonrió.

—Sí, pero un hombre no puede amamantar –contestó Peszov– mientras que la mujer.

—Perdón, un inglés que viajaba en un vapor llegó a amamantar él mismo a su hijo –repuso el príncipe Scherbatsky, permitiéndose esta libertad a pesar de estar presentes sus hijas.

—Pues podrá haber tantas mujeres funcionarias como ingleses como ese –atajó Serguéi Ivanovich.

—¿Y qué ha de hacer una joven sin familia? –intervino Stepán Arkadievich, apoyando a Peszov en su defensa de la mujer, al acordarse de la Chibisova, en la que ahora pensaba constantemente.

—Si se estudiase bien la vida de esa joven, se vería que seguramente había dejado a su familia o la de sus parientes, donde tendría sin duda la posibilidad de hallar un trabajo propio para mujeres –terció inesperadamente Dolly, sin duda adivinando en qué joven pensaba su marido.

—Nosotros defendemos el principio, el ideal –alegó Peszov, con su sonora voz de bajo–. La mujer quiere tener derecho a ser independiente y culta, y se siente oprimida y aplastada con la idea de que ello le es imposible.

—Y yo me siento oprimido y aplastado por la idea de que no me acepten como nodriza en el orfelinato –insistió el anciano Príncipe, con gran alborozo de Turovzin, que, en su risa, dejó caer un grueso espárrago en la salsa.

CAPÍTULO XI

Todos participaban en la conversación general excepto Kitty y Levin. Este, al principio, cuando se habló de la influencia de un pueblo sobre otro, pensó que podría opinar sobre el tema. Pero aquellas ideas, que antes le parecían de tanta importancia, pasaban ahora como un sueño por su cerebro sin despertar en él el menor interés. Incluso le pareció extraño que hablasen tanto de lo que a nadie le importaba.

Kitty, a su vez, encontraba interesante habitualmente la cuestión de los derechos femeninos. ¡Cuántas veces pensaba en esto, recordando a su amiga del extranjero, Varenka, y su penosa dependencia; cuántas veces meditaba en lo que podía ser de ella de no casarse; y cuántas veces había discutido el asunto con su hermana!

Pero ahora todo ello la tenía sin cuidado. Hablaba con Levin, o mejor dicho no hablaba. Solo mantenía con él una especie de misteriosa comunicación que cada vez les acercaba más, despertando en ambos un sentimiento de gozosa incertidumbre ante el mundo desconocido en que se disponían a entrar.

Al iniciar su conversación, Levin, contestando a Kitty, le dijo que la había visto el año pasado en el coche cuando él regresaba a su casa por el camino real, de vuelta de las faenas del campo.

—Era muy temprano. Usted debía de acabar de despertarse. Su mamá dormía en el rincón del coche. La mañana era espléndida. Y yo iba por el camino pensando: «¿Quién vendrá en ese coche de cuatro caballos?». El coche pasó con un alegre sonar de cascabeles y yo vi por un instante su rostro en la ventanilla y su mano, que ataba las puntas del lazo de su cofia, mientras usted, sentada, parecía pensar en algo… –contaba Levin, riendo–. ¡Cuánto habría dado por saber lo que pensaba! ¿Era algo importante?

«¡A lo mejor estaba despeinada!», pensó Kitty. Pero viendo la embelesada sonrisa que aquellos recuerdos despertaban en Levin, comprendió que el efecto producido no podía haber sido malo. Se ruborizó y rió jovialmente.

—Le aseguro que no me acuerdo.

—¡Qué a gusto ríe Turovzin! –exclamó Levin, viendo los ojos húmedos y el cuerpo tembloroso de risa del aludido.

—¿Le conoce hace mucho? –preguntó Kitty.

—¡Quién no le conoce!

—Me parece que le considera usted una mala persona.

—No, eso no; le considero solo un miserable.

—No es cierto. ¡Le prohíbo que piense eso de él! –dijo Kitty–. Yo también le consideraba antes lo mismo, pero es un hombre muy simpático y bueno. Tiene un corazón de oro.

—¿Cómo conoce usted su corazón?

—Somos muy amigos suyos. Le conozco bien. El invierno pasado, poco después de que... usted estuviera en nuestra casa –dijo Kitty con una sonrisa culpable, pero a la vez confiada– Dolly tuvo a todos los niños enfermos de escarlatina. Un día Turovzin pasó por su casa. Y sintió tanta compasión de Dolly, que se quedó allí durante tres semanas cuidando como un aya a los pequeños –refirió en voz baja.

E inclinándose hacia su hermana, añadió:

—Estoy contando a Konstantín Dmitrievich lo que hizo Turovzin cuando tuviste a los niños enfermos de la escarlatina.

—Es un hombre extraordinariamente bueno –repuso Dolly mirando con dulce sonrisa a Turovzin, que comprendió que hablaban de él.

Levin le miró a su vez, sin poder explicarse cómo era posible que no hubiese reparado antes en las cualidades de aquel hombre.

—Perdóneme, perdóneme. No volveré a pensar mal de nadie –dijo, jovial y sinceramente, expresando lo que sentía realmente en aquel momento.

CAPÍTULO XII

En la conversación que se había iniciado sobre los derechos de la mujer, surgían puntos delicados relativos a la desigualdad que existía entre los cónyuges en el matrimonio, cuestiones que era difícil tratar en presencia de las señoras. Peszov durante la comida tocó más de una vez aquellos puntos, pero Serguéi Ivanovich y Stepán Arkadievich desviaron siempre con mucho tacto la conversación.

Cuando se levantaron de la mesa y las señoras salieron del comedor, Peszov no las siguió y se dirigió a Karenin exponiéndole el motivo esencial de aquella desigualdad, que consistía, según él, en que las infidelidades de marido y mujer se castigan de modo distinto por la ley y por la opinión pública.

Stepán Arkadievich se acercó precipitadamente a su cuñado ofreciéndole tabaco.

—No fumo –repuso Karenin con calma.

—Creo que las bases de esa opinión están en la esencia misma de las cosas –dijo. E intentó pasar al salón, pero en aquel momento Turovzin le habló inesperadamente.

—¿Sabe usted lo de Prianichnikov? –preguntó, sintiéndose animado ya por el champaña a romper el silencio en que hacía rato permaneciera–. Me han contado –siguió, sonriendo bonachonamente con sus labios húmedos y rojos y dirigiéndose a Karenin, como invitado de más respeto– que Vasia Prianichnikov se ha batido en Tver con Kritsky y le ha matado.

Oblonsky observaba que, así como todos los golpes van siempre al dedo lastimado, hoy todo iba a parar al punto dolorido de Karenin. Trató de llevarle fuera, pero su cuñado preguntó:

—¿Por qué se ha batido Prianichnikov?

—Por culpa de su mujer. ¡Se comportó como un hombre! Desafió al otro y lo mató.

—¡Ah! –murmuró Alexey Alexandrovich. Y arqueando las cejas pasó al salón.

—Me alegro de que haya venido hoy –dijo Dolly, que le encontró en la pequeña antesala contigua–. Quiero hablarle. Sentémonos aquí.

Karenin, siempre con aquella expresión indiferente que le daban sus cejas arqueadas, sonrió y se sentó junto a Darya Alejandrovna.

—Muy bien –dijo–, porque precisamente quería pedirle perdón por no haberla visitado antes y despedirme de usted. Me voy de viaje mañana.

Dolly creía en la inocencia de Anna y en su palidez se adivinaba que estaba irritada contra aquel hombre frío a indiferente que con tanta tranquilidad iba a causar la ruina de su inocente cuñada.

—Alexey Alexandrovich –dijo, con desesperada decisión mirándole a los ojos–. Le he preguntado por Anna y no me ha contestado. ¿Cómo está?

—Creo que bien, Darya Alejandrovna –contestó Karenin sin mirarla.

—Perdone, Alexey Alexandrovich. No tengo derecho a... Pero quiero y respeto a Anna como a una hermana. Le pido... le ruego que me diga lo que ha pasado entre ustedes. ¿De qué la acusa?

Karenin arrugó el entrecejo, entornó los ojos a inclinó la cabeza.

—Supongo que su marido le habrá explicado los motivos por los cuales quiero cambiar mis relaciones con Anna Arkadievna –dijo, siempre sin mirar a Dolly, y dirigiendo la vista sin querer al joven Scherbatsky, que pasaba por el salón.

—No creo, no puedo creer que... –pronunció Dolly, uniendo sus manos huesudas en un ademán enérgico–. Aquí nos molestarán. Pase a este otro cuarto, haga el favor –dijo, levantándose y poniendo la mano en la manga de Karenin.

La emoción de Dolly influyó en Alexey Alexandrovich. Levantándose, la siguió sumisamente al cuarto de estudio de los niños.

Se sentaron ante la mesa cubierta de hule rasgado por todas partes por los cortaplumas.

—No lo creo, no lo creo –insistió Dolly, procurando fijar la mirada huidiza de Karenin.

—Es imposible no creer en los hechos, Darya Alejandrovna –respondió Alexey Alexandrovich, recalcando la palabra «hechos».

—¿Qué le ha hecho? ¿Qué ha hecho Anna? –preguntó Dolly.

—Olvidar sus deberes y traicionar a su marido. Eso ha hecho.

—Es imposible. ¡Ha debido usted engañarse! –dijo Dolly cerrando los ojos y llevándose las manos a las sienes.

Karenin sonrió fríamente, solo con los labios, queriendo probar a Dolly y a sí mismo la firmeza de su convicción, pero aquella calurosa defensa de su mujer, aunque no le hacía vacilar, abría de nuevo la herida de su alma, y se puso a hablar con gran excitación.

—Es imposible equivocarse cuando la propia mujer se lo confiesa al marido, añadiendo que los ocho años de vida conyugal y el hijo que tiene han sido un error, y que desea empezar una nueva vida –concluyó enérgicamente, produciendo al hablar un sonido nasal.

—Me resulta imposible, no puedo creerlo... ¡Anna y el vicio unidos! ¡Oh!

—Darya Alejandrovna –dijo Karenin, mirando ahora de frente el rostro bondadoso y conmovido de Dolly y sintiendo que su lengua adquiría más libertad–, habría dado cualquier cosa por poder seguir dudando. Mientras dudaba sufría, pero no tanto como ahora. Cuando dudaba, tenía esperanzas. Ahora ya nada espero; y, a pesar de todo, nuevas dudas se han añadido a las que sentía y he llegado a odiar a mi hijo, e incluso a pensar que no es mío. Soy muy desgraciado.

Sobraba decirlo. Dolly lo comprendió en cuanto Karenin la miró a la cara. Sintió lástima de él y su fe en Anna vaciló.

—¡Es horrible, horrible! ¿Y es cierto que se ha decidido usted por el divorcio?

—Estoy decidido a ese recurso extremo. No cabe hacer otra cosa.

—¡Que no cabe hacer otra cosa! ¡Que no cabe hacerla! –murmuró ella, con lágrimas en los ojos.

—Lo terrible de esta desgracia es que no se pueda, como en otros casos, incluso la muerte, soportar la cruz. Aquí hay que obrar –dijo él, adivinando el pensamiento de Dolly–. Hay que salir de la situación humillante en que le ponen a uno. Es imposible compartir con otro…

—Comprendo, comprendo bien –repuso Dolly bajando los ojos. Y calló, pensando en sí misma, en sus dolores familiares. Pero, de pronto, con ademán enérgico, alzó la cabeza y juntó las manos implorándole–: Escuche: usted es cristiano. Piense en ella. ¿Qué será de Anna si la abandona?

—Ya lo he pensado, y mucho, Darya Alejandrovna –dijo Karenin, cuyo rostro se había cubierto de manchas rojas y cuyos ojos turbios la miraban de frente. Dolly ahora le tenía compasión–. Lo hice después de que ella misma me hubo anunciado mi deshonra. Lo dejé todo como estaba, le di la posibilidad de enmendarse, de guardar las apariencias –siguió, exaltándose–. Es posible salvar al que no quiere perderse, pero si una naturaleza es tan viciosa y está tan corrompida que hasta la misma perdición le parece una salvación, ¿qué se puede hacer?

—Todo, menos divorciarse.

—¿Qué es todo?

—¡Es horrible! Anna no será la esposa de ninguno. ¡Se perderá!

—¿Y qué puedo hacer? –repuso Alexey Alexandrovich levantando las cejas y los hombros.

Y el recuerdo de la última falta de su mujer le irritó tanto que recobró su frialdad del principio de la conversación.

—Agradezco mucho su simpatía, pero tengo que irme –dijo levantándose.

—Espere. No debe usted causar la perdición de Anna. Quiero hablarle de mí misma. Me casé y mi marido me engañaba. Enojada y celosa quise abandonarlo todo, marcharme… Pero recobré el buen sentido… ¿y sabe quién me salvó? La propia Anna. Ahora ya ve: voy viviendo, los niños crecen, mi marido vuelve al hogar, reconoce su falta, es cada vez mejor, y yo… He perdonado y usted debe perdonar también.

Karenin la escuchaba, pero aquellas palabras no despertaban en él eco alguno. En su alma se elevaba otra vez la ira del día en que resolviera divorciarse. Se recobró, Y exclamó, con voz fuerte y vibrante:

—No quiero ni puedo perdonarla. Lo considero injusto. Lo he hecho todo por esa mujer y ella lo ha pisoteado todo en el barro, en ese barro que es el elemento natural de su alma. No soy malo. No he odiado a nadie jamás, pero a ella la odio con toda el alma, y el odio inmenso que le tengo por todo el mal que me ha causado me impide perdonarla –concluyó, con la voz sofocada por un sollozo de cólera.

—Amad a los que os odian –murmuró Dolly tímidamente.

Karenin sonrió con desprecio. Conocía la máxima hacía mucho, pero sabía que no convenía a su caso.

—Podemos muy bien amar a los que nos odian, pero a los que nosotros odiamos no. Perdóneme haberle causado este sufrimiento. Cada uno tiene bastante con sus propias penas.

Y, recobrando el dominio de sí mismo, Alexey Alexandrovich se despidió tranquilamente y se fue.

CAPÍTULO XIII

Al levantarse de la mesa, Levin se proponía seguir a Kitty al salón, pero temía que a ella le molestase que la cortejara tan ostensiblemente.

Se quedó, pues, con el círculo de los hombres, interviniendo en la conversación general y, sin dirigir la vista a Kitty, seguía sus movimientos, sus miradas y el lugar que ocupaba en el salón.

Ahora, sin esfuerzo alguno, cumplía la promesa que le había hecho de no pensar mal de nadie y estimar siempre a todos.

La conversación versó sobre la comunidad rusa, en la que Peszov veía un principio particular que él llamaba el principio del coro. Levin no estaba conforme con él ni con su hermano, quien, según su modo de pensar, admitía y no admitía la comunidad rusa. Mas Levin hablaba con ellos con intención de aproximarlos y de suavizar sus divergencias. No se interesaba ni lo más mínimo en lo que les decía, y menos aún en lo que decían ellos, y solo deseaba que todos se sintieran a gusto y satisfechos.

A la sazón, únicamente una cosa le parecía importante. Y aquella cosa estaba al principio en el salón y luego empezó a acercarse y se detuvo en la puerta. Levin, de espaldas, sintió una mirada y una sonrisa dirigidas a él y no pudo dejar de volverse. Kitty estaba en el umbral, con Scherbatsky, y le miraba.

—Creí que iba usted al piano –dijo Levin aproximándose–. La música es lo que más echo de menos en el pueblo.

—No. Veníamos a buscarle –respondió Kitty, dirigiéndole una sonrisa–. ¡Qué ganas de discutir! No van a convencerse nunca unos a otros…

—Es verdad –repuso Levin–. La mayoría de las veces se discute únicamente porque no se comprende lo que quiere decir el antagonista de uno.

Levin solía observar que en las discusiones entre hombres inteligentes, después de grandes esfuerzos y de enorme cantidad de sutilezas dialécticas y de palabras, los interlocutores llegaban a la conclusión de que se esforzaban en demostrarse mutuamente lo que sabían ya desde el principio. Veía también que el motivo de las discusiones era siempre que les agradaban diferentes cosas y no querían reconocerlo para no ser vencidos en el debate.

Levin, a veces, cuando discutía, si adivinaba de repente lo que agradaba a su adversario, comenzaba también él a verlo con agrado, se unía a su opinión y todas las demostraciones resultaban innecesarias. Pero en otras ocasiones sucedía lo contrario. Exponía las convicciones en cuya defensa inventaba argumentos y, si acertaba a explicarlas bien y sinceramente, el antagonista se convencía y abandonaba la discusión. Era esto lo que había querido decir a Kitty.

Ella arrugó el entrecejo tratando de comprender. Pero apenas él hubo iniciado la explicación, Kitty vio claro lo que quería decir.

—Ya. Es preciso saber lo que sostiene el contrincante, lo que le agrada, y entonces es posible...

Había adivinado y expresado el pensamiento tan mal expuesto por Levin, quien rió jovialmente al oírla. Era sorprendente aquella transición del elocuente debate entre Peszov y su hermano a esta lacónica manera de exponer, casi sin palabras, las ideas más complicadas.

Scherbatsky se separó de ellos. Kitty, acercándose a la mesa de juego, que estaba desplegada, se sentó y empezó a dibujar con tiza círculos sobre el nuevo tapete verde.

Volvieron a la conversación iniciada en la comida sobre la libertad y ocupaciones de la mujer. Levin coincidía con Dolly en que una joven soltera podía encontrar trabajo femenino en la familia. Y esto se lo confirmaba el que ninguna casa puede prescindir de una ayudanta y en que toda familia, pobre o rica, necesita tener niñera, ya sea a sueldo, ya alguna parienta.

—No –dijo Kitty, ruborizándose, pero mirando aún más fijamente a Levin con sus ojos sinceros–. Una joven puede hallarse en situación de no poder vivir con su familia, de ser despreciada, y entonces...

Él comprendió lo que se ocultaba bajo aquellas palabras.

—Sí –dijo–, tiene usted razón, sí, sí...

Y le bastó adivinar lo que se ocultaba en sus palabras: el miedo a quedar soltera, la humillación.... para comprender enseguida la verdad que había sostenido Peszov durante la comida sobre la libertad de la mujer. Amaba a

Kitty y por aquella humillación adivinó al punto lo que pasaba en su corazón, y rectificó sin vacilar sus opiniones.

Siguió un silencio. Kitty continuaba dibujando en la mesa. Sus ojos brillaban con dulzura y Levin sentía que la felicidad le inundaba más cada vez.

—¡Oh! He ensuciado toda la mesa –exclamó Kitty.

Y dejando la tiza, hizo ademán de levantarse.

«¿Será posible que me deje solo?», se preguntó Levin, atemorizado. Y, cogiendo la tiza, se sentó a la mesa y dijo:

—Espere. Hace tiempo que quería preguntarle una cosa.

La miraba a los ojos, acariciantes, aunque ligeramente asustados.

—Bien, pregunte –repuso Kitty.

—Mire –repuso él, y comenzó a escribir las letras siguientes: c, u, m, d, n, p, s, s, r, a, e, o, a, s. Estas letras significaban: «Cuando usted me dijo no puede ser, ¿se refería a entonces o a siempre?».

Parecía imposible que ella pudiese descifrar el significado de aquellas letras, pero él la miró de un modo tal como si su vida dependiese de que Kitty las comprendiera.

La joven le contempló con gravedad, inclinó la frente, frunciéndola y examinó las letras. De vez en cuando, le miraba como preguntándole: «¿Es lo que me figuro?».

—Comprendo –dijo, al fin, ruborizándose.

—¿Sabe qué palabra es esta? –preguntó él, señalando la s, con la que indicara «siempre», que significaba el fin de sus esperanzas.

—Significa «siempre» –contestó Kitty–, pero no es así.

Levin limpió rápidamente lo escrito, ofreció la tiza a la joven y se levantó. Ella trazó estas letras: e, n, p, d, o, c.

Dolly se consoló totalmente del dolor que le causara la conversación con Karenin viendo las figuras de Kitty y Levin: ella con la tiza en la mano, mirándole con una sonrisa, temerosa y feliz, y Levin inclinado sobre la mesa, y mirando con encendidos ojos, ora a la mesa, ora a la muchacha.

De pronto, el rostro de Levin se iluminó: había comprendido. Las letras significaban: «entonces no podía decir otra cosa».

La miró, interrogativo y tímido.

—¿Solo entonces? –preguntó.

—Sí –contestó la sonrisa de Kitty.

—¿Y a... ahora?

—Lea. Le diré lo que quisiera, lo que quisiera con toda mi alma...

Y escribió: q, u, o, l, q, p, que significaba «que usted olvidara lo que pasó».

Levin cogió la tiza con sus rígidos y temblorosos dedos, y la emoción le hizo romper la barrita de yeso. Luego escribió las iniciales de la siguiente frase: «No tengo nada que olvidar ni perdonar y no he dejado nunca de amarla».

Kitty le miró con extática sonrisa.

—He comprendido –dijo.

Levin se sentó y escribió una larga frase en iniciales. Kitty lo comprendió todo y, sin pedirle confirmación, tomó la tiza y le contestó inmediatamente.

Durante largo rato Levin no pudo adivinar lo que ella quería decide y de vez en cuando la miraba a los ojos. La felicidad que sentía velaba su mente. Le fue imposible encontrar las palabras a que correspondían las iniciales de Kitty, pero en los hermosos y radiantes ojos de la joven leyó cuanto quería saber.

Entonces escribió solo tres letras. Antes de que terminase de trazarlas, Kitty, cogiendo la mano de Levin, le hizo poner la respuesta: «Sí».

—¿Están ustedes juzgando al *secrétaire*? –preguntó el anciano príncipe Scherbatsky, acercándose a ellos–. Vamos, Kitty. Si no, llegaremos tarde al teatro.

Levin se levantó y acompañó a Kitty hasta la puerta.

En su conversación había sido dicho todo: que ella le quería y que diría a sus padres que Levin iría a verles al día siguiente por la mañana.

CAPÍTULO XIV

Cuando Kitty hubo salido, Levin, solo, sintió en ausencia de la joven tal inquietud y tan vivo deseo de que llegara cuanto antes la mañana siguiente, en que volvería a verla y a unirse con ella para siempre, que las catorce horas que le separaban de aquel momento le llenaron de temor. Necesitaba estar con alguien, hablar, no sentirse solo, engañar el tiempo. El más agradable interlocutor para él habría sido Oblonsky, pero este afirmaba tener que asistir a una reunión, aunque en realidad iba al baile. Levin tuvo tiempo, sin embargo, de decirle que era feliz, que le apreciaba mucho y que jamás olvidaría lo que había hecho por él. La mirada y la sonrisa de su amigo le demostraron que este había comprendido perfectamente el estado de su alma.

—¿Qué? ¿Ya no está próximo el momento de morirse? –preguntó Stepán Arkadievich con amable ironía, estrechando la mano de Levin.

—¡Nooo! –repuso este.

Al despedirse de él, también Dolly le felicitó, diciéndole:

—Estoy muy contenta de que se haya vuelto a ver con Kitty. No hay que olvidar a los antiguos amigos...

A Levin casi le molestaron las palabras de Darya Alejandrovna, la cual no podía comprender en cuán alto e inaccesible lugar colocaba él aquel acontecimiento, ya que se atrevía a mencionar en estos momentos el pasado.

Levin se despidió de ellos y, por no quedarse solo, se fue con su hermano.

—¿Adónde vas?

—A una reunión.

—¿Puedo acompañarte?

—¿Por qué no? –repuso, sonriendo, Serguéi Ivanovich–. Pero, ¿qué tienes hoy?

—¿Qué tengo? ¡Soy feliz! —dijo Levin, mientras bajaba el cristal de la ventanilla del coche en que iban–. ¿No te importa que abra? Me ahogo... Soy muy feliz... ¿Por qué no te has casado tú?

Serguéi Ivanovich sonrió.

—Me alegro, ella parece una muchacha muy simpática... –empezó.

—¡Calla, calla, calla! –gritó Levin, cogiendo con ambas manos el cuello de la pelliza de su hermano y cerrándola sobre su boca.

¡Eran tan vulgares, tan ordinarias, armonizaban tan mal con sus sentimientos aquellas palabras: «Es una muchacha muy simpática»!

Serguéi Ivanovich rió alegremente, lo que rara vez le sucedía.

—En cualquier caso, lo celebro mucho...

—Mañana, mañana me lo dirás. ¡Silencio ahora! –insistió Levin, cerrando otra vez la pelliza de su hermano. Y añadió–: ¡Cuánto te quiero! ¿Puedo asistir a la reunión?

—Claro que puedes.

—¿De qué se va a tratar? –preguntó Levin, sin dejar de sonreír.

Llegaron a la reunión. Levin oyó cómo el secretario tropezaba en las palabras al leer el acta, que al parecer no entendía ni él mismo. Pero Levin creía adivinar a través del rostro del secretario que era un hombre bueno, simpático y agradable, lo que se demostraba, según él, por la manera como se azoraba y se confundía en aquella lectura.

Empezaron los discursos. Se discutía la asignación de unas sumas y la colocación de unas tuberías. Serguéi Ivanovich atacó vivamente a dos miembros de la junta y habló largo rato con aire de triunfo. Uno de los miembros, que había tomado notas en un papel, quedó por un momento como asustado, pero luego contestó a Kosnichev con tanta cortesía como mala intención. Sviajsky, presente también, dijo algunas palabras nobles y elocuentes.

Levin, escuchando, comprendía claramente que allí no había nada, ni sumas asignadas, ni tuberías, pero que no se enfadaban por ello, que eran todos gente muy amable y que todo marchaba perfectamente entre ellos. No molestaban a nadie y se sentían a gusto. Lo más notable era que hoy le parecía verles a través de una bruma y que por minúsculos, casi imperceptibles detalles, creía adivinar el alma de todos y percibir que todos rebosaban bondad.

Ellos, a su vez, sin duda, sentían también hoy una gran simpatía por Levin, ya que al hablar con él, lo hacían con exquisita amabilidad, incluso aquellos que no le conocían.

—¿Estás contento? –le preguntó su hermano.

—Mucho. No me imaginaba que llevarías esto con tanto interés, con tanto...

Sviajsky se acercó a Levin y le invitó a tomar el té en su casa. Levin no veía ahora por qué estaba antes descontento con Sviajsky, ni qué era lo que se obstinaba en buscar en él. ¡Era un hombre tan inteligente y bondadoso!

—Con mucho gusto –repuso, y le preguntó por su esposa y su cuñada. Por extraña asociación de ideas, al unir en su mente el pensamiento de la cuñada de su amigo y de su matrimonio, se le figuró que a nadie podía confiar mejor su dicha que a la cuñada y la mujer de Sviajsky, por lo cual la idea de ir a verles le colmaba de satisfacción.

Sviajsky le preguntó por los asuntos de su pueblo, suponiendo, como siempre, que no podría habérsele ocurrido nada que no existiese ya en Europa, sin que tal motivo pareciera hoy molestar a Levin. Reconocía, por el contrario, que su amigo tenía razón, que aquello era cosa de poca monta, y que eran muy de estimar el extraordinario tacto y suavidad con que Sviajsky procuraba eludir la demostración de la razón que le asistía.

Las señoras se mostraron amabilísimas. Levin experimentaba la impresión de que sabían todo lo que concernía a su dicha, que se alegraban y que no se lo decían por delicadeza.

Permaneció allí una, dos y hasta tres horas, tratando de diversos temas, pero aludiendo constantemente a lo único que inundaba su alma, sin darse cuenta de que les tenía ya a todos fatigados y de que era hora de irse a acostar.

Sviajsky le acompañó hasta el recibidor, bostezando y extrañado de la rara disposición de ánimo que su amigo manifestaba aquel día.

Era la una dada. Levin, al encontrarse en el hotel, se asustó con la idea de que había de pasar a solas diez horas aún, consumiéndose de impaciencia. El criado de turno encendió las bujías y se dispuso a salir, pero Levin le retuvo. Resultó después que aquel criado, Yegor, en quien antes él no reparaba nunca, era un muchacho inteligente y simpático y, sobre todo, amabilísimo.

—Y dime, Yegor: debe de ser difícil pasar la noche sin dormir, ¿no?

—¿Qué se le va a hacer? Es la obligación. Más tranquilo es trabajar en casas de señores. Pero la cuentas salen mejor trabajando aquí.

Levin supo entonces que Yegor tenía familia: tres hijos y una hija, costurera, a la que pensaba casar con el dependiente de una tienda de guarnicionería.

Con este motivo, Levin participó a Yegor su opinión de que lo esencial en el matrimonio es el amor y que con amor siempre se es feliz, puesto que la felicidad está en uno mismo.

Yegor escuchó con atención, pareciendo comprender muy bien la idea de Levin, y, como para confirmarlo, hizo el comentario, inesperado para este, de que cuando él servía en casa de unos señores, que eran personas excelentes, siempre había estado satisfecho de ellos, y que ahora lo estaba también, a pesar de ser francés el dueño.

«¡Es un hombre admirable este Yegor!», reflexionaba Levin.

—Cuando te casaste, ¿querías a tu mujer, Yegor?

—¿Cómo no iba a quererla?

Y veía que Yegor se exaltaba y se disponía a descubrirle todos sus sentimientos recónditos.

—Mi vida ha sido extraordinaria. Desde chiquillo... –empezó Yegor, con los ojos brillantes, tan visiblemente contagiado por el entusiasmo de Levin como cuando uno se contagia viendo bostezar a otro.

Pero en aquel momento sonó un timbre. Yegor salió y Levin quedó solo. No había comido apenas en casa de Oblonsky, no tomó té ni quiso cenar en la de Sviajsky y ahora no podía ni pensar en la cena. Tampoco había dormido la noche anterior, y tampoco podía pensar en el sueño. En la habitación hacía fresco, pero se ahogaba de calor. Abrió las dos hojas de la ventana y se sentó a la mesa ante ellas. Sobre el tejado cubierto de nieve se veía una cruz labrada con cadenas y encima de la cruz, el triángulo de la constelación del Cochero con Cabra, la brillante estrella amarilla. Levin ora contemplaba la cruz, ora aspiraba el aire helado que entraba suavemente en la habitación y, como en sueños, seguía las imágenes y los recuerdos que le iba sugiriendo su imaginación.

Hacia las cuatro oyó pasos en el corredor, miró por la puerta y descubrió a Miakin. Era este un jugador a quien conocía que en aquel momento regresaba del Círculo. Su aspecto era taciturno y tosía.

«¡Pobre desgraciado!», pensó Levin.

Y el afecto y la compasión que sentía por aquel hombre hicieron afluir las lágrimas a sus ojos.

Se propuso hablarle y consolarle, pero, recordando que estaba en camisa, cambió de decisión y se sentó de nuevo ante la ventana para bañarse en el aire fresco, para mirar aquella cruz silenciosa, de admirable forma y llena para él de significación, para contemplar aquella brillante estrella amarilla.

A las seis, comenzó a oírse en los pasillos el ruido de los enceradores, sonaron campanas llamando a misa y Levin comenzó a sentir frío.

Cerró la ventana, se lavó y vistió y salió a la calle.

CAPÍTULO XV

Las calles estaban desiertas aún. Levin se dirigió a casa de los Scherbatsky. La puerta principal se hallaba cerrada y todo dormía.

Volvió al hotel, subió a su alcoba y pidió café. El camarero de día, que ya no era Yegor, se lo trajo. Levin quiso iniciar una conversación con él, pero llamaron y el camarero hubo de salir.

Levin probó a beber el café y se llevó una pasta a la boca, pero sus dientes no sabían qué hacer con la pasta. La escupió, se puso el abrigo y se fue a errar por las calles. Eran algo mas de las nueve cuando se halló otra vez ante las puertas de los Scherbatsky. En la casa apenas había despertado nadie aún. El cocinero salía en aquel momento a la compra. Era, pues, preciso esperar todavía más de dos horas.

Toda la noche y aquella mañana las había pasado Levin en estado de inconsciencia, sintiéndose fuera de las condiciones de la existencia material. No comió en todo el día, llevaba dos noches sin dormir, había pasado varias horas medio desnudo al aire frío y, sin embargo, no solo se sentía fresco y fuerte, sino completamente desligado de su cuerpo. Se movía sin esfuerzo muscular y tenía la sensación de que lo podía todo. Estaba seguro de que, de necesitarlo, habría conseguido volar o mover los muros de una casa.

Pasó el tiempo que faltaba paseando por las calles, mirando sin cesar el reloj y volviendo la cabeza a todos lados.

Entonces vio algo muy hermoso que no volvió a ver jamás: Unos niños que iban a la escuela –que fue lo que más le conmovió–, vio unas palomas de color azul oscuro que volaban desde los tejados a la acera, y unos panecillos blancos, espolvoreados con harina, expuestos por una mano invisible en una ventana.

Los panecillos, los niños, las palomas, todo cuanto veía tenía algo prodigioso. Uno de los niños corrió a la ventana y miró, sonriendo a Levin: una paloma sacudió las alas con suave rumor y se levantó brillando al sol, entre el luminoso polvo de escarcha que flotaba en el aire, y un aroma de pan recién cocido llegó desde la ventana donde estaban expuestos los panecillos.

El cuadro era tan extraordinariamente hermoso que Levin, entonces mirándolo, sintió que le afluían a los ojos lágrimas de alegría.

Describió un gran círculo por las calles de Gazetny y Kislovka, volvió a su habitación y se sentó en espera de las doce. En el cuarto contiguo hablaban de máquinas y de engaños y tosían con una de esas frecuentes toses mañaneras. Aquella gente no comprendía que las manecillas del reloj iban acercándose a las doce.

En la calle, los cocheros de punto sabían sin duda que Levin era dichoso, porque le rodearon con rostros satisfechos, disputando entre sí y ofreciéndole sus servicios. Él, procurando no molestar a los demás, y prometiendo utilizar sus servicios en otra ocasión, eligió a uno de ellos y le ordenó que le llevase a casa de los Scherbatsky. El cochero llevaba muy estirado bajo su gabán el blanco cuello postizo de su camisa que cubría su cuello rojo, fuerte a hinchado. Y el trineo era alto, ligero y tan excelente, que Levin no vio nunca más otro trineo como aquel. Hasta el caballo era bueno y se esforzaba en galopar, aunque apenas se movía del mismo sitio.

El cochero conocía la casa de los Scherbatsky y mostraba un gran respeto a su cliente. Al llegar, hizo un ademán circular con los brazos y exclamando «¡Sooo!», detuvo el caballo ante la escalera.

El portero de los Scherbatsky debía de saberlo todo, según creyó Levin, a juzgar por la sonrisa de sus ojos y por el modo especial que tuvo de decir:

—Hace tiempo que no venía usted, Konstantín Dmitrievich.

No solo lo sabía todo, sino que por ello estaba radiante de alegría, aunque se esforzaba en disimularla. Mirando los ojos amables del viejo, Levin experimentó una nueva sensación de felicidad.

—¿Están levantados?

—Pase, pase, haga el favor. Y esto puede usted dejarlo aquí –le dijo, observando que se volvía para coger su gorro de piel. Levin descubrió en este detalle un motivo más de ventura.

—¿A quién le anuncio? –preguntó el criado.

El joven criado era uno de esos lacayos de nuevo estilo, muy fatuos, pero era asimismo un muchacho excelente y simpático y también lo comprendía todo…

—A la Princesa… al Príncipe… a la Princesa… –dijo Levin.

La primera persona a quien vio fue a la señorita Linon, que avanzaba por la sala con sus ricitos y su rostro radiante. Iba ya a dirigirle la palabra, cuando se sintió un ruido tras una puerta y la señorita Linon desapareció de su vista, y Levin se sintió invadido por el ligero sobresalto de la próxima felicidad.

Apenas la señorita Linon, dejándole, salió por la puerta opuesta, unos pasos ligerísimos sonaron en el entarimado y la felicidad de Levin, su vida, lo que era como él mismo, más que él mismo, lo esperado y anhelado tanto tiempo, se acercó deprisa, muy deprisa. No andaba: volaba a su encuentro, impulsado por una fuerza invisible.

Levin vio dos ojos claros, sinceros, llenos también de la misma alegría de amar, que llenaba su corazón. Aquellos ojos, brillando cada vez más cerca, le cegaban con su resplandor.

Kitty se paró a su lado rozándole. Sus manos se levantaron y se posaron en los hombros de Levin. Todo esto lo hizo sin decir palabra, corriendo hacia él y ofreciéndosela toda ella, tímida y gozosa. Él la abrazó y juntó sus labios con los de ella, que esperaban su beso.

Kitty no había dormido tampoco en toda la noche. Sus padres habían dado su consentimiento y se sentían felices con su dicha.

Ella, queriendo ser la primera en anunciárselo, había estado esperándole toda la mañana. Deseaba verle a solas y esto la complacía y a la vez la avergonzaba y llenaba de timidez, porque no sabía lo que haría cuando él apareciese ante sus ojos.

Sintió los pasos de Levin, oyó su voz y esperó tras la puerta a que se fuese la señorita Linon. En cuanto esta hubo salido, Kitty, sin pensarlo, sin vacilar, sin preguntarse lo que iba a hacer, se aproximó a él e hizo lo que había hecho.

—Vamos a ver a mamá –dijo cogiéndole de la mano.

Levin, durante mucho rato, fue incapaz de decir nada, no tanto porque temiese estropear con palabras la elevación de su sentimiento, cuanto porque cada vez que iba a decir alguna cosa, sentía que en lugar de frases le brotaban lágrimas de felicidad.

Tomó la mano de Kitty y la besó.

—¿Es posible que sea verdad? –dijo con voz profunda–. No puedo creer que tú me ames…

Al oír aquel «tú» y al ver la timidez con que Levin la miraba, Kitty sonrió.

—Sí –dijo ella en voz baja–. ¡Soy tan feliz hoy!

Y, llevándole de la mano, entró en el salón. La Princesa, al verlos, respiró presuradamente y rompió a llorar y enseguida después rió y, con pasos más decididos de lo que Levin esperaba, corrió hacia él y, tomándole la cabeza entre sus manos, le besó, humedeciéndole las mejillas con sus lágrimas.

—¡Por fin! Está ya todo arreglado. Me siento muy dichosa. Quiérala mucho. Soy feliz, muy feliz, Kitty.

—¡Con qué presteza lo habéis arreglado! –exclamó el Príncipe tratando de fingir indiferencia.

Pero cuando el anciano se dirigió hacia él, Levin advirtió que tenía los ojos humedecidos.

—Siempre ha sido este mi deseo –dijo el Príncipe, tomando a su futuro yerno de la mano y atrayéndole hacia sí–. Incluso en la época en que esta locuela inventó…

—¡Papá! –exclamó Kitty tapándole la boca con las manos.

—Bien, me callo –repuso su padre–. Me siento muy dicho… so… ¡Ay, qué tonto… soy!

El anciano abrazó a Kitty, le besó la cara, luego la mano, el rostro de nuevo y, al fin, la persignó.

Y Levin, viendo como Kitty, durante largo rato y con dulzura, besaba la mano carnosa del anciano Príncipe, sintió despertar en él un vivo sentimiento de afecto hacia aquel hombre que hasta entonces había sido para él un extraño.

Capítulo XVI

La Princesa, sentada en la butaca, callaba y sonreía. Kitty, en pie junto a la de su padre, mantenía la mano del anciano entre las suyas. Todos callaban.

La Princesa fue la primera en hablar y en dirigir los pensamientos y sentimientos generales hacia los planes de la nueva vida. Y a todos, en el primer momento, les pareció aquello igualmente doloroso y extraño.

—¿Y qué, cuándo va a ser la boda? Hay que recibir la bendición, publicar las amonestaciones… ¿Qué te parece, Alexander?

—En este asunto el personaje principal es él –repuso el Príncipe señalando a Levin.

—¿Que cuándo? –repuso este, sonrojándose–. ¡Mañana! A mí me parece que la bendición puede ser hoy y la boda mañana.

—Basta, *mon cher*, déjese de tonterías.

—Entonces, dentro de una semana.

—Está loco, no hay duda…

—¿Por qué no puede ser?

—Pero, hombre, espere… –dijo la madre de Kitty, sonriendo jovialmente ante aquella precipitación–. Ha de tratarse aún del ajuar.

«¿Es posible que haya que tratarse del ajuar y de todas esas cosas?», se dijo Levin horrorizado. «¿Es posible que el ajuar, y la bendición, y todo lo demás, vaya a estropear mi felicidad? No, nada es capaz de estropearla».

Miró a Kitty y vio que la idea del ajuar no parecía molestarla en lo más mínimo. «Sin duda será necesario», pensó Levin.

—Yo no sé nada. Solo digo lo que deseo –repuso, disculpándose.

—Ya hablaremos. De momento, se puede preparar la bendición y anunciar la boda, ¿no?

La Princesa se acercó a su marido, le besó y se dispuso a salir, pero él la retuvo y la abrazó y besó suavemente, sonriendo con dulzura, como un joven enamorado. Parecía que los ancianos se hubieran confundido por un momento y no supiesen bien si los enamorados eran ellos o su hija.

Cuando los padres hubieron salido, Levin se acercó a su novia y le cogió la mano. Dueño ya de sí mismo, capaz de hablar, tenía mucho que decirle. Pero no le dijo, ni con mucho, lo que deseaba.

—¡Cómo sabía que esto había de terminar así! Parecía que hubiese perdido toda esperanza pero en el fondo de mi ser nunca dejé de alimentar esta seguridad –dijo–. Creo que era una especie de predestinación.

—Yo también –repuso Kitty–. Hasta cuando…

Se interrumpió, pero luego continuó mirándole con decisión con sus ojos incapaces de mentir.

—Hasta cuando rechacé la felicidad… Nunca he amado más que a usted. Pero confieso que me sentía deslumbrada… ¿Podrá usted olvidarlo?

—Quizá haya sido mejor así. También usted debe perdonarme mucho… He de decirle…

Lo que quería decirle, lo que tenía decidido manifestarle desde los primeros días, eran dos cosas: que no era tan puro como ella y que no tenía fe en Dios.

Ambas cosas resultaban muy penosas, pero se consideraba obligado a conferírselas.

—¡Ahora no!, luego –añadió.

—Bueno, luego... Pero no deje de decírmelo. Ahora no temo nada. Quiero saberlo todo, porque todo está ya resuelto...

Levin concluyó la frase:

—...Resuelto que me tomará tal como soy, ¿verdad? ¿No me rechazará?

—No, no.

Su conversación fue interrumpida por la señorita Linon, la cual, riendo suavemente, con amable risa, entró para felicitar a su discípula predilecta. Antes de que ella saliera, entraron los criados también a felicitarles. Luego llegaron los parientes y, con ello, se anunció para Levin el comienzo de aquel estado de ánimo insólito y de bienaventuranza del que no salió hasta el segundo día de su boda.

Levin se sentía continuamente turbado y confundido, pero su felicidad se hacía cada vez mayor. Tenía la impresión constante de que exigían de él muchas cosas que no sabía, pero hacía cuanto le pedían y el hacerlo le colmaba de ventura. Creía que su matrimonio no habría de parecerse en nada a los otros, que el hecho de desarrollarse en las circunstancias tradicionales en las bodas habría de estorbar a su felicidad. Pero, a pesar de haberse hecho exactamente lo que se hacía en todas las bodas, su felicidad no hizo con ello sino crecer, convirtiéndose en más especial, y, sin duda, en nada parecida a la experimentada por los otros novios.

—Ahora deberíamos comer bombones –decía la señorita Linon.

Y Levin se fue a comprar bombones.

—Sí, su boda me satisface mucho –afirmaba Sviajsky–. Le recomiendo que compre las flores en casa de Fomin.

—¿Es necesario? –preguntaba Levin.

Y las fue a comprar.

Su hermano le aconsejaba que tomase dinero prestado, porque habría muchos gastos, muchos regalos que hacer.

—¡Ah! ¿Hay que hacer regalos?

Y Levin se dirigió corriendo a la joyería de Fouldré.

En la confitería, en la joyería, en la tienda de flores, Levin notaba que le esperaban, que estaban contentos de verle y que compartían su dicha como todos los que trataba en aquellos días.

Era extraordinario que, no solo todos le apreciaban, sino que hasta personas antes frías, antipáticas a indiferentes, estaban ahora entusiasmadas con él, le atendían en todo, trataban con suave delicadeza su sentimiento y participaban de su opinión de que era el hombre más feliz del mundo, porque su novia era un dechado de perfecciones.

Kitty se sentía igual que él. Cuando la condesa Nordston se permitió insinuar que habría deseado para ella algo mejor, la muchacha se exaltó tanto, demostró con tal calor que nada en el mundo podía ser mejor que Levin, que la Nordston se vio obligada a reconocerlo y en presencia de Kitty ya nunca acogía a Levin sin una sonrisa de admiración.

Una de las cosas más penosas de aquellos días fue la prometida explicación de Levin. Consultó al Príncipe y, con la autorización de este, entregó a Kitty su Diario, en el que se contenía todo lo que le atormentaba. Hasta aquel Diario parecía escrito pensando en su futura novia. En él se expresaban las dos torturas de Levin: su falta de inocencia y su carencia de fe.

La confesión de su incredulidad pasó inadvertida. Kitty era religiosa, no dudaba de las verdades de la religión, pero la exterior falta de religiosidad de su novio no le afectó lo más mínimo.

Su amor le hacía comprender el alma de Levin, adivinaba lo que quería y el hecho de que a aquel estado de ánimo quisiera llamársele incredulidad en nada la conmovía.

En cambio, la otra confesión le hizo llorar lágrimas amargas.

Levin no le entregó su Diario sin una previa lucha consigo mismo. Pero sabía que entre él y ella no podía haber secretos y este pensamiento le decidió a obrar como lo había hecho. No se dio cuenta, sin embargo, del efecto que aquella confesión había de causar en su prometida. No supo adivinar sus sentimientos.

Solo cuando una tarde, al llegar a casa de los Scherbatsky para ir al teatro, entró en el gabinete de Kitty y vio su amado rostro deshecho en lágrimas, dolorido por la pena irreparable que él le produjera, comprendió Levin el abismo que mediaba entre su deshonroso pasado y la pureza angelical de su prometida. Y se horrorizó de lo que había hecho.

—Tome, tome esos horribles cuadernos –dijo la joven, rechazando los que tenía ante sí–. ¿Para qué me los ha dado?... Pero no, vale más así –añadió, sintiendo lástima al ver la desesperación que se retrataba en el semblante de su novio–. Pero es horrible, horrible...

Levin bajó la cabeza en silencio. ¿Qué podía hacer?

—¿No me perdona usted? –murmuró, al fin.

—Sí. Le he perdonado ya. ¡Pero es horrible!

No obstante, la felicidad de Levin era tan grande que aquella confesión, en vez de destruirla, le dio un nuevo matiz.

Kitty le perdonó, pero él desde entonces se consideraba indigno de la joven, se inclinaba más y más ante ella y apreciaba como mayor su inmerecida ventura.

CAPÍTULO XVII

Recordando sin querer la impresión de las conversaciones que sostuviera durante la comida y después de ella, Alexey Alexandrovich volvió a la solitaria habitación del hotel. Las palabras de Dolly respecto al perdón no le produjeron sino un sentimiento de pesar. Aplicar o no a su caso las normas cristianas era cosa ardua de la que no podía hablarse superficialmente. Y la cuestión estaba resuelta por él hacía tiempo. De todo lo que allí se dijera, lo que más impresión le había producido fueron las palabras del ingenuo y bondadoso Turovzin: «Se portó como un hombre: le desafió y lo mató». Evidentemente, todos compartían tal opinión, aunque no la expresaban por delicadeza.

«En fin, es cosa resuelta. No hay que pensar más en ello», se dijo.

Y, meditando en su futuro viaje y en el asunto que iba a estudiar, entró en su cuarto y preguntó al conserje por su criado, que le acompañaba. El conserje contestó que el criado había salido ya hacía un rato. Alexey Alexandrovich ordenó que le sirviesen té, se sentó a la mesa y tomó la guía de ferrocarriles para estudiar el itinerario de su viaje.

—Hay dos telegramas –dijo el criado cuando volvió y entró en la habitación–. Pido perdón a vuecencia por haberme tomado la libertad de salir un momento.

Alexey Alexandrovich cogió los despachos y los abrió.

El primero contenía la noticia de haber sido designado Stremov para un cargo ambicionado por Karenin.

Tiró el telegrama, se sonrojó e, incorporándose, comenzó a pasear por la habitación.

«*Quos vult perdere Jupiter dementat Prius*»(1), se dijo incluyendo en ese *quos* a las personas que habían favorecido el nombramiento. No solo le disgustaba el hecho de que le dejaran de lado, sino que le extrañaba y no comprendía que no viesen todos que cualquier otro habría servido mejor que

(1) «A los que Júpiter quiere perder, enloquecen primero».

aquel charlatán de Stremov para semejante cargo. ¿Cómo no comprendían que trabajaban para su propia ruina, que perjudicaban su propio prestigio con aquel nombramiento?

«Será algo por el estilo», se dijo con amargura al coger el segundo telegrama. Era de su mujer. La palabra «Anna» trazada con el lápiz azul de telégrafos fue lo primero que hirió su vista. «Anna», leyó. Y luego: «Me muero. Pido, suplico venga. Perdonada, moriré más tranquila».

Karenin sonrió con desdén y tiró el telegrama. Así, al primer momento, no le cabía duda alguna de que se trataba de una argucia, de un engaño.

«No se detiene ante ningún embuste. Pero va a dar a luz. Quizá padezca una fiebre puerperal. Y, ¿qué fin persigue? Que yo reconozca al niño, que me comprometa y no plantee el divorcio –pensaba–. Pero ahí dice: "Me muero"...».

Volvió a leer el telegrama y, de pronto, el sentido directo de lo que en él estaba escrito le sorprendió.

«¿Y si fuera cierto?», se preguntó. «¿Y si es verdad que en un momento de dolor, ante la muerte próxima, se arrepiente sinceramente y yo, considerándolo un engaño, me niego a acudir...? No solo sería cruel y todos me condenarían por ello, sino que resultaría necio por mi parte...».

—Pida el coche, Piotr. Me voy a San Petersburgo –dijo al criado.

Había decidido ir a San Petersburgo y ver a su esposa. Si la enfermedad era un engaño, se marcharía sin decir nada. Si estaba efectivamente enferma y quería verlo antes de morir, él la perdonaría, de hallarla viva; y si, por el contrario, llegaba tarde, cumpliría los últimos deberes que tenía con ella.

Durante el camino no pensó más en lo que debía hacer.

Al día siguiente, con un sentimiento de fatiga y de desaseo corporal, como consecuencia de la noche pasada en el vagón, Alexey Alexandrovich avanzaba en coche, entre la neblina matinal de San Petersburgo, por la avenida Nevsky, desierta a aquella hora, mirando ante sí, sin pensar en lo que le esperaba. No podía reflexionar en ello, porque, al calcular lo que podría ocurrir, no lograba alejar de sí la idea de que la muerte de Anna resolvería las dificultades de su situación. Pasaban ante sus ojos las tiendas cerradas, los panaderos, los cocheros nocturnos, los ayudantes de los porteros que barrían las aceras. Miraba todo aquello procurando apagar en su interior el pensamiento de lo que le esperaba y de lo que no osaba desear y, a pesar de todo, deseaba.

Llegó a la puerta de su casa. Un coche de alquiler y otro particular, con el cochero dormido, estaban junto a la escalera.

Al entrar en el portal, Karenin pareció como si sacara del lugar más recóndito de su cerebro la decisión tomada y consultó con ella. En su decisión estaba escrito que de haber engaño, marcharía conservando un sereno desdén, y, de ser verdad, guardaría las apariencias.

El portero abrió antes de que Alexey Alexandrovich llamara. El portero Petrov, a quien llamaban Kapitonich, tenía hoy un aspecto muy extraño. Vestía una levita vieja, no llevaba corbata e iba en pantuflas.

—¿Cómo está la señora?

—Ayer dio a luz felizmente.

Alexey Alexandrovich se detuvo y palideció. Y solo ahora comprendió que deseaba con toda su alma que Anna muriese.

—¿Y de salud?

Korvey, con su delantal de mañana, bajaba corriendo la escalera.

—Muy mal –contestó–. Ayer hubo consulta de médicos. El doctor está ahora en casa.

—Suban el equipaje –ordenó Karenin.

Y, sintiendo cierto alivio al saber que existía aún la posibilidad de la muerte, entró en el recibidor.

En el perchero había un capote militar. Karenin, viéndolo, preguntó:

—¿Quién está en casa?

—El médico, la comadrona y el príncipe Vronsky.

Alexey Alexandrovich pasó a las habitaciones interiores.

En el salón no había nadie. Al oír el rumor de sus pasos, la comadrona, tocada con una cofia de cintas color lila, salió del cuarto de Anna. Se acercó a Karenin y con la familiaridad que da la inminencia de la muerte, le tomó por el brazo y le llevó a la alcoba.

—¡Gracias a Dios que ha llegado! No hace más que hablar de usted –dijo la mujer.

—¡Traed hielo enseguida! –pidió desde la alcoba la voz autoritaria del médico. Alexey Alexandrovich entró en el gabinete de Anna. Junto a la mesa, sentado de lado en una silla baja, Vronsky, con el rostro oculto entre las manos, lloraba. Al oír la voz del médico, saltó de la silla, apartó las manos de su rostro y vio a Karenin. Al verle ante sí, quedó tan confundido que se sentó otra vez, hundiendo la cabeza entre los hombros como si quisiera desaparecer.

Poco después, sobreponiéndose, se levantó y dijo:

—Se muere. Los médicos dicen que no hay salvación. Estoy a su disposición en todo, pero permítame quedarme aquí… Al fin y al cabo… es su voluntad… y yo…

Karenin, al ver las lágrimas de Vronsky, se sintió invadido por aquel desconcierto espiritual que le producía siempre el aspecto del sufrimiento. Sin terminar de escuchar las palabras de Vronsky, cruzó precipitadamente el umbral de la alcoba.

Desde el cuarto llegaba la voz de Anna, y su voz era animada, alegre, con una entonación muy definida. Alexey Alexandrovich entró y se acercó al lecho. Anna yacía en él con el rostro vuelto hacia su marido. Sus mejillas ardían, sus ojos brillaban, las pequeñas y blancas manos salían de las mangas de la camisola y jugaban con las puntas de las sábanas retorciéndolas.

No solo parecía gozar de lozanía y buena salud, sino hallarse en excelente estado de ánimo. Hablaba deprisa, en voz alta, con inflexiones muy precisas y llenas de sentimiento.

—Alexey... Me refiero a Alexey Alexandrovich...¡Qué extraño y terrible sino que los dos se llamen Alexey!, ¿verdad? Pues Alexey no me lo rehusaría. Yo lo habría olvidado todo y él me perdonaría. ¿Por qué no viene? Es bueno, aunque él mismo no sabe que lo es. ¡Dios mío, qué pena! Denme agua ...¡Pronto! Pero esto será malo para ella, para mi niña. Bueno, entonces llévenla a la nodriza. Sí, estoy conforme, valdrá más... Cuando él llegue se disgustará viéndola. Llévensela...

—Ya ha llegado, Anna Arkadievna. Está aquí –dijo la comadrona, tratando de llamar la atención de Anna sobre su marido.

—¡Qué tonterías! –continuaba ella, sin verle–. Denme, denme la niña. ¡No ha llegado aún! Dice usted que no me perdonará, porque no le conoce... Nadie le conocía, únicamente yo... Y me daba pena. ¡Oh, sus ojos! Seriozha tiene los ojos como él; por eso no quiero mirárselos... ¿Han dado de comer a Seriozha? Estoy segura de que van a olvidarle... Y él no le habría olvidado. Hay que trasladar a Seriozha a la alcoba del rincón y decir a Mariette que duerma allí.

De pronto, Anna se hizo un ovillo y con temor, cual si esperase un golpe, se cubrió con las manos la cara, como para defenderse. Había visto a su marido.

—¡No, no! –exclamó–. No la temo, no temo la muerte. Acércate, Alexey. Hice que te apresuraras porque tengo poco tiempo... poco tiempo de vida... Enseguida vendrá la fiebre y no comprenderé nada. Pero ahora lo entiendo todo y todo lo veo. En el rostro arrugado de Alexey Alexandrovich se dibujó una expresión de sufrimiento. Cogió la mano de Anna y trató de decirle algo, pero no pudo pronunciar una sola palabra. Su labio inferior temblaba. Luchaba con su emoción y solo de vez en cuando miraba a su esposa. Y cada vez que lo hacía, veía los ojos de ella mirándole con tanta suavidad y dulzura como nunca le había mirado.

—Espera, no sabes... Espera, espera... –y Anna se interrumpió como para concentrar sus ideas–. Sí, sí, sí... –empezó–, es lo que quería decirte. No te extrañe, soy la misma de siempre... Pero dentro de mí hay otra, y la temo. Es esa otra la que amó a aquel hombre y trataba de odiarte, sin poder olvidar la que antes había sido. Pero aquella no era yo. Ahora soy la verdadera, soy yo misma... toda yo... Me muero, ya lo sé, puedes preguntarlo... Siento un peso en los brazos, las piernas, los dedos...¡Mira qué dedos tan enormes! Pero todo esto va a acabar pronto. Solo necesito una cosa: que me perdones, que me perdones sin reservas. Soy muy mala... El aya me decía que una santa mártir... ¿cómo se llamaba? era peor aún... Quiero ir a Roma; allí hay un desierto... No quiero estorbar a nadie. Solo llevaré conmigo a Seriozha y a la niña. ¡No, no puedes perdonarme!... ¡Yo ya sé que esto no se puede perdonar! No... no vete... eres demasiado bueno...

Con una de sus ardientes manos, Anna retenía la de su marido mientras le rechazaba con la otra.

La turbación de Karenin aumentaba de instante en instante, y llegó a un grado tal que desistió de luchar. Y de pronto sintió que lo que siempre consideraba como un desconcierto espiritual era, por el contrario, un estado de ánimo tan venturoso que le daba una nueva felicidad antes desconocida.

No pensó en que la doctrina cristiana, que él practicaba, le ordenaba perdonar y amar a sus enemigos; pero ahora el sentimiento de amarlos y perdonarlos le colmaba el alma.

Permanecía arrodillado, con la cabeza apoyada sobre la articulación de uno de los brazos de su mujer, que le quemaba como fuego a través de la camisola, y lloraba como un niño.

Anna abrazó su cabeza, que empezaba a perder el cabello, se acercó a él y con audaz orgullo levantó la mirada.

—¡Así es él!, ¿lo veis? ¡Ya lo sabía yo! Y ahora, ¡adiós todos, adiós! ¿Para qué han venido todos esos? ¡Que se marchen! Pero, ¡quitadme esas mantas!

El médico separó sus manos, la recogió cuidadosamente en las almohadas y tapó sus hombros. Ella, obediente, se inclinó y miró ante sí con los ojos radiantes.

—Recuerda una cosa... que solo deseaba tu perdón... No pido más... ¿Por qué no viene él? –y miraba a la puerta del cuarto donde estaba Vronsky–. Acércate, acércate y dale la mano.

Vronsky se acercó a la cama, contempló a Anna y se cubrió el rostro con las manos.

—¡Descúbrete la cara y mírale: es un santo! —dijo Anna–. ¡Descúbrete la cara! – repitió con irritación–. ¡Alexey Alexandrovich, descúbrele la cara! ¡Quiero verle!

Karenin separó las manos de Vronsky de su rostro, que resultaba terrible por la expresión de pena y vergüenza que transparentaba.

—Dale la mano. Perdónale.

Alexey Alexandrovich dio la mano a Vronsky sin reprimir ya las lágrimas que acudían a sus ojos.

—¡Gracias a Dios, gracias a Dios! Ahora todo está arreglado. Quiero estirar un poco las piernas... Así, así estoy bien... ¡Con qué mal gusto han sido pintadas esas flores! No se parecen en nada a las violetas de verdad –dijo, señalando los papeles pintados que cubrían las paredes de la habitación–. ¡Dios mío, Dios mío! ¿Cuándo terminará esto? Denme morfina. Doctor: déme morfina. ¡Ay, Dios mío, Dios mío!

Y se agitaba en el lecho.

El médico de cabecera y los otros doctores decían que aquello era una fiebre puerperal de la cual el noventa y nueve por cien de los casos terminan con la muerte. Todo el día lo había pasado Anna con fiebre, delirio y frecuentes desvanecimientos. A medianoche la enferma había perdido el conocimiento y estaba casi sin pulso.

Esperaban el fin de un momento a otro.

Vronsky se fue a su casa. Por la mañana acudió para saber cómo seguía la enferma. Karenin, hallándole en el recibidor, le dijo:

—Quédese, quizá ella pregunte por usted.

Y él mismo le acompañó al gabinete de su esposa.

Por la mañana Anna entró de nuevo en un período de exaltada animación, de conversación rápida y agitada que terminó de nuevo en un desvanecimiento.

El tercer día el hecho se repitió, y los médicos dijeron que empezaba a haber esperanzas.

Este día Karenin se dirigió al gabinete donde estaba Vronsky, cerró la puerta y se sentó frente a él.

—Alexey Alexandrovich –dijo Vronsky, comprendiendo que llegaba el momento de las explicaciones–, no puedo ni hablar. No sabría hacerme cargo de las cosas. ¡Tenga piedad de mí! Por terrible que sea para usted esta situación, créame, lo es todavía más para mí.

E hizo ademán de levantarse. Pero Karenin le sujetó por el brazo y le dijo:

—Le ruego que me escuche. Es necesario. He de manifestar los sentimientos que me han guiado y me guían para que usted no se llame a engaño respecto a mí. Usted sabe que opté por el divorcio y que incluso había iniciado este asunto. No le ocultaré que antes de entablar la demanda vacilé y sufrí mucho. Confieso que me atormentaba el deseo de vengarme, de hacerles daño a usted y a ella. Cuando recibí el telegrama, llegué con iguales sentimientos. Diré más aún: he deseado la muerte de Anna. Pero... –Alexey Alexandrovich calló un momento, reflexionando si debía o no abrirle su corazón–. Pero la vi y la perdoné. Y la felicidad que experimenté perdonándola me indicó mi deber. He perdonado sin reservas, sincera y plenamente. Quiero ofrecer la mejilla izquierda al que me ha abofeteado la derecha. Quiero dar la camisa al que me quita el caftán. Solo pido a Dios que no me quiten la dicha de perdonar.

Las lágrimas llenaban sus ojos. Su mirada lúcida y serena sorprendió a Vronsky.

—Mi decisión está tomada. Puede usted pisotearme en el barro, hacerme objeto de irrisión ante el mundo, pero no abandonaré a Anna y no le dirigiré jamás a usted una palabra de reproche –continuó Alexey Alexandrovich–. Mi obligación se me aparece ahora con claridad: debo permanecer al lado de mi esposa y permaneceré. Si ella desea verle, le avisaré, pero ahora me parece mejor que usted se vaya...

Karenin se levantó, y los sollozos ahogaron sus últimas palabras.

Vronsky se levantó también, y, medio encorvado, miraba con la frente baja a Alexey Alexandrovich.

No comprendía los sentimientos de aquel hombre, pero adivinaba que eran muy elevados, incluso inaccesibles para él.

CAPÍTULO XVIII

Después de su conversación con Karenin, Vronsky salió a escalera y se detuvo, sin darse cuenta apenas de dónde estaba ni adónde debía ir.

Se sentía avergonzado, culpable, humillado y sin posibilidades de lavar aquella humillación. Se veía lanzado fuera del camino que siguiera hasta entonces tan fácilmente y con tanto orgullo. Sus costumbres y reglas de vida, que siempre creyera tan firmes, se convertían de pronto en falsas a inaplicables.

El marido engañado, que hasta aquel momento le pareciera un ser despreciable, un estorbo incidental –y un tanto ridículo– de su dicha, era elevado de pronto por la propia Anna a una altura que inspiraba el máximo respeto, apareciendo repentinamente, no como malo, o falso, o ridículo, sino como bueno, sencillo y lleno de dignidad.

Vronsky no podía dejar de reconocerlo. Sus papeles respectivos, súbitamente, habían cambiado. Vronsky veía la elevación del otro y su propia caída. Comprendía que Karenin tenía razón y él no. Tenía que admitir que el marido mostraba grandeza de alma hasta en su propio dolor y que él era bajo y mezquino en su engaño.

Pero esta conciencia de su inferioridad ante el hombre que antes despreciara injustamente constituía la parte mínima de su pena. Se sentía incomparablemente más desgraciado ahora, porque su pasión por Anna, que últimamente parecíale que empezaba a enfriarse, ahora, al saberla perdida, se hacía más fuerte que nunca.

La vio durante toda su enfermedad tal como era, leyó en su alma y le pareció que nunca hasta entonces la había amado. Y ahora, precisamente ahora, cuando la conocía bien, quedaba humillado ante ella y la perdía, dejándole de él solo un recuerdo vergonzoso. Lo más terrible de todo fue su posición humillante y ridícula cuando Karenin separó sus manos de su rostro avergonzado.

De pie en la escalera de la casa de los Karenin, Vronsky no sabía qué hacer.

—¿Mando buscar un coche? –le preguntó el portero.

—Sí... un coche.

Una vez en casa, fatigado después de las tres noches que llevaba sin dormir, Vronsky se tendió boca abajo en el diván apoyándose sobre los brazos. Le pesaba la cabeza. Los más extraños recuerdos, pensamientos e imágenes se superponían con extraordinaria rapidez y claridad: ora la poción que daba a la enferma, y de la que llenó en exceso la cuchara; ora las manos blancas de la comadrona; ora la extraña actitud de Karenin arrodillado ante el lecho.

«Quiero dormir y olvidar», se dijo con la tranquila convicción de un hombre sano seguro de que si resuelve dormirse lo conseguirá inmediatamente.

Y, en efecto, en aquel mismo instante todo se confundió en su cerebro y comenzó a hundirse en el precipicio del olvido. Las olas del mar de la vida comenzaban en su inconsciencia a cerrarse sobre su cabeza, cuando de repente pareció como si la descarga de una fuerte corriente eléctrica atravesara su cuerpo.

Se estremeció de tal modo que hasta dio un salto sobre los muelles del diván y, al buscar un punto de apoyo, quedó de rodillas, asustado. Tenía los ojos muy abiertos y parecía que no hubiera llegado a dormirse. La pesadez de cabeza y la flojedad muscular que sintiera un momento antes desaparecieron repentinamente.

«Puede usted pisotearme en el barro...».

Oía las palabras de Alexey Alexandrovich y le veía ante sí; veía el rostro febril y ardiente de Anna, con sus ojos brillantes, que miraban con amor y dulzura, no a él, sino a Alexey Alexandrovich; veía su propia figura, estúpida y ridícula, como sin duda había aparecido en el momento en que Karenin le apartara las manos del rostro.

Estiró las piernas de nuevo, se acomodó sobre el diván en la misma postura de antes y cerró los ojos.

«Quiero dormir, dormir...», se repitió. Pero con los ojos cerrados veía el rostro de Anna más claramente aún, tal como lo tenía en la tarde memorable para él de las carreras.

«Esos días no volverán más, nunca más... Ella quiere borrarlos de su recuerdo. ¡Y yo no puedo vivir sin ellos! ¿Cómo reconciliarnos, cómo?», pronunció Vronsky en voz alta, y repitió varias veces aquellas palabras inconscientemente. Haciéndolo, impedía que se presentasen los nuevos recuerdos e imágenes que le parecía sentir acumularse en su mente. Pero la repetición de aquellas palabras solo pudo contener por un breve instante el vuelo de su imaginación. De nuevo aparecieron en su mente, uno tras otro, con extrema rapidez, los momentos felices y junto con ellos su reciente humillación.

«Apártale las manos», decía la voz de Anna. Alexey Alexandrovich se las apartaba y sentía la expresión ridícula y humillante de su propio rostro.

Continuaba tendido en el diván, tratando de dormir, aunque estaba convencido de que no lo conseguiría, y repetía en voz baja las palabras de cualquier pensamiento casual, intentando evitar así que aparecieran nuevas imágenes. Prestaba atención y oía el murmullo extraño, enloquecedor, de las palabras que iba repitiendo:

«No supiste apreciarla, no has sabido hacerte valer, no supiste apreciarla, no has sabido hacerte valer...».

«¿Qué es esto?», se preguntó. «¿Es que me estoy volviendo loco? Puede ser... ¿Por qué enloquece la gente y por qué se suicida sino por esto?», se contestó.

Abrió los ojos y vio junto a su cabeza el almohadón bordado obra de Varia, la esposa de su hermano. Tocó el borlón de la almohada y se esforzó en recordar a Varia, queriendo precisar cuándo la había visto por última vez.

Pero cualquier esfuerzo por pensar le era doloroso. «No, debo dormirme», decidió. Acercó el almohadón de nuevo y apoyó la cabeza en él y procuró cerrar los ojos, cosa que no podía conseguir sino con gran esfuerzo. Se levantó de un salto y se sentó.

«Eso ha terminado para mí», pensó. «Debo reflexionar en lo que me conviene hacer. ¿Qué me queda?».

Y su pensamiento imaginó rápidamente todo lo que sería su vida separado de Anna. «¿La ambición, Serpujovskoy, el gran mundo, la Corte?».

No pudo fijar el pensamiento en nada. Todo aquello tenía importancia antes, pero ahora carecía de ella por completo.

Se levantó del diván, se quitó la levita, se aflojó el cinturón y, descubriendo su velludo pecho, para poder respirar con más facilidad, comenzó a pasear por la habitación.

«Así se vuelve loca la gente –repitió–, y así se suicidan los hombres... para no avergonzarse...», añadió lentamente.

Se acercó a la puerta y la cerró. Luego, con la mirada fija y los dientes apretados, se acercó a la mesa, cogió el revólver, lo examinó, volvió hacia él el cañón cargado y se sintió invadido por una profunda tristeza. Como cosa de dos minutos permaneció inmóvil y pensativo, con el revólver en la mano, la cabeza baja y en el rostro la expresión de un inmenso esfuerzo de concentración mental.

«Está claro», se dijo, como si el curso de un pensamiento lógico, nítido y prolongado le hubiese llevado a una conclusión indudable. En realidad, aquel «está claro» solo fue para él la consecuencia de la repetición de un mismo círculo de recuerdos e imágenes que pasaran por su mente decenas de veces en aquella hora. Eran los mismos recuerdos de su felicidad, perdida para siempre, la misma idea de que todo carecía de objeto en su vida futura, la misma conciencia de su humillación. Era siempre una sucesión idéntica de las mismas imágenes y sentimientos.

«Está claro», repitió cuando su cerebro hubo recorrido por tercera vez el círculo mágico de recuerdos y pensamientos.

Y aplicando el revólver a la parte izquierda de su pecho, con un fuerte tirón de todo el brazo, apretando el puño de repente, Vronsky oprimió el gatillo.

No sintió el ruido del disparo, pero un violento golpe en el pecho le hizo tambalearse. Trató de apoyarse en el borde de la mesa, soltó el revólver, vaciló y se sentó en el suelo, mirando con sorpresa en torno suyo. Visto todo desde abajo, las patas curvadas de la mesa, el cesto de los papeles y la piel de tigre, no reconocía su habitación.

Oyó los pasos rápidos y crujientes de su criado cruzando el salón y se recobró. Hizo un esfuerzo mental, comprendió que estaba en el suelo y, al ver la sangre en la piel de tigre y en su brazo, recordó que había disparado sobre sí mismo.

«¡Qué estupidez! No apunté bien», murmuró, buscando el arma con la mano. El revólver estaba a su lado, pero él lo buscaba más lejos. Continuando su busca, se estiró hacia el lado opuesto, no pudo guardar el equilibrio y cayó desangrándose.

El elegante criado de vistosas patillas, que más de una vez se había quejado ante sus amigos de la debilidad de sus nervios, se asustó tanto al ver a su señor tendido en el suelo que corrió a buscar ayuda, dejándole entre tanto perder más y más sangre.

Al cabo de una hora llegó Varia, la mujer del hermano de Vronsky, y con ayuda de tres médicos, a los que envió a buscar a distintos sitios y que llegaron todos a la vez, instaló al herido en el lecho y se quedó en su casa para cuidarle.

CAPÍTULO XIX

La equivocación cometida por Alexey Alexandrovich consistía en que, al prepararse a ver a su mujer, no pensó en la posibilidad de que su arrepentimiento pudiera ser sincero y que él la perdonara y ella no muriese.

Dos meses después de su vuelta de Moscú aquel error se le presentó en toda su crudeza. La equivocación no había consistido solo en no prever tal posibilidad, sino también en no haber conocido su propio corazón antes del día en que había visto a su mujer moribunda.

Junto al lecho de la enferma se entregó por primera vez en su vida al sentimiento de humillada compasión que despertaban siempre en él los sufrimientos ajenos y del que se avergonzaba como de una perjudicial debilidad.

La compasión por Anna, el arrepentimiento de haber deseado su muerte y sobre todo la alegría de perdonar hicieron que repentinamente sintiera no solo terminado su sufrimiento, sino, además, una tranquilidad de espíritu nunca experimentada antes. Notaba que, de repente, lo que había sido origen de sus dolores se convertía en origen de la alegría de su alma. Lo que le pareciera insoluble cuando condenaba, reprochaba y odiaba, le resultaba sencillo ahora que perdonaba y amaba.

Perdonaba a su mujer, compadeciéndola por sus pesares y por su arrepentimiento. Perdonaba a Vronsky y le compadecía, sobre todo después de haberse enterado de su acto de desesperación. Compadecía también a su hijo más que antes. Se reprochaba haberse ocupado muy poco de él hasta entonces; incluso hacia la niña recién nacida experimentaba un sentimiento especial, mezcla de piedad y de ternura.

Al principio atendió solo a la recién nacida movido por la compasión hacia aquella niña infeliz, que no era hija suya, que había sido olvidada por todos durante la enfermedad de su madre y que seguramente habría muerto si Karenin no se hubiera ocupado de ella.

Luego, poco a poco, sin darse cuenta, empezó a querer a la pequeña. Muchas veces al día entraba en el cuarto de los niños y allí permanecía sentado largo rato. De modo que la niñera y el aya, al principio cohibidas en su presencia, se acostumbraron a él insensiblemente.

En ocasiones pasaba hasta media hora mirando la carita rojiza como el azafrán, fofa y aún arrugada, de la pequeña, examinando sus manitas gordezuelas, de dedos crispados, con el dorso de los cuales se frotaba los ojos y el arranque de la nariz.

Alexey Alexandrovich se sentía más sereno que nunca en aquellos momentos; estaba en paz consigo mismo; no veía nada de extraordinario en su situación ni creía que tuviera que cambiarla para nada. Pero, a medida que pasaba el tiempo, iba reconociendo con claridad que, por muy natural que a él pudiera parecerle tal estado de cosas, los demás no permitirían que quedasen así. Además de la bondadosa fuerza moral que guiaba su alma, había otra tan fuerte, si no más, que guiaba su vida, y esta segunda fuerza no podía darle la tranquilidad pacífica y humilde que deseaba.

Advertía que todos le miraban con interrogativa sorpresa sin comprenderle, como esperando algo de él. Y, particularmente, comprobaba la fragilidad y poca consistencia de sus relaciones con su mujer.

Al desvanecerse aquel momento de enternecimiento producido por la proximidad de la muerte, Alexey Alexandrovich comenzó a comprobar que Anna le temía, se sentía inquieta en su presencia y no osaba arrostrar su mirada. Era como si la atormentase el deseo de decirle algo y no se decidiera a decirlo, y también como si esperara alguna cosa de él, como si presintiese que aquellas relaciones no podían perdurar de aquel modo.

A finales de febrero, la recién nacida, a quien también llamaron Anna, enfermó. Karenin fue por la mañana al dormitorio, ordenó que se avisase al médico y marchó al Ministerio. Terminadas sus ocupaciones, volvió a casa hacia las cuatro. Al entrar en el salón vio que el criado, hombre muy arrogante, vestido de librea con una esclavina de piel de oso, sostenía en las manos una capa blanca de cebellina.

—¿Quién ha venido? –preguntó Karenin.

—La princesa Isabel Fedorovna Tverskaya –contestó el lacayo, sonriendo, según se le figuró a Alexey Alexandrovich.

En aquella dolorosa etapa, Karenin venía observando que sus amistades del gran mundo les trataban ahora, tanto a él como a su mujer, con un interés particular. En todos aquellos amigos descubría una especie de alegría que solo con dificultad conseguían ocultar, la misma alegría que viera en los ojos del abogado y ahora en los del sirviente. Parecía que todos se hallasen entusiasmados, como preparando la boda de alguien. Cuando encontraban a Alexey Alexandrovich le preguntaban por la salud de Anna con alegría difícilmente reprimida.

La presencia de la princesa Tverskaya, tanto por los recuerdos que evocaba como por no simpatizar con ella, era desagradable a Karenin.

En la primera de las habitaciones de los niños, Seriozha, inclinado sobre la mesa, con los pies sobre una silla, dibujaba, acompañando su propio trabajo de palabras alentadoras. La inglesa que sustituyera a la francesa durante la enfermedad de Anna estaba sentada junto al niño haciendo labor. Al ver entrar a Karenin se levantó con precipitación, hizo una reverencia y dio un leve empujón a Seriozha.

Alexey Alexandrovich acarició la cabeza de su hijo, contestó a las preguntas de la institutriz sobre la salud de su esposa y le preguntó lo que había dicho el médico sobre la pequeña.

—El doctor asegura que no es nada serio y ha recetado baños, señor.

—Pero la niña padece aún –repuso Karenin, oyéndola gemir en la habitación contigua.

—Creo, señor, que esa nodriza no sirve –dijo osadamente la inglesa.

—¿Por qué lo piensa así? –preguntó él, deteniéndose.

—Lo mismo pasó en casa de la condesa Paul, señor. Se sometió a la criatura a tratamiento y resultó que el niño padecía hambre. La nodriza no tenía bastante leche, señor.

Alexey Alexandrovich quedó pensativo y, tras reflexionar unos momentos, cruzó la puerta.

La niña estaba tendida, volvía la cabecita y se revolvía inquieta entre los brazos de la nodriza, negándose a tomar el enorme pecho que se le ofrecía y a callar, a pesar del doble «¡Chist!» de la nodriza y del aya inclinadas sobre ella.

—¿No ha mejorado? –preguntó Karenin.

—Está muy inquieta –contestó el aya en voz baja.

—Miss Edward dice que acaso la nodriza no tenga leche suficiente.

—También lo creo yo, Alexey Alexandrovich.

—¿Y por qué no lo decía?

—¿A quién? Anna Arkadievna está enferma aún –dijo el aya con descontento.

El aya servía hacía muchos años en casa de los Karenin. Y hasta en aquellas sencillas palabras creyó Karenin notar una alusión al presente estado de cosas.

La niña gritaba más cada vez, se ahogaba y enronquecía. El aya, moviendo la mano con aire de disgusto, se acercó a la nodriza, cogió en brazos a la criatura y empezó a mecerla, paseando con ella.

—Hay que decir al médico que examine a la nodriza –indicó Karenin.

La nodriza, mujer de saludable aspecto y bien ataviada, sintiéndose temerosa de que la despidiesen, murmuró algo a media voz, mientras ocultaba, con desdeñosa sonrisa, su pecho opulento. Y también en aquella sonrisa vio Alexey Alexandrovich una ironía hacia su situación.

—¡Pobre niña! –dijo el aya, tratando de calmar a la pequeña y continuando su paseo con ella en brazos.

Alexey Alexandrovich se sentó en una silla y con el rostro triste, apenado, miraba al aya pasear por la habitación.

Cuando al fin se calmó la niña y el aya, tras ponerla en la blanda camita y arreglarle la almohada bajo la cabeza, se alejó de ella, Alexey Alexandrovich, penosamente, andando sobre las puntas de los pies, se acercó a la niña. Permaneció en silencio, contemplándola con tristeza. De repente, una sonrisa asomó a su rostro, haciendo moverse sus cabellos y fruncirse la piel de su frente. Luego salió del cuarto sin hacer el menor ruido.

Una vez en el comedor, llamó y ordenó al criado que se había apresurado a acudir, que fuese enseguida a buscar de nuevo al médico.

Sentíase irritado contra su mujer, que se preocupaba tan poco de aquella hermosísima niña. No quería verla en aquel estado de irritación, ni tampoco a la princesa Betsy. Pero como Anna podía extrañarse de que no fuese a su cuarto, hizo un esfuerzo y se dirigió allí.

Al acercarse a la puerta pisando la tupida alfombra llegaron sin querer a sus oídos las palabras de una conversación que no habría querido escuchar.

—Si él no se marchase, yo comprendería su negativa y la de su marido. Pero Alexey Alexandrovich debe mostrarse por encima de todo esto –decía Betsy.

—No me niego por mi marido, sino por mí misma –contestó la voz conmovida de Anna.

—No es posible que usted no desee despedirse del hombre que ha querido matarse por usted.

—Por eso mismo no quiero.

Alexey Alexandrovich se detuvo. Su rostro expresaba un temor casi culpable. Trató de alejarse sin ser visto. Pero reflexionando en que aquello sería poco noble, volvió sobre sus pasos, tosió y avanzó hacia la alcoba.

Las voces callaron y él entró. Anna estaba sentada en el sofá, envuelta en una bata gris, con los cabellos negros, recién cortados, formando una espesa maraña sobre su cabeza ovalada.

Como siempre que veía a su marido, su animación desapareció de repente. Bajó la vista y miró a Betsy con inquietud.

Esta, vestida a la última moda, con un sombrero colocado sobre su cabeza como una pantalla sobre una lámpara, vistiendo un traje azul rojizo de amplias y llamativas líneas en diagonal trazadas de un lado sobre el corpiño y de otro sobre la falda, estaba sentada junto a Anna, manteniendo erguido el liso busto. Inclinó la cabeza y sonriendo burlonamente, saludó a Karenin.

—¡Oh! –exclamó, como sorprendida–. ¡Me alegra mucho hallarle en casa...! No se le ve nunca en ninguna parte. Yo no le he encontrado desde la enfermedad de Anna. Ya lo sé todo, sus cuidados... su... ¡Es usted un esposo admirable! –dijo con tono significativo y afectuoso, como si le condecorara con la medalla de la bondad por su conducta con su mujer.

Alexey Alexandrovich saludó fríamente y besó la mano de su esposa preguntándole cómo se encontraba.

—Parece que me encuentro mejor –contestó Anna rehuyendo su mirada.

—Pero, por el color encendido de su rostro diría que tiene usted fiebre –dijo Karenin, recalcando la palabra «fiebre».

—Hemos hablado en exceso –repuso Betsy–. Comprendo que esto es demasiado egoísmo por mi parte. Me marcho ya.

Se levantó, pero Anna, ruborizándose de repente, le cogió el brazo.

—No, quédese, haga el favor... Debo decirle... Y a usted también... –añadió dirigiéndose a su marido, mientras el rubor se extendía a su frente y a su cuello–. No puedo ni quiero ocultarle nada...

Alexey Alexandrovich hizo crujir sus dedos y bajó la cabeza.

—Betsy me ha dicho que el príncipe Vronsky quería visitarnos antes de marcharse a Tachkent –Anna hablaba sin mirar a su marido, y cuanto más penosos eran sus sentimientos más se apresuraba–. Le he dicho que no puedo recibirle.

—Me ha dicho usted, querida amiga, que eso dependía de su esposo –corrigió Betsy.

—Pues no, no puedo recibirle, ni sirve de…

Se interrumpió de pronto y contempló, interrogadora, a su marido, que ahora no la miraba.

—En una palabra, no quiero…

Alexey Alexandrovich, acercándose, trató de cogerle la mano.

Anna, dejándose llevar del primer impulso, retiró su mano de la de su esposo –grande, húmeda y con gruesas venas hinchadas–, que buscaba la suya. Después, haciendo un evidente esfuerzo sobre sí misma, la oprimió.

—Le agradezco mucho su confianza, pero… –repuso Karenin, turbado, comprendiendo con enojo que lo que podía explicar y decir a solas no era posible ante Betsy. Esta se le presentaba en aquel momento como la personificación de aquella fuerza incontrastable que había de guiar su vida a los ojos del gran mundo, estorbándole el que se entregara libremente a sus sentimientos de perdón y de amor.

Se interrumpió, pues, y quedó mirando a la princesa Tverskaya.

—Entonces, adiós, querida –dijo Betsy levantándose.

Besó a Anna y salió. Karenin la acompañó.

—Alexey Alexandrovich, le tengo por un hombre generoso –dijo Betsy, deteniéndose en el saloncito y apretándole la mano una vez más significativamente–. Soy una extraña, pero quiero tanto a Anna y siento tanto respeto por usted, que me permito darle un consejo. Acéptelo. Alexey Vronsky es el honor en persona y ahora se va a Tachkent.

—Le agradezco, Princesa, su interés y sus consejos. Pero la cuestión de a quien reciba o no mi mujer ha de resolverla ella misma.

Habló, según acostumbraba, con dignidad, arqueando las cejas, pero pensó enseguida que, dijera lo que dijese, no podía haber dignidad en su situación.

Lo comprobó con la sonrisa contenida, irónica, malévola, con que le miró Betsy después de haber oído sus palabras.

Capítulo XX

Karenin se despidió de Betsy en la sala y volvió al lado de su mujer. Anna estaba tendida en el diván, pero al sentir los pasos de su marido recobró precipitadamente su posición anterior y lo miró con temor. Alexey Alexandrovich notó que ella había llorado.

—Te agradezco tu confianza en mí –dijo, repitiendo en ruso lo que dijera ante Betsy en francés.

Y se sentó a su lado.

Cuando Karenin hablaba en ruso y la trataba de tú, este «tú» producía en Anna un irresistible sentimiento de irritación.

—Agradezco mucho tu decisión. Creo también que, puesto que se marcha, no hay necesidad alguna de que el príncipe Vronsky venga aquí. De todos modos...

—Sí, ya lo he dicho yo. ¿Para qué insistir? –interrumpió de pronto Anna.

«¡No hay ninguna necesidad –pensaba– de que venga un hombre para despedirse de la mujer a quien ama, por la que quiso matarse, por la que ha deshecho su vida! ¡La mujer que no puede vivir sin él! ¡Y dice que no hay ninguna necesidad!».

Anna apretó los labios y puso la mirada de sus ojos brillantes en las manos de Alexey Alexandrovich, con sus venas hinchadas, que en aquel momento se frotaba lentamente una contra otra.

—No hablemos más de esto –añadió, más sosegada.

—Te he dejado resolver la cuestión por ti misma y me alegro de que... –empezó Alexey Alexandrovich.

—De que mi deseo coincida con el suyo –concluyó Anna, molesta de que su marido hablara tan despacio cuando ella sabía bien lo que iba a decirle.

—Sí –afirmó él– Y la princesa Tverskaya hace mal en intervenir en los asuntos de una familia ajena, que son siempre delicados... Sobre todo, ella...

—No creo nada de lo que murmuran de Betsy –interrumpió precipitadamente Anna–. Solo sé que me quiere sinceramente.

Alexey Alexandrovich suspiró y calló. Anna jugueteaba, inquieta, con las borlas de su bata, mirando a su marido con el doloroso sentimiento de repulsión física que tanto se reprochaba pero que no podía dominar. Ahora no deseaba más que una cosa: verse libre de su desagradable presencia.

—He enviado a buscar al médico –dijo Karenin.

—Me encuentro bien. ¿Para qué necesito al médico?

—La pequeña sigue quejándose y aseguran que la nodriza tiene poca leche.

—¿Por qué no me permitiste que la amamantase cuando te lo rogué? Pero da igual: a la niña la matarán.

Alexey Alexandrovich comprendió muy bien lo que significaba aquel «da igual». Anna llamó y mandó que le trajesen a la niña.

—Pedí –dijo– que se me dejase amamantarla. No se me dejó hacerlo y ahora se me reprocha.

—No te lo reprocho, Anna.

—¡Sí me lo reprocha usted! ¡Dios mío! ¿Por qué no habré muerto? –sollozó Anna–. Perdóname, estoy irritada y hablo sin razón. Déjame sola ahora, haz el favor –dijo, recobrando la serenidad.

«Esto no puede continuar así», se dijo resueltamente Alexey Alexandrovich al salir del cuarto de su mujer.

Jamás lo insostenible de su situación ante los ojos del gran mundo, jamás la aversión de su mujer hacia él, jamás todo el poder de aquella fuerza misteriosa que, contrapesando su estado de ánimo, guiaba su vida obligándole a ejecutar su voluntad y a cambiar sus relaciones con su mujer, jamás todo aquello se le presentó con tan absoluta claridad como en aquel momento.

Comprendía con toda evidencia que el mundo y su mujer exigían de él algo, aunque no pudiera decir concretamente qué. Y sentía elevarse en su alma un impulso de irritación que destruía su tranquilidad y anulaba el mérito de cuanto había hecho.

A su juicio, valía más para Anna romper sus relaciones con Vronsky, pero si todos se empeñaban en que ello era imposible, estaba dispuesto hasta a permitirlas con tal que no se deshonrase el nombre de los niños, que no los perdiese, que no cambiase su situación. Por malo que ello fuese, peor era romper sus relaciones, poniendo a Anna en una posición sin salida, deshonrosa, y perdiendo él cuanto amaba.

Pero se sentía sin fuerzas. Sabía de antemano que todos estaban contra él y que no le permitirían hacer lo que ahora le parecía tan favorable y natural. Adivinaba que iban a forzarle a hacer lo que, siendo peor, a los demás les parecía necesario.

CAPÍTULO XXI

Antes de que Betsy saliera de casa de los Karenin, se halló con Stepán Arkadievich, que acababa de llegar de casa Eliseev, donde aquel día habían recibido ostras frescas.

—¡Qué encuentro tan agradable, Princesa! –exclamó Oblonsky–. Yo vengo aquí de visita…

—Un encuentro de un momento –dijo Betsy, sonriendo y poniéndose los guantes– porque tengo que irme enseguida.

—Espere, Princesa. Antes de ponerse los guantes déjeme besar su linda mano. Nada me agrada más en la vuelta actual a las costumbres antiguas que esta de besar la mano de las damas –y se la besó–. ¿Cuándo nos veremos?

—No se lo merece usted –contestó ella sonriendo.

—Sí me lo merezco, porque me he vuelto un hombre formal. No solo arreglo mis asuntos personales de familia, sino los ajenos también –dijo él con intencionada expresión en su semblante.

—Me alegro mucho –repuso Betsy, comprendiendo que hablaba de Anna.

Y, volviendo a la sala, se pararon en un rincón.

—La va a matar –dijo Betsy, en un significativo cuchicheo–. Esto es imposible, imposible...

—Me complace que lo crea usted así –mañifestó Stepán Arkadievich, moviendo la cabeza con aire de dolorosa aquiescencia–. Precisamente para eso he venido a San Petersburgo.

—Toda la ciudad lo dice –añadió Betsy–. Es una situación imposible. Ella está consumiéndose. Él no comprende que Anna es una de esas mujeres que no pueden jugar con sus sentimientos. Una de dos: o se la lleva de aquí u obra enérgicamente y se divorcia. Esta situación está acabando con ella.

—Sí, sí, claro –respondió Oblonsky, suspirando–. Ya lo he dicho; he venido por eso. Bueno, no solo por eso, sino también porque me han nombrado chambelán y tengo que dar las gracias... Pero lo principal es que hay que arreglar este asunto.

—¡Dios le ayude! –exclamó Betsy.

Stepán Arkadievich acompañó a la Princesa hasta la marquesina, le besó de nuevo la mano más arriba del guante, donde late el pulso y, después de decirle una broma tan indecorosa que ella no supo ya si ofenderse o reír, se dirigió a ver a su hermana, a la que encontró deshecha en llanto.

A pesar de su excelente estado de ánimo, que le hacía derramar alegría por doquiera que pasaba, Oblonsky asumió enseguida el acento de compasión poéticamente exaltado que convenía a los sentimientos de Anna. Le preguntó por su salud y cómo había pasado la mañana.

—Muy mal, muy mal... Mal la mañana y el día... y todos los días pasados y futuros –dijo ella.

—Creo que te entregas demasiado a tu melancolía. Hay que animarse. Hay que mirar la vida cara a cara. Es penoso, pero...

—He oído decir que las mujeres aman a los hombres hasta por sus vicios –empezó de repente–, pero yo odio a mi marido por su bondad. ¡No puedo vivir con él! Compréndelo, ¡solo el verle me destroza los nervios y me hace perder el dominio de mí misma! ¡No puedo vivir con él! ¿Y qué puedo hacer? He sido tan desgraciada que creía imposible serlo más. Pero nunca pude imaginar el horrible estado en que me encuentro ahora. ¿Quieres creer que, aunque es un hombre tan excelente y bueno que no merezco ni besar el suelo que pisa, le odio a pesar de todo? Le odio por su grandeza de alma. No me queda nada, excepto…

Iba a decir «excepto la muerte», pero su hermano no le permitió terminar.

—Estás enferma e irritada y exageras –dijo– Créeme que las cosas no son tan terribles como imaginas.

Y sonrió. Nadie, no siendo Stepán Arkadievich, se habría permitido sonreír ante tanta desesperación, porque la sonrisa habría parecido completamente extemporánea, pero en su modo de hacerlo había tanta benevolencia y una dulzura tal, casi femenina, que no ofendía, sino que calmaba y proporcionaba un dulce consuelo.

Sus palabras suaves y serenas y sus sonrisas obraban tan eficazmente, que se las podía comparar con la acción del aceite de almendras sobre las heridas. Anna lo experimentó enseguida.

—No, Stiva, no –dijo– Estoy perdida, más que perdida, pues no puedo aún decir que todo haya terminado; al contrario, siento que no ha terminado aún. Soy como una cuerda tensa que ha de acabar rompiéndose. No ha llegado al fin, ¡y el fin será terrible!

—No temas. La cuerda puede aflojarse poco a poco. No hay situación que no tenga salida.

—Lo he pensado bien y solo hay una…

Stepán Arkadievich, comprendiendo, por la mirada de terror de Anna, que aquella salida era la muerte, no le consintió terminar la frase.

—Nada de eso –repuso–. Permíteme… Tú no puedes juzgar la situación como yo. Déjame exponerte mi opinión sincera –y repitió su sonrisa de aceite de almendras–. Empezaré por el principio. Estás casada con un hombre veinte años mayor que tú. Te casaste sin amor, sin conocer el amor. Supongamos que esa fue tu equivocación.

—¡Y una terrible equivocación! –dijo Anna.

—Pero eso, repito, es un hecho consumado. Luego has tenido la desgracia de no querer a tu marido. Es una desgracia, pero un hecho consumado también. Tu marido, reconociéndolo, te ha perdonado…

Stepán Arkadievich se detenía después de cada frase, esperando la réplica, pero Anna no respondía.

—Las cosas están así –continuó su hermano–. La pregunta ahora es esta: ¿puedes continuar viviendo con tu marido? ¿Lo deseas tú? ¿Lo desea él?

—No sé... no sé nada...

—Me has dicho que no puedes soportarle.

—No, no lo he dicho... Retiro mis palabras... No sé nada, no entiendo nada...

—Permite que...

—Tú no puedes comprender. Me parece hundirme en un precipicio del que no podré salvarme. No, no podré...

—No importa. Pondremos abajo una alfombra blanda y te recogeremos en ella. Ya comprendo que no puedes decidirte a exponer lo que deseas, lo que sientes...

—No deseo nada, nada... Solo deseo que esto acabe lo más pronto posible.

—Pero él lo ve y lo sabe. ¿Y crees que sufre menos que tú soportándolo? Tú sufres, él sufre... ¿En qué puede terminar esto? En cambio, el divorcio lo resuelve todo –terminó, no sin un esfuerzo, Stepán Arkadievich.

Y, tras haber expuesto su principal pensamiento, la miró de un modo significativo.

Anna, sin contestar, movió negativamente su cabeza, con sus cabellos cortados. Pero él, por la expresión del rostro de su hermana, súbitamente iluminado con su belleza anterior, comprendió que si ella no hablaba de tal solución era solo porque le parecía una dicha inaccesible.

—Os compadezco con toda mi alma. Sería muy feliz si pudiese arreglarlo todo –dijo Stepán Arkadievich sonriendo ya con más seguridad–. No, no me digas nada... ¡Si Dios me diera la facilidad de expresar a tu marido lo que siento y convencerle! ¡Voy a verle ahora mismo!

Anna le miró con sus ojos brillantes y pensativos y no contestó.

Capítulo XXII

Con una ligera expresión de solemnidad en el rostro, tal como se sentaba en su puesto de presidente en las sesiones del juzgado, Oblonsky entró en el despacho de Alexey Alexandrovich.

Este, con las manos a la espalda, paseaba por la habitación pensando en lo mismo de lo que su cuñado había hablado con su mujer.

—¿No te estorbo? –preguntó Stepán Arkadievich, que al ver a Karenin experimentó un sentimiento de turbación insólito en él.

Para disimularlo, sacó la petaca de cierre especial que acababa de comprar y, tras oler la piel nueva, extrajo un cigarrillo.

—No. ¿Puedo servirte en algo? –dijo Karenin con desgana.

—Sí. Quisiera... necesito... hablarte –repuso Stepán Arkadievich, sorprendido al notar que sentía una timidez que nunca había sentido.

Aquel sentimiento era tan inesperado y extraño, que Oblonsky no pudo creer que fuera la voz de la conciencia diciéndole que iba a cometer una mala acción. Sobreponiéndose con un esfuerzo, consiguió dominarse.

—Supongo que creerás en el cariño que profeso a mi hermana y en el particular afecto y respeto que siento por ti –dijo sonrojándose.

Alexey Alexandrovich se detuvo, sin contestar, pero la expresión de víctima resignada que se dibujaba en su semblante sorprendió a Stepán Arkadievich.

—Quería... deseaba... hablarte de mi hermana y de vuestras mutuas relaciones – añadió Oblonsky, luchando aún con su confusión.

Alexey Alexandrovich sonrió con leve ironía, miró a su cuñado y, sin contestarle, se acercó a la mesa, cogió una carta empezada que había en ella y la mostró a su interlocutor.

Stepán Arkadievich la tomó, miró con asombro aquellos ojos turbios que se fijaban en él, inmóviles, y comenzó a leer.

«Observo que mi presencia le es penosa. Por triste que me haya sido convencerme de ello, comprendo que es así y que no puede ser de otro modo. No la inculpo. Dios es testigo de que, viéndola enferma, resolví con toda mi alma olvidar cuanto ha pasado entre nosotros y empezar una vida nueva. No me arrepiento ni me arrepentiré nunca de lo hecho. Solo quería una cosa: el bien de usted, la paz de su alma. Y veo que no lo he conseguido. Dígame usted misma que es lo que puede procurarle la dicha y la paz del espíritu. Me entrego a su voluntad y a sus sentimiento de justicia».

Stepán Arkadievich devolvió la carta a su cuñado y siguió contemplándole perplejo sin saber qué decirle.

Aquel silencio era tan penoso para los dos que por los labios de Oblonsky pasó un temblor dolorido. Sin apartar la mirada del rostro de Karenin, continuaba callando.

—Eso es lo único que puedo decir –habló Alexey Alexandrovich volviendo la cabeza.

—Sí, sí –dijo Stepán Arkadievich, sin fuerzas para contestar, sintiendo que los sollozos se agolpaban a su garganta–. Sí, sí, lo comprendo... –pronunció al fin.

—Deseo saber lo que ella quiere –repuso Karenin.

—Temo que ella misma no comprenda su propia situación. Ahora no puede ser juez... Está consternada... sí, consternada por tu grandeza de alma... Si lee esta carta, no sabrá qué decir, salvo inclinar la cabeza con más humillación aún.

—Sí, mas, ¿qué puedo hacer entonces? ¿Cómo explicar...? ¿Cómo saber lo que quiere?

—Si me permites exponerte mi opinión, creo que depende de ti adoptar las medidas que encuentres necesarias para resolver esta situación.

—¿De modo que crees que hay que acabar con este estado de cosas? –interrumpió Karenin–. Pero ¿cómo? –añadió, pasándose la mano ante los ojos, con ademán insólito en él–. No veo salida posible.

—Todas las situaciones tienen salida –afirmó Stepán Arkadievich, levantándose, animado ya–. Hubo un momento en que tú quisiste romper... Si estás convencido de que es imposible haceros mutuamente dichosos...

—La felicidad puede comprenderse de diferentes modos... Pero supongamos que estoy conforme con todo y que no quiero nada. ¿Qué salida puede tener nuestra situación?

—¿Quieres saber mi opinión? –repuso Stepán Arkadievich, con la misma sonrisa de aceite de almendras que empleara al hablar con Anna.

Y aquella sonrisa era tan persuasiva y bondadosa que, notando involuntariamente su propia debilidad, Alexey Alexandrovich, sugestionado por ella, se sintió dispuesto a creer cuanto le dijera su cuñado.

—Anna no lo dirá nunca –continuó Oblonsky–. Pero solo hay una salida posible; solo hay algo que ella puede desear. Y es la interrupción de vuestras relaciones y de los recuerdos unidos a ellas. Creo que en vuestra situación es preciso aclarar las ulteriores relaciones recíprocas, relaciones que solo pueden establecerse basándose en la libertad de ambas partes.

—O sea el divorcio —dijo, con repugnancia, Karenin.

—Sí, a mi juicio sí, el divorcio –repitió, sonrojándose, Stepán Arkadievich–. Es, en todos los sentidos, la mejor salida para un matrimonio que se halla en vuestra situación. ¿Qué puede hacerse cuando los esposos encuentran imposible vivir juntos? Es algo que puede sucederle a todo el mundo...

Alexey Alexandrovich, respirando penosamente, cerró los ojos.

—Aquí solo puede haber una consideración, ¿desea o no uno de los cónyuges contraer nuevo matrimonio? Si no se desea, la cosa es muy sencilla –continuó Stepán Arkadievich, sintiéndose cada vez más dueño de sí.

Alexey Alexandrovich, con el rostro contraído por la emoción, murmuró algo para sus adentros, pero no contestó.

Lo que a su cuñado le parecía tan sencillo, él lo había pensado mil veces; y no solo no le parecía muy sencillo, sino completamente imposible. El divorcio, cuyos detalles de realización conocía ahora, le parecía a la sazón inaceptable, porque el sentimiento de su propia dignidad y la religión que profesaba le impedían tomar sobre sí la responsabilidad de un adulterio ficticio. Y menos aún podía tolerar que la mujer amada y a quien había perdonado, fuese inculpada y cubierta de oprobio. Luego, el divorcio aparecía también como imposible por otras causas más trascendentales aún. ¿Qué sería de su hijo si se divorciaban? Dejarle con su madre era imposible. La madre divorciada tendría su propia familia ilegítima, y en ella la situación y educación del hijastro tenían que ser malas forzosamente.

¿Retener a su hijo consigo? Habría sido una venganza por su parte y no lo deseaba.

Y, además, el divorcio parecía aún más imposible a Karenin pensando que, al consentir en él, causaba con ello la perdición de Anna. Habían llegado al fondo de su alma las palabras que le dijera Dolly en Moscú, cuando afirmó que, al optar por el divorcio, Karenin no pensaba más que en sí mismo y causaba la ruina definitiva de su mujer. Y él, uniendo estas palabras a su perdón y a su cariño a los pequeños, las entendía ahora a su manera.

Consentir en el divorcio, dejar libre a Anna, significaba, a su juicio, prescindir de lo último que le hacía amar la vida: los niños, a los que tanto quería. Y para ella representaba quitarle el último apoyo en el camino del bien y empujarla hacia el abismo.

Si Anna se convertía en una mujer divorciada, Karenin sabía que iría a reunirse con Vronsky en unas relaciones ilícitas y antirreligiosas, porque para la mujer, según la religión, no puede haber otro esposo mientras el primero vive.

«Anna se unirá a él y, de aquí a dos o tres años, él la abandonará, o ella tendrá relaciones con otro», pensaba Alexey Alexandrovich. «Y yo, consintiendo en ese ilícito divorcio, habré sido causa de su perdición».

Sí, lo pensaba muchas veces y se persuadía de que la cuestión del divorcio, no solo no era muy sencilla, como decía su cuñado, sino completamente imposible.

No creía en ninguna de las palabras de Oblonsky, se le ocurrían mil objeciones a cada una y, con todo, le escuchaba, sintiendo que en ellas se expresaba aquella fuerza incontrastable y enorme que guiaba ahora su vida y a la que tenía que obedecer.

—La única cuestión es saber en qué condiciones consientes en el divorcio. Ella no desea nada, nada se atreve a pedirte y confía en tu bondad.

«¡Dios mío, Dios mío, qué terrible castigo!», pensaba Karenin recordando los detalles sobre el modo de plantear el divorcio cuando el marido se achacaba la culpa.

Y, con el mismo ademán con que Oblonsky se ocultaba el rostro, escondió él el suyo entre las manos.

—Estás conmovido; lo comprendo... Pero, si lo piensas bien...

«Al que te hiere la mejilla izquierda, preséntale la derecha; al que te quite el caftán, dale la camisa», recordó Alexey Alexandrovich.

—Bien –exclamó con voz aguda– tomaré toda la responsabilidad sobre mí... Hasta les daré a mi hijo... Pero ¿no valdría más dejarlo todo como está? En fin, haz lo que quieras...

Y volviéndose de espaldas a su cuñado a fin de que este no le pudiese ver, se sentó en una silla cerca de la ventana. Sentía una gran amargura y una profunda vergüenza, pero junto con aquella vergüenza y aquella amargura, se sentía enternecido y gozoso por su propia humildad tan elevada.

—Créeme, Alexey Alexandrovich, Anna apreciará mucho tu bondad. Pero se ve que esta era la voluntad divina –añadió.

Y una vez que hubo dicho tales palabras, se dio cuenta de que eran una tontería, y apenas pudo contener una sonrisa pensando en su propia necedad.

Alexey Alexandrovich quiso contestar, pero las lágrimas se lo impidieron.

—Es una desgracia inevitable y hay que aceptarla. Acéptala como un hecho consumado, procurando ayudar a Anna y ayudarte a ti mismo –dijo Stepán Arkadievich.

Cuando salió de la habitación de su cuñado, estaba profundamente conmovido, pero ello no le impedía sentirse alegre por haber logrado resolver aquel asunto, pues tenía el convencimiento de que Karenin no rectificaría sus palabras.

A su satisfacción se unía el pensamiento de que, cuando el asunto quedara terminado, podría decir a su mujer y a los amigos: «¿En qué nos diferenciamos un mariscal y yo? En que el mariscal dirige la parada de la guardia, sin beneficio de nadie, y yo he conseguido un divorcio en beneficio de tres».

O bien: «¿En qué nos parecemos un mariscal y yo? En que...».

«¡Bah! Ya se me ocurrirá algo mejor», se dijo Oblonsky, sonriendo.

CAPÍTULO XXIII

La herida de Vronsky era peligrosa y, aunque la bala no había alcanzado el corazón, el herido estuvo varios días luchando entre la vida y la muerte.

Cuando pudo hablar por primera vez, únicamente Varia, la mujer de su hermano, estaba junto al lecho.

—Varia –dijo él, mirándola con gravedad–: el arma se me disparó por un descuido. Te ruego que no me hables nunca de esto. Y dilo a todos así. Otra cosa sería demasiado estúpida.

Varia, sin contestarle, se inclinó hacia él y le miró a la cara con una sonrisa de contento. Los ojos de Vronsky eran ahora claros, sin fiebre, pero en ellos se dibujaba una expresión severa.

—¡Gracias a Dios! –exclamó Varia–. ¿Te duele algo?

Y Vronsky indicaba el pecho.

—Un poco aquí.

—Voy a anudarte mejor la venda.

Vronsky, en silencio, apretando con fuerza las recias mandíbulas, la miraba mientras ella le arreglaba el vendaje. Cuando terminó, Vronsky dijo:

—Oye, no deliro. Y te ruego que procures que, cuando se hable de esto, no se diga que disparé deliberadamente.

—Nadie lo dice. Pero espero que no vuelvas a tener un descuido –repuso ella con interrogativa sonrisa.

—No lo haré, probablemente, pero más habría valido que... Y Vronsky sonrió con tristeza.

Pese a tales palabras y a la sonrisa que tanto asustara a Varia, cuando la inflamación cesó, el herido, reponiéndose, se sintió libre de una parte de sus penas.

Con lo que había hecho, le parecía haber borrado parcialmente la vergüenza y la humillación que experimentara antes. Ahora podía pensar con más serenidad en Alexey Alexandrovich, de quien reconocía toda la grandeza de alma sin sentirse, sin embargo, rebajado por ella. Podía además, mirar a la gente a la cara sin avergonzarse, reanudar su habitual género de existencia y vivir con arreglo a sus costumbres.

Lo único que no podía arrancar de su alma, a pesar de que luchaba constantemente contra este sentimiento que le sumía en la desesperación, era el haber perdido a Anna. Ahora, expiaba su falta ante Karenin y estaba, es verdad, firmemente resuelto a no interponerse nunca entre la esposa arrepentida y su marido, pero no podía arrancar de su alma la pena de haber perdido su amor; no podía borrar de su memoria los momentos pasados con Anna, que antes apreciara en tan poco, y cuyo recuerdo le perseguía ahora incesantemente.

Serpujovskoy le había buscado un destino en Tachkent y Vronsky lo había aceptado sin la menor vacilación. Pero, a medida que se acercaba el momento de partir, tanto más penoso le resultaba el sacrificio que ofrecía a lo que consideraba su deber.

La herida quedó curada. Empezó a salir y a realizar sus preparativos de viaje a Tachkent.

«Quiero verla una vez y luego desaparecer, morir…», pensaba Vronsky, mientras hacía sus visitas de despedida.

Expresó aquel pensamiento a Betsy. Esta lo transmitió a Anna y volvió con una respuesta negativa.

«Tanto mejor –se dijo Vronsky, al saberlo–. Era una debilidad que habría consumido mis últimas fuerzas».

Al día siguiente, por la mañana, Betsy fue a su casa y le manifestó que había recibido por Oblonsky la afirmación de que Karenin entablaba el divorcio. Y por tanto, Vronsky podía ver a Anna.

Olvidándose incluso de acompañar a Betsy hasta la puerta, olvidándose de todas sus resoluciones, sin preguntar cuándo podía visitarla ni dónde estaba el marido, Vronsky se dirigió inmediatamente a casa de los Karenin.

Subió corriendo la escalera, sin ver nada ni a nadie, y con paso rápido, conteniéndose para no seguir corriendo, pasó a la habitación de Anna.

Sin reflexionar, sin mirar si había o no alguien en la habitación, Vronsky la estrechó contra su pecho y cubrió de besos su rostro, manos y garganta.

Anna estaba preparada para recibirle y había pensado en lo que le debía hablar, pero no tuvo tiempo para decirle nada de lo que había pensado. La pasión de él la arrebató. Habría querido calmarse, pero era tarde ya. El mismo sentimiento de Vronsky se le había comunicado a ella.

Sus labios temblaban y durante largo rato no pudo hablar.

—Te has adueñado de mí… Soy tuya… –murmuró al fin, oprimiéndole el pecho con las manos.

—Tenía que ser así –respondió Vronsky–. Mientras vivamos, tiene que ser así. Ahora lo comprendo.

—Es verdad –dijo Anna, palideciendo cada vez más y besándole la cabeza–. Pero de todos modos, esto, después de lo sucedido, es terrible.

—Todo pasará... ¡Todo pasará y seremos felices! Nuestro amor, después de todo eso, ha crecido, si cabe, por terrible que sea –afirmó Vronsky, alzando la cabeza y mostrando al sonreír, sus fuertes dientes.

Y Anna no pudo contestarle ni con palabras ni con una sonrisa, sino con la expresión amorosa de sus ojos. Luego tomó la mano de Vronsky a hizo que la acariciase sus mejillas frías y sus cabellos cortados.

—Con el cabello corto no pareces la misma... Te encuentro guapa. Pareces una niña... Pero ¡qué pálida estás!

—Me siento muy débil –respondió Anna sonriendo. Y sus labios temblaron otra vez.

—Iremos a Italia y allí te repondrás –dijo él.

—¿Es posible que vivamos juntos, como esposos, formando una familia? –repuso Anna, mirándole muy de cerca a los ojos.

—Lo único que me extraña es que antes haya sido posible lo contrario –contestó Vronsky.

—Stiva dice que «él» consiente en todo, pero no puedo aceptar su magnanimidad –indicó Anna, mirando a otro lado, melancólicamente–. No quiero el divorcio. Todo me da igual. Solo me preocupa lo que va a decidir respecto a Seriozha.

Vronsky no comprendía que, aun en aquella entrevista, Anna pensase en su hijo y en el divorcio... ¿Qué le importaba todo aquello?

—No hables de eso, ni lo pienses –dijo atrayendo hacia sí la mano de su amada para que se ocupase solo de él. Pero Anna no le miraba.

—¿Por qué no habré muerto? Habría sido mejor –dijo ella–. Y lágrimas silenciosas corrieron por sus mejillas. Mas se sobrepuso y procuró sonreír para no entristecerle.

Según las antiguas ideas de Vronsky, renunciar al puesto de ventaja y peligro que le ofrecían en Tachkent era vergonzoso e imposible. Pero ahora renunció a él sin un titubeo y, notando que en las altas esferas le desaprobaban, pidió el retiro.

Un mes más tarde, Anna y Vronsky marchaban al extranjero. Karenin se quedó solo en su casa con su hijo. Había renunciado al divorcio para siempre.

ÍNDICE